西蜀迷踪

阮鹏 著

中国文联出版社

图书在版编目（CIP）数据

西蜀迷踪 / 阮鹏著 . -- 北京：中国文联出版社，
2024.3
ISBN 978 - 7 - 5190 - 5459 - 5

Ⅰ.①西… Ⅱ.①阮… Ⅲ.①长篇小说—中国—当代
Ⅳ.①I247.5

中国国家版本馆 CIP 数据核字（2024）第 060222 号

著　　者　阮　鹏
责任编辑　周　欣
责任校对　李佳莹
装帧设计　中联华文

出版发行　中国文联出版社
地　　址　北京市朝阳区农展馆南里 10 号　　　　邮编　100125
电　　话　010 - 85923025（发行部）　　　　85923091（总编室）
经　　销　全国新华书店等
印　　刷　三河市华东印刷有限公司

开　　本　710 毫米×1000 毫米　　1/16
印　　张　29
字　　数　525 千字
版　　次　2024 年 3 月第 1 版第 1 次印刷
定　　价　99.00 元

目　录
CONTENTS

第一篇　前传和引子

巍巍青城山，绵延数千年。其间多少事，问道与寻仙。

第一章：队伍起源

几乎所有的户外团队都起源于QQ群。那时，户外运动刚刚传入西部，有识之士纷纷揭竿而起，群雄逐鹿，拉帮结派抢占山头，各种各样的QQ群如雨后春笋，不分颜色、高矮、胖瘦，酣畅淋漓地争夺着天府之国的千万驴友。

群名为"四月采野菜"的群主很喜欢荒野求生，经常给大家分享《荒野求生》（*Man VS Wild*）等节目的免费下载地址，也不时发布一些国外生存高手的野外求生图片。

一开始，群友都没怎么在意这些。因为群里大多数人都是群主挖墙脚挖来的（就是群主加入很多户外群，然后把他认为还不错的人加为好友，再拉到自己的群里面）。更多的时候，是群主干脆把自己的群号和广告词粗暴地发到别人的群里，结果可想而知，没过两三秒就被管理员踢出去了。当然，各个群经常也互相潜入对方群中，冷不防地发一些加群广告。但是否真能留住群友，还得看群主魅力。

群名也实在太土了，叫什么"四月采野菜"，因为很多户外运动群都有自己响亮的名字，例如"走四方户外运动""大雪山登山群""致青春户外"等。而且不少群还设计了自己的队标，印制了自己的旗帜，主题都很鲜明，会不时地组织徒步旅游活动。

有个叫"我不是女汉子"的群友就@了一下群主，说：群"猪"，你怎么不叫四月采野花啊？组织大家去看花才有意思。

群主很快就回复道：我可不想当采花大盗的首领啊。再说，你以为野花就可以随便采吗？采一朵，农民伯伯收你钱！

"我不是女汉子"就说：呸，你这个胆小的群"猪"，连野花都不敢采，还怎么出来玩？大家都退群吧。

群主慌忙说：别别别，你们来我家随便采，我还招待你们住宿吃饭。虽然我家拥有大量土地山林，但我也不好意思自诩为新时代农二代啊。若弃我而去，天地为之含悲也。

"我不是女汉子"道：那去你那儿几百公里啊，大家的车费油费你包吗？

群主道：我家就在青城山后面，你们从成都开过来，一个小时就到了。我爸在这里修了一栋三层楼的民宿，土地还有七八亩，幕天席地安排一万人也不成问题。

"我不是女汉子"道：群"猪"，你拉我们进群果然是有阴谋的，就是想忽悠我们来你家消费，想赚我们钱是吧。

群主忙道：非也，这都是我爸的产业。你们要来玩，报我的名字，绝对比其他地方便宜。这样吧，大家来玩，第一次吃喝住免费，以后，大家来玩，给够房钱就行了，吃饭免费。毕竟我爸妈一把年纪了，洗那些床上用品也不容易。

群主为了表示诚意，就在群里发了一张自拍照片，是一张扬着嘴角，刻意挑着眉毛，且故意睁大眼珠子的头像，其脸色白皙，头又大又圆，要不是头发显得有点长，乍看就像个长了鼻子眼睛嘴巴的大汤圆。

"我不是女汉子"道：果然是一头粉白的肥猪，你不去演猪八戒真是可惜了。

群主想看看"我不是女汉子"的照片，却只得到女汉子发来的一张站在某山顶的背影。不过，正是因为群主自曝自己是青城山人士，才让陌生的群友有了留下来的兴趣，也为组织探险埋下了伏笔。

后来，"我不是女汉子"驾车去了青城山后山，在群里发了群主的豪宅照。果然，群主家是一栋三层木质的古典洋楼，位置也很不错，就在柏油公路旁，对面附带一个可以停十多辆车的草坪。群友们也再次见到群主的真身，是比女汉子高出一大截的壮汉，二十五六岁的样子。群主显然是刚理了发，更加突出了他颇具喜感的头像：壮硕的身体上顶着一张胖乎乎的娃娃脸，而女汉子则用一朵菊花给自己的脸打了马赛克。

后来，群主又"欺骗"了几个群友去他家。因为吃住的确不花钱，但是群主家的地理位置太偏了，群友抱怨这里真没什么可玩的，大半天见不到一个人影子。于是群聊一度又冷却了下来。胖子群主为了力挽狂澜，其间换了几个群名，什么"青城山采野花""胖哥荒野求生""山野少年运动"等，但换汤不换药，均未见疗效。

群聊再次火爆还得感谢拍荒野求生节目的贝尔，群主@了全体成员发布了一条消息：世界求生大神贝尔败走中国。说贝尔在海南拍节目时，喝了一口溪水结果得了急性腹泻被送往医院进行抢救。于是群主嘲讽道：真不知道我国的厉害，那是你们可以随便闯的吗？

在中国户外界享有盛誉的贝尔怎么也想不到，一直喜欢看他节目的中国粉丝此刻却造起了反。群主言论一出，群友们纷纷揭竿而起。

"搞球不懂"道：贝爷生吃虫子和活动物绝对是误人子弟，很容易染上寄生虫。据说贝爷每次回到英国都要做体检什么的。大家不要盲目效仿。

"荒野大神"道：大家别被贝爷欺骗了，他拍节目都是作秀，没有强大的后勤团队他早就挂了。

然后"荒野大神"发了一张图片，上面是贝爷和拍摄团队在户外吃比萨的照片，比萨被放在一块大石头上，贝爷则呈回眸一笑的撩人姿势。

"请用金钱砸死我吧"道：贝爷只是为了展示。像在野外，生物都被吃得差不多了，他要是来中国生存十几天还是得饿死。

然后有人发了一张贝爷被担架抬着进入有中文字样救护车的照片，有图有真相。

在地球上混得如日中天的贝爷做梦也想不到他伟大的形象竟然在中国互联网上一个名不见经传的 QQ 群里瞬间跌下神坛。看了这些照片的群友们无不大跌眼镜，纷纷吐槽。QQ 群信息瞬间就 99+，然后又是 99+。有心的人也许会发现，这个群的活跃程度从 LV2 很快飙升到了 LV5。

然后"搞球不懂"就宣布道：其实中国的荒野大神就在我们群里，比如我。

这种一点都不谦虚的大言不惭行为一石激起千层浪。要知道，咱们是礼仪之邦，谦虚是美德，自称自己是大神，成何体统！

群友们纷纷表示不服。更有人自曝自己当过兵、当过武警什么的。没想到一群人竟然开始攀比起来，一时间冒出数个退伍军人，甚至还有人自称是警察叔叔。

这个群从来没有此时这般热闹；而名扬天下的贝爷跌下神坛后又被大家抛到了九霄云外。

接着又有人开始亮出自己的退役证，当然关键地方打了马赛克。

看来群里的"大神"确实不少，竟有人把荣立的"三等功"勋章、"优秀士兵"证书、嘉奖令等都一一晒了出来。一时间，群里红光闪闪，仿佛天地之间充满了阳光和安全感。

这其中，引人注目的还有"狼迹江胡""卤香牛肉""忧钱真人"等，后来都成了群里的主要活跃分子。

群里的 PK 一时难有结果。于是有人率先秀起自己的手臂肌肉，肱二头肌比完之后，又开始秀起自己的胸大肌。有的胸大肌看起来非常不雅，不说明性别的话还以为是张黄色图片，引得多位女性群友表达了抗议。也有人申诉说，这个月的流量马上就要用完了，实在遭不住海量图片一波又一波的折腾啊。而群主仿佛隐蔽在暗中，不发一言。平时都是他主动发言挑起话题，以维系群最基本的日常活跃指数，现在终于可以退居二线休息了。

胸大肌秀完，就轮到秀腹肌了。有几个闹得最起劲的人，干脆脱下衣服，直立镜前玩起了自拍。在当时，随便向陌生网友展示自己隐私可是一件极为不检点的行为，所以后来才有了闪图，阅后即焚，不留机会给那些喜欢盗图的人。

在群里的巨型汉字、搞怪表情和人体图片斗得一塌糊涂的时候，手机和电脑内存快到崩溃边缘，群主终于出现救群于水深火热之中。当时的手机可没现在这么先进，内存少得可怜。

只见群主冷不防也发了一张图片，一时间居然没人看懂，群里于是硝烟骤散，鸦雀无声了很长一段时间。

要说群主这图，很多人几年后可能仍然难以忘怀，甚至做梦也会梦上几回。乍一看应该是一个白白的大肉球，仔细一看应该是人体的某个部位，用心再看，这肉球上隐约有个王字。

有个群友终于开口道：群主，你这是偷拍哪个孕妇的肚子啊，你家媳妇啊？

大家顿时醒悟，原来群主发的是个大肚子。

群主发了一个苦笑的表情：胖爷我的腹肌，你们都不认得吗？可怜集高贵、豪华、单身和帅于一身的我，竟被你们这些后生一再糟蹋。

群友一片嘲笑：你以为在肚皮上画个王字，就拥有六块腹肌啦？

又有人心疼群主：我可怜的群主，你出生得晚了两百年啊。

群主以为有人在夸他，便问：爱卿，此言何讲啊？

群友答曰：要在百年之前，您老肯定是当朝宰相啊。

一群友附和道：言之有理啊，常言道，宰相肚里能撑船。群主，您这肚子怕是可以开航空母舰了。

群主不以为耻，心里反有窃喜，用一个表情叹道：唉，不瞒各位，本相数年前，还在读大学时的确是有六块腹肌的，现在你们看到的可是六合一的大腹肌啊，这里头可是大有故事的。

于是有些低调的群友说：群主，我这是练了二十多年的八合一的腹肌，你想看吗？

又有女性群友被群主的话勾起了兴趣，追问群主肚子里装的是什么坏水，不妨给小姐姐们吐吐。

群主道：这个王字可不是画的，乃是当年我为了追女朋友所需，应急练出来的，当时我没事就用手在腹肌之间反复搓，以为这样可以促进腹肌间脂肪的燃烧，凸显肌肉。后来没练了，六大腹肌分久必合，成为一块。但是腹肌没了，称王称霸的灵魂还是在的嘛。

于是群友问：群主你有什么风流往事啊？说出来大家学习学习。

群主道：一言难尽啊。简单地说就是：问世间情为何物，只叫人长出大肚。

一看群主有八卦新闻，于是又一批喜欢八卦的群友追问群主；之前大秀自己身体局部图片的终于有时间穿衣保暖去了。

群主道：打字太慢。等下给你们发语音讲哈。不过，看在我一表人才的份上，不妨介绍点妹子。这里也就算是本群官方重金悬赏的征婚新闻了。

于是群主果真给大家讲了自己悲惨的初恋故事，就此加深了和众多群友的感情联系，意外地巩固了自己群主的统治地位。

第二章：悲情故事

问世间情为何物，只叫人长出大肚。

这是一个 21 世纪初的故事，虽然距今已经很久了，但相信类似的故事还在上演。

群主当时正在成都某财经大学就读，他本人现在成都某金融公司从事股票、基金等投资理财的工作，只是有空了才回青城山父母家，回家也主要是为了改善生活，吃点土鸡土鸭、绿色环保蔬菜什么的。

群主上大学那时，还保留着原生态的胖，身材虽然高大，但是脸还是娃娃脸，因此被同学们称为"小胖"。

话说有一次小胖去打开水，路遇一笑口常开的漂亮小学姐，他便痴痴地看着人家由近走远，两只脚仿佛瞬间扎根大地，愣是迈不动，待在原地看了半天。

高考前他还嘲笑那些早恋的同学笨，说跟女生有什么好玩的。结果轮到自己情窦初开，才知道恋爱的感觉犹如醍醐灌顶，打通任督二脉一样妙不可言。群主回去后就给室友讲自己遇到个天仙般的小姐姐。

室友也是非常热情，就问他小姐姐穿的什么衣服，长相特点是什么。小胖就说穿什么不记得了，只记得漂亮的脸蛋和刘海儿，眼睛、鼻子美得无法用中小学掌握的语言文字来形容，只能用：啊，你真漂亮，啊，你真美啊之类的来高声赞叹。

室友根据有限的线索进行了广泛的情报分析，这一次的寝室夜谈热烈而漫长，可以作为小胖人生走向成熟的一个重要里程碑，这比几年后他长出生平第一根胡子的意义还要重大。

第二天，热心的室友便开始四处打听。紧接着整个班的男生都行动了起来，大家议论纷纷，把附近几个班的美女、班花都悉数分析了一次，也没得到令小胖满意的结果。这些人如此八卦，可不是为了成就小胖幸福，而是爱美之心人皆有之。

于是小胖得了相思病，茶不思饭不想。课堂上，痴得口水流淌。不久，小胖终于开始行动，主动地把全寝室八个人的开水瓶都承包了，一天跑四次开水房，希望再次邂逅那个让自己神魂颠倒的女孩。可惜一连过了数天，还是没有好消息，但小胖不轻言放弃，索性把左右寝室打开水的任务也承包了。希望便随着打开水的活动，生生灭灭，日复一日。

看到小胖如此痴情，寝室和左右寝室的同学终于被其深深地打动。于是一有空就跑到各个班的教室去调查班上的女生，然后带着小胖去现场认人。小胖一个人的希望变成了一群人的梦想。然而，半个月过去了，大家的希望还是落空了。为了让小胖重新燃起爱的希望，同学们不停给他鼓励，不然小胖心灰意冷了，谁帮他们打开水啊。不，应该说不能随意剥夺人家积极锻炼身体的合法权益。

功夫不负苦心人，小胖竟然在苦苦等待数月之后再次在打开水的途中遇到了那个漂亮的小姐姐。小胖又激动得走不动路了，双脚仿佛又扎根大地，动弹不得。他目不转睛地看着那个漂亮女孩，不禁喜极而泣，竟然哇的一声哭了。这一声哭，惊天动地，引起了很多人的关注。

那个女孩也是个大方而热情的人，看到一个胖乎乎的男生竟然站在路中央哭泣，眼神仿佛是在向她求助，于是心生怜悯，上前关切地问：同学，你怎么啦？说给姐姐听听。

小胖抹了一把眼泪和挂得长长的鼻涕，往衣服上擦了擦，破涕为笑道：没什么，我又想妈妈了，可能是她病了。

关键时刻，小胖还算机灵，撒了一个美丽的谎言，博得了那个女孩的些许同情。

女孩安慰说：你是新生吧，肯定是想家了。没事，我刚来的时候也是这样，也偷偷哭过。你真勇敢，竟然敢公开放声大哭，我真是佩服你的勇气，过一段时间适应学校生活就好了。你要是有什么需要帮助的，可以来找我，我叫徐丹丹，是05级会计班的，同时也是我们学校学生会文体部艺术分部国学协会书画分会国画委员会办公室副主任。作为学生干部，为你们这些新生服务也是应该的。

小胖心里不禁暗喜：真是老天有眼啊，这下连她名字、班级、学校任职信息都有了。

小胖按捺不住，第二天就去找了徐丹丹，说自己喜欢国画，希望加入组织。

不过徐丹丹说不急，可能有更好的部门适合他，比如喜剧部，虽然喜剧部一直也没成立起来，大概也就是少了几个看起来可爱的白脸小胖吧。人家国画协会要的可都是些清瘦且仙风道骨者。

小胖发现徐丹丹似乎有些喜欢自己，因为有时他说句话，徐丹丹就笑得停不下来。于是小胖开始搜集各类笑话、幽默故事，希望在女神面前好好表现一下。功夫不负有心人，徐丹丹从此就喜欢上了听小胖的笑话。一有空就约小胖出去散步，听他讲各种笑话和幽默故事，哪怕是很无聊的生活琐事，只要从小胖嘴巴里说出来，似乎就一定是很好笑的。其实这些故事也都司空见惯，不过通过小胖眉眼之间的微妙表达，加之他那副白白净净又傻不拉几的胖脸衬托，别有一番风味。

两人约了几天，友谊日渐加深，似乎已经达到形影不离，一日不见如隔三秋的地步了。小胖认为是时候向女孩表白了，因为再不表白，怕被其他男生抢了。

那一天，风和日丽，小胖特地买了一朵玫瑰花，准备向徐丹丹表白。

徐丹丹见小胖手上拿的东西，便问：你是想给我讲一个关于花的故事吗？

小胖严肃地回答：是的，故事的主角就是你和我。

徐丹丹听了一下子不笑了。

小胖不禁有些紧张，声音都有些发颤地说：我喜欢你，徐丹丹。我们，我们谈恋爱吧。

一紧张，小胖昔日可爱的模样一下就没了，说的话听起来也味同嚼蜡。

徐丹丹沉默了，低着头半天不说话。

怎么啦？小胖急忙问：我说错什么了啦？你到底是怎么想的？同不同意嘛？

徐丹丹抬起头说道：你是个很有趣的男生。可是，我一直拿你当好朋友，像闺蜜的那种。你还小，我们年龄相差悬殊，不适合做恋人。

徐丹丹说完扭头就走了。小胖站在原地，失望地看着徐丹丹远去的背影。他怎么也不明白，什么叫相差悬殊，小姐姐也就大他两岁嘛。

小胖还涉世未深，不知道同样涉世未深的女孩其实就像草原上的小兔子，一有风吹草动就容易受到惊吓。一旦男生突破界限，欲把友情变成爱情，很可能会触发女生天生的心理防范意识。没有铺垫的行动往往容易失败。若干年后，小胖也自觉当时表白得很唐突，很苍白无力。假如再多点时间讲笑话，假如当初能换一种方式，例如在表白之前先来个激将法，说班上有女生有点喜欢自己，几次想约自己去打羽毛球，以后怕不能经常来给她讲笑话了。如此，或许可以很快刺激对方产生一种失去珍贵物品的危机感，或者说那就是一种醋意，让对方为了挽回友谊而不顾一切。这就事半功倍了。

被拒绝后，小胖自然不甘心，一直尝试去找徐丹丹，希望能向她认错，说那能做回普通朋友之类，这样至少还能和她在一起。可是，徐丹丹却故意躲着他，消失不见了。

小胖很难过，开始逃课，把每天的时间用于跟踪徐丹丹。

一天，他拦住去上学的徐丹丹，道歉认错，虽然也不清楚自己到底犯的什么错。而徐丹丹依旧一脸冷漠地说：我们不可能的，我现在只想一个人静静。

为什么不可能啊？你要什么我都可以给你，我可以为你做任何事。

徐丹丹急了：你可以为我去死吗？去跳楼，去跳河？

小胖犹豫了一下：当然可以，但是我不能这样做。我死了，谁来保护你、关心你，谁来给你讲笑话啊？

徐丹丹见小胖反复纠缠，引起很多同学围观，觉得很是没面子，于是想出一计让小胖知难而退。她说：要我喜欢你也可以，除非你先练出六块腹肌，我就答应你。

小胖仿佛看到了希望，开心地说：好，我一定为你练出六块腹肌，你等着我啊。

于是小胖开始行动。他先练跑步减肥。在操场跑步的时候遇到一个也喜欢跑步的师兄。

师兄问：第一次见你跑步啊。是为了加入跑步协会，参加马拉松比赛吗？我可以引荐你。

小胖摇摇头：我是为了练出六块腹肌。

师兄就笑道：那你应该练仰卧起坐这些啊。跑步有什么用？

小胖：我得先减肥，肥没有了，腹肌自然露出来了。

师兄反驳道：那你看我有腹肌吗？练腹肌跟跑步没有必然联系。

小胖：你说得有道理。我回去练腹肌去了。

师兄叫住他：你干吗非要练腹肌？练跑步不是更好吗？参加马拉松，只要完赛就有奖牌的。

小胖叹息道：我追求的女孩要求的，她非要我练出腹肌才肯和我谈恋爱。

师兄提醒道：那你得抓紧时间啊，现在学校男女比例失调，帅哥多，美女少，竞争压力大！

小胖一听，顿时感到无限的压力。但压力往往是动力之母。于是他抓紧时间开始练腹肌，同时辅以手搓腹肌间隙。

时间很快过去了半个月，小胖努力练习，加之自创的手搓腹肌大法，他的努力终于有了成果，六块腹肌已经可以用肉眼观察到了。

突然有一天，他遇到了徐丹丹，他看见穿着超短裙的徐丹丹正挽着一个黑人留学生的手走在校园里有说有笑！他们的手臂缠在一起，肉贴着肉！对小胖来说，这无异于好几个晴天霹雳，闪电暴击。

小胖气冲冲地上去拦住他们，质问徐丹丹：你骗我，你不是答应我等我腹肌练出来就做我女朋友吗？你为什么要跟这个黑人在一起？我长得这么白，难道不好看吗？

说完，小胖撩起自己的衣服，露出隐约可见的六块腹肌，展示自己的努力成果。

徐丹丹脸色有些尴尬，冷冷地说：你来干吗？我的事跟你有什么关系？请你以后不要来打扰我们好吗？

这时，那个比小胖略高的黑人留学生说了几句小胖听不懂的英语，似乎觉得小胖是在耍流氓，便一掌把他推向一边。小胖没有防备，一下子倒向一旁，撞在道旁树上。

徐丹丹头也没回，继续挽着黑人男友消失在人群中。

小胖瘫坐在地上，号啕大哭，头上还流着血。几个好心的同学赶紧把他送往校医室，还安慰小胖道：现在的女生就喜欢和外国人在一起。这种没眼光的人我们不要也罢。

这是一个"寒冷"的夏天。对小胖来说，晴天霹雳，宇宙大爆炸，都不足以表达他要死的决心。

面对同学的关怀，小胖一句话也听不进去，终日以泪洗面，不停地唱着一首伤感的情歌：给我一杯忘情水，让我从此不流泪……寝室的哥们苦口婆心地安慰他，自然也解决不了根本问题。

一天，小胖忽然心中异常憋闷，料想是这几日伤心过度所致，要再这样下去，非引发心脏病英年早逝不可。是为了不可靠的爱情还是保住自己的小命？小胖不假思索地选择了后者。于是赶紧收敛了悲伤，突又想到那个跑步的师兄。于是赶紧去操场寻找。师兄还没出现，小胖胸中憋闷难忍，便在操场狂跑起来，边跑还边不住呐喊：天啦，地啊，妈呀……跑了两圈，就累得不行，气喘吁吁地倒在地上，心中的憋闷顿时少了大半。休息好了，又起来猛跑两三圈，依旧是忘我无人地呐喊。所过之处，无不惊起行人慌张避让。那个跑步协会的师兄看到小胖跑得如此投入，有声有势，惊天地泣鬼神，以为遇到了一个跑马拉松的奇才，当即决定收小胖为自己开天辟地的第一个弟子。

此后，小胖就跟着这位师兄练跑步。因为失恋带来的痛苦可以随着跑步流出的汗水而融化于天地之间，加之在操场大吼乱叫的确可以发泄情绪，所以小胖也就爱上了跑步。

一边跑步，一边还能咆哮。这可不简单，因为一般需要很高的肺活量才能实现。小胖这一奇特的跑步行为，可谓前无古人后无来者。很快他就在学校跑步协会出了名。虽然有人试图模仿，可是怎么喊也喊不出小胖那种沉重而洪亮的感觉，特别是人一旦跑得气喘吁吁，哪还有余力说话？

别人请教小胖跑步技巧，小胖就说：你们经历的事儿太少了，人生阅历不够丰富。

后来小胖在跑步协会的组织下参加了几次半程马拉松赛事，均顺利完赛。一如师兄所言，完赛即可获得奖牌。沉甸甸的金属奖牌给小胖带来不小的自我满足感。

小胖一时成为跑步协会的中流砥柱和形象代言人，其浑圆的头像和跑步事迹也一度被学生会宣传部在校园各处张贴。一时间小胖在学校名声大噪，且掀起了一股跑步的热潮，众多因为身材肥胖而闷闷不乐的女生仿佛看到了希望，纷纷加入跑步协会，要求小胖做她们的教练。于是人们慢慢地发现，标准运动场上，常常有一个胖胖的男生后面跟着一大群胖胖的女生在跑道上怒吼着，惊天动地跑圈。于是乎，喜欢在操场周边嬉戏的麻雀不见了，常来操场饭后散步的情侣也消失了。

小胖后来总是对人吹牛说自己当年是学校的万人迷，身后总有一大群女生追求自己。此言不虚，说的就是这个事。

这也许是小胖在大学校园里最辉煌的时刻。当时还有一个校园自媒体的女记者莹莹跑来采访他。来采访的女记者莹莹其实是另一所大学新闻专业的学生。莹莹当时穿着运动风格的短袖、短裤，扎着道士一样的发髻，浑身上下都洋溢着青春少女的气息。小胖当时已经把恋爱这些儿女私情抛在九霄云外了。莹莹的出现，让他有了一种春天种子发芽，冰雪融化，怦然心动的感觉。

莹莹问小胖：您发明的这种咆哮跑步法有什么灵感来源吗？例如来自特种部队的训练什么的？

小胖一本正经道：其实也没有什么灵感，就是发自内心地想吼吼，吼吼更健康。究其原理，一是身体通过汗水释放热量，排出体内毒素；二是吼一吼则可打破人们的思想禁锢，帮助我们释放内心的压抑，缓解学习的紧张；三是跑步可以刺激大脑内啡肽的生产，让人从中枢神经的源头感到愉快。

莹莹觉得小胖谈吐不凡，顿生好感。问道：你在学校是否遇到过挫折，打击，你还有其他处理自己情绪的方式吗？

小胖想起当初和徐丹丹在一起单纯的快乐，又想起徐丹丹跟黑人在一起时背叛他的无情。心里面瞬间五味杂陈，很不是滋味。他本来想说，是因为一段失败的感情。结果话到嘴边却变成了：每个人都有自己不幸的过去。当时我刚入学，母亲又生病了，我左右为难，不知如何是好，于是就机缘巧合地把吼叫与跑步结合了起来。后来取得了这么好的效果和反响也是我始料未及的。

莹莹觉得小胖身上有一股成熟男人稳重的味道，便更加喜欢了。

后来，莹莹多次来找他，借口采访找不到路请他当向导云云。一来二去，两人成了朋友。有一次，两人一起吃完晚饭在校园里散步。

莹莹说：你热吗？怎么我的手里全是汗啊。

小胖不解地说：不会吧，夜晚的校园还是挺凉快的。

莹莹说：不信你摸摸。说完就把手伸向了小胖。

小胖未加思索，果然伸手去摸，莹莹就趁机一把紧紧地抓住小胖的手不放。

小胖迟疑了一下方才解了人家的春风之意。于是两人手牵着手在校园里走了足足两个钟头，鸡毛蒜皮也说得津津有味。末了，莹莹双手搂着小胖的脖子准备给小胖创造一个浪漫的机会。

两人的嘴唇就快要碰到一起的时候，小胖一把推开莹莹。

小胖说：对不起。这不是我想要的感觉。我记忆中的恋爱就是两个人在一起有说有笑。我说什么，她都会开心一笑，我也会因为对方总在我面前开开心心的而无比开心。而现在，我在你这里却找不到这种感觉。我认为男女之间应该有更深奥，更有内涵的……

小胖话没说完，莹莹以雷霆之势啪地给了小胖一个大嘴巴，临走还丢下一句话：神经病啊你！

小胖大学期间的恋爱就这样灭绝了。

到了大三，小胖居然还是忘不了徐丹丹，虽然身边随时不缺减肥成功后勉强可以发展的女跑友。忍不住，他就去找徐丹丹，至少想知道徐丹丹现在过得还好吗？因为徐丹丹马上就要毕业了，以后见面的机会就更少了。

小胖去徐丹丹的教室找，她的同学说她病了，这几天一直没来。

小胖问：她是什么病啊？

徐丹丹的一个同寝室的同学说：我们也不好意思说。难道你没听见什么小道消息吗？不如你自己去问吧。你自己可要注意点啊。

小胖于是在女生宿舍楼下面等徐丹丹，想她总要下楼吃饭吧。

果然，徐丹丹下楼来了，穿得还是那么时尚，可是精神却萎靡不振，好像真的生病了。

小胖走上前，拦住徐丹丹：你们就要毕业了，我只是顺道来看看，你还好吧。

徐丹丹慢慢地抬起头，从面前这个男生走路带来的风里，她也仿佛感觉到了那种熟悉的气息。徐丹丹并不吃惊，也不生气，片刻过后，她的眼里却噙满了泪水。

徐丹丹略带哭腔地道：你怎么现在才来？

说完竟兀自哭了起来。

小胖始料未及，他既担心徐丹丹真的生了什么大病，又担心周围路过的女同学误以为是自己欺负了徐丹丹。

于是小胖说：你还没吃饭吧，校门口新开了一家砂锅米粉店，好久不见了，我请你吃饭吧。

末了又加上一句：我们都还年轻，一切都不会晚的。

两人漫步走到校门的饭店里，一路上都沉默不语。小胖生怕说了什么不妥的话引起徐丹丹情绪波动，这会让路过的师生产生误解，自己可不能背别人的黑锅啊。

到了饭店，两人找了一个非常僻静的地方坐下。小胖点了店里的招牌菜。

小胖问道：听你们班同学说你生病了，我有些担心，所以特来看看。

徐丹丹也不回答，说：我好后悔啊，当初真应该答应你，和你在一起的。是我不好，对不起你。

徐丹丹居然向小胖说对不起，这着实让小胖既惊喜又迷惑。于是问：出了什么事？我依然还是你的好朋友啊。

徐丹丹半晌才说：如果时间可以重来，我一定选择和你在一起，你那么幽默，那么体贴，曾经给了我很多美好的回忆。可是我……

这话说得让小胖心里乐开了花：看来徐丹丹终于认可自己了。但他又刻意掩饰了内心的激动道：如果，你愿意，我们现在也可以开始，重新开始。我们都还年轻嘛，没什么大不了的事。

徐丹丹：晚了。你来晚了。要是你知道我得的什么病，你一定会嫌弃我的。

小胖心里面刚刚燃起的一团希望，不想马上让它熄灭。于是说道：不管什么病，咱们积极去治疗就好了。

小胖原来只是想，不过就是患上了什么皮肤科、妇科疾病吧。治治就好了。

徐丹丹低沉地说道：那个黑人毕业了，很快就要回非洲了。他走了，我怎么办？你知道他对我做了什么吗？

小胖闻言，心中不免一震，一种不祥的预感袭来，心里暗自怒道：原来她心里还想着那个黑人。

徐丹丹接着说：我这辈子算是毁了，是他传染给我的，跟他回非洲也是等死，留在国内也只能害人，还连累家人。我该怎么办呀，我该怎么办呀？

说完，徐丹丹伏案痛哭起来。

小胖稳了稳心神，镇静道：你先别哭，现代医疗技术发达，再难的病也是有办法的。我们家虽然在农村，但是我爸还是有钱的。

小胖忽然又想，当初徐丹丹是不是因为嫌弃自己是农村来的，瞧不起自己啊？于是又补充道：你要是有兴趣我带你去我家，我家就在青城山后山，可耕种的土地有十八亩，山林三百多亩，还养了……

小胖还没说完，徐丹丹不耐烦地道：晚啦，没用啦，艾滋病怎么治啊？全世界都没法治疗！

小胖一听，艾滋病！顿觉仿佛五雷轰顶，头脑大爆炸。又似瞬间坠入北极零下100度的冰水里，四肢都被冻得僵硬。希望、同情像是瞬间发生了催化反应，生成了黑色的恐惧。

沉静片刻后，小胖做了一件既聪明又让他后悔终身的事。他结巴地说道：没，没事，你稍等一下，我去催催我们的菜。

然后，趁机跑出饭店，头也没回。边跑边想，幸好没一起吃饭啊，不然还传给我，害我一辈子啊。

后来，徐丹丹再无消息了。

从此，小胖不再相信爱情，腹肌也没练了，马拉松也不跑了，一身的肥肉死灰复燃，特别是那个渐渐长大的肚皮，承载着多少超越他年纪的人间辛酸。

因为一连串的打击，可怜的胖子群主在大学期间一直没有谈成恋爱，仍然为自己尚未谋面的不知是否已经出生的未来女友保留着自己的处子之身。

群主言毕，群里一片死寂，群友像默哀一般沉默了至少三分钟，然后群友纷纷向痴情的群主表达了同情和慰问。更有群友鸣不平，发誓要为群主当红娘，挑选世界上最好的妹儿献给胖子。

一个叫"绿野仙人板板"的群友说道：群主万福！万分感谢你讲了这样一个感人肺腑的惨烈故事，我已经好久好久没有被感动过了，听了您的故事，我的内心仿佛久旱逢甘霖，他乡遇知己，泪水终于舒舒服服地排泄出来了，治好了我多年的眼干燥症！您真是我的再生父母，再世华佗啊。为了报答您的大恩大德，我决定把我珍藏多年的姐姐介绍给您！

群主不禁发了一个喜悦的表情，其实是名字为"色"的表情。

群主问：你姐多少岁了？

"绿野仙人板板"：我姐是名护士，精通医术，温柔大方，勤俭持家……

群主：你姐多大了？

"绿野仙人板板"道：去年还被医院领导评选为优秀护士，她很有爱心的，家里还养了两条流浪狗，收养了三只流浪猫……

群主：你姐多大了？

"绿野仙人板板"：她兴趣广泛，也喜欢旅游、徒步这些，而且喜欢饭后公园散步，广场跳舞……

群主：你姐多大了？

"绿野仙人板板"道：她还在成都买了套房子，有一辆代步车……

群主：@绿野仙人板板，我问的是你姐多大岁数啦？（跟着一个愤怒的表情）

"绿野仙人板板"道：哦，今年才刚刚满36，看起来比实际还年轻一些。

话音刚落，就有群友骂"绿野仙人板板"道：照你这样说，我还可以把我珍藏几十年的老母介绍给群主呢！你们就不能正经点，把自己的妹妹奉献出来吗？

有群友答曰：老夫今年50有余，表妹小我5岁，想帮群主成就一桩美事，但心有余而力不足啊。

"绿野仙人板板"道：你怎么不把你女儿介绍给群主？

那群友道：吾女不顾父母以死相劝，已远嫁东洋……

终于有群友说了句公道话：你们这是在帮群主吗？你们这是在害群主啊！你们这样只会加深群主的心理阴影，群主的心理阴影面积已经比地球表面还大了，再这样下去，恐怕太阳系都要被覆盖了，知道不？

群主一时无语，不再发言。可能在一旁追忆往事伤感去了吧。

良久之后，先前那几个暴露自己肌肉的家伙又跳了出来。

"搞球不懂"道：群主，男儿志在四方，别为儿女私情耽误你的伟大前程啊。我也曾是单身一个，怕个啥？

"狼迹江胡"：言归正传，是骡子是马拉出来遛遛。我看咱们什么时间去野外切磋一下武艺，来个荒野求生大比武，如何？

"忧钱真人"：我没问题，你们定。我有时间也有车。

"卤香牛肉"：我提议就去群主那儿，有群主大人罩着，我们想干啥干啥。

群主道：谢谢大家关心，我早就走出了心理阴影，接受日月精华了。欢迎大家来青城山后山玩，露营、荒野求生，随便你们玩。后山无人区，我说一，没人敢说二……

于是大家七嘴八舌地在群里讨论起群里即将开展的第一次活动。最后一致同意：以荒野求生的方式，从青城山穿越到水磨古镇。有图有真相，全程拍照，发群里以求公证。

但很多人以为这是在已被开发的景区附近玩，应该是一趟简单而轻松的户外徒步旅游。轻敌是户外运动的大忌啊！

第三章：荒野求生记

为了鼓励大家踊跃报名，胖子也是拿出了巨大的诚意，抛出户外寻宝的诱饵，说山中有价值连城的乌木，可以带大家参观。此外，胖子群主就像个老妈子一样唠叨了好几遍，说什么重要事情说三遍。诸如路线图，携带装备，逃票技巧与说辞等。特别是荒野装备，胖子发了长长的一个列表，衣食住行，样样俱全，就连女生是不是要带上卫生巾也给提醒了。直惹得几个女性群友大骂：死胖子，这也说，活该你倒霉做单身狗。

胖子丈二和尚摸不着头脑，道：我说错什么了吗？就算说错了，也不能怪我啊，毕竟我没做过女人嘛。

"卤香牛肉"：各位姐姐息怒，咱们群主比较单纯嘛，他心理年龄比较小，有机会你们帮助他成长为真正的男子汉，那样，他就知道如何在不同场合遣词造句了。

"狼迹江胡"就道：群主，你这是要背井离乡啊？背那么多东西，不如背几个不想走路的妹子助人为乐。

一晃到了活动集合日。最先到达的是老胡（狼迹江胡）、老搞（搞球不懂）和小君君（荒野大神），后面还有胖子的同事小胖、小侯等。因为小胖的出现，大家为了避免混淆，便在适当的时候将群主称为"大胖"。

这次活动的目的就是认识新朋友，外加锻炼身体，呼吸新鲜空气。至于活动的经过，胖子群主后来写了一篇文章，叫《走，荒野求生去》，竟然还在某知名期刊发表了。附录于此：

一日群里有人问我：有没有轻松点的户外活动？那些重装徒步已经不吸引我们了。

我随口道：有啊，荒野求生，啥也不用带。

没想到很多人都积极响应。其实他们都有重装徒步的经验，经历多了也就有些厌倦。加之平时都爱看贝爷《荒野求生》的节目，早就跃跃欲试，想实际体验一番。

话一出口，群友便撺掇我组织一下。我勉为其难，想着现在春暖花开，野菜疯长，正是时机。于是查看卫星地图，将目的地选定在青城山的无人区，因为这是距离成都市区最近的群山。万一出了意外，也方便联系景区救援。最终我选了一条靠近水源的路线，做了前期准备和组织工作。

于是在某个周末，两台车七个人就来到青城后山，车停公路尽头后众人便开始了冒险之旅。此行我们个人只带水壶，团队带求生刀、火种、工兵铲等。装备非常简陋，人却格外轻松。

我砍了一根长竹，在前面打草驱蛇，其余人则在后面有说有笑，显得非常放松。我提醒道：注意路边的野菜，适合就拿下，到了营地就不用费事了。众人欣然领命，边走边采一些野菜，不过都是常见的车前草、蒲公英之类。

山路久未有人走，杂草丛生，有迷路的风险。我起初并不在意，等走了四个多小时，误入密林深处，这才发现不对头：根本没发现地图上的小溪！环顾四周，高大的松树和冷杉把我们团团包围，无法看到尽头。

我感到有些压力，却不敢告诉队友，担心"扰乱军心"，既有损自己的威信，也会扫了他们的兴。反正时间不早了，不如随遇而安就地扎营，正好这里的树木能够提供足够的枝丫来建造庇护所。队员们恰好也累了不想再走。

有人拿出手机或报平安或发朋友圈，才发现根本没有信号。这无形之中增加了我的压力：万一有事，怎么求救呢？团队的医疗包只能处理常见的皮外伤。

为了活跃气氛，我提议来一场窝棚大赛，看谁的窝棚建得最好，回头奖励一个红包。

于是队友纷纷开始行动，四处搜集建筑材料。有的将窝棚直接建在地面，再铺上厚厚的枯叶杂草；有的则是先用木棍铺地隔绝地面，然后再搭窝棚。

窝棚很简单，不久就陆续有人忙完停下休息。此时，第二个始料未及的危机又出现了：刚才一直在劳动，尚不觉得冷，现在突然停下来顿觉森林里寒气袭人！

要知道海拔每上升一千米，气温就降低六摄氏度，而营地海拔接近两千米。城里有不怕冷的人已经穿起了短裤短袖，而这里的夜晚非得穿棉袄不可。在户外，失温造成的悲剧年年都有，但大家为了体验真实的荒野求生，根本就没带羽绒服、睡袋。想到此，我倒吸了一口冷气。

生火取暖是必需的，但森林防火人人有责。安全起见，我们用工兵铲挖了一个土坑做无烟灶，这样也方便煮野菜。

眼下食物是个大问题。路上采的车前草、蒲公英等虽然体积大，但是去掉不能吃的部位，留下的根本不够我们七个大汉塞牙缝。更迫切的问题是大家的水壶早就见底了。

于是我们留下两人照看营地，其余人全部出动寻找水源和食物。不久，在地势低洼的地方顺利找到了一个小水坑，里面泡着大量枯枝烂叶，还散发着一股青草的腐臭。这难不倒我们，用铲子在其旁边挖一个深坑，水就慢慢浸出来了，经过泥沙的过滤水更干净。

潮湿的地方往往聚集着各种野菜。很快我们就发现了大片的雪芽菜、鹿耳韭，这才是真正的野菜，比吃草好多了。但叶片的能量终究还是非常低，要抵御夜晚的严寒必须找到高热量的食物。那就是寻找有肥厚地下根块的食物，于是我不失时机地拿出了看家本领，给队友们介绍一种全新但常见的品种：羊角天麻。它广泛分布在云贵川山区，其地下根块很像天麻，富含淀粉，能量价值远远大于任何叶子菜。没等我介绍完它的全部功效，队友们就迫不及待地干起来。不久就收获了满满两口袋红薯一样的东西，再借助水坑就地清洗。

回营地时天已黑，饥饿难耐的队员们又煮又烤，吃得非常香。但终究因为体力消耗大且人多都没吃饱。而真正的挑战才刚开始。

晚上森林的气温如约骤降，寒冷刺骨，四面透风的窝棚自然没法居住。大家都围着火堆挤成一团取暖。但火不是万能的，烤前面吧，后背冷；烤后背吧，前面冷。就这样大家体验着冰火两重天的感觉，睡着又不断地被冷醒。不少人冻得瑟瑟发抖鼻涕长流。再这样下去明天都得住医院了。

于是我拿出事先准备好的求生毯。大家裹上之后终于不觉寒冷了。不过他们却并不感激，反而对我大加指责：怎么不早点拿出来？小心我们罢免你这个虐待队员的领队。

我呵呵一笑，道出原委：你们以为荒野求生就是睡席梦思大床，吃海鲜大餐？贝爷在节目里也没少挨饿受冻。荒野求生真正的意义在于锻炼我们忍受恶劣环境的能力，磨炼我们应对困境的意志。

众人懒得点头，互相靠着继续睡了。

第二天一早，林子里满是白雾。队员们醒来后，纷纷嚷着尽快下山下馆子吃顿饱饭。我摇摇头，无奈地告诉他们迷路的事实：要想找到返回的路，至少等浓雾散去。

在等待期间，我又让他们去挖野菜，毕竟是绿色无污染的食物，带回去给亲友尝尝，也很有意义。

如此又过了许久，山雾丝毫没有减弱的迹象，手机依旧没有信号。队员们也没有心情采野菜了，一个个显得无精打采。

也许是急中生智，我突然想起了什么，于是对众人道：有了！

原来我事先下载了这里的一条轨迹，虽然手机没信号，但是不影响接收GPS信号。于是我打开离线地图，找到我们的定位和此处离轨迹的距离，脱困的方法很简单：只要我们回到轨迹，就能回到文明社会，迷路的问题便迎刃而解了。

活动结束后，有队员发朋友圈感叹道：经此一难，让我倍加珍惜看似平淡的日常生活，此行最大的收获就是认识了好几种野菜，掌握了不迷路的方法，还结识了一群可爱的小伙伴……

第四章：三无传说

活动虽然结束了，但是胖子讲的传奇故事仍旧让人记忆犹新，成为枯燥旅途的精神食粮。那日在途中，大胖又讲了王道长的故事，说他的祖先之一正是王道长的一个得意弟子，于是有了后来铁匠的故事。

当时众人走在荒郊野地，道路艰难。

小胖喘着气，责备道：大胖，你带的什么路啊，我裤脚都湿了。能不能走个正道啊？

大胖笑道：有位名人说过，所谓无路，就是走的人少了，也就没了。这路，正是因为走的人少了，所以也就模糊了。其实这原本是条正道，只是一草障目，不见坦途而已。

小胖听了责备道：大胖，你可真会移花接木，我记得这是鲁迅说的吧。原话是说走的人多了，也就成了路。你这是擅自篡改历史名人名言罪啊。

小君君道：说不定咱们这位胖爷，百年之后也是一位名人，他所说的每一句看似平常的话，都成了经典语录呢。

大胖道：胖爷之所以成为爷爷辈，乃是因为身材好、吨位大。不是说或重于泰山或轻于鸿毛吗？重于泰山的，才能立地成佛；轻于鸿毛的，不知道吹到哪个厕所里了呢。心宽体胖，才显沉着稳重。

小君君道：胖爷啊，你说这么好的草，怎么没有兔子来吃啊？养几只肥兔在山里，我们也好改善一下生活嘛。

小胖道：最好养几条大蟒蛇，来一百个人也够吃，或者吃一百个人撑死它。

大胖说：我现在能吃下一头牛，你们信不信？

小胖道：你吃一头牛蛙还差不多。惹得众人哄堂大笑。

大胖正色道：不是山里没野味，而是野兽听觉比人类灵敏，听到你们连群主都敢嘲笑，它们都害怕跑了。为什么山里的杂草长得这么好？就是因为没人吃啊。传说青城山有三无，一是无蛇，二是无兔，三是无老鼠。

老搞道：大胖，老鼠应该有吧。昨天我们还看到过松鼠。

大胖道：松鼠也配叫鼠吗？好比飞上天的，那叫天鹅；地上跑的，那叫土鸡。在我家，土鸡是容易吃到的，但是天鹅肉，摆在面前咱也不吃。

小胖道：别啊，天鹅肉都在眼前了，不吃白不吃。

大胖道：你懂什么。只有癞蛤蟆才想吃天鹅肉。我要独善其身，做个快乐的青蛙王子。

众人就笑。

老胡就问大胖：不可能吧。怎么连兔子都会没有呢？其中有什么原因吗？

胖子道：青城山三无，可是大有来头的。这得从东汉年间张道陵入蜀修炼说起。

话说一日张道陵得太上老君指示，往青城山降妖伏魔。当时蜀中鬼怪四起，形成八大门派，它们四处祸害百姓，枉死者不计其数。张道陵率众弟子来到青城山与妖孽集团斗法，很快就收了八部鬼神，歼灭六大魔王。故事得从这以后说起了。虽然恶魔集团败了，但是还有零星的余孽躲在山中不肯离开，妄图伺机复出，这其中就有蛇精、兔妖和硕鼠。张道陵当时已被派往鹤鸣山主持工作，留弟子王子觉王道长等镇守青城山。

王道长先与蛇精斗法，但由于道法不济，与蛇精斗了月余也未拿下，还被蛇妖所伤。于是休养之后，他改变策略，设法找到了蛇精所住的山洞，王道长率人围住蛇洞，洞口摆上柴火，覆以硫黄，然后大叫蛇精出洞投降。不料蛇精早知藏身之所败露，逃之夭夭，王道长扑了一个空。他心有不甘，命人挖开蛇洞，却见洞口虽小，里面却非常宽大。洞内除了人骨别无他物。王道长触景生情，心生一计，准备改斗硕鼠，硕鼠虽然狡猾但是贪吃。

王道长命人用生石灰裹了十余只鸡蛋，又用蛇精的粪便涂抹之，再放于蛇洞内。

王道长找到硕鼠，谓曰：吾与鼠兄素无恩怨，念你修炼不易，不忍加害。今探得山中蛇精洞，蛇精已被我驱走。洞内仍有蛇卵十余，你可自行取之，可助你早日得道成仙，若我徒增杀孽，非大道也。你得道之后蛇精也不敢为难于你，你若要报答我，日后可以帮我说服他们，早日放下屠刀立地成佛，可也。

硕鼠听了，半信半疑，于是进了蛇洞，果然发现蛇卵。它与蛇精虽无冤仇，却也无甚交情，于是吞吃了蛇卵。硕鼠随后被生石灰烧烂肚肠，王道长则趁机灭了硕鼠。

硕鼠既灭，王道长准备剿灭兔妖。兔妖善于打洞，掏空山体，常故意在寺庙等建筑物下面打洞，导致寺庙、道观倒塌，造成重大人员伤亡。危害甚大，不可不除。

奈何狡兔三窟。山中遍地是兔妖的洞穴，且四通八达，无法围堵。王道长乃设一计，采山中天南星，取蟾酥，与百香草混合制成粉末，又施法令鹤、雀等飞禽携粉末遍撒于山间香草上。第二天清晨，由于粉末吸水，在叶片上聚集了大量露珠，闪闪发光，兔妖被吸引，以为是仙草，误食而死。山中兔妖不久全部灭除。从那以后，兔子只要吃过清晨带有露珠的草，必死无疑。

最难除掉的就是蛇精。王道长从蛇洞中搜集了蛇精的排泄物，用其气味作法寻得蛇精的去处。原来蛇精化身为女子躲在山下一穷书生家中，蛇精每日与书生缠绵，竟是为了吸取书生阳气，法力大大增强。王道长更加不是其对手，欲写书求师父帮助，却又想在师父面前大显身手，于是作罢。

王道长自知法力有限，只能用计取胜。时值端午节将近，于是心生一计。他化身街市酒铺老板，算定某日书生必来购买笔墨。书生果然来了，但见那书生面色惨白，身上阳气枯竭，危在旦夕。

王道长笑着拦住书生，道：久仰公子大名，公子乃十里八乡有名的秀才，今后必有高中之日。今见公子鸿运当头，家中必有喜事，不妨买酒一壶，老朽半价出售。

书生惊道：家中确有喜事，近来喜得一小娘子，奈何家穷，无力买酒。

王道长道：无妨，吾向来乐善好施，喜成人之美。今日铺中好酒任君挑选，分文不取。待公子高中，再来酬谢不迟。

书生非常高兴，千恩万谢，抱了一壶酒回去了。

端午节至，书生拿出酒来与蛇精共饮。蛇精只见书生拿出酒来，当面拆封，自然放心对饮起来。蛇精并不知里面早被掺了雄黄，酒一下肚，腹痛难忍，现出原形，变成巨蛇在书生房中四处翻滚碰撞，书生见了吓得魂飞魄散，昏死过去。

此刻，王道长早已命人在书生家门口的小路上插下锋利的刀片无数。蛇精难忍，冲门而出，爬不过百米便不再动弹，身下早已被划破肚皮，血流了长长的一地。

王道长取了一些蛇胆，兑酒喂书生服下，书生这才还魂，捡了一命。

王道长又取蛇心、蛇肝与蛇髓与道家法物混合，画了千道驱蛇符咒，将其打入山中松柏之内。据说此后，松柏的后代便具有一种能力，遇到蛇类便会释放出一种有毒的气息，驱赶蛇类，蛇如不逃走，便被毒死。

胖子讲完，取出水壶，润了润嗓子道：据新闻报道，去年青城山景区出现过一条毒蛇，人们发现时，蛇已经死了，奇怪的是蛇身并无外伤，可能就是这个原因吧。再加上景区专家表示，青城山很少有蛇，这种尖吻蝮蛇从来也没有过，于是这才上了头条。

众人听了，觉得胖子说得像煞有介事，不知不觉践踏乱草的勇气就增加了几分。

小胖就问：大胖，那青城山都有些什么动物啊？

大胖道：有人，人、人、人。山前山后都是人，男人和女人，老人和小孩，懂吗！虽然很早以前还有麂子、豹子、狗熊，都被历朝历代的猎人吃光了。

小胖道：大胖，为什么你的故事里野生动物都能修炼成仙，我们人怎么就不能呢？

大胖道：你能活过一百岁吗？人要是都能活几百年也能变成神仙。只有活得足够久，才有希望嘛。

小胖道：大胖，您的这句名言我得记下来。可是问题又来了，乌龟能活上千年，怎么没变成神仙啊？

大胖道：你怎么知道乌龟没有修成正果？岂不闻"龟儿子"这个口头禅。那么多人被封为"龟儿子"，足见龟就是人了。社会上很多人遇到不公平的事情就喜欢当缩头乌龟呢。

小胖道：高，您老的话实在是高啊。

第五章：铁匠传说引子

铁匠是王道长的弟子之一，他斩妖除魔的故事不得不讲。

很久以前青城山突然来了一个铁匠。当时人们都很奇怪，说一个外地人怎么到山村里搞起了打铁生意，要想生意好，应该去镇上开个铺子啊。

这个铁匠是个外来的汉子，三十多岁的样子。有一天赶着两匹马驮着大量物资就到了山里建起了简陋的铁匠铺。人们之所以发现他在打铁，是因为他每次打铁都要排放渣子在河里，导致河水变色，下游的人还不时捡到一些铁疙瘩，人们就找到源头上来，发现有人在打铁。对于外乡人，本地人还是很宽容的。有大胆的就去铁匠铺看个明白，见铁匠相貌堂堂，不似坏人，渐渐地，附近就有村民找他打造锄头、菜刀等生产生活工具。铁匠都认真打造，质量比街上卖的还好，价格也很公道。但对于自己的来历，铁匠则讳莫如深，只说这里便于取柴。

附近村里有一寡妇，一日来找铁匠打锄头。铁匠见她衣服破烂，显得非常贫困，交货的时候就没有收寡妇的钱。只说恰好有多余的铁，顺便打了，也不值钱。寡妇心存感激，她便偶尔送给铁匠一些蔬菜。这一来二去，两人就好上了。寡妇有一个五岁小孩，铁匠也常帮着照看，俨然成了一家人。

却说村里有一富少，游手好闲，仗势欺人，还经常调戏寡妇。富少见寡妇有了铁匠做后盾，便有所收敛，但是却不时地欺负寡妇的儿子。铁匠看在眼里，恨在心里，但只是加以阻止，富少也不敢得罪身强力壮的铁匠。

一日，寡妇问铁匠，你打造那么多剑干吗？又不去卖，又不能造反。若是让歹人知道了，告你蓄意谋反若何？

铁匠说：我在尝试用不同方法铸造铁剑，至今还未有满意的。不知道是这里的水有问题，还是我的方法不对。

寡妇又追问：那你干吗铸剑？

铁匠想了想才说：我打造宝剑乃是遵我师父遗愿，欲往山中天师城破阵。我师父当年败走天师城，却想出了破解之道，那就是要打造一百零八把宝剑，方可破阵。天师城的阵一旦破了，还可取得天师所留宝物。到时候我定带着你和儿子一起远走高飞，过上幸福日子。

寡妇也听说山中有个张道陵留下的镇妖八卦阵，听了铁匠的承诺也不再多问。

数月后，铁匠打造好了一百零八把宝剑，用两匹马驮着就进了山，准备独自破阵。临走把铺子里的东西都托付给寡妇。

寡妇担心铁匠的安危，铁匠就说：能破则破，破不了我也要为你留一条命。

月余之后，铁匠破完阵骑马回到村里，却找不到寡妇，自己的铺子也被烧毁了。好心的村民告诉他，自他走后，村里恶少就盯上了寡妇，把寡妇给欺负了，还把寡妇的儿子给打死了。寡妇受尽屈辱，在村头的老桑树上吊而死。

铁匠闻言，怒发冲冠，当即骑马持剑闯入富少家中，大开杀戒，将富少家中大大小小，连同仆人和狗尽皆斩杀。杀红了眼的铁匠，又来到恶少帮凶家，连杀数家人。足足杀了两百多人才平息了心中怨恨。赶在官兵到来之前，铁匠就骑马离开了。

因为铁匠杀的都是剥削穷苦农民的地主恶霸，村里人感念铁匠为民除恶，悄悄为他塑了泥像放在祠堂、土地庙里，年年供奉。据说后来九仙洞放的新佛像就有铁匠的泥像，一副杀神模样，可镇妖伏魔。

第六章：一进老鸦寨

铁匠的师父王子觉道长乃是张道陵第十三代弟子，因为总是身背一柄祖传青铜宝剑，且长期游走山野乡间，风吹日晒，脸色似青铜，因此人送外号青铜道长。那年月不是自然灾害就是兵荒马乱，战事连年。所以道士也无法在破旧的道观安心修炼。老百姓都吃不好，哪有余资施舍？所以，但凡学得一两样算命、除妖的技法者，都下山自谋生计了。或为人算命分解吉凶，或为人查看风水寻找墓穴，或作法除妖降魔于凶宅。路过山野，挖点药材，拿到集市上卖，也能混口饭吃。

青铜道长走南闯北，算命卜卦，也算是见多识广，之所以要收徒弟，也是因为他不满足现状，想做一番大事，真正干点降妖除魔的伟业，提升自己在道上的名声。如此，身边总得有几个帮手。

青铜道长听说成都西面鹤鸣山附近有富商悬赏捉妖，开价三千两银子，有了这笔钱，他就可以重修道观，招收徒弟过上安稳的修行日子。鹤鸣山位于青城山西南三十公里处，同为龙门山脉，皆是道家发源地所在。

话说鹤鸣山附近乡镇频繁有童男童女失踪，已经有百余人。有上山采药打猎者称，鹤鸣山西北方向有一妖峰，名曰老鸦寨，说是老鸦偷吃了天宫炼丹房的仙丹，因此得道成精。为了早日位列仙班，乌鸦精便在四处井中投毒，童男童女饮用了，夜半三更必受其妖术蛊惑，悄悄起床出了家门便随妖精而去。乌鸦精食其心肝，弃尸荒野江河，引得人心惶惶。官府四处缉凶，一无所获，最后捉了几十个小盗流寇凑数，便草草结案。但血案依旧频发。当地富商便决定共同筹资，悬赏天下义士捉妖报仇。方圆五百里的道士、高僧、武林高手应者不绝，可惜或有去无回，或半途而废。一时间人们谈之色变，再无人敢轻易进山了。

青铜道长虽然平时靠一张伶牙俐嘴给人算命过活，不过降妖除魔也的确有一点本领。想去除魔，路上需收两个徒弟为帮手。这徒弟自然不能随便收，得是八字过硬、血气方刚的处男。

第一个徒弟原来是街头要饭的小乞丐。道长见他面貌清秀，应是可造之才。却无法给他算生辰八字，那个年代，很多孤儿连自己父母是谁都记不清了，也根本说不出自己的名字。人们只好根据一个人的外貌特征取名，比如说瘦子叫麻秆，缺乏营养头发发黄的叫黄毛。而这个徒弟也是长期营养不良，黄皮寡瘦，头发稀少没有几根，道长就给他取个名字叫黄根，便于呼唤。

铁匠乃是真的铁匠之后，本来想子承父业，可惜铁匠去父亲铺子学习打铁，不到三个月，铺子莫名起火，连带着烧毁了十多家民宅商铺，家里赔了个倾家荡产。铁匠父母没有办法，找人算命，算命的说他这八字过硬伤及六亲。为了避免灾祸，也为了让铁匠有口饭吃，便决定送他去松山寺出家当和尚，那年铁匠不过十六岁。

去松山寺的路上，铁匠恰好遇到了青铜道长。道长见这个少年身体魁梧，血气方刚，肌肉发达，眉宇间透着凛然正气，绝对不是穷人家可以养得出来的。却又见其老父一副愁眉苦脸，想必是遇到大灾大难了。于是上前搭话问询。铁匠父见道士手持一个算命的旗帜，有一些仙风道骨，与一般游走算命的不同，便坦诚道出原委。

青铜道长道：和尚有什么好当的，一辈子吃斋诵佛，不如随我学点真本领，我们道家不忌荤菜，吃肉喝酒皆可，还可以学点武术剑法，强身健体何乐不为？

铁匠父闻言也觉得有道理，孩子正是长身体的时候，学些道法还能吃肉自然比当和尚强一些。于是铁匠就跟着青铜道长及大师兄黄根一同上路了。

去鹤鸣山数百公里，师徒三人一路走一路给人算命卜卦，挣些散碎银两铜钱，便不缺住店吃饭的盘缠。一路上青铜道长每日传授一些道家心法、剑术、丹术之类给两个徒弟，一是让他们掌握防身技能，二是假如有一天他不在了，徒弟也能自食其力。

三人到了鹤鸣山，在富商悬赏处挂了号，签了生死状，得了一张简易地图，又住了七日，其间便是准备进山所需物品，例如搭帐篷的防水皮子、干粮等，更重要的是除妖所需的一切物资，青铜道长炼得道家三昧真火，乃是一种源自西域的烈性油，即便用沙土掩盖也很难熄灭。第二是配置了霹雳丸数十枚，就是球形的火药，另外还有桃木弓箭等若干，箭头涂有蟾蜍的毒汁。三人各自分工背负，这就进了山，开始了崎岖的旅程。

三人风餐露宿，历尽艰险，终于找到了传说中的老鸦寨。远看老鸦寨，像是一根巨大的石柱，上方托着一个巨大的巢穴。一大群乌鸦正在巢穴附近飞舞，活像一股黑色烟雾。

青铜道长的计谋很简单，就是悄悄接近，再用火攻。只要在夜间用箭将霹雳丸射入巢穴，再辅以三昧真火，预计要烧它个十之八九。剩余的就不成气候了。

当夜，师徒三人做了草衣草帽，趁着淡淡的月色悄悄接近老鸦寨。在距离老鸦寨两百米开外，他们借着月色方见这巨大的擎天柱高耸入云，四周皆是悬崖峭壁，难以攀爬。就算是攀岩高手来了，也恐九死一生。

青铜道长令铁匠拉弓射箭，箭头插上霹雳丸，忽的一声，那箭射入夜空，不久又落了下来，霹雳丸在地上砰的一声激起一团火球。原来是乌鸦巢穴太高，根本不在普通弓箭射程之内。这一失手不要紧，霹雳丸爆炸，惊动巢穴内数千只乌鸦倾巢出动。三人就觉得巢穴上方突然嘈杂起来，无数的乌鸦把明亮的月光遮挡，地面很快变得异常漆黑。乌鸦群很快发现了他们，呼啸着朝三人飞来，啄在衣服上就是一个洞。幸好三人为了应对山里寒冷，穿得比较厚，这才没有伤着皮肉。慌忙逃命间，三人发现了一个山洞，不容多想直接钻了进去，再用背包堵住洞口。

说来也怪，三人进了洞，乌鸦也不再追击。青铜道长点燃了蜡烛，发现洞内别有洞天，他们身处在一个天然洞厅，洞厅一侧还有一个小一点的通道不知通到哪里。在洞厅的一角，是白花花的一片。走近一看，三人吓了一跳，原来全是人骨。有大人有小孩的，奇怪的是骨头保存完整，像是被什么囫囵吞了，消化之后又完整地吐出一副副骨架。

道长分析道：这可能是巨蟒所为。

徒弟听了，不由得寒毛倒竖，额头直冒冷汗。心想这么晚了，巨蟒肯定回到洞中睡觉了。

青铜道长对徒弟道：这吃人的东西，终究也是一个祸害，这回除不了老鸦寨，先把巨蟒除了也是功德一件。

于是让徒弟二人分头行动，一人往较小的通道倒入三昧真火烈油，另一人寻找干柴枯草堆放在洞厅内。只等天蒙蒙亮就放火焚烧，三人则趁乱逃走。

布置完毕，等到天刚破晓，三人出了洞，洞外的乌鸦早已回巢了。道长一点火，火油瞬间烧成一条火龙，巨大的火舌呼呼地喷出洞口，异常猛烈。三人没有急着离开，而是找了个高处躲着，看看能烧出什么怪物。不久，就见一条巨蟒狂怒着钻出洞，身上的火把它烧得皮开肉绽，不住地在地上翻腾，发出皮肉撞击地面的闷响。巨蟒企图把身上的火扑灭，谁知那火不一般，越是扑腾越是有助于燃烧。等火熄灭，巨蟒已成一段香喷喷的烤肠了。

这些动静自然惊动了数千只乌鸦。乌鸦闻着肉香，纷纷飞下来啄食蟒蛇，巨蟒身上瞬间落满了黑乌鸦。只一斗烟的工夫，巨蟒就被吃得只剩下一副骨架了。

躲在高处的师徒三人看得心惊肉跳，暗自感叹：幸好没有和这群乌鸦正面交锋，不然也成一具骨架了。

回到鹤鸣山乡，当地官民及商人也是吃惊不小，且不用怀疑师徒三人诛杀食人巨蟒的真实性，只要能够活着回来就值得尊重。因为进山的猎人们，十有八九都回不来。青铜道长声明，已经掌握了铲除老鸦寨的方法，准备休息几天，择良日出发，再战老鸦寨。

人们热情款待青铜道长师徒三人，好奇里面的情况和发生的事情，青铜道长就把前后经过添油加醋地讲述了一遍，引得众人啧啧称奇。

第七章：二进老鸦寨

有了第一次的经验，这一次，青铜道长在装备上有了较大改进。主要是从官军处获得一把弓弩，这弓弩须用大力气才能上弦，一箭可射五百米，其威力不是天下第一，也可威震一方。

准备就绪，师徒三人就上了路。青铜道长轻车熟路，抄了近道，直奔老鸦寨。到了可以看见老鸦寨擎天柱的地方，却并不见了老鸦寨。云雾缭绕中，却见一座小小的村落，小桥流水，亭台楼阁，鸡犬相吠，另有良田数百亩，田间有三五村民劳作其中。哪里还有什么阴气森森的老鸦寨。

道长告诉徒弟，这极有可能是妖精所为，一定要见机行事。

三人走进村子，却见村口有一株巨大的老桑树，旁边有一座别致的小院，白墙红瓦，四周绿草如茵，粉红的月季花围着小院开了一圈，院内两棵高大的梨树玉树银花，微风一吹，便有几片雪白的花瓣飞舞。简直是一派世外桃源的景象。

三人虽被美景震惊，却也觉得不可思议：正值深秋，怎么这里却是阳春三月？

正犹豫间，忽然一对白发苍苍的白衣老夫妇从院中向三人拱手作揖道：久仰道长威名，今日光临寒舍，蓬荜生辉，有失远迎，还望见谅。

青铜道长见两位老人慈眉善目，也不像妖人，于是回道：老人家，如何知道贫道名号？

老人打开篱笆上的小门，恭迎师徒三人入院。院中放有一套红色桃木桌椅，其上雕龙画凤，极为精致。桌上摆放着四盏青花瓷茶杯，一看也是稀有的精品。杯中绿茶舒展，且有梨花漂浮，看起来颇为雅致。

老人道：道长勿怪，实不相瞒，我们正是那吃了天宫仙丹的老鸦，我们世代在此繁衍休息，与民秋毫无犯。诱捕童男童女者，乃是上回你们所见的巨蟒兴风作浪也。巨蟒修炼千年，道行高于吾辈，幸得你们用火攻击，我们才得以将妖孽铲除。

青铜道长点点头，似乎觉得老人的话很有道理，于是招呼徒弟坐下喝茶。铁匠心中仍有疑虑，他从未见过一个地方会发生如此巨变，于是假装喝茶。

白发老人继续讲道：我夫妇二人乃是得仙人指点，才得以误入天庭吃了仙丹，有了法力。又各自口含一颗，回来喂了大小女儿。待会儿她俩采茶回来，再向道长引荐。

原来两只老乌鸦一日飞入高空，忽见有一片彩云，于是好奇地飞入，发现彩云中有三位仙女，见了它们却并未驱赶。老乌鸦随彩云飞入天庭，仙女则不知去向。忽见一殿堂有丹炉若干，于是飞入其中，发现了无数刚炼好的仙丹，夫妻各自吞服了一些，又嘴含一颗返回。自此，两只老乌鸦及其两个女儿有了法力，可以化身人形，于是召集了亲朋好友来此潜心修炼，希望早日修成正果。这些村里的农民，都是老鸦所化。一直从事农耕，自给自足。至于巨蟒，一直想爬上鸦巢，吃了有法力的乌鸦，以增强法力。可惜鸦巢太高，一时难以得逞，于是才在民间散布谣言，说老鸦寨的乌鸦吃人修仙。就算是普通乌鸦，也是以五谷杂粮、田间害虫为主食啊。几时敢食人呢？

青铜道长信以为真，开始与老人热情交谈，似乎相见恨晚。不多时，两个女子端着刚采的绿茶回来。白发老人于是向道长引荐两个女儿。但见两女身披淡粉色轻纱，肌肤娇嫩如雪、桃腮带笑，气若幽兰，美若天仙，就算皇宫佳丽三千也难找出一二来。

青铜道长看得如痴如醉。想他漂泊四方，三十有七，至今未能成家立业，虽阅人无数，却从未见过此等姿色的女子，不禁有些神魂颠倒。

白发老人见了，不禁一笑，道：我两女儿不爱金银爱英雄，久闻道长大名，如道长有意，我二老愿将爱女许配于你。

青铜道长面带羞涩，不好直接答应，便称：贫道四处漂泊，有何福分得此大恩啊。

老人笑道：道长四处行侠仗义，救苦救难。如今不远万里，不妨多住几日，赏遍山野小村秀美，再做决定不迟。

铁匠见师父师兄喝了茶水，都变得神魂颠倒，便对师父耳语说不可以听信老鸦妖言，人和妖精怎么可以成亲？师父则充耳不闻，只叫铁匠背着弓箭、青铜剑等杀器在外面等候即是。

师徒三人便暂时住在小院里。白发老人招呼村民杀猪宰鸡，殷勤款待，又让村里家家户户轮流招待。村里人似乎非常好客，无不热情款待，美酒佳肴，笙歌燕舞。其间青铜道长与白发老人谈古论今，相见恨晚。

道长常年四处飘荡，兵荒马乱，哪里有过如此机遇。不知不觉沉溺其中，乐不思蜀了。

铁匠则多了一个心眼，坚决不饮茶水美酒，吃饭只吃自带的干粮。如此，过了数日，铁匠心中总是不安，虽然也没看出个名堂。

一日，青铜道长写了一个物品清单，让铁匠下山去购置一些名贵礼品，作为礼物回敬白发老人。铁匠便奉命下山，除妖降魔的东西，都由他背回去了。

走在路上，铁匠心里倍感疑惑，师父要他下山置备礼品，却没有给他足够的银两。难道这是师父有意让他离开，还是说下山去搬救兵？一时也不得而知。

铁匠在山里走了大半天，天快黑了，才发现自己又回到了原地。这里前不着村后不挨店，也找不到回小村的路。铁匠心想，这肯定是妖孽作怪。于是从身后拔出祖传青铜宝剑，宝剑一经拔出，立即焕发出耀眼光芒。之前听师父说，宝剑发光，杀气毕露，乃是附近有妖孽也。

铁匠对着山林大喊一声：山中妖孽听好了，再敢阻拦贫道下山，定要用这柄宝剑将尔等斩尽杀绝。

此言一出，剑光逐渐减少。想必是妖孽逃走了。铁匠不敢多停留，趁着月色赶路，走了很久，见丛林里有一个小木屋，那是上山打猎的猎人临时搭建的公用庇护所。铁匠抽出宝剑，见宝剑没有杀气，于是在小屋里过了一夜。

第二日清晨，铁匠早早起床，开始赶路。这一天他所走的路与昨天不同，经过一处峡谷时，铁匠险些被落石砸中，好在他脚下生风，走得快，落石落在他身后，碎了一地。铁匠心里吃了一惊，想这些妖孽定是要害死他才肯罢休。而他走的路，与来时也不同。来时都是跟着师父走，没有记下路标，现在自己可能已经迷路了。

铁匠根据听来的经验，沿着溪流走，顺着溪流应该能够到达鹤鸣山乡。走了不多久，忽听身后洪水咆哮，转身一看，差点吓瘫在地，那洪水高有十丈，如浑黄浊浪，浪头似一只猛虎扑来。铁匠心想，这下完了，师父师兄也多半遭遇了毒手。

就在这时，忽听山上有人高喊：年轻人，你坐在水里干什么？

铁匠这才醒悟，转头一看，哪里有什么洪水啊？于是赶紧上了岸。看见一个猎人打扮的山民。山民惊讶地问：你不知道这是什么地方吗？怎么敢来这里？

铁匠便把原委告诉了猎人。

猎人道：此处乃是老鸦寨边界，这里的野兽多是成了精的妖，我们猎人常年打猎也只敢在附近走走。进去的人总是在山林里打转，既找不到老鸦寨，也很难再走出来。老鸦能让你们看到老巢，肯定另有图谋啊。

铁匠一听，觉得很有道理，第一次让他们进去，莫非就是为了帮助乌鸦铲除蟒蛇？但这一次又是为什么呢？

铁匠心里感到大事不妙，忙求猎人帮助。猎人拒绝了，说进入等于送死，家里还有老婆孩子等着自己打猎回去呢。建议铁匠跟他下山，他的师父多半也遇害了。

铁匠执意要回去救师父，猎人就送了他一只刚打的野鸡。两人分别后，铁匠也不知如何再次进入老鸦寨。正在这时，忽听头顶几只麻雀飞过。铁匠心想，何不跟着乌鸦飞行的方向走呢？

铁匠再次进入老鸦寨的边界，躲在林中悄悄观察天上飞鸟的轨迹。果然看见几只乌鸦飞过，于是有了方向。由于担心路上妖孽作祟，于是他把青铜宝剑取出，作为开山刀和登山杖用，同时也可以预警和辟邪。顺便把多余的东西扔了，急急忙忙赶去救师父。

再入老鸦寨，路上铁匠注意观察着沿途标记，只是这一次他多以山顶、大树为参照物，因为脚下地形容易改变，但是头上的标记却常被忽略。铁匠这一次进入显得很顺利，妖孽认为他这是自投罗网，也不再阻拦。

铁匠远远地看见村口的大桑树，却见白发老人和一群黑衣村民正在送别师父师兄。铁匠这才松了一口气，赶紧跑去跟师父师兄会合。

师父正与村民依依不舍地话别。铁匠凑近师父耳边道：这次下山，妖孽多次想害死我。我担心你们有事，便又回来。看到你们都还在，我也就放心了。

青铜道长似有所悟，问白发老人道：为了答谢诸位，我令徒儿下山购买礼物，为何山中有人要为难他？

白发老人突然变了脸色，先前的慈眉善目一下子没了，取而代之的是尖嘴青面，活脱脱一个长有乌鸦头的妖怪。

老鸦怒道：本想你们走出去就明白了，既然如此我就提前告诉你们，上次你们夜闯老鸦寨，烧死我们的好友蟒蛇君，我见事已至此，只好吃了它的肉提高自己的道行。这一次，就是要给你们一个教训。让你们回去传个信，敢来骚扰我老鸦寨的下场就是这样。

青铜道长不解地问：既然我们害了你的好友，为什么这次如此殷勤款待我们？

老鸦奸笑道：且看你身边的这位徒弟！

铁匠看向自己的师兄，却见他已是倒在地上的一具白骨了。

青铜道长大惊失色：老妖怪，你们对我徒儿做了什么？

老鸦奸笑道：你认为这几日你我吃的肉是从哪里来的？便是你徒儿献的。我不过略施障眼法，让你觉得徒儿还在身边。哈哈哈。

说完，一群乌鸦脸的怪人奸笑不止。

青铜道长一听，犹如五雷轰顶，如走在冰面突然掉进冰窟，一下子昏倒在地。

铁匠见状，立马抽出青铜宝剑，只见那宝剑寒气袭人，从剑头射出一道金光，无边无际地长。

乌鸦精见状立时化作乌鸦四散飞去。铁匠见那白发老人化作两只白羽乌鸦飞到空中，于是挥动剑光在空中一扫，光柱所及处，两只白鸦立马被斩为两段，纷纷掉了下来。其余黑色乌鸦趁机躲了起来。

铁匠又上前将两只白鸦用宝剑细细剁碎，再倒上三昧真火烈油焚烧。又听见村落里满是翅膀扇动的声响，担心群鸦报复，赶紧从包袱中取出霹雳丸，奋力向村里房舍扔去，一阵爆炸声后，那老者小院火光四起，又逢山风，风助火势越来越猛烈。群鸦本想啄食铁匠，但见巢穴起火，不得不衔水救火，无暇他顾。

铁匠赶紧背起师父，沿着来时记住的山顶、大树标记，很快逃出了老鸦寨。路上遇到鹤鸣山乡的猎人，得到猎人相助，一起把师父救下了山。

青铜道长醒后，失去心智，变得疯癫。乡人感恩师徒英勇，请了名医救治，青铜道长也只是时而清醒，更多时候则是癫狂糊涂。名医无可奈何。不出三月，青铜道长便与世长辞了。

青铜道长虽然走了，但是在他偶尔清醒的时候，告诉了铁匠一个重要的信息：他与白发老人聊天得知，这些乌鸦之所以成了精，并非偷了天宫的仙丹，而是偷看了刻在天师城的天书。将来有机会一定要去天师城，取得天书便可得道。但要进天师城必须过夺魂谷，否则难见天师城。而夺魂谷乃是张天师降服的一条万年大蜈蚣所化，可铸一百零八把利剑，插入蜈蚣千足关节，便可破阵。如果破不了老鸦寨，就不必硬拼，可以先去天师城求得天书，待自己道术有了长足进步，再去不迟。

铁匠安葬了师父，报仇心切，准备再入老鸦寨，为师父、师兄及枉死的人报仇。

第八章：三进老鸦寨

鹤鸣山乡的村民听说老鸦寨遭到重创，无不欢欣鼓舞。又有胆大的三位猎人愿意随铁匠进山，一举铲除老鸦寨。铁匠又做了不少三昧真火烈油与霹雳丸，便带着强弩和青铜宝剑与三位猎人上了山。

有了上次的经验，铁匠很快就找到了老鸦寨的位置。此时正是初冬，山区更加寒冷，老鸦寨也似下过一场大雪，里面银装素裹，一片洁白。村口的老桑树还在，但是整个村落却不见了，老鸦寨仍旧被巨大的擎天柱托在高空，四面都挂满又长又粗的冰锥子。巢穴四周也包裹着一层厚厚的冰。老鸦似乎在冬眠，没有察觉到有生人靠近。

见此状况，铁匠心里犯难了。本想是用火攻，没想到乌鸦老巢被冰封了，火攻恐怕难以奏效。只好跟猎人远远地潜伏着，到了晚上，依旧用草衣草帽伪装，悄悄接近老鸦寨巢穴。当夜，月光皎洁，铁匠计划先到达蟒蛇洞，再查看情况。可到了蟒蛇洞，才发现洞口已经被厚冰封冻了。

一名猎人举刀就砍，只听得哗啦一声巨响，洞口的冰瀑就破了一地。铁匠来不及阻拦，这下可惊动了巢穴里的乌鸦，却并未听见群鸟扑哧起飞的声响，只听得冰锥一根根断裂的声音。

铁匠大呼不好，叫众人赶紧进洞。洞外冰锥如飞箭一般射来，一名猎人避之不及，小腿中了一锥，鲜血直流。铁匠赶紧给他包扎止血。

铁匠叹道：师父叫我取了天书，精进道法再攻。我心太急，没想到有这样的情况，奈何有这些冰锥子。要是乌鸦没有这些冰锥保护，它们胆敢出来，我这青铜宝剑来一个斩一个。

一猎人道：这有何难？我们把火油悄悄倒在下面，点燃了烘烤。冰锥化为水，就可以用强弩射出霹雳丸，烧了它们的老巢。

众人觉得可行。可是谁去呢？提出这个计谋的猎人自告奋勇，说：这还得我来，悄悄接近猎物是当猎人的基本能力。

猎人便背着满满的火油悄悄爬到托举鸦巢的石柱下面，开始倾倒火油。也许是火油挥发惊动了乌鸦，就快完成的时候，忽听一阵冰锥断裂的声响，猎人一声惨叫壮烈牺牲。

铁匠痛心不已，见有几只乌鸦飞出来，拔出青铜宝剑立即出了洞，宝剑立即生出万米长的光柱，直刺苍穹，也把山谷照得通亮。光柱所过，几只乌鸦立即斩为两段，掉落下来。其余乌鸦便不敢再出来。

另一猎人拿起强弩，一箭射中火油，顿时火光冲天。乌鸦见下方大火起，也顾不得危险，纷纷飞出想衔水救火，可惜到处都是冰，也救不了火，只能眼巴巴地看着冰锥被慢慢烤化。冰化成水，水滴入油中，火势反而变大，是因为油总是浮在水面上，水进入油液，增大了油的燃烧面积。

铁匠又继续挥舞宝剑击杀乌鸦，不断有乌鸦掉落下来。本以为乌鸦会坚守不出，谁料数千只乌鸦竟像喷泉一样冲上天空，旋即又铺开形成一张遮天大黑幕。大黑幕像一条大毯子飘浮着，上下浮动，抖下一阵大雨，很快，油燃烧殆尽，火也熄灭了。

铁匠跟随师父学道时间太短，道家法术只知一些理论，不懂如何具体使用，只能借助青铜宝剑不断斩杀乌鸦。虽然不断有乌鸦被剑光所伤，虽然不断有乌鸦掉下来，但那张大黑幕被光柱切开又随即合拢，乌鸦数量巨大，铁匠一时处了下风，只能暂时躲进蟒蛇洞。

乌鸦乃是鸟类中的智者，它们非常狡猾和凶猛，常被人们认为是一种不吉祥的鸟类，象征死亡与厄运。

鸦群组成了巨大的天幕，完全掌握了空中优势。见火已灭，便拉出屎来，簌簌地落在蟒蛇洞口，逐渐堆积成山，欲把铁匠和猎人闷死洞中。乌鸦粪便异常腥臭难闻，不被堵死也会被其熏死。铁匠和猎人便用刀剑不住地削着洞口的粪便，防止它把洞口堵死。

铁匠和猎人与乌鸦粪便斗争了一个时辰，都已精疲力竭。就在千钧一发之际，忽见天空中火光四起，照得天地如同白昼。天空中的黑幕四处着火，不断有着火的乌鸦掉落下来，下起了一阵乌鸦雨。

洞内的人也是非常惊讶，怎么会出现这种情况？难道是天神下凡，助他们一臂之力？铁匠和猎人见此情景，重新点燃了斗志，跨步出洞，对着掉下来的乌鸦连砍带踩，奋力砍杀。

原来是出榜悬赏灭妖的商人协会听说了铁匠三进老鸦寨，非常感动，于是又出资请了两百官军的弓箭手，招募了三百乡勇，皆持强弓劲弩，以助铁匠一臂之力。这些弓弩所用的箭头都沾满一种黏稠的火油，经久耐烧，水灭不了。五百勇士，一次齐射五百支火箭，连射三次，就是一千五百箭。乌鸦数量再多也招架不住。火箭点燃乌鸦的羽毛，着火的乌鸦忍受不了灼热，纷纷掉落下来，很快乱了阵法。人鸦大战一直到天明方才停止，地上铺满了一层厚厚的黑乌鸦尸体。

后面赶来的数百村民负责收拾战场。他们将乌鸦搜集起来，集中焚烧，结果发现这里面还有大量的麻雀尸体，想必是与乌鸦狼狈为奸的结果。

又有勇士在托举鸦巢的擎天柱上凿洞开路，爬上顶峰，发现老鸦巢穴并不简单，它们除了在峰顶筑了一个大巢穴，还在山体内凿穿了无数的洞穴和通道，因此可以容纳上万只鸦雀。巢穴中仍有一群乌鸦誓死抵抗，也不逃跑。爬上去的乡勇逐一灭杀，厮杀中却听得巢穴中有似婴儿的啼哭，乡勇以为是乌鸦精叼来准备吃肉的人类婴儿，扒开枯草一看，几个乡勇也是大吃一惊：但见是人形的女婴，身体虽为人形，头脸却有些尖锐，尖嘴尖脑小眼睛，一副鸟头的样子，模样十分古怪。

乡勇把婴儿抱下来，铁匠道：这应该是乌鸦精生的后代。

铁匠亲眼见过乌鸦精化成人形，与正常人并无两样，甚至比正常人更美丽动人。但斩草除根，留着恐是祸患。

铁匠拿出青铜宝剑、驱魔的符咒、一些法器，却发现对这个乌鸦生的女婴毫无影响。他倍感惊奇：莫非有些乌鸦真的修炼成人形，生下的后代也成了真正的人？

铁匠便不忍杀害。女婴后被村民抱下山去，被好奇的商人收养，商人也想看看女婴儿长大了会是什么，并且承诺如其继续危害人间，定斩不饶。至于乌鸦精的女婴后来怎么样，知道的人寥寥无几，但很多人都听说这个女婴流的泪总是蓝色的。

打扫老鸦寨时，村民们还发现不少金银珠宝，件件都是珠光宝气，价值连城。想必也是从富贵人家偷来的。因为雄性乌鸦喜欢搜集闪光的东西，以此吸引雌性的注意。

村民用从老鸦寨得到的财物为铁匠的师父师兄和死去的猎人修建了坟墓，余钱都捐给家里丢失小孩及历次进山除妖未归猎人的家属们。商人们感谢道家出力为民除害，在鹤鸣山修建了不少道观。铁匠也曾在鹤鸣山道观中修行，苦读道家典籍，兼收弟子，弘扬道法。

可惜世间战乱纷起，鹤鸣山的道观也受到毁坏。为了完成师父遗愿，也为了满足自己的好奇心，铁匠在青城山隐姓埋名打铁铸剑，期望有朝一日破解天师城迷魂阵，取得天书，弘扬道法。

第二篇　青城山九仙洞

第一章：群主失踪

大胖得了一种怪病，他在群里抱歉地说：最近龙体欠安，不能料理群务。幸有小胖伺候左右，诸君勿忧。

有群友关切地问候道：自古当皇帝的，没几个长命的。何也？纵欲过度也。群主，您要保重龙体，洁身自爱啊。

小胖就出来解围道：群主病了，还去了大医院检查，非常可怜，大家要多献爱心，祝他早日康复。如果送礼送慰问品的，请联系我，小胖全权代收……

群友便纷纷送出猪头、狗屎的表情，以示慰问。更甚者留言道：恭祝吾皇早日驾崩，早登天庭，免受人间疾苦……

至于得了什么怪病，大胖则只字不提。

这段时间老胡和老搞也没闲着。汽配城一场意外的火灾烧毁了上百间铺面，老胡的商铺也赫然在列。多年的生意毁于一旦，这段时间他唯一能做的就是理赔，跑公安局、消防队开了各种证明，保险公司就是迟迟不予办理。受灾的商铺老板们团结起来四处维权，一时也难有结果。就算得到赔偿，也不能完全挽回损失。

老搞则更倒霉，没病没灾，却被骗了积蓄。他老婆接到一个自称国安局警察的电话，说她的银行卡被不法分子用来洗钱，需要马上冻结，结果按照骗子的操作，卡上十万元积蓄不翼而飞。报案，然后焦急地等待案情进展。但是骗子的地址在境外，一时也很难结案。老搞只能自我安慰说，幸好老婆还在，没丢人。要是把人丢了，那可真丢人啊。

老胡和老搞两人一商量，不如去找大胖，到他家吃肉喝酒，再看看有什么乡村发财项目。可是大胖似乎真的病了，连电话都是小胖帮着处理。老胡心想，看来病得不轻，连说话都成问题了。那就直接去找两个胖子吧，反正也不远。

于是两人驱车来到大胖公司楼下的咖啡厅。当时是上午，正是人们上班时间，咖啡厅里显得有些冷清。小胖如约而至，却不见大胖身影。

老搞急着问：大胖到底得的什么疑难杂症？看的是妇科还是产科？

小胖抱怨道：您就别开玩笑了。两位哥哥来得正好，他一天就知道使唤我，看把我累得，又长胖了好几圈呢。

老搞问：你是累得浮肿了，还是怎么了？大胖到底得的什么怪病？相思病还是思乡病？

小胖道：唉，都不是。他胃口不好，给他送的饭，总是不吃。不吃浪费可惜了，所以我就帮他吃，这样一不小心就吃胖了。至于他老人家得的什么病，就连大医院的医生也查不出来。我陪他看了中医、西医及中西医结合医，抽了不下十几管鲜血，照了 CT、核磁共振，望闻问切一番折腾后，医生都告诉我们，大胖身体是非常健康的。如果非要说有病，可能就是压力有点大，建议去看精神科。精神科的医生一番诊断，摇摇头，说自己无能为力，精神系统都很正常，说该去看心理医生。顺便给推荐了一个私人心理诊所，说是他朋友开的，报他大名可以打折。结果心理医生看完，大胖的症状反而加重了。我问大胖，心理医生可是你最后一根救命稻草了，怎么你还这么不积极乐观配合人家？要是心理医生都拿你没办法了，那我们只能去看兽医了。大胖就说，一根稻草就能要了胖爷我的命嘛！你懂什么，她说给我话疗话疗，本来听她说话时是很轻松的，家长里短的，都不是什么沉重的话题。结果出门结账要收我一千五百块！她说自己是高级心理咨询师，一个小时就值五百块，她给我聊了三个小时，就是一千五百块！气死我也！再这样聊下去，胖爷我就要倾家荡产穷死啦！就算去酒吧找漂亮小姐姐聊天，也不至于这么贵啊。所以，大胖因病致穷，心里更加郁闷了。

老胡示意小胖长话短说，又追问：大胖到底有什么精神或者心理问题？好好的一个人，怎么就成神经病了呢？最近他是不是受到什么感情方面的打击？失恋了还是在追求异性的过程中，遭遇了第三者不公正的竞争？

小胖摇摇头：都不是，他本来不让我说。具体临床表现就是晚上失眠，做噩梦。起因是他说晚上看到鬼了。这都半个多月了，再这样下去，我都要胖出病了。

原来前段时间大胖晚上看见窗外有个绿眼鬼头，因此惊吓过度落下了病根，虽然搬到小胖家，但是每晚也是噩梦缠身。从此精神萎靡不振，不复当年的风度。后来看了省内很多知名医院的专家教授，也没找到根治的方法，再后来经过心理医生一番苦口婆心的话疗，不料病情反而加重了。

老搞叹道：这也不怪大胖，他体格虽大，但心理年龄还小，经历的事情不多，思想还比较单纯，遇到刺激容易钻牛角尖，走极端。我们应该多陪陪他，开导开导他，面对现实，要大义凛然，视死如归。要有那种要钱没有，要命有一条的梁山好汉的作风。再厉害的鬼，不就是要他的一条小命嘛，死有什么好怕的？死了变成鬼，才好找鬼报仇啊。

老胡分析道：别死啦死啦地挂在嘴上。心病还需心药医，你看哪家医院有卖心药的？大胖是太要强了，身为群主，他不想让有损形象的事情传出去。往往外表越是坚强的人，内心其实越脆弱，越是需要得到爱情的滋润。我看，大胖这是长期独守空房落下的疾病，要是身边有个知冷知暖的妹子，这都不是个问题。话又说回来了，小胖，你们公司难道就没有什么资源吗？你们公司就算没有，隔壁公司总可以试试吧？

小胖苦笑地摇摇头，道：公司拿得出手的妹子还是有几个的，但是大胖他的要求太特殊了。

老搞赶紧问：哦？我们单纯可爱的大胖对女性会有什么特殊的嗜好？

小胖道：大胖他说好多女的皮肤还没有他的白，抹了粉也没他的天然脸蛋嫩。这样门不当户不对的，他怕自己要吃亏。

老搞道：看来大胖这样的人才只有去少数民族地区了。听说白族的姑娘就很白，特别喜欢皮肤雪白又高又大还戴着眼镜的汉族男子。这样生出的后代就叫汉白玉。

正说间，一个体形高大的服务员端来四杯咖啡。也许是店里客人少，服务员放下咖啡就坐在一旁玩起手机。

老胡道：既然是四杯咖啡，那大胖什么时候现身？

小胖叹道：大胖不是不愿意见你们，是怕你们认不出来。这段时间他精神饱受折磨，性情大变。

老搞笑道：再怎么变我们也认得，我们两个老兵的眼睛可是火眼金睛。他就算化成灰我也认得，要知道一个大胖子化成灰，也得比别人多二三两吧。

小胖苦笑道：他主要是瘦了。能量守恒，他瘦我胖。我真想把肥肉还给他。

老胡这时警觉地低声道：我发现那个服务员有点神经兮兮的。一直在用他色眯眯的眼睛瞅我们呢。

老搞瞟了一眼道：果然是个猥琐的家伙，头发那么长，男不男女不女的，该不会是同性恋，看上我们之中的哪位了吧？

小胖也不作声，低头喝咖啡。

老胡道：你们看，这家伙越说他越是频频暗送秋波呢！要不要我去教训一下，我这手一搭在人肩膀上，只需轻轻一捏，准叫他三天举不起筷子，五天提不起裤衩！

小胖这时低声嘟哝了一句：我都说了，你们认不出来。

老胡、老搞这时才恍然大悟，莫非这位外表猥琐的大汉，正是……

老胡试探地问了一句：大胖，你……

猥琐大汉站起来，撩了一下额前挡住眼睛的长发，果然露出一双大家熟悉的含情脉脉又略带猥琐的眼睛。

见被识破，大胖两步跨过来，紧紧地搂住身材相对瘦小的老胡、老搞，声音哽咽道：老胡哥、老搞哥，你们总算来了，我等你们等得好苦啊……

老胡、老搞忙挣脱，可惜大胖蛮力惊人，只得服服帖帖地靠在大胖富有弹性的臂膀上。

老搞道：大胖，快停下，男女授受不亲。你这一头乌黑亮丽的头发刺得我的脸好痒啊。

老胡也受不了，道：大胖，你自重。光天化日之下，这样搂搂抱抱，有伤风化。

大胖只得放开两人，然后坐下各叙别情。

老搞惊讶于大胖的长发，问：群主果然是人中极品，人家受了刺激，可能就一夜白了头，仙风道骨，好似得道成仙的高人。你呢，一受刺激秀发飘飘，乍一看像个千年老妖，细一看，像个变态，哈哈。

大胖不好意思地从兜里拿出一个橡皮筋，像一个胖妞似的把头发扎成一捆，露出白白嫩嫩的脸蛋。然后道：都怪小胖，自从我过继他们家后，他妈妈总是劝我多吃素，少吃肉，好减肥。每次还给我夹大把的青菜，还说多吃蔬菜才营养。谁都知道，女孩子家才喜欢吃青菜呢，这样才有利于长头发。结果肉肉没少，头发弄人，反倒变成他们家的大胖闺女了。小胖，你说，你妈是不是想把我当闺女养啊？

大胖说着就想动手去捏小胖的脸蛋。两人像对小情侣似的扭打在一起。

大胖道：看你这水灵灵的小白脸，难怪老板娘对你偏爱有加。

小胖挡开大胖的魔爪，道：别听他胡说八道，他要是不喜欢那头长发，完全可以去剃个光头。他是舍不得，说要留着，等待长发齐腰，再拿去菜市场，卖个好价呢。

两个胖子闹够了，言归正传，老胡、老搞也分享了一下近期遭遇，原来同是天涯沦落人，相逢一笑更忧愁。于是几人决定，今晚就去大胖的闺房降妖除魔，为大胖彻底祛除心病。

第二章：揭开真相

四人来到大胖的宿舍，久未住人难免生灰尘。几人一起打扫了一下房间后这才烧水泡方便面，作为晚餐；虽然不算健康吃法，好在方便。

大胖道：有泡面没啤酒，叫客人怎么下口？

老胡觉得有理，晚上要捉鬼，是该酒壮熊人胆。于是让小胖下楼买酒。

啤酒上桌后，大胖看着啤酒瓶又说：有酒无肉，借酒消愁愁更愁。

老胡也觉得在理，于是让小胖下楼去买几斤卤肉。

酒肉齐备，四人开怀畅饮。喝到面红耳赤，一个个胆也肥了，话也多了，声音也高了。

大胖私下总是喜欢用朕啊，寡人啊等封建词汇自居，总想嘴上过一把皇帝的瘾。

小胖就说：你都当皇帝老儿了，那你的后宫三千佳丽呢？

大胖笑道：远在天边近在眼前。俗话说，三千宠爱于一身，今晚朕得好好宠幸三位爱妃！

大胖趁着酒劲，对着其他三人又是搂又是抱，吵闹之声惊动了左邻右舍，不时有几句怒骂呵斥声传来，划破屋内祥和的氛围……

到了半夜，月朗星稀，四人正在酣睡，大胖鼾声如击鼓，小胖鼾声如游丝。

忽然，一丝不易觉察的冷风从窗缝中吹入，老胡打了一个寒战，便立马苏醒。多年的野战兵生涯让他养成了草木皆兵的警觉能力。他预感有什么大事发生，于是悄悄拍醒了老搞。老搞正要发问，却被老胡捂住嘴鼻，示意老搞不要出声，朝窗外看。

老搞顺着手指方向看去，果然看见了大胖嘴里说的鬼头！鬼头闪着绿光，一上一下地晃着。老搞顿时心头一震，额头直冒冷汗。

老搞还没完全反应过来，不知如何应对，却见老胡已缓步走到窗前，两手稍一运气，一只手掌闪电般地击向窗外，只听哐啷一声，玻璃爆裂发出巨大的声响，窗外那个绿眼鬼头就被老胡紧紧地抓在手里了。

黑夜里这一声巨响，不仅惊醒了屋里沉睡的大胖小胖，也激起楼上传来一声小孩的尖叫。想必左邻右舍都被惊动了。

老胡打开房灯，把手里的还在闪光的绿眼鬼头扔给大胖：就是这东西？一个小孩的玩具，看把你吓得魂不守舍的。

大胖半梦半醒，见鬼头飞来赶忙躲闪，一边喊着：快拿开，快拿开，小胖救驾……

那绿眼鬼头原来是个上电池的玩具，吊着一根丝线，还在不住闪烁，发出凄惨的鬼叫声音。

老胡笑道：小孩的电动玩具而已，看把你吓成啥了。心中无鬼，不怕鬼吓。

大胖结结巴巴地道：我，我，光明磊落，是，是哪个小孩，胆敢捉弄本尊。我定要，拿他是问，打得他屁滚尿流。

老搞忽然反应过来，忙道：快走，缉拿元凶，抓恶作剧的小鬼！

老胡幡然醒悟：对呀，真正的鬼在楼上。

因为预感今晚有事，加之酒醉忘了脱衣，四人都和衣而卧，如此，一有风吹草动，即可行动。匆忙之间，都想挤出去抢个头功，看看是何方妖怪作祟，结果四人互相堵在门口，都挤不出去。大胖身材魁梧，是造成交通堵塞的主要因素。好在小胖急中生智，蹲下身子，从几条腿的腿缝中钻了过去，这才缓解了交通压力。四人争先恐后登上楼梯，中途却被老胡紧急叫停。原来当过侦察兵的老胡眼睛异常敏锐，他发现楼梯上留下了一串灰黑脚印。想必就是那个小鬼留下的蛛丝马迹。

大胖：据我分析，这小脚印肯定是个小孩的，而且还光着脚。

小胖：是个人都能看出来，要你废话？但是这些脚印，只有下楼的，为什么没有上楼的？

老胡：看来嫌犯颇有经验，赤脚走路，静音犯罪。但跑得了和尚跑不了庙，我们先上去看看。

老搞：对，先去案发现场！找他家长理论去。

旋即上了楼，四处一观察，觉得情况不似想象的那般简单。原来大胖房间上方的那家人房门是半开着的，老胡用手电往里面一照，却已人去楼空，里面空空荡荡的，仅剩下一些果皮纸屑。看来，这家人早已搬走，但不知什么门锁坏了，才让不法分子有机可乘。一番侦察，老胡果然在窗户边发现了一根被扯断的绳子，于是一切真相大白：定是有个调皮的小孩从这里吊着鬼头面具，企图吓人。

而为什么只有下楼脚印，推断是案犯在屋里赤脚走路，走得多了，脚底板就沾满了灰尘，因此有下楼脚印，而没上楼的脚印。

经过一番推理，四人赶紧折返，打算跟着小孩脚印顺藤摸瓜，不料脚印在走廊逐渐淡化，最后竟然全部消失了。

老胡道：我们低估了敌人的智慧啊。原本断定嫌犯就住在楼上，因此不慌不忙，哪里知道嫌犯钻了空子，下楼之后，肯定有个大人来接应，把他抱了回去，这才断了脚印。

老搞道：要知道是哪家人也不难，我们可以兵分两路，一路到楼下小院，观察哪户人还亮着灯，一路挨家挨户听门，看谁家里还有动静。用不了多久，自然真相大白。

大胖摇摇头，笑道：知道了鬼头真相，我就心满意足了。元凶就不必追究了，是谁我也大概知道了。说起来，我也有责任啊。我平时说话声音太洪亮，深夜也不注意休息，可能打扰到了左邻右舍，所以楼上这家人才搬走了。我们这楼有几个小屁孩，多半是我影响了人家做作业和按时睡觉，所以才有此劫难。俗话说，大人不记小人过，本尊就不跟这般小人计较了。

老胡道：你不扰民民不扰你。现在的小屁孩可不好惹，小鬼当家，他们可是搞恶作剧的天才。不过，我们大胖笑看人间风云，大人有大量，值得表扬。

大胖道：还得感谢两位解放军叔叔啊，你们一来妖魔就跑了。明天我就把头发剪了，剪成平头，恢复我昔日的美貌，从头做起，重新做人。

第二天，老胡、老搞去考察市场。大胖、小胖则正常上班。一到公司门口，两人就傻眼了：公司大门紧锁，门口一群女同事哭成一片。公司里面除了废弃的纸张垃圾空无一物。一夜之间这家金融投资公司就倒闭了，香港籍老板携款跑路，电话也打不通了。那些电脑设备、打印机估计也是连夜搬走变了现钱。他们还欠着员工三个月工资呢，心理脆弱的女生只能抱团痛哭。

见此情景，大胖有些腿软，靠在墙上目光呆滞。

小胖见势不妙，担心大胖旧病刚愈，新病又来，赶紧说：咱们不哭啊，大老爷们的。反正咱妈养得起我们。

大胖愣愣地道：没什么，什么大风大浪胖爷没见过啊。大不了我回青城山放羊去。我家还有百十亩荒山有待开发呢。小胖儿，你愿意跟我回乡下去放羊不？

小胖面有难色地说：想是想，就怕嫂子生气啊！

大胖怒道：你糊涂啊，你哪来的嫂子？我有你嫂子，还要你干吗？

小胖道：是啊，你要成天跟我在一起，未来嫂子哪里有机会接近你？

大胖仰天长叹：天生我才没有用，只能回家当贫农。走，小胖，让咱妈弄几斤肉，今夜我们要借肉消愁，重振胖家雄风。

小胖一脸不屑，嘀咕道：你什么时候雄起过，嫂子都没有的人，哼……

第三章：搜救计划

大胖原本只是想组织一些户外活动，广交天下豪杰，但自从胖子介绍青城山的帖子发出去后，民间不免暗流涌动，激发了一些寻宝猎人的极大兴趣。其中有三个来南方的驴友，根据胖子的帖子按图索骥，来到青城山后集体失踪。景区工作人员也组织了搜救，调取了监控录像，仍然一无所获，搜救工作被迫在十天后停止。唯一能找到的就是三人乘坐的一辆面包车，仍旧在景区停车场。

结果有人赖上了大胖。一个自称失踪人员家属的女子找到了大胖，她潜入大胖的QQ群，根据群里有限的公开资料，成功地找到了胖子在青城山的老巢，而且一头住进他家开的民宿，指名道姓要求大胖负责。

刚开始，胖子父母以为儿子总算找到女朋友了，是生米煮成熟饭的那种，才会上门纠缠，不由得喜极而泣、老泪纵横。结果根本不是那么回事，人家就是来找胖子去救人的。那女的说都怪胖子的文章蛊惑人心，要求他承担人道主义责任。可胖子哪里懂什么户外救援，景区都派出那么多人搜索都没结果，他一个胖子又能怎样？

但胖子有恐美女症，不得已，大胖打电话给老胡，只说来了个美女，要求他去搜救，请解放军叔叔紧急支援。老胡老搞正在人才市场物色兼职工作，一直也没满意的，反正没事，听胖子这么一说，以为是什么有偿救援活动，就驱车去了胖子家。

路上，两人闲谈。

老搞说：他们家也算是地主老财了，我们就代表广大群友吃他家的土猪肉，为受苦受难的穷苦人讨回一点公道。

老胡说：大不了我们就去青城山当和尚，不要五位数，大几千也能接受。都说现在的和尚富得流油啊。

老搞道：这个主意好。没事还可以下山去大胖家打打牙祭。

老胡、老搞先见了大胖，互相寒暄问安。

老搞问：小胖呢？你们两口子不是形影不离吗？

大胖叹了一口气：自公司倒闭后，小胖又找到工作了。本来我俩事先决定共同进退的，事情也正如我们预料的那样，我们都被新老板录取了。公司待遇不错，包吃不包住。那天中午我们在公司吃饭，遇到老板，当时我正在帮助几个女同事处理她们碗里泛滥的肥肉，结果被老板看见了，老板见我饭量惊人，非常感动，对我说：公司的饭菜质量差，怕影响你身体正常发育，所以建议我另外找一家伙食好的公司。就这样，我满怀感恩地离开了公司，回到青城山帮家里务农。小胖其实也想跟我一起走，可是他灵机一动，说先潜伏下来，抓住老板的把柄，再以此要挟，让我回去工作。我一想也好，要是跟着我放羊，岂不把自己专业给废了嘛？

老胡、老搞听了，颇为大胖打抱不平，说了些安慰话，什么此处不留爷自有留爷处，留座青山在不怕没矿挖……

但这些都不是大胖眼下最忧愁的。大胖简单地介绍了目前的情况，说找来的女的不是本国的，是个泰国妹子，带了两个助理或保镖，来势汹汹，盛气凌人，非要大胖组织人员去搜救，说失踪的三人是她的亲戚。当初还是一辆警车带着她来的，不知道是什么背景，只是说搜救的费用她都出。大胖表示自己能力有限，不是专业救援队，最多组织一个民间探险队，可是人家就是不听。听说妹子的家族在省里有重大投资项目，连村支书都跑来说情，叫大胖好好接待，不要引起国际纠纷，等等。

老胡听了，气愤地说道：岂有此理，哪有强买强卖的道理？管他是泰国妹子还是泰国人妖，我们去会会她。

老搞道：少安毋躁。现在情况不明，搞不好是人家看上了大胖。大胖经常把自己又白又嫩的大头贴发到群里，还做成表情包，生怕天下谁人不识君。那我们就去帮大胖鉴别一下，看你俩有没有夫妻相。

老胡老搞见到泰国妹子的那一刻，火气顿消。立即相信，大胖的恐女症复发是有充分理由的。但见这位衣着不俗的女子，颇有异域风情，嘴似樱桃，面若桃花。美中有点怪，怪中透着美，乃是一种中原大地从未见过，放眼西域不曾多见的奇特之美。

那女的对大胖道：这就是你请来的帮手？看起来也不过如此嘛。

老搞笑道：大妹子是来相亲的啊，不过晚了，我俩年轻的时候也很帅气，追求者真是踏破铁鞋无觅处啊……

没等老搞说完，泰妹打断道：你们不要误会。我之所以要找胖子，是因为白云寺住持的推荐，说他出生在寺庙，是罗汉转世的命，与佛有缘。我们泰国人大都很信仰佛教。我找与佛有缘的人，更容易实现我的愿望。失踪的三人，都是因为看了你们的探险照片才去的，他们可能是在寻找与我们家族有关的东西。我希望你们能找到他们，如果他们发现了什么东西，也希望你们回来后第一时间让我知道。我会一直住在这里，等你们消息。

泰妹的普通话虽然有些生硬，但是非常清脆悦耳，古人用银铃般的声音来形容女子声音，大概就是这样的风格。

老胡道：去山里转转倒是没问题，不过你得做最坏的打算。这都过去半个月了，缺乏荒野求生技能的人，凶多吉少呀。而且我们也没救援经验，要不你去请专业的搜救队，如何？我们都有各自重要工作要做呢。

泰妹冷笑一声：你们的情况，胖子都已经告诉我了。反正你们也算无业游民，不如做点行善积德的事情。我不会让你们白辛苦的。

泰妹从精致的提包里拿出一沓现金放在茶桌上，道：这一万块，算是赞助你们的，可以买些好的装备。无论找到什么，事成之后再给你们辛苦费。至于多少，要看你们找的东西价值如何了。

老胡心里不是滋味，一来大胖怎么轻易把他们的家底给泄露了呢？二来，堂堂大男人，还要受女人的摆弄，有几个臭钱就了不起啦？当着女人的面，见钱眼开，成何体统？

于是老胡没好气地对泰妹道：虽然我们生意一时受挫，可是瘦死的骆驼比马大，我们是缺那几万块的人吗？你的这个搜救请求，我们还得回去再仔细研究一下。

泰妹不由得好奇地打量起老胡来，道：我倒是听说你们一个商铺被毁，一个遭遇跨国诈骗，成天还忙着在低端劳务市场找工作。倒是挺有骨气的嘛，看来，这个钱你们是不想要了……

说着，就准备把桌上的一万块钱收回去。

惊闻此言，大胖急了。他一直想插嘴，可惜心里紧张，一直没有成功地组织好语言。他请老胡、老搞来，就是想跟妹子谈成这笔特殊生意。眼见到嘴的肥肉要飞了，他赶紧冲了出来，拿起桌上的钱，紧紧握在手里，道：老胡，这就是你不对了，咱们对待女同志，要表现出大无畏的绅士风度。人家大老远来到我们这里，是出于对我们的信任。来者是客嘛。人家妹子这么大方又美丽，我们义不容辞啊。

老搞也来打圆场道：对对对，人家三顾茅庐，亲自登门拜访，慕名前来，中泰一家亲嘛，为了两国的传统友谊，我们理应为国际友人排忧解难，也算是为国争光了哈。

老胡看懂了大胖的眼神，想自己的男人傲骨也算展现了一番，就睁只眼闭只眼了。

大胖接着对妹子道：您这忙，我们帮定了。俗话说，救人一命胜造七级浮屠。您是乐善好施，我们也爱好助人为乐。既然是白云寺住持推荐，那就犹如皇帝诏曰啊。剩下的事我们来处理就是。您就安心地住在我家，想去哪里玩，问问我爸妈就行了，啊，哈哈哈。

泰国妹子这才满意地点了点头。

等泰妹走后，老搞这才由衷地感叹道：金钱的魅力是无穷的啊。我以前总迷信什么爱情的魅力，爱情的魅力在金钱面前算什么啊。你看我们大胖，多年的顽疾啊，金钱一来，就立竿见影，恐女症药到病除了啊。

老胡则批评道：大胖，抓住商机固然是好事，可是你怎么可以把我们的底细都坦白了呢？特别是对于一个陌生女子。你得注意保密啊，下次要暴露他人隐私，得提前征求有关方面的同意。下不为例哈。

大胖一脸无辜：我这也是对你们好嘛。那女的说我如果不说，她就要去调查你们，到时候你们的银行存款、房产信息、开房信息，统统都曝光了。那就悔之晚矣。

老胡道：你还挺有歪道理啊。

大胖道：事发突然，来不及请示两位。我想这是自打我群奠基立业以来，首次成功地引进外资，机不可失啊。搞不好就走出国门，在国际的户外舞台上好好秀一把。

老搞道：探险虽然好，可真不容易啊。所以，人家大老远地给我们开高工资，也是难得。盛情难却，盛情难却。

老胡道：我倒不看好这种搜救任务。那么多人搜救都没找着，我们凭什么就能成功？

老搞道：对，要把困难预估得多一些。战略上藐视，战术上重视。

大胖神秘一笑：没有金刚钻不揽瓷器活。这段时间我一直运筹帷幄准备决胜千里。搜救其实也不在人多，而在策略。他们搜救，虽然人多，但是只是在地表搜寻，天亮起床，天黑就收拾回家吃饭睡觉。这能叫专业搜救吗？以我多日的精密分析，这三人要么跌入山谷摔死了，那也应该被大水冲出来，不可能不被发现啊；要么就是误入什么山洞里了，迷路了。所以，我们搜救就有了重点方向：山洞。前段时间雨天多，那三人说不定就在山洞躲雨时遭遇了什么情况。

老胡道：胖子言之有理，听说青城山有七十二峰、三十八洞、二十四溪流。有名的洞有天师洞、九仙洞等。

大胖有些得意：对，这年头唯有探洞最刺激。古人云，洞中自有颜如玉，洞中自有黄金屋。

老搞道：什么颜如玉，你说有女鬼还差不多。

第四章：招兵买马

大胖拿了一万块赞助，亲自负责采购各种物资。老胡老搞则在群里发布招募信息。说只要是国家级运动员、退伍军人，有户外工作经验者就能享受青城山免费探险七日游，事后还会根据个人表现，评选出优秀队员给予奖励。重赏之下必有勇夫，报名者自然非常踊跃，有两百多人报名参加。这样筛选和鉴别的工作量就非常巨大了，选来选去，最后有 50 人基本符合要求，算是报名成功。不过在用身份信息买保险的时候，很多人露出了马脚。或者年龄过小，居然有小学生冒充大人的；或者年龄偏大，大得坐公交车都可享受免费待遇。此外还有几个妹子很想参加，说要给未来孩子进行探险的胎教，天哪，原来是一群孕妇！还有的问，晚上住的是几星级酒店，有没有电视台来采访啊……这让老胡哭笑不得。

最后大浪淘沙，只有十多人勉强够格。老胡给大胖汇报进展，只说两个班的突击队有啦。

大胖不知道两个班是多少，以为是学校的那种班，一个班几十上百人。于是非常高兴：能指挥两个班的队伍投入实战，实在过瘾啊，到时候一定要安排两三名摄影师，好好把我们的功绩拍下来。老胡老搞就是我的左膀右臂，不对，是我的左右丞相……

虽然十多人够资格参加，但是实际来的人不多。这些人要么没有七天的长假，要么都要坐班打卡，要么天天搬砖汗如雨下。所以实际能到来的也就五六人。

最先到的，是一个自称退伍特种兵的大汉。这让胖子喜出望外，人在精，不在多，有这样的高手相助，定可以以一当百，一夫当关万夫莫开。也不对，这又不是去打架。

特种兵也不示弱，一来就送了一个见面礼：即兴表演了徒手劈砖块，徒手捏碎鹅卵石。一只大手掌硬是比钢铁还硬，石头、砖块在他手下纷纷粉身碎骨。于是技惊四座。

大胖赶紧把特种兵请进屋内，摆上香茶，众人的态度都极为恭敬。

在特种兵强大的主角光环下，老胡也难免自惭形秽。

老胡自报了家门，介绍了老搞，便问特种兵：敢问班长尊姓大名？如今在哪里高就？

特种兵谦虚道：本人姓高，名守。高高兴兴的高，守护祖国边疆的守。在下高守，请诸位战友多多指导！

老胡翘起大拇指道：果然是高手啊，一听这名字就威震四海！高，实在是高！

大胖道：看您这身板，不禁让人想起了《第一滴血》里的孤胆英雄，兰博基尼那个演员。对，人称兰博的那位老兄，一个人就能干倒几百正规军。

高守谦虚道：咱可比不上那兰博基尼还是比基尼啥的。惭愧啊，很多战友都去了公安武警，我退伍那时为了照顾生病的老母就错失良机，后来就给一些房地产老板当当警卫员，事情也不多，待遇也不少。上周老板出国，没一两个月也回不来。我闲得慌，上次群里看你们探险寻宝，真是刺激啊。虽然以前训练过荒野求生，不过户外探险我还是新兵蛋子，请诸位班长多多指教……

老胡、老搞也不想在高守面前失了面子，便说目前做点小本生意，小得平时都不需要打理。高守一听，觉得这生意肯定不小，都雇人打理了，自己才能当个甩手掌柜啊。于是对老胡、老搞也肃然起敬。

至于大胖，高守也夸了几句，说他长得脸圆耳大，很像寺庙里的菩萨，将来一定能飞黄腾达。

大胖心里不是滋味，想怎么把胖爷描述成大猩猩啊，还什么大慈大悲的菩萨，当菩萨多没意思，又不能吃肉喝酒的。

四人互相谦虚吹捧了一番，然后天南地北地开始乱吹。气氛甚欢，直至深夜。

第二天高守就迫不及待地提出要去爬山，说提前熟悉环境，正好也活动一下筋骨，呼吸山中的新鲜空气。

大胖、老胡、老搞对高守无不言听计从。决定来一次轻装徒步半日游。除大胖外，其余三人各自拿一瓶矿泉水，就算准备妥当了，却见大胖背着一个硕大的登山包出来。这包从大胖屁股一直延伸到头部。

老搞疑惑地问：大胖，你这是准备搬家还是愚公移山啊？

大胖笑着解释说：装备买了还没来得及用，我想趁机测试一下登山包重装徒步的效果，拍点户外照片，回来好给卖家点评，五星好评加晒图，可是要返现金的。

老胡夸奖道：我们大胖真会勤俭持家，连一两元的好评返现也不浪费。

一行四人徒步进入后山景区。来得太早，游客寥寥无几，四人逐级而上，只见山中晨雾缭绕，一会儿山泉飞溅，一会儿小桥流水，好似仙境。

高守兴致勃勃，一直走在最前头，不时停下来等后面的人，也不时催促道：快点，同志们，赶早看个日出。

大胖自然走不快，负重四十多斤，走在最后，累得气喘吁吁。老胡、老搞被夹在中间，既不好走快跟上高守，又不好丢下胖子不管，只得一面叫高班长慢点，一面催大胖快点。

大胖本来是想尽地主之谊，向其余三人介绍青城后山的一些历史、景点特色、神话传说什么的，以彰显自己的博学多才，却不想高守急不可耐地往前冲。

什么遇强则强，全是鬼话，遇到高手，心头只会压力山大。

高守已经远远地把三人甩在了身后。胖子一个劲地说：这叫什么老兵，一点团结意识都没有，要做孤胆英雄么？山上有不少岔路口呢，走错了如何是好？

老搞便大声喊住高守：高班长，你走慢点，我们连你尾灯都看不见啦。

高守远远地回应道：我的尾灯早就坏了，还没修呢。你们赶紧爬，给自己屁股装个涡轮增压！

老胡、老搞只好改变策略，决定发扬风格，轮流替大胖背包，可是不管是谁背上这沉重的登山包，肯定都要拖集体的后腿。

于是老搞责怪大胖：你不应该背这么重。你自重不小，空手爬山已经算是重装出行了，再背一个包，那就严重超载啦。

大胖反驳道：我这不是为了提前检验装备质量嘛，免得到了关键时刻掉链子。这包配重有点问题，重心太高，我怕走快了一不小心掉进水沟里，连人带货都洗白了。

老胡、老搞心想：高守虽然是高手，但却不是主角。管他们吃，管他们住的，大胖才是幕后金主啊。再说了，高手哪里需要他人照顾。于是都慢下来，陪大胖慢悠悠地爬山。

正当三人放下背包坐地休息时，突见山上一个高大的黑影出现在晨雾中，那黑影急匆匆地朝三人奔来，仿佛受惊的狗熊。

老胡惊恐道：难道是狗熊下山？

大胖也心里发毛：我长这么大，还从没见过狗熊呢。今日一见，实乃三生有幸啊。

很快高大的黑影到了可视范围，原来是高守，他正心急火燎地下山，仿佛有十万火急的大事。

高守喘着气道：消、消毒液，我这前掌，完了。

三人见高守紧握着右手，像是在压迫止血的样子。老胡已有不祥的预感，赶紧对大胖说：包里有消毒药吗？创可贴！

大胖赶紧摸出一瓶碘伏，走到跟前一看，果然见高守右手掌中已经鼓出一颗黄豆大小的血豆子！大胖二话不说，对着血豆子就狂喷了数下，血豆子冲散了，随着碘伏液一起滴落。

高守道：马失前蹄，这是不祥征兆啊！

老胡听了有点吃惊，心想这点小伤就大惊小怪的肯定事出有因。忙问高守到底发生了什么事，是不是被毒蛇咬了。

高守道：不是蛇，是前面护栏年久失修，露出生锈的铁丝，我手劲大，不小心刺扎进肉里了！真倒霉，早知道戴手套了。

老搞安慰道：没事，一个小外伤，一会儿就不疼了。

高守愁眉紧锁，道：我是怕疼的人吗？哥几个，我得赶紧回成都大医院打破伤风针了。你们不知道，这生锈的铁丝，搞不好就有破伤风杆菌啊，我得尽快去医院治疗，晚了怕有性命之忧啊。你们继续爬山，我打完了针马上就归队啊。

说完，也不等其余三人同意，径直往山下跑，消失在茫茫的晨雾中。

突如其来的变故，让大胖三人无奈地一笑。

老胡道：也好，我们就不用着急赶路了。

大胖道：看他牛皮哄哄的，被铁丝刺了一下，就怕得要死。要是打起仗来，他跑得比谁都快。

老胡道：高班长说的也有道理，万事小心为上。看来以后户外探险，我们还得重视医疗保障。特别是治疗蛇毒的药，要准备一些，最好是有个医务兵就好了。

老搞道：搞那么复杂干吗？要是被毒蛇咬了，哪还有时间吃药？咬到哪里，直接把哪里剁了就是。

大胖不以为然：要是毒蛇咬了你的头，你也舍得剁啊？

老胡道：没那么夸张，不是还有吸毒疗法吗？

大胖道：要是咬到屁股，你敢吸吗？

三人吹完牛，继续负重上路。此时，他们终于有机会三人行了。大胖也能在这时发挥自己的口才，将自己对青城后山的见解娓娓道来：这青城山分前山和后山，前山主要是道观和寺庙，招待四方烧香拜佛的人，要看风景，还是得来后山。青城后山，飞瀑深潭、悬崖峭壁、云雾仙洞，风景秀丽，是问道求仙的风水宝地。下面的泰安古镇，唐朝以前就有了，这里一直是成都大平原通向西北小金川的丝绸之路。后来还传说大西国张献忠有一支残兵抬着珠宝进入后山，从此消失其中。两千多年的古镇，不知发生了多少故事。很多书上都没有记载，只有老辈人口口相传。后山景区的每个景点都有自己的神话传说，可是知道的人太少了，以后有机会我再慢慢给你们讲。

老搞恭维道：群主博古通今，实乃当代徐霞客和蒲松龄啊。

老胡也奉承道：户外生活有时是很枯燥，有大胖这样的吹牛大王吹吹牛，可以有效消除漫漫长途的无聊，值得推广。

大胖不再说话，得意地唱起了小曲：妹妹你坐船走，哥哥我水中游……

老搞低声对老胡说：有些人就是经不起表扬，一表扬，他就俗不可耐，自以为是。

第五章：误入洞穴

晨雾还没散去，天空却飘起了毛毛细雨，也不碍事，正好冷却一下登山的燥热。

三人也不知不觉来到一个岔路口，一条往右，一条往左。

老胡问：大胖，你看走哪一条？往右，道路光整，好像人多。往左，山路多杂草。我们这是随大众还是另辟蹊径？

大胖道：往右，就是走小环线提前下山；往左，是走大环线。

到底怎么走，三人犹豫不决。

老搞道：朝霞不出门，晚霞行千里。早上我看到彩霞了，可能要下大雨，我们什么都没准备，要不就小环线早点下山？

老胡道：我们也不必走那么远。下雨倒无所谓，老爷们儿还害怕下雨？斜风细雨不须归嘛，就走个小环线，淋点小雨就回去算了。后面群友来了，我们也好接待。

大胖本来也想打退堂鼓，他背着这么大个包爬山，真不是一般地累。不过大胖有个毛病，就是逆反心理严重：两个中国大兵居然害怕淋雨，这传出去岂不让外国人笑话？还连累胖爷我一世英名毁于一旦。

大胖的逆反心理也不奇怪，按照老胡的解释，他心理年龄偏小，遇事容易走极端。

于是大胖摆出一副临危不乱、宁死不屈的样子，豪言壮语道：天将降大任于斯人也，必将苦其心志，劳其筋骨……男人志在四方，自然要选择最难的路线走。古人说得好，会当凌绝顶，一览众山小。走的人少，才有最奇特的风景嘛。再说了，这点小雨就把我们吓退，要是天上下冰雹、下子弹，那不是还得尿裤子？

大胖用的是激将法。当然，老胡、老搞很快就看穿了大胖的小把戏。

老胡一本正经地说：上刀山下火海都不怕。我主要是担心下雨路滑，你又背这么重。你要有个闪失，我们就群龙无首啦。

老搞也道：是啊，冒不冒险无所谓，关键是要有目的，要值得去。

大胖笑道：目的当然有的是。传说山上有座庙，庙里有口井，井里有个金乌龟，一到下雨天就浮出水面，不停地做着缩头的动作。你们有没有兴趣去看啊？

大胖这是想讽刺一下老胡、老搞，暗骂他们是缩头乌龟。

就在三人争论之际，左侧的山路上，白色雾中一个黑影突然出现，那黑影停顿了一下，就朝着山上走，消失在雾中。

老胡道：这不是高班长吗？他不是下山去了吗？

大胖道：看起来很像，身体都那么魁梧，你要说他像熊也没问题。

老搞道：我总觉得此人有点神叨叨的，有着极强的自我表现欲。这会不会是他在搞恶作剧啊？先是借口下山，结果绕道在我们前面，不知道他葫芦里要卖什么药？

大胖道：我也觉得他有问题，昨天一来就给我们一个下马威。我们三个诸葛亮，还怕他一个臭皮匠吗？走，看他耍什么花样。

老胡道：特种兵的确有异于常人的地方，我们不可不防。

三人不再纠结路线问题，直接跟着黑影快步走上大环线。路过了几个亭子，过了九仙洞，终于追上了黑影。

黑影似乎在蹲着休息，老胡就大喊一声：前方可是高班长？

黑影似乎听见了，站起来慢慢地转过身，三人这才略微看清楚这是什么东西。那魁梧的身躯、突出的嘴巴，头上还有两只圆圆的耳朵！这分明是头黑熊啊！

老搞吓得低声骂道：我的个妈呀，鬼神都不怕，就怕这种不通人性的猛兽啊。

大胖脸色惨白，道：想不到，运气这么好。之前谁说的，想吃野味？上呀，熊皮大衣还有熊胆都是奖品。

老胡赶紧制止道：别出声。惊动了黑熊我们谁也逃不了。现在要趁黑熊弄不清状况，大家慢慢地后退，退到小树后面，悄悄去九仙洞躲起来。

九仙洞，原本叫作九僧洞，传说有九名得道高僧在此圆寂，故而得名。九仙洞很奇特，更像是张口的蚌壳，开口小，里面空间大。人虽不能直立其中，但坐满十几人不是问题。因此洞内没有大佛，只有九尊小孩般大的泥像，皆是僧人模样。

三人计划慢慢后退，却因紧张，动作有点乱。大胖慌乱中摔了一跤，虽不要命，但却引起了黑熊的注意，只见黑熊慢慢地朝他们走来，可能它也想看个明白，是什么人这么大胆对自己吼。

在老胡指挥下，三人退到灌木丛后，弓身猫腰，快速奔向目的地。大胖慌忙之下，脚下一绊，嘭地又摔了一跤，这下更惊动了黑熊，那黑熊更加好奇，不知道发生了什么事情，于是加快了脚步向三人跑来。

看见一个扁平的洞穴，三人也不管里面是否安全，连滚带爬地钻了进去。此入口低矮，只容人爬进爬出，里面空间却相对宽敞。好在洞内并无其他野兽居住，但却有九个小僧人塑像东倒西歪躺在地上。

老胡用手机的电筒查看了一下洞内情况，并未发现危险因素，便全身心投入阻止狗熊进入的工作中。他道：要委屈这些泥像了，你们赶紧用泥像堵住洞口。一旦你跟熊结上梁子，那熊不达目的誓不罢休。我去里面看看，有无其他出口，你俩负责堵洞。

大胖怕对佛像不敬，于是对着佛像作揖，口里说道：大慈大悲的菩萨，俗话说救人一命胜造七级浮屠，今日我等有难，迫不得已借各位金身挡挡外面的杀人熊，来日一定给你们多烧香，烧高香。阿弥陀佛，拜托拜托！

说完才开始动手。奈何泥像是石头雕刻而成，分外沉重，加之洞内比较低矮，不能直立，根本不好使劲，只能半蹲着，把佛像推到洞口。

黑熊很快发现了三人藏匿的洞穴，这搬动石头的声音也太明显了。但黑熊一时也没搞清楚状况，便远远地站在洞口呆呆地观察着，看到大胖和老搞一点点地堵住洞口，也不敢轻举妄动。

熊这种动物有个特点，只要不激怒它，它是不会报复人类的。但熊也是好奇心很重的动物，它很少有机会跟人玩，特别是在自己吃饱的时候，多少需要找点娱乐项目。眼下，这头熊算是找到乐子了。

胖子看见自己完成了防御工事，又见黑熊傻乎乎地站在洞外，不禁有些扬扬得意。他对着外面挑衅地喊着：你这头胖熊、蠢熊、笨熊，傻了吧。来呀，互相伤害呀，看我不取了你的熊胆，脱了你的皮大衣。

老胡赶紧阻止道：千万不要激怒黑熊。就算它听不懂，也能感受到你挑衅的语气。我们手里没有正规武器，而人家是国家保护动物，是国家的动物，伤了它，就是犯罪；它伤了你，却不构成刑事犯罪。

那黑熊听到大胖的喊声，不由得朝洞口走近几步，嘴里发出低沉的咆哮，似乎在回应大胖的邀请。

大胖有些得意道：你看那笨熊，还听得懂我说话呢。待会儿它要是想爬进来，脑壳卡在这里，动弹不得，那时就任由我们摆布了。我们就跟它来个勾肩搭背，拍几张照片，在野外成功驯服黑熊，这事传出去，肯定会在户外界一炮走红。

老胡道：这玩笑可开不得。黑熊力大无穷，它要是想进来，也是迟早的事。

外面的雨越下越大，黑熊已经走到洞口，正通过缝隙朝洞里瞅，熊嘴巴大大张开，呼出的气体直接灌入洞内。三人一闻黑熊的口臭，只觉得头晕目眩，赶紧往深处退缩。

大胖捂着鼻孔说道：熊大哥，您这是多少年没刷牙了？您这口臭，翠花不嫌弃吗？您要是缺牙膏牙刷就给小弟说一声嘛。咱不缺！

可就在这时，只听见洞外传来轰隆隆声音，像是石头从上而下滚落。原来是因为雨天湿滑，山上有几块石头松动滚落下来，有几块恰好砸中黑熊毛茸茸的后背，黑熊以为是里面的人故意而为，要谋害自己，于是立马变得狂暴起来。黑熊咆哮着，伸出两只硕大的前爪，疯狂地刨着洞口的泥土，试图挤进来。

三人一看这情况，顿时慌了神。

老搞道：打电话，报警，报警！

三人拿出手机，一看都没信号，信号可能被洞穴屏蔽了。

大胖道：报警也来不及了。等警察来了，我们都走啦。

老搞问：走？往哪里走？能走哪里去？你发什么神经？

大胖道：还能往哪里走？等警察来了，我们不都去了西天极乐世界吗？

老胡怒道：这关键时刻，你们两个家伙还有心思开玩笑。快扔点什么出去，转移它的注意力。

三人摸了一下身上，只摸出一包烟。

老胡道：扔出去。

为了让黑熊注意到，老搞特地在熊眼前晃了晃才将烟从缝隙中扔出去。

黑熊看见一个漂亮的盒子扔了出来，果然转身去捡，拿起来反复观察，不知道是什么，索性用爪子撕开，一盒烟全都掉在地上，黑熊又去捡烟，以为是吃的，塞进嘴里嚼了几下，又马上吐了出来。黑熊觉得自己被戏弄了，又返回洞口怒吼着刨起土来。

一计不成，老胡喊道：快准备家伙，迫不得已，来个人熊大战，先打它的鼻子和眼睛。

胖子果断地从包里摸出了一把开山刀，取下登山杖、工兵铲，三人各自分了。

大胖道：老胡啊，虽然我们是三比一，但靠这些拙劣的工具，我们只够给它挠痒痒。

老胡道：这些我都知道。事到如今，狭路相逢勇者胜了。但愿打伤它的敏感部位，它能知难而退。

大胖悲哀道：我们还没有桃园三结义呢，这就要同年同月同日死啊。小弟冤啊，小弟至今尚未婚娶……

老搞道：呸，谁愿意跟你一起死！要死，我也得先尝一口熊肉是什么滋味，熊死谁手还未可知呢。老胡，你刚才查看里面，有什么发现吗？

此时，黑熊卖力地刨着洞口，缺口越来越大。只要老熊钻进来，一掌一个，三下就能平息这场纠纷了。

老胡道：里面啥也没有。不过我倒是发现奇怪的现象，地上有其他人的脚印。以我的经验，这是三个人的脚印。奇怪的是脚印的方向，只进不出，到了尽头就断了。因此，我推断，这三人进洞之后就没有出去过。问题是，他们哪里去了？

大胖不耐烦地道：老胡哥，你还有心情当侦探啊。他们不见了，搞不好就是被熊吃了呗。

老搞道：胖儿，不要乱说，熊不能连骨头都吃了吧。只有一个可能，洞内还有别的通道。

听老搞说还有别的通道，大胖好像看到了希望，赶紧拿出手电去查看，果然有陌生的脚印，一直通向一堵石壁。石壁很像一道门。大胖就用工兵铲又砸又敲，果然敲击出声声空响，但石壁极厚，根本敲不烂。

老胡道：这正是我之前怀疑的，理论上这儿应该有道门。你们快找找有没有按钮之类。

三人上下左右到处按，也没见什么开门反应。

这时狂怒的黑熊已经刨开了个大口子，半个身子已经钻了进来。黑熊也累得大口喘气，从它嘴巴里喷出的口臭，让洞内的空气充满了死亡的气息。

大胖绝望地说：胡哥，我快受不了了。这是我闻过的最难闻的口臭了，我宁愿闻它的屁股，也不和熊大面对面地说话。唉，这九仙洞，怕是要变成十二仙人板板洞了……

老胡没心思听大胖唠叨，他招呼老搞道：使劲推！

千钧一发之际，一道石门轰轰地被推开了。三人不禁大喜，但顾不得回头看，拖着背包就进了石门，然后用力关上。

那黑熊果然很快爬进了洞穴，可惜洞穴太矮，黑熊也只能爬着行走。老熊环视一周没见着人，心情更加郁闷，咆哮着把那些僧侣石像乱砸一通，其声响之剧烈，三人隔着石门也听得心惊肉跳。

好大一会儿，黑熊才停止发泄。又过了一会儿，黑熊打起了呼噜，睡了。

第六章：失去退路

熊虽然睡着了，但是人却心有余悸，心跳一时难以平复。三人既不敢出声，也不敢打开手电，生怕暴露了自己。

老搞轻声对大胖道：这就是你可爱的熊大。看把我们搞得多狼狈。

大胖道：其实我是懂野兽的，可惜今天没准备东西。要是带两个鸡腿，搞不好今天我们就跟黑熊成为好朋友了。你们非得扔烟，这下好了，想抽根烟都难。

老搞道：早知道就把你扔出去，成全你们两个，说不定人家还是母的呢。你现在就出去表白一下，等会儿人家走了，可别后悔。

老胡道：我看黑熊可能不会走了。这个洞干燥清爽宽敞，肯定比它原来的窝好。换作是我，也会这样做。在野外，遇到这样的洞穴，那比住帐篷安逸得多。

大胖惊讶道：它不走啦？那我们怎么出去？

老胡用手机光照了照，发现通道很长，看不到尽头。回答道：我有一种预感，失踪的三个驴友多半就是进了这个洞，朝里面走了。有可能他们还活着，只是被困在什么地方了。

大胖道：想不到我们今天歪打正着，这么轻松地就挣得了那几大万的奖金啊。那就走吧，不入虎穴焉得虎子。

老搞道：这钱挣得太容易啊。大胖，你要是把泰国妹子也拿下，一举两得，名利双收，让她花了银子又赔夫人，岂不两全其美？

大胖道：那种娇小姐不是本大爷的菜，要是在古代，也只配给大爷我当个使唤丫头。

老搞笑道：口是心非的家伙。

老胡打断两人闲谈：往里面走吧。我们也不要太大意，前路未知，也许有什么危险，才让三人进去至今没有出来。小心驶得万年船。

于是三人继续深入洞穴。这洞初极狭小，只能弓行，步行数十米，则豁然开朗，出现一个可以直立行走的洞厅。用手电环视一周，三人莫不吃惊。原来这洞厅不简单，具有人工开挖的痕迹，洞壁还出现了大量的符号和图案。这种符号像是一种远古文字，反正三人都看不懂。文字夹着图案，由于年代久远，图案的线条已经比较模糊，但仍然看得出有像道士一样的几个人物，手持着古怪的长物，还有一些奇怪的动物，什么两头鸟、人面蛇身怪，大翅膀的蝙蝠之类。

老胡道：我们该不会闯进了什么道士的坟墓吧？

大胖道：青城山是道教佛教发祥地，有这些历史遗迹也很正常。我听说很多道士就喜欢找个山洞盘腿修炼，也乐意死在山洞里呢。我们这儿的本地人，哪家没有点古代的东西？我奶奶以前喂猪的石槽都是宋朝年间的呢。

老搞道：有此祖传宝贝，那你岂不发财了？

大胖不以为然：可惜不值钱啊。文物文物，一定是人用的，有历史文化的沉淀，谁要那畜生用过的饭碗？

在一旁仔细观察的老胡开口道：果然别有洞天。这里还有一个出口，不知道通向哪里。保险起见，我们还是在这里等待，等黑熊出去觅食，趁机溜出去，打电话报警求救。探洞嘛，等我们的人马到了，装备准备好了，再来不迟。

大胖和老搞则有些不愿意。

老搞道：来都来了，不如进去探索一下，万一真有古人留下的宝藏，早一日发财早一日脱离苦海。再说，那熊不知道什么时候才出去，失踪的三人正等着我们的食物呢。

老胡道：普天之下，莫非王土，真要有值钱的东西，那都是属于国家的。贸然进洞，万一我们也成失踪人口咋办？

大胖道：老胡你原则性也太强了吧。国家的财产，国家都不知道，不知道的东西，那就是没有啊。知道这里有宝贝，早就派人来拿了，是吧！我这样推断，说明这不是国家的东西，这也不值钱，就算真有什么东西，那都是我们祖先留给我们青城山后人的，没外人什么事儿。

老搞对寻宝也有着浓厚的兴趣，他打圆场道：老胡也是出于对大家的安全考虑。如果有宝藏，我们不妨去看看，无价之宝，交给国家，不太值钱的，我们私人收藏。就这么定了，啊。

就在三人争论之际，洞厅上方突然传来轰隆隆石头滚动的声响，响声滚过头顶，朝着入口方向而去，接着，只听见咚的一声巨响，引起一阵碎石垮塌的声音，而后一切又恢复了平静。

三人紧张地听着一切，直到四周恢复安静才放下心来。

大胖道：这地壳运动也太明目张胆了吧。居然跑到我们头上来了。

老搞道：刚才我还以为是地震，但明显不像地震，像是头上有人在滚石头，后来撞塌了什么。

老胡道：老搞分析得对。我去入口看看，你们按兵不动。入口要是塌了，我们就没有退路了。

过了一会儿，老胡回到洞厅，忧虑地摇摇头：果然塌了。

大胖忙问：黑熊呢？压死没有。死了正好来顿熊肉烧烤。

老胡白了胖子一眼：尽说这些不着天际的话。洞口都塌了，被堵得严严实实，我们没有退路了。

老搞安慰道：还没到山穷水尽的时候，退路没有了，我们就勇往直前，深入虎穴，抓住老虎，三人成虎……

大胖道：向未知世界出发！想想都刺激啊。但是我又有点小小的担心，要是我们也一时出不去，家里人肯定很着急，鬼知道我们在这么个鬼洞里待着呢。

老搞道：现在害怕也来不及了。万一遇到什么危险，那就青山埋白骨啰……

大胖道：你才变成一堆白骨。要变也要变成一具人体化石，这样后代还可以瞻仰我英俊可爱的容貌，搬到博物馆，介绍词上写道：这是伟大的探险家，某某某。对啦，我得提前把自己生平简介刻在石头上……

第七章：山洞初探

兵马未动，粮草先行。既然要深入洞穴探索，背一个大包显然不合适。三人盘坐洞厅，借助一盏头灯的光芒，清点着大胖背包里的杂货。

大胖扬扬自得地说：多亏我有先见之明，不然今天我们怎么探洞，如何自救。机会永远是留给有准备的人的。

老搞恭维道：您老人家持家有方，温柔贤惠，上得了大床，下得了厨房……

大胖听了心头高兴，道：爱卿言之有理，我的床就是大呢，小了怕睡塌。

老胡不愿意听两人毫无意义的对白，便道：探洞最关键的是什么？是照明工具。胖大爷，你这次买的手电筒靠谱吗？

大胖骄傲地说：嘿，那自然。好歹胖爷也是上过四年大学的人，连真假都分不清楚，还怎么浪迹江湖？列位看好了，这标签上可是写着 Made in USA，知道什么是 USA 吗？地道的美国货啊。

老搞道：我们两个可都是 Made in PLA。胖儿，你懂什么是 PLA 吗？美国货算什么？越南战场、朝鲜战场，美国武器那么先进，不都被我们打得屁滚尿流吗?

大胖呵呵道:解放军叔叔批评得对,下次我们就统一购买 Made in PLA。宁缺毋滥,没有我们就不用啦。

此时,检查手电的老胡发出了一声唏嘘:大胖,这个 Made in USA 的标签,有问题啊。感觉多了一点。老搞你检查一下。

老搞还没明白老胡的意思,拿过手电,仔细一看果然多了一点标签上的"U"分明是个"u"。两人不禁笑出了声。

大胖一看,脸气得煞白,咬牙切齿道:真是无商不奸!我们探险队的钱都敢蒙骗!这就好比给农民卖假种子,拖欠民工工资一样坏!三天之内,我出去一定要给他个大大的差评!

物资清理完毕,三人分了手电、头灯、压缩饼干、水、刀具和铲子。大包里面藏着一个小的冲锋包,一些小巧便携的东西仍由大胖继续背。但是帐篷、睡袋、防潮垫这些东西只能扔掉。一是根本用不上,二是会堵塞洞口。大胖心疼得要死,这些都是花了几千块买的名牌货,一次都没用就要丢了。他一时想不通,就找个地方挖了一个浅坑,把不能带上的东西都埋了,堆成一个小土包。

大胖非常惋惜,自言自语道:要是再立一块碑就好了。写上:此地无银三百两。那些后面进洞的驴友到此,一看有座坟墓,肯定吓得半死,就不敢来刨坟了。

老搞安慰道:留着青山在,不怕没柴烧。要是这一趟捡着金银珠宝,你就悄悄地揣在包里,不让老胡知道,算是补偿。

大胖揉了揉湿润的眼睛,依依不舍地离开了帐篷和睡袋的坟包。

继续前进,洞穴更显崎岖不平,三人时而猫腰,时而蹲着走,时而匍匐。洞道上下布满坚硬的石头,一不小心就会碰头,遭殃的人定会发出"哎哟"惨叫,以示抗议。

老搞抱怨道:我说大胖,你怎么就不买安全帽呢?起码整个骑行头盔嘛。没买户外保险,至少买个帽子嘛。

大胖道:我们这不是误打误闯嘛,谁没事来探洞啊!再说,市面上就没有匹配我这颗大脑袋的帽子。

老搞道:你这个自私的家伙。你那大脑袋肉厚,撞几下当挠痒痒。我们可就不一样了。

通道内干燥的尘土一旦感受到来自人体的动能,便纷纷飞舞,弥散在空气中。走在后面的人必然要吃前面人腾起的灰尘。所以,走在最后的大胖不得不多次提醒前面的人动作轻点。前面的人以为大胖是担心他们碰头，于是心存感激。至于为什么安排大胖断后，这也是有科学依据的。为了防止大胖肥硕的身躯堵死通道，不至全军覆没。狭窄的隧道有时无法让人互换位置，优先让身材瘦小的人出去还可以找救兵。所以才让老胡开路，大胖断后。

没走多久，三人就遇到了岔路口。左右各有一个通道。

老搞自告奋勇：两个洞我们分头行动，我去右边看看。

老胡道：那就大胖留在原地。我和老搞去侦察，约定只能往里探五分钟，五分钟内返回交换信息。

大胖担心道：你们一定要回来啊。一个人，容易怕鬼。

老搞道：有鬼陪你总比没人的好。

不大一会儿，两人先后返回。

老胡道：左边，人工开凿痕迹明显，不久前肯定有人经过，我还捡到一个烟头，就凭这个烟头可以帮助警方提取 DNA，确认失踪者或死者的身份。我看，走左边吧。

老搞不同意：且慢，右边有很多天然钟乳石，有钟乳石说明就有水源，我们可以顺着水源找到出口，再报警求助。反正他们失踪那么久了，也不在乎这一时。

两人意见不合，只等胖子的意见。

大胖漫不经心地说：没有调查就没有发言权。我又没去看，我不发表意见。你们猜拳决定好啦。

老胡严肃道：前面的人也一定遇到我们现在的问题，也一定都派人去探索了一番，右边有可能是个死胡同，他们才选择左边，所以才会留下烟头。既然左边是人工开凿的，说不定就有出去的路。俗话说，从左到右，左边不通，我们再回头不迟。想这山洞也不会很长。

三人就决定走左边了。但为了节省电力，只开一个手电，用最弱的模式。即便如此，黑暗的通道也足够明亮了。三人时而直立行走，时而弯腰弓身，时而匍匐前进，一如之前。可是过了很长时间，电筒电池用完，既没有走到尽头，也没有其他发现。三人只得停下来休息，吃点压缩饼干当是午饭。然后换了电池继续寻找出口，时间转眼到了傍晚，第二块电池也用完了。

老胡总结道：我们犯了一个错误，只顾往前走，忘了做标记。当初以为山洞不会太长，没想到搞了这么久，还没到头。

大胖道：这下可惨了，要是还能走回去，把塌方的地方挖开，也许也能出去。现在可好，老胡，你说你一个老兵，怎么这么不小心呢？

老搞道：胖儿，你别怪老胡，我们在部队也没搞过探洞训练。陆军嘛，都是在地表。山洞里，没星星没月亮的，没法辨别方向。再说了，知道方向有用吗？地下世界，没空间，插翅难飞啊。

大胖道：我不管，反正你们要优先让人民群众转移到安全的地方。

老搞呸道：这里哪来的群众？你？你可不是普通人，你是地主老财的大公子啊。你看你这身肥肉，一看就是贪污腐败的形象。还想混在人民群众里头捞好处？

老胡打断两人斗嘴道：都是一根绳上的蚂蚱，有什么好吵的。我有个不祥的预感，有可能我们在原地打转，这山直径也不大，再怎么走也能到边界。这次我们边走边做记号，画箭头，从1开始给每个箭头编号。你们两个要上点心，我们可没有后勤补给，必须早点出去。

老搞和大胖平息了争吵，一致对外。

为了验证老胡的怀疑，三人立马行动，边走边用刀做记号。果然一个小时后，他们惊讶地发现了编号为1的箭头。但是更令他们感到惊恐的是，居然是有两个标记为1的箭头！第一个箭头记号，是老胡用短刀刻的，纹理深而清晰，重复的箭头却是用黑木炭画的。按理说，只有走在后面的两人才能干出这种事。

老胡质问道：老搞，这是你干的？

老搞摇摇头：我哪里来的木炭？

大胖也摆摆手：你可别怀疑我，这一路上我们又没烧火做饭，我也没遇着木炭。

老胡道：排除一切不可能，难道在我们前面还有一队人马？他们的做法和我们不谋而合？

老搞道：很有可能。会不会是那三个失踪的人？

老胡道：失踪这么久了，这里没吃没喝的，他们怎么还在这里停留？不管怎样，我们不如追上去看看。

三人于是又开始绕圈子，依然继续做着记号。到了2号箭头，果然又有一个用木炭重画的箭头，以此类推，老胡做的记号，都被人重复了一次。

当他们再次回到1号起点，仍旧一无所获。

大胖突然大惊失色道：不好啦！怎么又多了一个记号！

老胡、老搞忙看过去，果然出现了三个箭头三个1，上下并列着！

三个人都懵了。难道山洞里还有其他人？他们也在这里打转？

老胡道：我们不如守株待兔，以逸待劳。关了手电节约电。这也太累了。

大胖道：是该停下来好好休息一下，冷静一下。

三人便关了灯，静坐在黑暗中等待。可是过了很久，什么也没等来。一看时间，已是晚上九点。

老胡道：没有消息就是好消息。有可能是他们找到出路了，他们能出去，我们也行。

大胖提议道：要不我们再去找找，六个人在一起，总比三个人强。

老胡犹豫不定：这里多少有些古怪。万一我们转了一圈，又出现了新的记号，怎么办？万一有什么人在捉弄我们？

老搞道：这事的确有些蹊跷。

大胖道：我其实也不想再动了。这一整天像个老鼠一样钻洞、吃灰。我现在只想找个馆子好好吃一顿，来一瓶冰镇啤酒……

老胡自言自语道：上帝在关闭一扇门的时候，必然也打开了另一扇门。这另一扇门，肯定是有的。

大胖道：是生的门，还是死的门。送死你们去，我要苟活着。

老胡开玩笑道：是星际之门。

老搞道：老胡，还是快点想个办法，至少找到水源，天然的那种。虽然求生大师告诉我们，必要时可以喝尿，可我不想喝自己的尿啊。

大胖道：你不想喝自己的尿，那就喝我的吧，我们换着喝。

老搞道：喝你的尿，我怕血脂增高。我的尿，正好帮你减肥，拿走不谢。

老胡道：你们安静点。依我之见，我们只能暴力穿越了。我担心这是古人设好的圈套，让误闯进来的人耗尽体力，慢慢死亡。所谓暴力穿越，就是打砸铲，用工兵铲挖、用石头砸，把隐藏的出入口砸出来。如果砸也砸不出来，就找到松软的地方，挖一个洞出来。

老搞和大胖齐声说好，早就想干点破坏活动，发泄一下糟糕的心情。

事不宜迟，三人满怀希望，各自拿了工具，开始敲打石壁。一时间，洞道内嘈杂声不断，粉尘如群魔乱舞。然而，事与愿违，三人在洞道两侧敲打了一圈，也没砸出什么空洞，更没听见什么空响。

片刻的失望后，老胡又鼓励大家：我们还没好好挖呢，这路面松软，也许出口就在脚下。

三人又重整旗鼓，用工兵铲挖地面，但凡觉得松软的地方，先铲再挖。可是一圈下来，虽也遇到真正松软的地方，然刨去浮土，下面都是坚硬的石头。崭新的工兵铲徒增几个缺口。

身处绝境，最重要的就是保持士气。

老胡强忍着心头的失望，镇定地说：我想外面已经月上柳梢头，我们腾个地方休息。失败是成功之母，明天我自有妙计找到出口。你们放心吧。

于是精疲力竭的三人找了一个凹处，正好可以倚靠石壁躺下。洞内温度冬暖夏凉，三人和衣而卧，也不觉得寒冷。

深夜，老胡突然醒来，他的警觉性特别高，微小的动静也能惊醒。每到这个时候，老胡总是先拿好防身的工具。老胡静静地听着四方动静，此时大胖鼾声如雷，老搞的稍轻，也如小河潺潺。

不多时，老胡终于等待大胖、老搞陆续醒来，老胡说有什么东西惊醒了自己。

老搞问：是不是大胖呼噜声吵醒了你？

老胡摇摇头：只有危险的声音才能刺激我。

大胖道：说不定是老鼠或者蝙蝠，如果有，正好给我们当早餐呢。

老搞道：饥饿、口渴，可能让人出现幻觉哦。

老胡摇摇头：我因为听力敏锐当过一段时间的侦察兵。我能在漆黑的环境中分辨敌人的每一个动作，是抬腿走路，还是匍匐前进，能在风中分辨出飞鸟的动作。当年，在对抗演练中，使用侦察仪器反而容易被敌方发现，反而是耳朵尖的人适合搞侦察。但那种生活太紧张了，晚上根本无法入睡。所以，后来我就以身体原因退出了。

老搞道：既然如此，洞内肯定还有其他的动物，这也不奇怪。蝙蝠就喜欢待在洞里。

老搞说完就打开手电，朝着洞顶方向搜索蝙蝠。

大胖佩服地对老胡说：我的胡哥呀，原来你有顺风耳千里眼啊。那能不能用你的大耳朵帮我们听听矿泉水在哪里？再不补充点水分，我都快变成人肉干了。

老搞回了一句大胖：你顶多变成猪肉干。

老搞还想说什么，突然惊叫起来：哎呀！我们咋这么笨啊？这不就在眼前嘛！走来走去，怎么就没发现呢。

大胖以为老搞发现了蝙蝠肉，忙问：大不大？是肥的还是瘦的？

老搞激动地说：是洞啊，是出口！

三个脑袋很快挤在一起看，这才发现头顶有一个斜向上的洞口！还喷着丝丝凉气。

大胖把自己的大白脸对着洞口，大口地吸着凉气，仿佛一个巨婴在吸奶。

老胡感叹道：人有时候的失败，不是因为鼠目寸光，而是因为看问题的角度太片面了，我们怎么就没有抬头看看呢？

老搞分析道：我们多数时候都低着头，为的是避免撞到顶上突出的石头。所以才遗漏了。

大胖笑道：老胡啊，昨晚把你惊醒的，怕是这股春风吧！你还疑神疑鬼的。这凉风里面富含水分子，我们今天肯定能找到天然的矿泉水。

第八章：初遇危机

三人互相帮助，爬入倾斜的洞口。洞内的凉气有效地降低了口渴与烦躁。斜洞比较狭窄，三人只能爬行。老胡依旧是排头兵，他嘴里叼着电筒，一手抓着工兵铲，小心翼翼地前进着。奈何洞顶总有些突出的尖石，一不小心就撞到脑袋，头破血流。老胡受伤自然最多，便一再提醒后面小心碰头。尽管如此，大胖还是屡屡遭殃。没办法，只怪他体形过于庞大，稍微抬头向前看，就容易和石头发生摩擦。

老搞心疼地说：胖儿，下次记得买头盔。不然，就算顺利出去，也成脑震荡了。

大胖道：这辈子的洞我都爬完了。还下次，打死胖爷我也不探洞了。

然而，老胡最担心的事还是发生了，电筒的光芒越来越暗淡，最后洞道突然全黑了，就像有人突然关了灯一样。三人陷入无尽的黑暗中。

这可是手电最后一块电池。

老搞责备道：胖儿，你怎么搞的，为啥不买点蜡烛？那么便宜，一买一大捆，还能帮我们检测氧气含量呢。

大胖叹了一口气：前车之鉴啊，血泪的教训啊。在认识你们之前，我还有一群哥们，他们就喜欢探洞寻宝。那一次他们就是因为点蜡烛，结果引爆了洞里的可燃气体，结果七个人只有一个人还活着。那个人因为胡吃海喝拉肚子，临时没去成。那个还活着的人就是本尊啊。要不然，我哪还有机会认识你们啊。

老搞叹了一口气：也对。书上教人们探洞要点蜡烛，也可能会点燃瓦斯气体，同年同月同日就那个了。

老胡问：大胖，你的百宝囊还有什么可以发光的？

大胖道：打火机算吗？

老搞把打火机传递给老胡，老胡只好打火爬行，打火机的火光非常微弱，没用多久，打火机的头因为温度过高，塑料件熔化，点火机构趁机迸裂不知所踪，打火机提前变成了一块塑料垃圾。

老搞问：大胖，还有吗？

大胖道：没啦，就这么一个打火机，抽烟用的。好在没有烟，不然我还心疼烟。

老胡道：不是说打火机，别的，会发光的东西。

大胖道：手机，还有点电。

老胡道：不行！留着拍照，出去还要打电话求救呢。不到万不得已，不要用手机。

大胖又摸了一阵，找到一个东西，弄了一下，果然发出了明亮的光芒。

大胖道：这是我们最后的希望啦。

老搞递给老胡，一看竟然是个小巧的手摇式小电筒。

老胡道：大胖，我得表扬你。准备充分，有了这东西，我们就永远不怕黑了。

老胡摇了几下，手电亮一下，洞道就亮一下，老胡就凭着记忆爬行一段距离再摇几下。不一会儿，三人只听啪的一声，手摇电筒的手柄断了。三人再次陷入黑暗的绝望中。

老胡质问道：你会买东西吗？就这质量，难道也是美国造的？

大胖委屈地说：买美国手电筒老板送的，送的东西，能有什么质量？你怎么不怪自己用力过猛呢。

老胡叹了一口气：再想想办法。

老搞道：我倒还有一个办法，用刀砍石头，看能不能砍出火花。有点火花，也可以。

老胡换用刀砍击石壁，不知道是因为石壁成分不对，还是因为空间狭小无法使劲，反正只听见金属撞击的声音，就是不见丁点火花。

大胖道：这下彻底玩儿完了。失去了光明，就等于车子没了刹车，胖子没了零食。

老搞道：没有光明又怎么啦？盲人不一样出来走路嘛。我用工兵铲探路，一样往前走。

大胖道：实在不行，我们牺牲一个手机。没有光，真让人害怕啊。

老胡打开自己的手机，发现电池所剩不足 30%，其余两人加起来也不足50%。手机虽没有开机，但是电池依旧在消耗。（那个时候的手机电池容量小，技术也不够先进。）为了省电，三人赶紧关了手机。

老胡道：常言道，摸着石头过河。反正洞里没什么风景，眼不见心不烦。大家闭上眼睛，还能防止尘土飞入。

在黑暗里爬了不知多久，三人终于出了小洞来到一个平整的地方。用手摸摸，发现这是一个大型的通道，通道四周平直，可以勉强够一个人直立行走。

老胡道：这是好征兆啊。我们有可能进入了一个人造渠道。或许是本地人灌溉引水用的。

大胖则不同意，道：不太可能。我们村有几条引水渠我还不知道吗？哪有建在地下的水渠？我看这很有可能是墓道，古墓的墓道啊，那就得小心机关陷阱了。

大胖说得在理。老胡只好打开自己的手机，用手机的光照了一下四周，发现这个通道很长，两边都看不到头。通道石壁皆有凿过的痕迹，而刚才他们所钻的洞，极有可能就是一个小盗洞。

老胡手机的电量很快用完，四周又恢复了黑暗。

大胖道：胡哥，我们该往哪个方向走？你用你的顺风耳听吧，你听听哪里有水声，我们就往哪里走。

老胡道：刚才我好像看到了一串脚印。要不沿着脚印走？水声，没有。

大胖反对道：我看还是反其道而行吧，那三个人说不定中了陷阱，早就挂了，我们不能步其后尘啊。再说了，他们很有可能是专业的盗墓贼，要是遇到了打起来怎么办？

老胡道：看你这点出息，你一个壮汉，我们俩又是身手不凡的退伍军人，解决社会的混混，如同捏死一只鸡。他们要真是贼，我们就替天行道了。

老搞道：老胡说得对，如果对方是贼，那就是我们建功立业的好机会。

就在这时，一阵隆隆隆的巨石滚动声音打破了三人谈话。那声音分明是朝着三人而来。

老胡大惊道：快！退回洞里！

三人来不及思索，迅速缩回来时的洞里。老胡又把工兵铲放在洞口。

三人屏住呼吸，听着那隆隆的声响由远而近，声音越发巨大，令人毛骨悚然。很快，一个巨大的物体滚过三人头顶，咔的一声，压断了横在洞口的工兵铲木柄。紧接着，又咚的一声，撞着墙壁停了下来。

等了一会儿，外面再无声响，三人才再次爬出。

发现工兵铲被压断了，大胖心疼地说：老胡啊，老胡啊，你怎么就这么糊涂啊。好好的工兵铲，你怎么就忘了拿下来呢？这下可好，要是遇到歹徒，怎么防身？难道真要回到石器时代，捡石头砸对方吗？

老胡道：非也，如果我不放工兵铲在洞口，那个石头滚来正好停在洞口怎么办？那我们就成风箱里的老鼠了，两头为难啊。

大胖和老搞这才恍然大悟，改口称赞老胡临危不乱，处置果断。

大胖担心地问：下一步怎么办？盲人敢出来乱跑，是因为没人害他。现在这里有杀人机关，视力再好也不敢乱跑啊！

老胡道：要是有火种就好办了。实在不行，我们爬就是，什么明枪暗箭，总不会往地上射吧。

老搞道：万一地上有坨狗屎，开路的人不免做出重大牺牲啊。

就在这时，只听大胖吞吞吐吐地说：老、老胡，我这、好、好像还有一个可以叫电筒的东西，就是不知道……

老搞既惊讶又气愤地责备道：你个死胖子，有手电怎么不主动上交？这都火烧眉毛了，你还敢私藏光源，简直是大逆不道……

老胡平静地说：没事，知错就改还是好同志，胖儿，交出来就是，啊，不要有心理压力，我们不会怪你的。

大胖委屈道：不，不是，它不是普通手电。这叫紫光手电，我买美国假手电筒时，老板力荐的，说我们在野外，带个紫外线手电，晚上可以找蝎子吃，蝎子遇到紫外线就产生荧光反应。但是紫外线容易损伤视力，不能长时间使用……

老搞道：胖儿，你被老板忽悠了。四川野外哪里来的蝎子。

老胡道：原来如此，我们间歇使用吧。能帮助侦察危险就行了。幸好大胖留了这么一手，可解燃眉之急。

大胖把一只小手电递给老胡，老胡打开一试，蓝光照射下，洞内的物体形状一目了然。刚才滚过的乃是一个球形的巨石，可能因年久失修，通道变形，圆球被卡在了不远处。球形石头的存在，证明这里的确有机关陷阱。

老胡道：大家不用怕，任何机关都可以用现代科学破解。比如这个滚石，只要提前设置路障就可以有效阻拦。接下来，我们还是爬行，把身体的重量分散，就不容易触发机关。大家爬的时候，尽量轻点，注意听周边的声音。如果有什么异响，我们还是要往洞里躲。

老胡讲完注意事项，三人开始慢慢爬行。老胡在前，他开一次手电，爬几米，如此反复。

这一招果然有效，三人爬了百余米也相安无事。老胡不免有点得意。正在他思想有些麻痹大意之际，身前路面的石板突然轰然塌陷，老胡惨叫一声，上半身跟着石板坠落。好在老搞反应快，伸手抓住了老胡的裤子，不料老胡下沉的速度过快，老搞也跟着往下滑落。关键时刻，大胖伸出了他巨大的手掌，力挽狂澜，把两人硬生生地拉了上来。

老胡、老搞被拉上来后，心有余悸，大口地喘着粗气。老搞担心老胡惊吓过度，赶忙给他搓背，按摩太阳穴，掐人中。过了一会儿，老胡才缓过神来。

大胖刚才做了一场短暂的剧烈运动，身体多少有些虚脱。但他心里却格外开心，因为一路上老搞总是戏耍自己，批评多表扬少，这下算是立了大功一件，得让两个老兵刮目相看。

老胡回过神后道：还好手电没掉下去。我刚才还想，我牺牲了不要紧，手电一定要给你们扔上来。我们大胖果然神力惊人，值得表扬。

老搞道：就不用说客气的话了。救人一命胜造七级浮屠嘛，佛祖那里自然为你记功啊。

大胖颇为得意地说：这下你们总算有幸见识胖爷的厉害了，我这是实胖，不是虚胖。如果胖也要分三六九等，那我肯定是超越这个范围，属于至尊胖、王者胖。

这时，老胡突然欣喜若狂地大笑起来。

大胖、老搞大吃一惊，莫非老胡受了刺激，丧失理智，疯了不成？

老胡笑完了，才对两人说：你们刚才听见什么声音没有？

大胖、老搞都有些纳闷，刚才，只听到某人在狂笑。

老胡道：就算我们都掉下去，也死不了啊。难道你们没听见水声吗？石板掉下去，砸出的都是水声啊！

两人这才明白，他们找到水源了。刚才三人都在保命，庆幸大难不死，忽略了水声。

大胖道：听起来有点深呢，问题是我们怎么才能喝到下面的水。要不跳下去，喝个饱，再洗个澡？

老搞道：你这头旱鸭子，瞎叫什么，你不好好当鸭子，干吗非得当旱鸭子？

大胖怼道：旱鸭子就不是鸭子啦。那你就是水鸭子、湿鸭子、唐老鸭。

老胡用紫光手电照了，说道：太深啦，真掉下去凶多吉少。我们可用绳子打水法。

大胖包里的一小卷伞绳正好派上用场。拴住矿泉水的瓶口，放一块石头进去，再丢下去捞水。水的确很深，绳子放到尽头才勉强接触水面，只得伸长胳膊。估计水瓶装满，再把绳子拉上来。

老胡道：少说也有30米，6层楼那么高。跳下去，一旦入水姿势不对，也就相当于跳楼自杀了。

大胖道：我现在倒不担心高度，这水能喝吗？

老胡用紫光手电一照，瓶里的水几乎没有杂质，闻了闻，有股山泉水的天然气味。

没等老胡做出判断，大胖一手抢了过来，仰头一饮而尽，然后大呼过瘾。

老胡、老搞见大胖喝了没事，赶紧打了几瓶，满足了自己最基本的需求。

大胖意犹未尽：要是水里有鱼就好了。弄几条十斤重的大鱼，来个山洞烧烤 party，妙啊，我好像闻到了一股烤鱼的味道。

水喝饱了，三人体力得到明显的恢复。

老胡道：接下来的路，恐怕越来越艰难了。大家怕不怕？有没有信心渡过难关？

老胡以为这时还在部队上，指挥员这么煽情地一吼，台下士兵就会大声回答：不怕苦、不怕累，坚决完成上级交办的任务。

可是话一说完，却无人配合。老搞、大胖都默不作声。这也不能怪他们，在这种绝境下，没有吃的，装备也不够，还怎么去挑战困难？

过了一会儿，老搞打破沉默：老胡啊，现在我们这种情况，后面有巨石阻挡，前面有万丈深渊，光喊口号没用啊。

老胡沉默了一下，淡定地说道：天无绝人之路。

老胡表面震惊，心里其实也没有信心。他默默地打开紫光手电，查看地形。

老胡看完，恍然大悟：原来如此！我正好奇，其他人都过去了，我们怎么这么倒霉，一来就塌了。原因都在墙上嘛！

大胖、老搞顺着老胡指示，果然在墙上发现了一连串的凹槽，用手抓住就可以通过。

大胖道：这些人怎么这么聪明？他怎么知道这里有陷阱的？

老搞道：两个字：专业。四个字：经验丰富。

老胡道：看来我们面对的是三个专业的盗墓贼啊。好在我国禁枪，只要我们保持战斗力，制服他们就像吃一碟小菜。

大胖道：别啊，老胡，你不能总是以敌我斗争的思想看待问题。人家毕竟是专业人士，有这样高明的技术，我们是不是应该虚心向人家学习呢？四海皆兄弟嘛，干吗一定要打架？不如套套近乎，交个朋友。

老搞批评道：你敌我不分！遇到这种犯罪分子，我们的政策就是坦白从宽，抗拒从严。我们应该命令他们，把知道的事、掌握的技术，毫无保留地说出来嘛！怎么可以跟敌人套近乎，嗯？

大胖笑着点点头：对对对，叫他们老实交代，做了哪些对不起人民的事情，用了哪些具体的技术。

老胡身先士卒，率先抓住墙壁的凹槽，两脚靠着摩擦阻力，慢慢地移动了过去，通过了路面塌陷区。见老胡稳稳地落地，没再发生异常情况，老搞也如法炮制通过了。

轮到大胖时，就出了问题。他手掌大于常人，蛮力惊人，他试着用手掰凹槽，那凹槽一下就碎裂了。加上他自重大，抓着墙壁过风险肯定不小。

老搞对大胖说：胖儿，你就别剑走偏锋了。直接跳吧，反正也就两米的样子，助跑一下，冲过来，你行的。

老胡也鼓励道：不要恐惧，只管用力跳，你肯定行。

大胖自信心不足，也可能是紫光手电亮度不够，他助跑了几次，也没敢跳。

老搞于是心生一计，对大胖说道：胖儿，你身后是谁啊？怎么有个黑影朝你走来啊。

大胖心头一震，吓得头皮发麻。这鬼地方，哪来的别人，只有鬼啊。俗话说，狗急跳墙，母猪急了还会上树。大胖不敢回头看，千钧一发之际，他咬紧牙关，拔腿就跑，奋力一跳，一声肥肉掉在地上的闷响后，大胖的肉身以五体投地的悲壮姿态成功落地。但由于冲击力太大，这一跳震得四周碎石泥土纷纷掉落，下面的潭水随即一番叮咚作响。

本以为这种细小的塌落很快就结束了，不料震动似乎引发了某种连锁反应，石块之间发出摩擦的声音，整个山洞开始不停地震动，更多的大石块地动山摇般崩裂、坍塌，落到下面砸出巨大的水响，各种声响交织在一起，仿佛末日来临，让听者丧胆，见者魂飞魄散。

三人来不及做任何反应，就地趴下蜷缩成一团，双手护住头部，听天由命。

在剧烈的混乱中，大胖不忘抱怨：要死啦，要死啦！老胡啊，你肯定又踩中什么机关了。来世你应该向盗墓贼兄弟好好学习一下。

老搞道：胖儿，不能怪老胡。要怪就怪你自己。你踩中坦克地雷了，我们两个踩上去没事，你这么大的吨位，这么一跳，还不引爆啊？

老胡道：少废话！捂住口鼻，少吸灰尘！

大胖又问老搞：老搞，你有什么遗言没有？说来听听。

老搞道：去你的，我可不想死。

大胖道：收到！那我就在你的墓碑上，刻上四个字：我不想死。

第九章：洞中铁棺

待一切都恢复了平静，三人才从尘土中钻了出来。幸运的是，除了灰头土脸外，并无大碍，连一点小伤也没有，真是奇迹。

虽然大难不死，但三人却高兴不起来，都心有余悸呢。

大胖道：我刚才趴在地上，还想自己是不是按下了世界末日的开关，幻想着等我们出去后，世界上只剩下我们三条好汉。那该多美好！

老搞批评道：好个屁，三个大光棍，活着还有什么意思！你脑袋被石头砸了吗？全世界最多不过是少了三个傻蛋。

大胖道：我才不当傻蛋，我要当聪明蛋。

老胡不耐烦地道：你们两个有完没完，什么时候了，还有心思说笑？这里鬼都没一个，你们说给谁听？少点幻想，多干实事！

大胖赶紧解释道：我们这也是为了缓解一下紧张的心情嘛，刚才太吓人了。我都以为我们要被砸死，活埋而死，没想到，还是死不了。

老搞道：想死自己去，我们可不奉陪。

老胡道：我们能活着，原因是掉下来的多是细沙，洞体垮塌之后，这些细沙被释放。好在下面是深潭，吸收了流沙。依我之见，这里可能是一座带有流沙陷阱的古墓。

老搞道：那就是说我们不小心进了某个大墓，既然是大墓，里面肯定埋藏着宝贝。

大胖道：我得拿几件出去卖钱，补偿我们的精神损失。国家宝藏伤了人，我们就当是申请国家赔偿了。啊，老胡，你说是吧。

老胡道：是不是大墓，我不敢肯定。这里的机关陷阱如此阴险，说明它不是普通的墓。眼下，我们不知道身处何方。三十六计，小心为上。我们先用手电照照。

老胡打开手电，不看不知道，一看吓一跳！三人正孤零零地站在一根巨大的石柱上！洞道什么的全部消失，一个巨大的洞厅出现。除了三人所立的石柱，另外三个方向还有三根巨大石柱，一共四根石柱立于水中，形成了一个正方形。而更让三人吃惊的是，每根石柱都连有一根粗大的黑色铁链，四根铁链交会于四根石柱中心，正好托着一口硕大的方形棺材！原来这是一种具有防水功能的浮棺。

大胖笑道：嘿嘿，得来全不费工夫。墓主人精心设计的防盗机关，就这么被我们捷足先登了。铁链这么粗壮，看来也特地为有缘人准备的，我们爬过去看看有什么宝贝。

老搞也是寻宝心切，想着经历这么多艰险，拿点精神损失费总该可以吧。不过又担心老胡坚持原则，于是试探道：不管什么宝贝都是国家的。咱们捐给国家，国家肯定给咱们颁发证书。有了证书，我们就可以光宗耀祖，名扬天下。

大胖挖苦道：呸！我还从来没听说哪个人因为捐了宝贝成为网红明星。一纸证书，就能出名？光宗耀祖？那人家还辛苦考什么北大清华？老搞啊，你这榆木脑袋不会也被石头砸了几下吧？

老搞成功引大胖替自己说了不便说的话。老搞抓住时机把球踢给老胡：你说对吧？我们拿了政府发的捐赠证书，红底黑字，那多光荣，比立一等功还光荣吧？

老胡知道两人心里怎么想的，于是将计就计道：是啊，有了这种证书，以后子女参加高考直接加一百分呢，国家电视台还要给你做专题访谈，全家人享受烈士待遇呢。

大胖似乎听出了老胡的言外之意，我们也不能落后啊，积极寻宝，出去后才好给国家有个交代嘛。

老搞道：那就请吧，新时代的"卖炭翁"。荣誉就在你们眼前呢。

大胖自告奋勇，试了试大铁链，铁链非常坚固，用力摇也不觉得晃。大胖骑在铁链上，铁链向下倾斜，用手撑着一点点滑向空中棺材，并不费劲。

大胖爬了二十多米，终于来到大棺材上面。他挥着手大声招呼老胡和老搞：是个大铁棺，搭三个帐篷都没问题。快来呀，超级稳！

不一会儿，老胡、老搞也陆续登陆大棺材。初步检查，的确是一口巨大的铁棺材，只是铁的质量并不怎样。铁棺没有缝隙，像是整体铸造而成。只是在上方有一个裂口，裂口附近留下了大量敲打、锤击甚至灼烧等痕迹。应该早就有人尝试过，只是都没有成功打开。

在铁棺另一侧的铁链上，挂着一具干尸，是脸朝下趴在铁链上死去。干尸的衣服还保存完好，露出的手脚早已干枯，其右手下垂，脖子上还吊着一个老式的马灯。一只鞋已经掉了，仅剩一只老布鞋。干尸身上还有一个帆布包。包里装着什么重物，因此稳稳地吊在空中。

干尸的存在进一步证明棺材早就有人造访过了。

勘察完现场。老搞先是小心地取下干尸的背包和放风灯，然后才小心地再把干尸拉上来，以示对死者的尊重。马灯尚有不少灯油，还可以用。

大胖迫不及待地去翻干尸的帆布包，振振有词地说道：现在胖爷就代表广大劳苦人民没收你们的贼赃。

帆布包较为腐朽。大胖直接把包里的东西一股脑儿倒出来，里面有干枯发霉的馒头，锈迹斑斑的小刀、小锤子，一卷一捏就烂的绳子，一瓶没有标签的药丸，一个动物皮毛做的水壶等。这些都令大胖非常失望，一个值钱的东西都没有。虽然没有值钱的东西，不过老胡却发现一些实用的东西，如灯芯和老式的火柴。火柴的封皮隐约可见"大中华牌"繁体字，图案则是两只小狮子，估计是民国时期的东西。

老胡给马灯换了灯芯，抽出火柴，但麻烦的是火柴盒上并没有插条。

大胖道：以前的火柴是不用插条的，一碰就燃。

老胡拿火柴往铁棺上一碰，火柴头略微一亮但很快就熄灭了。又取了一根，这才成功点燃。点亮马灯，四周一下子清晰起来。橘红色的光芒，让人精神为之一振。

有了稳定的光源，大胖就迫不及待想去开棺寻宝。

老胡阻拦道：且慢。我们还不清楚干尸的死因。从现场看，应该不止一个盗墓贼。当他们在铁棺上好不容易凿出一个裂口后，不知道里面跑出来什么，也许是毒气，也许是什么危险的动物，总之令盗墓贼闻风丧胆。其中一个倒霉的就死在铁链上。你们看，铁棺有很多破坏的痕迹，都是因为盖子太厚，他们没有成功。据我推测，后来他们就用火烧，裂缝里还留着一些木炭。等铁棺烧红了，用冷水猛然一泼，铁棺自然就变得脆弱，再用锤子砸开，这就是盗墓贼用过的方法。虽然高明，但是棺材仍然没有完全打开。

大胖有些迫不及待地道：就别研究这些没用的了。这破棺材就算有毒气也散了，安全。前人栽树，后人乘凉。在他们的基础上，我们再加把劲，就可事半功倍。今天算是捡到便宜了。这么大的棺材，要么躺了不少人，要么陪葬品非常丰富。

大胖说完拿起生锈的锤子在棺材裂缝处砸起来。果然如他所说，裂口周围的铁变得非常脆弱，加上大胖蛮力不小，几下就砸开了一个大口子。棺材虽然被打开了几十年，但是里面仍然散发着一种难以描述的恶臭。之所以难以描述，是因为一般人从未闻过类似的味道。

老胡放进马灯照了照，虽然早做过最坏的打算，什么白骨，什么干尸，白的黑的，都预想过。但棺材的情景还是吓了三人一跳：这是一个血棺材啊！棺材内有一堆白骨，全都泡在红色的液体中，好像鲜血一般！

大胖吓得不敢看，赶忙转过身去，大惊道：妈呀，这下真见鬼了。我这辈子都没见过这红的棺材。

这些白骨之所以吓人，不是因为太多，而是因为太散乱，不止一个人，甚至不止人类。里面除了有几颗人头骨，还有不少动物的头骨。有角的可能是牛羊，小而尖的像是狗头。加上下面红色液体的衬托，就显得更为恐怖。

老胡道：别怕，不可能是鲜血。也可能是某种霉菌，或者防腐的中药。

老胡用刀拨开红色的部分，赫然露出具有流动性的金属。

老胡大叫一声：不好！这是水银！

听闻是水银，三人都离洞口远远的，拉起领口的衣服遮住口鼻。

老胡道：我就说，怎么可能有鲜血？是氧化汞，有剧毒。我推测铁棺当初被加热过，产生了氧化反应。第一批打开棺材的人，应该是闻了毒气而死。好在氧化汞的性质比较稳定，短期内接触安全，我们不用过度害怕。

老搞问：水银是慢性中毒，怎么能让盗墓贼当场死亡呢？

老胡道：我在防化部队的时候听说过一种毒剂，就是一种汞的化合物，这种东西剧毒无比，只要有一点沾上人体，就能很快置人于死地。

没有发现值钱的东西，反倒打开一堆毒源。大胖虽感失望，但仍不放弃，只见他用刀在棺材的水银里搅动，试图找到水银下面看不见的东西。

老胡道：不用捞了。真有什么真金白银，也应该溶化在水银里了。很多金属都能溶于水银，很难分开。

大胖倒在棺材上，叹息道：又是白忙一场，古墓里发个财怎么就那么难呢？

老搞安慰道：现在废铁价格不低啊，要不你把棺材背出去，卖了也能发笔小财。

大胖道：只可惜废品收购站不收啊，没那么大的秤啊。

老胡道：这是人畜共葬的形式。你们谁听说过这种葬法？

大胖沉吟片刻，慢悠悠地说道：这多半是为了镇邪。相传宋朝灭亡，元朝为了防止宋朝皇帝死灰复燃，就把他的尸体砍碎了和动物混合在一起，以示永世不得超生。以后自然有效仿者，不过接受这种待遇的，多半是些穷凶极恶的人。

老胡道：嗯，说得有道理。只是我们无法理解，为什么只剩下骨头？水银理论上具有极强的防腐作用。这样的话，死者的肉身应该保存下来。造成这种情况，只有一个可能，那就是铁棺被人当成铁锅炖过，所以尸骨皮肉都化了。

大胖道：搞了半天，这原来就是一个大铁锅，水银炖大骨头啊。

老搞道：我们不是专业考古队员，就不求甚解了。为了避免慢性中毒，还是早点离开这里。

大胖道：怎么离开？四根擎天柱，上不了天，也下不了地。我们好比身在孤岛，只是没有沙滩阳光。只有一条路可走，跳下去，不死的话还有希望寻找出路。

老胡道：不可莽撞。落差太大，也不知下面水的深浅。我们先了解一下每根柱子的情况，也许柱子上有下去的方法。

三人分别爬上其余石柱，用紫光手电和马灯查看四周上下。结果令人很失望，目力能及的范围内，并未发现什么新的洞口或通道。那支柱上也没有隐藏的梯子或绳子。

大胖道：这下真的完蛋啦。上天无路，下地无门。我看哪，我们三人一人选一个石柱，在上面坐化算了。后世发现我们，至少会把我们当成得道高僧一样供奉，这样不至于把我们和盗墓贼混为一谈。

老搞道：胖儿，你这个想法可以嘛。前提是你先把自己头发剃光。再给自己刻上墓志铭，就说为了镇压铁棺里的妖邪，特地来此圆寂。

老胡有些烦，责备道：你们两个能不能节省点能量？多想想出路，现在还没饿死呢，你们就在密谋后事？

大胖道：要是现在能让我吃饱喝足，想一百个好办法也没问题。

老搞道：那你赶紧睡吧，睡着了，就可以吃到大鱼大肉了。

第十章：寻找出路

三人上不沾天，下不挨地，在饥饿中沉睡，又在饥饿中迎来新的一天。

依旧用伞绳打水洗脸、漱口与饮用。

三人两眼茫然地围着昏黄的马灯傻坐着。周围一片宁静，偶尔有一声小石子落水的声音。

在最绝望的时刻，老胡仍然重视稳定军心的思想工作。他打破沉闷道：我以前总是告诉你们，天无绝人之路。这都是些没有用的空话、套话，是为了给你们鼓劲。实际上，这里暗无天日，苍天就算有眼也看不见。所以，只有靠我们双脚、双手开辟新的天地。大家更要打起精神来，要坚信，天无绝人之路。

大胖呵呵道：老胡啊，你不去当歌星真是太可惜啦。你总是唱的比说的好听。你不如给我们唱支山歌，指不定山神爷爷听了，一高兴就把山门打开，头顶露出蓝天白云，还有野鸡肉在飞翔。

老胡道：你这样乐观就好了。只要还活着，不就有希望嘛？

大胖又道：我在想，要是有孙悟空那样的本领就好了。就可以变成一只萤火虫，自己给自己照亮，找个缝隙飞出去。

老搞听了大胖天真的想法，忍不住说道：在电影里，你最多演个猪八戒。

大胖怼道：猪八戒怎么啦？你以为他是肥猪变的？NO，NO，NO，他是天蓬元帅下凡，知道吗？在《西游记》原著里面，人家猪八戒身高三米多，力大无穷。这些石柱，他单手就能拔起，再往墙上一戳，说不定就捅破山，大家都出去了。

老搞道：好啊，那就有请天蓬元帅，给我们开道吧。

老胡听了两人的天方夜谭，突然来了灵感，道：大胖说的这个方法有一定的可行性。也许我们可以借助适当的工具，开山凿石，打开一条出路。

老搞问：怎么开路？用金箍棒还是钉耙？

大胖道：老胡，你是不是急火攻心啊？我们只是在吹牛打发时间。你可别走火入魔啊。

老胡镇定地说道：要开凿一个洞，我们只不过缺一个大锤子。而这大锤子，就在我们眼前。

大胖和老搞都不解，问：什么大锤？哪来的大锤？雷神之锤？

老胡道：这么大的铁棺材，不正是一个大铁锤嘛！只要我们有效地释放铁棺，找准方位，就能让它与洞壁相撞，铁棺撞击后又被弹回去，在空中来回摆动，就能与洞壁发生多次碰撞。想想可能发生的情况，这就是我们的希望所在。

大胖和老搞恍然大悟：听君一席话，胜读十年书。

老胡道：但目前还有两个技术难题有待突破，一是怎么确定方位？砸哪里更有希望砸穿洞壁？二是这么粗大的铁链子，怎么才能弄断？

大胖道：弄断铁链子好说。有句老话说得好，咱们工人有力量。我一个人，抵五个工人呢。

老搞道：用盗墓贼的方法。先用火烧，再泼冷水，用锯子锯、锤子砸，反正有大把时间。

老胡道：好，那现在只有一个难题：砸哪里？首先我们分析一下潭水的形成，它应该有注水口和出水口。古人要运输这么笨重的棺材来到这里，最便捷的方法就是走水路。因此我推测，水潭入水口应该有一个较大的通道，通道口很可能在建成后被封堵了。根据我的观察，潭水并非死水，而是缓慢流动的活水。根据水流的方向，我们大致可以判断入口的位置。现在，假设我们所在的石柱为1号石柱，按照顺时针方向，其他三根石柱依次命名为2、3、4号，那么我们要撞击的方向就是1号和4号的中间的区域。这样的话，我们只要同时砸断2号、3号的铁链，铁棺就能砸向1号和4号中间的方向。

弄明白了具体的实施方案，三人便满怀希望开始行动。首先要解决铁链的问题，三人先是计划用火烧铁链，再泼冷水使其脆弱。可惜火焰太小，烧着烧着，铁链积累了一层厚厚的黑炭，反而阻止了火焰对铁链的加热。一计不成，再用盗墓贼生锈的锯子锯，锯了半天，铁链也只是少了一点皮毛，效率太低，想要锯断，除非每个人都能长命百岁。用小铁锤砸吧，铁链仅仅微微颤动。

三人轮番上阵，各种努力均宣告失败。

大胖道：我们是不是傻啊，跟钢铁较什么劲？它是钢铁，我们是血肉之躯，好比鸡蛋碰石头。老胡，我们不能这样硬拼，得找到铁链的弱点，以智取胜。

老胡道：钢铁自然有很多缺点，它不耐酸，用强酸可以溶化。它也怕高温，温度高了就变成铁水。可是这些条件我们都没有啊。天无绝人之路，我们再想想。

老搞沮丧地说道：天当然不绝人之路。俗话说，天高任鸟飞嘛，可是咱们遇到的是地，是绝地求生啊。

大胖道：老搞，你怎么能说这种丧气话呢？我们离死远着呢。首先，专家说人有水可以活半个月呢。山洞虽然无情，也还是保护着我们，要是世界大战爆发，正好可以为我们挡挡原子弹冲击波呢。说不定，我们出去后，全世界就剩下我们三人了。最后，我再补充一点，这么大的水潭，说不定还有鱼。你们谁水性好，下去捉几条。吃饱了，才有力气继续砸铁链。肯定在某个连接处有弱点，我会找到的。

老胡道：大胖说得对，铁链连接的地方，也许就是它的弱点。我们总想对铁链本身下手，却忽略了铁链与铁棺、与石柱的连接处。依我看，铁链与石柱相接的地方最为脆弱，这古代的水泥，经过千年的消磨，也该变成豆腐渣工程了吧。

三人似乎又看到一丝希望。大胖一屁股坐起来，操起锤子砸石柱与铁链相连的地方，果然，砸水泥块比砸铁链本身容易多了。远古的水泥早已老化，根本经不起大胖蛮力的摧残。失去水泥的固定作用，铁链自然就与石柱脱离了关系。

为了保证两条铁链同时断开，三人做了分工，在铁链与石柱将断不断之前，大胖去1号石柱，因为他不会游泳，就负责保护马灯，等铁链断了，再沿铁链下去。最后关头，由老胡、老搞负责让两根铁链同时脱离石柱。二人再跳水，与大胖会合。

为了保证铁链断开的时间可控，老胡想出了一个办法：砸水泥的时候，故意砸出一个凸起装置，卡住铁链的一个环，到时喊一二三，再同时砸掉凸起处，铁链就能几乎同时与石柱脱离。

三人各就各位，费了一番周折，终于到了最后关节。只听老胡高喊一二三，两人同时砸向凸起处，两根铁链发出清脆的金属滑落声。失去两处牵引的大铁棺也重重地砸向1号和4号石柱中间的洞壁。只是这一砸，只发出一声巨响，并没有砸穿什么。但是铁棺被石壁弹回去，来回摆动，又多次撞击石壁。古代的大铁棺经不起多次猛烈的碰撞，铁棺原本的裂口被撕开，里面大量液体、白花花的骨头纷纷洒落，沉入水底。终于，三人盼来一声巨响，被撞的石壁轰然坍塌，露出了一个黑乎乎的大洞。

见此情景，三人不住欢呼。

大胖像个孩子一样站在1号石柱顶上高呼：老胡万岁！老搞万岁！大胖万万岁！

老胡、老搞选择在水深的区域顺利跳水，游到刚被砸出的洞口处等待大胖。大胖提着马灯在1号石柱上为两人提供照明。等到两人顺利到达洞口后，大胖才拉着铁链往下爬。美中不足的是，马灯不慎掉入水中，硕大的洞厅再次陷入黑暗。

三人上了岸，衣服全湿了，只好脱下，他们迫切地想找个地方烧火取暖烘烤衣服。因为洞内温度虽然恒定，但是长时间没有进食，身体的御寒能力已力不从心了。

临走之际，大胖反而觉得有点依依不舍，之前经历的这一切，虽然危险，却是刻骨铭心。

大胖道：我们是不是应该拍点照片啊？以后出去吹牛，也好有图有真相。

三人一拍即合，于是打开一部手机，以巨大的洞厅和成V字形吊在空中的铁棺为背景，轮流着拍了赤裸上半身的照片，然后踏上新的征程。

第十一章：洞中阴城

三人从砸出的缺口进入新的通道，通道比较宽大，且有大型木梁支撑，应是一段人工隧道。隧道的地面还流淌着一股小小的清泉，这便是水潭的源头。

但通道因木梁腐朽失去支撑，导致部分地段塌方。

老胡不发一言，默默地用紫光手电查看着四周，过了一会儿才对两人说：洞壁上有箭头，看来早已有人从此经过。

因为发生过塌方，隧道时而宽敞，时而狭窄。宽敞处，可供两人并肩而行；狭窄处，只能屈身爬行。

行进途中，三人发现了一处人类活动的痕迹，这里留着烧过的黑炭，周围还有方便面、矿泉水等垃圾。从生产日期来看，这些应该是当年的产物，证明失踪的三人极有可能来过。

三人决定停下来，利用没烧完的木柴烧火取暖，靠着民国生产的火柴，他们成功点燃了柴火，开始烘烤衣服。花费不少时间，衣服才基本烘烤干燥。老胡开始制造火把，三人就地取材，木柴资源丰富，但还需要布条缠绕才能勉强算个火把。

在布条来源问题上，三人产生了分歧。布条自然只能来源于衣服，可是让谁捐献呢？理论上，只要一件外套，就足够做几十只火把。

公平起见，三人决定采用猜拳的方法决胜负。三局两胜，结果大胖输了。

老搞安慰道：胖儿，用你的衣服做火把最符合科学原理了。你看，我们的衣服最多做十个火把，你的少说也能做二十个。你也不怕冷，一件脂肪大衣与生俱来，先天优势突出，令人羡慕啊。

道理虽然如此，大胖心里还是觉得委屈，迟迟不肯脱下衣服。

老胡便对老搞说：大胖这件名牌冲锋衣，挺贵的，一件当我们三件啊。

大胖嘟囔着说：我可不是心疼钱，我是担心这化学做的衣服，烧起来有毒，会污染空气。不如，不如我们烧内裤吧，内裤是纯棉做的，环保绿色。自己用自己的，用起来也放心。

老胡和老搞相视一笑，大胖的话也不无道理，只能无奈地接受了。为了前途有光明，三人只好委屈自己，脱下自己的内裤，剪裁成布条，完成了火把的最后组装。

行进百余米后，三人又遇到一个岔路口。一条是人工开凿的隧道，一条是天然的溶洞。两边都有人类活动过的痕迹，例如，洞壁的划痕、少许烟头等。但大胖因为前车之鉴，主张走溶洞，说这洞里有美丽的钟乳石，看看风景可以愉悦心情，提升士气。要是走人工隧道，说不定又要遭遇什么机关暗器。

老胡不愿意继续承担选择失误的骂名，便暂时保持中立。

老搞也犹豫不定，只说两边都值得去试探一下。

大胖慢慢道出自己的小算盘：有什么好试探的？钟乳石也是宝贝，知道吗？

这种洞穴深处的钟乳石跟外面的不一样呢。普通的钟乳石杂质太多，这种深洞里的钟乳石可能是全透明的，像水晶一样，很值钱。一根完整的也值千八百块的。就算为了保护生态环境不能随便取，我们好歹也去好好欣赏一下嘛。

原来大胖还是想搞点宝贝啊。老搞也有些心动。老胡也觉得走人工隧道可能还会遇到未知的危险，不如走自然山洞更安全。

不过老胡嘴上却说：欣赏一下倒也不错。不过，破坏自然风景的事我们还是不干为好。出口都没找到，就是金条，带上也只是累赘。

见自己的引诱奏效，大胖高兴地说：放心吧，我也是有原则的人。要是地上有金条，我都懒得费力破坏生态环境。

三人借助火把的亮光进了溶洞。洞顶果然倒吊着无数像巨兽尖牙一样的钟乳石，晶莹剔透如冰锥，在火光摇曳下绚丽多彩。看得三人流连忘返，不住地夸奖大自然的鬼斧神工。

美景也不用破坏了，因为脚下有自然掉落的钟乳石，大胖不时地弯腰挑选，只觉得一个比一个好，于是不停地捡，又不停地扔。老胡、老搞也自然不会放过机会，弯腰去捡，总得有点特殊意义的纪念品才不虚此行。

溶洞时而狭小，时而弯曲，崎岖不平。不知走了多久，溶洞突然豁然开朗，出现了一个巨大的洞厅。洞厅与众不同，地上全是金黄的沙滩。由于火光可见度有限，沙滩一眼看不到边。

大胖道：怪事年年有，今年到我家。山洞里怎么会有沙滩？莫非旁边还有大海？不过脚感挺舒服，软绵绵的，是个睡觉的好地方。

老搞道：这不是怪事，是奇观。庐山龙门洞，洞内就有一大片沙滩，人称情人滩。

老胡道：如果单纯论旅游的话，这里的确是个休闲的好地方。不过眼下我们还没脱离险境，抓紧时间检查一下，确保周边安全。

老胡用紫光手电往远处照了照，只觉得洞厅非常高大，但地面也不全是沙，沙滩中心仿佛有一座小孩玩耍的小城堡。城堡外有城墙包围，墙内隐约有若干低矮的楼房，造型颇为古典。

老搞道：莫非我们到了某个景区？这里放了一座小城池，供小孩玩耍？

老胡道：极有可能。不过好像早就废弃了。但就算废弃了，至少也说明我们离出口不远了。

大胖则提出了不同的见解：这怎么看也不像儿童乐园啊。阴森森，怪恐怖的。我看十有八九我们遇到阴城了。阴宅你们听说过嘛，就是在地下建的小屋子，供人死后居住的地方。假如阴宅多了，集中在一起，就是阴城了。但像这样利用天然溶洞造一座阴城的，我还是第一次见。你想呀，古代王侯将相，死了后独居，那多寂寞，就算有几个妃子陪葬，也不够热闹啊。所以，换成是我，就不如搞个阴间城市，大庇天下孤魂野鬼俱欢颜。与民同乐，才是真的乐。

老搞道：我看你是想没事欺压百姓吧。有人供你欺负，把自己的快乐建立在百姓的痛苦之上。古代王侯，有哪个真心替百姓着想？既然你喜欢这里，我看也很适合你养老，很好的一块终老之地。

大胖道：你这种正直之人在电视剧里绝对活不过三集。有你这么跟皇帝老儿说话的吗？当皇帝虽然好，但是没有电，没有 Wi-Fi，不能玩手机、电脑，纵然三宫六院，也比地狱好不到哪儿去。

老胡道：有道理。此地作为秘密的终老之地理论上不错。现在外面墓地那么贵，火葬费也不低，没钱真的死不起啊。依我之见，等我们以后老了，感觉就快挂了的时候，就悄悄来这里待着等死。既可保留全尸，还能为家人节约一大笔开支呢。但言归正传，不管是儿童乐园还是古代阴城，我们不要轻易靠近，先绕洞检查一遍，再做打算。

于是三人在火把的照耀下，沿洞厅边界开始检查。老胡举着火把走在最前，大胖断后。三人为了节约，只用一个火把。检查主要是看有没有其他人的脚印，确定安全了才好做下一步计划。但一时也没发现什么人类痕迹，好像他们是第一批到来的探险家；而柔软的沙子在踩过之后便慢慢自行填充，没有足迹。

老胡小心谨慎地走着，在火光模糊地映射下，一个人影突然出现，一晃而过。老胡吓了一跳，赶紧站住，轻声对后面说：小心，前面有人。

后面老搞、大胖立即刹住脚，他们还没弄清楚到底什么情况，却见老胡身体猛然蹲下，将火把插入沙地，随即身体朝黑暗处一滚，消失不见了。老搞、大胖见老胡使用这种堪称专业的战术动作，判定大事不妙，也学着老胡的动作，闪身退到黑暗处，隐蔽自己。

偌大的沙滩，一下子只剩下一只火把。因为洞内没有一丝风，火把的火焰也似静止一般。

三人躲在暗处，等待有什么人走进火把视线范围，或者静静地等待什么声音响起。可是过了很长的时间，也没等到任何情况发生。那只插在沙地上的火把，逐渐暗下来，快熄灭了。

大胖忍不住了，轻声喊：老胡、老胡，你在哪里？

老胡没有回应。眼看火把就要熄灭了，再不点燃新的，那就麻烦了。老搞于是也喊道：老胡，你看到了什么？咱们还有紫光手电呢。

老胡这时才从另外一头发出声音：你们快点火把。我正在方便，马上就好。

大胖如释重负，不满地说道：我说老胡啊，你搞什么名堂？解个大手你也装神弄鬼的，吓得我们以为发生什么大事了呢。

大胖点燃新的火把，举起来，周围更加明亮。他直接朝老胡声源方向走去。老胡正在用沙子掩埋自己的"杰作"，表情也显得轻松惬意。

大胖质问道：老胡，你搞什么鬼？上个厕所兴师动众的。什么人影鬼影的，就想趁机破坏生态环境是吧？我要代表广大人民群众审判你这种随地大小便的恶劣行为，尤其在这么美丽的地方拉屎，那是罪加一等。

老胡道：刚才确实看到了一个人影。我才赶紧放下火把，因为手里没家伙，我怕那人来个突然袭击，就立马蹲下，闪身到黑暗中。结果一紧张，便意突然来临，这里又没有公厕，只好临时就地刨个坑解决一下。确实有点对不住大家了，刚才可能是眼花了。

老搞道：眼花也正常。火把距离近了等同强光，你再看远处，难免出现错觉。

大胖道：你这招金蝉脱壳去拉屎的招数，回去我要好好在群里推广一下。让大家都来崇拜你，啊。

老胡道：别呀。这不登大雅之堂的话题，有损群的光辉形象。

三人说了几句，便拿着家伙，朝刚才出现人影的地方走去。

走着走着，老胡突然停下脚步，轻声对后面说：人影，又出现了。

这回老胡没有撤退，再不正面迎敌，有损自己英勇形象。

老搞、大胖大步向前，在火把光照下，墙边的确有个人影，只是那人影一动不动。

大胖道：三比一，怕他个球。

三人大步朝人影走去，那人影越来越清晰、越来越立体，原来是石壁雕刻的一尊佛像！

三人如释重负，原来是虚惊一场。仔细看这佛像，乃是一个石龛，里面有一尊真人大小的佛像而已。仔细看，既不像菩萨，也不似佛，而是一个手持长剑的道士，且石像显然被人破坏，有些残缺。但全身涂着油彩，虽然历经岁月，依旧清晰可辨：蓝色道袍，黄白脸蛋，五官清晰，剑眉高挑，一副凶神模样。近看残缺不全，远看栩栩如生。在光线不足的时候，乍一看还以为是个什么鬼影。

三人继续前进，发现每隔一段距离，就会出现一个佛龛，里面必有一个道士雕像，仍是残缺不全。雕像的表情各异，或怒目圆睁，或慈眉善目，或斜眼藐视，神态各异。走完一圈，回到起点，并无异常，只感觉洞厅近似一个圆形广场。

老胡道：胖儿关于阴城的说法看来是有根据的，这些道士雕像或者是为了震慑阴魂，或者是保一方平安。

大胖道：我倒觉得里面肯定有什么邪恶的小鬼，才会用道士雕像来镇压。

老胡道：小心为上。

至于下一步该如何走？是原路返回，还是探索一下阴城，三人都拿不定主意。只是都身心疲惫，加之刚一番自我惊吓，就地休息才是明智之举。

大胖仰面躺在沙滩上，伸了个懒腰道：先在席梦思沙滩上享受一下。闭上眼睛遐想，蓝天白云，沙滩美女，椰汁海鲜，只要心中有梦，处处都是马尔代夫。

老胡道：在这种艰难的时刻，我们就需要像大胖一样，用精神的力量战胜肉体的饥饿。

老搞道：还是早点入梦吧。梦中自有大鸡腿。

不知过了多久，老胡从复杂的梦境中突然惊醒。果然有事发生，只见阴城方向有极细的光束闪烁，其间夹杂着几声惨叫声，声音感觉非常悠远。

老胡有不祥的预感，环顾四周，只听见大胖鼾声如牛。摇醒老搞和大胖，两人也看见阴城里发出的极细的光束，随后消失不见。

大胖睡眼惺忪，道：难道阴城里还有小矮人在打闹吗？你们不妨去看看，我还没睡醒，大脑要关机了。

老胡道：这阴城恐怕没那么简单。贸然前往，不知道安不安全？

大胖道：怕个球，小孩子的城堡，那么矮的房子，一脚就可以踢飞。就算有怪兽，都是小可爱。

老搞道：大胖说得有道理，我们大，它们小，靠近看看？

老胡决定先去试探。但没走多远，老胡就回来了。

老搞问：忘了带什么吗？

老胡道：有点头晕。不知为什么，走到那里就感觉头晕眼花。整个人都不舒服，我先回来休息一下。大胖，要不你去看看？

大胖道：不去，本帅还没睡醒呢。老搞，你去。

老搞道：什么本帅？本来很帅吗？你应该自谦，称自己是老猪、二师兄。

胖子不理睬，翻身背对着两人继续睡觉。

老搞拿了把刀，准备亲自去侦察。走到老胡刚才到过的位置，停了下来，犹豫了一下，又往前走了几步，随后也返回了。

老搞诧异地对老胡说：不对呀，我怎么也有头晕目眩的感觉？走到那个位置，就好像有一堵透明墙在眼前波动，看东西全是扭曲的。停下来略好一点，但继续走，脑袋发胀，就像不近视的人突然戴上高度近视眼镜一样。

这时大胖坐起身来道：你们两个搞什么飞机？唠唠叨叨还让人睡觉不？去看个小小儿童游乐城，一个头晕，一个眼花，非得骗本尊出马？本尊出马，一个顶俩。

老胡、老搞对视一笑，也不反驳，对大胖做了一个请的动作。

大胖起来，抖抖身上的沙子，拿上火把准备去。回头对老胡、老搞说道：你们可不要后悔啊，自古谁先攻下城池，谁就是城主，谁就对城里的宝贝有自主权。

老搞、老胡相视一笑。

大胖走不到十几米，果然也停下来了脚步，引得老胡、老搞在后面窃笑。但大胖并没有马上撤退，只见他左看看右看看，上看看下看看，蹲下又站起，退几步又进几步，不时地挥动火把，一会儿又摇头晃脑，引得老胡、老搞哈哈大笑。

大胖折腾了一阵，却不见撤退，反而招手示意让老胡、老搞跟上去，嘴巴张开喊着话，只是声音听起来似乎有点远。

老胡想去，老搞拦住道：不要上他的当，搞不好他在耍什么鬼把戏呢。

老胡道：无妨。过去看看，我们三个脑袋三双眼睛，也许能看出名堂。

三人聚在一起，大胖欣喜地说：困扰你们的百年难题，已经被本帅聪明的大脑破解了。下面有请本尊给你们讲解一下。啊，嗯，这里呢，出现了一种透镜效应，观察者站在不同的焦距看物体，物体的影像大小就会随着距离变化而发生变化。简单地讲，就是往前走放大，后退就是缩小。眼睛一时适应不了这种焦距快速变化，才会出现头昏目眩的感觉。划重点啦，解决的方法：闭着眼睛走。

老胡疑惑地问：透镜？难道前面有人放了一大块玻璃制品，故意捉弄人？

大胖道：透镜不一定是玻璃做的，不同密度的空气也可能造成错觉。如果我们找到玻璃透镜，就说明这的确是个儿童乐园，那我们就离人类文明不远了。

老搞道：胖儿，这次你当领头羊，我们俩闭着眼睛跟你走。这是你的提议，我们得让你第一个到达，立个首功嘛。

大胖像是当了导游，戏谑说道：您二位坐好咯，我们这就发车，下一站是鬼门关欢乐一日游……

大胖模仿着汽车发动的声音带着两人朝阴城走去，老胡、老搞半闭着眼睛，跟在大胖后面。三人越是往前走，越发觉得阴城变得高大起来，而身后的景象渐渐变得辽远而模糊。

不大一会儿，三人就来到了城墙门口。借助火把仔细观察，城墙并非之前看上去那般矮小，而是高达十余米，城墙上是凹凸连绵的墙垛，墙砖很大，俨然是古代城池的模样。一道巨大的城门，由红木和金属组合而成，城门已经打开了一条缝隙，明显有暴力破坏痕迹。城门之上，有三个灰白大字：天师城。

三人见了城门上的名字，不由得大吃一惊。

大胖道：搞了半天，天师城原来深藏在这鬼地方。千百年来，不知多少人想找到它。今天，居然被我们撞见了。那句名言怎么说的？有心栽花花不成，无心插柳柳成荫。正好表达我此刻的心情啊。

老搞道：我总觉得有些不可思议。这洞厅，最多也就足球场那么大，怎么容得下这么一座巨大的城池呢？

老胡道：如果还能用科学原理来解释的话，那就只能是我们缩小了，所以看什么都变大了。但既来之则安之，随遇而安，切勿自乱方寸。

老搞道：不会真的到了鬼门关吧。胖儿，你不是讲过天师城的故事吗？难道这就是张天师死后住的地方？

大胖道：我也道听途说的，年代这么久远，谁知道呢？管他历史是什么，进去看看不就清楚了嘛。

老搞问：天师城到底有什么，吸引那么多人寻找？

大胖道：宝贝呗，什么辟邪的法宝，还有什么无字天书、金银珠宝、古墓的陪葬品等，反正在这样的洞里，不可能是为了升天。

老胡走近城门，仔细观察了一下，说道：这城门是被人为破坏的。看断面，有旧印，也有新伤。可以肯定，最近有人进入，可能正是我们寻找的三人。

大胖激动地说：那还等什么，赶紧进去找到，转手就是几万大洋啊！

老胡道：这么大的一座城池，不知里面什么情况，是人是鬼，还是野兽。我们还是小心谨慎，悄悄地进去，步步为营，见机行事。

第十二章：闯天师城

老胡带头，三人依次从城门缝隙挤了进去。黑暗冷清的阴城让人心里发毛。阴城布局简单，中间一条大道，两旁商铺房舍鳞次栉比，色彩暗淡，满是阴森的风格。

老胡无心他顾，径直钻入左侧的一栋二层小楼。老搞、大胖紧随其后。小楼下面是商铺，二楼是居室。但里面皆比较空荡，像是新房不曾使用，又像是人去楼空，只剩下一点废品。大胖里里外外翻了个遍，想找点吃的，但除了几张腐朽的木椅、一张古典的木床，别无他物。

大胖很是失望，道：古人也太穷了，连一粒大米也没剩下。白白消耗胖爷我这么多卡路里。

老搞道：真有大米，过了千八百年的，也成僵尸米了，你敢吃？

大胖道：僵尸本人来了我也敢吃，就当是千年老腊肉。人要是饿极了，吃啥都香。

老搞道：那大便对你来说也很可口啰？

大胖觅食不成，改为寻宝。小楼为石木混合建筑，大胖想从中找点值钱的金属。可惜古人的木工活与当今不同，建筑物是木材铆接而成，极少使用钉子。古代钢铁生产力欠发达，就算是粗铁，也属于贵重金属了，所以铁钉使用少，铆接反而让建筑物更结实。

找来找去，大胖终于在墙上发现一盏粗铁打造的油灯，油灯早已熄灭，但是灯油还保存完好。大胖取下，不想里面灯油洒了他一身。仔细拿来一看，不过是个黑乎乎的铁疙瘩，估计也不怎么值钱，要是青铜做的就好了。

寻宝失利，大胖更加失望，想休息一下，大屁股往木椅上一坐，结果啪的一声掉在地上，才知道朽木难支，中看不中用。

老搞、老胡看到胖子的窘态，不觉笑出了声。

老搞道：胖儿，看你毛手毛脚的，好好的灯油，不浪费了嘛。油也是食物啊。

大胖没好气地说：你当我傻啊？肯定过了最佳食用期。如果是一壶酒，就算过期千年，我也不嫌弃。

老搞笑道：你别光想着吃啊。我的意思是灯油正是我们照明所需的，有了油灯，才好去找吃的嘛。

老胡道：有人住的地方，就有我们需要的东西。我们稍作休息，再去其他地方搜索。在缺少补给的情况下，休息是恢复体力最好的方法。

三人各自靠墙而卧。忽然一阵尖锐刺耳的风声从大街呼啸而过，消失在城的深处。就像有一支响箭飞过，在寂静的阴城，突然这么出现声响，确实把三人吓得不轻。

大胖分析道：会不会是蝙蝠飞过？蝙蝠最喜欢阴暗的环境。如果是，咱们的粮食问题就能解决了。

老搞道：你就晓得吃。有蝙蝠的话，意味着有出口。我们跟着蝙蝠就能出去了。

老胡道：不像是蝙蝠。这种声音以前没听过。但至少说明一点，阴城里还有别的东西。我们要尽力保持敌明我暗，减少暴露。等彻底摸清了城里情况再做打算。

大胖道：要掌握主动权，得有家伙啊。我们现在就缺称手的家伙，事不宜迟，挨家挨户地搜，找一两件兵器，提高安全感。

在大胖看来，任何兵器都可能是价值不菲的古董。

三人又悄悄摸进邻近小楼，活像是三个贼。大胖打着搜索防身用品的旗号行寻宝之实；老胡则重视照明工具的搜集，比如，灯盏和灯油；老搞负责在门口望风警戒。

远离街道的房舍更有人烟的气息，屋内日常用品也逐渐丰富起来。大胖发现一些陶罐、瓷碗，有些破碎，有些勉强完好。三人也看不出是哪个年代的，能值多少钱，毕竟对古董都是外行。

大胖想找个袋子统统打包带走，却被老胡劝阻：这些易碎品等我们找到出口，再来慢慢搬就是，眼下找个结实的罐子，多装灯油才是正事。

三人连续搜索了几栋楼，除了照明物资丰收之外，再无其他惊喜。随后辗转来到一个大厅，像是集体开会或吃饭的地方。

老胡分析道：这里不像一般的城池。更像是古人学习、训练的地方。有食堂，有成排课桌，也有集体宿舍。难道张道陵曾在此开办学校，当了校长？

老搞道：也许是个监狱。

大胖一脸的不悦，道：我看就是个穷乡僻壤，什么值钱的都没有。

老搞道：古人又不傻，值钱的都放在桌子上，让你拿？

大胖突然来了灵感：老搞，你提醒得对，他们肯定是把值钱的藏起来了。人死后都把钱藏哪里了？坟墓啊。这城里某个地方说不定有一块墓地。到时候，为了验证我们的科学假想，找几个典型的豪华大墓挖挖。我们也考考古，找几本失传的古书，学习学习。

老搞道：挖坟掘墓，在历朝历代都属于违法行为。重则砍头，轻也是要砍头的。

大胖一脸不屑：切，这都阴曹地府了，地上的皇帝老儿还能管地下的事啊。再说了，三国曹操曹大丞相就组建了政府批准的挖坟掘墓大军。在他看来，古代的暴君昏君都是为富不仁的家伙，就应该刨了他们的坟，把他们的贪污所得拿出来造福活着的人民群众，这才是人间正道。

老胡插了一句：纵有金山银山，也不如来一碗蛋炒饭。

大胖道：老胡说得很有道理。钱乃身外之物，没法吃进肚子里。曹丞相不是说过嘛，画饼充饥，可以望梅止渴。我们应该胸怀美食，多想想大鱼大肉。想想就有胀饱感了。

三人一边说着话，一边继续排查，到一处疑似厨房的地方，果然有了新发现。民以食为天，古人果然重视营养问题。厨房不算小，摆设的坛坛罐罐不少，只不过大多破裂。墙边有几个大的坛子，可能是装泡菜用的，却完好无损，美中不足就是散发难闻的酸臭。大胖意犹未尽地趴在坛口似乎在寻找什么。

老搞笑道：大胖，这几个臭坛子你有本事拿出去也算是个大宝贝了。

大胖不想被老搞看穿心思，便道：我是在研究古人饮食文化。这里面好像有些残羹冷炙。

大胖找两根木棍，从坛子里夹出一根黑乎乎的长物，却把自己吓了一大跳，赶紧扔掉了木棍，跑到老胡身后，大喊道：是人骨！这是个吃人的地方啊！

老胡、老搞忙去查看，地上果然是一根发黑的人类腿骨。再用油灯照坛子里，果然发现一副较为完整而发黑的人类骸骨。骨头还比较齐全，头颅、四肢、胸骨、脊柱均可辨识。

大胖道：太吓人了。这晚上都不敢睡觉了。

老胡道：这下打消你的食欲了吧。这也许是一种丧葬方式，跟吃人不吃人的没关系。

老搞倒提出不同意见：没见过把死人装进坛子的习俗。搞不好真有什么怪兽喜欢吃人，搞了一个砂锅闷人。

大胖道：历史上不乏变态暴君。等会儿找到暴君的坟墓，一定挖了他的坟，毁了他的骨头，为广大冤死的劳动人民报仇。

老胡道：转移注意力，扩大搜索范围。

老搞道：历史总有很多缺失。今天我们或许可以揭开一段鲜为人知的历史。

大胖给坛子找了些东西盖上，算是安葬死者了。

三人又继续搜索，老胡在地上发现了一扇铁门，像是地窖。铁门早已锈迹斑斑，但留有金属光泽的划痕，像是最近被人砸过一样。老胡打开后，是一个下去的阶梯，果然像是保鲜食品的地窖，空间也不小。

老胡、老搞决定下去查看，但留下大胖在上面把守门口，防止有人堵住退路。

两人下去后不时传来对话声，时高时低，不知道发现了什么。大胖的好奇心发作，担心下面有什么值钱的东西被两人捷足先登，于是把厨房的门反锁了，又把地窖的铁门虚掩着，这才提着油灯下去。

地窖相对宽敞，里面情况比较复杂。地窖一侧堆积着无数的白骨，显得阴森恐怖。白骨旁边还堆放着一些衣服，以及锈迹斑斑的步枪。地窖一角有一些不知是猴年马月的食物残块，像是薯类、谷物等的空壳。老胡、老搞正在翻动着几个背包。

大胖便凑过去，问：你们有什么重大发现？

老搞道：胖儿，你怎么擅离职守呢？

大胖道：厨房都反锁了。假如有人来，有朋自远方来，不亦乐乎嘛。

老胡道：来了也好。现在我们找到更好的防身工具了。你看，这肯定是那三人留下的装备。一套折叠式洛阳铲，三把工兵铲，三把仿制式匕首，三只没电的手电筒，一些药品，两瓶灭蚊剂，几根没烧完的蜡烛，还有一套金属探测器，睡袋，防潮垫，个人换洗衣服，还有一个手机充电宝，电量还比较充足。

大胖道：那他们人呢？这么重要的东西都不随身携带？

老胡道：这也是一个谜团。至少我们距离失踪人员越来越近了。从现场看，我怀疑他们只是专业的寻宝爱好者。洛阳铲用于打洞取样，工兵铲可以挖洞，金属探测器可以精准找到地下宝藏，匕首说明他们安全意识比较强。至于杀虫剂和睡袋这些，说明他们户外经验丰富。但他们为什么没有把装备带走？如果他们不在短时间内回来，那么就可能发生不测了。

老搞道：我搞不明白，外面广厦千万间，他们为什么放着大房子不住，非要住进地下室。宁愿和死人骨头同处一室，难道外面有什么更恐怖的东西？

老胡道：无论如何，这些装备对我们都很有用处。我们暂时待在这里，等等他们也好。

大胖也仔细看了看，关切地问道：他们包里还有吃的吗？

老胡道：他们食品带得再多，也不可能维持到今天。如果他们带了生米、面条，也许可以维持半月。但这地面上留的，不过是一些速食，方便面、饼干的外包装。我想他们事先并没有长期计划。

大胖弯腰俯身对地上遗留的食品垃圾进行分析。在没有宝藏的情况下，研究食物是他的兴趣爱好。他很快有了发现，地上还有很多鱼骨，他捡起来闻了闻，没有食品添加剂和香辛佐料的味道，因此大胖大胆地推测：他们吃过鲜鱼。这城里可能有鱼塘。

老搞、老胡也拿起鱼骨闻了闻，的确如大胖所推测，鱼骨散发的是鱼本身的味道，没有添加佐料。

老搞道：这是个好消息。看来城里可能有私人鱼池、公园湖泊之类的，人虽然没有了，鱼类反而获得了大量繁衍的机会。

大胖道：那我们是不是尽快，马上去帮助鱼类解决数量过剩的问题啊？

老胡道：不可，你没见那边的人骨头？这里发生了一些不可思议的事件，我们还没有弄清楚。擅自深入天师城，凶多吉少。

大胖道：老胡，你也太谨慎了吧。既然他们能安全地把鱼抓回来，那我们也应该可以。我都感觉自己好多年没吃东西了，再不吃点东西，我都快忘了嘴巴是用来干什么的了。

老胡道：有枪的人也遭遇毒手。你看这堆白骨，都是国民党军的士兵。他们的军装、武器装备、大刀都还在。从头骨数量看，至少有三十多人。从他们骨头上留下的牙印可以看出，他们是先被分尸，再被吃掉。但吃他们的不一定是人。这些咬痕非常深，更像是某种动物。他们的枪还在，大刀也没有留下砍杀后的缺口，子弹也没怎么消耗，怎么就落得如此惨败呢？

三人转向那堆白骨，旁边堆放着国民党军士兵的武器，还有几件较为完整的军装，从军装上的部队番号，可以看出是国民党军第十五兵团的一支部队。不过这些步枪早已生锈，一用力就断成两截。至于大砍刀，也是锈迹斑斑不堪一用。

大胖希望从中翻到一把手枪，结果只翻到一些文件、账本及一本军官的日记，都有残损。在翻破烂军装的时候，总算功夫不负有心人，大胖找到了十多枚民国时期的银圆，上面的光头表明这就是以前人们常说的袁大头了。

大胖赶紧揣进衣兜，说道：这个不是文物啊，这是近现代的东西，谁发现归谁所有。

老胡只对军官的日记本感兴趣，捡起来就着油灯翻阅起来。

老搞则搜集了一堆子弹，又逐一检查步枪，却发现没有一支可用的。

大胖发现银圆，老胡、老搞却并没在意。为了防止银圆在包里互相撞击发出声音，大胖则用破布逐一包裹隔离。这样走起来就不会发出碰撞声，可以神不知鬼不觉地把银圆带出去。

根据军官日记描述，原来这支部队准备通过茶马古道到达西北藏区。小分队负责押运一批金条，是送给藏区土司头目的，目的是达成战争同盟，继续遏制解放军的追击。不料解放军实在神速，追上了大部队。他们这支小分队被打散了，阴差阳错躲进一个山洞里，逃过一劫。小分队准备暂时把两箱黄金藏入山洞深处，挖坑时竟然挖出一个巨大的洞厅，接着误入其中。由于洞内黑暗，他们发现这座城时以为是在夜里打穿了山体，出了山洞，到了某个城镇。结果这座无人的古城充满诡异的现象，他们尝试撤退，但怎么也走不出去。城里充满令人恐惧的怪声，他们试图寻找声音来源，出去寻找的士兵都说看到了鬼，他们慌忙逃回。日记写到此便戛然而止，没了下文。想必是作者也遇到了突发事件，来不及继续创作了。

大胖道：这么说，这里还真埋藏着国民党搜刮的民脂民膏啰？既然是搜刮劳苦大众的，我们就有责任替人民取回来。

老搞道：黄金可能还在城里。真有鬼怪，它们要黄金干什么？财宝只对活人有用。

大胖道：假如真有金子，不如我们成立一个基金会吧，专门资助贫困儿童上学。这才叫取之于民，用之于民。千万不要随便捐给不靠谱的公益组织，万一遇到个贪官，就给你发个证书，金条他自己悄悄挪用，谁能管得了呢？你们说是这个道理吧。

老搞道：这个我表示谨慎支持。

老胡道：三个盗墓贼带着金属探测器，有可能是为了这批金子。他们可能已经找到，便丢下装备，只管背着金子出去。也许是遭遇不测，还没找到金子。

大胖道：他们怎么知道有金子这回事？知道金子的人，早就死了。

老胡道：大胖怀疑得有道理。也许那批国民党军还有人活着出去，他们可能没有把金子全部带走，加上那个年代阶级斗争激烈，带出去也只能等着被抄家。于是只好把秘密告诉后人，后人就在和平年代回来寻宝。我还有一种大胆的推测，这里曾经发生的惨案，可能是内鬼为了独吞黄金而作案。方法就是暗中投毒，所以才有士兵产生幻觉，说看到了鬼。

大胖道：真是个复杂的年代，人心难测。假如我们运气好找到了这批金条，我们三兄弟可得齐心协力啊。

大胖拿起金属探测器，打开电源，探测器的电源还比较充足，他对着地上的匕首扫了扫，探测器立即发出报警声，看来可以正常使用。

老搞道：别想金条了，多半都被人运走了。这个金属探测器，可以帮助大胖发现其他宝贝。虽然丢了西瓜，但捡个芝麻也好。

老胡道：不义之财最好不要碰，不一定会给人带来好运。丢掉幻想，活着出去才是硬道理。

正在三人热烈讨论之际，屋外突然响起了敲门声！

第十三章：谁在敲门

敲门声打断了三人谈话，三人略感不知所措。在这种地方无论是谁突然出现，都难免让人惊心。

大胖道：莫不是背包的主人们回来了？

也只有这个可能了，三人赶紧出了地窖，准备迎接。

大胖快速冲向门，有些迫不及待地想见到失踪人员，这关系着数万元的奖金啊。但随即被老胡叫住了：且慢，先问问是敌是友。

老搞道：老胡说得对。来者不善，善者不来。大胖，你做前锋，我跟老胡潜伏起来，遇到危机方便突然袭击。

大胖对着门口低声问：哪位？有事吗？

门外无人应答，也没任何脚步声，敲门声也不再响起。

于是大胖提高嗓门对门外喊：门外的兄弟，我们是来营救你们的，受人之托来寻找你们的下落。你们给回个话，我好开门欢迎啊。

大胖又问了几次，门外依旧没有回应。

大胖体贴地想：是不是有人受伤了，不能开口说话，或者对我们也持谨慎态度？

老搞隐藏在黑暗中，有些不耐烦地催促道：哪那么多废话，从门缝往外瞅瞅就知道了。

大胖把油灯放在门缝处，往外一瞧，门外空荡荡，什么也没有。便回报身后两人：真是奇了怪，门外什么也没有啊。多半是听错了，老鼠经过而已，不必在意。

正当三人准备返回地窖时，急促的敲门声再次响起！三人惊异地回头，大胖高声质问道：谁啊！鬼鬼祟祟的！我们可没心情陪你玩啊。

门外依旧没有回答。敲门声也停止了。

大胖道：要不开门看看，到底是哪个人在搞事？这种鬼地方，人吓人可是要吓死人的。要是把我吓死了，你们可得叫他偿命。

老胡依旧阻拦：现在是敌暗我明，情况不明，不可轻易出去。万一开门，可能中了他人奸计。

借助火光看门缝，外面还是什么都没有。

老搞道：奇了怪，难道这是幻听？三人同时幻听不太可能。

大胖道：还有一种可能，有人搞恶作剧，门上挂个播放器就可以。以前我也这么恶搞过。目的嘛，可能是想吓跑或吓死我们，再鸠占鹊巢。

老胡道：这不像机器播放的声音。因为敲门是门在震动，机器播放是喇叭在震动。这两种震动截然不同，骗不了我的耳朵。

老搞道：那怎么办？任由他们恶搞下去？

老胡压低声音道：越是在乎它，越是中了它的奸计。依我看，我们就反其道而行之，不理睬，冷对待。下去把有用的东西打包好。不要耽误正事。

三人返回地窖里，准备收拾东西，不料敲门声又响起。三人刻意不去理会，但敲门声越发嘈杂，似有魔性令人心烦。

老胡是特别不能忍受噪声挑衅的，因为他耳朵太过灵敏。于是发话：岂有此理！我们这就冲出去，看它是人是鬼！手里有家伙，牛鬼蛇神来了也不怕。

大胖道：真有鬼神倒好了。我还从没见过呢。这年头，见个鬼比中彩票还难。

老搞也主张主动出击，消灭隐患，一劳永逸。于是三人一拍即合。

三人拿好了家伙，有拿铲子的，有手握匕首的，大胖负责开门，老胡、老搞准备门一开就冲出去，管他是什么东西，先撂倒再说。静悄悄地等到敲门声再次响起，大胖闪电般地拉开门，老胡、老搞接着闪电般地冲出去，可惜很快三人就傻眼了，门外空无一人，地上、天上、门上啥也没有！

见此情景，老胡似乎觉察到什么，忙喊：遭啦！可能中计了！赶快撤退，大胖关门！

大胖、老搞也不明所以，看老胡语气如此焦急，只好照办。

回屋关好门，老胡神色紧张地说：不好，这是调虎离山计。趁我们出来，有什么东西乘虚而入了！我的耳朵不会骗我。

看着老胡的脸色，大胖、老搞也觉得情况不妙，举着火把、油灯四处查看，却什么也没发现。

正当三人疑惑之际，屋内突然响起了一阵呼呼风声，一下就把大胖、老搞手里的油灯扑灭了。好在老胡拿着火把，火把火焰生命力顽强，虽然摇曳了几下，但没有熄灭。

那东西继续在屋里飞速地移动，然后朝着大胖发起了攻击。大胖凭声音感觉有东西朝他面门飞来，他潜意识抬手一挡，有个尖锐的东西刺到手臂，顿时痛得他哎哟大叫一声，一看手臂已经鲜血直流。大胖来不及处理伤口，便感觉那东西又朝他飞来，老胡赶紧用火把来挡，结果噗的一声，火把居然也给扑灭了，只剩下火把头的几个豆子大的火星发着微弱的光。

老胡吹了吹火星，火星瞬间加速燃烧，亮了一下，但也不能将火把复燃。于是紧急说道：火把不中用，赶紧拿手电。看不见的敌人，我们要凭听觉。

老搞道：手电在地窖里，你们挡着，我下去拿。

老搞凭着感觉进了地窖。老胡叫大胖蹲下，他自己则握着工兵铲，凭借非凡的听觉系统，多次发现敌情，并用工兵铲数次击中不明飞行物，可是那东西被铲子拍击，只是弹了一下，随后又展开攻势。

老胡对大胖说：没招啦！我们赶紧躲地窖去。

大胖赶紧向地窖转移，老胡在后挥舞工兵铲断后。待老胡走到地窖入口时，因为光线太暗，加上他只注意空中目标，因此脚下踩滑，咕噜滚了下去，嘭的一声闷响，重重地摔在地窖里，再也没了声音。

老搞见状，大呼：老胡，你怎么样？

却迟迟不见老胡回应。地窖早一片漆黑。大胖去找，什么也没摸到。

老搞悲哀道：胖儿，老胡多半凶多吉少啊，咱们以后要相依为命了。

大胖忍着疼痛道：解放军叔叔，你的使命还没完成呢，可不能这么早就去见马克思。你得切实保护好人民群众的生命安全啊，鞠躬尽瘁，死而后已。

老搞半天没有摸到紫光手电，却摸到了一把工兵铲，那东西俨然也飞入地窖了，老搞不得不卖力地挥动铲面胡乱迎接空中来敌，有几次都准确地命中目标，可目标就像一团棉花一样弹开了。

老搞道：这是什么鬼东西！看不见，打不烂。你不是自诩罗汉转世吗？怎么就没一点辟邪功能呢？

大胖道：老哥啊，我那是逗群友开心，自我提升知名度。这种迷信思想，你也敢信？三十六计，躲为上计，还是找个地方把自己藏起来管用。

老搞道：躲？现在是无处可躲。你倒是念几句经文，算是呐喊助威了。

大胖道：我就只会一句：南无阿弥陀佛。

大胖把南无阿弥陀佛念了好几遍，毫无作用。

老搞心情也烦，道：你闭嘴好了，别影响我的听觉。

正当老搞奋力应敌，力不从心，焦头烂额之际，一道蓝白色的光照亮了地窖，原来是老胡装死，趁机悄悄地找到紫光手电。紫光照在空中，三人这才惊讶地发现，空中原来飞的是两只泛着幽蓝荧光的鸟，这鸟嘴巴尖锐，全身近乎透明，只有在紫光照射下才显出原形。两只怪鸟被光照后，反而有点惊慌地四处寻找出口，不再向人发动攻击。

大胖仿佛看出了门道，激动地对老胡喊道：聚焦！这东西怕紫外线！用最强模式射它们！

老胡听罢，立即调整焦距，把两只幽蓝色的鸟逼入死角，鬼鸟速度再快，也快不过光速。那两只鸟在空中胡乱地挣扎了几下，然后就像小孩吹的泡泡一样，砰一声爆裂不见了。

三人想找点怪鸟的残骸，结果只有一些黑灰掉下来。

大胖疑问道：这是什么鬼鸟？看不见，还能伤人。幸好胖爷我未卜先知，带了一把特殊功能的手电。不然的话，咱们三个今天就要变成地窖新的收藏品了。

老搞道：自卖自夸，先把你伤口处理一下吧。

老胡赶紧查看大胖伤势，却发现大胖手臂上并没有伤口。

大胖也颇为奇怪，道：刚才明明流了不少鲜血，现在还觉得隐隐作痛呢。怎么这鸟一死，伤口也不见了？

老胡道：搞不好，这是幻觉。这种奇特的东西，可以直接攻击人的神经系统，让人产生幻觉，自己把自己吓死。为了安全起见，我们还是暂且退守地窖。以逸待劳，以静制动。

三人关闭好地窖大门，仍旧大口喘气，惊魂未定。

老胡道：你们不要用地上世界的规律看待地下世界的现象。这鬼鸟外形很像乌鸦。不禁让我想起了老鸦寨乌鸦精的故事，什么铁匠独闯天师城，而天师城是道士镇压妖孽的地方。历史过了几千年，这天师城也许发生了什么变故，才会出现今天的情况。好在我们发现了可以杀死它们的方法。它们怕光，躲藏在地下上千年，没见过阳光。而紫外线是最接近阳光的品种，女士外出总忘不了擦防晒霜，防的就是紫外线。紫外线也广泛用于餐厅、病房消毒。不过这把紫光手电电量不多了，我们要省着点用。

大胖道：有了这把特种手电，我们就可以横扫千军啦。至少我们出去找点水源和鱼儿也不怕鬼怪骚扰啦。只有先吃饱了，我这头脑才能爆发更多的奇思妙想啊。

老搞道：看来那三个驴友多半就是遭此毒手了。不知道现在他们尸骨在何处。他们肯定是发现了这些看不见的东西，只是苦于没有探测技术啊。

老胡道：我乐观估计这东西肯定不少。现在是敌众我寡，我想鬼鸟也有固定的休息和觅食时间。现在我们最好的做法就是以静制动、养精蓄锐。采取敌退我进，它们睡了我们就出去找吃的；敌进我退，它们出来觅食我们就闭门不出，跟它们玩玩游击战。

屋外的敲门声仍旧时起时伏，偶尔还传来凄厉的哭喊声，听了让人头皮发麻。老胡耳朵灵敏，索性找了一些填充物堵住耳孔。

老胡补充道：看来它们不仅数量多，品种也不少。坚守不出，它们奈何不了我们。

大胖害怕看到人骨，就找了破旧的衣服盖上去，然后跪在地上作揖，口中自言自语道：各位国军的将士们，你们也曾经是抗日战场上的英雄，晚辈今日落难在此，如有打扰请多多包涵。请诸位英雄保佑我们三人战胜邪恶，安全出洞，我一定会报告政府，把你们一一安葬，并且每年都给你们多烧纸钱，现在都是二十一世纪了，有太多好玩的东西，我会给你们一人烧一部手机、一台电脑，让你们也享受一下新中国的种种幸福生活。如果你们还要在地府继续跟邪魔斗争，可以托梦给我，我保证给你们烧来美国最新的武器装备。阿弥陀佛！

大胖念叨了一阵，又拿出放在背包里的银圆悄悄地摸了摸，这才挨着老胡安心地睡去。

第十四章：幽灵乌鸦

树欲静而风不止，外面的嘈杂声此起彼伏，有增无减，三人想睡个安稳觉，谈何容易？

原本只有敲门声，后来进一步发展成鬼哭狼嚎，声音种类越来越多，但都有一个共同点，就是阴阳怪气。

三人好奇心起，便去看个究竟。

老胡打开紫光手电弱光挡，通过门缝看到门外，一看吓了一跳。门外除了有好几十只荧光乌鸦飞来飞去，还有面目十分狰狞的猫狗、大老鼠、兔子、狐狸，数量庞大，都散发着幽蓝的荧光，仿佛魑魅魍魉令人倍感恐怖。老胡赶紧关了手电。

回到地窖，老胡分析道：莫非这就是某种奇特生物？山洞里数千年不见光，理论上可以进化出与地面完全不同的物种。

大胖道：我们灭了人家两只鸟，人家是寻仇来了。这下好了，人家堵在家门口，出不去了。

老搞道：未必是来寻仇。它们要真有本事，直接冲进来不就完了。肯定是有所畏惧。你忘了，这里是厨房。有可能人家养成了吃食堂的习惯。我们这样关着门，阻碍了人家进食呢。

大胖道：照你这么说，难道厨房里还有什么鬼东西在给它们做饭了？

此言一出，大胖自己吓出了一身冷汗。谁知道厨房里还隐藏着什么呢？

老胡赶紧拿出紫光手电，仔仔细细地把厨房扫视了一遍，未见异常，三人暂时松了一口气。

老搞提醒道：地窖还没复查呢！

这不看不知道，一看吓一跳。地窖的角落里果然蜷缩着三个荧光人影！也不知道他们是何时进来的。但看他们短头发，着装现代，不像是古人。三个人影正用手挡着光线，显然害怕紫外线。老胡关了手电，改用火把照射，那三个人影却不见了。打开紫光手电，才能看清楚。于是老胡就把手电开成弱光模式，配合火光就完美了。

大胖壮着胆子问道：三位兄弟，你们可是来探险的三人？我们可是受人之托来救援你们的。你们怎么就变成这样子了？

那三个人影似乎在说什么，可是根本就没有发出任何声音，最后只能点头回答。三个人形又用手势比划着什么，最后指向了背包的方向。但背包物品太多，经过逐一排除，确定他们指的正是灭蚊剂。

老胡拿起灭蚊剂，三个人形光影点了点头。看来他们并无恶意，是在指导老胡他们做什么。大胖问：这个可以杀死外面的鬼魂？三人点点头。

三个影子又在地上画了起来，先画的是一个弯月亮一样的东西，旁边还重重地画了一个点，弯月亮后又画了一个亭子一样的东西。做完这一切，三个人影便挪步走出地窖，在老胡、老搞、大胖的目送下居然穿墙而出，消失不见了。三个光影走后不久，门外的喧嚣声也渐渐消失，周围又恢复了一片死寂。

对于刚才发生的一切，大胖三人一时也搞不清状况，因为包含着太多令人捉摸不透的信息。特别是那三人在地上所画的奇特符号。

大胖一脸沮丧：完了，奖金没了。那三个家伙果然出事了，这都灵魂出窍了，肯定早就死翘翘了。这还搜什么救？只能当是收尸。

老胡道：我们进来之前听到的惨叫声也许就是他们的。但至少他们对我们无害，还有点全局意识，牺牲自己，把门外的鬼灵都引开了。这样，我们就能自由出去了。

老搞道：鬼影可以自由进出墙体，那么其他的鬼影也应该可以。但是为什么它们就不敢冒险进来？依我之见，一是畏惧我们的紫光手电，二是杀虫剂。这东西或许具有独特的辟邪功效。

老胡道：这是他们用生命换来的经验啊，但关键是他们画的月亮、亭子又是什么意思？十有八九就是城里的某个地点，等我们去呢。

大胖道：等我们去收尸，处理善后呢。

老搞：不可对死者不敬。自古死者为大。依我之见，月亮就是建议我们晚上行动，亭子就是一个房子，未必就是收尸，也许是他们找到的宝藏。

大胖笑道：你抬头看看，不见天日的地下城，哪里来的日月星辰？

老胡道：此事需要出去查找验证，在这里无论怎么猜测都是徒劳的。实践出真知嘛。只有付诸行动，才能揭晓答案。

大胖道：老胡啊，我现在反而有点害怕啊。你说我们会不会也变成像他们一样啊？他们到底怎么死的，也没说啊。

老搞道：你就知道疑神疑鬼，用积极的眼光看，这未必是坏事，至少说明死了还有灵魂在，还有机会上天入地嘛。

大胖打了个冷战：司马迁曾说过，人固有一死，或轻于鸿毛，或重于泰山。我可不想死后变成一个人们看不见的影子。要变就变成一大块化石，这样才算重于泰山，子孙后代将来还可以瞻仰我帅气的容颜，如此才能名垂青史，永不腐烂，流芳百世嘛。

老搞笑道：胖儿，你这就理解错了。身体笨重的，只会沉入地狱。身体长着羽毛，才能飞升上天。我看司马迁是在鼓励大家插上理想的翅膀，努力实现个人渺小的人生理想。

大胖道：你说得有道理，那我是轻于鸿毛地死，还是重于泰山地死，哪个死法好呢？

老胡道：你这张乌鸦嘴，什么死不死的，我们都不会死！好好努力活着，干吗要去送死？就算我们身在阎王殿，也要学习孙悟空，自己的命运自己做主，谁敢来犯就打谁。

大胖道：老胡这话突然让我想明白一个道理，既然有鬼魂，那就有菩萨啰。要跟死神斗，我们要想办法找到菩萨。

老搞道：对了，胖儿，白云寺的老和尚不是给了你一块观音玉吗？你老实说，你把观音菩萨放哪儿去了？

大胖道：唉，身不由己啊，早被我妈拿去了。因为那块玉透光后会出现一幅画，恰好被我妈发现了，就抢了去。

老搞道：什么画还记得吗？搞不好是个藏宝图，下回你拍个照片我们一起来分析一下。

大胖道：唉，还有下回吗？说不定得等下辈子。

老胡道：废话少说，我已打定主意，出去寻找标志性建筑，揭开谜团，继续深入探索这座阴城的秘密，为了避免碰到不必要的麻烦，依旧远离大路，利用小路摸索前进。

大胖却不同意继续冒险，极力主张撤退，有什么事儿先出去再说。下回带上百十号人来，人多力量大，什么问题一次性解决。

老胡道：别忘了这本国军的日记，清楚地记录着他们出城失败的事。他们那么多人尝试了很多次也没成功出城，所以想出城未必就容易。虽然继续深入有风险，但意外与惊喜往往是孪生兄弟，不可预料。

老搞也道：大胖啊，我们精神损失费还没到手，无功而返，回去也没面子啊。现在我们至少知道对方怕紫外线和杀虫剂，这就是我们闯荡阴城的法宝。这座阴城就算没有黄金万两，至少也有大量文物啊。

老胡道：两位的意见都是正确的，没有对错之分。眼下我们不趁此良机深入虎穴，更待何时？假如真找着宝藏，也是利国利民的大好事。我们就少数服从多数，坐以待毙，不如主动出击。

大胖也不再犹豫，因为左右都有利有弊。于是三人收拾装备。老胡则把发现的子弹拆开，取出其中的发射弹药，准备做一个触发装置，要有人推开门就会触发机关，撞燃火药，引发爆炸声，这样就会给他们传递一个消息：敌人已经来了。另外，还可以借此机会，转移敌人的注意力。

准备妥当，三人立即小心谨慎地出发。这一次大胖手持金属探测器自告奋勇走在队伍最前头，他拿着金属探测器的样子，活像鬼子进村。

第十五章：大火焚城

那日，三人不约而同地做了一个梦。梦中三人悄悄地到了街口，老胡照旧用紫光手电一照，三人顿时吓了一跳，大街上并非空无一物，而是呈现大量荧光反映的鬼影！它们像赶集一样，人来人往，车水马龙。有四条腿走路的，例如牛马的形状；有身材矮小的，如犬类；也有成群结队在空中飞的，更有川流不息的人类。梦醒，三人一对梦中情景，竟然十分相似，似真似幻，难辨真伪。

看着这满大街的人畜鬼影，三人是毛骨悚然，冷汗直冒。

紫光的照射显然引起了街上鬼影们的注意，它们停下脚步齐刷刷地看向光源方向，模样丑陋，表情狰狞恐怖。

老搞见老胡看得出神，赶紧关了电筒，并低声道：快撤！别看了！魑魅魍魉，看久啦，可能要迷惑心智。

老搞说完就动手把老胡的头扭转过来，又扇了看得出神的大胖一巴掌。

老胡清醒后说道：果然能入魂。赶紧撤，抄小路。

三人赶紧离开主道，七弯八拐地绕到房舍后的小路，朝着天师城深处进发。他们时走时停，有时停下用手电侦察一下目标，见无威胁，方才继续移动。

接下来，一路顺利，并无追兵。三人不久就穿出了房舍区，来到一片并无房舍的荒芜之地。紫光手电探照下，也没发现鬼影。借助油灯的光芒，三人发现他们似乎进入了一片农田之中。农田有田埂分界，埂上有早已枯萎的树木，一碰就断裂了，田间并不见农作物，可能是经过千年早已化为尘土。

三人躲在一处田埂后，大口吸氧，释放刚才突围的紧张情绪。

大胖抱怨道：这是什么鬼地方？日月星辰都没有，古人还能从事农业生产啊？难道很久以前，这里还有太阳射进来？

老搞道：胖儿，你分析得有道理。这里很久以前可能就是一个大天坑，这样就可以搞点种植。后来，因为某种需要，天坑被人为地封死了。

大胖道：奶奶的，这天坑也太坑人了吧。

老搞道：不坑人，那能叫天坑吗？天都要坑的，绝对不是什么好鸟。

大胖道：那就只能是妖魔鬼怪了。天师城，就是张天师修建的监狱。道家也忌讳杀生，他就把捉来的妖怪幽禁在这里，教他们弃恶从善，开荒种地，吃斋颂佛，好好学习，天天向上呢。后来嘛，肯定发生了变故，导致天坑整个被封顶了。

老胡道：还有一种可能，既然他们重视搞农业生产，就说明这里面有很多嘴巴等着吃饭。没有足够的粮食，怎么养得起这么多人？从刚才的鬼影可见，大多数还是人形，这下面极有可能是人的监狱，人死后才变成鬼影。也许秘密还藏在城里。

大胖道：要不就是造反嘛，道教曾经被朝廷视为邪教，还被镇压过呢，所以才导致佛教盛行。

老搞问：多找找蛛丝马迹。这里既然都是农田了，也许就距离他们的集体墓地不远了。我们再找找。

老胡道：可惜没有强光手电。这豆大的油灯，就只能照亮立足之地。

大胖站起来，极目远眺，然道：那好像是个水面，还微微泛光呢。

也许是眼睛适应了微光环境，物体的轮廓得以显现。老胡、老搞也起身查看，果然隐约看见湖水轮廓，湖面平静，还泛着微光。湖水左右两边连着高高的城墙，把天师城一分为二。湖边隐约有一个八角亭，而湖的对岸像是有一座寺庙，庙后有一微白的高塔。

老胡若有所思地分析道：这不就是那三个兄弟给我们的暗示吗？月亮代表半圆的湖水啊，亭子指的是八角亭或者对面的寺庙，可惜没看见摆渡船。

大胖道：不谋而合啊，我也是这么想的。但是老胡啊，这哪里来的光啊，感觉就像是天要亮了。

三人这才回头一看，不由大惊失色：城里起火了！火光冲天呢！所以，他们才能看到远处的情景。

老搞道：老胡，八成是你的火药机关引发了火灾啊。

老胡道：糟糕。我忘了做防火措施，这民国时期的弹药跟现代不同，它们更容易燃烧，而城里建筑，多是木材！

大胖道：那现在怎么办？会不会告我们一个破坏文物古迹的罪名？救不救火啊，这座地下城，搞不好还有资格成为年度十大考古发现呢。

老搞道：救火是来不及了。我们又没有水桶、脸盆、消防栓，再说，城里还有一大群面目狰狞的鬼影等着你呢。

大胖道：那也得想个办法啊。万一全城都烧起来，还有一大半房子没有搜查呢，说不定某个房间就堆着宝贝呢。

老胡道：人鬼殊途，火救与不救，都有利有弊。我看我们还是躲远一点，以免惹火烧身。如果鬼魂知道保护自己的家园，那么它们也会发动群众取水救火。搞不好它们很快会来湖边取水，我们赶快转移阵地。

三人在起伏不平的田间地头奔波一阵，终于到了八角亭。亭子雕龙画凤，古色古香，乃是用乌木做成，历经千年而不腐。亭子也有名字，上书三个大字：风波亭。亭子外有一口井，井口用青砖竖了围墙，上面也有三个字：金光泉。若仔细看，不远处的湖边还立有一块大青石，上面也刻着三个大字：日月潭。

三人看了不由得发笑。

老搞道：空中没有风，水面也无波，哪有什么风波亭？也没日来也没月，哪里来的日月潭？想必是建造者也想重见天日，于是寓意于此。

大胖道：也许不叫日月潭，叫明潭。

天师城的火势越来越大，巨大的火舌在空中呼呼作响，吞噬着遇到的一切。其间不时传来物体爆裂的声音，细小的噼啪声更是不绝于耳，加上房屋倒塌声，各种声响乱成一片。火势迅速朝城门方向移动，把另一边的房舍点燃，大火于是隔着街道兵分两路燃烧，吞噬碰到的一切。空气中弥散着越来越浓烈的烟熏味。

大胖道：真是一道美丽的风景线啊。带给人们光明的不一定是日月，熊熊烈火也能办到。烧吧，尽情地烧吧，烧死那些丑陋的鬼魂，把土地和良田还给劳苦大众。

老搞道：胖儿，你发什么神经，我们不也被浓烟熏得要死？快去看看湖水怎样，我们得用湿毛巾捂住口鼻，过滤烟尘毒气。

三人立即来到湖边，见湖水异常清澈，毫无杂质，偶见几颗鹅卵石，也不见他物。闻了闻，很有山中矿泉水的天然气味。

烟尘尚未到达湖边，也不用做过滤空气的装置了。

大胖道：还等什么？敞开肚皮喝啊。

大胖正欲俯身喝水之际，老胡赶忙阻拦道：慢！不可！

大胖狐疑地问：为什么？这水这么干净。

老胡递给大胖一个矿泉水瓶子，道：不是。卫生起见，我们用瓶子喝，别把自己口水滴进去，污染整片湖泊。

大胖面露不悦的神色，心想这老胡原来有洁癖啊。但也只得接过瓶子，洗了洗，把水倒在岸上，如此数次才装满水大口灌起来。大胖狼吞虎咽，干完四五瓶才觉得有满足感。老胡、老搞见大胖喝得如此畅快，也就不管水里是否有毒了，都迫不及待地喝了起来，一直喝到肚皮微胀才罢手。

大胖躺在沙滩上，惬意地吟诵道：太美味了，从来没有觉得水是如此甘甜，如此美味，啊，难道只有失去才知道珍贵吗？水啊，生命的源泉，大地母亲的乳汁啊……哎呀，怎么突然觉得这么饿啊，该去看看有没有鱼。

三人喝完水，恢复了一些精气神。但饥饿感并没有因为胃里装满水而减轻，反而苏醒了，更为强烈。

听到大胖说要抓鱼，老胡、老搞也挺着个大肚子，提着油灯站在水边用目光寻找鱼儿的影子。

老胡道：水至清则无鱼。他们之前吃的鱼，有可能是某个私人庭院鱼塘养的。

老搞也摇摇头，认为有鱼的希望不大，建议去看看那口水井，古人喜欢在井里养鱼，万一有人投毒，死鱼就能警示人们。

大胖抓抓脑袋，想了想道：水至清则无鱼，那我把水搅浑，就有鱼儿来了。

说完，大胖就赤脚下水去了。看来，他早就脱掉鞋袜，做好了下水捉鱼的准备。

老胡在大胖身后大呼不好，责怪大胖太鲁莽、太冲动，怎么能用自己的臭脚污染一池塘的饮用水呢？

大胖不以为然，道：喝生水肯定是不卫生的，以后我们烧开了再喝。

只见大胖用双脚不停地在浅水区搅动，搞得泥沙翻滚，湖水很快浑浊了一小片。

老胡还是心疼水源遭到了污染，对大胖说道：大胖，你理解错了。水至清则无鱼，就是说清水环境它就不长鱼，你弄浑浊了又能怎样？难道能无中生有啊？

老搞不作声，对老胡悄悄说：我们待会儿吓吓他，就说水里有蛇，看他还敢下水不。

过了一会儿，大胖吃惊道：哎呀，好像有什么东西撞了我的脚，滑滑的。

老搞趁机吓唬道：好像是条水蛇。

大胖一听，紧张地左顾右盼，也不再说话。他慢慢地把双手伸入水中，放在脚旁，守株待兔。过了一会儿，只见他双手猛地合拢，捞出水面往岸上一扔。大胖大喊一声，蛇啊！一个长长的东西便从他的手中飞到岸上。

老胡、老搞不曾预料大胖真捞上个东西，不禁吃了一惊。

大胖赶紧上岸，三人围着那还在不停翻滚的东西看，果然是一条鱼，一条无鳞的透明的鱼。

大胖兴奋得像个小孩子一样手舞足蹈，自豪地道：老胡啊，你这是犯了经验主义错误啊。这里的鱼都进化成透明的了，难怪肉眼看不见。我完全是凭脚感抓住的。

老胡抓起小鱼一看，果然是一条无鳞鱼，浑身透明，可直观其内脏。

老胡不得不佩服道：还是我们大胖善于觅食啊，我们两个是有眼不识人猿泰山。

老搞道：我们三个一起围猎，效率更高。

于是两人也不顾什么水源卫生了，脱了鞋袜，赤脚上阵，把水搅得哗哗作响。远处的鱼儿不知道发生了什么事，纷纷好奇而来，不料被三人捉了不少。不大一会儿，岸上就聚集了几十条大小不一的无鳞鱼。多日不曾进食的三人，此刻沉浸在丰收的喜悦中，比发现金山银山还要开心。

城中的大火已经过了高峰期，此时只有局部还有一些零星的火焰。至于那些狰狞的鬼影，也不见了踪影，不知是被大火烧毁了，还是都出城逃命去了。总之，谨慎的老胡用紫光手电不时扫描，并未发现来湖边取水救火的鬼影。

三人也因此安心地捡了木柴，燃起篝火，弄起烤鱼吃。吃饱喝足，三人精神大振，决定在湖边建立一个大本营。于是搜集一些材料，把风波亭围起来，作为临时的庇护所。然后以此为基地，逐渐开展对城池的探索计划。

在这与世隔绝的地下，何必在意今夕是何年，困了就睡，饿了就吃，管他人间海枯石烂，斗转星移。

第十六章：湖中出妖

三人在风波亭庇护所休整了数日。所谓休整就是喝水吃鱼，补充瞌睡。要把之前所受的惊吓、遭遇的劳苦与饥饿，统统补回来。

大胖相对比较忙碌一些，他拿着金属探测器在田间地头做了大量考察工作，除了挖到一些生锈的烂铁块之外，别无惊喜。大胖还喜欢捉鱼，他用石头在湖边浅水区做了一个捕鱼围栏，让鱼易进难出，此法大大地提高了获取食物的效率。

面对城池被毁，老胡心里感到有些内疚。这么难得一见的古城，要是将来开发成旅游景点，不知能为当地增加多少 GDP 啊。

老胡也用紫光手电沿着大街检查了一遍，还拍了些照片，但没有发现之前的荧光鬼影。原本想可能是它们通过城门逃跑了，但检查城门之后发现，火势首先朝着城门方向去，城门先被大火堵了，然后大火才折返烧完城内剩余的建筑物。据此推测，逃出去的应该寥寥无几，大多数都葬身火海了。

也算是为民除害了，想到这些，老胡心里也就宽慰了一些。

老搞当起了炊事班长，负责生火做饭，他捡了几个品相完好的陶罐，用于烧水、熬鱼汤。三人的饮食质量得到了大大的改善。老搞又把多余的鱼熏制成鱼干，作为日后路上的干粮。

但三人始终也没发现失踪三人的遗体，以及他们可能找到的宝藏。老胡搜索被焚毁的废墟，也没闻到肉烧焦的味道，因此推断三人的遗体并不在城中。那么一切都指向了湖对岸的寺庙。

三人多次想离开风波亭，到对岸去，但是城中能做木筏的东西非常缺乏，仅能供烧火做饭之用。

造木筏当然还是有办法的，就是把风波亭拆了。不过拆也是很费周章。正当大胖要对风波亭下手的时候，老胡拦住了，他说：亭子是乌木做的，放水里就沉了。要不大胖你就留在这里，我跟老胡游过去看看情况。

大胖不赞同，一个人多没安全感，但他不想暴露自己怕黑的心理，于是就说：饭得一口一口地吃，我们还是从长计议的好，万一水里还有别的危险，万一对岸还有别的陷阱。一步一步地来吧，现在有吃的有喝的，也不急于一时。

老胡和老搞正计划着利用没有烧完的残缺木材、木炭、陶罐等做一艘不求外观美丽的木筏。不过计划还没有实施，就被打断了。

这天，不知是猴年马月，但肯定是个月圆之夜。当时三人正呆坐在篝火旁，沉默无语。可能是该说的都说完了，已经找不到新的话题了。

百无聊赖之际，三人忽然听到金光井发出咕咕的水声，在异常宁静的环境中，突然发出的声音把三人吓了一跳。

三人以为井里有什么大鱼，提着油灯凑到井口观看。忽然，井里冲出一股凉风，井水像喷泉一样飞溅出来，三人猝不及防，衣服被淋湿了大半，只得赶紧后退。

老胡着急地说：快抄家伙，不知道是什么大怪要出来了。

大胖道：来得正好，胖爷早就想换换口味，这小鱼儿都吃腻了。

而后井口再次炸响，只听砰的一声，却见一道巨大的金光射将出来，那金光在空中迅速散开，一部分化作一轮金黄的弯月浮在空中，一部分又化作一轮太阳，发着红光挂在一边，另有无数亮晶晶的星点分散其中。

三人不知道发生了什么，只觉得像是烟花和灯会的混合表演，十分美丽，不觉看得如痴如醉。

大胖道：莫非这就是日月潭的由来？

老胡赶紧用手做了一个噤声的动作。

原来是湖水也有了异常变化。只听得湖水咕嘟咕嘟不停地冒出气泡，像是沸腾了一般。那气泡离开水面飘在空中，随即劈裂，变成一团团白色烟雾，烟雾越来越多逐渐形成云海一样的东西在湖面翻滚，乍一看又像是一个弥漫白雾的舞台，仙气飘飘。其中一团白雾升高，逐渐聚集成一个人形，变成一个白发白胡子白袍子的老头，老头手握一把白色的拂尘，颇有一番仙风道骨之态。老头笑脸相迎，一个白衣女子驾着云团而来，只见她左手托着的是一个瓷瓶，瓷瓶里插着一枝柳枝，分明是观音菩萨的打扮。不大一会儿，又陆续出现不少着装打扮各异的人物，个个器宇不凡，喜笑颜开，互相作揖问候，仿佛是在庆祝什么重大节日。不知不觉，舞台上便聚集了上百号各色人物，皆如神仙一般。

此时，众人忽然停止说话，舞台立即安静下来。原来是出现了一个身披金色外衣，头戴凤冠的白发老太，众人忙腾出道路，不停向老太行礼。只见老太满脸笑意，接受着各路神仙的祝福，然后道：诸位仙家，天上神仙三千年才开一次蟠桃会，我们地下神仙一年开一次，一定要比他们多才热闹。来呀，上蟠桃！祝各位大仙服此仙桃，功力大增。

说完，只见一群粉衣丫头端着白瓷盘翩翩而入，盘中所盛放的桃形之物竟然是一颗颗仍在跳动的带血的心脏！

大胖三人正看得着迷，以为碰到什么神仙大会，或者什么舞台表演，直到看到盘中跳动的心脏，这才恍然大悟，这可不是真正的蟠桃会，而可能是一群妖魔鬼怪的模仿秀。

只见丫鬟拿起尖刀，将带血的心脏切成若干片，众妖便拿起筷子夹着吃起来！

看到妖孽假扮仙人吃人心脏，三人既惊又吓，胸中满是怒火。

老胡气得大喊一声：妖怪！休得在此兴风作浪！你胡爷爷在此替天行道！

这一声吼，完全是出于老胡潜意识的有感而发。喊出来之后，老胡自己却首先后悔了：这些都不是普通妖孽，自己一个凡人怎能应付？

妖怪们突然听到有人对它们大吼，不由得大吃一惊，表情脸型立即一变，露出狰狞恐怖的人身兽头，令人不寒而栗！

大胖、老搞也被这突发情况吓得不知所措。犹豫间，一个黑毛妖怪飞身而下，伸出三只毛茸茸的爪子掐住三人的脖子，并且把他们像小鸡一样举了起来。三人呼吸不到氧气，越来越感到呼吸困难、头脑发晕。

那黑毛怪狞笑着说：好大胆的凡人，又来给爷爷送下酒菜来了。

千钧一发之际，大胖从喉咙里艰难地吼出：老胡，喷，杀虫剂。

老胡这才记起自己随身携带的杀虫剂，他一直插在裤腰带上以备不时之需；而刚才，他的脖子被死死地卡住，他本能地用双手去掰，忘了使用工具反击。听到大胖提醒，老胡不再去管脖子了，他快速地抽出灭蚊剂，朝着那黑毛怪的头脸就猛喷了上去。本想可以如催泪瓦斯一样喷中其眼鼻，就可以驱退怪物，而后再去拿家伙反击，谁料灭蚊剂喷中那黑毛怪，那妖怪脑袋瞬间燃起一团火焰，黑毛怪不知道杀虫剂为何兵器，只觉得头脸吃痛，便松了卡住三人脖子的爪子，拯救自己燃烧的大头去了。

老胡急忙深呼吸了几口氧气，见灭蚊剂有如此功效，赶紧对着那妖怪全身补喷数次，那怪物很快全身着火，疼得在地上不住翻滚，不多时，便化作一团焦炭，死翘翘了。

湖中云台上的众妖见此情景也大吃一惊，纷纷现出原形钻入湖中，消失不见。刚才明亮喧嚣的湖面又重回安静与黑暗。

三人被刚才一幕吓得惊魂未定，只听见自己粗重的喘气声和怦怦的心跳，好半天才缓过神来。

大胖责怪道：老胡啊，都怪你，明明是一出话剧，你这一声吼，活生生地变成了恐怖大片。人家指不定只是表演，娱乐大众。这下可好，我的神经细胞、心脏细胞，不知又死了多少万。

老搞道：胖儿啊，幸好老胡这一声呐喊，才让我们如梦初醒。你要是继续看下去，等它们吃完了，就要叫你上台去，割你的肉吃呢。你没听那黑毛怪说，要把我们当下酒菜呢。

大胖道：这瓶杀虫剂可帮了我们大忙。这会不会是伪装成杀虫剂的液化燃气啊，怎么一喷就着火了呢？

老胡道：闻着味道，就是普通的杀虫剂。可能是灭蚊剂具有驱邪功效，一接触这些见不得光的邪秽之物，就产生了某种化学反应，自燃了。

三人再看地上被烧焦的黑毛怪，不过是一只小黑兔子。大胖抬脚一踩，那兔便碎成炭粉了。

大胖道：怕它个球，只要它也是长肉的，谁吃谁还不一定呢。

老胡道：你们别逞口舌之快了。我看，我们还是赶快撤吧。刚才出其不意占了人家的便宜，它们肯定会来报复。此地不宜久留，走为上计，赶紧出城吧。

三人胡乱地收拾了一下东西，便各自背着包沿大街直奔城门。

第十七章：出城受阻

三人沿着主道，穿越残垣断壁的废墟，顺利到达城门口。城门已经被烈火烧得只剩几根骨架。出了城门，便是沙海。

阴城逐渐远去，三人在沙海里走了一小时多，却仍旧没有到达边界。

大胖疑惑地问：老胡，你是不是带错路了？来的时候也就半支烟的工夫，现在一瘸一拐走了这么久，这路怎么没完没了呢？

大胖说的一瘸一拐没错，因为沙子打滑，每前进一步都会后滑一下，走路的姿态就像跛脚人。

老搞道：我们不会是原地打转吧？

老胡道：不可能是原地打转或者绕圈。因为我们看不到城墙，说明我们走得很远了。

大胖道：这也不对啊。来的时候我们在边界就能看到阴城嘛。

老胡道：确实不同寻常，但不能浅尝辄止。这次出来就是试探，不要抱太大希望。下面我们边走边留下点纸屑垃圾做记号，以防万一。

三人又走了一个小时，还是没有看到边界，此时又累又渴，三人满心焦虑。停下来吃了点鱼干，喝了点水，便躺在沙面上休息。

老胡心事重重：事情不大对头，感觉我们在穿越漫无边际的沙漠。要是走不出去，我们的水就成了问题。

大胖道：我说了嘛，我们在原地打转。听说，人的两只脚迈出的长度不一样，通常是左脚迈出的短一点，右脚长一点，虽然只有小小的误差，但是积累多了，人就往左走成了一个圆圈。待会儿，我们三个分开一点，排成一线，我就在后面瞄你们，看是不是三点成一线。

老搞道：你怎么老是喜欢道听途说？你得多听专家的，而且不是那种坐办公室喝茶看报的专家，而是我和老胡这种实践型的专家。

大胖委屈：我听我自己讲的行不？好歹我也是实践出真知的专家嘛。

老胡道：其实就是插路标的问题，要是有支激光笔放在身后，走绝对的直线肯定没问题。关键现在的问题不是线路问题，而是小小沙滩竟然变得无穷无尽。这可不是什么理论经验能解决的。

老搞道：胖儿，你可不要轻易打退堂鼓，我们走了这么久，回去岂不前功尽弃。

三人继续前进，一边走一边故意留下点纸屑垃圾。

走了不久，大胖就累得喊停。他本来就怀疑老胡的路线，现在已经不抱任何希望地想退回城里吃饭睡觉。

大胖道：胡老大呀，不能再这样盲目地往下走了，你看我们怎么走到戈壁滩了。沙子早没了，都是大石子儿了。再走下去难道就是草原？大山？你这路线一开始就大错特错啦。

老胡、老搞蹲在地上仔细观察。路上的沙子的确越来越少，取而代之的竟是亮晶晶的小石子，大都是形状圆润的鹅卵石。

老胡道：确实有点奇怪，明明在山肚里嘛。不过这也许并不是坏事，能看到草地大山的话，不管在哪里，都比待在山洞里强。

老搞道：胖儿，这像宝石不像？黄的、白的、红的，很透明，莫非这就是传说中的戈壁玉？你还唉声叹气，你应该兴高采烈、手舞足蹈才是，这不发财了嘛？

大胖转忧为喜，捡起一块看了看，又扔掉，如此再三，没有一块满意的。

大胖道：的确很好看，可惜品质太差，都有裂纹了，没法加工啊。也就适合装饰鱼缸，点缀道路而已。

老搞道：不懂欣赏。天然美才是真的美，暴力加工整容，等同欺诈。

老胡道：还是赶路要紧。我倒真好奇走完这段戈壁，会出现什么地理地貌。

三人继续迈开步子。大胖也不再提撤退的事。因为路上石子虽然不怎么样，但是个头却越来越大。什么东西只要足够大，那价值就能颠覆传统。再有就是有可能真要走出沙海了。

突然，老胡停下了脚步，警觉地说道：当心，我好像听到一大队人马正在向我们靠近。他们步伐整齐，感觉就像很多士兵在练齐步走。这里怎么可能有部队在搞训练？来者不善，善者不来，在没搞清楚对方是敌是友前，大家得有心理准备。

大胖道：老胡啊，我也感觉到了。这还用得着你的超能力吗？你看这地面震动得，我都快站不稳了。八成是地震进行时，要不，就是工程队开过来一辆压路机。

老搞道：有齐步走的地震吗？黑灯瞎火的，工程队盲干啊？来者不善，我们得小心为上。

老胡道：点三个火把插地上，形成三角形照明区域。我们躲在暗处，无论是谁被吸引来，都会原形毕露。

诱敌深入的三角火把阵很快完成，三人远远地躲在暗处等待。

随着时间推移，地面的震动越发明显。果然是整齐的踏步声，又因此产生了某种共振。那声源逐步进入火把的可视范围，三人吃惊地看见一头庞然大物慢慢登场。那可不是千军万马一起踏步，而是一只长着无数腿脚的巨型爬虫。它头大如轿车，两根触须展开长达五六米，灰褐色的身躯，乳白色的腹部，几百对密密麻麻的长腿支撑着几十米长的身体稳健地移动。三人总算看明白了，原来这是一只奇大无比的千足虫啊！

大虫见了火把，只是暂停下来，抬起它恐怖的大头，摇晃了几下，然后慢慢朝三人隐藏的方向走去。

大胖惊呼道：我滴个妈，今天是什么日子，怎么还能偶遇史前巨兽啊？

老搞道：胖儿，今天怕是世界末日啊。

大胖道：啥？末日？未必啊，搞不好就是你我的祭日。

老胡道：还有心思闲聊。大敌当前，我们只能分散进行战略大撤退，转移它的注意力。它不可能同时追击我们三人，那么最保守的结果是我们至少有两人可以逃生。这样吧，我朝它头的方向走，正面挑衅它。大胖从它左侧跑，老搞，你走右侧。大难临头各自飞，兄弟们，听天由命啦！

来不及过多思考，在老胡急促的命令下，三人各自朝着不同方向闪身黑暗中。大胖朝着边界一侧逃走，老搞则朝着天师城方向跑。

千足虫感知猎物加速离开，马上加快挪动一排排大长腿。本来老胡选择在大虫正前方逃跑，其实是承担起了最大的风险和责任。谁料老搞不小心摔了一跤，这石子地面不够稳定，踩上去深一脚浅一脚，还常打滑。老搞这一摔，动静更大了，他面朝沙地扑倒，搞得满嘴都是沙子，不得不用力吐。这着实吸引了千足虫的兴趣，随即改变目标，转动长长的身体直奔老搞而来。

当时老搞刚刚站立起来，嘴巴不住地吐着沙子，骂骂咧咧地说自己运气不好，怎么还在起跑线就摔倒。祸不单行，那大虫因此临时换了口味，朝他奔来。为了防止猎物逃跑，大虫挥动头上长长的触角，那触角像皮鞭抽了一下老搞，老搞哪里看得见细长的触角，立时被抽倒在地。这一鞭抽去，痛得他两眼金星乱冒，根本无力做出有力反击，情急之下他将计就计装死不动，希望大虫见好就收。哪知大虫得逞后步步紧逼，张开大口要咬老搞，那大嘴巴里满是尖锐的牙齿，被咬上一口就算不死，也难免掉胳膊掉大腿。

见老搞有难，不远处的老胡赶忙救急，他捡起一块石头就朝大虫头部砸去。那虫的外壳太硬，嘭的一声，石头却被弹开了。

这一砸，虽没有杀伤力，但也激怒了大虫，大虫放弃到嘴的肉，准备先摆平一切反抗，再慢慢进食。于是摇晃着脑袋朝老胡爬来。老胡身手极快，沿着 S 形路线移动。奈何沙地太软，老胡用力过猛，身体失去平衡，脚下一滑，摔倒在地，但他又顺势翻滚几下，躲开大虫触角的抽打，再站起来奔跑。如此再三变换路线，那大虫疲于改变方向，加上身躯过于庞大而显得笨重，于是怎么也够不着老胡。

大虫见占不到便宜，变得更加暴躁，呼哧一声，从口中喷出一股气流，这气流极是恶臭，老胡被毒气包裹，顿时头晕眼花，他赶紧用衣服捂住口鼻，倒地后再来几个连续的翻滚逃出了大虫的口臭范围，随后潜入黑暗区域，躺在地上一动不动装死，也趁机喘口气，恢复体力。

大虫觅食不靠视觉，颇能感知震动，老胡最后震动的位置自然暴露，探测到猎物不再动弹，大虫以为口臭奏效，胜利在望，动作也变得缓慢起来。不过，这里已经远离了火光的照明范围，周围一片黑暗。在这里，人看不清目标，自然要吃大亏，而大虫早就进化得适应了黑暗环境，它只靠声音和震动就能发现目标。经过几个回合的交战，老胡也明白了这一点，他必须回到有可见光的区域与虫搏斗，反正逃跑是不太可能了。趁大虫慢下来之际，他抓了一把碎石，猛地朝大虫脑袋撒去，石头砸在大虫头上，就如同砸中塑料壳一样发出咚咚声，而后纷纷被弹落。一时周围出现杂乱的声响和震动，老胡就趁大虫思绪混乱之际，奋力朝火把方向跑去。

老胡跑了，大虫也很快调整了方向，掉头去追。只是大虫身体太长，要完成一次掉头动作，需要不少时间。

在另外一边，因为老胡的调虎离山，老搞的身体和精神得到短暂的休整，已经恢复得差不多了。在老胡与大虫纠缠的时间里，他也没有闲着，他深知光线的重要性，便凑了一堆木柴，倒上灯油点着，一堆更为明亮的篝火就有了。接着，他又把开山刀、工兵铲等有用的家伙都拿了出来，准备迎接大虫的下一次攻击。

刚刚准备妥当，就见老胡折返，零部件没少，老搞总算松了一口气，赶紧扔了一把匕首给老胡。

老胡喘着粗气道：这家伙，靠声音和震动搜索目标，我们来个声东击西，你在它前面沿 S 路线移动，必要时你就倒地装死。我准备绕过它的脑袋，在后面砍掉它的腿，没了腿看它还怎么跑。

老搞心领神会，那大虫就呼哧呼哧地跟了过来，出现在可见光范围内。

老搞依计，在大虫前面挥手呐喊，吸引大虫注意力。大虫没有理会倒地装死的老胡，而是优先对付活跃分子，追击老搞去了。待大虫头部转弯过去，老胡瞅准时机，举起匕首朝着大虫树干一样的长腿砍去。不料大虫的脚也很坚硬，砍了几下，才勉强砍断大虫一根腿，没来得及砍第二根，那大虫便扭动了一下长长的躯体，四五只腿突然发力踢出，一下把老胡给踢出老远。老胡顿时就晕了过去，失去行动能力，身上被擦出好几道伤口，渗出一道道鲜血。

老搞见状大感不妙，忙呼喊道：老胡，你怎么样？

见老胡没有回应，老搞知道老胡伤得不轻，便大喊着吸引大虫朝自己奔来。大虫掉过头朝老搞这边袭来，老搞依照老胡的策略，走 S 路线，来回往返，让大虫频繁掉头疲于奔波。大虫气急败坏，使出撒手锏，从嘴里喷出一股透明的液体，老搞赶紧低头趴下，那液体喷到篝火火焰，轰的一声瞬间爆燃，火光冲天，照亮了大片。大虫也被这股强大的火焰灼伤，其口器更是着了火，疼得大虫疯狂地摇头晃脑，摇了几下头倒是把燃烧的火焰弄熄灭了，但嘴巴却因此烧焦大片，烧黑的大头显得更加恐怖。

此时，老胡从昏迷中苏醒。见大虫仍然与老搞纠缠，情况十分危急，不由得肾上腺素猛烈分泌，身体立马处于应激状态，伤口也不觉疼了，斗志也随即恢复了。

老胡冲着老搞喊道：这样下去不是办法啊。大虫蛮力无穷，我们的体能消耗很快，不能跟它打持久战，得智取大虫子。

老搞回声道：老胡，你大难不死真的太好了，我最不喜欢孤军奋战，单打独斗了。快想个办法，我刚才烧了这虫的大嘴巴子，它肯定很生气，硬是对我穷追不舍。

老胡喊道：灭蚊剂，用杀虫剂！

老搞远远地回应道：不行，它太大了，杀虫剂这么小，它皮糙肉厚，喷几下没感觉。

老胡道：我自有妙计，你等会儿注意装死隐蔽，剩下的交给我。

老胡很快找到两瓶杀虫剂，将其插在腰上，又换了一把匕首。

老胡冲着老搞喊道：快把大虫引过来！

老搞道：那就交给你啦。我实在坚持不住了。

老搞便朝老胡这边转移，将大虫的威胁转移给老胡。

老胡又是扔石头又是阵前叫骂，以吸引大虫的注意力。大虫此时只对老搞有兴趣，见有东西阻碍，它并不在意，只是一甩头，想用自己的触须把障碍物扫一边去。

就在大虫触须扫向老胡时，老胡顺势伸手抓住大虫触须。大虫吃惊，没想到障碍物会抓住自己触须，结果反而把老胡给带到了空中，老胡借力稳稳地落在了大虫的头上，他一面抓住大虫头部凹陷处，一面抽出匕首狠刺大虫脑袋。奈何大虫甲壳不是一般厚，刺了几下才有一道小伤口。老胡当即决定改变策略，从腰间抽出了灭虫剂伺机而动。那大虫感觉有东西骑在自己头上，不断地刺自己，显得非常愤怒和暴躁，便不再追击老搞，而是不断上下点头、左右摇晃，试图把老胡甩下来。

老胡体能消耗较大，不敢恋战，趁着大虫抬头的瞬间，飞身而下，大虫反应也极其迅速，见有东西从头上落下，就张开了大嘴巴，准备一口吞了。老胡腾在空中，趁大虫张开大嘴的瞬间，把一整瓶杀虫剂准确无误地扔了进去。大虫以为自己成功吞了猎物，闭上嘴巴开始惬意地咀嚼起来，不再理会其他。老胡落地后赶紧翻滚逃离现场，与老搞会合一处。

借着微弱的火光，两人惊恐地看着巨型千足虫用力地嚼着铁罐，不大一会儿，只听见铁罐泄漏发出嘶嘶声响，大虫终于把铁罐咬破了，铁罐里的压缩气体迅速流出来，迅速气化膨胀。大虫以为是猎物流出的汁液，便不断地往肚子里吮吸。吸到肚子里，大虫才觉得有点不对劲，但为时已晚。吸进去的液体在它肚里迅速膨胀，把肚皮鼓了起来。大虫知道自己上当，赶紧把咬得干瘪的铁罐子吐了出来。但压缩的杀虫剂大半都被它吸了，此刻大虫已经感到肚子剧痛，只见它弯着头去撞击身体膨胀的位置，觉得不过瘾，又张开嘴巴去撕咬自己的肚皮。自己咬自己，还是腹痛难忍。大虫开始不断激烈地翻滚扭动自己长长的躯体，把沙滩弄得尘土飞扬，飞沙走石。

老胡、老搞为了躲避飞沙走石，赶紧后退。过好大一会儿，大虫才停止了挣扎，仰面朝天，一动不动了。

老搞惊魂未定，但总算松了一口气，对老胡赞道：老胡啊，你可真是神勇啊，这么个巨无霸也被你搞死了。幸好你临危不乱，指挥若定，不然我会像无头苍蝇一样乱跑。大虫如果各个击破，我们的小命休矣。

老胡道：你也英勇不减当年啊，多亏你大力配合，才能击败敌人。

两人互相恭维了一阵子，这才想起好像少了一个人：大胖哪里去了？

老胡问：他不会被大虫生吞了吧。

老搞道：不会，大虫一开始就去追你了。这会儿大胖不知道在哪里玩呢。他真要被大虫吃了，大虫绝对消化不良，要被他撑死。

老胡道：不好。大胖会不会遭遇其他虫子的毒手？我们只顾了这一条，既然有一条，那就可能有更多条，我们赶紧去找。

老搞道：万一还有其他大虫，我们俩真没法再来一次人虫大战了。再说，刚才动静这么大，搞不好已经引起其他大虫的注意。

老胡坚持要去找：死要见尸，活要见人。

两人拿起火把寻找大胖下落。两人不敢大声喊，怕吸引其他大虫，于是就轻声地呼唤大胖。没走多远，却听到一个熟悉的声音，很有节奏地起伏，正是大胖睡觉时特有的鼾声。两人寻声而去，果然在沙地发现了大胖的脑袋。只有脑袋露出，就像被人砍掉了一样。走近一看，才发现是大胖把自己身体埋进沙里，只露出头来呼吸。

老搞道：好你个大肥仔，我们在前方拼命，九死一生，你却在后方睡大觉。

说完，大胖还是没醒。老胡就用手狠狠地拍在大胖又肥又白的大脸上，大胖很快醒来，睡眼惺忪的样子，问：你们干吗呢？我正吃鸡腿呢，才吃了一口就没了。

老搞批评道：胖儿，你这贪生怕死的家伙，我们俩刚才出生入死与大怪虫殊死搏斗，大战九十九回合，终于解决了大虫。你倒好，躲在这里睡大觉。害得我们白白为你担心这么久，还以为你被大虫吃了呢。

大胖不好意思地笑着说：我，我不给你们添累赘，就是最大的贡献了。

老搞道：你这么肥，大虫吃了你就饱了，我们才好脱身。

老胡道：没事就好，没事就好。大胖心理素质就是好，大风大浪也能安心睡觉。

大胖道：其实，也不是心理素质好，最开始闻了那虫的臭屁，有点中毒，昏昏欲睡。为了不给你们添麻烦，我就给自己挖了个坑，自己活埋自己，嘿嘿。

老搞狠狠地踢了一下大胖屁股，训斥道：没有我们在前线忘死杀敌，哪有你在后方安享太平。你看老胡，衣服破了，受了这么多伤，还在流血，你说怎么报答他的救命之恩？

大胖不好意思地说：要是能活着出去，我给老胡当牛做马，任劳任怨，万死不辞……

老胡道：好啦，好啦，咱们赶紧撤吧。万一还有别的大虫出现，那我们真来不起了。

三人回到事发地，大胖见到死掉的大虫，吓得浑身起了鸡皮疙瘩，忙问用什么方法杀死大虫的。老搞把刚才经历简单说了一下，便用命令的口吻让大胖负责给老胡擦洗伤口、消毒、包扎，算是将功折罪。

大胖道：我长这么大，从来没见过这么大的虫子，这是蜈蚣它祖宗吧，太吓人啦。要是普通人，肯定被它吓死一大片脑细胞，幸好事发时我闭上了眼睛。不然呢，后果不堪设想啊，世界上就少了一个天才啦。

老搞道：你这贪生怕死的胖子，还厚颜无耻是吧。为了惩罚你，组织决定给你一个任务，由你负责把大虫拖出去，卖给昆虫博物馆，换点经费……

正在这时，老胡做了一个嘘声的手势：嘘，不好，又有动静了，听声音可不止一只，而是很大一群。咱们赶紧往回撤，撤回城里。

话刚说完，大虫部队就已经出现在三人视线范围。三人吓得几乎灵魂出窍，胆战心惊，不知所措，唯有等死。但见来者并非巨型千足虫，而是一只只巨型白蚁！它们浩浩荡荡，卷起漫天尘土！而白蚁的灵活性、攻击性远比千足虫大了好几倍。

老胡道：这下完了。我们再怎么跑，也跑不过这些家伙。

大胖怯怯地问：现在挖个坑，把自己活埋了还来得及吗？我可不想被蚂蚁拖回洞里，成为它们的储备粮啊。

老搞道：事到如今，我们不求同年同月同日生，但求同年同月同日死吧。

大胖道：死不瞑目啊，这种死法，太恐怖了。关键是死得不值啊。

老搞道：放心吧，死就是换个活法。去了阎王殿，我们三个还一起战斗，造了阎王的反，划掉自己的名字，再一起重返人间。你们说，这样好不好？

大胖道：不好。不如取而代之，我自立为王，掌管人间生死，把那些坏人的名字统统钩掉，好人则可长命百岁。

老搞道：你脑子进水还是进油啦？这阎王殿全是坏人，你成天跟垃圾人打交道有意思吗？不如在人间当人安逸。

老胡道：嘘，小声点，都趴下，别出声，别暴露自己。把身体尽量藏进沙土里。

三人静静地趴下，等待末日到来。但奇怪的事情发生了，大白蚁队伍迟迟没有朝他们袭来，而是围着已经死去的千足虫不断地啃咬，拆分大虫的尸体，然后运回巢穴。大白蚁分解完大虫，满载而归，地上只留下少许大虫的残渣。

大胖不由得转忧为喜，道：糟啦，咱们的财富，没啦。

老胡道：留着青山在，不怕没矿挖。我们赶紧往城里撤吧。

老搞道：早知出不去，我们就应该老老实实地待在鬼城里。

老胡道：其实这就是我的担心，那国民党军官在日记里写了，他们无论如何也没法离开。此言非虚也。

大胖道：老胡啊，你说这里的虫子怎么这么大？难道长期不晒太阳就可以长得像恐龙时代那样高大吗？

老搞道：有这种可能。据说长时间待在太空的宇航员，因为失去重力的影响反而会长高。这次回去，要记得量一下自己的身高体重。

老胡道：可能要让两位失望了。可能不是虫子变大，而是我们变小了。就像我们看星星和月亮，直觉告诉我们月亮比星星大多了，实际上星星往往是比月亮大几万倍的恒星。说白了，这就是一种空间距离的错觉。不过也不用担心，只要是科学能解释的现象，就有破解的方法。

老胡遍体鳞伤，此刻危机解除，觉得浑身疼痛不已。他虽咬牙坚持，但仍不免发出呻吟。大胖便背起老胡，大步朝天师城方向走去。

第十八章：返回阴城

回天师城倒是感觉很快，没走多久就看到了残破的城门。也许正应了老胡的推测，往外走，人变小，小沙滩也就变成大沙漠；往回走，事物大小又正常了。

三人安全到达天师城下，城墙依旧，只是比刚来时更黑了，满是火灾的痕迹。但是原本空旷的城门却被一堵矮墙封住了，矮墙是临时拼凑的，不过是些残砖断瓦碎石堆积而成。

老胡道：不是人干的就是湖底妖怪干的。不过，就这么一个东西，能挡住我们吗？

大胖道：这也算墙，看胖爷一脚踹倒它。

大胖说完，放下背上的老胡就要上去对着矮墙释放一脚。

老胡赶忙阻止道：且慢。恐怕没那么简单。要是这后面有什么机关，墙一倒还不知会发生什么事。敌人不会那么傻。搞不好这城墙之上，还有埋伏。老搞，你们千万要注意上方。

老搞用紫光手电观察城墙头，没有发现可疑人员。

大胖有些着急，道：现在怎么办？不能踢，就这么等着？让敌人良心发现，自己开门？

老胡道：方法肯定有。把绳子扔上去，一个人爬上去，从内部突破即可。可惜就缺一个铁爪。

老搞道：这有何难？不用铁爪也能上去。看这些墙砖，砖大，缝隙也大，就靠这些缝隙帮助，我爬上去易如反掌。

老胡道：那就辛苦老搞走一趟。大胖负责警戒，要是中途上面出现情况，你朝上扔个石头，为老搞争取时间。

大胖道：扔东西，我喜欢。要是谁敢把脑袋露出来，我保证打头不打脸，打嘴不打眼。俗话说得好，百发百中，我一次抓一百颗石头，总有一个会打中。

老搞原地活动了一下筋骨，运运气，正要抠住砖缝往上爬，大胖却阻止了。

大胖道：我先扔几个石头上去，为你投石问路，看看上面有没有埋伏。

大胖朝不同方位扔了好几把石头，由于大胖蛮力大，大都扔在了墙头上。有的砸在地砖上，发出破碎的声响，有的则发出沉闷的声音，发出沉闷声音的地方随后又一阵吱吱声响，像是一大群老鼠惊慌而散。

大胖得意地说：幸好胖子我机智过人，墙上果然有埋伏。老搞你带着杀虫剂上去，要是有长相正常点的老鼠，你留几只，好补充蛋白质。

老胡伤势不轻，加之劳累过度，只好看着大胖和老搞行动，不时指挥几句。

兵贵神速，老搞趁着大胖赶走墙头的敌人，快速攀爬。只见他像壁虎一样爬上了墙头，越过墙垛翻身而入。下面的两人没有听到打斗声，猜想墙上埋伏的敌人已经被惊走了。

老搞过了一会儿才探出脑袋对着下面喊：上面果然有机关，谁要是踢了下面的墙，上面的大石头就会滚落下来，后果不堪设想呀。

大胖道：那你快想办法解除陷阱。

老搞道：解除不了，除非等机关发动，就没事了。你们离城门远一点，我去把机关触发了。

大胖闻言，抱起老胡撤离。老搞在上面触动了机关，哗哗的一大堆石头如雨点般落下，把城门口很大一块地方都覆盖了。堵城门的矮墙，也应声倒塌。

大胖扶着老胡进了城门，老搞也下来会合。三人沿着大街主道行进，主道左右皆是残垣断壁，在黑暗中，显得异常阴森。但三人没走到百米，便又出现一堵砖石堆积的矮墙挡道。

老胡道：看来敌人早有准备。我们在城外的遭遇，也许也是它们安排的。它们知道我们不得不返回，所以才设下了重重陷阱。依我之见，主路不可行。要是走小路，也恐有埋伏。我们现在需要比以往更加小心谨慎，步步为营。

大胖道：且看我来破坏敌人的阴谋。

说完，大胖捡起一块大石头朝石墙扔去，石墙果然应声倒塌，连带周围坍塌出现了一个环形的大坑。范围之大，就算附近的人，也会连带遭殃。

三人走近一看，坑不深，但都插着密密麻麻的尖刺，人一旦掉下去就万劫不复了。

老搞道：看来敌人不搞死我们誓不罢休。这么歹毒的招数都使出来了，颇有越南丛林战的感觉啊。但是现在我明敌暗，还不知道它们设下多少杀人陷阱。

大胖道：老胡现在身体也不好，不如我们先找个安全的地方休养一阵，你说呢，老胡。

老胡点点头。外伤加上过度劳累、饮食不佳，老胡的身体的确令人担忧。眼下他连说话的力气都没有了。

三人退守在一墙角处，大胖又收集了石头垒成防风墙，找了些没烧完的木柴、黑炭燃起了一堆火，这样墙角就成了一个临时庇护所。

老胡身体虚弱，被大胖放在地上就昏睡过去了。

老搞心疼道：要不是老胡拼命，哪还有我们现在？他被大虫伤得不轻，搞不好还有内伤。一路上我看他都在咬牙坚持。现在睡着了，也好，不会觉得痛了。

大胖自责道：都怪我，当初我要是站出来，主动献上丰满的肉身，大虫吃饱了，也许就满意地走了。

老搞道：你那点肉，不够它塞牙缝的。你保护好自己，就算是给我们减轻负担了。现在，我们连一口水也给不了他，看他嘴巴干成啥样了。

大胖道：要不我们两个给他凑点水。

老搞：哪来的水？什么水？

大胖：口、口水，只有这个了。

老搞道：试试吧，总比喝尿的好。

大胖试试了，屡次试图挤点口水出来，都宣告失败。

大胖道：没口水了，都干成口痰了。再说，我担心老胡醒后知道我们在喂他吃口痰，肯定也得恶心死。不如我们去撒尿吧，尿液再怎么也比唾液水分多啊。

老搞道：还能屙出尿吗？我怕你屙出一堆尿结石。

大胖坚定地说：就算是尿血，也要给老胡尿出一壶来。

老搞道：别啰唆了，你快去。

大胖有点怕黑，特别是一个人的时候。大胖恋恋不舍地走向火光照不到的阴暗处，但很快又回来了，拿了一柄工兵铲这才慢慢挪动脚步。

老搞必须守着老胡，又担心大胖，只好说道：小心点，别走远了。有事就大声叫唤。

可惜大胖这一去就没了音讯。老搞守着老胡，心里非常担忧，他朝大胖消失的方向喊了几次，也无人回应。回头看看老胡，一脸的惨白，睡得正沉。这下老搞彻底乱了阵脚，平时都是老胡运筹帷幄，独当一面，现在只剩他一个人支撑着局面了。

得做最坏的打算了，老搞心想。他开始加固临时营地，在周围搬取了更多的残砖断瓦，垒砌了一圈更严密的挡风墙。又收集了不少尚未完全燃烧的木梁之类的燃料，然后开始漫长的守候与等待。

正当老搞睡意朦胧之际，突然临时围墙轰的一声被撞开了一个大口子。老搞一下子惊醒了，慌忙去摸身边的砍刀，刀还没摸到，却见缺口处闪现一个高大人影，人影很是熟悉，原来是大胖回来了。

只见大胖一脸得意的神色，手里抱着他的外套，里面仿佛裹着什么东西在不停地挣扎。

大胖道：老搞啊老搞，我这回可是立下大功了！您猜都猜不到我抓住什么了，两只白鸽！老胡吃了鸽子肉，身体肯定好得快！

大胖说完，得意地哼起小曲，坐在火堆旁，压着自己的冲锋衣，里面的东西还在折腾。

老搞之前对局势很是担忧，现在又遭大胖这一惊吓，着实有点六神无主。他一时搞不清楚大胖葫芦里卖的什么药。

老搞愣了愣，稍作镇定：你死到哪里去？这么久了，害得我担心你。老胡现在昏睡不醒，你要是有个三长两短，叫我怎么办？你怀里抱的什么？这鬼地方，哪来的鸽子？

大胖道：我也没说它一定是鸽子，只是长得像，这白鸟劲儿大，小心抓伤你的手。我们俩得配合一下，捉它们出来。

大胖小心翼翼地展开衣服，慢慢地露出一个鸟头，他迅速地掐住鸟脖子。

老搞这才看清楚，这鸟果然是白色羽毛，但是两眼血红，嘴巴也异常尖锐，一不小心，就可能被其所伤。老搞赶紧拿起匕首，想结果了它。

老搞道：这哪里是什么鸽子，更像是得了白化病的乌鸦。

大胖道：管他什么鸭子，只要身上有二两肉，就讨人喜欢。等下拔了它的衣服，活烤了它。刚才还想袭击我呢。

那鸟却并不服输，脚蹬嘴啄，奋力抵抗，大胖一生气，出重手死死卡住鸟脖子，那鸟力气再大也敌不过大胖的手劲大，于是逐渐陷入窒息昏迷的状态，身体不再大力反抗，而是微微颤抖。

就在这只鸟快断气的时候，奇怪的事情发生了，只听那鸟突然啊地惨叫一声，从口里吐出一颗红丸来，然后鸟脖子一软，彻底断了气。

大胖惊讶道：怎么还吐出一颗红色的小药丸呢？

大胖拿起来看了看，红色丸子有豌豆那么大，像是一颗朱砂，硬而不软，微腥而不臭。

老搞道：莫非这是什么内丹？传说会修炼的动物都有内丹。这就像牛黄，本是病牛的结石，却是包治百病的珍稀药材。不过我们也不能轻易使用，万一是什么毒药呢。

大胖收好红丸，道：再看看另外一只有没有。不管是什么，我觉得这肯定值大钱。

大胖如法炮制，第二只鸟断气前果然也吐出一颗豌豆大小的红丹。

大胖道：老搞，这就有意思了。难道这就是传说中乌鸦精修炼的内丹？闻一闻，还神清气爽呢。不如我先以身试毒，舔一舔。

老搞想阻止，但大胖动作太快，没来得及阻止，大胖就伸长舌头舔了一下红丹。

老搞批评道：胖儿，你也太胆儿肥了，还没弄清楚是什么你就敢用舌头舔？万一它带禽流感病毒怎么办？

大胖自顾自地说道：真是奇妙啊，就像是舔了薄荷糖一样，有种清爽的感觉沿着我的舌头传遍了整个消化系统。我得再细细品尝一下。

大胖说完，把整颗红丹放进大嘴巴子里，翻动舌头抿起来。

老搞身心疲惫，管不了那么多，只能任由大胖胡闹了。

过了一会儿，只听大胖高兴地说：妙！妙！妙！妙不可言啊！老搞啊老搞，我现在整个人都觉得兴奋不已。就像抽了一整包的好烟，喝了一整箱的兴奋剂，飘飘然似神仙！

大胖说完站起身，手舞足蹈，又蹦又跳，还捡起石头朝外乱扔。闹腾了半天才平息下来。

老搞无不叹息，担心大胖这是中毒反应，回光返照。

大胖道：老搞，你看不如给老胡喂一颗吧，这小药丸功效实在太强了。

老搞虽然不放心，但看大胖疯了一阵又能恢复正常，也就不再反对。便道：胖儿，你哪里捉的鸟？去了这大半天，你得老实向组织交代。咱们弄清楚食物来龙去脉，才敢下嘴啊。

大胖一边拔着鸟毛，一边慢条斯理地讲给老搞。

原来大胖走到阴暗处，正要努力屙尿，可是身体极度缺乏水分，尿意好半天也没酝酿出来。就在这时，他听到空中有东西在他头顶盘旋，那东西几次想俯冲接近大胖，可都被大胖用工兵铲像扇蚊子一样扇开了。借助远处微弱的火光，他看见那东西是两只白色的鸟儿，因为白色在黑暗环境中更显眼。于是他想出一计，打算捉了这两只白鸟吃烤肉。可就在这时，老搞催命似的喊他的名字，白鸟听了似有防范，迟迟不肯再下来攻击。大胖只好往远处转移。他的计策很简单，就是脱下冲锋衣外套从前面反着穿，冲锋衣自带的帽子正好遮挡他的面部。因为大胖听说大自然的有些鸟攻击人类会首先啄瞎人眼，让人看不见，然后才下手啄破人的肚皮，吃人肚肠。

大胖这一招果然奏效，他静静地站着等待飞鸟下来攻击，白鸟在黑暗环境中感官异常敏锐，发现大胖孤身一人，便大着胆子俯冲而下，啄向大胖眼睛部位，可惜大胖早有防备，在眼睛处放了手机挡住，两只白鸟一啄不成，又不见大胖反击，便索性抓住大胖的外套不停地猛啄，见时机成熟，大胖趁机把外套往上一翻，一下子就活捉了两只鸟。为了防止螳螂捕蝉，黄雀在后，他静静地侦听了周围，见再无其他动静，这才急切地返回营地。但是营地不知怎么已经被封了一圈砖块，他不知是老搞所为，以为有什么情况，便一脚踢开围墙，结果把老搞吓了一跳。

老搞听完道：你这是有心栽花花不成，无心插柳柳成荫。害得我为你提心吊胆，死了好多脑细胞。要能活着出去，你家的老母鸡可要拿来补偿我哈。

大胖道：别说老母鸡，老母猪我也弄给你吃。

老搞道：去你的，谁吃你的母猪肉。

大胖串起一只拔光毛的鸟，架在火边烧烤。

大胖道：老胡怎么办？他现在的情况不容乐观啊，我们总不可能一直背着他逃命吧。我看这颗红色小药丸不如喂他吃了，死马当活马医嘛。

老搞道：等你把鸟烤熟了，吃下肚子也没再发疯，再说吧。万一是怪物的阴谋，你俩都倒下了，我一个人孤军奋战，那多绝望。

鸟肉渐渐被烤得焦黄，还吱吱地冒着油，肉香扑鼻。老搞禁不住诱惑，自取了一块大口啃起来，吃得连骨头渣渣也不吐，都嚼碎和着鸟肉咽了下去。

两人吃了鸟肉，这才商量要不要给老胡吃小红丹，但老搞还是很犹豫。

大胖道：老搞啊，老胡不在，你怎么也变得跟他一样婆婆妈妈，畏首畏尾的？就算他吃了变成什么怪兽，也比眼睁睁看着他去见阎王强啊。

说完，也不等老搞同意，径直把剩下的一颗红丹塞进老胡嘴巴里。

老搞吃了半只鸟，口渴更为严重起来，浑身上下都不舒服，因为身体消化蛋白质需要更多水分参与，因此越吃越渴。老搞正难受着，自顾不暇，也就懒得去思考大胖的对与错了。待在一旁，努力地吞着口水，缓解脱水症状。

幸运的是，服用了红丸的老胡很快就苏醒了，他伸了一个懒腰，感叹道：这一觉睡得真香，伤口也不痛了，口也不觉得渴了，感觉又年轻了十岁。

老胡的康复，大大增加了团队的士气。大胖赶紧把自己的丰功伟绩告诉老胡，特别强调，这不是他睡觉睡好的，而是吃了他喂的内丹才好的。

老胡将信将疑，看着老搞寻找答案。老搞只是淡淡点点头，似乎喜忧参半，他还在担心红色丹丸的副作用。

老胡得到基本肯定的答案，倍感宽心，闻到肉味，便拿起来吃。

老搞担心肉有什么问题，又不好明说，只是提醒道：少吃点，现在没水。

老胡啃了半只鸟，道：我们必须先发制人，因为敌人丢了两只侦察鸟，我们要赶在敌人觉察之前发起攻击。依现在的情况看，敌人是想在去湖边的路上消耗我们，断了我们的水源。我们不会那么傻，依我看，现在城墙上才是它们最薄弱的环节。下面走不了，我们就上墙。兵贵神速，事不宜迟，现在就行动。

老搞却很质疑可行性：老胡啊，现在是敌强我弱，我们什么武器都没有。杀虫剂就剩下半瓶了，紫光手电也快没电了。我们拿什么去攻击人家？人家不主动攻击我们就算烧高香了。你这不会是说胡话吧？

老胡却很严肃：时不我待，现在大家听我统一指挥行动，不必多问，时间到了我自然解释。大家马上把登山包腾空，全部装满废墟里的石头，记住，不要残砖断瓦，只要废墟里面的石头。

大胖道：英雄所见略同。这种雕虫小技，不就是回到石器时代，用石头砸敌人吗？远距离攻击要比近身肉搏的好。我举双手支持啊。

老胡催促大胖：快行动，敌人要是倾巢出动，我们就没有多少胜算了。

三个登山包很快被倒空，三人一通忙碌，三个登山包很快就装满了，一个登山包少说也有五六十斤重。

老胡看了，仍不满意：还不够，我们要争取尽可能多带这种石头。大家脱裤子、脱外套，多包石头，袖口、裤腿打上结挂在身上。快，没时间啦！

老胡说完，率先脱下裤子和外套，大胖和老搞面面相觑，但也只得照办。

很快，三人的裤子和外套也装满了石块。

老胡道：我们把火堆分为三份，敌人如果有热成像功能，这样多少可以迷惑敌人，拖延时间。

三人做了简单分工，老胡持刀开路，大胖居中，拿工兵铲和杀虫剂，老搞走在最后。由于老搞体能欠佳，大胖主动背了两个登山包，后背一个，胸前挂一个。走起路来，却也轻盈，老搞不由得称奇，后悔自己胆小，没吃那颗红色丹丸。

第十九章：剑走偏锋

三人即刻登上了城墙。城墙上端看起来就像小号的长城，墙头两侧是凹凸起伏的墙垛，中间则是一条不宽不窄正好可以并行三四人的通道。三人重装前行，一路眼观六路，耳听八方，手里拿着家伙，随时准备投入遭遇战。

刚开始城墙上一片静悄悄，平静之中却暗藏杀机。没走百米，随着火把光圈的推进，三只狼一样的怪物挡在三人行进的路上。那怪物像狼狗一般大小，毛发灰黑，却长着兔子一样的脑袋，两只大耳朵竖起来，眼睛火红如灯笼，三角形的嘴巴露出两颗长长的尖牙。原来是大如狼狗的兔子怪。

老胡道：大家别慌，才区区三只，我一个人就够了。

大胖道：老胡，你不能吃独食啊。一人吃一只，够饱。

老搞道：吃吃吃，你就知道吃。这么大的兔子你不怕吗？不要轻敌啊。

老胡把火把递给大胖，示意大胖举高点，以便照亮更大范围。老搞左手是紫光手电，右手紧握大刀，准备随时出击。兔怪却并不畏惧紫外线，只略微侧侧头，以避开紫光的刺激。就在这时，老胡以迅雷不及掩耳之势跨出几步，右手挥动大刀砍向中间的那只巨兔，兔子反应也极快，感觉有什么东西飞来，伸出前腿一挡，两只前腿顿时被砍断掉在地上，兔子吃痛，失去前腿后上半身由于惯性向前倾斜，老胡瞅准时机再猛朝兔头补刀，兔头顿时落地，鲜血直喷，兔子怪剩余的躯体滚到一边抽搐起来，很快就不再动弹了。

老胡得手，却不再恋战，赶紧退回，重新构建三人防卫小组。剩下的两只巨兔见同伴惨死，却不退缩，恨得咬牙切齿，不住地发出低沉的咆哮声，却不急着进攻。随后四周忽然有了动静，更多的东西聚集过来。老胡借着火光一看，完了，又来了不少巨兔，前后左右，连城墙垛上也站着巨兔。大概数数，不下八只。兔子怪成功包围三人，却并未发起攻击，而是在等待什么。果然，只听一阵唧唧吱吱的声音由远而近，一群大如小猫的黑毛老鼠像黑水一般涌来。

大敌当前，老胡依旧镇定自如。他先让大家放下包袱，尽量围成一圈。

老胡道：敌人真狡猾，想放老鼠攻击我们下盘，待我们阵脚大乱再群起攻击我们上盘。我自有办法应对。大胖，等老鼠进入我们下面范围，就喷杀虫剂，兔怪靠近就喷上方。再不时给它们补点紫外线。我们三人趁乱大刀伺候。

果然，群鼠首先发起冲锋，它们翻越地上的包裹，企图钻进三人之间，攻击人的腿脚。大胖不失时机，对着鼠群喷射杀虫剂，被喷中的老鼠身上瞬间冒起青烟，然后自燃起来。燃火的老鼠慌忙撤退，撤退过程中又引燃其他老鼠的皮毛，一时间火球乱窜。虽然部分老鼠败逃，奈何数量太多，又有新的老鼠冲来。三人用脚踩，用铲子拍打，不多时，脚下老鼠尸横遍野。在旁边观看的巨兔也没闲着，它们做着跳跃的假动作，分散三人的注意力，试了几次，然后一拥而上。此时，三人已经是顾首不顾尾，脚下又踩又踢，上方还要防范兔子挑衅。大胖则发挥身高优势，手握杀虫剂，旋转身体，把药物喷洒一圈。巨兔中了杀虫剂，头和爪皆冒烟，痛苦不已，不得不后退。被喷中较多的兔子，则倒地翻滚以便扑灭欲燃的青烟。

见此机会，老胡便要乘胜追击。他道：你们守住阵地，我冲出去杀个痛快。

老胡冲出去数米远，借着紫光手电的弱光，准备对在地上翻滚的兔怪来个一刀两断。但还没来得及下手，只觉背后有一阵剧痛，老胡大惊，回头一看，不知从什么地方跳出两只兔子，从背后攻击。它们身上没有冒烟，显然早就埋伏在附近。老胡心里大叫不好，中了敌人的诡计。那在地上翻滚的巨兔，此时也像没事似的直立起来，巨兔直立时也有人那么高，它们挥动着利爪龇牙咧嘴地准备围攻老胡。

老搞、大胖也看见老胡中了埋伏，想要救援，却自顾不暇，因为老鼠数量实在太多，一不留神就会爬上人身，又撕又咬，凶险无比。

老搞、大胖以为老胡要完了。却见老胡一个跳跃，飞出包围圈，反身挥刀，上砍兔头，下砍兔腿，如行云流水一般挥洒自如。其间，有一兔欲逃，老胡又来两三个空翻，飞腿将其踢倒，旋即用刀从兔背后直刺心脏，了结了兔怪性命。片刻工夫，围攻老胡的兔子就已经支离破碎，血染一地。

见老搞、大胖仍旧在跟硕鼠纠缠，老胡立马回去支援。但见老胡身手异常灵活，像踢足球似的把硕鼠一阵猛踢猛踹，硕鼠纷纷被踢飞，撞在墙上爆浆而亡。

忙碌了一阵，百余只老鼠全部被歼灭。三人的腿上、身上也多了些抓伤、咬伤，全是血迹。

看着一地的兔子肉、老鼠肉，大胖怜悯地摇摇头：可惜了这么多好肉，哪有兔子长得像狗一样大的，谁敢吃啊。妖怪们，就不能派几个长相正常点的来吗？这样胖爷吃得也放心啊。

老胡则不住地催促道：快，捡起背包，继续冲锋，到了日月潭上方，我们就成功了一半。

大胖打架不行，但是负重却是能手。很快三人重新出发。

老搞对刚才老胡的表现十分诧异，便问：老胡，我们都以为你完了，你哪来的一身轻功。体操冠军也不一定能像你这样灵活啊！

老胡道：我也很奇怪，也许是情急之下，激发了自己的潜能。当时我感知被包围了，却并不着急，各种应对措施很快浮现在头脑中，身体不知不觉就做出了这些动作。

大胖道：会不会是我给你吃的药丸起了作用啊，我也吃了一颗，吃了后，腿不疼，腰不酸，负重上楼，特有劲呢。

老搞道：你们不要高兴得太早，这可能是一种兴奋剂。现在的美军战前都会配发兴奋剂。只是不知道有什么副作用。

大胖道：有点副作用怕什么？水喝多了还中毒呢。

三人小跑着，突然前面的城墙出现了一个大大的缺口，路顿时断了。三人只得停下脚步思考对策。

老胡道：这是敌人的阴谋诡计，它们故意要阻止我们过去。说明我的计划有效，它们才如此千方百计地阻挠。

大胖道：这么个小缺口，也想阻止我们胜利的步伐？看我放下背包，一下就跳过去了。

老胡道：目测也有三米多，大胖你行吗？

大胖非常自信：我现在正兴奋着呢。看我给你跳一个。

说罢，大胖把背包取下，随手一扔，背包就被准确地扔了过去。待几个包都扔了过去，大胖这才原地起跳，飞跃城墙缺口，稳稳当当地落在了对面。

老胡瘦小，小跑着冲了几米，也一跃而过。

老搞很无奈：两位轻功了得，你们先走吧，我断后，这么远的距离，以我现在的精神状态，肯定过不来。

大胖道：老搞，我们要共同进退，不要轻言放弃。

说完大胖坐在断口处，伸出他的大长腿，示意老搞跳过来抱住他的大腿。老胡则在大胖后面抱住大胖的蛮腰。老搞做了几次深呼吸，凭借冲刺的力量向大胖跳去，精准地抓住了大胖的脚，二人合力把老搞拖了上来。

三人背起背包，继续前进。步行百余米，城墙上忽然浓雾涌起，奶白色的雾团遮住了道路。白雾正是从城墙之下涌上来的，白雾之中冷风拂面，又似有电闪雷鸣，让人望而却步。

大胖感叹道：这种白色恐怖的美，让人流连忘返啊。

老胡道：空穴又来风，太不正常了。我看事情不那么简单，小心它们突然袭击。

白雾随着冷风已经包围了三人。虽然有火把的一团光亮，但在浓雾中却是杯水车薪，依旧伸手不见五指。

此刻，雾中下起了淅淅沥沥的小雨，电闪雷鸣也越发强烈。

老胡在雾中轻声说道：大事不好。这肯定是湖中妖怪在兴风作浪。兄弟们，我们首要任务就是要找到城下的日月潭，但现在敌人用了障眼法，就算到达日月潭之上也无法发现。

老搞道：那怎么办？敌人要是从雾里攻击，我们毫无还手之力啊。

老胡道：现在还有一个更大的问题就是这个雨，要是这样下去，我的计划也泡汤了。为今之计，就是要尽快找到日月潭的位置。

大胖道：这有何难？我们来个投石问路啊。下面要是有水，必然有水声。

三人便拿出石头朝不同方向扔去，果然根据水声大概明确了日月潭的方位，随即三人在雾中摸黑走了百米就到了日月潭上方。

老胡道：成败在此一举！要赶紧、尽快、马上把石头都扔进水里！

大胖道：我就喜欢往水里扔石头，听那叮咚水响，特有音乐节奏感。

一时间，叮咚的水声不断响起。但很快浓雾里有了异样的动静，雨点像豆子一样密密麻麻地下起来，风也吹得呜呜作响。

老胡担心雾里突然冲出什么怪兽，那就糟糕了。于是大声吼道：来不及了，兄弟们，不能一块一块地扔，现在情况紧急，要尽快把石头全部倒水里！

大胖道：那还不简单啊？你看我的。

大胖举起登山包，用蛮力将它们一次性地扔进水里，下方便发出巨大的响声。一包一包地扔，石头果然瞬间都投入了日月潭。接着，四周逐渐恢复了安静，浓雾也开始散去，风声也消失了。

老胡这才开始揭开谜底：你们知道为什么要往水里扔石头吗？

老搞表示不太确定。大胖则道：砸死水里的东西呗。石头砸鱼，我小时候可是经常玩。

老胡道：不对。我进城时就注意到一个现象，城里的建筑多是就地取材，使用了大量溶洞里的钟乳石。钟乳石的成分是什么？是高纯度的碳酸钙，也就是优质的石灰石。碳酸钙被大火焚烧之后，留下的是什么？是氧化钙，就是我们俗称的生石灰。我们刚才把四五百斤的生石灰扔进湖里，我就想要一个效果，让敌人意想不到的效果。

老搞、大胖这才恍然大悟：你是想用石灰石烧死它们！

老胡道：正解。就是利用石灰石的碱性烧死水里的生物。石灰石在与水反应的过程中，还能释放出巨大的热量。两者结合，共立杀敌奇功啊。现在，只需静观其变。

老搞道：高明，实在太高明了！不愧是防化老兵，处处留心皆是化学武器啊。

大胖道：这下又有新鲜肉吃了。日月潭即将变成日月汤了。

三人坐在城墙上，静静地听着生石灰与湖水反应发出的咕咕声，感觉声音是那么悦耳，像是在高奏凯歌。

浓雾已然散去，城墙下的日月潭却并没有停止动静。但见水里的大鱼小鱼发疯似的跃出水面，仿佛鱼跃龙门。鱼儿落水又拍得水面哗哗作响，好不热闹。鱼儿此举至死方休，不久水面就浮着一层密密麻麻的死鱼。

看着大量鱼儿翻着肚皮浮在水面上，大胖直摇头：可惜了，可惜了。老胡啊，鱼儿是无辜的，古人云"城门失火，殃及池鱼"。这下鱼儿绝种了。

老搞道：什么殃及池鱼，那不一样。前者是因用水灭火，鱼儿失去水分干死了。现在这些鱼，要么是被毒死的，要么就是被烫死的。

老胡道：少安毋躁，以我的推断，这仅仅是开胃菜，大鱼还在后面呢。

一波未平一波又起，无数黑灰色的水耗子纷纷钻出水面，不住地在水中翻滚，似乎极其难受。随着池水温度升高，水耗子身上的黑毛竟被烫坏，纷纷脱落。黑耗子逐渐变成一只只光溜溜的白耗子，且四脚撑开，僵死在水面上。

水面浮尸波动起伏，水下则暗流涌动，仿佛有什么巨兽在游走。很快，它们冲出水面，乃是上百条白蛇，长短不一，大小各异，有的大如巨蟒，有的细如绳子。群蛇乱舞，水面乱成一团，直看得人头皮发麻。紧接着，白蛇似乎被火焰燎过一样，身体逐渐变黑，白蛇变黑蛇，最终大蛇小蛇都浮出水面，不再动弹。

这以后，陆续还有其他水生物浮出水面，有甲鱼一样大小的东西，也有会爬行的甲壳类虫子，它们爬上其他动物的尸体，也渐渐死在一起。一股浓烈而奇特的腥臭弥漫在空气中。

大胖看得心里发虚：阿弥陀佛，罪过罪过，真是生灵涂炭啊。老胡，我们是不是做得太过分了啊？这么多美味，一次也吃不了几个啊，真是太浪费了。浪费就是犯罪。不过，虽然没有冰箱，但庆幸有老搞。老搞，待会儿你用熏肉大法多做点熏肉，也能长期保存啊。

老搞道：待会儿下去，是该挑好肉做肉干。只是这泡了石灰水的肉，口感估计差点意思啊。

老胡道：确实有点过头了。没想到水生物这么多，一不小心就把它们一锅煮了。不过也实属无奈之举。兵书云：慈不掌兵，义不掌财。仁慈乃是兵家大忌。记得古代有两个国家打仗，相对强大的一方，国王仁慈，深受人民群众的爱戴。一次，与敌人隔河对峙，当敌人过河时，军师提议趁敌人过河混乱之际用弓箭射杀，仁慈的国王不同意，说乘人之危胜之不武，等他们都过来了，布好阵再公平决斗，免得天下人耻笑我。结果士兵等得口干舌燥，失去最佳状态，再与过河之敌交战，自然一败涂地。国家也因此灭亡了。后人总结，这叫蠢猪式仁慈。雷锋同志也说过，对待敌人就要像秋风扫落叶一般，绝不心慈手软。

大胖道：我只是心疼这湖水，再也喝不得了。吃再多的肉也不能解渴啊。

老搞道：从另外的角度思考，我们应该是干了一件天大的好事。遥想当年，张道陵天师收服众妖，却不忍杀生，只好把妖精幽禁在天师城内。谁料妖怪造反，天师城变成鬼城。我们这算是替天行道，为张天师分忧解难了。天师在天之灵如泉下有知，也会含笑九泉的。

大胖道：什么九泉？你这不是语文没学好，自相矛盾嘛。九泉是下地狱，人家张天师肯定早就位列仙班了。不要再说跟水有关的东西了，你一说泉，我就倍感口渴。

老搞道：大胖，你只知其一不知其二，天师都成神仙了，那想去哪儿都易如反掌啊。下地狱去阎王殿串个门，都是小儿科。

老胡道：水源的问题好办。水边五米外挖口井，让土壤过滤一下就可以喝了。

正在这时，大胖突然大叫道：漂亮，好多萤火虫！

老胡、老搞应声看去，空中果然飞舞着无数萤火虫。虫子都是从水面上漂浮的尸体上飞出来的，说是萤火虫也不对，应是泛着橘红色的小光点，小光点越来越密集，逐渐聚在一起，汇聚成庞大的光源照亮了周边很大的区域。

老胡道：这些难道是死尸身上的寄生虫？寄主死了，它们自然要离开。

老搞道：离开寄主的寄生虫，估计也活不了多久。

大胖道：万一它们是出来找新的寄主？比如我们三个？

老搞道：闭上你的乌鸦嘴儿。

大胖的话果然应验了。群虫集结后便飞向高处寻找目标。很快，三人发现发光的群虫正在快速朝他们飞来。

老胡大叫：不好！快用衣服包裹好自己。

三人忙穿好之前脱下用来包石头的裤子和外套，然后趴在地上静待事情发展。

虫群发着光，像有智慧一样，很快把三人包围起来。群虫首先攻击三人裸露的部位，如手、脚腕，再钻入头发攻击头皮，继而钻入一切可以钻入的缝隙。一股股、一阵阵灼热的刺痛传入三人的大脑，刺痛处越来越多，仿佛被一大群马蜂蜇了一样。三人难以忍受，惨叫着站起来扑打群虫，然而群虫趁机大量钻入衣服内，发起更多的攻击。很快，空中的虫子没有了，三人被橘红色的光芒包裹着，痛得在地上打滚，惨叫声一声胜一声。

大胖惨叫道：要死啊，痛死老子啦，老胡救我啊。

老胡也是自顾不暇，哪有精力去管他人。只是说道：这很像是大蚂蚁咬人的感觉，它们把蚁酸注入皮肤，就是这种灼烧的刺痛感。

老搞道：我们跳下去，泡碱水，可不可以？

没等老胡回答，大胖好像发现了新大陆，奋不顾身地从城墙上纵身一跳，临走喊了一声：二十年后，老子还是一条好汉！

听到大胖跳下去砸出咚的一声巨响，老胡、老搞也实在忍受不了浑身的刺痛，跟着跳下城墙去。

身体一浸入碱性的湖水，顿觉刺痛消失，身体轻松了许多。身上的虫子也不再发光，大多数都被碱水毒死了。老胡、老搞冒出水面互报平安，唯独没有大胖的声音。

老胡道：糟了！大胖不会游泳。我们下去捞他。

两人潜下水，摸到大胖的脑袋，两人一左一右，夹着大胖浮出水面。但水面异常黑暗，加上两人刚才下潜几次，已经分不清方向了。好在城墙头还插着一个火把，这才辨明了方向，两人拖着昏迷的大胖朝寺庙方向游去。

上了岸，大胖已经没了鼻息，心跳也停止了。两人赶紧给大胖做心肺复苏，老搞挤压胸部，老胡自告奋勇道：我来给大胖做人工呼吸，大胖还是个处男呢，他醒来可不要告诉他这些。

大胖迷迷糊糊中听到有人要吻他，吓得赶紧坐了起来，吐出一口浑水，这才活了过来。

三人总算都得救了。身上被虫咬的肿块也消散了，只是衣服内外还有不少死虫子，便脱光衣服到湖边清洗。此时，湖水散发着恶心的腥臭，三人只得草草了事，退到破庙前的空地上，把湿衣服摊在沙滩上晾晒。

大胖感叹道：什么大难不死必有后福，分明是大难不死还会让你接着继续去死。再也不要迷信那些迷魂汤一样的名言警句了。

老搞道：对呀。真理只对少数人有用。名言警句虽然不错，但是知道的人多了，也就失去了价值。

大胖道：可惜了这么多海鲜啊，本想弄点来吃，可又怕肉里有寄生虫卵。哎，可惜了。我们的装备都在城门那边，现在也不能回去了。还说挖口水井。这黑灯瞎火的怎么挖？老胡哥，还有打火工具吗？看不见你们，谁知道我是跟活人说话还是僵尸说话呢。

老搞也道：是得赶紧想个办法恢复光明，不然敌人来了，那就太吃亏了。这城里说不清还有多少吃人肉的老鼠。

老胡道：少安毋躁，先冷静，再思考。人在心慌意乱时看问题往往是消极的，也难以想出好主意。"著名诗人"一休哥说得好：不要着急，不要着急！休息，休息一会儿。我包里还有几根民国的火柴，现在这么湿，也只有等我用体温烤干了再用。我想寺庙里最不缺的就是供佛的油灯。光明会有的。

大胖道：拿些火柴放在我肚皮上，干得快些。古今中外用肚皮晒火柴的金点子也只有胖爷我能想到了。

老搞不悦：吹吧你。用屁股烤，更能哗众取宠，载入科学大典搞笑分册。

大胖：去你的。那也比无名鼠辈强。

说完，大胖用自己的大手啪啪地拍了拍自己的大肚皮。

还没等火柴烤干，城墙外就传来令人不安的响动。

大胖道：老胡，这是什么噪声？你的耳朵能听到什么情况？我总感觉有一种不祥之兆啊。

老胡道：四面八方都有。不像是洪水泛滥，也不像是救援人员，怎么可能来这么多人围城。依我看，像是千军万马围城来了。具体是什么，听不出来，也没听过。

大胖道：会不会是死怪兽的救兵来了。

老搞道：这种声音不怎么悦耳啊。

大胖道：会不会是阴兵过界啊？我们又是烧城又是屠城的，搞不好惹怒了神明呢。

老胡道：先不用怕。我们前面有潭水阻隔，水中有碱，真要有什么进来，一时也奈何不了我们。我们还有时间备战。

大胖道：老胡啊，还备什么战？挖个坑，把自己埋了吧，等风头过去，我们再钻出来。

城墙外的嘈杂声越来越明显，闲聊之际，老胡突然发现了情况：你们看，那是什么东西？来了一对一对的灯笼？

隔水而望，正有大量的一对对灯笼沿着大街、废墟朝潭水边靠近。废墟中无数的老鼠被惊动，吱吱吱声不绝于耳，惊慌地四处逃跑。

大胖道：真是雪中送炭啊，正愁没有灯光呢，就有人送灯笼来了。

越来越多的灯笼挤过城门，浩浩荡荡的，白花花的，像是雪崩后的雪浪，又像白色的海浪冲击。借着灯笼自身的光芒，三人逐渐看清了来者，原来是一团团簇拥而来的大白蚁！它们头上的两根触角尾端发着荧光，远看就像一对对灯笼。这些大白蚁虽然比他们在城外遇到的小得多，但和周围参照物比对，这些家伙竟也大如猫犬，足够吓人了。白蚁打着灯笼，成群结队，密密麻麻地毯式地清洗着城市废墟里的一切。白蚁行动敏捷，很快就推进到了日月潭。城里剩下的老鼠都被排山倒海般气势的群蚁围困在岸边，试图背水一战。然而敌人过于强大，硕鼠只顾挤成一团，像是待宰的小鸡，一个个吓得瑟瑟发抖。

见此情景，老胡不由得发出感叹道：古人总是说蚍蜉撼大树，蚂蚁吃大象，诚不欺人也。后世之人总以为这是讥讽之词，却不知这不过是古人对自然现象的真实描述。即便是小蚂蚁，蛀空大树，则大树必然轰然倒塌；大象即便曾经辉煌一时，死后还是要遭小蚂蚁啃食。另外，根据《山海经》这样的古籍记载，在远古时代，的确可能有这种巨蚁存在。

老搞道：把这一幕拍下来，以后出去跟户外界的老驴们吹牛，必然吹得他们神魂颠倒，顶礼膜拜啊。

大胖道：最好把手机架在一旁，等会儿把蚂蚁吃我们的镜头录下来，老胡你把刚才的那几句话对着镜头再来一次，说不定就能评选出人类有史以来最伟大的遗言呢。

老胡道：什么尾大？我现在是头大。它们真要涉水过来，怎么办？

老搞道：不如用火攻，反正大半个城市都烧了，也不在乎再加个寺庙。用寺庙的木柴，制造一堵火墙，逼退敌人，我们就有喘息之机。

大胖道：老搞啊，你是躺着说话不腰疼啊。寺庙木头是很多，但那么重的木梁、大柱子，你以为像举筷子那样简单啊。我可不想没被咬死先被木头砸死。

老胡道：死死死，你嘴巴就不能吃点香喷喷的东西。我们，一时还死不了。但愿水面上的鲜肉能让它们满足。我们可以置身事外，隔岸观火。

对岸，巨蚁们并不急着发起进攻。一只形态更大的巨蚁像是在给其他巨蚁做示范，它先用前爪刺中一只大老鼠，那老鼠虽然硕大，拼命挣扎，也无济于事。老鼠虽然属于比较高等的脊椎动物，但遇到这样体积的低等昆虫，也只能当个配角。大白蚁轻松地压制住硕鼠四肢，使其无法动弹，硕鼠龇牙咧嘴绝望地晃动脑袋，大白蚁看准时机，低头用嘴巴夹住硕鼠脑袋，迅速一拔，硕鼠即刻身首异处，一股鲜血从脖颈断裂处喷出，那巨蚁熟练地用自己的大嘴接住了喷出的热血，顿时把自己雪白的脑袋染成了鲜红色。剩下的鼠肉，巨蚁用前爪一扔，扔到宽大的背上，那蚁背上长满了长长的毛刺，稳稳地把鼠肉固定了。

虽说老鼠可恶，但是被一只虫子这样玩弄，想想自己可能的遭遇，三人不寒而栗。

大白蚁表演完毕，其余巨蚁也纷纷效仿，很快出现越来越多的红头白蚁。老鼠害怕极了，一部分企图跳入潭水逃生，但很快被巨蚁严密地包围起来。数百只硕鼠就在巨蚁们的血祭仪式中惨遭歼灭。那些身上沾满鼠肉的白蚁开始撤退，估计是向巢穴运输。大白蚁们解决完老鼠，蚁群开始注视湖面上的大量的生物死尸，这才是它们的重点所在。蚁群交头接耳，似乎商量了一阵子，这才组织队伍分三路开进水面，爬上浮尸，它们分工合作，有的负责切割，有的负责搬运，一批又一批，分工明确，纪律严明。但那切割声、肢体的撕裂声，听得人毛骨悚然。

老胡道：难怪啊，原来是这水上的腥臭吸引了大白蚁，但愿它们吃饱了，就不找我们麻烦了。

老搞道：成千上万的蚂蚁大军，万一它们过来大扫荡，那怎么办？

老胡道：就学大胖那招，把自己埋进沙子里，盖住自己的体味。

大胖道：那我们是埋在一起，还是分开埋啊？在一起还能聊聊天。

老胡道：不能被敌人一锅端。也不要隔得太远，方便互相救援就行。

于是三人默默地把自己埋了，只露出脑袋方便张望。

三人隔水相望，注视着对面发生的一切。

湖面上灯火辉煌，一派祥和的灯光下，却是一幅令人恐惧的血腥景象。巨蚁有条不紊地开采着食物，越来越多的浮尸失去肉身，露出白花花的骨头，场面甚是恐怖。突然，分割肉块的蚁群阵脚大乱，一时间水面光点乱晃，不少蚂蚁惊慌落水不停挣扎，溅起无数水花。仔细一看，原来是巨蚁在分割巨蛇身体时，从蛇肉中爬出无数长短不一的黑色铁线虫，短的有一米多，长的更有三四米，其两头尖、中间粗。在大白蚁白色的衬托下，这些黑色的长虫更加令人感到恶心和恐怖。白蚁切开它们原来宿主的肉身，铁线虫不得不跑出来寻找新的寄主。但大白蚁怎么肯放过每一块有机食物，它们试图咬断铁线虫，铁线虫受到攻击也开始反击，它们迅速缠住蚂蚁，使劲往蚂蚁身体里面钻。蚂蚁虽然行动敏捷，可也很难摆脱这种细小长虫的攻击。铁线虫数量巨大，每一只白蚁都被十多条铁线虫缠身，很快白蚁因为铁线虫的缠身而变成了灰黑色。它们惊慌失措，或又疼痛难忍，短暂挣扎之后便一命呜呼，不再动弹，成为水面上新的浮尸。

蚁群很快调整策略，开始反击铁线虫。巨蚁凭借自己巨大有力的颚，也就是钳子一样的嘴巴开始像夹铁丝一样，把铁线虫不断夹断。铁线虫断成几节之后也宣告死亡。但这个过程中，铁线虫不断地爬出来，大白蚁也不停地组织进攻，刚开始铁线虫数量巨大，双方损失巨大。最终，还是大白蚁占了上风。因为铁线虫长期寄生在其他生物体内，隔绝氧气，属于厌氧生物，它们暴露在空气中，时间一长，就发生了氧气中毒，因此逐渐体力不支。消灭铁线虫后，剩下的白蚁竟然开始分解起死去同伴的尸体，把钻进死去同类体内的铁线虫咬杀殆尽，虫蚁大战方才宣告结束。

巨蚁虽然损失不少，但后方不断有援兵来到，它们继续分割、搬运食物，这一过程持续了数个小时才结束。水面上的浮尸渐渐消失，剩下的骨架也沉入水底。白蚁也怕水，特别是怕碱性水，在水面工作的白蚁自然也有不少掉入水中淹死者，这极大地阻止了蚁群渡水而来。大白蚁因此逐渐撤出城区。

尽管如此，仍然有几只负责侦察的兵蚁过了水，对寺庙进行了侦察，也许是因为其他生物的血腥味掩盖了人类的气息，兵蚁们并没有发现新的目标，便跟着大部队撤出天师城。

天师城经过一次次血腥的事件，再次陷入一片黑暗和宁静。

三人像看了一部超长的恐怖片，心有余悸，情绪难以平复。

大胖无不担心地说：老胡啊，我们喝了这里的水，会不会也感染了寄生虫啊？想想有那么多铁线虫在身体里繁殖，也太吓人啦。

老胡想了想道：好在多数时候，我们喝的是烧开的水。鱼也是高温处理过的。假如不慎感染了寄生虫，也不必担心，一是要相信现代医学技术；二呢，比起饿死、渴死，被怪兽杀死也许来得更早，这样就不用担心寄生虫的问题了。

大胖道：我心里稍觉安慰。

老搞道：胖儿，有寄生虫在体内未必是坏事啊。寄生虫往往和人类是共生关系。你看很多明星，都要故意养几条肥虫在肚子里，以便他们大吃大喝的同时还能保持苗条的身材。换句话说，很多人距离白富美、高富帅就差几条寄生虫。

大胖道：去你的老搞。我看你就是养了寄生虫才这么瘦的。我宁愿得高血脂、高血糖、高血压，也不要跟寄生虫分享食物。想想都觉得恶心。

老搞道：胖儿，你这就属于偏见了。现在临床医生，用蛆儿子吃腐肉治疗外伤感染，用蚂蟥咬患者治疗血栓，用蜜蜂毒刺治疗关节炎，这种事情多了去。

大胖还是抗拒道：去你的，我只听说把虫子油炸了吃的，没听说把人肉人血拿去给虫子吃的。你喜欢的话，就让母蚊子多吸你的血，美其名曰放血疗法。

两人闲谈着，忽觉后方有亮光照来，原来是老胡已经摸进寺庙，点燃了庙内的油灯。

第二十章：探索寺庙

数盏油灯照亮寺庙内外。原来寺庙门口是一个广场，广场与潭水之间隔着一片沙滩。广场上有三个树坛，树早已倒下，树根也翘在外面。一段石梯连着广场与寺庙。寺庙原本高大宏伟，但大半已经坍塌，庙内有一高大的泥像，泥像前还有三个真人大小的佛像盘坐。寺庙由四根巨大的朱红色柱子支撑。寺庙之后还耸立着一座高大的白塔。

大胖、老搞收拾起湿衣服，来到广场上，将湿的衣裤搭在倒下的树枝上。

这树年代久远，只剩一些粗壮的枝干还健在。

大胖道：这里怎么会有树呢？莫不是很久以前这里还能看到阳光？没事谁把它们都推倒干吗？又不拿去烧火。

老搞道：可能是从山上拖进洞的，就是为了装修一下门面。

老搞检查树干，但苦于没有切割工具，只能剥开一些树皮，也看不出个所以然。一直走到树根处，才发现树根下露出一根白森森的人骨！吓得老搞慌忙后退，连呼：有死人骨头！

其实大胖这时也发现了另外两棵树根处带出的东西，也是白花花的，只是光线昏暗，他一直在聚精会神地观察着，忽然听到老搞这么一喊，一下子就明白了，那白花花的东西肯定也是人骨，于是吓得赶紧往寺庙跑。

老胡闻声而出，安抚两人不必大惊小怪。

老胡取下油灯随二人去查看。果然，每个树根下都有一个人类头骨，往下刨了便露出更多的白骨。就算不懂人类学、解剖学的人，也能看出这是人骨。

大胖道：妈呀，这是什么鬼寺庙，太邪恶了，拿人当肥料啊。今天我们就来个破四旧，砸了这害人的寺庙。

老胡道：且慢。事情可能不像我们看到的那样简单。我想树下的人未必是好人。四川东北部，有一个名不见经传的古代小国，叫齐王国，那里就有一座庙，庙前左右各有一棵参天古树，枝繁叶茂。相传国王手下两个大将造反，平定叛乱后，国王就把他们埋在寺庙前，坟上栽上树，意思是镇压他们鬼魂，让他们永世不得翻身。所以，依我之见，这寺庙前种树埋人就是这个意思。至于为什么有人推倒，或为寻宝，或是不小心而为。

大胖道：说不定下面真有什么宝贝呢。

说着大胖折了一根树枝就去挖。

大胖刨着刨着，越发觉得不对劲。里面有人的头骨，但是也有非人类的骨头。左边的树下，挖出几根大鱼的胸骨，中间的树坑掺杂着狗的骨头，右边的还有牛角。

老胡分析道：这有两种可能，一是把人和动物混合埋葬，目的还是镇压的意思。另一种就是这些都是人头兽身的妖怪。这里到底发生了什么故事，也许可以在寺庙里找到答案。

大胖有些失望。不过，虽没出土什么宝贝，三人也不想浪费这些木柴，于是就燃起篝火，各自烘烤湿衣服，速干衣裤容易烤干，很快三人便又重新穿上衣服。

大胖问老胡：你在寺庙内有什么发现吗？

老胡道：一个破庙，油灯数盏，灯油一壶，至于其他，未及探索。

三人随后入庙，最先映入眼帘的是一尊两米多高的道士坐像，坐像神态威严，仙风道骨，左手放在膝盖上，右手呈举剑的姿态。只是手中的剑不知去向。由于粉尘覆盖，道士像显得非常古旧。一块牌匾落在角落，老胡翻过来一看，上有三个大大的金字：天师庙。这尊巨大的道士坐像想必就是天师本人的泥塑了。

天师像前盘坐着三个金身罗汉，真人大小，表情祥和，罗汉全身金光闪闪，像是新做的。金身罗汉前放着一个瓦罐，里面还有没用完的金粉，尚且具有流动性。罗汉身后则是一些旧泥像的碎片。现场看来是有人推倒了旧罗汉像，重新竖立了三个新的。

罗汉前面，则摆放着一个长达数米的大型铸铁香炉。香炉里满是香灰，看来很久以前这里还是个香客云集的繁华之地。

看着金粉，大胖怜惜道：会不会是有人把国民党军带来的金条磨成粉了？看这破庙以前也是金碧辉煌，可哪来的金粉呢？

大胖说完伸手去摸金身罗汉身上的金粉。这一摸，把他吓了一大跳，赶紧往后退了几步，吞吞吐吐道：妈、妈呀，这罗汉，是软的！活，活人做的！还有体温！

老胡看到大胖吓成这样子，便警觉性地想找防身的东西，结果一时也没发现。便壮着胆子检查三个罗汉，果然都带着一点体温，只是鼻息全无，看来是最近才死。

老胡道：不妙啊。大家快找点可以防身的东西。敢把活人做成罗汉，这寺庙附近极有可能还有其他人！

老搞道：不要慌。凶手早就逃走了。刚才那些兵蚁已经帮我们检查了。

大胖道：确定他们都死了吗？是不是失踪的那三个人啊？要是有救，搞个心肺复苏、人工呼吸。

老胡道：没救了。他们肚子上有一条缝线，还有些湿润。依我看，他们应该是被湖中妖怪害了，内脏也可能在妖怪开蟠桃大会时就没了。只是不知为何留下三人躯壳供奉在道士面前。

大胖怯怯地道：太惨无人道了！光天化日之下，居然干出这种伤天害理之事。

老搞道：这里正因为不见天日，所以才会妖孽横行。我们也算帮他们报仇雪恨了。节哀顺变吧。

大胖道：阿弥陀佛，要是我会念经超度他们就好了。

说完，大胖双手合十，不停地对着三个金身罗汉作揖。

老搞道：何须你念经，下次你下载点和尚念经的音频资料，带个音箱直接播放就是。

老胡道：我们来晚了一步，不然可以救下他们。如今三位兄弟尸骨未寒，我们应该尽快出去，告知他们家人才好。

大胖远远地祈祷道：三位罗汉大哥，一定要保佑我们重回人间，我一定会给你们多烧高香，多烧纸钱……

三人又到庙后查看了一番。庙后有一高塔，高塔没有入口，并不能直接出入其中。又查看塔后，乃是一片大农田，早已干枯，想必很早以前这里还能见阳光，可以耕种。但庙后的城墙却无城门。整个城池似乎只有一个城门，这就显得有些奇怪。

回到寺庙，三人继续探索。他们先是发现道士手中掉下来的东西，乃是根一米多长的粗大铁棒。之前以为应该是一把细长的宝剑，因而忽略了。铁棒表面锈迹斑斑，很长很沉，少说也有上百斤，老胡抬了一下，觉得重就放弃了。这大铁棒要拿在手上当武器使，得是巨人才行。

大胖自恃蛮力大，对两个老哥说：看你们像个手无缚鸡之力的文弱书生，区区一根小铁针都拿不起来，还怎么闯荡江湖？

老搞道：胖儿，你说得轻松，你来，等你铁棒磨成针，我就尊称你为大力神。

大胖呵呵一笑：两位，且看胖爷的神力。

大胖伸一只手去举铁棒，的确有些吃力，便改用双手平举，腿脚晃了两晃，最终还是吃力地举了起来。不过铁棒确实沉重，他一个没拿稳，铁棒砰的一声砸在地上，碎成好几块。

老胡、老搞不禁笑出了声。

老搞道：老胡，你知道什么叫打肿脸充胖子吗？

老胡摇摇头道：什么？胖子打肿脸充胖子？这不画蛇添足嘛。

大胖没有理会二人的讥讽。他埋头看着地上那堆碎铁，蹲下摸索着什么。待他再次站立时，手中竟然多了一柄金光闪闪的青铜剑，剑身打磨得像镜子一样，反射着火光。宝剑一经拿起，便觉持剑者器宇不凡。

只见大胖狂笑道：哈哈哈！独孤九剑！笑傲江湖！一统江湖！横扫江湖！看我宝剑，谁有不服！

说罢，大胖竟然挥剑舞向老胡、老搞。

老胡、老搞被这突如其来的举动吓得赶紧后退。再看大胖，两眼放出奇异的光芒（后来据两人回忆，也许只是剑身的反光而已），整个人像着了魔一样，挥舞一把不知道是哪里来的宝剑，口中念念有词；不过，虽在挥剑，但却又非常小心地避开了障碍物。

随即两人就想到了，这剑肯定来自大铁棒。大胖意外得宝，不免有些范进中举般的兴奋。

于是两人也不顾大胖真疯还是假疯，只顾盯着大胖手中的宝剑，随着宝剑移动而转动眼珠子，不知不觉也着了迷。

大胖癫狂归癫狂，心里却像明镜似的。他故意吓吓两人，挽回一点颜面。见老胡、老搞并未受惊过度，反而都直直地看着自己的宝剑，肯定是想图谋不轨，于是就停下来，把剑藏在身后。

大胖道：这是我找到的，你们可别拿人民群众的一针一线啊。

老搞道：几毛钱的针线有什么好拿的。我们看上的是你手中的管制刀具。快快缴枪不杀，主动上交就是立功，还是好同志嘛。

老胡道：大胖，你可得当心点，不要把宝剑弄坏了。小孩不宜，快交给我们，免得伤到他人。

大胖一看两人果然起了歹心，又将宝剑紧紧护住：你们当我是三岁小孩啊。骗小孩也得拿根棒棒糖嘛。只要你们都一致同意，宝剑卖了钱，二一添作五，见者有份，我们一人分一份啊。

老胡道：这样的东西，谁敢卖，谁又敢买？现在是法治社会、信息时代。倒卖国家文物那是要杀头的。这把宝剑对我们来说一文不值啊，它唯一的价值就是帮助我们在以后的道路中披荆斩棘，遇鬼杀鬼，遇神诛神。姑念你寻宝有功，组织会考虑你的要求。

大胖道：不行。你嘴里一个组织，硬生生地把我们一个团结的整体分成两个不对等的阶级了。凭什么你们当组织，我只能当平民？不行，得实行股东制，我得是大股东，拥有百分之五十的投票权，剩下的你们两人平分。

老胡和老搞急于看剑，只好安慰道：好好好，你是大股东。这把兵器，你得让我们尽快研究研究，熟悉用法，等会儿怪兽来了，我们才好保护人民群众生命财产安全嘛。

大胖这才点点头，觉得满意，便依依不舍地把宝剑小心地递给老胡。

老胡轻轻地从大胖手里夺过青铜剑，仔细而激动地端详起来。这剑刃有半米长，小巧而轻盈，剑身有一串奇特的符号，虽不认识却很美观。或许由于长期隔绝空气，青铜剑虽历经数千年，依旧光泽如新，实乃稀世珍宝。老胡举剑比画了几下，那剑在空中呼呼作响，又因剑身异常光滑，不时反射火光，庙内一时金光闪闪好不辉煌。

老胡满口称赞：好剑，好剑，难得一见。越王勾践剑，力透十几张报纸，这把天师剑，想必削铁如泥，吹发断毛。找块铁来，我们试试锋利如何。

老搞连忙阻止道：使不得啊，这么金贵的东西，砍空气我都舍不得啊。你可别糟蹋了宝物。

说完，老搞小心地从老胡手里拿过宝剑，也激动不已，拿着宝剑的手竟有些发抖。

这也不奇怪，现代人哪有机会摸到这样的古董。市面上也难有仿制品。要是出去定会被收进博物馆，以后要想再见，就得掏钱买门票了。

见老胡、老搞如此着迷，大胖担心刚才达成的口头协议被当成儿戏，于是又拉拢式地强调道：这把宝剑值上千万啊，我们三人下辈子都不用再奋斗了，还可以拿出多余的钱，去资助凉山州那些贫困儿童，他们连一件像样的衣服都没有……

老搞目不转睛地盯着宝剑，手指轻轻地抚摸着剑身，似乎已经达到了忘我的境界。老搞听大胖在旁边唠叨发出杂音，就随口敷衍道：大胖你说得对，这庙子里说不定还藏着其他宝贝，你再去探索发现一下，我们先在这里研究研究。

大胖转念一想，这样也好，你们两个就盯着宝剑看吧，难道宝剑还能生出小宝剑啊？等我找到真金白银，悄悄地藏起来，闷声发大财，出去后摇身一变大富豪，开着豪车让你们两个好好羡慕嫉妒。

大胖绕着天师像转了几圈，其间不住地对天师像上下其手，又是摸又是敲，不停地折腾天师像，似乎天师像里面藏着什么。天师像也不完整，早有裂痕和破口，大胖用油灯照进缺口，发现里面别有洞天。于是飞起一脚，哗啦一声，天师像的后背被踢出一个大缺口。

一旁的老胡、老搞正在热烈地交流着冷兵器知识。突然听到打碎花坛的声音，老胡责问大胖：怎么回事？对待文物要温柔体贴，像对待初恋女友一样。

大胖回应道：不打破常规，怎么能有重大发现？这里面好像有个暗道呢。

大胖的确发现了暗道，但是又不敢一个人下去，只好如实说明情况。

老胡、老搞随即赶到现场，原来是大胖把天师像底座踢了一个大洞，洞里有梯子通向地下。

大胖道：会不会是古人通向城外的密道啊？要不你们先下去看看，我继续在上面把风？

老搞不同意，吓胖子说：什么你们我们的，把你单独留在上面，万一有什么妖物把你抓了，做成金身罗汉，我们可就爱莫能助了哈。

大胖一听，也有道理，总不能单独跟三个死尸共处一室吧。于是三人顺着阶梯而下，来到一个小小的地下室，里面存放着三个木箱及一些腐朽的杂物。

木箱很精美，外面还有雕刻的龙凤花纹。也密封得很好，老胡费了一番力气才打开一个。只见里面放着半箱的黄纸做的古书。书很新，仿佛刚放进去的。

书页上全是古体字，大胖也勉强认得书名有《道德经》《北斗心经》《达摩二十四咒》等。老胡轻轻地翻了几本，拿出一本名叫《天师城志》的古书，这上面的文字接近繁体字，老胡便重点翻看起来。

但是古书也许存放时间太久，一遇氧气就极速变黑、腐烂，好在古书字都比较大，老胡快速地翻了一遍，然后放回木箱。对其余两人说：这些都是珍贵的历史档案，具有极高的考古价值，还是等专业考古人员来吧，我们别把古书毁了。

老胡看的这本书大意是，张天师在这里发现了一个大天坑，便和弟子在此休养生息，后来作为降服妖魔的监禁之地，就把天坑上面封了。如此云云，更多的内容，因为担心书籍被氧化而没有看下去。

大胖心想：难道只有这些破书？连个废铁也没有？

大胖不懂文物的价值，在他看来只有黄金宝玉才是值钱的，殊不知古书的文化内容也可价值连城。

大胖有些不甘心，便把地下室反反复复翻了个遍，除了木箱和一些腐烂的杂物，并没有值钱的东西，只好放弃。

安全起见，三人又组织了一番检查，确定寺庙内外没有危险，这才安心下来思考以后的生活问题。

老胡决定去挖个水坑，首先解决吃水问题。在远离水边的地方挖了一个深坑，很快就有清水渗出，虽然有点石灰石的碱味，不过也算清澈。

老胡说：石灰石具有杀菌消毒的作用，这些水尽管放心饮用。

老搞找来一个破了一点的陶罐，把水烧开了才敢喝。

大胖对宝剑很是爱怜，忙着做剑鞘，他精选了两段木头，从裤子上割了两根布条，捆绑一下就有了一个粗制滥造的剑鞘。

老胡说：此地不宜久留，因为有水没食物。要想办法回去把落在城门口的装备拿来，然后登上庙后的高塔，在高处寻找出路。

不过要想返回城门却并非易事，先来个登高望远倒是立等可取。于是，为了增强照明，三人在寺庙周围燃起了三处篝火，再登高塔。

第二十一章：高塔逃生

塔的第一层没有门窗，要想进入，只有想办法直接上二楼。三人找来石块、木板之类，搭建了一个高台。高塔下宽上窄，塔内有阶梯连通每一层。阶梯布满厚厚的灰尘，打头的老胡吃惊地发现楼梯上有一串足迹。

这让三人吓了一跳，原来还真有第四人，也许就是此人把那三人做成了金身罗汉像。但是更骇人的是，这是赤脚的脚印，不是穿着鞋的脚印。看大小，应该是青少年或者女士，绝对不是成年人的脚印。

推测出可能的情况，三人不由得额头冷汗直冒，不敢贸然攀登。

老胡分析道：我更倾向于这是个女人的脚印。看新鲜程度，应该是不久前留下的。极有可能与三人的死亡有着某种联系。

老搞道：不是说只有三人失踪吗？这第四个人，有点诡异啊。

大胖道：诡异个头，依我看，就是个成精的妖怪，也许是良心发现，帮助三人立地成佛。事不宜迟，上去找她问问就知道了。

老胡道：只有上行的脚印，看来此人可能还在塔内。但是事出蹊跷，大家务必小心。一方面不要吓着对方，另外一方面，提防他人突袭。老搞跟我打头阵，大胖负责保证充足的照明。

老胡手持青铜宝剑，三人放慢速度轻手轻脚逐级而上。但上了两层，楼梯的脚印突然消失了。老胡停下来，一番查看后不由得倒吸了一口凉气。

老胡道：此人不知是什么来头，颇有特工的手段。你们看，他不走楼梯，却用手抓栏杆上去。刻意隐藏自己的足迹，不过是防止有人跟踪。此人绝非寻常之辈。

果然，楼梯的脚印没有了，护栏上却出现了手印。这手印也是细长的那种。

老搞道：能像猿猴一样攀岩的人，身手肯定不差。至少比我强多了，待会儿要是动起手来，大胖可得发挥一身蛮力啊。

大胖道：去你的。君子动口不动手，我做事向来以理服人，善于化敌为友。使蛮力这种事特别不能对待女孩子。

老搞道：哎哟，我们大胖人没见着就开始怜香惜玉了。万一那是一只母猩猩呢，也正好符合现场痕迹。

高塔共有十八层，象征十八层地狱。三人一直走到顶层，也不见有人或动物。三人更加疑惑不解，难道神秘人物翻到外面走了，还是不小心坠楼？但肯定不是坠楼，因为此前检查高塔周边，并没发现任何尸体或者血迹。

顶层空间更为狭小，仅能容纳一人站立，塔顶有一个方形天窗，透过天窗，可见塔尖。

三人轮流登高望远，尽管塔下有三堆荧荧小火，可城外还是无限黑暗，极目四望，一无所获。

大胖自恃身材高大，钻过天窗，惊叹：好长的塔尖啊。

过了一会儿，大胖从塔尖传来声音：不对啊，这塔尖怎么是大铁链子做的？

大胖摇了摇，空中随即传来铁链子的清脆响声。

老胡、老搞分别看后，一致认为这不是塔尖，而是从上面垂下来的一根铁链。

老胡道：这就对上了，那人应该从这里爬上去的。我有一种很强的预感，天师城的出口，就在上面。

老搞道：事不宜迟，我们上去看看。

考虑到大胖的体重，就没优先安排他上去。主要是担心万一他把铁链拉断了，大家都没得玩了。

老胡把剑递给老搞，开始检查铁链的结实程度。老搞收剑，插剑入鞘，却并不给大胖。但大胖确实很想拿剑，因为只有拿在手里才有安全感。

老搞道：剑很锋利，小孩子就别玩啦。我们在前面开路，正用得上。

大胖不悦：那你得小心地用，别弄出缺口了。一用完就马上还给我。

老胡不能摸黑上去。走之前撕下一段衣服，把灯油的油用布吸收了，再把灯盏打包便于携带，等到了上面合适位置再点亮。

老胡抓住铁链，铁链每一个环都很趁手，便于抓握，如同梯子。他手脚并用，很快离开了塔尖，消失在黑暗中。

老胡消失不久，就摇动铁链三下，示意下方的人安全可以继续上了。不大一会儿，老搞也消失在头顶的黑暗中。

最后轮到大胖。大胖还在犹豫，听老胡和老搞的催促声，那声音好像从很远的地方发出，他担心自己体重影响耐力，爬在空中失去体力掉下来怎么办？连一根保护绳都没有。犹豫之间铁链不断地晃动，那是上头的人在催促。大胖深吸几口气，抓住铁链往上爬。但问题很快就出来了，他的大手大脚那铁环根本就装不下。都说有爆发力的人耐力差，放在胖子身上一点没错。大胖刚离开塔顶，就气喘吁吁，加之铁环不便抓取，攀爬就比常人更费劲。爬到中途，他实在没力气了，于是挣扎着发力，结果猛地一下，铁链哐啷一声断了，断的铁链连同他肥厚的躯体掉回了塔内。好在高度有限，没怎么摔伤。

但大胖却吓得半死，心想这下完蛋了。自己把自己的路给掐断了。他惊慌地朝着上面大喊：老胡、老搞，两位哥哥，断啦，我该怎么办？你们有绳子吗？拉我上去。

但大胖心里明白，两人哪来的什么绳子。头上的人只是在催促，似乎并不知道下面发生了意外。

大胖绝望地望着黑暗的夜空。可是什么也没有等来，就连老胡、老搞若隐若现的说话声也消失了。但大胖并没有放弃，他等呀等，幻想会有一根绳子从天而降拉他上去。

但是等了很久，也只等来寂寞空虚。大胖心想，难道是他们丢下我独自离开了？或者去找救援绳的时候遇到什么意外？又或者是他们故意弄断铁链，携宝私逃？

凡此种种，都是些消极的念头。大胖越想越是焦急，现在只剩他一个人，多少有些怕黑，只好蜷缩在一角，对着昏黄的油灯发呆。

上也不是，下也不敢。寺庙里可都是死尸，大胖被逼无奈之下。只好回忆以前美好的瞬间转移自己的注意力，等着老胡他们回来救他。就这样想着想着，大胖竟然睡着了。

一觉醒来，四周依旧是一片死寂和无限的黑暗。油灯的油也快没了，塔下照明的火堆也早熄灭了，下方黑暗的世界只有破庙还透着几缕光线。大胖忽然伤感起来，想起自己一事无成，来的时候背了一个价值上万装备的大包，现在包也没了，青铜宝剑也去向不明，发财梦没实现，自己反而被困死在这鬼地方。他越想越觉得人生何其悲哀，这么大年纪了，还没一个女朋友，人家大学同学要么换对象跟换衣服一样，要么孩子都上幼儿园了。自己还是孤家寡人，现在连最信任的伙伴也没了。大胖越想越伤心，又怕黑只能低声不断地喊着：老胡啊，老搞啊，你们可不能见死不救啊，我要是有个三长两短，做鬼也不会放过你们。

大胖生平第一次感到如此无助、空虚及恐惧。不过体验这些负面情绪还是非常消耗能量的，不知不觉他突然觉得非常饥渴，特别是口渴。据说胖子最容易脱水，饮水量往往大于常人。加之油灯的小火苗越来越小，再不下去添加灯油，往后就跟盲人差不多。

吃饭不误砍柴工，大胖自我动员一番后，便迈着沉重的步子下楼去了。好在灯油就在庙门口，自己不用进去拜见死尸。加了油，就去水坑里取水，喝饱了却又觉得更加饥饿，于是大胖鼓足勇气决定去湖边走走，看看还有什么漏网之鱼，先填饱肚皮再说。湖面异常平静，很难想象数小时前这里还经历过一场恐怖的大战。湖水依旧清澈，但一路上什么也没发现。什么死鱼、能吃的有机物都被蚂蚁抢掠一空。

走到一处从未来过的地段，大胖惊奇地发现一个古代排水装置，是一种特殊的石梯，连着潭水，每一层石梯中央都各有一个洞，洞内插着木桩子。大胖在农村见过这种东西，拔掉木塞，水就流走了，然后可以下水摸鱼。大胖把木桩子依次都拔掉，他想看看水放干了，有没有什么小鱼小虾，或者是古人沉入水底的宝藏。

大胖静候湖水抽干，然而出人意料的是湖中突然鼓出大团水泡，一个接一个，水泡很快变成了喷泉，上百个泉眼似乎同时喷发，水位不但没下降反而在快速上升。

大胖心里暗叫不好，这是放水开关还是进水闸门啊？他想把木塞装回去，可是水位涨得太快，已经淹没了石梯孔，他不敢冒险下水去堵，只得往高塔方向撤退。喷泉并没有停歇的迹象，反而越发汹涌，像山洪暴发，水面卷起数米高的大浪，咆哮着拍击着一切，并不断地吞噬着两岸土地。很快水位涨到了寺庙的位置，眼下只有高塔还有立锥之地。

大胖连叫不妙，自己不小心的操作可能要淹没整个天师城了。这么好的古代遗址，还有地窖里的珍贵古籍，可能就要毁于一旦了。料想自己可能犯了大错，大胖心里不住地念着"阿弥陀佛，罪过罪过"，以此减轻自己的负罪感。

大胖再上高塔。那水位却并没有下降的迹象，反而越涨越快，很快就淹没了寺庙，飞涨到高塔最后一层。事发突然，大胖来不及感叹，他惊恐地抓住塔尖最上方的天窗，下半身已经都泡在水里了。一个浪花打来，渺小的油灯也熄灭了，世界再次被黑暗笼罩。大胖心里害怕极了，紧紧地抓住塔尖，心想难道胖爷今天就在此结束自己这纯洁的一生吗？他摸了摸自己衣包的一把银圆，又想，还好，死的时候还有点小钱，就算到了阴曹地府也可以买点吃的，说不定还可以让阎王爷爷通融通融。

突然一股巨大的暗流从屁股下冲上来，把大胖一冲而起，大胖彻底离开了高塔。因为脂肪的密度小于水，所以胖人浮力大，他被冲上了更高处，随着大浪上下起伏。得亏了他腰腹部的天然脂肪救生圈，大胖没有被大浪打入水底。正在庆幸自己胖人有胖福的时候，忽然大水又把他往上一顶，脑袋直接碰到了洞顶的石壁，看来整个洞厅就快被大水淹没了。

大胖惨叫一声，知道这是到了生命最后的时刻。他伸手在黑暗中乱摸乱抓，试图稳定自己的身体，慌乱中摸到了一个斜向上的洞口，他借着浮力爬了进去。

没有时间多想，求生的欲望让大胖在黑暗的洞里拼命往前爬行，身后的波涛声却越来越微弱了。

大胖在洞里盲目爬行，时而向上，时而转弯，也不知爬了多久多远，这时就见远处有一颗豆大的白光，越靠近，那豆光越大。大胖心里顿时明白，那一定是出口了，一想到自己终于可以重见天日，不由得欣喜若狂。但狂喜之下，他又冷静了下来，长期在黑暗环境中的人，如果突然出去见光，很可能导致永久性的失明，得让眼睛有个适应的过程。

大胖对着洞口大喊：老胡、老搞，我活着出来啦，快来救驾啊！

可是无论怎么喊也无人回应。喊累了，便靠着石壁睡着了。

第二十二章：劫后重逢

大胖醒来以后，发觉周围比之前更为清晰，洞内状况一目了然，远处洞口则是呈圆形的一块白色。自我感觉视觉恢复了，便壮着胆子爬到了洞口查看。洞外云遮雾绕，难怪看上去是一块白布。

但新的问题又来了。洞外是悬崖，根本没有路。峭壁上长满藤蔓植物，布满了青苔，悬崖下，云遮雾绕看不到底，更不知有多深。

原路返回？大胖打死也不干。大胖自言自语道：什么天无绝人之路，这不没路了吗？说什么车到山前必有路，难道有钱买车的人才配有路啊。老天爷啊，这不欺负我们穷苦人嘛。可是，胖爷现在是有钱的，你倒是出来收过路费啊。

大胖忽然又想起了什么，他合掌祷告：老胡、老搞，你们千万要保护好宝剑啊，我的下半辈子全靠它不劳而获，坐吃山空啦。

大胖东想西想，还是无助于眼前的困境。他又想：不如干脆纵身一跳，寄希望于山下的大松树，落在树枝上靠吃松子幸免于难？然后身残志坚，爬也要爬出去找老乡帮助。

舍身跳崖固然是个摆脱现状的方法，可大胖往下一看，吓得赶紧缩回脑袋。他叹道：老天爷啊，不是我胆小不敢跳，是下面雾气太浓，看不清该往哪个方向跳啊。

大胖平静了一下，再次伸出大脑袋左右观察，伸手去拉扯藤蔓，发现还比较结实，心想也许可以顺着藤蔓攀爬。做了几次深呼吸，他打定了主意，却还是犹豫，是顺着藤蔓下去，还是抓着往上走？经过一番思想斗争，大胖选择了往上，因为高处可以远眺，找到回家的方向。弄清方向才是最重要的。

大胖抓住藤蔓，脚蹬青苔，吃力地爬了十几米，悬崖突然变得平缓，出现一片倾斜的大草地。大胖躺在草地上喘气，恢复些体力后，他左右一看，一棵川芎正长在离他几厘米的地方，他伸手摘来川芎的枝叶，放进嘴巴嚼起来。川芎是一种中药材，也可以当野菜食用，那味道很特别，生吃却很刺激。但随着细嚼慢咽，逐渐变得美味甘甜起来。吃完野菜，大胖恢复了一些体力，起身继续爬山。爬着爬着，抬头发现有一条浅绿色的山道直达山顶。走近一看，原来是条石梯路，因为很久无人行走，山道被两旁杂草覆盖了。

大胖接着上山。山头云雾缭绕，颇有仙境的感觉。到了山顶发现这里有一破庙，只剩半面墙，庙顶塌下来，形成了一个斜三角形的天然庇护所。原有的菩萨泥像早已化为碎片，只有几个矮小的石人像七倒八歪躺在草丛中，因为风吹雨淋，石像已经模糊不清。破庙前方是一个较大的池塘，水已经干了，四周杂草丛生，一派荒凉。

大胖走进破庙，看看是否可以利用一下，却发现里面被人铺了很多枯草，看枯草凹陷的痕迹，应该睡过人。旁边还有一堆烧过火的痕迹。看来这里不久前有什么人住过，也许是猎人、采药人，但肯定不是砍柴的，谁吃饱了来这荒山野岭砍柴？

大胖不知道今夕是何年，那只没电的手机，在洞里的洪水拍打中，不知掉在哪里了。这时，天空下起了小雨，大胖正要进去躲雨，忽觉身后风吹草动，转头一看，他吓了一身冷汗：迷雾中，出现一个身材高大的身影，看那大脑袋，满头的毛发，这不正是一头大黑熊吗？

大胖这时才明白，这个三角屋极有可能就是那头熊的欢乐窝。心里顿时咯噔一下：这下惨了，怎么跑到黑熊家里来做客了？不对，是自己送肉上门啊。想我胖爷在地狱九死一生，死神也奈何不得，没想到刚逃出生天就要做黑熊的点心，真是没天理了？

他想跑，但户外常识告诉他，千万不能跑，一跑，熊会认为你偷了它的东西，就会拼命地追你；而且熊是短跑冠军，地球上没人快得过它。科学的做法就是面对黑熊，慢慢撤退。那黑熊见着生人，也待在不远处。大胖转过身，直勾勾地盯着黑熊，听见熊嘴里发出含混不清的声音，似人语又似兽言。黑熊低吼了一阵，见大胖没有任何回应，有些急了，快步朝大胖走来。

熊来啦，大胖惊骇不已，心想道听途说的经验还需经得起实战考验。此时不跑，教条守旧，岂不是傻吗？于是他拔腿就跑，黑熊则紧随其后。可惜大胖不熟悉山上地形，跑过山头，就往山下跑，但山坡到处都是绿草，加之下雨路滑，没跑多远就滑了一跤，重重地摔在地上。那熊见机会来了，一个跳跃挡住大胖去路，再一飞扑就把大胖压在身下。此时的大胖，早已吓得魂飞魄散，心想自己就要归位了，不如闭上眼睛装死听天由命吧。黑熊没有对大胖下嘴，而是伸出粗大的臂膀狠狠地抱住了大胖浑圆的身体，嘴里还喘着恶心的臭气。那口臭实在难闻，直接把大胖从濒死状态给臭醒了。

黑熊抱着大胖，却开始哽咽起来，嘴里慢吞吞地发出人一样的声音：群、群、群主，你跑什么跑。是我啊。

大胖本来一心等死，此刻却又莫名其妙听到有人类对自己讲中文，一时蒙了，不知所措。难道有人杀了黑熊救了自己成了英雄？到底是哪路英雄好汉呢？听声音也不熟悉啊。

大胖微微睁开眼睛，一看眼前是个毛茸茸的大头，不正是刚才那头熊嘛？他怯怯地问：你、你怎么会说人话？莫非，是得道的熊妖？久、久仰大名，幸、幸会。

那毛头提高声音道：是、是我，高守，高班长啊。群主怎的不记得了？我一直在此等你们，三个多月啦！你总算显灵啦。

大胖听明白了，他想起的确是有这么个人，跟他们一起上的山，后来因为手上有个小伤，赶紧下山打预防针去了。莫非高班长打完预防针又回来了？

大胖镇静道：那你赶紧的，放开我。快被你的口臭熏死了。

那抱住他的东西松开双手，扶起大胖。大胖这才发现之前看到的黑熊，不过是一个虎背熊腰的大汉，只是这人衣衫褴褛，蓬头垢面，胡子拉碴，长长的毛发挡住了大半个脸蛋。乍一看还以为是头狗熊，细一看也只能算个野人。

大胖如释重负，责问道：你不是回去打预防针了吗？怎么在这里搞起了荒野求生？你不在家好好养病，干吗出来吓人啊？

高守用破烂的衣袖擦了擦眼泪鼻涕，继续结结巴巴道：山中一梦，世上千年。久不与人语，喉舌僵如铁。此事说来话长，一言难尽。想必是山中有雾，佳人失足，迷失山野不得出。今日幸遇群主，乃有出头之日。

大胖打断高守：你胡说什么啊？你脑袋被野人撞了吗？有什么吃的先拿点出来孝敬群主我啊。你不是特种兵吗？荒野求生是你的看家本领，有什么野菜野味，统统拿出来吧。你看我这一身破衣服，比你好不到哪里去。你在外面还可以抓小动物吃，我们可就惨啦，在迷魂洞里九死一生的人，受尽各种非人的待遇，好不容易出来，光天化日之下还被你吓得满山跑。你得搞点野鸡野兔，赔偿我的精神损失啊。

高守笑笑道：不难，不难。群主且稍候。

高守把大胖引到破庙后的大树下，让大胖等候。过了一会儿，高守提着一捆草丢给大胖。

大胖见了很不开心：你这是喂牲口啊。

但是打开一看，还包着一些野果，绿色的草是野菜，他也不讲究了，行云流水般地往嘴巴里塞。

高守愣愣地看着大胖吃东西，一脸的幸福感。高守道：晚上必有美味上钩，再给你来一份烤全兔。

吃完，大胖简单地向高守讲述了自己的惊险历程。高守听了毫无同情之意，只是呵呵傻笑。然后就听高守像是挤牙膏一样慢吞吞地讲述了自己分别后的遭遇。

原来高守受伤下山途中迷路，误入此地。回想当天，他迷迷糊糊地看见三个人影，于是就去追，结果没追上，又逢天空下雨，走过小路时不慎摔了一跤，摔下深沟，后来爬到了这座山头，从此迷路，他一直原地打转，走不出去，只好运用荒野求生技能在此孤独生活。如大胖所见，高守露宿破庙，靠吃野菜、设陷阱捕猎、喝山洞水为生。三个月来，这里白天不是下雨就是云遮雾绕，晚上也很难看见月亮星星。有一天早上，高守刚睡醒，遇到一个白袍老人从雾中走来，对他说，这是他的造化，如要出路，需等海枯石烂，自然可遇贵人相助。老人说完就消失了，高守追也追不上。为了安全起见，他就在庙后大树上做了一个简易树屋，一个人孤苦寂寞，如行尸走肉般地活着，等待着奇迹发生。今天一大早，他就被一种怪声惊醒，下来查看，才发现庙前水塘的水不知怎么就干了。他想起白衣老人的话，就没敢到处走动，只在附近转悠等待贵人，不想遇到了大胖。结果因为自己长期没有理发刮胡子，把大胖吓得乱跑。

大胖吃惊地问：什么？三个月？我怎么只觉得也就过了十来天？你怎么知道是三个月，脑震荡还没好啊。

高守说：错不了，天空黑一次、白一次，就是一天。我都在树上刻下记号。

大胖数了数树上的划痕，竟有六十多条。但他们进洞出来，最多也就十来天啊。这个时间差是怎么搞的呢？

大胖惊讶道：乱七八糟，肯定是你算错了。你没觉得自己摔下山得了脑震荡？

高守笑笑说道：在下以前稀里糊涂做过一些伤天害理的事，都是因地产老板为非作歹，我为了生活助纣为虐，乃有此报应。那白衣老者叫我从此以后每日吃素诵经，感动上天方能脱离苦海。

大胖问道：你都干什么坏事了？杀人放火，还是强抢民女？

高守道：阿弥陀佛，罪过罪过。

高守不愿意多说，大胖也不敢问。他怕知道得多了，说不定高守来个杀人灭口呢。

沉默了一会儿，大胖心想要是老胡、老搞见我跟野人在一起，也会起疑心，疑心是不是母野人把我劫持了。反过来一想，自己的模样怕跟野人不相上下。于是转移话题：也难为你了，一个人在这里坚持这么久。你除了遇到白衣老头，就没别的奇遇？

高守道：此间百年不曾有怪事。今逢盛世，天下太平，才能巧遇山中神仙。久居此间，倒也有些发现。从此往西步行数百步，有座古坟，坟前有一石碑，上有巧夺天工的文字，值得一看。

大胖呵呵一笑：还神仙，你没神经吧。哪来的古墓？还能幸存到今天。

高守引大胖来到坟前，果然有一块巨大的石碑，其实是块墓碑。从石碑上的记载可以看出，这正是传说中张铁匠的坟墓，墓碑简单地记叙了他的生平，然后就是降妖伏魔剑的锻打技术。根据描述，这是一种过程极为特异的铜剑铸造法，铸剑的配方更是闻所未闻。看剑的图形，与大胖在天师城破庙发现的那一把，一模一样。

大胖感叹道：你说奇不奇怪，明明是个铁匠，怎么打起铜来？这不是欺骗消费者吗？早知道这是挂羊头卖狗肉，很多人都不来了呢。

高守道：群主有所不知，在那个年代，青铜是朝廷管制物品，私自打造青铜剑，等同造反。因此，匠人都以铁匠自居，打铁为主，铸造青铜剑却也是看家本领。古人云，人间有三苦：打铁撑船磨豆腐。能为铁匠者亦非常人也。

大胖道：原来如此。说到这里，我倒思念起我的宝贝来了。也不知道老胡、老搞现在哪里潇洒，把我们的宝剑照看好没有。说不定这两个老家伙卖了我的宝剑，现在正在喝啤酒吃烤肉串呢。

碑文最后，张铁匠讲述了自己把独闯天师城的经过写成了书册，藏在墓碑之下，静候有缘人来取。

高守道：这书，终于等来有缘人也。

大胖道：这不是引人犯罪吗？什么稀罕的书非要拿来陪葬？就放在坟头上不好？挖坟掘墓的事，我从来没干过，挖出僵尸来，吓死几个人。我人虽胖，但是胆不肥。高班长，你胆大，你去挖。

高守笑道：非也，此书就在石碑之下，触手可及，无须打扰墓中人。

说完，伸出两根手指从石碑下面的狭长缝隙里抽出一个木匣子，打开里面果然是本古色古香的书。

高守道：此书历经千年而不腐，群主可知其中原理？且看每一页都浸泡了蜡液，因此遇水不腐，加之这山顶终年阴凉，故能完好如初。

大胖翻了翻书，如获至宝，心想管他写的什么流水账，拿出去卖钱，也能发个小财。但为了掩人耳目，避免高守争抢，大胖道：这本书内容很好，情节生动感人，充满人间的真爱，值得我们这些后辈带回去认真学习，好好学习。你们不信佛的人也用不上，等我看完了再去白云寺，和老和尚一起搞个学术交流，啊。作为群主，我就辛苦一点，代为保管和传承啦。

说完，大胖双手合十，对着墓碑作揖，一副十分虔诚的样子。高守则在一旁点头微笑，似乎对大胖的言行颇为满意。

至于这本书的内容是什么，此处不表，留待后面细说。

却说晚上高守取了中了陷阱的两只老鼠，烤了给大胖接风洗尘，两人没上树去住，就在树下烧火席地而卧。第二天，云消雾散，日出东方，晴空万里，俯瞰四方，峰峦叠嶂，好不壮美。二人迎着阳光，听着远处瀑布的声音下山而去。

下山路上，高守对大胖说：群主，以后可要多保重啊。

大胖不知是什么意思，道：什么保重不保重，我都这么重了，再重下去，连婆娘都找不到了。你能不能说点别的吉利的话？

高守沉默了一会儿，道：其实我是有事瞒着你。现在想告诉你。

大胖以为是他想坦白自己以前干的那些缺德事，随口道：坦白从宽，抗拒从严，这是本群一贯的优待政策，你要抓住机遇啊。

高守语气缓了缓，道：我在山上遇到的老者其实不老，是个漂亮的大姐姐。她自述自己名叫乌珍珍，在此山已有千年。那座坟是她丈夫的，因此她才一直不肯离去。这本古书正是两人合著，如今等来有缘人取出，她也就安心了。群主啊，大姐对我很好，她说我这种人出去必遭天谴，不如留下参禅道法，修行到一定时候，才能化解危机。她还说你们在山洞时，她还暗中保护过……

高守并没有讲自己的犯罪故事，大胖有些失望，也就没有认真听，只当高守脑袋混乱，胡言乱语。他心里想的是到了家，先吃母鸡呢还是先吃土猪肉，是喝啤酒呢还是老爸泡的人参枸杞酒等之类吃喝拉撒的生活大事，高守的话也就成了耳边风。

不知不觉两人走到山下溪流处，已经可以远远地听到景区游客的嬉笑声了。

大胖走在最前头，他一面问高守：你想吃洋芋烧公鸡还是当归炖老母鸡啊？

高守没有回答，大胖回头一看，哪还有什么人。

大胖急得大喊：高班长，高班长……

抬头一望，却见高守站在远处的一棵大树下向他微笑着挥手，并有清晰的声音不断传到大胖耳朵：后会有期！后会有期……

大胖想喊你在那里干什么，快来啊。忽然一阵云雾飘过，再看时高守已经无影无踪。

大胖心里顿生一种莫名的恐慌，这高守是不是鬼上身？连说话也有点古里古怪的，难道他摔下深沟时已经死了？自己看到的不过是他的魂魄？想到此大胖不由得后背发凉。反正马上就要回到文明社会了，他归心似箭，赶紧抄近路到了景区的道路。正值天空晴好，游客络绎不绝。

就在这时，一群游客起了轰动。一大群人隔着护栏观看瀑布下的深潭，似乎有什么热闹出现。大胖也围过去看热闹，却见有两名裸体男子正在绿色潭水中游泳，他们听到岸上游客惊叫，加紧靠岸，打开包袱，把衣服拿出来穿上。其中一人扶着另一人慢慢走上岸来。大胖心里很高兴，这两人正是老胡和老搞。不知两人为何突然出现在潭水中。青城山的山水，一年四季都是冰冷刺骨的。

三人破镜重逢，激动之情无以言表，只是紧紧地拥抱在一起。

老胡道：大胖，老搞体力透支较严重，我们得尽快找点吃的。刚才补充了一下山泉水，现在只剩下温饱问题了。

大胖认为这是小事一桩，下山到他家里大吃大喝就行了。忽然想起自己牵肠挂肚的青铜宝剑。却看两人身上一无长物，只有老搞抱着一个红木盒子，不禁有些不好的预感，便没好气地问：我的宝剑呢？

老搞不好意思地给大胖解释道：就在下面的水潭里。我们从瀑布后面的洞口跳下来的，青铜剑因为地心引力的作用自动脱离剑鞘掉下去了，我们两个的手机也下落不明。刚才老胡脱光衣服就是想力挽狂澜，可惜潭水又深又冷，没办法了，天意不可违。

老胡道：是啊，不属于我们的终究还是带不走。古人说桃花潭水深千尺，太深了，已经大大超过我的深潜极限，而且下面非常黑，伸手不见五指。以后如果有专业潜水设备，我们可以再来取。为今之计，还是保命要紧。

大胖闻言黯然神伤，一脸惆怅，像是有人偷了他中了五百万的那张彩票一样。

老搞连忙安慰道：我们离开你后，又发现了新的宝贝，一本无字天书！你怎么也想不到，天书居然是由白玉制成，就算没有一个字，也是价值连城。虽然丢了西瓜，但是也捡了一根黄瓜，是吧。

大胖转忧为喜，欲先睹为快，抚平内心的失落。

但老胡道：此处人多眼杂，不安全。要是被人举报了，我们纵然有一百张嘴巴也说不清楚。等到了你家，任由你把玩。

两人扶着老搞下山，途中，大胖简单讲述了自己逃出生天重获自由的过程：出了洞就遇到高守高班长了，可惜不知道怎么回事，高班长被困在山顶上，有三个月之久，我要带他出山，他半路又溜回去，还向我微笑挥手告别。我想我们三人进洞到今天，也就十来天嘛。你们说，高班长的脑袋是不是被落石给砸了？

老胡、老搞惊讶地反问大胖：什么高班长、矮班长的？谁是高守？你在说谁呢？是我们群里的驴友吗？

见老胡、老搞装作一副根本不认识的态度，大胖也非常惊讶：跟我们一起来的那个特种兵啊，高班长啊，他因为受伤就提前下山打预防针去了。我们三人误入山洞，今天才出来。你们不要跟我开什么玩笑了，我的神经再也经不起风吹雨打了。

老胡再次惊讶：大胖，我们可没心思开玩笑，是你先开玩笑的。你是不是出现幻觉，胡言乱语？该回家好好吃你的土猪肉了。

大胖见老胡、老搞也不像开玩笑的样子，心里虽然有疑问，但现在也不是说这事的时候，于是隐忍着下山。

第二十三章：无字天书

话头回到大胖和老胡他们分别之时。

那日，老胡沿着铁链，没爬多久就到了一个斜向上的洞口，那铁链正好固定在洞内。轮到大胖爬时，铁链一下子就断了，两人怎么喊也听不见大胖的回应，老胡点燃一节浸油的布条丢下去，却见下面雾气蒸腾，什么也看不到。

铁链也断了，他们也没绳子施救，只有尽快出去呼叫救援才是上策。

两人沿着斜洞爬行，很快又遇到一个岔路口，决定先走右边，因为右侧道路略微朝下，左边则是朝上。他们更希望早日下山求救。果然，功夫不负有心人，两人没爬多久就见到了远处出口的亮光。可是到了洞口一看，才知道这是绝路，洞外只有陡峭的悬崖。不得已，两人只好返回，走左侧向上的通道。其实右侧这条路大胖也走过，只是大胖没有灯火照明，在完全漆黑的环境中爬行，并没有发现岔路口，直接习惯性地往右走了。因此与老胡他们失之交臂。

老胡、老搞在油灯的帮助下，慢慢往上爬。可是越往上，通道越是陡峭，到后来，全部成了半人高的阶梯。这些阶梯显然是人工开凿的，只是跨度太大，像是给巨人准备的。

大阶梯爬完，也就到了顶。两人一看环境，喜忧参半。这是一个人工开凿的洞厅，洞壁刻画着已经褪色的壁画，地面上乃是一个深不见底的黑洞，洞口横着一根铁杆，铁杆中央立着一个半人高的玲珑塔。地洞周围一圈有小道可走，不过道路狭窄，一不小心就可能掉下深渊。

在进入洞厅的台阶上，还留着几个背包，看造型来自不同年代。最远的可能是晚清时期的布袋，最新的是现代的时尚旅行背包。

除洞厅有地洞，其他别无出口。

老搞不耐烦地道：这是什么鬼地方？走了这么多天，还是没有出去。大胖掉下去，生死不明，救不到他，到头来我们也被困在这里。

老胡安慰道：傻人有傻福，好人有好报。不必过于担心大胖。这里虽然没有出路，但也可能有新的发现。你看，这里来过的人不少，很有可能他们经过这里就找到出口了，我们再努力努力。

虽然老胡鼓励他人，其实自己心里也很不踏实，只是习惯性地故作镇定，稳定军心。

老搞似乎看到了希望，道：我们分头行动，我去检查一下这些背包，你看看还有隐蔽的出口没有。照理说，这山也不大，我们都走了这么多天了，也应该走到山边了吧。

两人于是分头行动，老胡提着油灯研究壁画，寻找一些暗示。这壁画原本是彩绘的，年久褪色如同素描。画的内容大致讲的是伏魔故事，道士圆寂之后得到舍利，建造玲珑塔存放舍利、无字天书等内容。

回到入口处的台阶，老胡讲述了自己的看法：这里可能是张天师徒子徒孙存放舍利和天书的地方。塔中的宝物吸引了盗墓贼的光临，看样子宝物完好无损，盗墓贼却遭了殃。如果我们能取了宝物，以后的路说不定可以降妖除魔，确保一帆风顺呢。但要拿也非易事，我看现场，这里曾经发生多次坍塌事故。初步推测，这是建造者故意设下的防盗陷阱。冒失的人一进来就踩空，但地面可能有自动修复的功能，才有不同年代的盗墓贼前赴后继地掉下去。后来，掉下去的人多了，修复装置可能也随之掉下去，露出这个大洞。这个机关算是损毁大半了。而玲珑塔本身也是一种机关，别看制作精致，却暗藏杀机。虽然是一米来高的小塔，但玄机就在塔下。塔底原本有两根铁杆承重，建造者在安防完毕之后就撤去一根，你想想，只有一根铁棒承重会发生什么？

老搞摇摇头：一根承重，容易断嘛？

老胡也摇摇头：不对。你看我的。

老胡说完，捡起一块小石子扔向玲珑塔，咣当一声砸中了，玲珑塔顿时像个不倒翁一样摇摆起来，很久才静止。

老胡道：也不知道是哪个鬼才设计的这种不倒翁机关，盗贼也许过了第一关，或借助绳子，或搭桥去取了塔的东西，结果没想到这塔一碰就摇晃，盗贼一不小心失去重心，掉了下去，后面拉绳子的人也跟着受牵连，被拖了下去。这就是这里不见尸骨只留下了作案工具的原因。

老搞道：越是这样，越是说明塔中宝物与众不同。道家的法宝应该还有其他大用途。要是大胖来了，肯定一激动，就掉下去了。

老胡道：我们虽不似盗宝之人，但眼下形势凶险，不得不用这些法宝驱避鬼邪。

老搞道：一举两得，绝对都是稀世珍宝啊。

老胡道：君子爱财，取之有道；不义之财，取之有害。我们要用科学的方法取宝。

老搞道：包里倒是有绳子，绳子虽然腐烂了，但是里面的钢丝光泽不减当年啊。

老胡道：够了。我们就用现代人的科学方法，挑战一下古人智慧，不拿到宝贝，就对不起这些天我们吃的苦。

两人把钢丝抽出来，分成数段，先在洞壁四周打下十余枚岩钉，接着老搞将钢丝一头与岩钉固定，老胡拉着另一头在空中缠绕玲珑塔数圈后再固定于另一侧的岩钉上。当数十根钢丝绳都如此操作后，玲珑塔就被稳稳地固定在了一张大网的中心。接下来就很简单了，爬上大网，巧夺宝物。

老胡试了试钢丝网，比较结实，足可承重。于是又用了一根钢丝绳拴住自己腰带，另一端固定好，算是做了个保护。老胡轻轻地爬上钢丝网，那网略微晃了晃，老胡加快速度接近玲珑塔。突然，咔的一声响，玲珑塔下承重的铁棒一下断裂，玲珑塔带着整张金属网就往下坠，虽有岩钉的固定作用，但塔和网在空中猛地回弹了几下，岩钉根本吃不住这种反复弹跳，纷纷被拔起，最终岩钉还是没能力挽狂澜，跟随宝塔和钢丝绳网掉下了无底黑洞。它们经过几次撞击终于到达黑洞底部，发出最终的闷响结束了一切。

老胡幸好事先做了保护，挂在洞壁捡回一条命。老搞把老胡拉上来，好在没有什么大碍。

老胡叹了一口气，失望地说：老搞，对不起啊，本想搞点宝贝，振奋一下士气，可是造化弄人，这下全没了。

老搞道：你太见外了。你能主动寻宝我已经很开心了。人没事就好，要是你有个闪失，我就算天天吃熊掌鲍鱼也不香啊。

两人正说着，这时一阵风从黑洞里喷出，风中夹杂着无数粉尘，呛得两人赶紧捂住口鼻。

老胡道：看来下方极为干燥，砸出这么多灰尘。要是我们有足够长的绳子，也许就可以下到底，一探究竟。

老搞道：下面就算有座金山也不去了。想想怎么出去才是当务之急。

刚刚遭遇失败，两人不免心灰意冷，各自陷入了无尽的沉默。

然而祸不单行，费了九牛二虎之力宝贝未取到，似乎又触发了什么机关陷阱。只听到一阵洪水冲击岩壁的声响，那声响同时从他们来的路以及黑洞底部发出。

在封闭的空间里，由于回声作用，洪水冲击洞壁的声音显得非常响亮，仿佛无数野兽在咆哮，让人倍感不安。

老搞焦急地说：完了，老胡，刚才我们应该触发了什么洪水猛兽的机关。完了，下面的大胖估计要先走一步了。

老胡镇定了一下，略有所思道：我们还有点时间，这里是密封的空间，水压上来，还有气压阻挡，不至于全部淹没。如果空气也消失了，证明这里有出口，我们或许能够因祸得福，跟着气流出去。

老搞道：要是气流出不去，我们岂不要在高压气舱里闷死？

老胡道：别那么悲观，如果这是一个淹死人的机关，那么设计者不会让我们换种死法，淹死变成窒息而死，那不是他的初衷。往好的方面想，好歹也能留个全尸，比掉下深井摔成肉泥强。

老搞无奈地道：终归难逃一死啊。

洪水汹涌着漫上来，但很快就停止了。也许是洞厅内高压空气的反作用力，浑浊的洪水在刚刚漫过最后一级台阶，还没溢出黑洞口时就停止了。原本深不见底的黑洞，俨然成了一口浑浊的水井。真是不幸中的万幸，因为有高压气舱的存在，两人才意外得到一个活命的空间。

见此情景，两人不由得相视而笑。

老搞道：到底还让不让死啊？不让死就赶紧让出一条生路来。

老胡道：一切都要相信科学，正是科学原理让我们大难不死。我们静观其变吧，洪水就是给我们送山泉水来了，说不定等会还有几条鱼浮上来呢。

两人看淡了危机与生死。只是突然想到下面的大胖，可能也已经殒命大水了。想到这些，两人不免有些伤感，将来要是出去了，如何向大胖的父母交代啊？一个群的群主挂了，还是真成了群龙无首了。

就在这时，两人听到黑洞的水面不断咕嘟咕嘟地冒出水泡，突然砰的一声，一个暗红的匣子从水底跃出，然后再落下浮于水面。

两人捞上来一看是个古色古香的木盒子，外面涂着朱红色的油漆，画着祥云与几只飞鸟。木盒子没有锁，却也无法打开。出于强烈的好奇心，两人挑了一把小刀，插入缝隙逐一撬动盖子，终于把盒子打开了。盒子密封得非常严实，并没有任何进水的痕迹，只见里面有一团黄色丝绸包裹的东西，取出来一看，则是一块手掌大小、晶莹剔透的方形白玉。这白玉不是个单体，而是由几十页薄薄的玉片叠加而成。每一页两侧皆有打孔，然后用银丝金线串联，乃是一本玉书。其制作极其精美，世间罕见。书封面无字，只浅浅地雕刻着九朵祥云，还用红色燃料填涂。书内则再无一字一图可辨。此外盒中别无他物。

老胡道：正所谓踏破铁鞋无觅处，得来全不费功夫。想必这是玲珑塔里的东西，因为浮力作用才上浮了。光是这些玉片，也是价值不菲。但看这外形，莫非就是传说中的无字天书？原来长这样子啊。

老搞说：没有文字怎么有资格叫书呢？连个画册也称不上，但也算奇珍异宝了。我们现在手里有了青铜宝剑、一本玉器，可谓资产丰富。不仅可以降妖伏魔，出去之后，发个横财竖财的也不在话下。

老胡道：无字天书，肯定包含着隐秘的信息，只是普通手段难以获得。就像特工用隐性墨水传递情报一样，就是为了防止泄密。

老搞道：先烧点水喝吧。真希望再冒出个什么水怪，就是虫我也敢把它煮来吃了。

老搞找了一个旧水壶，架在油灯上烧。老胡则一直盯着水面，希望再冒出个什么东西，不管是值钱的、还是能吃的，统统欢迎。结果什么也没出现，却发现水位正在逐渐下降。

果然如老胡所推测的那样，设计者在估计人被淹死之后，就让洪水自行退去。

见水位下降，老胡脑中闪现一个灵感，有了一个计划。

老胡道：别烧水了。水位正在下降，我们将计就计，借助水的浮力随水下去，找到泄洪口，我们或许就能出去了。

老搞认为这话很有道理，没有出口，水怎么退呢？

两人赶紧收拾了一下，把木盒子和玉书放进包里，青铜宝剑拿在手中，以便随时对付水里可能出现的不速之客。

两人跳进水里，略微抓住洞壁，老胡持剑，老搞举灯，借着水的浮力，慢慢下降。水面下降数米，井壁便出现一个小洞，或为注水口，或为排水口。随着水位的下降，两人留在井边的油灯火焰也越来越小。约莫下降了两百米，突然出现了一个巨大的排水洞，只听得洪水哗哗地流淌，还有新鲜的空气不断逆流而入。洞也足够大，可容纳两人猫腰而行。

老胡道：我们就从此洞寻找出口。洞内的风有草木的气息，一定连通外界。只要顺水往下，一定能找到出口。

老搞不同意：万一是死胡同，或者又是什么深不见底的深坑，我们要想再回头就没机会了。再说，我们降到井底，说不定可以发现以前掉下去的宝藏呢。

老胡道：就算有，也被大水冲走了。没时间啦，进洞逃命要紧。听我的没错。

老搞便从了老胡，进了洞。洞内的洪水初还比较深，没过腰。很快水位下降，水也只能没过脚踝了。

两人跟着水流转了几个弯，果然见到了出口处的光亮，但出口处的水声更震耳欲聋。原来出口位于一道大瀑布之后。两人经过一番休整和准备，计划跳入瀑布下的深潭，从此逃出魔窟。可惜，入水后，青铜宝剑因为惯性太大，脱离剑鞘，坠入黑暗的潭底。两人的手机也因为疏于防护不知所终。老胡虽奋力下潜打捞也无能为力。好在木盒子有浮力，玉书因此得以保全。

两人跳水后，恰好被游客发现，引来游客的围观和吆喝声。游客以为是两人故意跳水洗澡游玩。也就在这时，两人才与大胖破镜重圆。好在是个烈日炎炎天，出水后也不觉得太冷。

第二十四章：无量之境

三人九死一生，总算回到了文明社会。在大胖家里，泰国妹子仍旧守株待兔。对于三人拿回来的玉书、古籍，泰妹都能将其特点、内容逐一说明，以证明都是自己祖上留下来的。泰妹又说，私自贩卖文物是违法的。最终，泰妹送出重金，还把自己新买的进口越野车送给探险队，还说以后有什么困难直接找她就是。

面对泰妹不可理喻的要求，三人只得艰难地妥协。待泰妹一走，三人随即撕掉伪善的面具，开始喝酒狂欢。具体细节此处不详述，但说铁匠的故事还没完，这后面的传奇更为荡气回肠。

话说当年张铁匠独闯天师城，其故事一方面来自古书自传，另一方面来自后代讲述。

当年张铁匠杀了欺男霸女的恶少，为了躲避官府的追捕，毅然带着自制的宝剑骑马进入夺魂谷，从此音讯全无，世上无人知其下落。

夺魂谷，传说是妖魔鬼怪聚集之地，人与牲口进入则有去无回。失踪其间的猎人、采药人不计其数，遂成为人间禁地。此山谷百余年间，多次被官府封为妖谷，并发布告禁止入内。

夺魂谷之所以夺魂，是因其总是云雾缭绕难辨方向，加之野兽出没，更有瘴气肆虐，人一旦进入其中，凶多吉少。铁匠策马进谷内，却不曾遇到浓雾锁谷的情况。当日天气晴好，两岸悬崖峭壁，怪石嶙峋，清晰可见。又见草木青翠，日斜影疏，微风轻拂，好不惬意。奈何道路狭窄，碎石突兀，马蹄铁也磨破了。马儿只顾低头吃草，不肯往前，铁匠抽鞭策马，马儿勉强前进。

走不到两三里，河谷渐渐消失，出现一块平原，远远地看见平原尽头有一处院落。正要赶去询问，突然马儿不知何故受惊，一声嘶鸣，前脚跳起，铁匠被抛落马下，马儿逃走。此时突然浓雾滚滚，迅速淹没了人与马。就听马儿一声惨叫，轰然倒地，铁匠寻声赶过去一看，马儿已经惨死，身上伤痕无数，血流一地。他赶紧从马背上取出装宝剑的袋子。长剑握在手，短剑插在马甲上。

铁匠的马甲也是特制的，可以在前胸后背插上十余柄短剑，原本是为了携带方便，后来发现这还有一个奇特功能：防身。马甲插了刀剑，等同给自己穿上了钢铁盔甲。敌人刀剑攻来，只听得金属叮当响，却不能伤人。

浓雾伸手不见五指，要靠视觉发现敌人已不可能。铁匠闭上双眼，凝神静气，专注地听取空中的动静。只觉得无数的翅膀在空中舞动，震得气流乱滚。忽然，铁匠感觉一股劲道的风向自己面门袭来，他凭感觉向那股风挥剑过去，宝剑呼呼作响，锋利异常，好似切中一块豆腐，暗觉有东西掉了下来。不等他反应，空中又有数股疾风同时袭来，或从头顶来，或从背后来，或从胯下来，左右高低各不同，铁匠或俯首屈膝，或快速移动脚步，或转身斜劈，被劈中的劲风像是豆腐，又像是青菜，纷纷掉落下来。铁匠用宝剑或切，或砍，或劈，忙碌了好大一阵子，怪风才渐渐停止。铁匠再次睁开眼睛，浓雾已淡，宝剑上鲜血不断滴落，地上满是一种白鸟的碎尸，有的身首分离，有的被劈成两半，有的翅膀折断。鸟的白色羽毛和鲜红的血液铺了一地，场面甚是骇人。

浓雾散去，先前的草原、院落已经消失，只见一片浓密的树林。看天色渐暗，铁匠只好收拾东西走进树林。

这一夜，并不太平。铁匠砍伐树木搭了一个简易窝棚，窝棚里面铺了一些干草，窝棚前则燃烧着一堆篝火，又建了一面挡火墙反射热量和火光，以免夜间寒冷。坐骑死了，但铁匠不愿吃马肉，靠临走捡的死鸟充饥。夜幕降临之后，森林里的野兽咆哮声此起彼伏，仔细一听，有狼、老虎、豹子、黑熊、野牛、野猪等。为了防止野兽半夜袭击，铁匠在营地周围插上了尖锐的木桩，又储备了足够的木柴，以火驱兽。

到了半夜，不断有野兽在窝棚周围走动，铁匠耳朵灵敏，难以入睡。突觉身下有冰冷的东西在干草里蠕动，借助微弱的火光，他发现这些冰冷的东西乃是一条条白蛇！铁匠大惊，自知身陷蛇群却不敢动身，一阵冷汗过后，铁匠突生一计，他一跃而起，逃出窝棚，转身将篝火中燃烧的炭火踢入窝棚，窝棚中的干草见火就着，很快变成一个巨大的火球，照亮周围。附近的动物见状纷纷奔逃。

挨到天明，森林依旧浓雾紧锁，不辨方向无法行进。浓雾之中，不知潜伏着多少危险，又经历昨夜一幕，铁匠不敢大意，便计划就地加强防范，不妨在此常住，等待机会。身为朝廷要犯，只要能躲避官府追捕，何乐不为？

铁匠选大树建造树屋，又从窝棚燃烧后的灰烬中得烤蛇数条，作为食物。第二日晚，铁匠便住在离地数米高的树屋里，树屋下面依旧燃烧着一堆火，用以驱赶野兽。篝火热量上冲，还可为树屋底部加热，一举多得。一切准备妥当，铁匠上了树屋睡觉。夜深之后，果然群兽出动，但因怕火，群兽不敢靠近。火焰变小时，铁匠便往下丢一些木柴。野兽见铁匠在树上，只能无可奈何守在树下，迟迟不肯离开。忽然森林里起了大风，吹得树梢呜呜作响，不久风停，下起了大雨，大雨随即浇灭了篝火，火灭雨住，引得群兽一阵蠢蠢欲动，开始向树上发动攻击。铁匠大感不妙，心里觉得这场大雨来得不善，来得蹊跷。他不敢怠慢，立即准备长剑短刀，迎接危险。

很快爬上来一头黑熊，铁匠朝着黑熊发光的眼睛连刺数剑，黑熊两眼被刺瞎，痛得掉下树去。云豹接着跃了上来，爪子伸进树屋木门，铁匠见机一砍，云豹丢了一只爪子便跑了。不断有大小各异而善于攀爬的野兽爬上来，它们或拔掉树屋的材料，或咬断树屋的支撑，其间还有一群上房揭瓦的泼猴，揭掉屋顶。铁匠的树屋渐渐变得摇摇欲坠，不过其间，铁匠利用手中利剑，砍伤、刺死不少野兽，树下的野猪见有肉掉下来，纷纷抢食，不时引发一阵骚动。铁匠奋力抵抗，终于到了天亮，野兽渐渐散去，树下一片狼藉，空气中散发着浓烈的血腥味。铁匠倚靠在树杈上，刚建起的树屋早已散架，木材杂七杂八地落了一地。

好在野兽们是昼伏夜出，铁匠得以在白天休养生息，重新建立自己的营地。

昨晚人兽大战一夜，树下也留下了不少野兽的尸体，食物来源自是不愁。至于水源，森林潮湿，他于低洼处挖一坑，便有地下水源源不断地浸出，水的问题基本得到解决。要在树林里长期生存下去，树屋还得不断改造。铁匠砍光了树梢，以防止野猴从空中袭击。又在不同的大树上建了简易树屋，互相之间用木桥衔接，这样可以声东击西，或发动运动战游击战。树屋下，多造篝火，并为火建了防风挡雨棚，这样下雨也不受影响。

或许是野兽见识了铁匠刀剑的锋利，此后，一连数日也不曾有野兽骚扰。铁匠自然不敢放松警惕，除了加强防范，他也在想，此处树木高大茂密，是难得的隐居之地，不如就在此开荒种地，逃避人间的纷争。于是一个大胆的计划浮现：建立一个圆形的农场。砍掉周围百余米范围的树木，在圆心建一座三层木屋，俯瞰四周。部分土地用来种植野菜和果蔬，部分用于建猪圈和鸡圈，用以驯化抓住的野猪和野鸡。砍下的木材还可以在外围竖起栅栏，阻止野兽进入。

计划再美好，也需要动手实施。铁匠借助自己携带的丰富的铁具，如锯子、斧头、砍刀等开始建造自己的梦想家园。经过三个月的辛勤劳作，他的计划初步实现，木屋和一个足球场大的农场初具规模，农场周围用木材建立了高墙，又挖了浅浅的沟渠，将附近的山泉水引入，流经农场。种植的野菜来自林间、溪边，驯化的野兽则来自设置的陷阱。每日的辛苦劳作，让铁匠过得非常充实。

一切似乎都进展得非常顺利，但铁匠却高兴不起来。刚开始来到这里，是为了躲避人世间的纠葛，逃避官府的追捕，待在世人不敢来的地方，才能感觉安全。但是，时间一久，这种安全感需求不复存在，仅剩孤独寂寞。铁匠多想找个姑娘，两个人在此隐居一辈子。想着想着，铁匠不禁有些怀念从前的安静岁月。

变化总是比计划先到达。在一个月圆之夜，山中凉风习习，铁匠凭栏望月，思乡心切。突然一股乌云飘来，月隐风起，几声巨雷震天吼，随即大雨倾盆而下。暴雨越下越大，用来灌溉的小溪流变成了波涛汹涌的大河。铁匠庆幸自己建了高楼，但洪水很快淹没了二楼。在闪电照映下，铁匠惊恐地发现，远处高大的树林正在一排排地倒下，随着洪峰朝着他的木屋奔腾而来。他突然意识到，这不是普通的洪水，而是比洪水更恐怖的泥石流。泥石流到来的一瞬间，木屋最后一层也消失在泥石流的浊浪里了。铁匠也在这一瞬的撞击中失去意识。

等铁匠再次醒来时，发现自己躺在一张简陋的木床上，床边一张木茶几，白纸糊的窗户斜开，正透着凉风与阳光。看样子自己被人救了，从简陋的房间可见，救他的应该是一户农家。他想起来看看自己身处何方，可一动浑身就疼得他直冒冷汗，只好劝慰自己安心卧床养伤。

铁匠一直想见救命恩人，可是一连十余天过去，也不见任何人来。只是每日必有一碟水果、一杯竹筒清水放在床边。他多次想醒着等待送水的人，可是总是在他熟睡或不经意间，新的食物和水又被换上了。铁匠心里更加好奇了，既然救了我，又为何不肯与我相见呢？

后来，铁匠的身体渐渐恢复了，已经可以下床行走。他推开窗户，但见窗外是一个花园，园内花团似锦，绿意盎然，中间有一个鱼池，池内有一座长满绿苔的假山。看来这也不是普通贫困之家。

又过数日，铁匠身体已能走出房门，便到小花园散步，发现这是一个四合院，院内一花一草都似有人精心看护，十分雅致。小院上方云雾缭绕，不见日月。逐一查看其他房间，有卧房、堂屋等设置。一扇大门紧锁小院，此外别无他物。铁匠喊了几声，仍然无人回应。欲打开大门，手上却没劲。铁匠准备在院里练习拳脚，才发现自己的宝剑不在身边。想必是被洪水冲走了。

此后，铁匠每次醒来勤练拳脚，身体渐渐完全恢复。一日，铁匠再次试着打开院子大门，他抽掉门闩，用力拉开大门，门外世界却让他大吃一惊：门外浓雾缭绕，什么也看不见，房子仿佛悬在云中。铁匠不敢踏出半步，他也怕雾中有什么危险，便心惊胆战地回到小院。

又过了一段时间，铁匠还是没有见着送饭的人。虽然送的饮食比以前多了一些，例如坚果、红薯，但是没有肉。铁匠也不敢奢求。铁匠屡屡向高空大喊，希望救命恩人相见，说自己伤势痊愈，不想再打扰，欲离开，可还是无人应答。

一日，铁匠在小院闲逛，心情非常苦闷，想这跟坐牢也没太大区别，又疑心自己是不是已经死了，到了天上，等待某种安排。想来想去，心情更加苦闷。

忽觉空中一道闪光，铁匠抬头看去，见一朵彩云从天而降，缓缓落在小院内，彩云之上，乃是一个秀美端庄的女子，但见她轻纱半遮面，白裙点着粉色桃花，显得异常光艳动人。

铁匠以为是仙女下凡，赶紧跪下磕头如捣蒜，拜谢仙女救命之恩。

那女子轻笑着请铁匠起来，说：我非仙女亦非凡人，既非魔也非鬼，乃是修炼千年得道的一只乌鸦。壮士莫怕，人有好坏之分，妖也是如此。我因救你，损了百年道行，需在洞中疗伤，是故不能相见，只好委托其他鸟雀为你衔来饮食。这些天修养完毕，方才能化身人形与你相见。

铁匠又问：敢问姑娘，你既然是乌鸦所变的妖怪，又为何愿意舍命相救？我在此已经完全康复，可否离开此地，改日再来报答姑娘救命之恩？

那女子道：妖也有三六九等，好坏之分。我们动物修成人形，进而得道成仙，就是为了摆脱人间疾苦。但想得道成仙既可以行善积德，也能通过旁门左道。我的家族为了成仙，做了不少伤天害理之事。我向来吃素，走正派之道，与家族其他人意见不合，所以被逐出家门。这也好，家族遭到天谴时，我因此免受牵连。佛祖担心我心生恨意，便把我幽禁在此。此处不在地，也不在天，而是无量之境，要待我满了修为才能出此境界。不料那日发了洪水，我因多看了几眼发现了你，把你救了回来，也算行善积德之举。你若要重回人间，恐需等我修为满后。

铁匠忙问：何时方满？

女子道：少则三五百年，多则千余年。

铁匠心想，就算一百年，我也老死了。反正人间也无留念，不如就留在无量之境，给姑娘做牛做马以报答救命之恩。

女子随后把一把青铜剑交给铁匠，这正是铁匠生平打造的最得意的宝剑。

两人共住一院，常有来往，日久生情。女子自述名叫乌珍珍，佛祖困她在此，实则是保她一命，如果能够修成正果，将来也有机会位列仙班。虽然为了救人折损了些道行，但是见死不救则是万万不能。

两人过着简单而幸福的生活，食物虽然不多，却也并不觉得饥饿。铁匠梦寐以求的，不正是与一美丽女子远离世俗白头偕老吗？

如此过了数月，一日，乌姑娘面有难色地对铁匠说：我就要大难临头了，非君不能救我也。

铁匠忙问何故。

乌姑娘道：我已怀了你的孩子，破了界，上天必要惩罚我。非但我命休矣，我们的骨肉也难保。

铁匠又喜又惊，喜的是自己有了后代，惊的是夫人和孩子可能转眼都要失去。他哭着问：我要怎样才能救你们？就算上刀山下火海也在所不惜。

乌姑娘：马上就要七月初七了，正是鹊桥相会之日。每年此时总有一道金光落下，出现一座金桥，过了桥直通无佛之境。所谓无佛之境就是一处无神无佛无妖无魔的境界。这里只有人可以去，金桥也只有人可以过，你到了无佛之境，可以设法找到子虚山乌有峰涂鸦观，观内有一得道老道，据我推算，老道不久即将圆寂，你若能取得他的一颗舍利，就能帮我修炼成仙，也能保全我们的孩儿。不过，听说这里万分危险，深不可测，虽无妖魔，却也有尚未修炼成人形的兽类，你切不可轻易相信此间人的话，万事皆要小心行事。

铁匠问：我该如何战胜野兽取得舍利？

乌姑娘道：全凭你这把青铜剑。但是剑虽好，却只能对付人，在无佛之境则并无多少用途。

说完，乌姑娘伸出右手，从左臂折取一节骨头，念了一段咒语，将自己的骨头融入青铜剑。

铁匠心疼，不忍心看自己娘子自损躯体。

乌姑娘道：我虽然不能去，也要助你一臂之力。有了我的骨头，这把剑便非同寻常，可谓之青铜乌金斩妖剑，将来必有大用处。只是我这道行，也因此大大折损，我母子俩只盼你早日归来，迟了恐有变故。

铁匠倍感重任在身，不敢怠慢。到了七夕这天，鹊桥相连，牛郎织女喜相会，果然从天而降一道金光，院门口出现一座不知通向何方的金桥。

铁匠不舍离开，又不得不离开，没有千言万语，只有相拥而泣。乌姑娘催促铁匠赶紧上路，铁匠这才出门，踏上了金桥，消失在雾中。

第二十五章：无佛之境

浓雾渐渐散去，仿佛日出东方，天地瞬间明亮。铁匠来到了一个山清水秀、良田万顷的地方。见有两个老人在田间耕作，铁匠上去讨水问路。老人见着异乡人，有些吃惊，便问他从何而来。铁匠答曰：原本家住天府之国青城山脚下，今为了救人特来此地。

老人惊闻，说：什么是天府之国，难道这世上除了我们这里还有别的国度？

铁匠当是乡下人没见过世面，不知道天外有天，便一笑而过。铁匠问：此地又叫什么名字？属于哪个国家？

老人答曰：我们这里没有地名，只有远处的山有个名字叫子虚山。外乡人则称此地为无佛之境。其实那是因为这里没有和尚寺庙，有的只是道观道士，因此才有了这个名号。

铁匠又问子虚山乌有峰涂鸦观怎么走。

老人一听，显得极为惊恐，反问：你干吗要去那危险之地？自我小时候记事起，不知道有多少人去，却从未见人回。

铁匠又问：他们为什么去？怎么又没回来呢？

老人道：各有不同，有的去问道寻仙，有的求神拜佛，有的上山采药，也有去寻宝贝的。山里有虎豹熊蛇，专吃活人呢。

铁匠见如此大的农田，却只有两个老人耕作，顿时心生疑虑。便问：老人家，这里万顷良田，为何只有你们两位耕作？

老人叹一口气：唉，一个月前，来了一个道士，手里拿着金块，说子虚山有一座金矿，里面金子取之不竭，特来告知村里人。村里人听了那妖道的话，能去的都去了，现在只剩下我们八九个老人小孩待在村里。至今也无人回来，想必是中了人家的奸计啊。

铁匠一听，气愤道：天地间竟有如此妖道，看我去收拾了他，为民除害！

老人担忧道：壮士一人去，恐凶多吉少啊。

铁匠心里暗笑：你这老头，怎知我的厉害？

便简单地问了路，老人讲沿大路往西北，见一座大山，绕到山后再上去就是了。又再三叮嘱铁匠千万小心。

铁匠谢过老农，沿着大道走，远远就能看到一座大山，山峰高耸入云。走到山脚下，却见山前有路，铁匠心里生疑：明明山前有路，那老人为何叫我绕行如此远走后山上？莫非这两人有问题？

想到此，铁匠决定去试探一下，若走不通再返回不迟。

铁匠沿山路行走，不到半里路，却远远看见山前有一白色瀑布，下有一条河，河中正有两只蛟龙缠绵嬉戏，他吓得赶紧躲到树丛里。这时他才想起老农的话，原来是这个意思。

铁匠在树丛间观察了一阵子，见两只蛟龙似乎累了，躺在岸边一动不动。他想趁机离开，忽然又想起一则传闻，据说蛟龙身上的筋吃了可以强身壮骨，跌入悬崖也能免遭粉身碎骨。何不趁此良机，用娘子给的乌金剑杀了它们，也算为民除害。还能带回去给娘子补补身子。

铁匠趴在草丛里，手握宝剑，匍匐着接近蛟龙。两只蛟龙一雌一雄，它缠绕在一起沉睡。铁匠心想这正是屠龙的大好良机，两龙紧密缠绕在一起，要想分开也需费点时间。于是进一步悄悄靠近蛟龙，走到蛟龙眼前也没被发现，于是举剑一砍，两个龙头先后落地，龙身顿时鲜血如注，龙身挣扎了好半天才安静下来。

铁匠抽了龙筋，生火烤了吃；又取下龙甲贴在身上，龙甲坚硬可以防刀剑；又挖出龙眼，传说龙眼是一种夜明珠，晚上走山路可以代替灯笼；见龙爪坚硬锋利，又砍下龙指头二十有余。

此后，山势陡峭，再无别的路上山。山前的路原来是条龙径。铁匠于是返回，沿着山脚大路走了一天一夜，方才绕到山后。铁匠远远地听见波涛汹涌的声音，远看浪花滔天，乃是一条大江横在山前；而大路还没到达江边，就早早地折返，通向另外的方向。

铁匠心里非常疑惑：这怎么上山？有船也渡不了啊。老农是否在骗人？铁匠虽然进退两难，却不想无功而返。于是他离开大路，到江边查看，穿过草丛，却不见大江，眼前不过是一条浅浅的溪流，从山上流下。溪流对岸一个青年道士正在挑起水往山上走。铁匠喊了几声，道士充耳不闻，消失在林间。铁匠涉水而过，希望追上道士。可那道士虽然肩挑一担水，却行走如飞，刚刚看见他的身影，转了几个弯又消失不见。

铁匠再次转过一个弯，忽见一只硕大的白斑巨虎横在路中央，正趴在刚才那道士的身上啃食，鲜血淋漓，甚是悲惨。道士的水桶则散落一旁。铁匠见了大惊失色，赶紧退避。心想：难怪人们上了山就失踪了，原来都被这些畜生给吃了。正要转身下山离开，忽然又想：我有龙甲护体，又有娘子的宝剑，何不趁此机会除了这孽畜？想罢，抽出宝剑，回身去刺白虎，欲与白虎一决高低。举剑过去，却哪里有什么白虎，只见那道士正端坐在石头上哈哈大笑呢，那桶水也好端端地放在地上，其中的水点滴未洒。

正当铁匠疑惑不解时，那道士说道：壮士勿怕，这些都是祖师爷为考验上山拜师学艺者是否虔诚设置的幻境。你虽已连过两关，但不必再过最后一关。师父说你不会长居此间，顶多是个俗家弟子。

铁匠正想说我是来求药的不是来当道士的，可转念一想，自己余生也无去处，当个道士倒也逍遥。于是问：为何不让我过最后一关？尊师为何料到我会来，可曾提到我姓甚名谁？

道士说：师父三年前云游四方，临行前告诉众弟子，今日必有一方外人士前来，吩咐我们以礼相待。又说你不会长居此地，做个俗家弟子足矣。不曾说你姓甚名谁，单说是一手持青铜宝剑的壮士。那定是你了。

铁匠收了剑，与道士一起上山，问了道观名，正是他要找的涂鸦观。见道士肩挑两桶水，却似无物在身。问道：泉水从上而下，为什么你不在山上取水，却要如此辛苦下山挑水？

道士答曰：壮士有所不知，这是祖师爷留下的规矩，说山下的水才有山的灵气。我们轮流挑水，每日不管刮风下雨，必须挑够七七四十九桶，才够全观之需。其实，那是师父怕我们偷懒，要我们以此练就健步如飞的轻功罢了。

铁匠又问：为何叫涂鸦观这个名字？似乎有些不雅。

道士答曰：涂乃屠也，屠夫之屠。相传此观是张天师为镇压乌鸦妖精等而建，也因此得名。后又因屠字杀气太重，乃改成涂画的涂。

铁匠又问：为何你肩挑重担，却能行走如飞？我自恃功夫了得，但要跟上你的步伐，也得气喘如牛。

道士笑曰：我等长居此山，饮仙泉，修仙道，故有半个仙家本事也。

铁匠听罢，甚是羡慕，便问：最后一关是什么？

道士曰：最后一关，则是丢下随身财物，脱光衣服，裸身入观而已。但凡能过前两关者，这最后一关如同虚设。

铁匠又问尊师什么时候回来。他想得到其舍利救人的事则没有说明。毕竟要得舍利，就得舍去一人性命。

道士答曰：师父交代过，你来时，也就快到他圆寂之日。我想必然是近期返回了。

铁匠听完心里暗喜。两人一问一答，不知不觉来到了道观。道观依山而建，共有前中后三殿，气势宏伟。正门果然有"涂鸦观"三个金灿灿的大字，字非写非刻，乃是用骨头拼出。最前面的是大殿，内供张天师金身塑像，门口摆放香炉，供人烧香求神之用。居中者为讲堂，供讲课习武之用；后殿是道士休息生活场所。这种布局与世上其他道观寺庙大有不同。

道观中原本有四十九人，掌门师父三年前苦行去了，观内还剩四十八人。大师兄闻有外人来，欣然率众迎接。为铁匠举行了俗家弟子入门仪式，安排了房间等，从此铁匠与众道士一起起居饮食，参禅道法。

第二十六章：道观捉妖

第一晚，铁匠半夜被钟声惊醒，屋外人声沸腾，一片嘈杂，开门一问，方知是一个巡逻打更的道士遇害了。身上的肉被吃了个精光，只剩一具骨架，现场非常骇人。

第二日、第三日接连有巡夜的道士遇害。道观里人心惶惶、人人自危，巡夜也被取消了。到了晚上都闭门不出，但即便如此，第四夜、第五夜还是发生了悲剧。每晚必有一个道士遇害，几乎都是在房后偏僻之处被吃掉。道观里这下炸了锅，人人都怀疑是铁匠所为，自打他入观，惨剧一再发生，猜测铁匠是妖魔所化，或者引来了妖魔。

铁匠有口难辩，好在几个大弟子道行高，看得出此事与铁匠并无干系。铁匠这才暂时免去了绳索捆绑之苦。

铁匠自知此事虽与自己无关，却很可能因他而起，于是自告奋勇愿意承担巡夜任务，年长的大师兄便派两名大弟子随铁匠一起巡逻。铁匠身穿龙甲，手握青铜乌金宝剑，这宝剑杀过无数乌鸦精，又斩杀过两条蛟龙，因此铁匠心里毫无畏惧。如此一连过了三夜，道观里果然没有发生吃人事件。但是针对铁匠的流言蜚语却甚嚣尘上。不少人认为铁匠因为被监控起来，无暇下手，所以才没再发生惨剧。

铁匠仍是有口难辩，好在大师兄明察秋毫，认为此事与铁匠无关，应是另有妖怪作祟。但是他也是无计可施。

铁匠为了自证清白，便提出独立巡夜的请求。大师兄点头同意。

到了第六夜，铁匠身着道士打扮，将宝剑藏于道袍之内，如此外表与真道士无异。过了子时，铁匠走到大殿前，忽见一白衣女子正在向他招手，女子搔首弄姿，声音极具挑逗性。铁匠心里明白，原来是这女妖勾引道士取人性命。好在铁匠是有家室之人，经得起此等考验，只是道观中年轻道士皆为青壮年，不曾接触女色，因此容易被勾引。

铁匠将计就计，随女妖来到房后草地上，女妖让他脱光衣服，铁匠坚持对方先脱。女妖缠着铁匠，见铁匠不听使唤，忽然脸色一变，伸出尖如刺的爪子直刺铁匠右胸，谁料只听嗤的一声，女妖的爪子像是触到了烙铁一样疼得缩了回去。女妖大惊，不知缘故，铁匠趁机拿出宝剑砍向女妖。女妖见势不好，侧身躲开，却被铁匠砍断右臂，女妖疼痛不已，跪地求饶。

女妖道：不知壮士是何方神圣，小女子今日有眼不识泰山，请念我修行不易，饶我一命，小女子以后再也不来了。

铁匠怒道：饶你？你害了这么多人命，如何饶得了你！

铁匠正欲举剑去刺，女妖哭诉道：我是冤枉的。那些人非我所害，其实我只是采集阳气，不曾伤人性命。害人的乃是观中妖道，欲嫁祸你我而已。

铁匠突然想起山下老农说有妖道下山骗村里人的事，于是有些犹豫。

女妖见状说：壮士如不肯信，且去看他们的厨房，现在还有人肉在呢。

铁匠半信半疑，抓住女妖同去厨房。铁匠查看厨房时，女妖略施法术，让铁匠看见菜板上果然有一大坨人肉在，铁匠顿时心惊，心想这女妖也许是无辜的。

女妖趁机求饶，趁铁匠犹豫，化作一阵黑风逃走了。

铁匠也不去追，径直去撞钟。钟声很快引来众道士。

铁匠神色庄严道：现已查明道士遇害一事，乃是观中有妖人作祟，现在厨房里还有人肉呢！

众道士一起去厨房检验，菜板上哪有什么人肉，乃是一团雪白的面团，是第二天早上准备蒸馒头用的。

铁匠大惊，知道是被女妖蒙骗了，便将刚才捉到女妖一事与众道士说了一遍。道士们怎肯相信？要去看铁匠砍下女妖的手臂。然而手臂不见了，地上只留下一只巨大的黑翅膀。

大师兄：这是千年乌鸦精的翅膀，看来有大事将要发生。数百年来妖不犯人，妖界与道家井水不犯河水，如今竟敢对我们道家大开杀戒。是可忍孰不可忍？我们不如趁此机会铲除妖孽。

众道士议论纷纷，意见不一。有支持尽快复仇者，也有人说事关重大，要等师父回来定夺的。

铁匠告诉大师兄，他在山下时就听老农讲有妖道把村里的青壮年骗上山，说有一座金矿，上山的人从此音讯全无。

大师兄道：所谓金矿，定是指妖怪的老巢金冠寺了。这些妖孽肯定又在修炼什么邪术。如要等师父他老人家回来再决定，则妖孽可能已经大功告成。我们应该趁早铲除妖孽，为死去的同门兄弟报仇。我想师父就算回来也会赞同我的意见。

于是众道士意见达成一致。大师兄把人分为三队：一队精兵强将，都是道法武艺高强者；一队为后援，但看信号起时再增援；一队留在道观看守。

众道士开始忙碌，有的准备除妖物资，有的书写驱魔符咒，有的准备路上饮食。只待天亮向金冠寺进发。

金冠寺所在的鸡爪峰与乌有峰相邻，山腰处原本有吊桥相连，但等到一队到达时，吊桥已被砍断。如果从山脚绕上去，必然耽误时间。正当众人一筹莫展时，铁匠提出一个方法，用绳子勾住对面的大树，人就可以手脚勾住绳子爬过去。此法果然受用，道士们逐一通过。又派两人，回去召集人手修复吊桥。

金冠寺所在的鸡爪峰海拔高，山势陡峭。第一批十二人穿梭在林间，忽见溪边有一断臂女子独自哭泣。铁匠一眼认出正是昨夜逃走的乌鸦精。众人围住女子，她也不反抗，也不求饶。

铁匠问女子为何不回老巢，却在此哭泣。

女子道：你断了我右臂，折损我五百年道行，我若回去，洞主千足龙王必然怪我无用，可能吃了我，所以不敢回去，像我这样的坏妖到头来连个立足之地都没有。天下之大，竟无容身之处，于是在此悲伤哭泣。

铁匠问：千足龙王是谁？

大师兄解释道：这妖怪原本是一条千足蜈蚣，据传生于盘古开天辟地之时，也曾偷窥过女娲补天，道行甚是了得。只是它不走正道，杀孽太重，因此一直未能修成正果。此怪曾听从祖师教诲，决心改邪归正，数百年来，此怪与人秋毫无犯，不想今日又干起伤天害理之事。我们都不是它的对手，还是回去等师父回来商议吧。

铁匠反对道：既然来了，就不应空手而归。我手中这把宝剑，可是砍杀过两条蛟龙的。不妨会会老妖。

铁匠又问女子：你若愿意帮我们除了此妖，可放你一条生路，但以后切莫再做伤天害理之事，否则我手中斩妖剑决不轻饶。

女子点头答应，但却面露难色：它法力无边，你们都不是它的对手。

铁匠问：我的这把宝剑如何？

女子道：虽然厉害，但也要砍一百次，才能大伤其元气。

铁匠又摸出龙爪指头问。女子道：这也只能伤它一时。

铁匠又问洞里的情况，有多少妖怪在此修炼？

女子均一一答复。原来所谓金冠寺不过是一个山洞，只因太阳斜照山峰时呈金色，因此美其名曰金冠寺。实则是众妖怪修炼邪法的魔窟。山洞两头都有出口，妖怪们一般昼伏夜出，白天睡觉，晚上下山害人。千足龙王则不同，它道法高超，却是白天出去害人，晚上回来休息。如果要铲除千足龙王，首先要剪除其党羽，因此务必在太阳下山之前动手。

大师兄知道铁匠身手非凡，加上女妖作为内应，或有胜算，于是决心冒险一试。

在女妖带领下，一行人沿着陡峭的山脊接近了峰顶。此时离太阳落山还有一个时辰，众人准备了柴草，将妖洞两头堵住，柴草上放了大量硫黄、冰片、菖蒲等驱邪扶正之物。意在把妖怪全部熏倒，再进洞捆绑。道士为了修成正果，不可杀孽太重，因此只能降服妖怪。

烟熏开始后，众道士拿出蒲扇往洞里灌烟，不久只听得洞内众多妖怪咳嗽痛哭惨叫声不绝于耳。终于等到妖怪都没了声音，众道士欲冲进去，但女妖劝阻道：马上太阳就要下山了，千足龙王就要回来。不如埋伏起来，擒贼先擒王，打败龙王再去收拾那些小妖。

铁匠有龙甲护体，担心道士道法不足，白白牺牲，便建议道士退守五百米之外。只留女妖与自己守在洞外。

正当西天一片红霞，忽然一阵黑风刮来，落在地上变成一个黑瘦的老者。老者头上还有两只尖角，身披黑袍，黑袍上有无数对并排的金足图案，形象极为奸邪。

断臂女子毕恭毕敬地迎上前去，直呼大王万岁。

千足龙王见女妖失去一臂，心里生疑，用一种尖锐的声音质问。女子答曰昨夜不慎被涂鸦观道士所伤，请大王宽恕。

千足龙王怒道：你撒谎，就凭那群臭道士，怎么可能伤得了你？

女妖见瞒不过，便以实相告，说道观里来了一个新道士，身怀绝技云云。

铁匠听得清楚，这是女妖在拖延时间，再不动手女妖就暴露了。他见机将手中龙爪以迅雷不及掩耳之势扔向千足龙王，那龙王道法了得，瞬间察觉，将自己的黑袍一抖，本想挡住攻击，不想那龙的指头如火箭透纸一般，穿破黑袍正中千足龙王的身体，龙王一声惨叫，随手向铁匠方向击出一掌，那掌未动，反倒是一阵劲风袭向铁匠。铁匠也不知是什么东西，只顾用宝剑一挡，那龙王顿觉手掌吃痛，更加恼羞成怒，于是纵身一跃，到了铁匠面前。龙王伸出一根手指，那手指瞬间长如一柄利剑，直刺铁匠胸膛。不想当的一声折断了，正刺中铁匠的龙甲。千足龙王一再受挫，不由得心里惊恐。铁匠趁机挥剑，砍断千足龙王左臂，断臂处立即喷出一股黑烟，铁匠连忙后退躲闪。那千足龙王捡起断臂自己接上，瞬间恢复原状。

千足龙王并未再反击，而是化作一道黑烟去了。

再去看女妖，已经倒在地上，口吐鲜血。千足龙王不知什么时候给了女妖一掌。女妖道：它受伤了，暂时不会回来。可惜我中了那魔头一掌，就快魂飞魄散了。你身上有我们家族的气味，我只求你以后对我们同类好一点，不负她对你的一片痴情。

女妖说完，化作一阵清风消失了。

铁匠发了信号，大师兄赶来，又用烟花弹向山下发了信号，后面又上来很多道士。一众人举着火把冲入洞内，洞内阴森恐怖，恶臭熏天。众人强忍住恶臭，用捆妖绳绑了昏迷中的妖怪。其中有兔妖、蛇精、鼠怪、黑鸦精等，一共三十一种四百多只妖怪。

后来，道士在天坑内建立了一个与世隔绝的世外桃源。在这里，道士们苦口婆心，传授浩然正气之法，引导妖怪改邪归正。过了百余年，道士圆寂的圆寂，还俗的还俗，道观渐渐没落。众妖寻机造反，欲重回人间为所欲为，观中老道设计炸掉天坑入口，把群妖封锁在地洞中。铁匠后来重返道观，参与了天坑城池的建设，众道士将其取名为天师城。天坑封顶后，天师城俨然成了一座地下阴城。

第二十七章：除魔救师

回到道观，道士们一连数日忙于善后。铁匠也参与其中，不觉过了许多日子，忽然想起妻子的嘱托，假如回去晚了，恐有变故。于是去问大师兄师父归期。

大师兄道：刚刚接到飞鸽传书，言师父在途中遇有危险，我们不日就要出发营救师父。

铁匠问：去哪里营救？又是千足龙王那个魔头？

大师兄道：正是。前次我们伤了它，端了它的老巢，魔头必然怀恨在心。师父也许正好在回来的路上，被这魔头劫了去。

大师兄挑选了五名武艺高强的弟子，加上铁匠，一共七人先行出发。他们下山后，穿越平原与集市，再次进入另一地界的化龙山。此山有一天然交通要道，名为蜈蚣谷，出此谷有一龙王殿，即是师父飞鸽传书地所在。

七人到达化龙山蜈蚣谷，恰好遇到一队官兵押送钱粮，路上的百姓纷纷避让。

铁匠见峡谷悠长，谷内道路宽敞且笔直，寸草不生，很是诧异，问大师兄：这蜈蚣谷为何寸草不生？是因为有很多蜈蚣吗？

大师兄笑笑：这原是千足龙王脱去蜈蚣壳，化身人形留下的。它曾为了躲避天谴藏身于此，留下的空壳竟然成了一条天然通道，你看两侧，每隔数丈就有一个圆形的孔，据说那正是蜈蚣千足与身体相接的关节所在。这道方便了东西南北的商客，也算是做了一件好事。

铁匠又问：既然此妖为非作歹，上天为何不灭了它？

大师兄道：这正是它的狡猾之处。但凡世间政通人和，此妖便老实修炼，施药于民，行善积德；但如逢乱世，战火四起，此妖又趁机割取死人肉，炼制邪丹。故天庭也不知如何是好。如今此妖聚众残害活人，可能正是要天下大乱的征兆。

铁匠担忧道：倘若此信叫我们营救师父是虚，借机铲除我们是实，该如何是好？

大师兄笑道：我也正有此疑虑。不过天助我也，跟随这么多官兵同往，料无大碍。

铁匠也觉得有道理，便安心了些。待大队官兵进入谷内，七人便紧随其后。

忽然，峡谷地动山摇，很多官兵站立不稳纷纷倒地。众人以为是地震，大师兄不以为然，对众人喊道：是这峡谷左右摇摆，非地震。我看是这蜈蚣精的壳也成了精，专门害人来了。

众人一看，果然是道路正在扭曲摇摆，活像一条虫在扭动。而大队官兵可能并不知晓原因，他们被摇晃得难以站立，索性倒地或坐在地上，也有一部分跳上马车。一波未平一波又起，谷底路面竟然慢慢渗出一股刺鼻的液体，接触到此液体的士兵无不发出惨痛的叫声，反应快的跳上车躲避，有些士兵痛得无法站起，在地上翻滚。峡谷中顿时惨叫声不绝于耳。

见前面官兵有难，大师兄吩咐众人拿出飞虎爪，钩住峡谷两侧，人便可悬在空中。众人抓住绳索吊在空中，避免身体接触路面慢慢渗出的浓液。后方的百姓也不知道发生了什么事，只听得一阵阵惨叫声，以为是土匪抢劫，纷纷掉头逃跑。

再看前方官兵，落地的官兵竟然被浓液化成了白骨。一些官兵虽然及时上了车，但是沾有液体的脚也被化去一半，痛得在车上发出哀号，不久也中毒而死。

这蜈蚣躯壳在消化活人的同时并未停止扭动，不断有官兵从车上掉入蜈蚣的消化液，很快就化成白骨，其情形异常惨烈。如果不阻止，仅凭其刺鼻的毒性，也可杀人于无形。

大师兄对官兵大喊道：快把车上东西倒下。那妖怪吃饱了，也许就放我们一马。

官兵听闻，果断将车上物资扔了出去。有些是粮食，有些是布匹，有些是铜钱。然而那怪吃了粮食，更加猖狂，似乎不把人吃光誓不罢休。

一官兵道：道士兄弟，你们善于降妖捉怪，此刻，快想个办法救救我们。将来，给你去官老爷那里请个赏。

众道士早被这些刺鼻气味熏得头晕眼花，听了官兵求救，这才想起自己的责任，可不能在官兵面前损了道家威风。再者，吊在空中颇费力气，再不想办法，迟早也要掉下去化作白骨。于是众人在绳索上纷纷议论。有的说，用刀剑砍峡谷两壁，要是虫的躯壳，就把它切成粉末。也有建议车上官兵射箭，专射崖壁上那些关节圆孔。

车上幸存的官兵于是纷纷搭弓射箭，附近数百米的蜈蚣关节孔很快全部插满了箭矢或刀剑，山道即刻不再动弹。道士这边，他们攀附在两边崖壁，欲用刺、砍、切、割等手段用刀剑把变得软似牛皮的崖壁切成千丝万缕，可那蜈蚣蜕壳此刻变得柔韧无比，普通刀剑难伤其分毫。只有铁匠那把青铜乌金宝剑正可发挥奇效，只需轻轻一砍一划，那壳便裂开一个大口子。其后的泥土、砂石趁机滑落谷中，填入毒液。

蜈蚣谷渐渐停止了扭动。官兵乘胜追击，纷纷跳上崖壁，从破损处挖土填谷，重修道路。蜈蚣谷因此被新的土石铺了厚厚的一层。

经过一番艰苦的奋战，蜈蚣谷终于被控制了。待到众人出谷时，数百官兵幸存不足百人。七道士虽无大碍，却也累得精疲力竭。官兵损失惨重，回去必然难逃责罚，于是力请道士一同回去做个见证。大师兄则坦言要上山去救师父。于是两边合并一路，先去救师父，再回衙门报告损失。

所谓龙王殿原来是千足龙王自己给自己设的塑像，专门骗取善男信女的香火；又网罗了一批地痞流氓假扮道士，骗人钱财，劫掠美女。

道士与官兵一番准备后，攻入龙王殿，打倒了假龙王像，救了被困其中的师父，还从中搜出假道士骗取的金银财宝无数，又发现其中还有一些朝廷通缉的大案要犯。虽然损失不少，却也因祸得福，这些官兵回去也算有个交代了。

虽然捣毁了假龙王，但是千足龙王却并未现身。

大师兄请示师父，师父道：它不加害于我，并非惧怕天庭，而是另有所图。

铁匠拜见师父，言明前事。师父笑着说：你来之日，也就是我大限之期到矣。这蜈蚣妖怪不加害于我，正是要夺我舍利，它便能得道成仙。我们需速速回去，布下天罗地网，将计就计灭了这妖魔。

回到道观，众道士在师父安排下忙里忙外。铁匠好奇，只见众人忙着准备师父身后事，却并不见人布什么天罗地网。他想着为娘子求药一事还没告诉师父，便去求见，坦诚相告。大师兄却告诉他，师父已经圆寂，即将安排火化。

铁匠大失所望，这下怎么去索要舍利呢？不过相比担心舍利归属谁的问题上他更担心的是蜈蚣妖怪抢夺。便问大师兄：为何不防备妖怪来抢舍利？

大师兄说已经按照师父生前嘱托准备妥当，料想妖怪抢不去，放心就是。

火化师父就在正殿前举行，道士一番仪式之后，才郑重地点火。火快熄灭之际，突然天空乌云密布，阴风阵阵。料想是魔头即将降临，众道士手握利剑，严阵以待。忽然一股黑旋风从天而降，将灰烬中一颗大明珠席卷上天，道士们来不及阻止，那黑风就消失不见了。

铁匠非常失落，惆怅之间，却被大师兄叫去。大师兄带铁匠进入一间密室，密室有一地洞，深达九十九尺，两人沿着楼梯而下，却见师父正端坐蒲团上，一脸和善。

铁匠惊讶不已，忙问何故。

师父告之，刚才烧的不过是假人，他事先用了一颗水晶球代替舍利，引那妖怪自取服用。此水晶球暗藏玄机，道行不深的妖怪服用后必然打回原形，甚者魂飞魄散。道行高者，也要折去它万年道行，从此再难危害人间。我恐弟子中有人被妖怪蛊惑，泄露机密，所以未能告知你。如今妖怪中计，正合我意。除去此老妖，我方能修成正果。

师父命人将屋顶打开，一道阳光直射而下，师父瞬间化作一道金光冲上云霄，金光反射，照得天地佛光璀璨，很久才逐渐消失。师父化身而去，只留下身前衣物在蒲团上。大师兄揭开衣物，得五彩舍利七七四十九颗，舍利晶莹剔透，如宝玉似玛瑙。

大师兄拿出一颗蓝色舍利给铁匠，道：遵师父遗嘱，让你拿蓝色舍利回去救人。师父早已料到你的来意。精诚所至，金石为开，师父说你的娘子肯为你触犯天条，足见其真心。又知她折骨铸剑，自损道行，颇为感动。师父要你速速回去，晚了恐耽误时间。

铁匠道：不急。我想在此为师父守灵，以感谢他的恩德。

大师兄叹气道：你有所不知。此间一日，等同外界十日，你已逾期了。

铁匠大惊，不知所措。

大师兄笑道：你能来，却不知怎么回。

铁匠这才恍然大悟，娘子只告诉他去的路，却没告诉他回去的方法。

正叹息间，大师兄笑道：你若肯舍得手中宝剑，我自然有办法送你速回。

铁匠犹豫，这把宝剑留有娘子的骨头，怎么可以轻易送人？

大师兄解释道：你伤了蛟龙性命，它们的冤魂迟早要回来复仇。到时找不到你，必然拿我等抵命。此剑为降妖伏魔而生，你带回去也无用处，不如留在此间，助师兄们一臂之力。此后，若有意，你也可常来看望我们。

铁匠听完欣然点头，将宝剑交给大师兄。

大师兄已经练好了行云流水法，可日行万里，贯通三界。只见他将杯中水洒在空中，瞬间变成一朵云，径直跳了上去，稳稳地站住了，再把铁匠拉了上去。

铁匠回到娘子家，不见娘子，床上却有一个婴儿正在酣睡。木桌上压着一封信，铁匠拿起来一读，顿时泪如雨下。

那信上写道：郎君一去快半年了，我的大限之期已到，得不到舍利，我必遭天打雷劈魂魄消散。为了孩儿，我自损道行生下她，变回原形以免遭遇天谴。我每日搜寻浆果露水喂养孩儿，日日陪伴左右。你见此信时，窗外枝头必有一只白鸦含情相望，那必是我了。你若取得舍利，也别喂我，我已是凡鸟一只，误吃舍利也只有一死。你可等孩儿长大，喂她服用，让她变成一个真人，不再受禽兽之苦……

铁匠看完愧疚不已，自责耽误了时辰，害了娘子性命。抬头望窗外，果见一只白鸟立在枝头，眼中滴泪。铁匠伸出手，那白鸟便飞到掌中来。

从此，铁匠与一婴、一鸟相守。但铁匠仍旧觉得孤苦寂寞，心想既然凡鸟不能承受舍利仙丹，何不磨成粉末，一点点悄悄放在食物中，或许能帮娘子回复人身。

铁匠的方法果然奏效。白鸦先是长寿不死，后来又恢复人形，从此在青城山某处潜心修炼；而她们的后代，都有一个共同的特点，会流蓝色眼泪。

后来，铁匠也学会了行云流水法，常回道观修行，并参与了天师城的修建，后终老于山中。

第三篇　大瓦山仙姑洞

第一章：牧羊生活

从九仙洞探险分别后，各忙各的，大胖、老胡、老搞就没再联系了。

大胖没进城打工，却在青城山下放起了羊，不时发点羊群与青山绿水相互呼应的照片，算是还活在群里。

大胖家本来只养了一百只羊，父母见他这段时间身体有点消瘦，就又买了二十只小羊给他放，不是故意给大胖增加工作量，而是怕大胖不够吃。虽说太胖了不好，但哪个做父母的愿意看到子女吃不好？毕竟瘦是带病字旁的字，从象形文字上解读，瘦也是一种病。医生也会说，瘦有可能引起贫血症。大胖毕竟是家中的独生子，眼看儿子没以前那么圆润了，父母总觉得心疼。就像盼望羊儿早点体肥膘厚一样，他们也盼着儿子早点恢复以前的身材，那才可爱。

大胖常在群里说，等羊儿再肥一点，就请群友吃烤全羊。但是很多群友表示了不同意见：现代社会减肥成风，谁还愿意吃肥肉？要吃也得挑一只瘦肉多的吧。

大胖就说：我们家的羊儿与众不同，该肥的地方肥，该瘦的地方瘦。这是为什么呢？因为我们家的羊儿自然长大，不喂生长激素，不喂瘦肉精。

大胖每日与羊群朝夕相处，他故意穿着旧衣裳，放羊就要有个放羊的样子，西装革履的，成何体统？放羊工作其实不难，每天早上把羊圈打开，任由羊群上山吃草，日落西山之前监督羊群回家。这时务必要仔细数一数，一只羊也不能少。但是羊儿太多，数的时候，有的正在奔跑，有的正在交头接耳，有的干脆趴在丛中睡觉，让人看不到它的身影。那这羊还怎么数？这可难不倒大胖，他根据彩虹的七种色彩，买来染料，每十只羊涂一种颜色，再让最后的十只羊什么也不涂，这样就解决了八十只羊的标记问题。他还用符号在剩下的羊身上的标记，例如，圆圈、叉叉、三角、字母等；标记在每只羊的头和屁股上。这样清点羊数的时候，只需要先看颜色，再数符号即可。如此就大大减轻牧羊的工作负担。有了特有标志的羊，就不再是普通的动物了，大胖美其名曰他是用军事化管理在培养羊，而不只是简单地养殖羊。这样的羊吃起来口感自然不一样，不仅可以解决温饱问题，还能延寿益智，扫除愚昧。神乎其神，反正大胖不吹牛了，开始吹羊。

看着五颜六色的羊群，大胖得意地想，放羊虽然简单，但真不是笨蛋可以胜任的。像我这样既帅气又聪明过人的放羊娃，天底下哪里找呀？也许是日久生情，大胖对自己的羊群越发地看重起来，并提出了一个新鲜理论，用以推翻前人的说法：谁说一定要吃的是草挤出来的是奶？吃的是草，奉献出来的是肉，那不更香吗？这样奶那样奶，那是给没长牙齿的婴儿吃的，谁不愿意一日三餐大鱼大肉，哪个笨蛋愿意一日三餐都喝液体？

好心的女群友担心大胖生活简单，进而引发空虚寂寞的不良情绪。其实她们多虑了。别的不好说，单说这奢侈享乐的生活作风，大胖绝对称得上开天辟地第一名。刚开始他在半山腰搭了个名牌帐篷，每日背个小书包住进去，除了撒尿，大部分时间他都待在帐篷里。干吗呢？他那鼓鼓囊囊的小书包里，装的全是牛肉干、豆腐干、瓜子、花生和小酒，每日生活就是这样简单，吃吃喝喝，玩玩手机，打打游戏。酒足饭饱易犯困，困了就地一躺睡大觉。

其间大胖还额外发了一笔小财，无意中收到一笔原来公司的补偿金，据说是老板娘出于良心发现补发的，原因在于她很喜欢小胖，小胖有一次撒娇地说：好姐姐，你不能只发我一个人，我那胖哥挺可怜的，连猪肉都吃不起了。

有了这笔意外之财，大胖没事就上网买买买，包裹源源不断地送来。拆包裹是他跟文明世界唯一的联系。日子就这样过得简单快乐赛神仙。也许对胖子来说，有吃的、有玩的就足够了。

后来，他又嫌帐篷总有股塑料味，不够环保，于是带上斧头、锯子，自己动手搭建木屋。虽然简陋却自我安慰道：斯是陋室，惟吾零食。因为羊群把一个地方的草啃完了，就会转移阵地，所以大胖一共建设了五座小木屋。羊群在山坡上吃草，他就在木屋里睡觉，相映成趣。别看他穿得破旧，其实小日子过得美滋滋的呢。

偶尔也有群里的大姐来找他玩，本来人家是带着小姐姐来找他相亲的，不过大胖以为人家感兴趣的是他家土猪肉，就没怎么在意自己的形象。结果一出场，人家见他腿脚有泥，头上有草，活像地主家的傻儿子，满怀期待的妹子顿时就只剩下食欲了。

父母自然操心他的婚事，虽然大胖还没怎么谈过恋爱，但是也到了传宗接代的年龄了。于是大胖的亲属们齐上阵，给他安排了好几场相亲大会，结果大胖总是嫌人家庸脂俗粉，称其看着脸上美画，却不知内心美不美。相亲的女士们则多是很有诚意的，人家就是冲着结婚去的；在外面打拼累了，就想找个老实巴交的了此余生。所以，这些女士老是问大胖：做什么工作？有车吗？有房吗？有多少存款？单刀直入，明码标价，就像菜市场一样。这让大胖完全没有恋爱的浪漫感觉。

但有一个女的，很特别，不要求大胖有车有房，还可以免彩礼，甚至支持大胖继续自己的田园生活。于是大胖有些心动。

女的说：姐在外面打拼很多年了，累了，就想回乡找个像你这样的老实人嫁了，安安稳稳地过日子。姐啥都有，不要你有车有房，你跟着姐过就行了。

大胖问：你在哪里打工啊，做什么啊，怎么赚钱？

大胖本来是想请教人家哪里好赚钱，以便自己也去闯荡一番。

女的想了想：广东的一个城市，不大不小，你也许没听说过。

大胖道：不是广州就是深圳嘛，我们村有很多人都去深圳了。

女的道：东莞，听说过吗？

大胖道：什么？东关？真没听说过。那你做什么啊？

女的道：服务业吧，也可以说是娱乐业。

大胖道：那能不能带我去发展啊？说不定我们两个可以一起奋斗呢？

女的不好意思道：男的不好说。再说我们也不缺钱了，你想做点事，我们就去镇上开个铺子嘛；你嫌镇上小，我们还可去成都做生意。姐出资，让你当老板，怎么样？

大胖陷入沉思。女的道：姐可是很懂生活的人，你跟了我一定幸福得不得了，每天都可以让你过得不一样。孙悟空有七十二变，姐可是有九九八十一招呢。

大胖两眼放光地问：你是说你会买菜做饭，每天都变着花样做吃的？

大胖心想：上得了厅堂，下得了厨房，这样的女人，娶回来还可以帮爸妈经营农家乐呢。

女的不好意思地说：哎，也不是啦，我的意思是我们的婚后生活，男女的那种生活。

大胖若有所思，问：那能跟父母一起住不？

女的道：你要是想家，回去住几天也是可以的。

这回的相亲让大胖略感满意，至少对方不那么物质和世俗，但最后还是失败了。因为这女的不知道往身上喷洒了多少香水，浓香之余还有一股狐臭。大胖正好有点过敏，受到香水刺激，聊天期间一连打了好几个喷嚏，最后鼻涕都流出来了，奈何桌上只有茶杯没有餐巾纸，为了应急，大胖也没多想，直接用他那肥大的手掌擦掉鼻涕，然后习惯性地往裤子上抹了抹，就算完事了。

那女的见状顿时露出扭曲的表情，借口说上厕所，这一去就没了音信。让大胖失落了好几天。

大胖也郁闷，传说女人翻脸比翻书还快，此言果然不虚。

他不雅的小动作不知是断送了他的一生幸福，还是保护了他纯洁的心灵？

总之此事件后很多时候大胖宁愿躲在山上，也不愿意去相亲。虽然精神上有不少群里的大姐姐、小姐姐关心着他，但是现实中，大胖仍然是孤寡一人。他一直没有离开青城山，直到老搞出事。

第二章：老搞出事

晴天霹雳，老搞杀人啦！

某日，有人在群里发了几张流血事件照片，爆料说是老搞杀人了，还有一张疑似老搞被押入警车的照片。关键是群主和管理员面对这种负面消息选择集体沉默，沉默就是默认嘛。一石激起千层浪，这事不仅在大胖的群里炸了锅，更是急速辐射到成都的各大户外群，像原子弹一样轰动了户外界。

其他群的群主和管理员们，自然不能放过这个千载难逢的良机，竟然"免费"帮助大胖的群搞起了宣传，纷纷转发大胖群的截图，并卖力地看图说话，言下之意不言而喻：管理员居然杀人了，跟着这群暴力分子混，还有什么安全感？广大人民群众一定要擦亮眼睛啊！同行即冤家，这么卖力地帮助竞争对手宣传，就是墙倒众人推的意思。

可万万没想到，大胖的群不但没有人退群，反而申请入群者激增。一时间，大胖的群人满为患，有朋自远方来，不亦乐乎，别人仰慕而来怎好意思拒绝？于是群主不得不继续充值会员，把名额限制从两千升到三千，三千人也很快顶不住了，于是又新开了一个三千人的分群，分群很快也满员了。这些慕名而来的驴友，可不是为了参加什么探险活动，纯属闲来无事看热闹，紧跟事态发展。

大胖不气不恼，心想塞翁失马焉知非福，至少趁机扩充了大量兵马。虽然不能绝对领导这五千多人，但绝对可以影响他们。迟早有一天胖爷是要扭转乾坤的。

大胖想探寻事件真相，一直不得其便。直到接到老胡电话，才确信老搞真的出事了。网上的流言变成了事实。在这之前他还天真地以为是敌人故意散播谣言搞破坏，目的就是争夺客户。谁知好事不出门，坏事传千里，就像苍蝇逐臭；此间突然加群的人如雨后春笋，大胖也将计就计，趁机网罗天下驴友。

老胡在电话里语气异常冷静，但越是冷静越是说明事态严重。但他说是老搞失手打死了人，已被警察收押，具体什么情况，让大胖赶紧赶到成都，共商营救大计。所谓营救，也就是看能不能让他在里面好受一些，如此而已。

初闻噩耗，大胖像是被人打了一记闷棍，晕头转向不知所措，心里只觉茫然，茫然之后才逐渐有所悲伤。不过转念一想，还好死的不是老搞。如果死的是老搞，那才叫噩耗。而且大胖深信，老搞不可能随便打人，也可能是自卫过当，如此而已。

在家里放羊已久的大胖，正愁闲着没事干，忽闻此等惊天大案，不由得精神为之一振，就像百无聊赖的福尔摩斯突然有了复杂的案子一样，终于来了精神。事情紧急，他赶紧脱下放羊的破衣烂衫，沐浴更衣，换上一身时尚服饰，很快从邋遢猥琐的农村大叔摇身一变市井青年；也没忘带上土猪腊肉，以及近期无聊网购买的一大堆户外装备，匆匆告别了父母，只说城里有约会，便启动那台泰国妹子送的白色越野车，一脚油门离家出走。

父母不知何事，只觉大胖换了一身得体的衣服，不禁暗喜，心想大胖多半是去城里约会姑娘了，农村户口的，我家胖娃看不上呀。

按照老胡发的定位，大胖开车来到玉林路的一个茶馆，隔着茶馆大大的落地玻璃窗，就见老胡和小君君正在各自低头玩手机。大胖怒气冲冲地走进去，轻拍了一下茶桌道：好啊！你们还有心思喝茶，玩手机！不是相约劫法场嘛？

老胡抬头看见大胖一脸的严肃，与其穿着的时尚花花衣服极不协调，心里反而觉得有些好笑，但故作镇静地反问：去哪里救？赤手空拳的怎么救？你看你穿得像个啥，整个一大花猪，到我们大成都来拱白菜呢？

小君君久别重逢又见胖哥，心里本来很是愉快，但又觉得场合不对，便赶紧圆场道：胖哥，你大老远地跑来，先坐下喝杯绿茶压压惊，降降心火，玩把游戏提神。老搞进去了，我们都着急，但再着急也没用啊，饭还是要吃的，游戏还是要打的，好不容易打到十八关了，打怪的步伐不能停啊。

大胖颇为失望，原以为老谋深算的老胡早已安排妥当，只等他来就启动程序大干一场。没想到两人连老搞关在哪里都不知道，还大言不惭说自己是侦察兵，水星上的侦察兵。至于小君君，就是一个涉世不深且只知道打游戏的小屁孩，这种事根本不能指望他。大胖颓然坐下，闻着茶水的芳香，顿时激发了他无限的食欲。

老胡道：事情可能没网传的那么严重。我们也正在通过多方渠道打听消息。俗话说得好，要相信政府相信党，老天爷不会冤枉一个好人，也不会放过一个坏人。老搞不是一个人在战斗，我们都在关心他的安危。回想老搞的为人，顶多算是过失杀人，一定还有回旋余地。现在我们研究一下，看能否托托关系，争取宽大处理？就算死，我们也要好好送他一程。

大胖深深地叹了一口气，感叹道：唉，隐居山林数月，不想江湖突变，物是人非。老搞这一走，犹如北斗七星划过天空坠入大海，是我们户外界的巨大损失啊。事到如今，我们只能遥远地祝福，您一路走好，祝您二十年后又是一条好汉；而不能说，流星啊，保佑我们中五百万吧……

小君君道：胖哥呀，你这说的是人话吗？二十年后，老搞哥未必是一条好汉，也可能是个大美女，到那时你都如愿以偿成了胖爷爷啦，人家会说你是老牛吃嫩草。至于流星，你不去找到那颗陨石，怎么能卖成钱？流星为人们指引了发财的方向，可你懒得去寻找。

胖子点头称是：贤弟所言极是。他要是变成美女了，那得看他矜持不矜持，贞洁不贞洁，不然朋友也没得做。什么吃草不吃草的，胖爷属食肉动物。

老胡呵斥道：你俩瞎说什么？正经点。根据我掌握的情报，综合网上的说法，案发地可能是老搞的小区，业主和物管公司就车位问题发生了争执，双方发生肢体冲突，老搞作为一个老兵，可能下手重了点儿，据说死者是个光头，可能是得了癌症，刚做完化疗，经不住打，一打就死的那种。老搞也是倒霉，这年头，光头能随便打吗？老年人、孕妇、小孩，都要注意爱护嘛。事发后，群友老倪第一时间联系了我，说他在省厅有朋友，正托人帮忙打听呢。原本约在这里碰头，可这都中午了，还没消息。等有了消息，我们再在群里澄清事实，尽量挽回老搞的声誉，还我群一个清明。

大胖道：对呀，都到中饭时间了。我早上匆忙赶路，连早饭都没吃呢。你们肯定也饿了。要不我们去吃火锅涮毛肚？我这青城山十大青年之首，都好久没到省城吃香的喝辣的了。酒足饭饱才好睡觉，不，才好思考。

老胡瞪了大胖一眼，然后低头收发信息。大概是在联系老倪。老倪自称是一家国企的退休干部。

小君君道：胖哥，人命关天，你还有心情吃大餐？这个时候，你应该三月不知肉味，只知以泪洗面……

大胖突然打断道：对呀，说到肉，我还差点忘了。我可是有备而来啊，后备厢一大堆腊肉，是我家散养的土猪做的，吃了保证你三年都忘不了。这也算是我们几兄弟有难同当，有肉共享。

小君君满怀感激地说：谢主隆恩。不过，我的胖哥，你这副身材，还是注意控制下饮食，将来去户外探险，你跑得动吗？大好江山，还等着你去验收呢。

大胖摇摇头：你懂什么？这不叫胖，叫富态。其实我这是虚胖。虚胖就是假胖，看起来胖，其实内心非常地强壮。哎呀，这段时间隔三岔五就去被动相亲，唉，不是大龄剩女就是歪瓜裂枣、庸脂俗粉，一肚子的气，身子就是这样被气胀的。这次来了成都，我就不想回山里了，等我体内的浊气、晦气，还有废气一消，自然就回到以前的状态了。

小君君道：您以前的状态？不是重于泰山嘛，难道现在您比喜马拉雅山还重啊？

大胖笑道：重要人物嘛，不重怎么能行？

正当两人说笑着，老胡的电话突然响了，一看电话主人，老胡赶紧让两人噤声，然后热情地接通电话，看来是一个重要人物。

老胡听着听着，突然兴奋起来：真的！您真是神通广大啊！今天晚上，我们几个请您！一定要好好地感谢您！

挂断电话，老胡惊喜之情溢于言表。大胖和小君君忙问：什么好事？知道老搞关在哪里了？

平时不苟言笑的老胡，此刻掩饰不住内心的喜悦，笑道：老倪、倪哥，果然神通广大，说老搞可以出来了，就在城东看守所，律师已经帮我们处理好了，叫我们下午就去接人。晚上一起给老搞接风洗尘。

大胖惊疑道：不会吧，这么大的命案，怎么就可以操作呢？就算正当防卫，也有过失之罪嘛。权力通天，草民实在无法想象啊。

老胡笑道：下午见了人，自有分晓。常言道，吉人自有天相，今天算是遇到贵人相助了。

第三章：真相大白

到了看守所，三人才知案子已经按违反治安管理条例处理了。缴纳了罚金，就可以领人。虽然心里有无数的疑问，但三人也不好多问。

看到老搞时，三人都大为震惊，倒不是因为老搞头上缠了一圈白纱布，而是他变成了个胖子！也许是没有得到及时的治疗，发生了感染，全身浮肿；也许是遭受了非人的虐待。但老搞却面带重见天日的喜悦，脸上丝毫看不出曾经受到的委屈和不公。

离开看守所，老胡这才严肃地问：你怎么肿成这样？

大胖也极为震怒：你要不要紧啊，上医院不？是不是因为你得了绝症，将死之人，他们可怜你，提前释放你？

小君君也道：胖哥，这又不是古代，花点钱就可以赎人。道理不是明摆着嘛，肯定是调包了，有人替老搞哥送死呢。

面对三人殷勤的关切，老搞竟然哈哈大笑道：你们想象力也太丰富了嘛。什么肿不肿的？看守所又不是鬼门关。我这是胖，吃胖的。

三人听了更为惊讶，又不是住五星酒店，顿顿自助餐，能吃成这种样子？

大胖反问：他们给你喂了增肥剂还是膨大剂啊。你要是再胖点，我这群主宝座都要让位于你了。

老搞笑答：实不相瞒，这段时间，多亏警察同志的悉心照料，每日大鱼大肉好酒相待，牢房又太小，只能吃了睡睡了吃，自然而然也就发福了嘛。

大胖道：尽吹牛。你都阶下囚了，还大鱼大肉？大鱼大肉那都是最后一顿砍头饭。

老胡道：此地不宜久留，找个舒服的地方再说。

大胖殷切地把老搞扶上越野车的副驾驶座，小君君也一屁股挤了上来。老胡开的那辆破丰田，顿时相形见绌。

四人两车，找了个露天茶馆，晒着太阳喝茶，听老搞讲述自己的不幸遭遇。

老搞先是起身一番感谢，感谢三人的救命之恩。

老胡赶紧让他坐下，说：我们可不敢贪天之功，是另有高人相助。要感谢，你得感谢老倪，是他托关系一手操办的。不过，我们也特别好奇，你到底犯的是命案大案，怎么这么快就洗白、重获自由了呢？你给大家说说其中的奥妙。

老搞也糊涂了：搞了半天原来你们也不知道。我一直被关在里面，与世隔绝，哪里知道外面发生了什么。

大胖道：怪事天天有，今天到你家。说不定你打死的那个家伙，正好是公安通缉的要犯呢。你不但无罪，反而有功。我倒是好奇你怎么打死的人，打的哪里，这么有效，也教教我们，下次我们打架时，才好避开这些要害部位嘛。我这几年过得，比你好不到哪里去。也是除了吃就是睡，唯一的运动就是相亲。再不运动下脑细胞，我这脑袋都快成油脂油膏了。

小君君道：我的胖哥，你脑子果然是进油了。这才几个月不见，你就说过了几年，你的字典里一年等于三十天吧？此时此刻，我多想用一个著名的成语来形容你，可是你还差一点就名副其实了。

大胖好奇地问：你又想用什么冠冕堂皇的成语来歌颂我？搞得人家怪不好意思的。伟大的人物嘛，总是在仙逝之后才接受人民群众歌功颂德的，我距离上天堂还早着呢。不过你倒是说说看，什么成语？言者无罪，大胆地发言，说得不好，我保证不会打死你。

小君君小心谨慎地道：那我就直言不讳啰。其实就是肥头大耳，可惜您头是大，但是耳朵小……

小君君还没说完，大胖的手爪就攻向他的胳肢窝，弄得小君君被迫发出惊声尖叫。

老胡见状赶紧厉声呵斥道：公共场所，注意点形象。下面有请老搞同志讲话，大家鼓掌。

老搞喝了茶，神清气爽，慢慢道来事情经过。

案子发生在老搞所住的小区。矛盾的种子其实早已埋下，简单地说就是业主和物管公司的种种矛盾。老搞作为业主骨干成员，自告奋勇成为维权行动的军师。在此之前，业委会每次找物管维权，双方也都屡次发生了推搡，存在小规模肢体冲突。不过很难闹大，因为物管公司出面的主要是"临时工"，幕后老板难得一见。现代社会，小矛盾谁管，只有把事情闹大，有关方面才会出面调查。最大的问题是物管总能动用保安来维持秩序，业主们处于敌强我弱的不利局面。再说，小区的年轻人大多朝九晚五，要出去干活，留下来的都是老人小孩。是时候来一次大行动了。这个行动业主们谋划已久，目的就是要引起社会反响，最好警察记者都来关注一下。

老搞设计了一个全新的行动方案：兵分三路，各个击破。

一路以大妈大爷为主，他们负责起哄，见保安来了，就围住保安，晓之以理，动之以情。保安可不敢对老人下手，不是因为打不过，而是老年人不经打，一不小心打进医院了，医疗费他可赔不起；每月领着两三千的薪水，没必要如此拼命，自找麻烦。所以，老年梯队负责和保安软磨硬泡，牵制住敌人的主要力量。

第二梯队则以年轻人为主，他们身体素质较强，尽管平时缺乏体育锻炼和实战经验。他们负责与物管公司的工作人员进行严正交涉，当面列举物业的种种不合理、不作为，从而可以得理不饶人。没了保安助阵，工作人员被围逼在办公室的角落里，毫无往日的嚣张跋扈，态度一下子客气不少。平时他们也就主要是负责收钱而极少干事，没想到一下子来了这么多人，一时乱了阵脚，不得不想办法通知老板。

第三梯队则是以老搞为主的退伍兵，他们经常参加健身锻炼，具备一定的搏击技术。一旦第二组与敌人爆发冲突，他们就冲上去快速解决战斗，属于尖刀连，关键时刻直插敌人胸膛。

不过最终的目的是逼迫幕后老板妥协。所谓擒贼先擒王，这样一番操作下来，老板不现身不行。幕后老板果然"如约而至"，不过老板一向欺负别人习惯了，没有和谈与妥协的意思，而是一面用语言来做缓兵之计，一面用手机通知了一帮社会混混前来救援。这些社会混混非常容易辨识，个个都是光头，衣服穿得也很花里胡哨，仿佛是混混们特有的制服。他们有的手持金属棒球棒，有的手里竟然暗藏匕首。光头党们来者不善，态度傲慢，语言粗鄙，且下手狠毒，打人不分老幼，第一梯队见状，瞬间作了鸟兽散，独留下第二梯队与敌正面交锋。但他们苦于手中没有家伙，因此一开始就吃了大亏，一个个鼻青脸肿，不得不狼狈逃跑。

老搞他们正憋着一肚子怒火呢，见时机已到就冲了上去。光头党仗着自己人多势众，手里又有家伙，并不把新加入的人放在眼里，挥舞棍棒照打不误。可这些社会青年哪有什么身手可言，遇到正规军一个个都成了弱鸡。没几个回合光头党全都被打翻在地，躺在地上不住地呻吟求饶。

老搞抓住带头的，逼问幕后主使，光头只得招供，直指躲在人群中看热闹的物管公司的某老板，说是他花钱雇用的，他们也只是为了混口饭吃，拿人钱财替人消灾。谁知物管公司恶人先告状，报了警，刚来的是便衣警察，他们接到调度最先赶来，没来得及换警服。几个便衣警察到的时候，老搞他们正处于战斗上风，缴了光头的械正在逐个审讯，便衣警察以为老搞在行凶，就穿过围观人群，从侧后方来了个突然袭击，老搞吃了对方一脚，手中的棍棒掉落地上。尖刀队以为是光头党请来的帮凶，而且帮凶人手也不多，于是双方直接就干了起来。战败的光头党似乎看到了曙光，振作精神再次发动进攻，结果几十人打成一团，难解难分，现场再度陷入混乱。扫把、拖把、花盆都成为双方战斗的武器。直到穿制服的警察出现，向天空鸣了枪，众人这才住手。但现场已是一片狼藉：有人血流满面，有人倒地呻吟，地面满是玻璃碎片，不知谁的皮鞋、撕破的衣服。

清扫战场，对方死了一个光头，很快来了几个穿白大褂的医生，一番检查之后就宣告其医学死亡。此时，对方异口同声地说凶手就是老搞，匕首也是他带来的。老搞抢夺匕首时，难免留下了指纹。但法律只讲证据，物管公司的监控在这个关键时刻自然是集体失灵，于是老搞是有口难辩。这打架也是有学问的，伤得惨重的一方，一定要指控对方带头的出来承担责任。千万别说，现场混乱，不知是谁打的我，那样就没人负责赔偿。

老搞也受了伤，被人打了脑袋，一时头眼昏花，反正说不清楚，他就主动扛下了一切。就这样老搞被关押起来，等待法律的审判。自然有人拍了照片，放在群里和网上，希望引起公众关注，让案件得到公正的审判。

老搞进了看守所，不料这里的警察对他的态度突然客气起来，每日还送好酒好菜，而且有求必应。他也搞不懂到底是怎么回事，暗想会不会是因为自己承担了罪责，其他业主想方设法打通了关节？不过，他心一横，就算要死，死前也要好好享受一番，于是来者不拒，有求必说，好像住宾馆一样。

晚上吃饭，四人无不殷勤地给老倪敬酒，酒过三巡，这才步入正题。当然，吃饭喝酒主要目的是感谢老倪帮了大忙，也不知道他托了多大的人情还是花了多少银子。但更重要的是寻找案件真相，兼有增进感情之意。

老胡恭维道：倪哥，您真是神通广大，这么大的事情，硬是被您大事化小小事化了，您是怎么做到的？可否给我们指点一下迷津？

老倪狡猾地笑笑，摆摆手道：哪里是我有什么神通，我不过是借花献佛，做个顺水人情。其实一开始，我也很吃惊，我也就是随便打听了一下，没想到朋友回电话说人可以放了，办个手续就行。

老倪此时故意停下来，夹菜吃饭，吊吊众人胃口。

大胖急不可耐地催道：倪叔，你倒是快说啊。这可是千古奇案，现在这事在社会影响非常大，没有一个让公众信服的理由，人民群众就会说是徇私枉法、以权谋私。到头来老搞反而成了千夫所指的坏人，以后他还怎么混迹江湖？

其余三人也随声附和：是啊，总得有个说法，给广大网友一个交代嘛。

老倪这才慢慢地道出真相。

这事两三句话还真说不清楚。话说某分局法医鉴定科来了一个实习生，这小青年不简单，一心想成为中国警界的福尔摩斯，据说其还是某位领导的大公子。他一直想解剖一具还有体温的尸体，以便完成他的冷尸与热尸的对比研究。恰好那天就有那么一个机会，说死了一个光头混混，需要法医解剖确定具体死因，这个差事自然就交给他了。该公子剥离了死者衣物，正要举刀剖腹时，那光头尸体突然坐了起来，口里大喊着：别割我，我还没死。

那公子哥以为是诈尸，吓得丢刀就跑。后来经过审讯，发现这个人是故意装死，当时还叫了几个人假扮医生来宣告死亡。他们计划等尸体到了太平间，另外找一具来顶替，让装死者趁机脱身，以此嫁祸给老搞他们。没想到解剖尸体的法医这么快就赶来了，奸计自然败露，案情于是真相大白。

听完老倪讲述，众人如释重负，点头称妙。

老搞道：还是非常感谢倪哥的关照。但小弟还有一事不明。为什么看守所警察态度这么好，每日还好吃好喝款待？

老倪道：我也正要给你说这个小事。当初和你对打的便衣警察后来得知实情，又知道你是退伍老兵，心存愧疚。他也是刚退伍来当协警，经验不足。你的事，多半是他在悄悄运作。这不，他还要当面给你赔罪呢。

说完，老倪向不远处挥了挥手，很快一个身材略显矮小，但是虎背熊腰的青年走了过来。青年双手一抱拳，道：各位老班长，小弟我有眼不识泰山，大水冲了龙王庙，我自罚三瓶，以示赔罪！

说完，撬开三瓶啤酒，咕噜咕噜地喝了起来。喝完满脸通红道：今日还要执勤，看来只能请假了。

众人见状，忙让他坐下吃点菜。

老搞客气道：都是误会、误会。这些天多亏兄弟关照，感谢啦！

这虎背熊腰的青年打了一个酒嗝，继续说道：各位老班长，兄弟我行不更名，坐不改姓，名号廖小虎，叫老科就行了，等我老了。你们也别叫老虎，在你们面前，我永远都是只可爱的小蝌蚪……

廖小虎看来是酒喝急了，醉得有些东倒西歪，他挨着大胖坐，大胖不时地把廖小虎扶正，还不停地给他夹菜。

大胖想知道更多内幕，便问廖小虎：责任也不在你，老搞也有责任，警察也敢打？看着警察来了，就乖乖地举手投降嘛。

廖小虎道：这只能怪我，当时便衣执勤，没穿警服。本来想说自己是警察，叫他们住手，可是情急之下，忘了自己刚刚退伍，发生了口误，说成"我是中国人民解放军"。唉，看我这嘴笨的，我又立即更正道：我是中国人民警察。朝令夕改，别人自然以为我在开玩笑，就更加不客气了。我还记得当时还有人回我说：我还是你中国人民大爷呢。为这，来，我再自罚三杯……

廖小虎说罢，众人竟然大笑起来。

既然冰释前嫌，就更应开怀畅饮。众人觥筹交错，沉浸在一派喜悦之中，唯有大胖面露忧虑，举杯不饮。

小君君关切地问：胖哥，你又在忧国忧民了？今天可是个大喜的日子呢。

大胖道：老搞没事了，可我们的群怎么办？我怎么向几千号的群友交代？他们可是坐等热闹，看后续报道。这下热闹没有了，好不容易壮大的队伍，就要人走茶凉了。就算学习古代，秘而不宣，也只能瞒住一时。迟早这些看热闹的家伙会知道，届时他们愤而退群，后果不堪设想啊。

小君君道：那就一点点公开，行缓兵之计，争取时间，以后再制造一点故事。

老胡道：我们是户外运动群，就应该以精彩有趣的户外活动留住他们。要是靠绯闻流言出名，那我们不如改叫天府故事群算了。所以，依我之见，现在应该趁热打铁，好好地组织几场精彩的户外活动，才是硬道理。

老倪道：户外活动突出新意十分重要。现在户外群很多，活动不外乎就是露营、穿越、爬山，参加多了就失去新鲜感了。上次你们说荒野求生，这个就很有新意，其他群很少开展，像我这样的老驴就喜欢没体验过的活动。你们以后可以多搞点探险活动，这个感觉比较刺激。如果再加上寻宝，那肯定能在户外界一鸣惊人。

老胡道：倪哥的建议很好。带人去探索一下历史古迹，不仅学到了历史知识，说不定还能合法搞点文物。文物不让收藏，那就捡石头，什么化石、玉石、奇石，要让大家不虚此行。我们多搜集一下地质信息，实地考察一下，开辟几条寻宝路线，说不定就能引领户外潮流。

老倪道：地质信息我都能给你们提供几个。像凉山美姑县的红玛瑙、川陕交界处的彩色珊瑚化石、平武虎牙的宝蓝水晶、自贡的恐龙化石。很多人可能都听说过，但是并没有亲自去捡。有些资源已经被保护起来了，不让采挖。不过，也有一些没有门槛的寻宝地点，例如说金口河的水晶，据说当地到处都能捡到水晶，当地更是家家户户都有水晶藏品。但要掌握一些有品质的寻宝路线，你们还需实地考察。

大胖道：寻宝当然人人都有兴趣，但宝真不是那么容易找。要是空手而归，岂不徒增烦恼。

老胡在手机上一番即兴查阅，立即有了发现：从寻常宝贝做起，金口河是个不错的开端。我看可以升级一下，把爬山、挖野菜这些和寻宝有机结合起来，就算没有找到水晶，也锻炼了身体，品尝了野菜。金口河不仅有河，更有大山，这个名叫大瓦山的好像还很特别，小有名气。资料显示，大瓦山也有水晶矿洞，且此处海拔也不高，难度不大，可以多带点人去露营登顶。

大胖道：就大瓦山了，山下看山，山上看河。不过，老胡，先说好，我们只去爬山，不能再去钻洞了啊。我对山洞心有余悸啊。

老胡道：什么钻洞？狗才钻洞。我们这叫探洞，懂吗？古人说得好，不入虎穴焉得虎子。你上次探洞，不是找到银圆嘛。越是奇特的洞穴，越是深藏不露。

大胖惊讶地问道：诶，你怎么知道我捡到银圆了？难道我埋银圆的时候，被你们看见，趁我不在又偷走？

此时老胡和老搞相视一笑，老胡道：你以为那些银圆就这么凑巧出现在一个衣兜里？说白了，那都是我们两个老哥为了鼓励你活下去，特意把银圆集中在一起，等你来了有个意外惊喜。用心良苦啊。

老搞道：你还偷偷摸摸的，瞒着组织不报告。你看你，果然是心宽体胖啊。话说那么多银圆，怎么走路都没发出声响呢？

大胖的脸有些微红，狡辩道：看你们把我害得，知道给我造成多大的心理压力吗？为了不让铜臭的声音影响士气，我硬是挨个单独包装的。在那种求生情景下，我们的注意力都应集中在觅食求生的问题上。身外之物，不能当饭吃，徒增烦恼。为了大家，我也是用心良苦啊。

老搞道：你还倒打一耙！

大胖道：那下次再有什么宝贝，我一定再接再厉，不负老哥期望就是了。

老倪听到银圆，顿时引起了他的浓厚兴趣。上次他捡到的古代箭头，转手就卖一千块。尽管他不缺钱，但是赚钱的感觉则是来者不拒，多多益善。

于是老倪问大胖：什么银圆？哪个朝代的？可否割舍一两枚与我收藏？

大胖摇摇大脑袋，心想他们探洞发现文物的事，实不方便为外人道也。于是敷衍道：早就没了，裤子磨了个洞，全都漏了。

老倪只觉可惜，道：看来应该去青城山多转转。

小君君羡慕地说：我的胖哥，我感觉你没说实话呢。你肯定是捡到什么稀世珍宝了，不然怎么一下子买了辆新车呢？我不管，下次去探险寻宝，一定要带着我啊。

大胖得意地说：啥新车，二手货。那是九死一生、千辛万苦换来的。发财容易，但是发横财却难。别整天幻想着一夜暴富，吃饱喝足才是真理。

老胡道：事不宜迟，这段时间反正也无事可做。不如明天就去大瓦山考察一下。

老搞道：对，趁热打铁，不能只说不练。但我这次只能精神上支持你们了。伤筋动骨一百天，我这脑震荡，怕拖大家后腿。小区那头，还需要我坐镇一方，维权大业任重而道远啊。

老胡道：来日方长。你好好养伤，我建议你们多走群众路线，要相信政府。

散席后，老搞、老胡回了家，大胖和小君君就近住了酒店。由于喝了酒，他们睡到第二天下午才醒，说好的探路计划，只得推后。在剩下的时间里，大胖和小君君开着车到处联系旧友送腊肉，说要大家品尝一下山里的味道，将来还要注册个商标，叫作"胖哥肥猪肉"之类。

小君君本属无业游民，在家闲得慌索性跑到成都游荡，就算没有事情做，有人带着东奔西走的也颇感充实。老胡安排好家里的事情，才再次与大胖会合，三个大老爷们相约一起逛街，购买路上的饮食、洗车加油，如此耗费了不少时间，直至第三天下午才正式出发。

第四章：山路遇鬼

一上车，老胡和大胖的闹剧就上演了。老胡很想试试进口越野车的驾驶感受，他的丰田车除了车轻省油，毫无驾驶乐趣可言。但大胖婉拒：自动挡的车，你开不来的。

老胡的丰田是手动挡，自然吸气，在市区开，常常是手脚并用，乘客一看，往往觉得司机好辛苦，开得手忙脚乱的。

不过老胡可不甘心，他偷看胖子操作，根本就没有频繁加减挡的动作。又用手机上网了解到 D 挡、N 挡、P 挡的功能，心里便有了数。于是再度向大胖提出开车的要求。不过话得委婉地说，免得大胖起疑心。

老胡道：胖儿，你也开累了，要不我们换换，你休息休息，吃点东西喝点饮料？自动挡更简单，我会开，俗话说得好，一 D 到底就是了。

大胖漫不经心地说：谢谢您的大恩大德。可惜我不累啊，不但不累，还很兴奋呢。再说了，你就不应该坐副驾驶的位置。在部队，首长是不允许坐第一排的，坐副驾驶的那是警卫员。

老胡不悦道：我哪里是什么首长？我们三个人中你是群主，你才是首长，你才应该坐到后排去呢。

大胖道：我们群可不搞军事化管理呵，群主就是公务员，就是人民公仆，心甘情愿为你们做牛做马。

两人为了控制方向盘，吵得不可开交。好在小君君没有驾照，对开车没兴趣，不然就成了三人行，闹不停。

老胡见用计不成，便打开瓜子、花生、泡椒凤爪吃了起来，试图用美味勾引胖子，让他交出方向盘。不过大胖终究还是抵挡住了诱惑，双手稳稳地握着方向盘，丝毫不敢松懈。其驾驶风格也偏向文明，高速上既不超速，也不超车。

小君君独自坐在后排，觉得很无聊，为了缓和气氛，便问老胡：话说大瓦山，到底是个什么山？是看起来像一块瓦吗？凹陷的还是凸起的？

老胡道：我也捉摸不透，也许古代的瓦是平的，像现在的瓷砖。那山是平的。

小君君抓住话头：平的？难道是古人加工过？把山头削平了，好搞土木工程？

老胡道：非也。我且当一回专家，给你们背背书。现在很多所谓的专家其实并无真才实学，你要他讲，他也只能照本宣科。照本宣科的本事谁不会？根据资料显示，大瓦山位于乐山市金口河大峡谷北岸，海拔 3 236 米，由古火山喷发而成的玄武岩、白云岩构成。四周环绕着 800～1 600 米不等的峭壁，仅北端有一道险峻的山脊，可到山顶，除此之外，登顶别无他路。山体分为两层，下部是石灰岩，上部则是玄武岩，也称火山岩。民国时期，有个英国探险家威尔逊不远万里来到大瓦山探险，还写了一本书。至于一个外国人为什么要来这荒无人烟的地方，也许为了寻找珍稀植物，也许是为了印证一段鲜为人知的历史传说：相传诸葛亮南征，带兵经过大瓦山，对此山颇为喜爱，于是留下部分军士，在山中为他开凿墓穴，等诸葛亮死后将其秘密埋葬其中；而送棺入内的官兵，出来时无一例外中了机关死在里面，只留下一个缥缈的历史传说。说不定，这个外国人就是打着观察植物的旗号，实则是为了盗墓。冷战时期，大瓦山一带成了军事基地，因此不允许任何外国人进入。金口河盛产水晶不假，这里的水晶曾经驰名海内，如今却无人知晓。至于为什么叫大瓦山，我也弄不明白，资料也未显示。大瓦山山顶近乎平面，远看就像一个桌子，因此也被称之为桌山、平顶山。

大胖道：学那些专家背书有什么意思？你得讲点书上没有的东西，吊人胃口的东西。以后你当领队，带人去玩，光背资料可不行，你得会吹牛，讲点神乎其神的东西，才能抓住人心。

老胡将计就计，道：有倒是有，可是也不能白讲，要是没有掌声，那多没意思。大瓦山可是有很多军事基地的，这里头要讲的东西不少。可是讲出来，你又不能用你的大手掌鼓掌。要不我来开车，边开边吹，你呢也可以解放双手，补充点能量，整点掌声出来，岂不皆大欢喜？

醉翁之意不在酒啊，大胖深知老胡的心思，但现在天大的机密也不如开车有趣，于是果断拒绝：算啦，算啦，军事机密我们小老百姓还是不听为好，不然听取国家机密，可能是要掉脑袋的。

老胡颇为失望：死猪不怕开水烫，真是油盐不进啊。

不知不觉到了眉山，下了高速，此时天色渐暗，到了饭点。三人靠边停车，吃了路边摊，继续往前赶。眼见山路蜿蜒，老胡倍感不安。他忧的不是道路的危险，而是大胖依旧不知疲倦。老胡多次以疲劳驾驶、注意行车安全为由暗示大胖乖乖地交出方向盘，但大胖看起来依旧容光焕发，多次婉拒老胡的善意。

老胡心里不悦，他也想开开豪车，怎么大胖就不明白自己的心思呢？

山势越发陡峭，进山的公路就像挂在悬崖上的带子。山路上的车辆逐渐稀少，像是开进了无人区。老胡心里很是不爽，都快到目的地了，方向盘还没摸着。

不过事情很快就有了转机。在一个过弯的地方，大胖突然失控，只听他惨叫一声，双手猛打方向盘，车子突然转向，眼见就要冲下悬崖，千钧一发之际老胡力挽狂澜，抓住方向盘，才使车子回到主道。

老胡赶紧兴师问罪：怎么回事？叫你不要疲劳驾驶，你想害死我们啊。快靠边停车。

回过神来的大胖却不投降：不能停，后面有、有个女鬼在追我们。

老胡怀疑地看看后视镜，啥也没看到，道：你糊涂啦？什么鬼？你这是严重的疲劳驾驶，出现了幻觉。赶紧的，靠边停车，闪一边去！

老胡几乎用命令的口气说道。

大胖道：现在不能停车。真没骗你们。不信，你们从天窗往后看嘛。第一次，我也以为自己是老眼昏花，可是刚才转弯又看到那个白衣女鬼，飘在车上方。妈呀，太吓人了，我的手不由自主地发生了痉挛，换成谁，也一样。

小君君从后窗看去，并无异常，也认为是胖子疲劳驾驶，于是劝说道：我的胖哥，好东西要学会分享，好车也一样，你就让老胡哥开嘛。

老胡见大胖额头挂满了汗珠子，不像是开玩笑，倒像是急病发作的样子。也许大胖真遇到了什么难言之隐。

为了稳定军心，确保行车安全，于是老胡顺着大胖的思维安慰道：鬼有什么好怕的？鬼的前体是人，鬼也是人变来的嘛。虽说人鬼殊途，但是毕竟都懂中文，我们还可以交流。总比遇到野兽好，它们哪里听得懂人话。

说归说，笑归笑，安全起见，老胡和小君君还是打开天窗的遮阳帘，观察车顶上方是否有不明飞行物。两个脑袋挤在一起往外看，这不看不知道，一看心惊肉跳！果然有一个白衣女鬼飘浮于车顶上方！两人赶紧缩回脑袋，关上遮阳帘。

虽只是一瞥，但那鬼的五官却深深地印入脑海：有鼻子有眼睛，惨白的脸蛋，血红的嘴唇，还有一头飘逸的长发！这不是鬼又是什么？

小君君声音有些发颤：妈呀，好像是个厉鬼呢！飞得这么快，还敢追汽车。我的胖哥，你是不是对人家干了伤天害理的事，惹鬼缠身啊？

看到两人吓得不轻，大胖反而有些欣慰：这下你们相信了吧。胖哥这么诚实，什么时候骗过你们？老胡，我现在开车不方便，就麻烦你和小君君，跟那个女鬼讲讲中文，好好沟通一下，看她跟着我们是要什么东西，吃的喝的，还是纸钱香烛。

老胡道：这不可能啊，这不应该啊，真要有鬼，她何必在车外学超人飞？直接穿墙术，进来不是更好？

小君君惊恐地问：可不要进来啊，我纯洁的小心脏怎么受得了这种刺激啊？

大胖此时已经冷静许多，大概是心里的恐惧被其他人分担了，于是冷静地道：她要进来，也只能坐后排了。你就跟她聊天，聊人生，聊理想，说好话，夸她长得美，心地善良，问她还有什么心事未了。总之，以你的帅气，一定能征服她的邪气。

小君君连连摇头：别，别呀。还是你的脸宽面子大，女生不都喜欢高大猛的男生嘛，人家是奔你来的。

老胡这会儿也有所思考，心里有了些想法要验证，于是对大胖道：胖儿，你变速行驶，时快时慢，注意观察那鬼有什么变化。只要不开窗，我们就是安全的。

大胖遵照行事，那鬼果然也时快时慢，并没有要钻入车内的意思。三人有些疑惑，这鬼到底要干什么，没见过这么好看的车，还是说只是出来吓吓人？

小君君道：这是不是说明，鬼专长就是吓人？吓死的多半是胆小如鼠的人，只要我们胆子足够大，那鬼就奈何不了我们。

老胡道：不要乱说。世界上哪来的鬼？不要自己吓自己。

其实老胡心里也发毛，毕竟这世界上真有科学不能解释的东西。科学，只能代表人类目前对宇宙的认知水平。

小君君道：鬼当然来自地狱呗。你不是说人是鬼的前体？那鬼就来自人类咯。科学家说，世界上不止有三维空间，还有四维、五维，这都是有科学说法的。

老胡道：我们要做唯物主义者，要习惯用科学知识解释自然现象。眼睛能见的东西，不过都是些光学现象。说不定这是某种反光。等会儿找个有灯火的地方停车，自然真相大白。

车子继续在山路上蜿蜒，又过了几公里，终于看见了一点灯光，原来是个小型私人加油站。

看到了救星，大胖便加速前进，把车停在了加油站的灯光下。鬼影果然不见了，但三人还是不敢下车。

老胡道：按喇叭，把服务员叫出来，看看服务员有什么反应。

胖子按了喇叭，值夜班的服务员闻声出来，挥手示意车子离加油枪再近一点。三人一看服务员没有异常反应，这才放心地下了车。

小君君借助身高的优势，发现车顶有个东西，顿时发出尖叫：妈呀，是一张人皮！

老胡看了不由得失声笑道：虚惊、虚惊一场。世上本无鬼，庸人自扰之。什么人皮，这是人形风筝，肯定是行驶途中挂着风筝线了。这只能说明大胖驾驶技术高超，开车还能捡到宝。

大胖道：长这么大，我还是头一次见人形风筝的。大晚上的，也太吓人了。不知道是哪个小屁孩的，口味也太重了。

加油的女服务员见了说：这不是风筝，你们也太倒霉了。这是给死人用的，本地人绑坟头上，让它随风摇摆，用来招魂。

大胖惊恐道：我的妈，给死人用的，太可怕了吧。

小君君附和道：我的爸！天不怕地不怕，就怕鬼来吓。

老胡道：什么爹呀妈的，赶紧取下丢了。

大胖赶紧取下来，扔到路边垃圾站。加完油，三人继续出发。不过大胖仍然掌握着车钥匙，丝毫没有交出方向盘的打算。

山路更加险峻，一侧往上是悬崖峭壁，一侧往下是万丈深渊。道路上不时有刚落下的几块石头，提醒着司机务必小心谨慎。但这丝毫不影响大胖的美好心情，他哼起了小曲，还唱起了山歌：这里的山路十八弯，这里的水路九连环……

不过没过多久，大胖欢乐的歌声便戛然而止，那种恐惧的神色又回到他雪白的脸蛋上。

老胡感觉不对，忙问何故，大胖颤声说：老胡啊，我可能真的疲劳驾驶了。怎么还有一个女鬼在车顶飞呢？

老胡笑道：你又装神弄鬼？我们可不上你的当。为了大家的安全，你还是专心开车吧。别再拿什么女鬼吓人。

胖子心里更加着急了：不信，你们望望天窗嘛。

故技重演，老胡和小君君并不吃那套。

就这走神的工夫，车子驶进了一条羊肠小道。

老胡看了看导航，并没有责怪胖子的意思，而是非常通情达理地解释：现在的导航自动不智能，哪怕小路比大路短一厘米，它就会优先安排你走小路。才不管你车速快不快，开慢点就是了。

大胖额头的汗珠子又滚了出来，但是老胡却视而不见。好不容易来到开阔地，大胖果断停车，准备交出方向盘。大胖侧目一看，妈呀，这地方全是坟包。其中一个新坟还摆着几个白花花的纸人纸马，在黑暗里显得特别醒目，实在是让人倍感恐怖。

大胖只得服输，对老胡说：胡哥，你来开吧。白天是我太自私了。真是恶有恶报啊。

老胡心里暗喜，但表面上还故作客气：这路不好开呀。要是让我开高速，那才有驾驶乐趣嘛。

大胖不敢下车，而是等老胡下车后直接跨越到副驾驶，他就免于下车见鬼了。

老胡下车查看了一下，故作镇静地对大胖说：哪有什么女鬼。我看你是亏心事做多了。

大胖正害怕呢，无心顶嘴。

就这样，老胡如愿以偿地开上了豪车。大胖由于受到了持续的惊吓，便拿出瓜子花生矿泉水，吃零食给自己压惊。

大胖可能永远不知道，这一次是老胡悄悄将人形风筝捡回来挂到行李架上，达到目的后再悄悄地扔掉。

老胡开着车，不久就回到大道上。

第五章：途中遇险

车是好车，方向盘很轻，涡轮增压动力果然很猛，指向也极为精准。但是老胡却开得不轻松，反而压力山大。一是这车动力过猛，轻点油门就往前蹿，与自然吸气的车完全是两个脾气；二是路上落石越来越多，必须小心谨慎绕过落石，否则有可能扎破轮胎。看来开车的心情取决于路况。

胖子终于腾出双手，和小君君愉快地吃着各种零食，活像两只大松鼠在嗑松子，又好像两个家长里短的妇女在嗑瓜子，这让老胡很是分心。看来开车的心情也取决于乘客，要是副驾驶坐的是一个小可爱，那感觉就又不一样了。

于是老胡就给他们分配任务：你们别光顾自己的嘴巴舒服，现在路况复杂，帮我盯着落石、塌方。安全行驶，人人有责嘛。

胖子讥讽道：您可是十里八乡出名的老司机啊，怎么的？还要使用辅助驾驶系统？

老胡一听不高兴了：我是为大家安全着想，你就不怕落石伤到车？

大胖果然是爱车之人，经老胡点拨才幡然醒悟，嘴上虽然不放松，但心里却不由自主地警觉起来。于是大胖的脑袋开始忙碌起来，不停地点头，隔两秒抬眼前方，旋即低头往垃圾袋里吐瓜子壳。

老胡担心的事情还是发生了。当时胖子似乎已经发现了什么不好的征兆，奈何嘴巴塞满了食物，说话声音有些含混不清，只听他突然惊呼道：有塌方！

老胡反应神速，忙一脚急刹，车头重重点了一下，猛然停住。老胡正在惊叹这车刹车效果，突然一阵碎石猛烈砸车的声音砰砰砰地响起来。驾驶室车窗玻璃哗啦破了一个大洞，伴随车内人员的尖叫声，一时间仿佛末日来临。更要命的是，冲进驾驶室的那块大石头，砸中了老胡的脑袋，一块二指长的玻璃顺带着插进他的头部。老胡头一歪，险些晕倒过去。不过到底是个老兵，瞬间就明白发生了什么，赶紧踩下油门，车子便如箭一般射了出去，离开了塌方区。车在一处开阔地停了下来。老胡这才颓然地倒在方向盘上，压得喇叭发出刺耳的声音。

大胖和小君君被这突如其来的事故吓得面如土色，不知所措。他们两个小青年哪里见过这种大场面。胖子嘴巴里包裹的食物一时难以下咽，只好朝窗外吐了个干净。

救人要紧，两人赶紧下车，准备抬人。驾驶室一侧的车门被砸出好几个凹坑，万幸车门尚可打开。两人赶紧把老胡抬出来，平放在草地上。

大胖六神无主地对小君君说：小君啊，现在我们是群龙无首，怎么办呢？

小君君结巴地说：胖、胖哥，你年龄比我大三个月呢。

无奈之下，胖子哭号起来：老胡啊，不让你开车是有道理的。临行前我找老和尚算了一卦，他说此行车马不可易主，否则凶多吉少。没想到还真出了事。你可不能死啊，你死了我们两个人以后可怎么过啊……

小君君探了探老胡的鼻息：我的胖哥，你别哭丧了，还有气呢。现在我们应该打120，请求急救啊。

大胖道：这荒郊野岭的，救护车来了人也凉了。只能往前走，找个乡村诊所应个急。死马当活马医。

道路塌方，道路封死，去大医院已不可能，找乡镇诊所，也不知道哪里有。

小君君道：胖哥，你冷静一点。找谁也没用，现在我们要不等不靠，赶紧检查伤口，现场急救、止血、消毒。

大胖道：就依贤弟所言。我是刚才吃多了，血糖升高，有点犯困。当个胖子可真不容易啊。

两人一阵翻腾，发现老胡并无大碍，只是脑袋插了块玻璃，那里流了不少血。

大胖道：根据电影经验，我们应该拔掉玻璃，清理伤口，再用布条包扎。

电影里男主角受伤了，总是有一位美丽的女主角撕了自己的裙子为他包扎伤口。小君君，现在组织考验你的时候到了，你就把你裤子撕一段给老胡包扎，你的裤子用完了还不够，就接着撕我的，咱们接力救援。

小君君为难地说：胖哥，火烧眉毛了，你还说这种不靠谱的话。你当老胡是大象脑袋啊，还要用上整条裤子。再说，裤子怎么撕？横着撕太短，竖着撕整个裤子都报废了。再说，裙子、裤子那么脏，适合包伤口吗？还是用衣服吧。

胖子道：贤弟言之有理，那就撕你的衣服吧。

小君君不乐意：干吗非要撕我的？我的衣服也不便宜。

大胖狡辩道：跟钱没关系。我不是被女鬼吓出一身冷汗嘛，衣服早就被臭汗污染了，你的干净些。

小君君开始撕衣服，撕了几次也没成功。电影的衣服是一撕就烂，可现实生活中，衣服质量也太好了吧，没有剪刀可真难搞啊。

小君君索性也不撕了，找了个借口道：方法不对呀，还是不要拔玻璃的好。万一玻璃正巧插在动脉上，这一拔，相当于给老胡哥放血，只会加速他的死亡。

大胖道：有道理，反正他也没怎么流血。老胡气息微弱，可能身体供氧不足，应该是先给他做人工呼吸。这份光荣的任务，还是贤弟先来吧。

小君君不干：凭什么我先来？要是美女晕倒，你会这么谦让？

公平起见，两人决定猜拳决定胜负，结果胖子输了，却赢得了给老胡嘴对嘴做人工呼吸的权利。

大胖犹豫半天，终于鼓足勇气，对着老胡的嘴巴准备下口，一面说：对不起啊，老胡，最近都没怎么刷牙，口臭是有点，臭口水流进你肚里也别见怪啊，忍忍就过去了。都怪我运气不好，连个女队员也没发展来。不然的话，裙子也有了，香吻也有了。想我读大学那阵子，多少还有一群胖妹跟着我减肥。唉，真是今非昔比啊。

小君君催促道：胖哥，你就别感叹了。赶紧嘴对嘴开始吧，我保证不告诉别人。

其实当时老胡并没有完全昏迷，而是有些羞愧难当，好不容易抢着开车的机会，不料出丑了。索性先睡一会儿。不承想这两个家伙真会搞事，一会儿要撕裤子衣服包扎伤口，一会儿又要来个人工呼吸，真是烂电影看多了。

此刻，老胡眯着眼，眼看胖子竟然真的嘟起那肥厚的嘴巴朝自己亲过来，他打了一个激灵，不得不马上苏醒，以免遭玷污。

大胖其实只是做个动作，他在尽量拖延时间，想趁小君君不注意，做几个假动作，蒙混过关。就在他嘟哝嘴巴接近老胡的小嘴时，突然一只大手把他的脸狠狠地推开了。

老胡一屁股坐起来，气愤地说：去你的猪冲嘴，你还真下得了口？学过现场急救吗？人工呼吸不是亲嘴或要先蒙块布、塑料袋，中间开个口，这样吹气，以免交叉感染，懂吗？

大胖却高兴不起来，他对小君君说：完了，这八成是回光返照。好端端地昏迷着，怎么突然开口说话了呢？老胡啊，你还有什么事要交代的吗？赶紧说吧，兄弟们一定给你办了。

老胡呸了他一下：去你的，别把你的大脑袋在我眼前晃，睁眼一看，还以为是谁的屁股呢。我问你，你刚才怎么报的警？塌方你也不说清楚是前面塌还是头上塌。一车人差点被你害死。

大胖有点委屈地说：我、我、那个时候正在……

大胖想说那时自己正在大吃大喝，不过这个贪吃误事的理由实在难以开口。胖子索性不说了，看着老胡奄奄一息的样子，假装号啕大哭起来：都怪我，要是时光可以倒流，我打死也不让你摸方向盘。我宁愿受伤的总是我……

老胡有些感动，也坦诚相告：胖儿，我也有事瞒着你，那个女鬼，第二次是我故意挂上去的，就是想吓吓你，让你交出方向盘。结果，是我自作自受。

大胖假装抹了抹眼泪，道：老胡，其实我也有事瞒着你，现在不说怕以后就没机会了。其实我通过后视镜早就观察到你的一举一动了。我都是配合你演戏呢。我不是不让你开，都是听信了老和尚的谗言。

老胡道：什么也别说了，我就一个皮外伤。这里前不着村后不着店的，回县城肯定不行了，就去前面找个卫生所。话说你买了一车零食，怎么就没想到买点外伤药品呢？

老胡说完自己站了起来，但很快因为体力不支，又一屁股坐了回去。胖子见状赶紧和小君君把老胡扶到后排坐下。

大胖则清理了下车内的石块和玻璃，好在车子只是受了点皮外伤，依然能正常行驶。胖子重新掌握方向盘大权后，一改往日的温柔，暴躁地开着车往前狂奔。

山路无路灯，天地同黑。路边不时出现隧道入口，只是都被封堵了，乍一看还以为是道路急转弯，其实正是冷战时期留下的军事基地。这些基地入口成为这条山路特有的风景，充满了神秘感。

大胖终于把车停下，因为他看到路边有棵大树，树上挂着一块牌子，上有白地红字：704 职工医院。此处正有一条岔路向山上延伸。

第六章：荒山医院

凭借着车子优良的弯道性能，拐过几个回头弯，就到了半山腰的隧道口。胖子停车在隧道口，因为有扇铁门挡住了。胖子拿上手电，下车查看，铁门只是虚掩，隧道不长，大可通车。隧道入口有个小亭子，里面有桌椅，桌上一支蜡烛照亮四周。看来应该是个守门的，只是人不知去向。

驶过隧道，就来到开阔地带，里面一片漆黑，车灯照亮之处，果见几栋矮楼，风格古旧，布局紧凑。黑暗中，隐约有几个穿白衣服的人影走过。

大胖道：多半是停电了，要不然门岗也不会点蜡烛。

小君君赶紧下车大喊：来人哪！救命啦！

大胖赶紧制止：有你这么喊救命的吗，搞不懂的还以为你被仇人追杀呢。你应该这样：医生！护士！快来救驾！我们首长受伤啦！这样才接地气，人家一听是领导受伤了，那还不赶紧屁颠屁颠地跑过来，笑脸相迎？多省事。反正他是我们的首长就行啦，别人认不认可无所谓。

小君君夸赞道：姜还是肥的辣，胖哥一出马，鬼神都害怕。

两人喊了几次，依旧无人回应。就算把首长换成县长、市长、省长也不管用。

大胖不免奇怪：难道是开紧急会议去了，还是赶去抢救电气设备？

老胡听了两人的瞎起哄，不免着急起来，在车上发出略显气恼的声音：你们瞎吵吵什么，不是人人都像你们这样官迷心窍。不如说我是解放军战士。算了，别扰民了，这个时候，患者都在休息，我们自己去急诊科就是。

戴上头灯拿上手电，大胖便和小君君扶着老胡直奔最近的大楼。通常情况下，急诊科应距离入口最近，方便抢救。

一楼大门大大敞开，上面果然有三个红色繁体字：急诊科。门后接着一个大厅，也许是刚吹过大风，地上散落着不少枯叶、纸屑。一个红色咨询台上亮着微弱的烛光，后面赫然站着一个白大褂的医生。

大胖喊了几声，白大褂却丝毫未动，胖子有些生气：你们这是聋哑医院吗？嗓子喊破了也不来个人！

但那白大褂依旧纹丝不动，大胖将手电照过去，顿时吓得手电飞到空中又掉在地上灭了。一旁的小君君没明白发生了什么事，只是用头灯射向大胖。

小君君忙问缘故，胖子道：鬼，蜡烛后面不是人，是个白脸鬼。

小君君道：怎么会呢？分明就是人，人家也许站着睡着了。哪有鬼点蜡烛吓人的道理。

大胖不敢往前，只说：贤弟言之有理，你不妨先过去问问那人，老胡我来扶。

小君君大步走向烛光，走近了一看，也被吓得浑身哆嗦，赶紧后退。

大胖见状反而幸灾乐祸：不听老人言，吃亏在眼前。

小君君道：好吓人的假人，鼻子、眼睛、嘴巴都是画上去的。在这黑咕隆咚的地方，太恐怖了。

老胡轻声道：别大惊小怪，人家可能为了应付检查，故意放个假人，充当门面。高速路上，不是还有假交警吗。我们直接去医务室吧。

三人径直走进一间治疗室，里面有白色病床、木质医药柜，一应俱全，就是没人。

老胡道：胖儿，你去找找值班医生，这里有小君君就行了。

大胖独自去找医生，他的嗓门很大，用力一吼，门窗皆震。不过除了一点回声，什么也没发生。他悻悻然逐间查找，但所到之处无不透着一种不寻常的气氛。每个房间，或是治疗室，或是病房，有床有桌有柜，可就是空无一人。这栋楼有三层，大胖心有不甘地上了二楼，却发现二楼病房要么是空的，要么床上也躺着假人，他被假人吓得不轻，也不知道是哪个捣蛋鬼搞的恶作剧。三层楼检查完，连只老鼠都没遇到。回到治疗室，老胡与小君君却不见了。大厅的烛光也灭了，周围一片漆黑。胖子往窗外看，远远地看见自己的车灯还亮着，估计是两人办完事回去了，太不够义气了，也不等等我。大胖一到停车处，见两个人正埋头翻箱倒柜，好像两个贼。

大胖大声责备道：好呀，好你们两个贼人，调虎离山，趁我不在偷东西！

老胡和小君君正在聚精会神地找东西，忽然被大胖一吼，也吓得不轻，手里的东西一抖就掉了。

大胖道：果然有鬼！有内鬼！

老胡赶紧做了一个嘘声的动作：小声点！车上还有什么家伙，快拿出来！

大胖漫不经心地说：都在后备厢呢。找家伙干什么？连只老鼠都没有，找谁打架啊。

老胡催他快上车。上了车，大胖才看见老胡头上的玻璃没了，伤口也不流血了，人也精神多了，便好奇地问：老胡，你头上的犄角呢？怎么没通知我就撤了呢？

老胡显得有些不耐烦：快找家伙。什么犄角，那是瓜熟自落。话说你找的医生呢？找了这么久。

大胖道：找了啊，楼上楼下都没人啊。你们这么慌张干吗？

小君君解释道：胖哥，有敌情哪，刚才有狼吼，你的大脑袋小朵儿没听见吗？想给你打电话，可手机都不在服务区。我们只能赶紧撤离，慌乱中，老胡的玻璃被门窗碰掉，也省得找医生了。

这时，就听见一阵低沉的咆哮声，三人来不及反应，一个毛茸茸的大头就从驾驶室破损的车窗钻了进来。当时胖子坐在驾驶室侧身看着后排的老胡，正好背对着窗外，忽感窗外一股寒风袭来，他不由自主地把身体往前躲闪，可还是来不及了，那个大头一口就咬下胖子一大块羽绒服，顿时白色的羽毛纷纷起舞。胖子直觉后背发凉，不由得回头一看，妈呀，什么狼啊，分明是一个大头绿眼怪。

大胖惊呼：老胡，救我！一面从前排中间往后排钻，可惜他屁股太大，卡在中间动弹不得。

老胡见势不妙，随手抓起一袋没吃完的瓜子就砸向绿眼怪。瓜子劈头盖脸砸向那怪物，被撞得四处纷飞绿眼怪先是咬得一嘴毛，现在又被瓜子袭击，难免吃惊，忙撤下趴在车窗的爪子，后退了几步。

三人这才看清楚，此物是一只眼睛发绿的大怪物，像狼又像狗。

利用这个时机，三人从后备厢的背包里翻出一把工兵铲，两根登山杖。

老胡质问道：刀呢？匕首呢？

大胖道：我怕警察临检，就没敢带管制刀具。要不，三十六计，走为上计？

老胡道：现在要走也不行了，你敢坐回驾驶室吗？

绿眼怪经过短暂的发呆，准备继续攻击，它一跃而起，半个身子冲进了车内，屁股则掉在外面。老胡见状，忙用登山杖挡住怪物张开的大嘴巴，救了大胖的屁股。胖子放弃去后排的想法，转而去了副驾驶座。

由于车内空间小，不好发力，老胡和大胖只能使用刺这个动作连续反击。那绿眼怪吃了十几刺仍不知疼痛，也不思后退，继续咆哮着试图钻进来。

老胡见势立即改变策略，他关掉车灯，脱下外套蒙住怪物头，但绿眼怪并不退却，而是左右摇晃，试图将蒙住眼睛的衣服甩掉。老胡又计划趁敌明我暗让小君君持工兵铲快速绕到怪物身后发起攻击。但小君君胆子略小，犹豫着不敢轻易出去，包抄围攻的计划只能让大胖去执行。

老胡略带鼓励地对大胖说：胖儿，你力气大，绕到后面，给它屁股来一下。

老胡和小君君不停地用登山杖攻击怪物头，给大胖赢得时间。但那怪物头似乎无比坚硬，没有绵软的感觉。与此同时，小君君发出野兽般的怒吼，用以吸引绿眼怪的注意力。

大胖绕到车后，见绿眼怪的屁股和后腿都吊在车门上，他一个箭步冲上去用工兵铲开刃的一面对着目标，使命朝怪物猛砍下去，伴随着一声怪物特有的哀嚎，怪物的身体被大胖砍成两半，顿时血液如喷泉四射。怪物身虽然分成两半，却还在不停地抽搐，好半天才停止抖动。

看到驾驶室一片狼藉，大胖也丧失了开车的兴趣，惋惜道：这车算是毁了，由外而内。就算修复了，那伤痕累累的样子也会永远留在我心中。啊，我可怜的车宝宝。

老胡的注意力只在现场：不正常，白眼狼，这辈子我见得多了，可是这绿眼的，是狼吗？我真还是头回见。

大胖道：靠眼的颜色不好做决断吧！如果狼睡眠不好，那有红眼狼也是可能的。

老胡做回忆状：有一次夜间演习，我们还真遇见了狼。狼眼微闪绿光，没见过的还以为是敌人的夜视仪。但也不至于像这物这样两眼如两个灯泡，能发绿光。所以，我觉得事情有些奇怪。

小君君道：两位哥哥，我们还是赶紧走吧，是非之地，不可久留啊。

老胡却有些犹豫：走也好，留也好。走了省事，留下探索一下这是个什么地方也好。

大胖正要清理驾驶座位的污物，就听老胡低声催促道：胖，快上车，后面还有一条……

大胖的大脑袋还没来得及领会老胡的意思，就感觉身后突然一股腥臭的劲风袭来，他赶紧往车里钻，门还没来得及关，就听嘭的一声巨响，门反而被撞得关上了，胖子也被门推进车内。

大胖大感不妙，只顾往车内逃命。老胡和小君君又开始用登山杖与不速之客搏斗起来。这是一只体形更大的野兽，大得它一时无法破窗而入。

大胖回头一看，大为惊骇：这哪里是什么狼？体形大如狗熊，脑袋长满长毛，长得足以遮挡其视线。大怪与绿眼狼唯一的相似之处就是眼睛，也是幽幽泛着绿光。莫非刚才死的那只是它的小崽子？这个大的是小崽子它妈？这下惨了，都说母的发起疯来六亲不认啊，算是闯下大祸啦。

见大胖发呆，老胡怒斥道：看什么看，还不找东西御敌！看我们都忙成什么熊样了！

车内没有长物，大胖只好打开一包瓜子，抓一把砸向怪头。那怪的眼睛本来就被头顶的长毛挡住些许，又被瓜子袭击，不堪骚扰，更加狂怒暴躁。

这样僵持下去不是办法，正面较量也因空间问题施展不开。老胡认为只能发动运动战，最好的方法就是启动车子一走了之。老胡一面让胖子和小君君用铲子挡住大怪的脑袋，自己则趁机爬进驾驶室，插入钥匙启动车子，踩下油门，车子随即轰的一声往前蹿了出去，立即与大怪脱离了接触。但那大怪怎么肯善罢甘休，仍然在后面紧追不舍。车开了一个弧形路线掉头到了隧道出口，但三人吃惊地发现隧道口不知何时已被一堵高墙封死了。

大胖悲哀道：完蛋了，关门放狗，这里肯定住着变态，想杀人越货啊。

老胡没停车，见此路不通，便继续开着车，在医院的主干道上转起了圈。这医院不大，内部是一条环形道路。大怪虽然穷追不舍，但只要车不停，三人也就相对安全。

老胡斥责大胖道：不要动不动就完蛋，好戏才开始呢。我们车刚加满油，就算这样转圈儿，也能跑个几百公里吧。这怪物体能再好，也未必能跑完一个马拉松。

大胖不服地嘟哝道：不是完蛋就是滚，还一圈圈地重复滚。

三人这时才有机会看清来者是何方神圣：只见它壮如黑熊，全身长着长毛，长得几乎垂到地面。且其头发异常浓密，就像女生的刘海，挡住了额头一半的视线，把原本肥大的脸蛋遮掩得多了几分母性的秀气。

大胖道：你们说这是变异狗熊还是长毛肥羊啊？我怎么就没见过呢？

小君道：搞不好还是稀有品种，我们是首先发现者，具有命名权呢。看它跟你长得很像，要不就叫秀发胖妞熊？

大胖道：嫁给你当老婆得了。所谓奇货可居，这东西应该极具经济价值，等它跑累了，给你的胖妞来个五花大绑，拉到菜市场卖个好价钱。

老胡打断道：看你们那点见识，这不是翠花，这是藏獒。只有年龄足够大的藏獒才能长出如此之长的毛发。藏獒是世界公认的猛兽，不可轻敌。

大胖笑道：嗨，长得这么五大三粗的，原来还是一条狗狗啊。小君啊，待会儿给你的小可爱扎几条辫子，那就更闭月羞花、倾国倾城啦。

小君君也不示弱：小弟已名花有主了。倒是胖哥你独守空房，不如就笑纳了吧。

大胖道：你是鸡冠花还是喇叭花啊？该找个这样的胖妞好好管管你了。

车子绕了几圈，那笨头笨脑的藏獒果然中计，喘着粗气，速度越发缓慢。然而，几圈之后，老胡刹住了车。原来是跟车跑的藏獒不见了。胖子和小君君拿出强光手电四处探照，却没发现其踪影。

大胖道：那笨狗还是有点自知之明嘛，知难而退还是好样的。

老胡却有些担心：别高兴得太早。藏獒智商可不低，它要是学聪明抄近道，从前面拦住我们，那时掉头也来不及了。

大胖道：那更好，趁机撞死算了。

小君君道：你以为是在跑高速啊。就这点加速距离。

说曹操，曹操到。那藏獒果然智商不凡，笨拙的身影已悄然出现在了车灯范围内。它大张着嘴喘着粗气，要不是两个绿眼睛吓人，其实它长相还蛮可爱的。然而人们容易因此忽视其危险性。

藏獒是产自西藏的一种犬类，其体形往往硕大，性格凶猛，力气强但耐力差。藏獒具有极强的领地意识，它对主人非常温柔，对闯入领地的陌生人充满敌意。据说藏獒咬人，一定要把人咬死才肯罢休，因此藏獒被誉为世界上最为危险的猛犬，没有之一。

面对正在喘息的藏獒，三人一时不知所措，掉头吧，应该是来不及了；加速去撞吧，加速距离又太短。进退两难。要是三人一起下车群殴一只藏獒，唯恐天下人耻笑以多欺少；只有躲在车内，让藏獒先发招。

藏獒休息完毕，体力得到恢复，很快就发动了第一次冲锋。它轻松地跳上发动机舱，一头撞在挡风玻璃上，导致车身猛烈摇晃。但藏獒奈何不得挡风玻璃，只在玻璃上留下多年未洗澡积累的污秽。老胡启动雨刮器，却被藏獒用爪子掰断。藏獒见人近在咫尺却抓不到，狂怒之下它改变策略，忽然跳下去从破损的驾驶室一方发起攻击。

此刻继续开车躲避藏獒肯定来不及，然而这样跑下去也不是办法，因为狗狗已经学会了半路拦截。所以，不如停下来与之决战。

大胖和小君君做好了准备，将登山杖交叉挡在车窗前，老胡手持工兵铲予以还击。但几个回合下来，两根登山杖已经腰折，藏獒脑袋上也只是掉了几撮毛而已。敢在藏獒头上拔毛，这反而激起了藏獒的斗志，它见前窗防守严密，便转而攻击后窗。只见它后退几步，猛地一冲，它那有力的大爪子一巴掌就把后窗玻璃拍裂了。幸好玻璃贴了膜，才免于破碎一地。处于后排的胖子和小君君顿感压力山大，他们已经没有可用的家伙了，要是藏獒再来一次冲锋，就可以直接冲入车内。

大胖大怒道：你这条该死的肥狗，滚远点儿，我跟你可不是一家人。小心我吃了你的狗肉。

小君君接过话头道：胖哥，应该说谁咬谁还不一定呢。

大胖道：咬你得了！

藏獒果然很快发起了第二次冲锋，这一次它直接撞掉了整块车窗玻璃，却没急着赶紧冲来，而是选择后退，准备第三次一鼓作气直接进入车内。

此时，情况已是十分危急，好在胖子急中生智，赶紧拿起硕大的登山包堵在窗口。藏獒撞来，直接被厚实的登山包挡回去。那藏獒很是聪明，见此计不成，复攻驾驶座的老胡，老胡不断地用工兵铲与之周旋，数回合下来，卡路里消耗太快，老胡已是精疲力竭。

老胡本想继续开车，又恐被江湖人耻笑，说什么三个人都打不过一条狗。

老胡一面拍打狗头，一面呼叫大胖：你的杂货包还有什么东西，这样下去迟早要当狗粮啦。

大胖回道：硬家伙真没有，要不我们来软的？软硬兼施。

老胡怒道：这个节骨眼了，你是想肉包子打狗，还是给它唱催眠曲？

大胖道：你这么一提醒，我倒想起来了。再坚持一会儿，等我翻翻包包。

老胡怒道：你还真带了肉包子？

大胖很快从登山包里取出一个塑料瓶，里面装着褐色的液体。

大胖道：老胡，找到了，就是这个东西。

老胡瞟了一眼，大为失望：靠！冰红茶？有个屁用！

大胖连忙解释：不，这是液体炸弹，是我从油箱里抽出来的。本来计划上山引火用的。我说的软硬兼施就是用火攻。

老胡道：那你快引过去，给它灌汽油。打火机呢？

小君君道：我有，抽烟之人怎么可能没有打火机？

老胡道：那你废什么话，准备点火啊！

大胖小心地拿开登山包，朝着藏獒吹起了口哨。藏獒见前排不好突破，已是气急败坏，忽听胖子对它吹口哨，声音中充满了蔑视，藏獒一怒之下放弃了老胡，转攻胖子。胖子不失时机地递出背包，让藏獒撕咬，人犬纠缠之际，老胡拧开瓶盖朝藏獒身上泼洒汽油。但藏獒很聪明，闻着这种挥发性的气味就感觉不妙，突然停止了撕咬，人犬立时停止了争斗。就在这片刻的犹豫之间，老胡将剩下的半瓶汽油砸向狗头，藏獒不知是计，见是一个小东西飞来，也许是出于狗的天性，只见它一晃脑袋竟然将塑料瓶准确地用嘴接住了，那半瓶汽油顺势流出狗嘴。

此时，老胡紧急喊道：快扔打火机啊！

小君君却没扔：胡哥，这可不是电影的煤油打火机啊，我这手一松，火就灭了。

大胖道：拿纸来，餐巾纸。

老胡不知大胖用餐巾纸干吗，情急之下也无暇思考，便顺手从副驾驶拿了一包纸给胖子。大胖扯出一把纸，揉成一团，计划点燃了再扔出去。

那藏獒仿佛明白了什么，却不后退，而是跃起狗头继续攻击胖子，它的意思很明显，想玩火，那就点燃你们的车，一起玩完。

藏獒的这一招果然奏效，胖子投鼠忌器，只好又拿起背包去喂藏獒。

老胡见状，紧急地发动了车子，人与狗暂时脱离接触。老胡希望在运动中寻找战机。此法果然奏效，藏獒又开始在路上奔跑追逐。大胖见状，连续扔出几个火球，藏獒虽欲躲闪，奈何火球太多，只听轰的一声，藏獒一下子火光冲天。藏獒大惊，不再追赶，而是扭头朝反方向逃窜。

危险暂时解除，老胡停车，三人得以有喘息之机。大胖从后备厢拿出珍藏数月的矿泉水，分给众人压惊。

大胖一口气喝光一瓶，总算压制住了心里的恐慌。

小君君还是没有放松警惕，问：该不会还有其他恶狗吧？

老胡自信地道：没有了。藏獒为百犬之首，如果有，听到首领这么大的声响，众狗定会一呼百应，倾巢而出。看来也只有这两条了，手下小弟死了，幕后老大这才亲自出马。我们暂时可以放心了。

总算可以松口气了，大胖关切地问：老胡，刚进医院，你还半死不活的，怎么现在表现得如此生猛？

老胡道：这叫应急反应，以前部队上练出来的。普通人遇到紧急情况，多半吓蒙了。经过训练的人，反而可以激发斗志。当然，也可能是开始被砸晕了，后逐渐清醒。这个鬼地方，该不会是什么训练基地吧。那些假人，就是为了训练人的快速分辨能力。

大胖摇摇头：未必是训练什么分辨能力。这是医院嘛，假人就是让实习生用来训练的，什么现场急救、心肺复苏。也许是为了应付上级检查，假人值班，真人睡觉。

小君君道：是医院也早就废弃了。柜子里的药生产日期多是20世纪60年代的呢。

正说间，老胡突然大叫不好，只见不远处火光冲天，想必是那条藏獒一路奔跑，点燃了许多枯枝败叶。要是烧着房子，可不是好事。

老胡道：赶紧救火。

三人赶到失火处，原来是楼旁边的一个垃圾站着火了。垃圾站可能就是狗窝所在，现已变成一片火海，火焰中心，那藏獒已经四脚朝天一动不动，任由大火烧烤。由于毛发尽数烧完，藏獒裸体在火中，活像一头烤乳猪。

大胖正欲进楼搜索些盆儿锅儿运水灭火，老胡摇摇手叫住：不必啦。周围有阻挡物，烧不起来。这团大火正好可以为我们驱散黑暗，提供热量。

大胖喜道：对呀，还能吃烤狗肉，补充刚才斗狗消耗的能量。

三人远远地烤着火，享受着片刻的惬意。那藏獒果然是肥得流油，身体内的油脂被烤得吱吱地往外流，一股股烤肉的味道扑面而来。

大胖骂道：你这蠢狗，毛衣穿得再厚，也是一条狗。待会儿吃你的肉，也算是你做了一件好事。

小君君担忧道：看它肚子胀鼓鼓的，会不会爆炸啊？

话刚说完，就听见一声沉闷的爆炸声，那狗不知怎的，果然爆炸了，威力极猛，以至于原本一团大火几乎被炸灭，只剩下些零星的小火四散落下。狗的身体也碎成数块，破碎的肢体和油脂四处飞溅。三人来不及躲闪，尽被狗的碎肉击中，顿时肉香扑鼻。

此时，一个圆圆的东西滚到三人近前，一看正是那藏獒烧得黑乎乎的脑袋。

大胖呵呵笑道：好狗！肯定是听到胖爷要吃狗肉，它就来个"炸"尸。这不禁让我想起了两句古诗：粉身碎骨浑不怕，不留狗肉在人间。

老胡诧异道：不对呀。你们看它眼睛，死成这样了，还绿着？

大胖一脚踩在狗头上，道：人说死不瞑目，都死了，眼睛都还这么亮呢？这狗有点反人类啊。

小君君道：会不会是人造眼，用电池的灯泡？

大胖道：挖出来，瞧瞧。

大胖亲自动手，竟然把狗眼给拔了出来，而且拔出眼睛带出线。三人这才看清楚，发光的东西是根短粗玻璃棒，其后连着金属丝。但在拔出的瞬间，那绿光就消失了。这显然不是狗天生的，而是人造之物。

老胡惊呼道：我的乖乖，小君君说对了，果然是电子眼。

大胖又拔出另一只狗眼，也是如此：难道这个"704"是研究智能穿戴设备的？

老胡道：这就更蹊跷了。从目前科技水平来看，还没有哪个国家将机械电子设备成功应用于动物的，这科技水平，有点超前了。不过，也提醒我们得加倍小心，这狗肯定有主人。狗死了，狗主人不会轻易放过我们，他不露脸，派狗来袭扰我们，这背后说不定有什么见不得人的勾当。

大胖道：那就来个全院大检查，活捉狗主人！抓住他，叫他打开大门，扭送至公安局。以前干了什么伤天害理的事，给警察叔叔说去吧。对了，还要叫他赔偿我们车子的一切损失。我们这车不是石头砸的，是狗撞烂的，全赖他身上。

小君君补充道：还有精神损失和误工补助。

于是三人收拾了背包和装备，开始全院大搜查。

第七章：精神病楼

人狗大战期间，三人基本摸清了医院的结构：一条环形道路包围着急诊科，以此为中心，其东面是出入口，北面和西面各有一栋两层小楼，而南面则是建在凹地的六层高楼，因只露出三层容易被人误以为是个三层矮楼。三人决定快速地对院区展开一次清查，最后转战南边。

三人拿了输液架作为武器，因为再锋利的刀也不如长棍实用。然后老胡做了一个简单分工，他和小君君手持武器，一左一右走在前头，遇到情况，老胡主攻，小君君协助。至于胖子，被安排在最后出场，他负责掌握光源，遇到紧急情况，便使用强光手电进行爆闪，亮瞎敌人的眼睛，为主力部队进攻创造条件。

矮楼虽矮，然而麻雀虽小，五脏俱全，集中着放射科、呼吸科、检验科、病理科等，都是小科室，每个科也就两三间房。建筑结构简单而古朴，室内物品和贴在窗户上发黄的旧报纸，报纸上褪色的大标题，一切都表明这是中华人民共和国成立后的早期产物。让人惊异的是，每个科室多多少少都摆放着假人，或是坐着的医生，或是躺下的病人，或用胶皮做成，或用纸壳扎成，不知有何妙用。但在昏暗的环境下，吓人是绰绰有余的。放射科没有假人，门窗皆用水泥封死，无法进入。

看到放射科，大胖不禁推测道：怎么有点切尔诺贝利核电事故的味道呢？那里人们什么也没带走，几十年过去了，一砖一瓦还保留着事故发生时的原样。莫不是放射科出现核辐射？这样才能解释这一切。

老胡否定道：小小放射科所用的材料，不足以造成严重核污染。你不如说病毒暴发，以至于人走楼空。

大胖本来想找点什么值钱的东西，听到这，什么也不敢碰了。

北面的楼检查完了，三人又来到西面的综合楼。一楼很空旷，像是餐厅，二楼是行政办公地所在。在这里，总算找到了些蛛丝马迹，在历史沉积的尘土上，明显留下了五个不同鞋型的脚印，足以说明这里曾经来过五个人。仔细观察脚印纹路，条纹细腻的是普通的运动鞋，纹路粗犷的应是登山鞋。据此，老胡大胆猜测：这里曾有五个现代人造访。

行政办公室的设备算先进，至少还有一台外形巨大的旧式电脑，但电脑主机已经被人打开，相关的存储元件早已被取走。墙角的一个大型绿皮保险柜也被暴力打开了，除了一些老旧的资料文件，别无值钱的东西。

老胡捡起一些医院的红头文件，没有发现什么有价值的信息，不过是那个时代特有的政治活动，并没有关于医院或者病人的资料。

三人跟着那五人的脚印辗转来到南边。南边的楼看起来只有三层，实则还有三层在凹处，因此成为整个院区楼层最多的建筑。其周围有一圈简单的护栏，但要想下去却不容易，因为并没有下去的路或者梯子。整个楼像被高墙包围起来的一座孤岛。用手电照射，楼体赫然出现了四个大字：精神病科。也许这四个字就解释了为什么这里难以进入，就是为了防止精神病人逃跑。

没有下去的路，三人只能望楼兴叹，索性就地凭栏休息。

老胡拿出一包烟，散给二人：来，提提神，精神食粮不可少。

三人关掉光源，在黑暗中隐蔽抽烟，吞云吐雾。

大胖道：什么鸟医院，太偏科了。其他科只分得一两间房，精神病却独占一栋大楼。你说这古董医院，那时候有那么多精神病人吗？

老胡：说不准，把好人整成坏人，健康人整成精神病。思想上的冲突，容易转变成精神上的问题。

大胖：我看这里面大有问题。话说那五个人下去干吗？肯定有值钱的设备，总不可能去偷精神病药吃吧。

老胡：搞不好和我们一样，他们没有杀狗，那就只能躲避。不知道他们现在怎么样。

小君君：那这五个人，是好人还是坏人呢？会不会是狗主人，或者这个基地的工作人员？没事谁跑这鬼地方来？

老胡道：从鞋印上看，应该是三男两女，可能是误入的游客。假如来者不善，只要我们投之以桃，不信他们会恩将仇报。

突然，空中起了骚动，黑暗中似有一群鸟由远及近飞过三人头顶。用手电一照，见是一大群黑压压的蝙蝠。

老胡道：兵法云，鸟飞起，伏也。肯定有什么东西惊扰了它们。这恐怕是个不祥之兆啊。

小君君道：胡哥，蝙蝠不是鸟呢。老师说蝙蝠是哺乳动物，蝙蝠飞是不是到了吃饭时间啊？

大胖道：贤弟，你这就不对了，能飞的都应该叫作鸟类。你不要钻牛角尖。

小君君道：照你这么说，靠单兵飞行器上天的人，也成了鸟类了？

大胖道：那自然。飞上天的人，那叫鸟人。老胡，你也别愁眉苦脸的，我看这是好兆头，蝙蝠虽小，也有一两肉，够我们在这里吃几个月了。

这时老胡嘘了一声：快灭烟！不要出声！有情况。

老胡的耳朵非常灵敏，他已经听到了某种异常的脚步声。

大胖道：老胡，我也听到啦。

脚步声越来越近，而三人唯一的退路就是精神病楼。

老胡低声道：这声音，像一个连的人在练齐步走。假如来者不善，我们只能顺着陡坡滑下去了。

情况紧急，不容多想。三人翻越围栏，仰面朝上，顺着陡坡直接滑了下去，好在三人衣服足够厚实，摩擦阻力大，落地之后都相安无事，只是衣服裤子多了几个口子。回头一看，上面竟有一排古怪的人影正俯视着他们，那些人影有着与绿眼狼一样的绿眼。借助绿眼散发的荧光，三人看见他们都戴防毒面具，手握长枪，一动不动，既不喊话，也不追击，只是安静地站在上面。

场面过于瘆人，三人不敢多看，赶紧绕至大楼背后，躲开那一排绿光才觉得心安。

大胖喘着气：完蛋了，我们肯定闯入秘密军事基地了。他们为了保守秘密，肯定不能让我们活着出去。

老胡道：别瞎说。一个老古董基地，谁稀罕？可能早就不是什么秘密了。真要是部队上的，也会先礼后兵，不至于一言不发。看他们手里的枪，像五六式。现在部队，至少也是八一杠，很多单位早已列装了九五。

大胖道：你的意思说，这些都是阴兵？

小君君惊骇：妈呀，果然有鬼。还是有枪的鬼。

大胖反而有些镇静：看你胆大如鼠的样子真可爱，我不过随便说说，这多半是什么机器人，他们的眼睛可能是某种夜视仪或者监控器。搞点这种先进装备到黑市上去卖，也能卖个好钱。

老胡耳听四方，忽然听到上方有了异动，便对两人道：不管了。先占领大楼，居高临下，再想办法应付。

精神病楼的正大门已经被封堵了，是从里面用各种钢筋铁丝缠绕封住的，没有恰当的工具实难突破。三人就去挨着检查窗户，只见窗户也焊着钢筋，凭人力很难打开。三人悄悄绕到楼后，发现有一消防通道，门是虚掩的，可以自由进出。三人都很诧异，为什么前面防守如此严实，而把后门洞开？但不容他们多想，得赶紧进入，再把后门尽量关闭。消防通道四面黢黑，好像发生过火灾一样，看起来让人有些毛骨悚然。

为了避免暴露目标，打开的手电也需用手遮掩，只露出一小股光线即可。三人进入走廊来到一楼大厅。一番检查后发现这楼建造得有些奇怪，楼道不在中间，在两边，左右各有一条楼梯。

一楼包含了诊疗室、办公室等，只是没有假人站岗。尘封的走道显然留下了其他人的脚印。走廊的墙壁，满是各种告示栏、黑板报。

三人刚才滑坡的时候衣服都磨破了好几个洞，特别是大胖的羽绒服被狗咬了一大块，丢失了大量羽毛，失去保温效果，此刻只感觉后背凉飕飕的。好在医生办公室有好几件粗布白大褂，于是三人各自挑了一件穿上。

老胡这个时候自然成为行动总指挥：为了快速占领整栋楼，我们得分头行动。大胖、小君君你们从左右分别包抄而上，逐层检查。有情况大声呼叫，我在后面随时支援。

大胖和小君君领命而去，一左一右分头检查。

老胡驻足观看墙上的黑板报，希望从中寻找到一些关于这个医院来历的蛛丝马迹。但他很快就失望了，墙上的繁体字全是政治口号，与医疗丝毫无关。在那个奇特的年代，一切都以政治和意识形态优先，任何科学、科学家都得靠边站。医院也不例外。

因为字迹模糊，老胡正在努力拼读毛主席的伟大指示，忽然听到大胖惊慌地跑了回来，另一头的小君君也慌张地折返。

老胡不由怒道：小声点，见鬼了你们？

大胖和小君君结结巴巴地道：见鬼了，真见着了！

大胖先说：一个红衣女鬼，脸色煞白，嘴巴红得像刚吸过血。

小君君也道：我的是白衣女鬼，好长的头发，也是白脸红嘴，魂都快被她吓出来了。

老胡摇摇头笑道：你们合伙骗我是吧。一个红，一个白，骗人也不打好草稿。哪有这么巧的事？

大胖和小君君不住地点头：有、有、有，不信您老亲自去看。

老胡便跟两人去看，楼道哪有什么人影鬼影。虽然没有女鬼，却在楼道上发现了清晰脚印，脚印苗条，是女人的没错。

老胡：鬼怎么会有脚印？肯定是活人闹的。再说，好歹人家也是母的，你们两个不是喜欢什么人鬼情未了吗，大好机会你们应该主动争取嘛。

大胖道：我可是喜欢天然去雕饰的那种，看着化了妆的女人都害怕，更何况这种人不人鬼不鬼的东西。

老胡继续做了分工：好啦。我一个人走左，你们两个往右。每上一层楼，就两人守住楼道，多出的那人负责逐一检查。一有风吹草动，我们仨就兵合一处。

想了想，老胡又改变了策略：算啦，这样太慢。擒贼先擒王，不用逐层搜查，直接跟着脚印追。两头夹击，谅他们插翅难逃。

三人追随脚印，最终把目标锁定在顶楼的 606 房间。

门是木门，但很结实，里面被抵住了。敲门无人应，胖子踹了几脚也没踹开，却听得里面传出女人的尖叫声。

果然有人躲在里面，胖子故意恶狠狠地吓唬道：里面的人听好咯，你们已经被包围了。我劝你们不要负隅顽抗，你们的狗都被我们打死了。识相点，乖乖地开门投降，否则，门破之后，休怪我们无恶不作。

小君君也在一旁添油加醋，文攻武吓，威逼利诱，但里面的人就是油盐不进。

老胡见状，赶紧阻止：你们要文明执法嘛。万一里面是好人，不冤枉了人家吗？

大胖道：老胡啊，对坏人心慈手软可不行。装神弄鬼的，肯定不是什么好鸟！你先一边休息去吧，有我们两个就足够了。

老胡的脑震荡还有后遗症，虽然出现应激反应，但毕竟体能消耗太大，精神紧绷，现在稍有放松就倍感疲倦。于是弄了把椅子，坐看两人表演。

最后，大胖使出绝招：火攻。他威胁里面的人再不开门，就放火烧了房子，美其名曰烟熏腊肉。里面的人果然害怕了，只听传出一个男人的声音：好汉莫放火，我们投降就是。

大胖道：果然是有鬼，说话都是阴阳怪气的。一会儿是妙龄女声，一会儿是油腻大叔。

那中年男声又道：好汉莫怪，我们是有男有女。好汉如果说话算数，我们主动开门就是。

一阵响动后，门果然缓缓地开了一条缝。大胖见机猛地一掌推开门，开门的人被震得倒退了几步。胖子和小君君正要强行进入，却又立即停止了：因为门一打开，里面一股难以描述的恶臭扑面而来，两人赶紧后退了两步。无奈，两人只好捂着鼻子从门缝往里查看。但见屋里点着两支蜡烛，唯一的窗户被旧报纸封死，显得密不透风。一个矮瘦的中年男子站在中央，身后还有两个惊慌失措的年轻女子，一个白衣，一个红裙，脸上的脂粉凌乱似鬼。左侧墙角还有一张病床，床上似乎躺着一个人，发出一些低沉的呻吟。

老胡见状赶紧安慰道：你们别怕。我们不是坏人，只是路过。你们怎么会住在这种地方？

大胖扬起工兵铲，恐吓道：看见胖爷手里的家伙没有？你们的狗就是被这个砍成两半的。老实交代，你们这些狗男女住在这里干什么？如有半句假话，就叫你们和狗一样的下场！

矮瘦男子忙摇摇手道：冤枉，冤枉，那狗不是我们的，我们困在这里全因那狗啊。看到你们来了，我们是又惊又喜，以为是救星来了，可是……

胖子道：可是什么？你们胆敢装神弄鬼，吓谁呢？

矮瘦男道：我们看你们穿着白大褂，又听胖爷你说的那些狠话，不知你们是人是鬼，所以害怕。我这两个小妹还年轻，要是落入坏人之手，恐难有清白了。

小君君插嘴道：我们还以为你们是鬼呢。

待屋内臭味稍微散去，三人才勉强进入。扫视一圈，墙角有两个旅行包，并无稀奇。但床上却躺着一个面容炭黑的人，不断地张口咿咿呀呀地想说什么，却又说不出来。

老胡问：烧伤的？

那矮瘦男子叹了一口气道：估计是想向你们要烟抽。他抽上两口烟就好受些了。

老胡出于人道主义，点了根烟放入那人嘴里，那人抽了几口似乎感觉舒服很多，但是仍旧嗯嗯地想说什么，却什么也说不出来

小君君问：难道你们也是为了救人，误入医院的？

矮瘦男摇摇头：纯属意外。我们为了躲避恶犬，逃到这里，不慎引发局部火灾。我们不懂医药，只能靠给他吸烟来解痛，烟很快就被吸完了，幸好你们来了，也许可以救救他。

大胖问：那你们到这里干什么？废弃医院寻宝？

矮瘦男眼珠子一转道：我们也是误入，找不到出路。请问三位好汉是为何而来啊？

大胖视力好，一下就觉察出矮瘦男子眼睛里的狡猾，他勃然大怒，一只大手就搭在了矮瘦男子的肩上，用力一捏，那矮瘦男子疼得直呼好汉饶命。

就在此时，小君君检查了旅行包，包里除了有折叠的洛阳铲、绳子之类作案工具，还有不少明清时期的古铜币等。

大胖拿出一枚古铜币，责问道：还敢撒谎！你们是来盗墓的吧！速速交代

你们的罪行，否则我就让你和你兄弟同床共枕。然后再接管了这两个漂亮小妞。

大胖说着，朝着两个妹子不怀好意地瞄了一眼，吓得妹子赶紧后退几步。

矮瘦男子只得求饶：我说，我说，好汉快些松手。君子动口不动手，有事好商量。

矮瘦男子道：我们不是盗墓贼。顶多算是民间寻宝爱好者，喜欢到处寻找被遗失的文明。不小心困在这里十多天了。这些古钱币，是医院保险柜里发现的，只是用于收藏。至于洛阳铲，主要是用于打洞脱困，也可以挖山药、挖野菜。

矮瘦男顿了顿，道：我们还是关门说话吧，这鬼地方，不知道还有什么不速之客。

于是众人各自落座，矮瘦男开始将他们的遭遇娓娓道来。

我们几人相识于奇石协会，同喜收藏，如奇石玉石、乌木红木、水晶玛瑙、文物古玩，不一而足。我们并非误入此地，是受一石友的指引，说这里有搬迁的老宅，用金属探测器来搜索一番，恐有意外惊喜。于是按图索骥，却来到这个废弃医院。虽不是什么明清古建筑，但那时的东西也是颇有收藏价值的。我们四处查找，发现这里很不寻常，房内用品多原封不动，不曾被人盗窃。物件之多，以至于我们难以下手。我们也曾怀疑这里是不是出现核事故，或者传染病毒泄漏。所以，他们屋里的东西一件也不曾拿，只在一个老旧保险柜里发现了一些铜钱，也不是什么稀罕之物，值不了几个钱。正当我们想出去时，却发现来路已堵，欲求救，电话却无信号。不久，绿眼狼狗出现，我们不得不东躲西藏。其间我们还看到了医生的鬼魂，呼之不应，手电一照就消失。他们穿着白大褂，所以我们看到你们也穿着白大褂，才显得如此惊恐。后来见你们能说话，见光也不消失，这才敢相信是有活人来了。

除了鬼医生，还有那些戴着防毒面具的阴兵，想必你们也见识过。阴兵不是鬼魂，而是真实存在的，像是机器人。无论如何，只有这个地方他们不敢来。逃到精神病楼，才发现这楼更像是一所监狱，每个病房都修得如同牢笼，一些房间还有令人恐怖的刑具。三楼304挂着一排的干尸，真的是把我们吓坏了。这楼一到晚上就不安宁，楼里总有一些吓人的声音，或像是鬼哭狼嚎，或像是痛苦惨叫，令人整夜难眠。只有六楼相对安静，这个606房间条件较好，还有伟人的画像，多少有些辟邪的作用。我们在这里度日如年，靠喝过期的葡萄糖水、生理盐水维持生命，食物少得可怜。

对了，这里只有黑夜，没有白天，时间主要看手表。

大胖惊问：怎么会没有白天，难道阳光都照不进来？

矮瘦男道：正是如此。因为这里是一个巨大的洞穴。医院就在这个洞里，所以这里白天黑夜都一样。你们刚来，可能还不适应吧。

大胖听完无不大惊：什么，这里是个洞？意思是我们在洞里？奶奶的，说好不进洞，没想到洞洞是无处不在，进洞细无声啊。

小君君道：好在洞大，别有洞天。要是像狗洞一样的，那多压抑。

矮瘦男继续说道：至于床上的这位兄弟，一言难尽。"606"条件稍好，但是霉味太浓重。我们在药房找了一些酒精来消毒，两位妹子用毛巾浸了酒精擦抹家具，喷洒床单，酒精趁机四处挥发。当时这位兄弟站在窗户旁准备抽烟，他一点火屋里就发生了爆炸。可奇怪的是，爆炸后我们都没事，唯独他成了火人。我们灭了大火，但他全身已被烧黑。可能是吸入了灼热的气体，烧伤了喉咙，他也讲不出话来。我们不懂西医，只能用香烟来减轻他的痛苦。

后来我们分析，之所以发生这样的怪事，可能跟他前一晚的遭遇有关。前面我说楼里每到晚上就不太平。当时已是深夜，空荡荡的大楼突然人声嘈杂，有说话的，有脚步声、窃窃私语声、悲泣声……我们从门缝往外看，却什么都没有。这位兄弟不信鬼神，非要出去查个究竟。见他很久没回，我们才出去找，结果发现他就呆呆地站在不远处，一动不动也一言不发。我们拉他回来，过了很久他才恢复正常。问他到底怎么了，他说不记得了。后来，我们用酒精消毒，就发生了这样的事情。直到你们来了，发现你们穿着白大褂，我们不知道你们是人是鬼，于是两个妹子壮着胆下去查看，想把你们吓跑。没想到三位好汉不惧鬼神，硬是闯了上来。

老胡听完问道：你们还有一个人哪去了？你们共有五人，三男两女，对不对？

胖子和小君君早就忘了此事，老胡这么一提醒，两人顿时有些紧张，担心那第五人此刻正在某个地方窥视他们，伺机反击。

矮瘦男略显歉意地奉承道：老哥果然眼力非凡，一看就穿。

大胖一听，添油加醋道：我们这位大哥，可是侦察兵出身。所以，你们得老实交代，如果知情不报，等同敌对行为。那时休怪我们翻脸不认人。

矮瘦男道：各位好汉，事情千头万绪，我们也饿得头晕眼花，如有遗漏，纯属无心之举，还望见谅！这第五个人，正是在下的大师兄。我们刚转移到这里，他执意要带着金属探测器去寻宝，我们劝阻不住。他走了以后，就再也没有回来，我们也不敢贸然出去找，多半已经命丧狼犬之口了。

矮瘦男停了停，叹了一口气道：我们几人在这里相依为命，提心吊胆，度日如年。靠从药房搜集的葡萄糖水过日子，营养严重不良。你们看我这么瘦，其实刚进来的时候妹子都叫我胖哥，我则尊称她们为胖妹。如今，看我们瘦成什么了？一道闪电？两个妹子倒是开心，有了苗条的身材。我呢，出去还有几人能认识？

老胡安慰道：同是天涯沦落人，相逢就应互相帮。我们是户外探险队的，路遇塌方，我脑袋受伤，才误闯这鬼地方。虽然我们三人合力打死了恶犬，但不想惊动阴兵，也被困于此。眼下敌众我寡，只好退而暂避锋芒。

大胖一声悲哀道：老胡啊，别的我不担忧，我们怎么又钻进山洞了？说好这次不探洞的，结果怕什么它就来什么。

大胖是希望从老胡那里得到一点安慰，但老胡心思并不在这里，敷衍说：怪我咯！

大胖有些失望。他本来不喜欢这个矮瘦男，不过听他说自己曾经也是个胖子，便仔细观察起来，看着他身上因为脂肪消退而留下的皮肤褶皱，大胖算是信了几分。通常胖的人减肥后皮肤失去脂肪的支撑而出现大量的皱纹，因此会显得衰老。相反胖子不容易显老，原因也就在此。

矮瘦男自我介绍道：老朽复姓诸葛，名高，人称高老师，在奇石协会讲过几次风水课。不过熟人都称我为胖哥，这样更亲切点。两个妹子，红衣服的叫小红，白衣女子叫小白，简单易记。她们都喜欢户外运动。

小君君不知什么时候已经和两个妹子搭上了讪，也许是他年轻帅气，妹子对他颇有好感。不大的工夫，他们就有说有笑了。不过也好，总算是可以缓和一下两队人马的紧张气氛。

大胖看在眼里急在心里，他想提醒小君君，你都是有家室的人了，怎么还拈花惹草？胖哥至今还是孤家寡人呢。可是一回想自己刚才凶神恶煞的表现，料想妹子一时还难以接受自己。恶人自己当，只好便宜了这小子。

老胡改口道：高老师，你说我们身处一个洞穴之中？何以见得？

高老师道：你们随我来看看就知道了。

高老师引众人来到楼顶，用强光手电往头顶一照，三人无不吃惊，这果然是一个巨型洞穴。洞内满是人工开凿的痕迹，通向洞顶尚有一些残存的栈道。洞顶黑色的区域，则是一大片倒挂的蝙蝠。

站在最高的建筑物顶端俯瞰整个医院，风平浪静，一片死寂。但若再往下一看，却会发现阴兵还在，而且数量增加不少，已经把整个精神病楼包围。

老胡道：围而不攻，必有蹊跷。依我之见，当务之急，就是赶紧寻找突破口，尽快逃出去报警。迟则生变。

高老师道：要说突破口，一楼大厅有个类似井盖的东西，只是极难打开。

我们曾用尽手段，也未获成功。

老胡道：就算能走，眼下也要考虑伤员。不如这样，我们先兵分两路，妹子留下照顾伤员，看有没有担架之类的运输工具。我与大胖下到药房，找一些防止感染的药给伤者敷上，小君君你留下，协助搬运伤员。

众人便分头行动。

老胡和大胖在一楼药房倒腾半天，只寻得一种叫磺胺的药物，别的既不对症，也不认识，因为里面有不少药瓶全是俄文。药物虽然可能已放置了六十余年，但总比没有的强。过期的产品，有时只是有效成分减少而已。找到药，两人又去大厅查看高老师说的井盖，果然看见地上有个直径一米多的圆盖，上有八卦图案。老胡心里便有了计策。

找到药，两人随即返回，但走到三楼，两人却被烛光吸引。不知道什么时候，三楼出现了一个烛光璀璨的餐厅。只见大厅里摆着七八张大圆桌，上面摆放着让人垂涎三尺的美味。高老师和两个妹子正伏案猛吃，小君君也坐在一旁，吃得稍慢一些。圆桌周围还站着几个白衣服务员。

大胖有些生气：好哇，你们也太不够意思了，吃独食。

高老师等人却充耳不闻，继续埋头狼吞虎咽。

服务员见有人来，忙热情相迎：欢迎光临！为了庆祝建院十周年，我院特地为广大患者及其家属准备了免费的晚宴……请两位尽快入座吧。

大胖经不住美食的诱惑，正欲前往，却被老胡拉住。

老胡问道：你们医院不是早废弃了吗？怎么突然又……

服务员微笑道：怎么会废弃呢？那都是因为停电。我们这里不比大城市，供电设备老旧。虽然患者少，但是并没有关闭。两位请尽快入座用餐吧。

老胡对服务员道：我们先去上个厕所，排空了才好办事。

老胡拉大胖走到无人的地方，这才对胖子说：不正常。这医院少说有六十几年吧，服务员怎么说是十周年院庆？事出反常必有妖，他们的东西可不能乱吃。现在外面被阴兵包围，这里面又突然多了一个餐厅。

大胖道：你是说这些都是幻想？有妖怪？那怎么办？现在手里没家伙啊，怎么跟他们斗？

老胡道：硬拼难有胜算，智取又如何智取？

大胖：学和尚诵经，行不行？

老胡道：糊涂，现在哪去找经书？就是有，也得和尚来读才有效。这哪有和尚？

大胖赶紧解释：你别急嘛，我说的是电子版，手机上的。上次去白云寺找老和尚玩，他给我的，说睡前听一听，可以降心邪、退心火、促睡眠呢。他们寺庙现在也不用真人诵经，都是录音机播的。他说这个比人嘴巴读得好，菩萨更爱听配乐版的。

老胡道：什么？你没事又去找老和尚。你这把年纪了，找尼姑都比这个强。好啦，姑且一试。要是没有反应，必须强行阻止他们进食来路不明的东西。

两人随即悄悄回到三楼餐厅。胖子事先选了一首文殊八字真言咒，把音量调到最大。随着八字真言咒响起，那几个服务员好像听到了极其刺耳的声音，赶紧捂住耳朵，表情极为痛苦，并发出非人类的尖叫声。

忽然一阵狂风吹过，大厅烛光瞬间熄灭。四周一片漆黑。老胡忙打开手电，那几个服务员已不知所终。正在吃饭的四人正在哇哇地往外吐着污秽的东西。桌上原本鲜艳的食物，已经黯淡无光，仿佛是过了千年的残羹冷炙。

伴随着一阵恶臭，老胡和大胖也差点吐了出来。

高老师等人虽然吐了一些出来，不过更多的污秽还在肚子里，毒性正在发作，三人渐渐觉得腹痛难忍，蜷缩在地上痛苦不已。只有小君君吃得少一些，症状不那么严重，但表情也极为痛苦。

老胡极为生气：真是愚蠢。都是成年人了，还乱吃东西。胖儿，音乐不能停，赶紧下去抱一箱液体。

药房只有几瓶过期的生理盐水，老胡让三人喝下，再抠喉催吐，三人又吐了一些五颜六色的东西，腹痛这才减轻，逐渐恢复了意识。

老胡责问道：咋回事？你们中邪了？

小君君道：我们在上面久等你们不回，就下来找，他们三个也许是饿坏了，看到这里的美食就走不开。我也不知道为什么，看着他们吃起来，也稀里糊涂地参与了。

高老师有气无力地说：可能中了某种迷魂香。身体越是虚弱，越容易中招。这位小哥一开始还极力劝阻我们，可后来他自己也吃了起来。

大胖检查了下地面，分析道：老胡，那些服务员，可能不是人类啊。是人，就应该留下脚印。你看，这里只有我们的脚印。

老胡点点头：阴兵围而不攻，原因在此，先搞点阴招。他们不敢直接进攻，可能有什么顾忌。事不宜迟，赶紧抬了伤员，走为上策。

高老师和两妹子还没从食物中毒中恢复，只好留下小君君看护。胖子用蓝牙把佛教音乐分享了一下，这才和老胡听着诵经声返回六楼。回到606，却发现伤员已经不见，床上留下一大堆黑色的血痂，地上也有光脚印，好像伤员自己起床跑了。两人顺着脚印寻找，发现光脚印上了楼顶，并在楼顶消失得无影无踪。

老胡叹道：完了，这家伙可能鬼迷心窍，自己跳楼了。赶紧撤。

回到三楼，几人还安在。高老师和两个妹子奄奄一息地趴在桌上。他们长期没有吃到正常食物，刚才又遭受食物中毒，此刻体力和精神已是严重透支。高老师见三人空手而归，无力说话，只露出惊诧的眼神。

老胡道：怪事年年有，这里特别多。胖儿，你来说。

大胖很干脆：有什么好说的？被鬼勾引跳楼了。这也好，少了个累赘。

高老师听了又急又气，可惜身体虚弱，不好发作。

老胡责备道：你也太没人情味了。人命关天，不是儿戏，我们应该表示哀悼和同情。三位节哀顺变吧。

大胖淡淡地道：还是赶紧出去的好，也许还来得及叫救护车呢。

老胡无奈道：胖儿，把你的压缩饼干化了给他们分一点。眼下只有去一楼，打开那个井盖，那必然是个出路。也是唯一选择了。

大胖用矿泉水化了一小块压缩饼干，分给三人喝下。三人随即缓过神，恢复了一定的行动能力。胖子、老胡、小君君，或扶或背将三人移动到一楼大厅。眼下最要紧的就是打开地上的八卦井盖。就算不是通道，进去躲一躲也是好的。

八卦井盖落满灰尘，几乎与周围浑然一体。只在光照下，八卦图案才能与周围明显区分开来。但井盖与周围衔接十分紧密，密得连绣花针也插不进去。胖子插入小刀，还没怎么用力，刀尖就弯了。扫去井盖上的尘土，八卦图更显清晰，原来是铸铁立体成形，又像是机床雕刻出来的产品。直径大可容下两人同时上下。八卦中的卦，以及中心的阴阳鱼、阴阳眼，皆可转动。

高老师在一旁用力解释道：这里肯定有个机关，像一个密码锁，只要把里面的图形按照一定规律旋转，就应该能打开。只是无论我们怎么尝试，都没解开密码。现在人多，大家可以集思广益，动手试试。

大胖和小君君迫不及待地把玩起阴阳鱼，可是无论怎么旋转，正的反的，都没有引起任何反应。

大胖道：莫非这是个八卦阵？你们谁懂八卦？要懂的人才知道打开的方法。

老胡站在一旁仔细观察，自言自语道：太极生两仪，两仪生四象，四象生八卦。也许真是一种以八卦阵原理做的密码，不过这种密码组合可能多达几十万种，每一种都尝试一下，也得好几十年。

大胖道：什么八卦阵密码图的，给我来包炸药，直接暴力破解。

小君君道：胖哥，何必这么麻烦？给你来个时空大门，直接送你到饭店吃大餐不香吗。

几人围着八卦井盖乱侃，老胡听了也不恼怒，反而从胖子的话中得到灵感。

老胡道：那就来个暴力破解，找东西砸。

高老师道：这也是个妙计，值得一试。当初我们就是墨守成规了。做事就要有不拘一格的胆略。几位大胆地砸，要是有人追究责任，我来赔偿。

大胖蔑笑一声：这鬼地方，只有鬼来索命。

众人从附近的屋里找来一些有分量的工具，但这铁盖实在太厚，胖子无论怎么打砸都难以伤其分毫。

胖子颓然地坐在地上，对小君君说道：贤弟，得找大铁锤来砸呀。这些铁棒不管事啊。

小君君表示无奈：你自己不就是个大肉锤嘛。以你的体重，飞起来再自由落体，说不定就砸开了。

大胖觉得有道理，还真跳起来试了几次，结果井盖还是纹丝不动。

在众人绞尽脑汁之际，楼外忽然狂风大作，卷起枯枝落叶哗哗作响。大风从各种缝隙进入楼内，众人顿时感到气温下降，寒气袭人。

老胡透过焊满钢条的窗户看到令人恐惧的一幕：楼外黑暗中，不知什么时候多了一双双绿眼睛！那高的是绿眼阴兵，低的是阴兵牵的一条条绿眼狼狗。

担心的事情还是发生了，但众人不想再躲进"606"，那里已经毫无意义了。

老胡让大胖和小君君去加固封堵各处门窗，而唯一需要加强的地方其实只有后门。此刻所有门窗都在不停晃动。

当的一声，那是钢条被强力拔断的声音。凡人哪有如此大的猛劲？这让众人陷入极度恐慌之中。

高老师道：我们不如退回六楼吧，先将两侧楼道堵一下，还能赢得一点时间。

老胡摇摇头：上去就毫无退路了，除了跳楼就是跳窗。万不得已，你们三个先上，我们留下来断后。既然我们能杀死两条，那就能杀死更多的。大不了，拼死一搏。

小君君道：胡哥，他们可是带着枪的。敌众我寡，怎么拼呢？依小弟之见，我们还是回到六楼，找些床单被套撕了做成绳子，等他们上来我们再趁机拉着绳子溜走。

大胖夸道：小君君，你这个妙计我看行。先把他们引上来，我们再暗度陈仓嘛。老胡，我看行。

老胡无奈地点了点头，显得很不甘心。

正当众人准备撤离时，老胡道：且慢！再试一次，我们只顾旋转，却没尝试向上用力，胖儿试试把它拔起来如何。

大胖果断伸出大手，将两个阴阳鱼用力朝上拔，只听嗤的一声，那阴阳鱼果然应声拔起。原来是井盖之下的气压大，这声音实则是气阀泄气的声音。随即，那个大井盖慢慢升起，然后倾斜张开，露出向下的旋转楼梯，不知通向哪里。

此时，已经有狼狗冲进了走廊，清脆的蹄声让人心惊胆寒。

事不宜迟，众人见井盖终于打开，来不及欢呼雀跃，争相进入。大胖断后，用力拉下井盖，井盖刚刚盖住，就听见狼狗近在咫尺的狂叫声，大胖赶紧卡住井盖关节，这才放心地离开。

第八章：神秘基地

六人下了约有三层楼的深度才到底。底部没有路，而是一个大的透明密封缸体，带着各种奇特的阀门和喷嘴。

众人四下一照，也没看出名堂，好像掉入了巨大的泡菜坛子。

老胡道：大家别慌，这是一种消洗装置，用于核生化消洗作业，通常经过液体、气体的消毒才能进入基地。

高老师道：这么说，我们是闯进危险之地了？

老胡道：不至于。最多也就是防止病毒泄漏。要是现在还有病毒，我们可能早就突发疾病了。至于核泄漏，也不太可能，这么大的事，纸包不住火，这么大的核泄漏事故，敌国早就侦测出来了。综上所述，大家尽管放心逃生就是。

众人这才略感心安。但唯一的出口也就剩下那扇圆玻璃门，看似可容一人弯腰出入，但开启的把手却在外面，里面的人根本无法打开。胖子用水果刀插入缝隙，试图撬开，结果以小刀腰折告吹。这透明气缸所用的玻璃既厚且硬，众人一筹莫展。

大胖哀道：这下好了，上天无路，下地无门。就像老鼠掉进风箱里，两头无路啊。

小君君道：有您这么大的老鼠掉下来，真是荣幸啊。

老胡思索片刻道：方法倒是有，只要有一根铁丝，我也许可以打开气阀门。

大胖道：谁带了铁丝？快快贡献出来。

众人都摇摇头，没事谁带铁丝。

一筹莫展之际，老胡看向两个妹子，道：只有委屈两位小妹妹了，我要借你们身上一物用用。

两个妹子神色大惊：我们两个弱女子，身上哪有什么东西可借？

余人皆看向妹子，又看看老胡，不知何意。

老胡笑道：弱女子也能顶半边天嘛。我是说你们胸部穿的那件衣服，可以取一根金属圈来，开锁用。

众人这才明白过来，老胡要的是女性胸罩里的金属支撑条。

妹子问：要几根？

老胡道：不用都取，只需一根，谁大就取谁的。

两个妹子便背过去商量了一下，取下一根弧形的金属条递给老胡。

老胡先用小刀刮去玻璃之间的密封胶，再插入金属条不断试探。

过了一会儿，只听嗞的泄气声，玻璃门果然松开了。

出了大气缸，就是一个白色走廊，走廊两侧非对称分布着数个房间。走廊并不长，尽头也有一个八卦井盖，看来还可以往下走。数了数，共有七扇门七间房，每个门上都有一个老旧的密码锁。门上除了房间号，别无其他有用信息。

经过一夜的折腾，众人都已疲惫不堪，都想找个地方休息。奈何每个房间都锁着，而且还是密码锁。

大胖对着门拳打脚踢，才发现门是钢铁做的，坚硬无比，非人力可破。好在胖子身上肉多，脂肪层厚，弹性好，撞到铁门才没事。

老胡道：胖儿，蛮干可不行。密码锁，你得输入密码。这种老式密码锁破起来也不难，只是要花点时间，用心观察耐心等待，就可以打开。

大胖道：你是坐着说话腰不疼。这密码得有几十万个组合吧，等个十年八年，也破不了，还耐心，不是所有耐心都有用的。

老胡道：我若破了怎么办？

大胖道：您要是破了，我叫您一声爷爷。

老胡笑道：叫一声爷爷？世上哪有这么便宜的事？

大胖道：你说叫几声就叫几声。你不可能一直让我在你耳边爷爷长爷爷短地叫吧？

老胡道：我可好歹也算大龄青年，可不想收你这么大的胖孙子。我是说，要是打开了，你需负责给我捶捶背捏捏腿。

高老师道：胡哥，你要是打开了，我们让两个妹儿轮流给您捶背，捶哪儿都行，保您满意。

老胡笑道：要追求效率，大家就需一起行动。我只讲方法，你们各自实施。

你们注意观察，这种锁的密码通常是不变的，所以只需要观察哪几个按键磨损比较严重，就说明密码就是这几个数字组成的。我刚才粗略观察了一下，基本都是四位数的密码，密码太复杂就要耽误开门时间。很多人图方便，密码设计都相对简单。一般不是核心机密的地方，密码也就无须那么复杂。

听完老胡的分析，众人皆呼妙，于是各自分头行动。不大一会儿，果然有几道门陆续被打开了。看起来是员工休息的地方，里面有床和桌椅，床上用品一尘不染，像是刚洗过一样。走廊尽头的房间则是个配电室，但是并没有电，其内存放了不少生活杂物。例如一箱几十年前的军用压缩饼干，尽管早已过期，但并无异味，吃还是可以吃的，只是说营养成分没那么多了。更让人惊喜的是这里有水龙头，水流不大，刚放出的水呈铁锈色，然后逐渐变得清澈。如此，一应俱全，可以在此撑上七八天。有了这些物质保障，众人总算松了一口气。

高老师和两个妹子继续补充了能量，不过老胡限制了大家饮食的份量。长期缺乏食物的情况下，人类的消化系统比较虚弱，暴饮暴食反而可能危及生命。然后分房间，两个妹子住一间，小君君和高老师一间，大胖和老胡一间。

半夜，大胖突然醒来，迷迷糊糊看见老胡正在点蜡烛煮茶，弄得满屋都是茶香。大胖颇为不悦，质问道：老胡，大半夜的你搞什么鬼？能不能好好睡个觉？

老胡漫不经心地说道：现在还不是安享太平的时候。第一，这里的安全我们还没排查清楚，还没到睡安稳觉的时候。第二，我对高老师信不过，他的话有漏洞，我们必须主动掌控局面。

大胖接过老胡递来的茶杯：嗯，好茶，你哪儿偷的？

老胡道：这叫普洱茶，据说放的时间越久，越是香气袭人。配电室的，这里说不定还有未知的宝贝呢。你不想先行一步去探索一下？

大胖道：所以你让我喝茶提神，好跟你去摸宝贝。但你说信不过是几个意思？

老胡道：从他们扮鬼吓人我就觉得不对。既然怕鬼，却又扮鬼吓人，其中必定有鬼。且这三人也不像我们看起来那样虚弱，以我的经验，这高老师不像看起来那么文弱，此人肯定练过功夫，却故意隐瞒。尽管如此，我们暂时可以和他们同舟共济，共渡难关。但我担心一旦危险解除，他们暗中下手怎么办？特别若是在这个基地发现什么宝藏的话，这自古谋财害命的事不少。

大胖道：怕个球。就算他武功再高，如今也是强弩之末，看他骨瘦如柴的样子，我只需一拳就打得他骨头散架。

老胡道：不可莽撞。目前大家还得齐心协力才是上策。但必须提防。这就是我叫你起来喝茶的原因，趁他们还在做春秋美梦，我们先去搜查一番，如此才能掌握先机。

大胖道：英雄所见略同，要是有什么值钱的东西，我们可以先到先得。

老胡道：不全是那意思。万一这基地真有什么秘密武器，他们又来路不明，我们得主动控制局面，防止武器落入歹人之手，懂吗？

两人喝了茶，吃了些过期压缩饼干，准备了一些蜡烛，便悄悄地出门。有了第一次的经验，胖子已能轻车熟路地打开走廊尽头的八卦井盖，而后两人迅速消失其中。

下面还有三层，于是两人逐层检查。顺着螺旋楼梯下到第一层，便闻到空气中弥漫着一种难以描述的异味，似臭非臭，似香非香，让人作呕。

大胖道：老胡啊，这可能真是个生化武器加工厂呢。

老胡：那你还不赶快跑？

大胖：你都不怕，我跟着你混就是。

老胡：别不懂装懂。中国光明磊落，不搞生化武器。实话告诉你，这是福尔马林加尸体的味道。怕了吧，想吐去墙角。

大胖表情有些惊讶：你怎么知道？你咋这么淡定？

老胡不耐烦：自己动动脑袋想。

第一层是个环形的工事，通道宽敞，可容一辆大卡车通过。其一侧摆满了工作台，像是一条生产线，另一侧堆放着大量纸箱。工作台上凌乱地摆放着人体部件，各种剪裁与组装工具。乍一看还以为是人体屠杀场，怪恐怖的，仔细一看其实是某种人体模特组装线。得益于与外界良好的隔绝，这里并没有太多尘土。

大胖道：这不真相大白了吗？这分明就是医用人体模型生产厂，供教学用的。医院的那些假人就是产自这里。不明白这个道理的人，肯定被吓得不轻。

老胡：你太肤浅了。搞个人体模型，用得着这么隐蔽吗？你看这四肢、躯干、内脏、头颅，做工如此精巧，请问那时有这种工艺水平吗？

大胖嘀咕道：那可不一定。原子弹都能造出来呢。

老胡并未理睬胖子的高论，他默默地走到工作台上，拿起一只手臂端详起来。

大胖也拿起一条小腿观察起来，惊叹道：这也太逼真了，连血管都有设计，还有肌肉里的这些金属丝，肯定是感应线，好让学生考核的时候及时做出判断。有了这些东西，我们练练，也能成为享誉海内外的医生。当医生有什么难的？多多拿起屠刀，天天练习割肉不就修成正果了吗？

老胡摇摇头：你没去学医，全国人民都要感谢你啊。知道这些配件为什么逼真？你再仔细摸摸。

大胖道：老胡，你别自己吓自己，我胆子可比你肥。肯定都是橡胶塑料做的，难道还是人肉做的？

老胡：动动脑子，那个时代，我们国家有能力生产这么精细复杂的彩色橡胶制品？那个年代，看病治病以中医为主。谁需要这么多人体模型来操练医术？你看，上面连腿毛都有。

大胖心里吃了一惊，摸摸上面的毛，吓得赶紧丢掉。

大胖拿起一块肝脏，道：老胡，这个，应该是塑料做的吧。怎么里面还有这么些电极和芯片？高科技，绝对是那个年代最高科技水平的产物。

老胡道：人体模型不假，但肯定另有用处。依我看，这些原材料大多取自尸体。他们把尸体加工处理，用于加工成新的产品，也许是在制造不死战士。如果是这样，那就有趣了。

两人继续参观，来到头部组装区，大胖拿起一个东西对老胡说道：这个水晶大脑搞不好还有点值钱呢。

老胡也拿起一个水晶头颅观察起来，用手电一照，形状如大脑，通体透明，看不出有任何杂质。敲了敲，水晶大脑内部竟然发出根状的闪光，很像是现代小孩玩的静电魔术球。

大胖不禁大喜：难道这就是传说中的碰撞出智慧的火花？得揣几个回去，以后晚上走夜路、上厕所，拿出来当灯笼不是很酷吗？

可惜水晶大脑比较重，胖子一番思想挣扎后，只选了个小的放进衣兜。

过了头部组装区，接下来就是躯干、内脏、四肢等程序，一如老胡所料。最后出现的就是成品模型人。它们像衣服一样挂在铁架上，赤裸裸的。个别模型人则穿了制服一样的大衣，和外面的阴兵如出一辙。撩开它们的衣服，并未着秋衣秋裤，全是裸体，组装的痕迹、各种金属线头一览无余。这种人形的东西，即便它一动不动，摆出来也极是吓人。

大胖道：还好眼睛不亮。不然我还以为外面的阴兵进来了呢。

老胡则把目光聚焦在一具模型上，仔细拿捏起来，似乎想找什么开关或者致命弱点，如果找到也许就可以控制外面的阴兵。可惜什么也没发现，他不免有点失望。

大胖则一头钻进模型人队伍里，打着手电东找西看，时而撩开衣服，时而东摸西摸。

老胡看了大胖的行为，觉得有些异常，就算人家是模型，也不应该去看人家的隐私嘛。于是质问道：胖子，你找什么呢？

大胖道：诶，奇怪了，怎么没有女人的模型呢？难道医学生平时训练只看男科吗？

老胡道：你找女的干什么？

大胖道：我就想看看女人的身体结构，跟男人有什么不同嘛。我这也是抱着学习的态度，可没其他想法哦。

老胡叹了一口气：这也怪我。这回出去，一定让你嫂子给你介绍个女朋友。早点过了人生这一关，免得你这么好奇。

大胖道：算了吧。这话上次你在九仙洞也说过，可是后来就没了下文。这段时间，亲戚都介绍不少了，都是些大姐姐，一看就是情场老手了。你可别安排些大婶、大妈的耽误我宝贵的青春啊。

老胡道：这次保证给你介绍年轻漂亮、温柔体贴、勤俭持家的黄花闺女。

大胖哼了一声：老胡啊，你这不是坑我吗？都明日黄花了，才介绍给我啊，含苞待放的时候你咋不想着我呢？

老胡怒道：你这个傻大头，黄花闺女在古代专指未婚女子。你古汉语怎么学的？

大胖道：对呀，你都说了，那是古代。如今呢？没结婚，那女的还不是早有好多蜻蜓立上头了嘛。没结婚不影响"夫妻"生活呀。在这点上，我觉得还是古代好，古代的女人更看重贞洁和个人名声，要不然走到哪里都有朝廷建立的贞节牌坊呢。

老胡内心满是对大胖以前情场遭遇的同情，摇摇头，转移话题道：胖儿，你看这些模型人的皮肤，还这么光滑富有弹性，那就绝对不是什么橡胶制品了。一般橡胶制品三年后就开始老化变硬，这些东西都过了几十年了，还保存得这么好，你说，是个什么道理？

胖子钻出模型人群，道：你不就是想说这些模型，材料取自尸体吗？我又不是没见过活人、死尸、干尸、枯骨，除了活尸没见过，我也是见多识广的人。

老胡道：当今社会上，有些人活得就像行尸走肉。胖儿，我是引导你思考，为什么这些模型能动？肯定有特殊能量在驱使。

大胖道：你管那闲事干吗？我们又不是科学家。我们下来是干吗来的？走了这么一大圈都没发现什么值钱的东西。这里的空气质量也不怎么好。我看这件大衣还不错，光滑细腻，防水耐磨，穿上他们也许就视我们为友军了呢。

老胡觉得大胖的话有道理，总比穿白大褂强，于是各自取了一件换上。

过了人体组装区，出现了一个小小的展厅，两个身披盔甲的古代士兵模型吸引了两人的目光。他们被牢牢地绑缚在铁架上，头戴面具，身披铠甲，腰挂长剑，形象威武。走近观察，发现盔甲都是真铁打造，并非塑料模型。

大胖道：我这聪明的脑袋一下就知道了答案，只有一个解释，他们挖地道的时候挖到古墓了。这是古墓的特产。说不定这柄长剑，还是真文物。

老胡道：祖爷爷那一代的东西，熬到现在也算成了文物。

大胖径直拔出长剑，剑身锃亮，寒气袭人。长剑很重，但是锋利可见。胖子砍向铁架的一根钢枝，那钢枝竟然应声而断。果然是削铁如泥的宝剑，这让老胡也颇为惊讶，没想到这展品非同凡响，于是也把玩起来。

大胖拿掉模型的面具，发现里面是一具干枯的肉身，骷髅一样的面部极为狰狞，不禁奇怪道：用尸体做模型，这到底有什么用途呢？

老胡只顾看剑：剑是好剑，但这么长的管制刀具，怎么携带回去？这还开了刃，警察看见如何解释？也许可以藏在车底盘上。

大胖见两个模型被钢丝绑缚，影响参观效果，便举剑砍断了，让两个穿盔甲的模型人自由地挺立，还煞有介事地帮人家整了下衣服，道：这金属盔甲真是好看，要不是嫌它笨重，真要弄一套穿在身上，立马就刀枪不入了。

临走大胖还想带上长剑：老胡，你我正好一人一把，仗剑走天涯啊。

老胡道：在大都市不好吗？走什么天涯。现在是热兵器时代，你却满脑子落后的武侠思想，还怎么跟上时代前进的轮子？根据我的判断，这个基地搞不好还有新中国成立前后留下的枪支弹药，这才是宝。

大胖也嫌剑太重，暗想不如走的时候再下手。于是物归原主。

过了小展厅就来到动物模型组装区。这个区更为简单，所用的动物主要有狼狗、少量的藏獒，足以说明外面绿眼狼狗的来源。

两人回到起点，果然是一个环形的工事。继续下到第二层，那种福尔马林混杂尸臭的气味就更为浓烈了。两人不得不以袖捂鼻，但隔着衣服也挡不住那种特异的气味，呛得两人干呕了一阵才逐渐适应过来。

第二层是一个十字形的隧道，楼道正好位于十字中心。隧道分四个方向延伸，每个方向的隧道都整齐地排列着半透明的玻璃箱，箱子分布隧道两侧，中间只留一个狭小的走廊，看起来整齐划一却又阴森恐怖。

大胖用手电往四下一照，惊吓得险些把手电筒抖落：妈呀，全是水晶棺材，我还以为是玻璃鱼缸呢！

老胡警惕地查看四周，对玻璃棺材丝毫没有惊讶之色。看到大胖的惊慌，心中反而暗自发笑，但又故作严肃地道：不出我所料，这里就是停尸间。只是如此巨大、数量如此之多，真是出乎我的意料。东西南北，加起来少说也有上千具尸体。这种玻璃棺材我在实验室见过,就是用福尔马林泡尸体用的。福尔马林是什么?就是甲醛,一种常见的防腐剂,很多家具都有。

两人边走边看。大胖道:今天,算是见过世面了。我虽然见见过尸体,但是没见过这么多的。你说哪来的这么多活人死在这里啊?

老胡并没回答,而是仔细观察着玻璃缸里的裸尸。

大胖不想看了:还是算了吧,尸体有什么好看的?它又不能开口说话,告诉你姓甚名谁、怎么死的、当前感受。我们还是拿了宝剑回去睡回笼觉吧。

老胡尚未尽兴,便激将道:你的小胆儿不是正肥着嘛。这么好的练胆机会,不趁机好好看看?以后就没机会了。

大胖狡辩道:我不是怕,是不喜欢这味道。要是能听着音乐,喝着葡萄酒,再欣赏这些人体艺术,我也能高高兴兴地陪你走。

老胡道:想啥呢,你咋不联想你家土猪肉的样子?甲醛太重,我们速战速决。

说完就强拉胖子朝着西走廊去了。

老胡道:胖儿,其实我有事得向你坦白。

大胖得理不饶人:好啊,老胡,看你平时正儿八经的,想不到你也有小心眼啊。快老实交代,你到底有什么风流往事瞒着组织?

老胡:其实也没什么。就是自从下了地道,我就有一种似曾相识的感觉,现在这种感觉更为强烈。我以前没受过开锁训练,但今天却突然懂得各种开锁技巧,就好像触类旁通,你说奇不奇怪?

大胖:我不管,你们解放军一直都将人民群众的生命安全放在第一位,我这条价值连城的小命就交给你啦,你可得对我负责。

老胡:别把责任都推到他人身上。你这么大个人,还需要人家照顾?那不成了巨婴了吗?

大胖:老胡,你这就有点推卸责任的意思了。人家身体虽胖,但是心灵还很幼小嘛。

老胡无奈地摇摇头又点点头。

两人分别查看其他三个方向的玻璃棺材,果然正如老胡预计那样,这些尸体来路不简单:它们极有可能来自战场,因为多数尸体都有致命枪伤。

西边走廊足有四百多具尸体,老胡通过步数计算,四个方向的通道各自延伸约有三百米,玻璃缸数量也大致相同,因此得出玻璃棺材有一千多具的结论。具体说来,南边的走廊基本是四肢枪伤,主动脉破裂最常见;东边主要是躯干内脏中枪,北边的枪伤最多,是综合性的;西边主要是头颈枪伤。有些玻璃棺已经空了，那就意味着尸体已经被拿走了。

大胖惊骇道：战场拉回来的？没听说我们四川在新中国成立前后发生过重大战役啊。

老胡道：那个时候，怎么没发生较大的战役呢？当时刘邓大军横扫胡宗南的三十万大军呢。不过，依我看来，这些并非都是军人。

大胖道：何以见得？难道是因为有女尸？

老胡道：看头发。士兵的头发一般很短，小平头。但这里有些男性的尸体头发较长，有些甚至还留着辫子。据此可以追溯到民国时期，以及新中国成立前后。

大胖问：那保存这么多枪伤尸体有什么用处呢？

老胡道：不外乎是为了医学研究，研究枪伤，为了教学。这里有可能曾是野战教学医院。

大胖道：管他呢。总得拿点什么回去，才不虚此行嘛。

老胡训道：那你把这些尸体拉出去，办个博物馆，来个群尸会，你就坐在门口卖门票算了。

大胖：这主意不错。到时候我要在门口立块碑，说这些尸体都是你老胡发现的，这点子也是你老胡出的，你是彻头彻尾的始作俑者。

两人继续往下，来到第三层，顿觉寒气袭人。第三层空间不大，房间不多。有一个发电室、几个杂物间和一个武器室。发电室摆放着一台巨大的柴油发动机，老旧的拖拉机用的那种，旁边还有几桶油。

老胡检查发动机尚且完好，用管子重新给发动机连上油桶，再用拖拉机专有的发动机钥匙：一个Z形的摇把，把发动机启动起来。机器年久生锈，两人合力才转动起来，伴随着柴油机特有的巨大轰鸣，屋内外的球形灯泡由弱变亮，橘黄色的灯光让昏暗的地道有了一丝暖色调。而与此同时，环境温度也在逐步上升，以至于两人不得不脱下外套。

两人辗转其他房间继续探索发现。杂物间堆放着扫地清洁的物品，毫无价值。两人最后把目光聚焦在了密码锁的武器室。一看也是四位数的密码，老胡很快就破解了，里面丰富的物品让两人喜出望外：十支配有刺刀的步枪，弹夹若干，子弹数箱、钢盔、手套、旧式军装军大衣、生化防化服等若干。

大胖很兴奋：虽然不是什么珠光宝气，不过倒也实用。特别是枪支弹药，带给人满满的安全感。

但大胖最感兴趣的还是服装。他的羽绒服基本算是废了，于是不顾炎热，挑了一件年代久远但看起来还很崭新的军大衣给自己换上。穿上军大衣，大胖高兴地说：总算穿上新衣服啦。

不过这些军大衣都是均码，胖子虽然勉强穿上了，奈何肚皮太大，无法扣上扣子，只好让肚皮敞开，顺便散散热。

老胡的衣服也磨得不成样子，但只选了一套冬常服换上，自觉又回到当兵的岁月。

大胖的兴趣又转移到枪上，而老胡的关注点在防护服。防护服已经老化破损无法使用，但防毒面具还完好。这些都提示两人：这里肯定曾有什么危险的东西需要防范，或是毒气或是病毒，最终导致整个医院人去楼空。

老胡拿起一个防毒面具道：胖儿，这才是保命的好东西啊。以前部队上俗称此为猪脸面具，因为戴在脸上就像个恐怖的猪八戒。实际上这是苏联的产品，学名叫苏式 GP5M 防毒面具。其做工简单，但是功能强大，可以防核生化，对于空气污染、火灾逃生都是小菜一碟。切勿贪财，能救命的才是宝贝。

大胖满不在乎：要拿你拿吧。我可觉得这些枪才是宝贝。我们要防的可不仅仅是病毒。

大胖自顾自地在装填子弹，老胡一看赶紧阻止：枪你可别乱动，你没经过正规军事训练，小心擦枪走火。这里空间狭小，子弹能反弹回来伤人。

大胖道：嗨，老胡，你就别瞎操心了，打仗的电影我看得多了。俗话说得好，没吃过母猪肉，难道还没见过母猪跑吗？我天生聪明，一看就会。

老胡听大胖如此儿戏的说法，就更不放心了。怒道：你懂什么，那能一样吗？电影的枪，子弹永远打不完，配角一枪毙命，主角中弹数发，还有力气交代后事。这一排枪，看起来一样，实际上是两种枪。

大胖一脸不屑道：以我多年打 CS 游戏的丰富战斗经验，这不就是苏联的AK-47 半自动步枪吗？你别老是小瞧人好不？什么正规训练，我打游戏也算是经过长期正规虚拟训练的。现在美军训练新兵，不也大量采用虚拟设备吗？

老胡苦笑着摇摇头：这的确是仿制苏联的 AK-47，但在国内叫 56 式枪械。你看，这两种枪长得虽然像双胞胎，但实际上功能和用途差距很大。这把准星是圆的，就是 56 式冲锋枪，可以连发，射速可达每分钟一百发以上；而这种平的，就是半自动单发步枪，一次只能发射一发子弹，效率很慢。

大胖毕竟不懂枪，只得憨憨地赔笑道：您说得对。老班长，快教教我，长这么大我还是第一次摸到真枪呢，虽然有些老土，但好在也是制式武器，比山民的鸟铳好得多。外面的敌人数倍于我，我们得快些壮大革命队伍啊。

老胡道：这枪可没你的份。你没受过正规训练，万一打到自己人怎么办？枪还是我和小君君掌管较好。

大胖极为不满，道：那不行，论个头，我比你们谁都高大，我这样的七尺男儿不背杆枪，走出去也不威风啊。何况，你俩都背了枪，唯独我拿烧火棍，两个妹子看了，还以为我们不是一伙的呢。

老胡摇摇头：那你背吧，两支枪你都负责背了。这样够威风了吧。

大胖仍不满意，道：到时候，你们两个要用枪，我可得严格审批啊，马虎不得。诶，算了，老胡，现在正是用人之际，你就行行好收我为徒，赶紧教教我用枪之道，再怎么我也是成年人，正当为祖国守疆戍边的年纪嘛。

老胡只好勉强答应：只是要服从纪律，枪什么时候用，得听组织安排。

老胡一面蹲下身子教胖子用枪，不过只让大胖摆弄空枪，一面又警示道：这可不是闹着玩的，用枪的第一条铁的纪律，就是任何时候不要把枪口对准自己人。

老胡把枪检查了一遍，发现这批枪也只够装备一个加强班，冲锋枪只有一把，其余都是单发半自动步枪。他只留了三把枪，其余或折断，或尽数拆解，避免落入歹人之手。

他让大胖用冲锋枪，因为不熟悉枪械的人打单发速度太慢，精度也得不到保证，一旦交战要贻误战机。

就在这时，两人头顶传来一些细碎而杂乱的声音。

大胖道：该不会是上面的家伙睡醒了，跑来找我们吧？

老胡摇摇头：这声音来自不同的地方，不像是一两个人搞出来的。我有一种不好的预感，收拾装备赶紧撤。

于是两人赶紧挑选了些有用的东西，即刻向上撤退。

回到第二层，并未出现什么动静，倒是头顶的噪声更响了。

老胡神色越发紧张：胖儿，来不及等解释了，这声响充满杀气啊。现在就给你开枪的机会，看着这个，扳到这儿是点射，子弹逐发地射出；扳到这儿是连发，扣一下扳机就可以射出三发子弹。看你也谈不上什么枪法，管他待会下来的是什么，就朝敌人密集的地方打，落单的我负责。

大胖问：万一是鬼呢。这子弹杀不了鬼。

老胡：是鬼就好了，也省得开枪，放放你的录音就可以了。我最担心的是阴兵。

老胡临危传授胖子技法，大胖也颇知事态严峻。两人找好掩体，将枪口对准楼道口，守株待兔。

老胡的担忧变成了现实，狼狗蹄声和咆哮声从上到下，逐渐清晰明了。

木箱和玻璃棺成了两人的掩体。

嗒嗒嗒，冲锋枪骤然响起，就在大胖看到一对对绿眼突然进入视线的时候，他一紧张，果断地扣动了连发。

老胡则嗒嗒嗒、嗒嗒嗒地对着落单的、受伤倒地的绿眼狼狗进行补射。

狼群血肉四溅。胖子准头确实不怎么样，就像新兵蛋子一样，遇事容易着急，以致后来几乎是在胡乱开枪。狼狗们虽然中弹，但是仍在垂死进攻。

老胡见大胖浪费子弹，不得不提醒道：打脑袋。

与此同时，老胡配合着对漏网之鱼一一做了补射。老胡枪法还可以，发发命中狼头。随着绿光的消失，中弹的狼狗逐渐停止了挣扎。打退了第一波攻击，后面又继续涌上来一批绿眼狗，大的是藏獒小的是狼狗。有了老胡的助攻，胖子越打越起劲儿，精确度不断提高，两人配合着消灭了来犯的十几只绿眼怪物。

战斗停了下来，周围恢复了安静。只要有枪，解决掉这些动物易如反掌。

老胡道：我们安全了，但不知道小君君他们怎么样了。

大胖道：顾不得那么多了。我的子弹快用完了，还得下去补充补充。

老胡犹豫不决：下去必须快，否则就被堵在死胡同了。

大胖道：我突发奇想，是不是我们误碰了什么机关，唤醒了它们？它们先是放狗攻击，接着可能就是阴兵下来，阴兵会用枪，那我们就凶多吉少啦。

老胡道：见机行事，我们先来个关门谢战。理论上，只要子弹足够多，枪不出故障，再多的敌人也不怕。

两人下到第三层，找东西封堵入口。

为了避免被敌人一锅端，老胡守武器库，负责主攻。胖子守机房，自保优先，再择机配合老胡夹击突破防线的敌人。这样算是分守两处，可互相掩护。

大胖补充了弹药，又堵住耳朵以拒发动机的噪音。选择守机房唯一的好处就是不用主动进攻；而且离出口最近，要逃也可以优先。

整齐的脚步声已经越来越明显，阴兵的进攻果然紧随狼狗其后。脚步声已经出现在了大胖门外，这时就听嗒嗒嗒、嗒嗒嗒、嗒嗒嗒几个连续点射响起，接着似乎有人不断倒地。听到枪声响起，大胖仿佛回到大学时期 CS 游戏时间，不禁心痒难耐，索性把门打开一条缝，对着不远处的入口来了一阵连发，然后快速关门。绿眼阴兵遭遇突袭，瞬间倒下一片。大胖的做法其实大大缓解了老胡的压力。但是阴兵虽然倒地，并不致命，仍在爬行。老胡见机补枪，命中阴兵脑袋，这才算解决问题。

阴兵也有枪，入口处传来密集的枪声，老胡那头儿的枪声立时就被压了下来，显然他一个人无法应对枪林弹雨般的袭击。

大胖心跳骤然加速，因为老胡那头的枪声没了，他担心老胡是不是已经被打成马蜂窝了，现在只有他孤军奋战。

但不久，大胖就听见两头都爆发了枪声，只是老胡这头枪声断断续续，入口处枪声相对密集。

大胖略感欣慰。好在入口通道不甚宽敞，只能容纳两人并行，前面倒下的阴兵也能有效阻止后面进攻的速度。

尽管如此，老胡那头的枪声还是停止了。敌人的枪正在往发电室的密码锁上打。显然对方企图先解决掉大胖。

大胖心里大叫不好，莫非老胡已经壮烈牺牲了？现在该轮到我了？这下该如何是好？就这样死了，真相大白之后，政府能给我评个烈士吗？再怎么说我也开枪打死了几个敌人啊。不行，我得把我们的光辉事迹写在墙上，有朝一日能够重见天日，也能流芳百世啊。

大胖急得满头大汗，加上发动机散发的热浪，他热得把能脱的都脱了，不仅是赤膊还赤裸上阵。

强大的撞击下，门一点点地松开了，枪声越来越响亮。但大胖视死如归，心无旁骛，就算是死，也要在墙上写下自己的壮举，特别是自己的大名、网名、雅号等。奈何没有笔墨纸砚，只好以刀代笔在墙上轻刻。他先从某年某月某日一行三人为何来到医院说起，逐渐将事情来龙去脉慢慢铺开。仿佛有千言万语如滔滔江水涌来，只恨墙面和时间皆不够用。

正要千言万语化成一句总结的时候，门外却安静了下来。只剩下发动机单纯的噪声。胖子停笔静听，不知门外为何突然安静。

突然，门被重重地踢开了。胖子吓得扔掉刻字用的匕首，愣在当场。倒不是踢门声震耳欲聋，而是门口站的赫然是两个古代士兵！他们手举长剑，杀气腾腾。

大胖惊讶得张大嘴巴，一动不敢动，连投降的动作也不敢做了。那两个古代士兵与裸体的大胖互相凝视了一会儿，便转身离开，迈着机械的脚步上去了，铁皮盔甲摩擦的声音渐渐远去。

大胖这才走到门口查看情况，外面的阴兵看来是被古代士兵砍成了碎片。也不知道这两伙人为什么就打起来。他无心去想，眼下最要紧的就是老胡，他那边很久都没动静了，不知是生是死。胖子怀着沉痛而紧张的心情去找老胡，发现武器室的门上满是子弹凹痕，但门依然紧闭着。

大胖敲敲门，喊道：里面还有活人吗？

门被老胡小心地打开了，老胡没事，他探出头左右张望，确定没有敌情，这才放下警惕。

大胖责怪道：你怎么就不继续开枪了呢？害得人家好担心。

老胡道：刚才可能是累了，精神有些恍惚。又可能枪战刺激了大脑，让我想起了什么早已被遗忘的往事。有时候正面冲突，不如关门免战。那两个穿盔甲的士兵果然英勇啊，冷兵器在近距离作战时往往能发挥奇效。话又说回来，那两个古代兵，踢了你的门，怎么没对你下手？

大胖道：我也很奇怪呢。难道是我们有一面之缘？

老胡想了想，道：我现在有一个猜想。美苏冷战时期，苏联和美国都成立了对神秘现象的研究单位。他们的研究内容包含外星人、飞碟、灵魂之类。我一直在想，这个职工医院会不会也跟这类研究有关。现在发生的事，倒是有些印证了我的想法。你看，我们启动了发电机，发电机给那些模型人充电，供应动力，他们才能进行活动。至于这里所用的超前技术，也许并不来自地球。至于那两个古代士兵，为什么要与模型士兵拼杀，可能他们原本就是两个对立面，不然就不会被绑起来。又恰巧我们帮他们重获自由，他们才刀下留情，视我们为友军。

大胖道：这是其一。其二，我当时没穿衣服，他们只认衣服不认人，我才幸免于难。

老胡继续道：傻人有傻福啊。不过，现在看来，生产这些仿生战士，可能是为了保护这个基地的什么秘密，故对任何不速之客都痛下杀手。

两人又检查了地上一片狼藉的尸块，确定没有威胁了，再把对方步枪逐一破坏掉，收拾了一下有用的物资便赶紧离开。

大胖道：要不我们把发电机关了，以绝后患？

老胡道：现在不必，留着为大家照明吧。现在得赶紧上去，但愿他们没有受到牵连。

想到此，两人便无心他顾，赶紧往上爬。上了二楼，见那两个古装士兵正在打砸玻璃棺材，损坏里面泡的尸体，那福尔马林混杂尸臭的味道更为浓烈。两人不敢多看，径直往上走。到了第一层，见流水生产线轰轰地正在运作，果然是发电室启动后引发了连锁反应。

两人不敢多停留。出了洞，来到原先休息过的地方，一看全傻眼了：哪里还有什么白面的墙、蓝门的房？就剩下一个空空荡荡的大隧道。房子仿佛被人端走了，只剩下一个巨大的空洞。

大胖用手电照着地面，叫道：老胡，快看，地上有条铁轨。搞了半天，我们住的房子可能是一段特殊的列车车厢啊。

老胡道：对，而且这是一种可以收缩体积的车厢。因为后面的隧道明显变窄了。

大胖道：他们可能没事，我们顺藤摸瓜地去找吧。

老胡拿出子弹，用刀剥离取出发射药，做了一个简易的触发报警装置。假如有什么东西从下面爬上来，也就能提前知道。

大胖却提醒道：老胡啊，你忘了上次在天师城，你也是这么干的。结果呢，活生生地把一座历史悠久的古城给烧没了。多可惜啊。你可别重蹈覆辙哦。

老胡边设置机关，边说：你哪只眼睛见我放火烧城了？它那叫自燃。我能有什么办法？我也很惋惜啊。这里又没有木头房子，看它还怎么燃烧。

大胖道：说的也是。这里除了石头，没有可燃物。那你这个就做大点，做响点儿。

老胡道：可惜没找到手榴弹，不然我真把这里炸啦，管他下面是什么牛鬼蛇神，都别想上来重见天日。

大胖道：说不定你一炸，洞塌了，天就露出来了。

第九章：隧道尽头

铁轨漫长，无边无际。黑暗中，只有一束手电的光芒指引方向。两人渴了就喝点岩壁渗出的清水，饿了就把裤腰带紧一紧。

大胖闲来无事也为了壮胆，就问：老胡，你说那两个古代兵，怎么就这么好心地来帮我们？要不是他们出手相助，你我早就阴阳两隔了。

老胡道：我看未必。他们未必有敌我识别能力。他们不杀你，那可能是因为你当时被吓傻了，他们只攻击运动着的目标，必要时装傻装死的确可以逃过一劫。

大胖道：你这话虽然有道理，但是有漏洞。如果他们像青蛙一样只捕杀运动着的东西，那他们为什么不互相拼杀呢？我倒是觉得他们是根据服装辨别敌我的，幸好当时我赤裸上身，没穿任何制服。话又说回来了，我才不是被吓傻的，我当时绞尽脑汁想跟他们沟通，交个朋友。可就是一时不知道是该说俄语好呢还是古汉语好，古汉语的"你好"该怎么说呢？还没想好呢，他们就转身离去了。他们帮我们，目的就是报答我们的救命之恩嘛。

老胡摇头笑道：这会儿精神放松了，你的思维还挺活跃的嘛。好，下次遇到这种情况，我就主动靠边站，让你登台表现。凭你三寸不烂之舌，和怪物们化敌为友，热情拥抱。

大胖自豪道：那是当然。想那诸葛亮舌战群儒，骂死王朗，那是唇枪舌剑，杀人诛心。我这舌头自然是与众不同，要充分体现我体胖心宽、热爱和平、胸怀慈悲、普度众生的伟大思想。那个成语怎么说来着？对了，口蜜腹剑，纵然心中有多么不悦，经过身体的一顿消化，吐出来的就是人见人爱的蜂蜜啦。

一席话，惹得老胡哈哈大笑。

行了三四公里，身后忽然传来一声闷响，闷响之后，似有千军万马奔腾而来。

老胡道：不好，有东西触发了我的机关。

大胖道：反正离我们还远。

紧接着又是一阵连串爆炸产生的闷响，震得隧道都有些摇晃，碎石尘土趁机纷纷掉落。

老胡用急促的声音喊道：不好！快卧倒！

大胖言听计从，迅速趴在铁轨内侧。

很快，爆炸产生的冲击波带着飞沙走石的节奏呼啸而过。

风暴之后，隧道内仍然尘土飞扬，能见度大为降低，就连手电射出的光束，也变得短小。胖子赶紧摸出两个搜刮来的棉布口罩，各自戴上。

大胖拍拍身上的尘土，埋怨道：老胡啊老胡，你让我说你什么好呢？你怎么能一错再错呢？同样的错误你就犯了两次！上次火烧古城，你说是自燃，这次你炸毁地道，总不能说它是自爆吧。

老胡也不客气：谢谢你的理解。那就是自爆。你总是这么善解人意，宽厚待人。

大胖听了老胡的恭维，气消了一些。不过还是担心地说：这尘土飞扬的，吸进去要得硅肺病，我算是又救了你一次吧。

老胡：救你是我，背黑锅的也是我。你说，怎么就这么倒霉呢？明明就那么点发射药，怎么又搞出这么大的动静？仔细分析，这事还真不能怪我，只能怪他们打翻了玻璃缸，把福尔马林释放出来了。福尔马林是什么，是甲醛，甲醛挥发在空中，浓度达到爆炸临界点，不自爆才怪呢。

大胖道：这不挺好嘛。炸塌隧道，正好绝了自己的退路。

两人在烟雾中缓慢前进，大胖不时往脚下看，怕踢到石头。老胡则不时往后看，怕有什么东西从烟尘里追来。

盘旋在空中的粉尘渐渐落下，隧道内的能见度逐渐恢复。

不知不觉，前方出现了一个白色的物体，正是失踪的那列大车厢，眼下已经严重破损变形了。

车厢变形，两人自然感觉不妙，便加速去救人。

走近一看，小君君正呆呆地站在铁轨边等着他们呢。见老胡和大胖到来，丝毫没有喜悦之色，反而责备道：看看你们干的好事，偷偷溜出去也不带上我。

老胡只好赔笑：始料未及，始料未及啊。

不过小君君看到大胖背的长枪忽然容颜大悦：枪？哪来的？

大胖取下步枪交给小君君：从现在开始，咱们探险武工队正式成立。热烈祝贺小君君加入。往后的路，我们要一起遇鬼杀鬼，遇妖杀妖。

老胡解释道：下去捡的。本来是想给大家一个惊喜，不想我们启动了发电机，发生了连锁反应。始料未及啊。你们呢？我们一路跑来，就是担心你们的安危。

小君君喜道：一觉醒来，身处异地；再一觉醒来，你们又出现在眼前。虽然你们私自行动让我有点失望，但看在枪的分上，就原谅你们了。

大胖问：你的两个女朋友呢？怎么没在一起？这么快就分手啦？

小君君：什么女朋友哦，那老头早带她们走了，只有我留下等你们。等得无聊，我又睡了一个回笼觉，结果被爆炸声惊醒了。你们两个到底在干什么？搞得惊天动地的。

大胖道：一言难尽啊，贤弟。我们也是九死一生。那下面竟然是个生化战士生产基地，好在我们智勇双全，轻松解决了它们，这才有机会上来和你们会合，不然我们就天各一方了。

老胡问：怎么不等我们一起走？他们熟悉路线吗？这不正常啊。

小君君道：那高老师拿了一半的压缩饼干就告辞了。说萍水相逢，感谢我们的搭救，他们不想再连累我们，就朝隧道里面走了。我也想跟着他们走，还担心留下来等不到你们呢。

老胡道：看来这三人都不简单。他们也许熟悉这里，才敢单独行动。这也说明他们可能是有备而来，为了寻找什么，嫌我们碍事，才借故脱离。

大胖怒道：看他阴阳怪气的样子我就知道他不是个好人。那两个女的肯定也不是什么好东西。

老胡道：算啦。也别太苛求别人，毕竟是萍水相逢。不过这样也好，我们跟着他们的脚印，也能走出去。

大胖问道：房子里还有什么东西没有？吃的喝的。

这时，隧道尽头方向传来一阵轰鸣声，像是某种大型机械在抖动。

大胖道：我们有救了，这肯定是有人在采矿。

不过另外一头，也传来一阵沉闷的爆炸。

老胡大叫：我总算明白了为什么有持续的爆炸。还记得我们那只藏獒吗？被火烧爆炸了。爆炸的源头极有可能是电池。这些仿生产品，它们的动力就来自电池。这也就解释了为什么我启动了发电机，结果引来这么多攻击，原来是我们不小心给它们充了电。

大胖催道：你分析得很有道理，所以我们更应该快点出发，电池爆炸，里面的有毒物质肯定要挥发出来。

于是三人收集了有用的东西，分了饮食就朝着隧道深处进发。

受塌方影响，后面的路显得崎岖艰难。经过一番艰苦的跋涉，三人终于走到了铁路的尽头，说尽头也不是尽头，只是被一堵墙挡住了。这条隧道早就被封死了。

大胖发出疑问：高老师和妹子呢？难道他们凭空消失了？

老胡分析道：只有一个可能，他们肯定从偏洞走了，而洞口被塌方埋住，所以我们一路都没发现。

大胖道：这就不好办了，一路数来，少说也有十几座土堆，要一个个地挖开，得挖到猴年马月啊。

老胡问小君君：你确定他们是朝这个方向走的？

小君君道：就一条隧道，要么往前，要么朝后。如果他们没走这个方向，那不是回去跟你们碰面了吗？

大胖道：这一路上也没发现他们的蛛丝马迹啊。你这个侦察兵怎么跟踪的？

老胡道：没有脚印，是因为有人故意把脚印扫掉了。看来他们很有反侦察能力。可惜聪明反被聪明误，扫掉脚印同时也留下了打扫的痕迹。我们就是沿着这种特殊痕迹跟来的。而且，我敢肯定他们到过这里，就消失在附近。

小君君道：我也敢肯定他们到过这里。瞧，这不是他们吃剩下的压缩饼干包装吗？

大胖道：不管他们了，反正我们手里有枪，就用子弹在这堵墙上开个大门，放大爷们出去。

老胡捡起一块石头，敲了敲挡路的墙，然后摇摇头道：如果墙很薄，敲击就能听见空响。但没有听到空响，说明这堵墙很厚，子弹打上去也就留个小坑。

大胖忧虑道：那怎么办？两头都堵了，氧气迟早要用完。

老胡道：只能用笨办法了。十几座土堆，我们看哪些是刚形成的，逐个挖开找。

正当三人准备清理土堆寻找洞口时，远处传来了脚蹄的声音，一双双绿眼睛正在隧道黑暗的尽头闪烁。

老胡大叫一声：兄弟们，别挖了，还是抄家伙准备迎战吧。

看着远处闪烁的绿眼，大胖和小君君不由得浑身颤抖：那么多狗，三支枪，这不僧多粥少吗？

老胡叹息道：还是失算了，那些爆炸，不是电池爆炸，应该是它们用炸药在开路。

大胖道：完了，还没桃园三结义呢，就要同年同月同日死了。胖爷光明磊落的一生，今天就要画上句号了。

老胡道：还没到山穷水尽的时候。还有时间在土堆里挖洞，把自己活埋起来，等它们走后再出来。

小君君仿佛看到了生的希望，赶紧拿起铲子挖起来。但他很快就停止了挖掘工作，因为这土堆也太松散了，一挖就塌，根本就刨不出一个坑来。

老胡道：还是打吧。临走也得拉几个垫背的。

绿眼睛速度极快，很快就靠近了三人。果然是一大群狼狗，数量之多，让三人无不胆寒。大胖没见过这场面，端着枪的手不住地颤抖。

就在千钧一发之际，三人身后突然传来一个声音：三位兄弟，快快上来！

第十章：误入险境

三人顺着声音来源抬头一看，隧道顶部探出一个人头来。这人不是别人，正是高老师。原来出口在隧道顶部，难怪三人没发现。

大胖道：我的妈，难怪找不到入口，原来就在我们头顶啊。高老师，这么高，你们怎么爬上去的？

高老师道：诸位别急，我马上扔绳梯下来。有话上来再说。

随后高老师扔下绳梯，大胖当仁不让，抓住绳梯就往上爬，高老师拉一把，大胖也就入了洞。

老胡甘为人梯，自己断后。当三人都进了洞，那群绿眼狼也赶到下面，无奈地一阵狂吠，然后就打道回府了。

原来上面有一个相对平行的通道，不知是谁打了个洞，连通了上下两层。只是上面这层非常狭小，只容人爬行。

高老师见三人都背着枪，好奇地问：三位兄弟，你们这是真枪还是假的？

缴获的还是……

高老师说着就伸手过来摸枪，老胡一掌挡了回去：真枪，不要乱摸，小心走火。

高老师顿时露出一脸不悦与畏惧的复杂神色，缓了缓神，道：三位兄弟，我救你们于危难，也算还了你们一个大人情。我这次特地返回来，一是想搭救你们，二来，也是希望和你们继续同舟共济。

大胖道：念你这次救驾有功，且说说，想让我们帮什么忙？危险的可不干啊。

高老师道：我本不想再麻烦你们，可是眼下，两个妹子身处险境，我不得不求你们伸出援手啊。

小君君一听妹子有危险，忙问：什么危险？你们难道不熟悉路况？

老胡道：高老师，你既然要我们出手相助，那就得让我们了解情况，大家现在是一根藤上的蚂蚱，本应互相信任，才能患难与共。

高老师犹豫了一下，道：其实也没什么，我们就是来寻宝的。两个妹子如今踩中机关，危在旦夕，还请诸位好汉先救人要紧，其他的容我慢慢道来。

老胡看了看大胖和小君君，两人也没其他意见，便问：什么机关？这是什么地方？怎么还有陷阱？

高老师前面带路，且行且说：也不知道是什么人什么年代设下的陷阱，她们像是踩中地雷，只要一抬脚，就可能有暗器射出。

大胖问道：也就是说你们不是来找出口的，而是冒死寻宝。这鬼地方，还有什么宝贝值得以身犯险？

高老师道：就是听说有古墓，要不就是张献忠藏过宝。我们也知之不多，总想着不能空手而归，单纯地想深入了解一下。

大胖来了兴趣：为了什么宝贝，命都不要了？你们咋想的？

老胡道：赶紧离开小洞，万一塌方可不得了。我们的优先任务还是寻找出口，出去报了警，寻求专业救援才是上策。

就在这时，山体又开始猛烈摇晃了几下。几人赶紧爬行，数百米后来到尽头，尽头是道石门，石门并无门，只是一个石框，大敞开着。门口放着登山包，门内乃是一个十余平方米的大石室，室内漆黑，像是发生过大火。只是房间也足够高，可供人直立行走。

除了高老师，其余三人一拥而入，开始在里面伸胳膊伸腿舒展筋骨。

高老师没有进入，站在外面有些瑟瑟发抖，语无伦次：完了，完了，全变了。

老胡疑惑地质问道：什么完了，你怎么不进来？

高老师颤巍巍地说：刚才就在这里，两个妹子、一具白骨，都在这里。现在，什么也没有了，全都变了。房子里面有机关，你们小心。

大胖没好气地说：你吓人的吧，哪有什么机关？我们这不好好的吗？

高老师：看你们脚下的石砖，也是八八六十四块，她俩就是踩错了石板，感觉有反弹之力。加上旁边有具白骨，那白骨死状蹊跷，是一根生锈的金属刺从下往上穿过他的身体，因此很多骨头都还挂在上面，我们才知道这里有机关暗器。但悔之莫及，我这才赶紧出来找三位好汉相助。刚才的石室与现在不同，只能说明这些石室是可以移动的。刚才我们听到机械轰鸣，十之八九跟房间转移有关。这个登山包，想必是妹子感到绝望，在最后一刻扔出来的，就是希望我能用到。

高老师说完，悲痛地哭起来。听到这里，房间里的人都不敢再动了。

大胖怒道：好你个老家伙，怎么不早说？还连累我们一起送死。

高老师一脸无辜状：我还在门口吃惊，你们就冲了进去，想拦也拦不住啊。

大胖质问道：那为什么单单两个妹子受困，你却还能跑出来？

高老师无奈地说：当初她们先进去，是为了换衣服，我一个男的不方便，就在外面等，结果就这样了。

老胡问道：我发现一个问题，既然地面是坚硬的石板，金属刺是怎么破石而出的呢？

高老师道：这地砖看起来像是一整块，其实另有玄机。这种机关不是为一个人设计的，换言之一个人可能重量不足，难以触发机关。但如果几个人的重量都压上去，就很有可能触发机关。至于你们为什么没有触发机关，只能猜测每个石室机关不一样。

大胖举起步枪，对准高老师，恶狠狠地道：你知道得挺多的嘛，你拿两个妹子当炮灰，现在打起我们的主意，免费帮你蹚地雷来了？什么叫作有难同当？也请你进来吧，不然我的子弹可是长了眼，专门找你的。

小君君也端起枪上了膛对准了高老师。高老师只得抬起脚，小心地迈了进来。

老胡道：从一开始我就怀疑你，到后来你们摆脱我们独自离开，还故意扫去脚印，这足以说明你们不是普通人。你如果实在有难处，不想告诉我们，那就请你等会儿去阎王爷那坦白去吧。

高老师连忙求饶：别别别开枪，我没有刻意要隐瞒你们。只是不想给你们添麻烦，既然我们都走到这里了，就应互相信任，共渡难关。之前一直不得空闲，没法坐下来详谈，现在正好向诸位坦诚相告。

我原本是一名道士，有一年发生了泥石流，道观被毁，老师父不久也圆寂了，剩下的人慢慢散伙，有的回家投奔亲戚，有的做起小本生意，有的游走四方靠算命卜卦为生。我跟了大师兄。大师兄受师父指示，得到了一本早已失传的奇书，叫作《道陵上经》，说是祖师爷传下来的。根据这本书所记载的内容，可以找到一些祖师爷留下的降妖伏魔的法器，其中也有宝藏地图。只要我们找到一处宝藏，有了钱就可重修道观。于是我们就按图索骥，到处寻找，但是如今的地理与古代相差巨大，加之书中绘图过于简单，寻宝谈何容易？不过，也许是祖师爷保佑，我们还是小有所成。有些东西自然留在历代道家的坟墓里，有些留在无人知晓的山洞中。有人说我们是盗墓贼，那不准确。盗墓贼通常乱掘乱挖，只为求财。我们不这样，往往三跪九拜，设坛祭祀才下手，也只是取部分东西，侧重拿取经书、法器这些，算是祖师爷可怜弟子们，赏赐的东西。

老胡打断高老师的话：别扯那些没用的东西。说说眼下的事，这里是什么地方，为什么会有机关，怎么破解出去？要再有隐瞒，我可劝不住这两位兄弟了。

高老师继续道：好，我说，我们可能闯入了诸葛亮的八卦阵。相传诸葛亮南征，经过大瓦山，见此山非常奇伟，于是留士兵凿石开洞，为其修建坟墓。我们现在应该在大瓦山内部，也就是差不多到了诸葛亮坟墓的边缘。至于八卦阵到底是什么，谁也不知道。但大师兄的那本奇书上说这里有一种特殊的水晶，其中暗藏无量子，无量子是什么，现在的道家少有人知晓，只是说非常神奇。再多，我也不知道了。如果大师兄没失踪，他可以告诉你们更多。事到如今，你们也不能怪我，你们怎么就不原路返回呢，非要往里面走？幸好我赶到放下绳梯救了你们，也算是功德一件吧。

高老师的话，信息量很大。三人一时也消化不完。只是高老师最后一句话，确实很有道理。要不是他放下绳梯，他三人哪还有命活到现在。想到此，三人就是应该给人家一点信任。于是大胖和小君君放下了枪，两人不过是想吓吓对方。

老胡圆场道：你看，说清楚了多好。原来是个小小误会。只要加强沟通，就能加强团结嘛。现在我们更应该齐心协力，共渡难关。

小君君问：各位哥哥，现在怎么办呢？难道我们就傻呆呆地在这里站军姿吗？

大胖有些后悔：高老师，你怎么不早说？早点交代这里的情况，你还能在外面施以援手。这下可好，全都进来了，要死死一块儿了。

老胡道：天无绝人之路。好歹也是个容身之处，比在外面遭狗咬好得多。再则，三国距今也有一千多年了，说不定这些机关早就生锈失效了。我们只要步步为营，好好研究一下机关原理，我不信这古人的东西比我的手机还复杂。

大胖忽然转忧为喜：一千多年？那这里的东西肯定很值钱啰。我们就来个顺藤摸瓜，顺手牵羊，早日摆脱困境，不拖扶贫工作的后腿。

小君君道：胖哥，眼下还是要命要紧。我可不想当盗墓贼，要盗你去盗，我可以负责运输。

大胖道：你看你怎么说话的？那叫盗墓侠，侠肝义胆的侠。你想想，这种危险的地方，普通人来得了吗？只有身手不凡的侠义之士才能到此一游。盗亦有道，真有国宝，要么交给国家，要么资助贫困儿童，都是好事嘛。不要自降身份，自损威风。

老胡打着手电对着地面仔细查看，又蹲下研究地板，敲敲打打。钻研了半天，终于有了初步结论：这里可能没有机关。如果有也可能是火攻，这里这么黑，应该是烧过了，烧过后就没有燃料了。加之这里也没有留下尸骨什么的，所以初步推断这间石室应该是安全的。

高老师开口道：安全问题开不得玩笑，不能凭主观臆断啊。

大胖这时突然一笑：闹了半天，这不有说明书嘛。

众人便顺着大胖手电的光束看过去，果然在墙上有一行醒目的繁体字：机关已破，出口在此。字后还有一个大大的箭头。只是箭头所指的方向并没有出入口，或者别的痕迹。

解除安全紧张感之后，面对空荡荡的石室，大胖无不惋惜道：可惜了，可惜了，这么大的房间，却什么东西也不摆，放几个唐宋元明清的瓷碗也是好的嘛。古人也太不懂得待客之道了。可惜了，要在市区这么大的房子，也得十好几万啊，不拿来住人，却用来害人。你说诸葛亮是怎么想的，搞点房地产开发不好吗？

几人大着胆走了几步，果然安然无事，但却有了新的发现：发黑的地面上有三个不易觉察的人形痕迹。

大胖分析：老胡，你还说没死过人。这里肯定有三个倒霉蛋被烧成渣渣了，或者被同伙抬走了，他们肯定是团伙作案。你瞧，我这敏锐的侦探能力，都快赶上福尔摩斯了。

大胖用脚踏在人形痕迹之上，为自己的意外发现得意扬扬。突然他身体像被人定住一样，两条腿一前一后不动了。

其余的人并没有注意大胖的变化，直到他发出惊恐的求救：哥几个，你们千万不要动，我，好像踩中机关了。

余人一惊，老胡忙问：你踩中什么了？

大胖声音失去了刚才的雄壮，柔声说：我哪知道？像是踩到弹簧了，有一个强大的反作用力顶着我的脚，我就怕一松腿，就有东西弹上来。

高老师焦急地道：我说嘛，两个妹子也是这种感觉。大伙不能再动了，这机关还在，墙上的字不可信啊。

看大胖不像是在开玩笑，开玩笑他也是嘴巴上开，因此其他人无不大惊，也都定在原地了。

老胡故作镇静道：都说诸葛亮有神鬼之智，可惜他的智慧多用来杀人，而非造福百姓。木牛流马本是伟大发明，可他并没有公开技术，以至于失传，成为一个传说。唉！

小君君："机关已破"这行字可能是障眼法，目的是诱敌深入。

老胡摇摇头：三国的文字与当代不同。这繁字体应该是后世盗墓者所留。我推测曾有一大批人到过此地，墙上文字应是探路的先遣队留给后队的，他们没必要误导他人。也许是我们理解有误。以我的分析，古代还没发明地雷呢，大胖踩中的应是非爆炸装置。

大胖在一旁急道：老胡啊，你不要老是搞理论分析嘛，实践出真知，快想个办法啊。小弟性命危在旦夕，我要是体力不支，一下子倒了，大家不跟着倒霉吗？

老胡道：着什么急，三分钟不到，你就坚持不住了？用你的枪当拐杖先杵着。现在，大家回忆一下刚才踩过的石板，做好标记。高老师和小君君先跳出去，出去搬石头，越重越好。

大胖心领神会道：你的意思是我脱掉鞋子，再用石头压住鞋子代替体重？老胡啊，这也不是什么好主意，害我白白损失一只名贵的登山鞋，往后的路，我可怎么走？

老胡道：自作聪明。你只知其一，不知其二。先把你人弄出来，我们都躲到外面，用绳子把你鞋子一拉，不就两全其美了嘛。

大胖转忧为喜：嘿嘿，姜果然是老的辣啊。探险路上有您这样集帅气与智慧于一身的老将，我就可以为所欲为啦。

老胡：瞎说什么，保持稳定。

石头很快就送到门口，但是高老师却犹豫起来：胡老弟，我们抬着重物进来可能有所不妥。你想想坦克地雷，人可以随便踩，坦克却不能。我们增加了重量，进来会不会再次触发机关？

老胡点点头：你的担心不无道理。这种机关也许人多才有效。胖儿，你再坚持一下，容我想想办法。

老胡蹲下身子，沾了点地上的黑灰，用鼻子闻了闻，随即又皱起眉头道：灰里有股油味，我推断这个机关应是一种极易燃烧的油。《三国演义》里诸葛亮善用火攻，这个机关大概就是这样。用现代科学分析，燃烧要有三个要素：一是可燃物，二是氧气，三是点火工具。墙上说机关已破，应该是破坏了三要素之一。所以，就算大胖挪开大脚，也不一定会立即引发火灾。既然已经燃烧过了，未必还有剩余燃料。

大胖道：老胡，你可不能这样草率啊，靠猜测怎么能确保人民群众的生命安全？我一抬脚，万一是什么黑乎乎的石油喷出来，溅我一脸怎么办？这不等同毁容了嘛。你得三思而后行啊。

高老师道：这可能就是传说中的伏火机关。是从西域传进来的一种极易燃烧的油，这种油往往具有较强的挥发性，吸入也能引起中毒。

老胡一时也没了主意。要是碰上颗地雷，他倒还有经验处理，可是下面如果是什么挥发性液体，就算不燃烧，污染环境也不好。

见老胡一脸愁云，大胖反而宽慰道：老胡，你别急，慢慢想个两全之策。我还能坚持的。

高老师道：几位，我倒是有个想法。这机关既然埋在地下，我们何不把石砖抠起来，破坏其内部结构，或可解除危机？

大胖道：此计甚妙！你们赶快行动啊。

三人赶紧用工兵铲、匕首寻找大石板的缝隙，却发现进门处的石板早有被人抠过的痕迹，便从入口处的石板开始下手。石板既厚又重，三人合力才抬起一块。随着更多石板被翻开，下面的情况逐渐暴露出来：果然埋设着一些管道，但管子已经朽烂，呈百孔千疮的样子。

见此，三人总算松了一口气。

小君君道：胖哥，你画地为牢的苦日子可以结束了。

大胖忙问何故。

小君君道：油管子锈成蜂窝了，就算有什么东西，早就漏完了。

大胖终于如释重负地移开脚，可是刚一移开，脚下就有一个石球极速射出，撞着屋顶又被反弹了几次，所到之处皆撞出一连串的火花，直到碎成数块才停止。

众人略感吃惊，好在没引起其他不良后果。

大胖捡起一块碎片观察起来，只见碎石块有些通透，像是一种玉石。

老胡解释道：这就是我预言的点火工具。古人机关设计得真是巧妙，先是弹射燧石，通过碰撞发出火花引燃易燃物。可惜，现在有点火的，却没有可燃物，机关就形同虚设。

大胖叹息道：真是可惜了，人家是大难不死，必有后福，我却是大难不死，宝贝全无。早知道我就慢慢地移开，让这颗古代的石球乖乖地弹到我的手心里。

小君君道：胖哥，机会还是有的，下次你小心点，就能得到一颗完整的。

大胖道：下次蹚地雷的良机让给你，我负责接球。

接下来是走是留，四人产生了分歧。

高老师本想一走了之，忽然想起来还有两个妹子下落不明，于是恳求众人留下继续救人，说活要见人死要见尸，不然回去怎么向她们的家人交代。

大胖和小君君却主张先出去、离开这个充满危险的地方，到了外面请求警察消防来救援。可惜怎么出去、能否出去都是未知数。

高老师就说：既然机关已破，说明危险已除。换言之，既然前人来破解过了，那就是接下来的路安全有保障。再说，来都来了，不去参观岂不可惜？

高老师最后一句话倒是提醒了大胖，暗想打着救人的旗号行摸宝之实，一举两得。于是对众人道：救人要紧，而且这又不是普通的救援，属于英雄救美范畴。搞不好妹子一激动，来个以身相许，不就成为一段美谈吗？

小君君道：要等外面救援力量，妹子们可能早就遭遇不测了。

老胡暂听众人意见，来个总结性发言：退，必然遭遇那些狼狗，靠我们三支枪，基本没希望。前进吧，世事难料，虽有前人走过，但也充满未知数。我的意见是以不变应万变。先在这里好好地做一番研究，把每块石板撬起来看看，也许能发现什么规律。有了规律，去哪都不怕。

也只能这样，先把一个地方的机关弄清楚，既有利于下一步行动，也可能发现暗道及出口。

于是四人各自拿起工具，合力对地板来一次大清查。石板未及翻完，地面忽然出现猛烈摇晃，四人失去稳心，纷纷跌倒。伴随着一阵机械齿轮咬合的声音，石屋开始缓慢上升。一切动静消失后，四人一看，前人所留箭头的方向赫然出现了一道门，门外是一条狭窄的走廊；而原先的四人进来的入口已经沉了下去。

四人见识了石室移动规律，想那两个妹子也是因此消失。石屋外有一条通道，通向新的未知区域。

大胖埋怨道：这电梯做得也太暴躁了，差评。你们也别迷信什么八卦阵，不过就是一个升降装置。古代盗墓贼不懂，就被吓尿了。但古人的这些雕虫小技，能难倒我们现代人吗？嘿，妹妹你大胆地往前走啊，往前走，莫回头……

知道所谓机关运作原理的大胖不禁有些自鸣得意，竟然还哼起了小曲儿。说着就起身要走出石屋。

老胡喊了一句：隧道有人！

吓得大胖赶紧缩了回来，低声问：什么人？妹子还是鬼？

说隧道有人，是因为老胡刚才用灯光扫了一下，恍然间看见有人正趴在隧道里，他赶紧关灯，隐蔽于黑暗。同时，他还下意识地来了一个侧翻滚，意思是要是那是敌人，这样可以躲开子弹。

大胖不知者无畏，他没看到老胡所见的情况，反问是什么人。老胡不得不补充一句，以示问题的严重性：有敌情！

四下一片黑暗，啥也看不见。外面走廊却传来微弱的响动，像是有人在极其缓慢地匍匐前进。

小君君低声问：会不会是妹子她们？

高老师低声唤了起来：小红、小白，是你们吗？

门外并无人回应。

老胡道：嘘，是阴兵，跟外面的差不多。

大胖低声道：这种地方，可能是老鼠吧，大大的硕鼠。

黑暗中难辨敌我，老胡心生一计，把打开的手电扔进走廊，这样既可以隐蔽己方，又可立即暴露敌情。借助电筒光线的折射与散射，四人总算看清楚了敌情：外面果然躺着三个人，穿着制式大衣，匍匐在地上，极其缓慢地移动着。

四人不由得大惊失色，谁也没想到竟然在这里遭遇阴兵。正当其余人还在惊诧之际，老胡变换方位，连发几个点射，准确地集中目标的脑袋。大胖慌乱中也打出几个连发，直到老胡叫停，节约子弹。

过了一阵子，走廊外彻底没了动静。老胡这才上前检查情况。果然走廊外面这仨与外面阴兵打扮相似，只是这三个阴兵的大衣看起来十分破旧，落满尘土。猜测三人在这里趴了几十年，因为电池缺电，才导致行动迟缓。它们的脑袋被打爆了，没有血肉，却是玻璃碴，与外面阴兵有所不同，且缺少绿眼装置，更像是初代产品。

老胡检查完，不由得感叹道：强弩之末了。早知道就不用开枪，节省点子弹。

大胖道：我是在趁机锻炼枪法，你看我打得多准，天生的神枪手。

高老师道：虚惊一场，但愿后面的路也是这般有惊无险。

小君君问：它们怎么跑到这里了？难道说很早以前阴兵就在干追杀的勾当？

老胡道：以我看来有两种可能，一是为了破阵而来。假设这里真有古墓机关，正常人无法破解，才让阴兵代劳。其二，这里可能有什么其他特殊矿产，工作环境比较艰苦，不适合人类劳作。例如带有核辐射的环境，阴兵如同机器人，不怕死，无痛觉，比人类更能适应恶劣环境。不过它们到底用来干什么，也许随着我们的继续深入就有答案了。

高老师道：胡老弟的话有一定道理，但我不敢完全苟同，不管什么矿，完全可以采用机械化自动作业解决。这些所谓的生化人，作用可能只有一个：破解古墓周围的机关；而且机关不能由人或金属机器去破解。相传诸葛亮一生清正廉洁，不太可能用金银珠宝这等俗物陪葬。既然没什么宝藏，有人却花这么大的心思研究这里，着实令人费解。

大胖胡侃道：也许这里有个神秘博士，他人手不够，又怕外人知道，就生产出这种玩意儿，自成一派，自立为王。

小君君道：没有金银珠宝也无所谓，诸葛亮用过的羽毛扇拿出来也是价值连城啊。

大胖：你太肤浅了。诸葛亮最有价值的是什么？不是他的头脑也不是他的兵书，而是他的道法。记载呼风唤雨、料事如神道法的天下奇书，得奇书者可得天下，所以，啊，才会这样嘛。

小君君：不止吧。也许还有机密，惊天秘密呢。

走廊里不觉闹哄哄的，趁他人闲聊之际，老胡已经蹲在新的石屋门口查看内外情况。里面情景让人不寒而栗，整个石室都布满钢钎，细长而尖锐的钢刺分布于屋顶及地面，密密麻麻，像是某个满嘴尖牙的怪兽。金属尖端设有倒刺，真是足够的毒辣。其中且有七八具尸骨像烤串一样被穿在钢钎上，已风干成干尸。虽然死状惨烈，但好在机关触发后没有复原，不至继续害人。只是这密不透风的石室，又如何进入，如何穿越而过呢？

看到这情景，众人不由暗暗吃惊。

大胖感叹道：还好不是第一个吃螃蟹的人。看来以后冒险，不但不能冲在第一，也不能是第一梯队啊。

前路不通，但问题似乎很快解决，因为门口有个箭头，顺着箭头所指，众人在门口一侧发现了洞口，洞口虽小但勉强可以供一人进出。自然是前人无法破解此阵，便打洞绕道而走。

大胖继续发出感慨：辛苦前辈打洞了。全是硬石头啊，这得费多大的功夫？可惜我这副身材太营养了，贸然进去怕是只能当个瓶塞。

老胡道：只有请高老师先进，你的身材目前最为瘦小，容易通过。你负责探路，看看情况，我们从长计议。

高老师：难得有此机会甘为人梯，敢为人先，做一个爱吃螃蟹的先行者。

安全起见，老胡给高老师两只脚系上伞绳，约定一旦有事，高老师就拉绳子，外面的人就把他从洞里拉出来。要是一切顺利，就用绳子绑住背包，高老师先把包拉过去，背着包过洞可不明智。

高老师消失在洞里，大胖却高兴不起来：你们都能走，只有我一个人过不去，怎么办呢？

小君君道：肯定不是凉拌，而是你自己看着办。

不过大胖很快就转忧为喜，因为高老师不久就倒着爬了出来，原因是洞内塌了，空间狭小很难畅通。

大胖打起了退堂鼓，积极主张以退为进，先退出去再说。说不定还有别的路，条条大路通罗马嘛。

高老师讥讽道：胖兄弟一贯见好就收，不好的就拒。既然条条大路通罗马，那又何必轻言放弃？古人的雕虫小技，怎么难得到科学的现代人呢？

大胖不好意思地呵呵一笑：误会啦。我说的是大路才通罗马，小道小洞的肯定到不了。不就是几根铁棒吗？把它拔了，路不就有了吗？就像走在密林里，把挡道的大树砍了，也就有了大路了。所以，路不一定是走出来的，很多时候是开出来的。按照我的计划，我们可以在金属林里开辟一条通道，等下一个门出现的时候，就能钻出去，到达下一站。

其余人都赞成大胖的想法，不由给他主动让开道，做了一个"有请大佬"的动作。

大胖准备大显身手，他手脚并用，手拉脚蹬，总算把门口的几根铁棒掰弯，腾出了一定的空间。但石屋内铁棒实在多如牛毛，密得只能插进去半条小腿，很多时候根本使不上劲。真要打通一条通道，不知猴年马月去了。所以，工程进展极为缓慢。

大胖喘着气对众人抱歉道：见笑啦，这是饿的，现在功力差不多和你们持平。俗话说得好，人是铁，肉是钢，一顿不吃饿得慌。我们轮流来。

老胡指出大胖的不足：你的力气没用对地方。怎么能从中间下手呢？两头才是它的弱点，要么弯其头，要么动其根。

有了新的方法，大胖越干越勇。他脱光衣服，露出肉乎乎的上半身，准备甩开膀子大干。只见他一头扎进去，用脚踹手掰的原始方法着力于铁棒薄弱环节，奋力使其弯曲，进而逐渐开辟出一条可容他自己爬行的通道。功夫不负有心人，他整个人总算可以拉伸了趴在石屋内，从外面一看，他肥硕的身躯和不时挪动的大屁股，就仿佛看到一条肥胖的毛毛虫在小树林里爬行。这场景让在外面的人不禁大笑。

大胖以为是自己屁股不小心走了光，赶紧回手拉了拉自己的裤子。然后回头对外面说道：非礼勿视。你们这些闲散人员没事干，看人家屁股干吗？难道我屁股上长了鼻子眼睛？

小君君道：你的屁股又大又白又亮，我们都可以关灯节约电池了。

老胡道：胖儿，注意休息，换我来。

高老师突然给众人泼了一盆冷水：计划看似万无一失，却有一个小小的漏洞，胖兄弟怎么确定下一个出口在哪个方向。要是方向错了，岂不白费功夫？

一席话，让众人如坠冰河。

大胖抱怨道：怎么不早说？害我做这么多无用功。快拿些吃的和水来，压压惊。

高老师心疼大胖，便屈尊伺候，主动给他翻找食物。

老胡见大家都有些泄气，便鼓励道：未必是无功之功。可将计就计，免得大胖白费这么多力气。

其余人便问怎么个将计就计。

老胡完全不用大胖的那一套，而是尝试旋转铁棒，逆时针或者顺时针旋转。果然很奏效，一铁棒居然被完整地取了下来。原来古人采用的是螺栓螺母的方法。

拔掉钢刺原来如此简单，众人备受鼓舞。

大胖喜出望外：三国时期的金属，值钱哪。我说什么来着？就算是古人丢掉的垃圾，到了今天也是个宝贝呢。大伙儿多搞点，发家致富就靠它，路上防身都不怕。

老胡道：你来拿一下试试，一根十几斤，一米多长，你能带着它走多远？

大胖用手拿起来试试，果然很沉，不过碍于面子，他道：重倒不怎么重，就是太长了，遇到矮的洞还真过不去。唉，可惜了，只能丢了西瓜带上小芝麻。但我相信，往后肯定还有更好的东西等着我们。

面对老胡的成功，高老师又泼冷水：敌众我寡，要把铁棒全拧下来，时间还是不够。

老胡道：我自有妙计。大家先别多问，轮流作业，多搞点下来。

众人不知老胡到底有何计划，但抓紧时间施工肯定没错。四人齐心协力，不大一会儿，便斩获铁棒十几根。石屋显然已经空出了一块宽敞空间，但是要把整个石屋的金属刺清理掉，绝非一日之功。

高老师问：胡兄弟，我看来不及啊。根据我的推断，石屋大概每隔四十分钟就要运转一次。我们的时间所剩不多了。

老胡看看成果，对众人道：足够了，大家就都退出去吧。坐观其变就是。

大胖自作聪明地问：有什么妙用？凿石开路，还是插在路上设置路障阻止敌人尾随？

待人都退出了石屋，老胡便把刚才取下的铁棒整齐地铺在门口。其他人这才明白了老胡的用意：他是想卡住石屋。

老胡解释道：我们为什么进入两难境地？是因为我们太遵守游戏规则，总被机关设计者牵着鼻子走。前进或后退，都不是什么好选项，那我们就不走了，打破常规，不按套路出牌。我的计划是，这些铁棒放在门口，等它运转的时候必然可以死死地卡住，就算卡不住，也能拖慢其速度。届时，我们再见机行事。

高老师道：此计甚妙。与其被牵着鼻子走，不如破坏游戏规则。只是这也是一着险棋。

于是众人就坐在走廊上，背靠着岩壁吃喝起来，以逸待劳，静观其变。

果然不久，山体开始震动，四人迎来了期待中的石屋变幻。前面的石屋开始上升，后面的石屋则逐渐下沉。横放在前面石屋门口的铁棒成功卡住了石屋的上升机关，但很快机械积蓄的力量又轻松地折弯了十几根铁棒，铁棒悉数被吸进了石屋与石门的缝隙中。众人不免有些失望，看来卡住机关的希望破灭了。但片刻之后，从地下传来金属撞击的声音，掉下的铁棒似乎撞击到了什么，陆续发出咯嘣咯嘣的声响，最终卡住了齿轮转动，就在新的石屋只露出不足半米高的时候，一切终于停止了下来，周围又恢复了安静。

第十一章：黑暗水道

新的出入口算是敞开了半截，但是四人却没急着凑过去看。因为一股厕所多年不曾清洗的臭味随风扑面而来，让大家纷纷捂住口鼻。身体尚且虚弱的高老师闻过之后连打几个喷嚏。大胖摸出口罩分给众人戴上。

老胡道：诸位，鄙人忽然有一种不祥的预感。

大胖道：老胡啊，不用预感了，不祥的东西确确实实就在眼前。搞不好，我们抵达人家的厕所了。

老胡道：我倒是担心空气有毒。如果只是碰到人家的厕所，那运气还算好。

这种老旧的棉布口罩不能防毒，必要时我们需上防毒面具。

高老师问：胡老弟，听说你是生化兵，如何判断空气有毒，如何知道何时该用防毒面具？你给大家科普一下嘛。

老胡道：如果我们之中有人出现任何的不适，如胸闷气紧、头晕眼花、四肢无力、恶心呕吐等症状，那就提醒我们需要立即用防毒面具了。但防毒面具也有缺点，一是它的过滤功能有限，过滤罐用完即失效；二是其呼吸的自由度不如普通口罩好，心肺功能弱的人反而可能出现气紧的现象；三是呼吸可以引起面罩起雾，影响视线和行动；四是防毒面具多少都有点化学气味，一般人可能用不习惯。

听到老胡的解释，其余人都打消了戴防毒面具的念头。

等了一会儿，那股发臭的风渐渐衰退，臭味也没那么浓烈了。小君君在好奇心驱使下自告奋勇前去查看，想早点验证前面到底是不是化粪池。但这一看，却吓得他失声叫了起来：妈呀！好黑好恐怖啊！

小君君踉跄地退了回来。大胖道：咋啦？什么黑，不是有手电吗？

小君君退回来：你自己去看嘛。又宽又长的黑水沟，保证不吓死你。

大胖冷笑一声：一条臭水沟就把你吓成啥了，又不是流血的红水沟。

其余人这才凑上去看。果然是一条宽大的水道，自他们脚下起，长得一眼望不到头，那水果然异常发黑，手电射在水面，几乎都不反光，似乎都被吸收了。不过仔细看，那水面上分明还有一艘皮艇，皮艇是黑色的，周边捆绑着十几个黑色橡胶内胎。因为皮艇和背景都是黑色，所以乍一看还不易发现。

老胡倒怀疑黑水不是水，是石油。于是扔了一颗石子进去，听到叮咚水响。这才相信的确是水。

众人议论黑水是否有毒。高老师道：有毒的说法不准确。既然有人留下皮艇，说明有人已经利用水道运输过什么东西了，也就是说水道是安全的。

于是大胖道：也是啊。这种皮划艇我还是第一次见。这水沟尽头到底是什么，真是让人非常好奇呢。不如我们就下去划划小船，正好坐四个人。

小君君道：胖哥，你这身板一个顶俩，你坐上去后，友谊的小船说翻就翻。

大胖：小船本来就是拿来翻的嘛，又不是巨轮。

老胡道：这是条阴沟，阴沟里容易翻船，大家务必谨慎权衡载重。这水道就像煤矿透水地段，又因有人排便其中，久之就有了厕所的味道。我看影响不大。但关键问题是，要想去划船得解决以下两个问题。一是想办法将皮艇弄过来，二是我们如何下去。毕竟落差两三米，贸然跳下恐非明智之举。

高老师道：这不难办。不是还有伞绳吗。绳子拴一个石头，扔过去，把船钩过来。再做一个绳梯，我们就可以下去了。

大胖道：你这雕虫小技，我也想得到。只是懒得去想。

于是四人分成两组：一组负责勾皮艇，一组负责做绳梯。伞绳虽然细，但是两股并用就粗了。

不大一会儿，皮艇勾来了，绳梯也就绪。大胖先下，因为他体重最大，大家都盼着他先上船把船身稳住。四人陆续下到皮艇，先把皮艇搜索了一遍，检查有无瑕疵裂痕。还好，另外找到两支小桨，以及一个硕大的黑色塑料袋。袋子全凭颜色伪装，打开一看全是生石灰。由于密封做得好，因此尚未受潮变质。

老胡叹了一口气：不管这伙人什么来路，他们探险的装备和技术都远在我们之上。生石灰用处大，可以消毒、取暖，甚至用来生火。留着必有用处。

安静的水道响起了划水声。大胖不想人家说他人胖占地大，便表现出非常积极的样子：主动划船。为了表示自己人胖但力气大，他划水的声响比另一侧的小君君划得大了不少，由于用力过猛，船头反而倾斜，差点撞向石壁。害得小君君差点尖叫起来。

小君君微怒道：胖哥，你力大如牛，我怎么配合你保持平衡？不如你到船尾去，把双腿放进水里，上下摆动，当是人工螺旋桨，我们就有巨大的动力前进了。

大胖道：你小子还真聪明呢，我看不如把你竖起来，当成风帆好了。

突然老胡大喊道：停！

三人忙问何故。

老胡道：大胖，你搞什么鬼？怎么还在原地踏步？

大胖一听有些气愤，自己的辛苦得不到认可，随口说了一句：我啥鬼都不搞，我只搞事。

说完就后悔了，因为他和其他人也发现了问题：皮艇距离入口没走多远。难怪老胡说是原地踏步。

大胖心虚了一点：莫非这皮艇不是用来划的，只适合绳子拉？

小君君：胡说，那放两个木桨干吗？

大胖：那就是遇到鬼打墙了。所以才会原地打转呢。这可跟划船的人没关系啊。

高老师道：诸位，这搞不好是水鬼作怪呢。你们想，为什么会人去船空？说不准掉下去淹死了。

老胡：什么水鬼？封建迷信。我们只相信科学。科学的解释只有一个，这船抛了锚，我们忘了拉起来。想想刚才我们拉它的时候，是不是很吃力？

大胖听了准备弯腰查看，可是他体重大，一弯腰皮艇就失去平衡猛烈摇晃起来。高老师就让大胖安坐船内，由他这个瘦子去查看。可惜水太黑，就算使用强光照射，也难以射透。

高老师道：看也无用，不如用手摸更实在。

这时又没橡胶手套，水下不知道有什么东西，四人都不想把手伸进黑水里，就互相看着，大眼瞪小眼。高老师为了表现一下自己，提升自己在团队的声望，赢得其他三人的尊重，犹豫片刻便把手伸进水里摸索起来。毕竟现在他是单枪匹马，得表现出自己的价值，才好融入新的团队。

高老师果然在船尾摸到一根粗绳子，却很沉重，只提起来一小段，是一根黄色的麻绳，看来这黑水黑得不太彻底，还不具备染色功能。

老胡就让大胖压住船头，三人才好在船尾一齐发力。绳子上的重物慢慢地被提起来，当重物露出水面的那一刻，三人吓得手一抖扔了绳子，原来绳子尽头是个被水泡得发白的人头。

大胖没看清楚，因此不曾受到惊吓，此时颇为镇静地说：赶紧割断绳子啊，你们以为下面绑着金元宝啊。

割断绳子，大胖继续划船，船果然轻巧不少。两人一组，轮流划船，很快就划出了很远。但如此三番五次，也没划到水道尽头。众人精疲力竭，停下稍事休息。

大胖想罢工：不划了，不划了。肯定是哪里不对，起码十几公里了，还没到头，是不是又被什么挂住了，还是说这水道无边无际，就是想把人困死在路上？

老胡道：科学的解释是，下面也许有暗流，我们其实在逆水行舟，自然慢了。

大胖不赞同：老胡，你是难得糊涂啊，逆水行舟不进则退，三岁小儿都懂。但你看我们友谊的小船现在停下来，倒退了吗？没有嘛，就没有逆流嘛。

高老师道：胖兄弟说得在理。以老夫愚见，这可能是八卦阵中的迷魂阵，只能进不能出。四周也难以攀爬，除非把水抽干，也许是个好办法。不过谈何容易。

老胡：我倒是有点明白了，刚才那具死尸，很可能是为了舍己救人。我猜测前人也遇到了我们这种困境，他们就抽签让一个人下水拖着船走。奈何水里有毒，泡久了也就中毒身亡。那死人头尸体经久不腐，以此推断水里有毒。

听到这里，高老师不由自主地去看自己的右臂，因为刚才他就是用这只手臂深入水中一番摸索，与黑水有过短暂的接触。不看不要紧，一看吓一跳，高老师惨叫一声，惊得其余人立马关注，但见他的手臂全是红疹子，密密麻麻，而且青筋暴露，静脉血管突兀，几乎快撑破皮肤，活像缠在手臂上的一条条黑虫，直看得人头皮发麻。

高老师惊慌失措，只是喊：救人啦！救我！救我！

其他人其实也很着急，但是谁都没见过这样的恐怖皮肤病，一时一筹莫展。

大胖拿出刺刀，正欲去剥离高老师上臂的虫子，手却不由自主地抖着，幸好老胡阻止了：使不得。这可不是什么虫，而是血管，你这一挑断，他非死于失血过多不可。这不是虫，应该叫静脉曲张，只是如此夸张的症状，我还是头一回见。

小君君道：老胡哥，快想办法啊，等会儿要是血管爆炸怎么办？这玩意儿会不会传染啊？

小君君和老胡都拉过绳子，也接触了黑水。此时两人不由得检查自己的双手，还好，没有高老师那么严重，只是有一些略感瘙痒的红点。

大胖道：这要扩散到全身，高老师整个人就完了。为今之计，我看不如快刀斩乱麻，丢手保命，直接把手臂剁了。

高老师一听大胖要砍他手臂，顿时吓得脸色惨白，忙缩回手道：使不得，使不得。手乃父母所赐，岂可随意丢弃？再者，老夫怕痛，到时没被毒死，反被痛死，岂不冤哉？

大胖道：这好办。我先把你打晕，再挥刀一砍，等你醒来，我都为你包扎好了。再说，以后你办个残疾证，还可以享受很多优待呢，坐公交都免费。失去一只手，换来全国人民的同情与帮助，岂不美哉？

高老师更加护着自己的手臂，反劝道：这么好的事，胖爷你不如自己享用吧。

老胡道：万不得已不能这样干。我看就先当成毒蛇咬伤，扎紧上臂，减缓毒素扩散，每隔十五分钟松一次，防止上臂组织因缺氧坏死。再取点生石灰，溶于水，用碱性液体擦洗，看是否可以中和毒素。

大胖把高老师的上臂扎紧了。取了一点生石灰做成石灰水给高老师涂抹，奇怪的是石灰水涂抹的瞬间高老师就觉得舒服不少，红疹和静脉突兀的症状减轻大半。老胡、小君君见有效，也用石灰水当护手霜用了起来。看来这包生石灰是解毒良药啊。

但问题依旧没有解决，眼下前进不得，也后退不了。老胡叫胖子继续做燃脂运动，把皮艇往回划，可是无论大胖和小君君怎么配合，皮艇始终会回到静止点，就像有什么力量拉住小船，无论往哪个方向划船也别想离开。

老胡叫停了大胖的减脂运动：今天真是见鬼了。如果真是鬼打墙，高老师你不是当过道士吗？你给大家解释一下，什么是鬼打墙，怎么破解？

高老师一脸歉意：惭愧惭愧，贫道学艺不精，算是半途而废。所谓鬼打墙，就是人迷了路，无论怎么走最终都会回到原点。民间传说是有冤死鬼挡道，特地折磨人，捉弄人。但一般都发生在夜间，天亮之后自动消失。鬼打墙还有一种自然科学的解释，即人们徒步时，由于右脚比左脚更偏外，因此导致人们两脚迈出的距离不同，而致人在绕圈子，走一圈又回到原地。但是这种水上的鬼打墙，老夫着实孤陋寡闻了。至于如何破解，道家肯定有一点手法，最简单的就是画符驱鬼，可现在上哪里借来笔墨纸砚和朱砂呢？还是用科学方法破解吧。道术靠不住。

高老师把问题踢了回去。

大胖道：科学方法？现在能用科学解释吗？科学又不是万能的，例如说：科学能让人类长生不老吗？不能吧，所以，你看科学往往也解决不了问题。

老胡道：我看这样，简单粗暴点，刺刀上枪，让刀围着船在水下走一圈，要是缠着什么，就顺势把它了断了。

为了不割伤皮艇，刺刀是单独包好的；子弹也被老胡管制着，为的是防止擦枪走火。刀和空枪就躺在皮艇角落里。

大胖伸手去拿，却拿不动，小小刺刀突然变得异常沉重。大胖这才发现了问题所在：刀和枪都紧紧地陷在皮艇底部，以至出现了凹痕，就好像水下有块强磁铁，把刀枪深深地吸住了。

大胖如同发现了新大陆，兴奋地说：闹了半天，原来妖怪就在船底呀。

三支枪、三把军刺，连同装有金属的背包都紧贴在船底，显然有一股强大的吸引力让皮艇定格。

既非鬼神，也非暗流涌动，那问题就好办了。丢掉部分枪械，减轻磁力。小船就能继续前进。但是问题也随之而来：枪太重，很难与皮艇分离。

找到解决问题的方法很简单，但凭人力却难以实施。就像某人想回到过去，方法也很简单，超过光速即可，但做起来却难于上青天。

高老师道：我也算阅历无数，却未曾听闻如此奇特的机关。实在是大开眼界啊。设计者用强磁铁，不外乎两个目的，缴了闯入者的兵器，也让坐船的人举步维艰，最后困死于毒水，以达到防盗墓的作用。妙，实在是妙。

大胖建议道：不如把这袋石头丢了，大家看还有什么无关紧要的东西，能丢的都丢掉。不要觉得可惜，过了这一关，以后有的是机会发财。

小君君道：胖哥，丢一堆小玩意儿，还不如把你丢下去省事呢。等我们过了，再把你拉上来。反正这儿有解药。

大胖：你可真孝顺啊，想得如此周到。

说着大胖就去捉弄小君君，小船摇摆了起来。

老胡道：大胖说得有道理。就先扔石灰石，但不能一扔了之，得一颗颗地扔。前人带着这个东西，不可能只是解毒那么简单，解毒也不必带这么多。所以，最大的可能是为了对付水里的什么东西，病菌、毒素，还是其他有害的生物。总之，不要乱丢，就丢在皮艇附近，见好就收，留下一点还有别的用途。

众人一听，表示很好：丢石头打水仗，本就是缓解紧张的好活动。

生石灰一落水就开始发生剧烈反应，水面随即喷出乳白色的石灰水，并伴随着热气腾腾的水烟，如同沸水一般。因为这种反应会放出巨大的热量，有时也可用于野外生火。随着石头丢入的数量增多，黑色的水面逐渐出现一团团白色水面，并逐渐扩大，将周围的黑水推开，最后白色区域连成一片，包围在皮艇周围。

黑白双色开始了一场地盘争夺战，黑色包围被彻底打破，仿佛黎明撕破黑夜，白色显然象征了正义与健康，更能给人带来积极正面的心情。

黑色水面逐渐远去，而生石灰特有的碱性气味也在空中弥散，将之前那股厕所味中和得无影无踪。四人摘掉口罩大口呼吸，感觉像是泛舟牛奶湖上。

高老师见状便将手伸入乳白色的水中清洗，顿觉舒服不少，之前的不适感几乎消失殆尽。

生石灰已用了大半，白色水体朝着水道两头迅速扩张着自己的地盘，目之所及之处，已经见不到黑水。

不过问题依旧，枪仍然死死地贴在皮艇底部，水底的强磁铁没有因为化学反应而受到明显的影响。

高老师道：现在正是扬帆起航的良机。诸位，目测水中已无毒素，也许我们也可以派一两人下水，一来减轻船重，二来也可推动船体，增加额外的动力。瞧这水温，也恰到好处。可惜老夫不善游泳，不然就算老骨头散架也要敢为人先。

高老师的话显然有点激将的味道，老夫老夫的，难道船上没人才了，只能让老人去冒险？

老胡则显得有些谨慎：下水可以考虑，但最好还是等待片刻。水中的毒素也许只是减小了，但水中是否还有危险的生物，不得而知。等石灰水沉淀下来，水质清澈一些，我们再伺机而动。

为了让大家放心，高老师做起了科普工作：石灰水之所以浑浊是因为一系列的化学反应。先是氧化钙和水反应生成氢氧化钙，氢氧化钙再与空气中的二氧化碳反应，生成白色不溶物碳酸钙，进而导致水体暂时浑浊，随着碳酸钙的慢慢沉淀，水体会逐渐清澈起来。当然，这是看得见的反应，还有看不见的化学反应：氢氧化钙能与绝大多数酸性气体发生中和反应，这其实就是一种解毒过程。此外，氢氧化钙的碱性还可以破坏细菌的细胞壁，病毒的外衣，因此还具有极好的杀菌消毒功效。

听完，大胖不屑一顾地说：切，这都小儿科的知识。我读幼儿园的时候，老师第一课就讲的这些环境卫生知识。什么猪圈鸡圈要撒石灰粉。

小君君道：胖哥，你这么小就开始学习农村养殖技术了？小弟佩服。

无论如何，水变得清澈不少。手电一照，下面却恐怖至极：皮艇周围水下竟然横七竖八叠着好几具死尸。尸体着长袍，头束发髻，脚蹬布鞋，裸露的皮肤完好无损。

大胖大惊失色：怎么这么多穿着连衣裙的女尸。当今社会男多女少，是谁这么吃了豹子胆暴殄天物？

小君君道：看着胖哥你这么怜香惜玉，她们泉下有知，也该感到欣慰了。

高老师又怒又悲哀：两位不要对死者不敬啊。这哪里是什么女尸，分明是古代道士，他们穿的哪里是连衣裙，而是道袍。你看身旁落有佩剑。唉，真不知前辈们遭遇了什么，怎么会死在水里？呜呼哀哉！

见高老师情绪激动，老胡安慰道：节哀顺变。不论他们如何遭遇危险，我们或许可以帮他们解开谜团。

高老师哀道：这下你们相信了吧，此地确有大墓，如果你们还有怀疑，大可捞一把佩剑上来一看。道家佩剑多用青铜铸成，上刻道家辟邪符咒，朝与代皆可一览无余。我大师兄曾言，大瓦山除了有诸葛墓，还有一仙姑洞，仙姑实为道姑，曾在这一带治病救人。后来道姑在大瓦山悬崖绝壁上开凿出一个山洞，用以打坐修行。道姑圆寂后，当地人为了纪念她，把她称为仙姑，她坐化的山洞，就称为仙姑洞。据传仙姑洞极难发现，曾有村民爬上悬崖找到这个洞，从此就再也没回来过。如果传说是真的，那这些道士很可能就是仙姑的弟子们。他们冒死到这里来，肯定与此墓有莫大的干系。但我以人格担保，他们来此绝非求财。

大胖道：我们就按照高老师的指示，下去捞几把剑上来瞧瞧。反正这水不但没毒，还可以治疗手臂疹子呢。

小君君一针见血：捞上来就知道是哪朝哪代值不值钱。

大胖却有点避讳钱这个词，纠正道：我们的主要任务就是考古，解开历史谜团，还死者一个清白。小君哪，不是什么事都能用金钱来衡量的，对于无价之宝，那只能拿一座两座城池来换啊。懂不懂？

老胡道：眼下主要集中精力做好两件事就行：一是下去打捞死者遗物，掌握死者的准确身份信息；二是调查死者的死因，解开其集中死亡的谜团，为我们下一步工作打下坚实的基础。

顿了顿，老胡想招募主动下水的志愿者，但话到嘴边，却变成：你们谁的水性比我好？

话一说完，老胡就后悔不已。这话怎么有点炫耀和强迫的味道？但是也来不及修正，只见大胖直摇头：没有，没有。论水性您是全球第一。我们都是旱鸭子，是吧，小君、高老师。

老胡无奈一笑，随即脱掉衣服准备下水，看着老胡身上的伤疤，众人无不感叹：果然是个有历史的男人。

老胡紧闭眼睛在水下一阵盲操作，主要的任务就是将尸体挪开，看看尸体下压的是什么。船上的人看得清楚，下面压着的是一个八卦图的井盖，强大的磁力就源自井盖。

老胡出水之前顺带摸了一把青铜剑丢船上，再借助浮力一跃翻入皮艇。从水里翻进小船没点功夫可不行，一般人绝对做不到。因此看得大胖这样笨重的家伙不禁暗自羡慕起来：幸好自己没莽撞逞能下水，不然根本上不了船啊。

虽然老胡出水姿态优美，但众人更感兴趣的却是他身上的伤痕。

大胖就问：老胡，你参加过实战？前胸后背的这两个点，成一线，你还中过枪？难道你就是传说中的战斗英雄？

高老师拿出毛巾殷勤地给老胡擦水。老胡则笑道：和平年代哪有什么实战机会？可能就是演习时受的伤，记得军医说有根树枝戳穿了胸膛。具体怎么回事我也忘了，可能是一次跳伞训练吧。

大胖穷追不舍：那你这几道伤口也不像树枝挂的，显然是刀伤吧。我敢肯定医生技术高，伤疤才这么小。我见过人家做阑尾炎手术的，那伤口好了就是一大块痕迹呢。

小君君道：胡哥，演习受伤，怎么受的伤？那你肯定至少立过三等功啦。

老胡笑笑：这有什么好稀奇的，大家看看这柄剑。

这把泡水剑腐蚀很明显。大胖和小君君都没甚兴趣。

高老师略加思索道：剑上的数个缺口可以说明此剑经过较为激烈的拼杀。是故他们未必死于中毒，而是死于某种劲敌。可惜岁月还是把剑腐蚀殆尽，上面的文字符号已无法辨认。胡老弟，要揭开谜团，还需更多他们身上的遗物啊。

大胖不悦：要捞你自己下去捞啊。管他怎么死的，眼下最要紧的就是打开井盖放水。等水放干了，我们就可以双脚落地直立行走了。那时再看道士身上有什么东西，不更方便嘛。

高老师不悦道：这不就是有意义的考古项目吗？不过先放水也好。

老胡摇摇头：打开井盖谈何容易？井盖上的水压极大，我们几人合力也难以奏效。我想这几个道士也许也是这么想的，结果被黑水所害。眼下最有希望的方法就是弃船，每人套一个空心内胎游过去。

大胖道：这还是有个漏洞，黑水并没有消失完啊，谁知道水道有多长？石头也所剩不多。

老胡：那就再下水两人，以减轻船重，两人划船，两人在船尾推，趁现在水质良好，值得一试。

最后小君君和老胡下水推船，不会游泳的则负责划船。计划很快宣告失败，因为水下引力实在太强，船虽然离开一两米，随即又被吸引回去了。搞得四人皆疲惫不已。

大胖仰面躺在皮艇上，长叹一声：死在这里也好。至少可以泡在水里肉体不烂。千年之后，后代人还能欣赏到胖爷我的英俊脸蛋。只是怎么样才能把我们的故事载入史册呢？把字刻在身上？未免有点残忍。

高老师没理会大胖的乐观精神，而是发出疑问：想必船的主人肯定知道这个效应。但又不得不运输钢铁制品，因为很多工具都是钢铁打造。因此，老夫斗胆推断他们肯定用了什么技术，例如也准备了一块大磁铁，利用同极相斥的原理；或者用两只以上的皮艇，人货分离，人先过，再用绳子拉装备。此二法皆可奏效。

老胡道：理论分析没错，但眼下我们毫无准备。依我之见，关键还在水底。道士们死在这里肯定有其原因。打开井盖也许就是捷径，也许他们就是想进入其中。我得下去再试试看。

老胡又开始下潜，不时冒出头换气，如此往返数几次，基本摸清了井盖的结构。原来井盖上有一个环形手柄，通过螺旋的方式连接井盖，可拧动。老胡费了很大的力气终于将手柄拧了下来，就在拧开的瞬间，井盖下有什么重物脱落，掉下去发出沉闷的声响。手柄拔出后留下的洞，强大的水压随即往里猛灌，井盖下的气体也顺着这个洞趁机冒出一串串的气泡。气泡经过短暂的聚集随即形成一个漩涡，漩涡由小到大直达水面。老胡害怕被卷入其中，赶紧浮上去，一个鲤鱼跃龙门的漂亮动作就翻入皮艇。

高老师赶紧给老胡擦水，鞍前马后。在他看来，也只有老胡沉着冷静，说话算数，比那两个不懂事的年轻人可靠。

大胖拿起一支枪，惊讶道：老胡，机关破啦！你们看磁力没啦。但是这气泡也太臭了，像是井盖放的屁，戴上口罩也闻得到。

此刻，水中的漩涡正发出呜咽的声音，好像一只水怪的叫声，让听者无不心烦意乱。

老胡道：那你还啰唆什么？赶紧开船啊。

大胖赶紧招呼小君君，两人一起发力，皮艇没了磁力影响，很快远离漩涡，离开了原地。

可是漩涡的呜咽声很快就安静了下来，水位也停止了下降，水面渐渐平复。

四人伸长脖子往水里看，原来是井盖附近的尸体被吸在漏水口，阻止了放水。

好在他们脱离了困境，只是不知道前面是否还有类似机关。

老胡揉了揉眼睛，问道：我是不是眼花了，怎么感觉那几具尸体在动呢？难道真有暗流？

大胖道：老胡，你的确是眼花了。尸体不是在动，而是在跳舞，这么明显你都看不清楚吗？

不知受什么力量的影响，水底的尸体正在膨胀，四肢正不停地在水中舞动，像跳舞一样。

四人看得直冒冷汗：僵尸跳舞？难道传说中的诈尸是真的？

随着尸体的膨胀与舞动，一股股红色血液从尸体不同地方喷涌出来，形成一团团血雾。此情此景让人有说不出的恐怖。老胡催大胖赶紧划船。

高老师惊呼道：尸体还能出血？真乃千古奇观，极具考古价值啊。

老胡道：古人要是有这种技术，那这种毒绝对是重大科技发现。但我对此表示严重质疑。

红色血液在水中不断扩散，距离皮艇越来越近，四人这次才看清楚，这哪里是什么鲜血，分明是一根根细长的红线虫在水中游动。但不管这种红线虫是什么，肯定来者不善，而且搞不好就是导致道士死亡的真正原因之一。

大胖不由得大呼一声：小君，快划啊。

老胡：我早料到有不明生物，但真看到时还是不免被吓一跳。

高老师紧张之余误以为老胡要跳船，忙道：跳不得，跳下去后果不堪设想。

大胖和小君君犹如惊弓之鸟，拼命地划船，水花四溅。但红线虫似乎受到震动和水声的指引，很快聚集成一大股洪流，朝着皮艇疾驰而来。眼见就要追上皮艇了，此时老胡却发出一个奇怪的命令：快停止划船。

大胖以为前方出现了敌情，才需要赶紧停下，便用疑问的眼睛望着老胡。

老胡解释道：它们能准确跟踪我们，很可能就是因为震动。所以要以静制动。再说前面就是白黑分界线了，我怀疑它们更适合待在黑水里。这些虫子是因为发生突变，所以才从尸体里钻出来，料想它们终究是害怕碱水的。我们再扔些石头试试看。

此时，最前头的红线虫已经到达皮艇，竟然撞得皮艇发生摇晃。好在它们没有爬上来。事不宜迟，四人手忙脚乱地拿起生石灰往红线虫密集的地方扔。随着一阵石头煮水的声音，皮艇周围开始变得热气腾腾。随着水温和碱性的增加，奇迹果然发生了，过于靠近生石灰的红线虫像中毒一样，浮出水面，又渐渐沉入水底不再动弹。其他的红线虫感受到碱性的刺激，纷纷掉头撤退，原本一片泛红的水域，瞬间又变得粉白。看来皮艇的主人准备生石灰就是为了对付这种东西。

老胡示意大胖继续加速前进。

船正在急速前进，忽听身后一阵巨大的响动，好像有人在水里快速奔跑发出的水声。众人回头一看，顿时脸色变得煞白：那的确是个高大的人形，一个浑身血红的巨人，仿佛刚从血水里出来一样。红巨人有头有脸有五官，两手前后摆动正在水中急行，搅动水声哗哗响成一片；其身后则跟随着一大片的红色。

大胖惊呼：这红线虫成精了，居然可以聚集成一个人形怪物。

老胡举枪射击，命中红巨人头部，那怪立时被爆头，红线虫的血液四处飞溅。但随即，红巨人又长出了新的脑袋。虽然打不死，但是爆头的瞬间，怪物显然行动迟缓了许多，因此老胡不时来上一枪，或爆头，或打退，一切为了迟滞怪物前进。

大胖骂道：连虫子都修炼成精了，我们是不是也可以啊？

老胡道：专心划你的船。你成精，岂不是成了人精？

红巨人尽管多次被子弹打散，但很快又聚集起来。就这样，四人密切配合着，皮艇终于划到了水道的尽头。

大胖惊喜地喊道：到啦！到啦！

欣喜还不到三秒，四人立即又陷入绝望之中：尽头的石壁上的确有一个平方米的洞口，但洞口内外却是一片漆黑，让人不寒而栗，哪还有胆量钻进去。

大胖道：看起来就像一个向下的烟囱啊。这后面是不是通向什么锅炉房，或者有个地下焚尸炉，才有黑炭漂在水面上，于是就有了黑水道？

小君君道：胖哥，你可别说得这么吓人。哪有在地下焚尸的？在这玩火，也不怕缺氧窒息而死啊。

高老师道：胖兄弟也许说得有道理，水里的黑色物质，有可能就来自这个烟囱。胡老弟，你是搞生化的，你最有发言权。

老胡想了想道：我也不知，但不祥的预感越来越强。眼前这一幕，似曾相识。但以我的经验来讲，不大可能是烟囱，烟囱的积炭具有较强的惰性，常温下难与其他物质发生反应，更不可能和碱水发生类似中和的反应。如果是炭灰，那么我们头顶怎么没有残留？因此，我推测，这是一种微生物，它们惧怕碱性液体。

众人一听，觉得老胡的话很有权威，分析得也头头是道。

此时，被打散的红巨人再次接近皮艇，老胡只好让小君君负责射击。红巨人被打散一次，总要消耗一两分钟的时间重新聚集。

众人焦头烂额，催促老胡快拿主意。

老胡一面让小君君开枪射击阻止红巨人步伐，一面对众人道：先别急。马上做个试验，我们取点样品，或撒点生石灰粉，或用火烧。看看这些黑色东西有什么反应。

大胖最积极，将皮艇靠近洞口，用刀取下一点样品，撒上一点生石灰，滴上几滴水，随着生石灰的反应，刺刀上的黑色物质慢慢也变成了白色。看来这真不是什么碳粉，而多半是微生物，遇到碱性就被杀灭，尸体变成了白色。

大胖继续试验，再用刺刀挑了一点，用打火机烤，那黑色粉末也变了色，先白而后黄，烤到最后又变成了黑色，并发出一股刺鼻的异味。

这个试验表明，黑色粉末物质可以在高温环境下与氧气发生氧化反应，但并不具有可燃性。

老胡分析完毕，道：现在看来，这种东西更像是一种矿物粉。

大胖听到这分析，以为没有危险，就直接用手指戳了一点黑灰，拿到鼻子旁闻了闻，也没什么明显异味，便道：要不是嫌这东西长得难看，我真想效仿当年李时珍遍尝百草，送进嘴里品尝品尝，看看跟黑胡椒粉或者巧克力是不是亲戚哪。说到这里，我的大肚皮真饿啊。

高老师突然惊恐地对大胖说：胖兄弟，这团黑粉像小蚂蚁一样在往你袖子里爬呢。

大胖闻言大惊，一看果然指尖的黑色粉末变成了一股极细的墨线穿过指缝，正往袖口慢慢蠕动。大胖万分惊恐，赶紧甩掉手上残留的黑粉，又不住地用手拍打，那条墨线因为大胖的拍打反而在两只手上快速分散，大胖顿觉奇痒无比，大呼救命。其余三人赶紧用生石灰粉和了水洒在他手上，奇痒顿止。

大胖吓得出了一身冷汗，劫后余生似的说道：原来这是一种虫子啊。

老胡责备道：你猴急什么？你又不属猴，天蓬元帅的性格可不像你。我还没分析完，你就动手去摸。我只说它像矿物粉末，又没说一定是。但实际上我想表达这是一种像碳粉的有毒微生物。现在大家要千万小心，不要用手触碰。它们也许喜欢往有温度的地方钻。

怨不得老胡，大胖只能自认倒霉。

子弹只能令红巨人减速，不能完全阻止红巨人前进，眼看红巨人在慢慢逼近，负责狙击的小君君急了：各位哥哥，你们还有闲情做啥科学实验啊，敌人就要冲破最后的防线了。

老胡镇定地指挥：高老师配合小君，扔点石灰石，省着点用，我们还要给通道消毒。大胖，你把搜刮的蜡烛拿出来，放在洞里烤。

老胡往洞口撒了几把石灰粉，大胖也点燃了好几根蜡烛放在洞内，试图靠蜡烛的热能烧死部分微生物。

效果果然出现了，随着蜡烛火焰的烘烤，洞口的黑色快速后退，露出岩石的本色。

老胡道：这些长期待在地下黑暗环境下的生物，通常都害怕光、高温和干燥。我们有的是办法对付它们。

大胖则悲哀道：虽然有效，可速度也太慢了，这洞这么深，你要消毒消到几时啊？等你消完，我们都被消化成虫屎了。

老胡批评大胖道：你恶不恶心，什么虫屎？我不过是抓紧时间做点实验分析，不准确掌握这些黑粉的物理化学性质，你敢钻？事不宜迟，快速钻洞的方法已经有了，首先要尽量把自己全部包裹起来，直接快速钻入黑洞，等过了黑洞，大家多少都被感染了，但别慌，我们有生石灰，及时消毒即可。

红巨人步步逼近，时间紧迫，好在黑洞入口一段已经清理干净，四人赶紧携带物资装备慌忙钻入。为了阻止怪物追击，老胡在洞口用多余的口罩、破衣物，结合蜡烛的蜡油做成火堆，不管什么生物，至少应该怕火。

为了快速通过，四人准备戴上防毒面具，扎紧衣领、袖口、裤脚，戴上手套，尽量不要裸露皮肤。然后取少许生石灰粉从头撒到脚，尽量让衣服多沾些，但不要误入眼睛、鼻子和口腔。剩下的生石灰，等出了洞，再用水化了消毒。

防毒面具为苏式 GP5M 防毒面具。该面具放的年代久了，多少有点霉味，而且呼吸起来能明显感受到气流的阻力，呼吸久了，还起雾。由于隔音作用连听声音也变得有些模糊，以至于众人行进速度变慢。好在有老胡开路，大胖断后，只需要大概看清老胡的身影跟着走就行。

洞道刚开始很直，而后逐渐弯曲，变得极不规则。终于洞内的黑色物质消失了，得益于充足的防护，四人都没有发生异常。

前路出现了奇特的十字路口，老胡不得不停下观察。这个十字路口比较特殊，上下左右前后都是通道，呈立体的十字架结构。由于每个通道都相差不大，众人一时不得其解。一番观察，线索很快被发现，原来石壁上有前人留下的记号，正前方的入口画了钩，但旁边的指路箭头却有点让人捉摸不透：箭头先朝上，而后又掉头朝下。其余入口则画叉。显而易见，画钩的说明可行、安全，但掉头的曲线箭头却不好猜测。

老胡疑惑道：这到底是朝前走还是朝下走？还是两个都可以？

高老师道：朝上朝下都不好走，朝上是爬，朝下怕掉，上和下都容易摔着。这画叉的肯定是不能去了，要不就直行，得考虑我们老弱病残的同志啊。

大胖道：我也选择走平路。得优先考虑我这大胖的感受啊，其次才是老弱病残。

小君君少有主见，通常都是随大流。

老胡道：两条路理论上都可行。太容易走的路说不定陷阱也多。前人的意思可能是先钻入上洞，洞口很快掉头朝下，如此而已。不过，怎么走，还是大家先民主地发表意见，最后再采取民主集中制。

大胖道：去你的，民主集中制，谁来集中？大家都是平辈，是同志。只有伟大的精神领袖，才可以搞集中。我们就这么几个人，实在不行，剪刀石头布。

高老师道：我想前辈们是左右前后上下都探索过了，然后才给我们指出一条安全的路线。平路往往是主路，连通更多支路，机会可能要多些。

大胖补充道：是啊。要是往下走，岂不要到地心去了？前辈下去是为了寻宝，我们是要早点出去呼叫救援啊。那两个妹子肯定不会傻傻地往地底下钻吧。

老胡认为他们的话有一定的道理。再加上一个有利条件，自从老胡用铁棒破坏了机关后，这么久再也没出现地动山摇的情况了。看来这里的结构趋于稳定，平路走不通，再走回头路，完全可行。于是少数服从多数，老胡就从了大家。

四人继续往前，走过一段狭小的弯道，就到了通道尽头，只是尽头不再是什么石屋，而出现了九个近乎圆形分三层排列的更小的洞道。九个洞代表九条路九个方向，虽然都朝前延伸，但是三洞朝上倾，三洞水平，三洞又斜向下延伸。乍一看，九个洞，让人有一种密集恐惧症发作的感觉。

早有人在洞口做了标记。上三洞分别是乾一、乾二、乾三；中三洞分别是坤一、坤二、坤三；下三洞分别是震一、震二、震三。都是八卦里的东西。

除此之外，别无其他暗示。四人一时不明其理，一番讨论之后也无满意结果。看来前人是在尝试用八卦图的原理解读什么，可惜没有留下详细的记载。

大胖道：哪有那么麻烦？不就是九个洞嘛，我们分头进去看看，查找一下蛛丝马迹。管他什么记号，实干最好。

于是大胖把自己的上半身逐一伸进洞里，主要是想看看哪个洞更宽敞，更适合他通行。不过，大小似乎不是问题，关键在于找出前人爬过的痕迹。功夫不负有心人，大胖终于发现这九个洞的规律：只有一个洞与众不同，因为其他八个洞都有泥沙碎石挡道，唯有乾一这个洞干净整洁。

大胖得出结论：只有一条路，不用选啦。

最后统一意见，只有走那条看起来平常的洞道。原因是倾斜度比较好，易于爬行，朝上走，是最快到达山顶的方向。只要能逃出生天，一切都变得简单。

小洞低矮，只能爬行，爬了很长时间，直到又碰到一个与之前相似的岔路口，众人这才停下脚步。一看又是九个洞口，只是比刚才的更小，排列更加密集。洞口已经找不到前人留下的任何标记了。

四人都很泄气。

大胖发表了自己的高见：中圈套了。这样一个路连接着九个洞，九个洞又连接九个洞，九九八十一，八八六百四啊。每个洞都走一遍，必然把人累死。这是什么鸟人设计的陷阱，杀人不见血啊。

高老师道：老夫早已有言在先，这是诸葛亮设下的八卦阵，只是这个阵法原来如此庞大而复杂，老夫也是闻所未闻啊。

小君君悲哀道：惨啦，惨啦，惨啦！死在外面，还有人收尸。死在这里，恐怕变成化石也没人知道。我女朋友要是找不到我，会不会另寻新欢啊？真是急人哪。

大胖道：能变成化石当然也是好事，这叫永垂不朽。再找个平整的石壁当墓碑，刻上你自己的尊姓大名、生辰八字、身高体重、兴趣爱好……有朝一日必有后人把你当菩萨一样供奉。

小君君道：胖哥，这么写合适吗？好像是在打征婚公告呢。

高老师道：要想肉身不腐，得找个通风的地方，肉身风干了，也就成得道高人了。注意，最好双腿盘坐，双手合十，双目微闭，如此造型才能赢得后世的敬仰呀。

看着众人都在谈论自己的身后事，老胡不由得大笑起来：看看你们，颇有点大义凛然、视死如归的勇气，可惜当英雄也得有机会。我们这不就已经找到出口了吗？胖儿，用你的鼻子在每个洞口都闻闻。

三人一看，老胡已经取下防毒面具，于是也都脱下防毒面具，感觉空气新鲜不少。

大胖不明白老胡的意思，用鼻子在每个洞口都闻了闻，没感觉有什么臭味或香味。

老胡就问：怎么样？闻出来了吗？

大胖还是有些疑惑：九个洞，味道都差不多啊。老胡，你的糖葫芦里到底卖的是什么药啊？

老胡笑道：还没明白过来？哪个洞有风吹，就说明哪个洞通向外面。你闻闻这风的味道，有没有草木的清香？

众人这才醒悟过来，原来是九洞之一有清新的风徐徐吹来，理论上只要沿着这个洞爬肯定能出去。

四人的精神不由为之一振，有一种就要放学回家逃出牢笼的感觉。

然而，就在四人准备出发的时候，突然从地底下传来三声敲击声。老胡赶紧嘘了一声，示意大家安静。果然敲击声再次响起，三下又三下，非常有节奏感。

高老师欣喜若狂：肯定是我那两个妹子在发求救信号。听声音，离我们不远，事不宜迟啊，我们赶紧返回营救吧。

老胡说：好！可谓好事成双，我们既找到出口，又找到失踪人口。胖儿，你也敲三下回应她们，免得她们着急。

大胖用工兵铲在石壁上敲了三个三下。大胖心里其实比脸上表现得更高兴：想不到还有机会英雄救美，待会一定要冲在最前头，见面该说点什么豪言壮语呢？什么"妹子别怕，胖哥我来也？"嗯，有点俗气，还是边走边想吧。

第十二章：金沙走廊

四人随即按原路返回，到了九洞岔路口，便循着声音走了中间的那条平路。这条路虽然偶有落石坍塌，但总体上还算畅通。过了不多久，便又遇到一个石门，门内的空间显得很宽敞，不过并非是什么石屋，而是一条两米多宽的走廊，走廊略弯曲，地上满是黄沙。门上有人刻着四个字：金沙走廊。

在灯光照耀下，沙子金灿灿的，沙面微微呈波浪起伏，有一种随波荡漾的错觉。整个金沙走廊仿佛一条金色的丝带伸向远处。加上洞壁岩石也呈米黄色，因此让人感觉温馨而舒畅。

267

大胖道：这比爬黑压压的山洞好多了。早知道，来这里美美地漫步沙滩多好。

其余人还在门口欣赏之际，大胖胆大妄为，直接一脚跨了进去。

老胡见状不免有些吃惊，想大胖也太大意了，还没搞清楚状况，就如此冒失。想要阻拦，哪里来得及。大胖进去后用脚四处踩了踩，并没有发生什么异常。

大胖回头见众人担心的样子，不禁发笑：有什么好怕？这里都被他们开发成著名旅游景点了。想必前人早就破解了机关，才会饶有兴致地在门上题字。

见大胖没事，其余三人也依次进入，躺在金沙上享受着沙滩的柔软，想借此消除浑身的疲惫和心里的紧张。

只有老胡仍然神情凝重，像在思考什么问题。然后发出灵魂拷问：你们就不想想，为什么山洞里会有这么多黄沙？沙子哪来的？

大胖笑道：老胡，你这就孤陋寡闻了。山洞里有沙子有沙滩，不足为奇嘛。雅安有个芦山龙门洞，那洞里有一大片沙滩，美其名曰情人滩，可同时容纳两百人在沙滩上搭帐篷呢。

小君君调侃道：不如在门上重新提上四个字：胖哥沙滩。因为某年某月，某大胖到此一滚。

高老师也显得轻松不少：胡老弟，你也太小心谨慎了。你们仔细捏捏这沙子，可不是普通的沙子，以老夫的经验判断，这沙是经过筛选、爆炒，是专门用于古墓防盗的，俗称流沙机关，有此机关的墓也称为流沙墓，古之盗墓贼无不闻之丧胆。但是大家也不用怕，沙子既然已经落下，说明早就被人捅破了，大可放心游玩。

老胡依旧十分谨慎：依我看，还是小心为妙。流沙墓，通常会把整个空间填满，让盗墓贼窒息而死；然而这里并没有填满，洞顶的缝隙，极有可能再次触发。大家务必注意头顶的状况。

大胖仰面躺在地上，问老胡：你精力旺盛，看看地上有没有那两个妹子的脚印，待会好跟她们会合。

高老师道：不用找了。这沙子极具流动性，很难留下脚印，你用手掌压一个掌印试试。

大胖用手一试，果然如高老师所言，手掌压出的凹坑，很快就被沙子填了。

此刻，走廊的尽头又传来三声敲击声，这更坚定了大家要过金沙走廊的决心。

大胖不想走了，大喊了几声，却听不到妹子的回应。

高老师道：估计她们遇到了麻烦，这么长的时间不吃不喝，估计也喊不出声音了。在此老夫先替她们感谢了。

大胖道：举手之劳嘛。出门在外，谁没个三长两短？人与人之间就是要互相帮助。像我这种热心肠的单身青年，可不多见啊。

小君君不满地说：胖哥，什么叫不多见？难道我跟胡哥不是助人为乐的好青年了？全世界就你是了？

大胖道：你们当然也是好人。不过我说的是单身，懂吗？老胡早已结婚，你呢，被小学女老师当作心肝宝贝养着。现代的女孩子怎么就不喜欢我这种老好人呢？

高老师听罢，笑道：姻缘天注定。我看胖哥的姻缘虽然来得晚，但肯定来得大，姗姗迟来的爱才是好的。

大胖一听，眼睛不由得一亮，问：高老师，你说"大"是什么意思？难道一次性要来两三个？

小君君道：胖哥哥，你怎么理解的？大，就是说体积的大，说不定是体重一百八的那种，才配你呢。姗姗来迟，就是说你的女朋友，小名叫姗姗，自己去找吧。

高老师摇摇头：所谓大，乃是指重要、不平凡之意。

众人说笑着，开始往前走，沙子很柔软，一踩一滑，速度难快，但也有趣。

四人走路，各有不同。高老师注意倾听远处的声响。小君君埋着头，边走边看沙地上，似乎在寻找什么别人掉下的零钱。老胡则与众不同，他将重点放在洞顶，不时仰头探照观察，防患于未然。大胖最是积极，哼着小曲，大摇大摆走在最前面，不过是想抢个英雄救美的头功。他自己还有个小小不愿与人分享的诀窍：处于困苦中的人总是对第一个出现的救援人员印象深刻感激涕零。

轰隆一声，走在最前面的大胖一下子陷了下去，吓得他大呼救命。其余三人被他的声音震惊，以为他就要掉下万丈深渊了。老胡正要拿出伞绳准备丢给大胖，却见大胖并没下降，沙子只是没过了他的膝盖，大半个身子还伏在沙面上。大胖由于受到惊吓，两手胡乱地抓着，搞得沙面腾起一团粉尘。

老胡无奈地对大胖说道：胖儿，不要惊慌，越挣扎陷得越深。看起来只是个小沙坑。

大胖自知刚才行为过于狼狈有损他英勇的形象，便强装镇静：我那是故意吓唬你们的。特意试探你们的反应速度。

小君君无奈地说道：胖哥，这种狼来了的玩笑可开不得。撒谎的小孩长不大，你知道那个撒谎成性的小孩怎么了吗？你们老师肯定没告诉你，结果他被狼吃了。

大胖反驳道：胡说。书上的东西怎么可以全信？那小孩不但没死还长大成人，而且狼也被他制服变成牧羊犬了。知道为什么吗？因为那小孩就是本尊。哼，你怕了吧。

小君君摇摇头：哎服了YOU。

高老师笑道：胖兄弟好嗓门啊，犹如张飞再世，要是把你放在敌人阵前，准叫敌军肝胆俱裂。还好没有引发山崩。不过虽然是虚惊一场，但胖兄弟的做法确实教科书式的正确。我们如果真遇到流沙陷阱或沼泽地，最好的办法就是及时把身体躺平，增大接触面积，才能有效阻止下陷。

大胖受宠若惊：还是人家高老师慧眼识珠啊。我这一吼，大家瞌睡消失了，人也精神了嘛。

老胡道：先不要冒进的好。最好先了解下面的情况，挖开看看。

高老师摇摇头：这沙怕是挖不得。一挖，很快就回填了。不如大家爬着走，料想也无大碍。

大胖道：我好像踩着什么东西了。我也正好奇，是什么东西及时阻挡了我的坠落呢？

小君君道：挖沙坑还不简单，我们小时候先在沙子上撒一泡尿，沙子凝结了就能挖了。

大胖道：人都不够喝的，哪还有多余的尿。我看只要挖的速度足够快，沙子来不及回填，就能看到下面的东西。

小君君话不多说。直接开挖，果然越挖越大，沙子并没有明显的回流现象。原来是下面的沙子比较湿润，缺乏流动性。

很快，沙坑就露出了一截木板。

老胡道：挖出来有妙用。打头的夹着木板走，遇到陷阱也能挡一下，防止坠落。

挖着挖着，小君君大吃一惊：妈呀，这是谁的衣服啊？

原来是挖到一截灰色的麻布，是某人衣服的一角。

高老师道：想必是个同道中人啊。这布料，是道家的无疑。不知道又有多少人葬身于此，呜呼悲哉。

小君君一听，不敢再挖。倒是大胖来了兴趣，接手继续挖。果然一具干尸逐渐显露出来。干尸呈现皮包骨头状，表面灰黑，表情极是恐怖，让人不忍多看一眼。但其手上握的一把青铜短剑，却吸引了众人注目。也许是沙子的干燥作用，青铜剑除了有一点绿色铜锈，其他都保存完好；而那块木板，也就横在干尸附近，看起来是死者生前所用的工具之一。

老胡和高老师立即对干尸来了一个搜身，试图寻找死者的死因。却发现干尸并无外伤，眼耳口鼻充满细沙，猜测是被流沙掩埋窒息而亡。此外，别无有价值的发现。

大胖和小君君迫不及待地争夺青铜剑，美其名曰研究一下，实则是试图找到青铜剑的朝代，以便评估其市场价值。青铜剑制造并不精良，锋利度也因年代久远和锈蚀有所衰减。倒是剑身两侧镂刻的几行文字清晰可辨，可惜面对古文两人一个大字也不认识，因为古文既非简体也不是繁体，看起来更远古和原始。

两人扫兴之余只好把剑递给高老师辨认。高老师看了几眼便脱口道：年代不可考，但绝对是把古剑，具体哪个朝代，得拿去做同位素鉴定。至于剑身的文字，应该是四句符咒，可以读作：金刚无量剑，洞照诸鬼烦。身随香云幡，元神得永安。

余人不由得向高老师投去另眼相看的目光。

大胖佩服道：果然高手在民间啊，这么深奥的东西，你愣是一眼就读出来了。

高老师谦虚道：雕虫小技而已，不枉我山中学道多年。

大胖想多挖点青铜剑出来，但又不好明言，只好说：把你的先辈们都挖出来吧，找个地方入土为安，埋在沙子里可难受了。

高老师摇摇头：沙也是土。是我们打扰了人家的清净。埋在这里，也不失体统。自古有道之人常于僻静山洞之中圆寂，了此一生。

大胖听了有些不悦，道：那得多挖几块木板出来，一人一块。有利安全，上可挡风沙入眼，下可以阻掉入深渊。

大胖复入沙坑，开始翻动铲面往外铲沙。他不直接挖木板，而是朝着周围扩展地挖，美其名曰先挖个落脚的地方，才好释放力气。其实大家都知道他醉翁之意不在酒。不过大胖没再挖到什么干尸，倒是挖出更多的木板。这些木板好像是专门用来铺路。而木板之下，仍旧是厚厚的沙层，只是更为潮湿。

大胖挖得有些怀疑人生：既然他们已经用木板铺好了路，这么浅的沙，还不至于把人淹死吧。

高老师道：的确死因值得研究。依老夫看，这里至少发生过两次沙漏，第一次沙漏之后，前人铺木板为路，没想到沙面不够稳定，人容易陷入其中。第二次沙漏才是致命的，由于缺乏足够的防护，终因吸入过量沙尘而死。

老胡道：好在我们现代人有口罩和防毒面具。当务之急，还是尽快通过，免得夜长梦多。

老胡催促大胖停止挖掘，选几块质量上乘的木板带上走人。没有挖出更多的青铜剑，大胖也兴趣索然，于是按照老胡的意见办理。他正准备将其中一块木板抬起，不料却感觉十分沉重，似乎木板下有什么东西死死拽住一样。于是又在木板下面挖出一个空间，这才看清，原来是木板之下还连接着一根手指粗的麻绳。

大胖处理方法简单粗暴，要来刺刀，手起刀落，麻绳应声而断。不想引发未知的连锁反应，沙地突然一阵抖动，就听沙地深处发出低沉而清脆的断裂声，似乎很多木板陆续断裂。与此同时，洞顶缓缓张开一条裂缝，黄色的细沙簌簌落下，在空中迅速形成淡淡的白雾。

老胡大叫：不好，中机关了。快戴上防毒面具。

大胖赶紧跳出沙坑，抓起防毒面具套在自己头上。

只有高老师临危不乱，没有马上戴防毒面具，还笑说：大家不必惊恐，看这黄沙也下得太慢了。刚才我还以为会如倾盆大雨，如今看来不过如此。再大的流沙机关也有江郎才尽之时呀，哈哈哈。

老胡原本以为白雾是毒气，很快他明白过来，这是轻巧的细沙在空中飘舞，做短暂的悬停所形成的沙雾。伸手接住细沙观察，发现它们特别晶莹剔透。再仔细观察，却并不像沙粒，更不是粉末，而更像是长短不一的结晶体，各有不同的尖刺，说它更像是粉碎后的玻璃碴更恰当。

此时，高老师也似乎意识到了这一点，这细沙非比寻常。就在他想戴上防毒面具之时，身体突然开始猛烈地咳嗽。老胡赶紧帮他套上面具，但高老师依旧咳嗽不止，随即一口鲜红的血喷在面具之内，众人一看吓了一跳，这才感觉大事不妙。

老胡赶紧脱下大衣，让大胖和小君君合力举起挡在高老师头顶。

高老师只觉胸闷气紧，呼吸困难，取下带血的防毒面具，使劲地喘息，好在咳嗽症状有所减轻。

老胡忙问怎么回事。

高老师缓了缓神道：难受，胸闷，呼吸困难，刚才像有刀子在切割心肺。这沙有毒。还好胡兄弟反应迅速，用大衣做伞，感谢了。

老胡道：并非沙子有毒，而是这沙像极其微小的尖刺，具有极强的物理破坏力，一旦吸入肺里，可迅速刺破肺泡造成内出血。好在你只是短暂吸入，量不大。你的那些前辈，多半就是死于这种粉尘。

小君君怒道：好歹毒呀，开发这种机关的真不是人啊。

大胖道：贤弟，你说的不就是诸葛亮吗？人家是威震海内的军师啊。军师是干吗的？就是想方设法杀更多人。我看，我们也不用对他客气了。等会儿找到他的坟墓，要为高老师讨回公道，叫他赔偿高老师身体与精神上的损失，以及我们的各种全部损失。

小君君：人家都变成一堆白骨了，还怎么赔偿？

大胖道：嗯，这是个大问题。我想他身上也没人民币、美元。那就以资抵债吧，他老人家用不上的东西，随便拿一点。但为了表示对伟人的尊重，我们就留下半块压缩饼干，让他老人家尝尝鲜。

小君君：精神损失，人人都有。

高老师又咳嗽了一阵，继续吐了一些血，直到最后吐出的是浓痰，胸闷的症状才彻底消失。神志算是恢复了正常。但防毒面具算是废了，于是戴上两层布口罩以抵御粉尘。

四人不敢出现大的动作，现在的金沙走廊变得像豆腐块，软软的，随时都有可能发生塌陷。

此时，走廊看不见的地方又传来三声连续的敲击声，三声又三声，只是奇怪的是敲击声不是一个地方发出的，在他们前后都有，有的很近，有的感觉较远。除非是两个妹子在一前一后地搞恶作剧，否则没有其他合理的解释。

敲击声立即引起了四人的警觉。

老胡、大胖分头用手电探照，这一照不得了，前三只，后三只，全是狼狗，只是和以前批次不同，它们的眼睛是灰暗的，只在强光照射下才有所反光，具有一定的隐蔽性。狼狗们也就是四人忙于躲避粉尘之际，悄悄出现。

此情此景，四人大惊失色。

大胖道：完蛋了，我们成了钻进风箱里的老鼠，两头都是要吃肉的家伙呀。

老胡道：大家不要动，趁它们没有进攻，把枪和子弹准备好。

高老师悲哀道：中计啦，还以为是人在敲击。没想到是这种狡猾的畜生！唉，我可怜的妹子，说不定已惨遭狼嘴了。

可惜现在只剩下一把枪了，老胡端着枪忽前忽后，顾头不顾尾，就看哪头的狼狗先攻击。

大胖和小君君只能用刺刀了。高老师身体虚弱，被三人夹在中间。

大胖抱怨道：老胡啊老胡，你总是聪明反被聪明误啊。要是你不丢枪毁枪，这会儿我们还怕这几只狼吗？

老胡道：这能怪我？这是新情况。没见这些狼狗都不主动发光了吗？它们可能一直在暗中跟随着我们，等到我们丢了枪，又陷入沙地，才乘人之危。这帮畜生真够狡猾的。

小君君道：还记得曾经有人吹牛，说有本事把野狼驯服成哈巴狗。胖哥，现在正是你大展宏图的良机啊。

大胖道：你还较真呢。我那是理论学术探讨。就这几只狼，抓活的不行，弄只死的还是可以。来吧，狗崽子们！

大胖拿起刺刀在空中比画，但狼狗并不为所动，只是死死盯着四人。

高老师道：出门探险，必带猎犬。胖兄弟要真能训练几条猎狗去探险，就算狗熊来了也不必担忧。

人与狗继续僵持，走廊里异常安静。只听得沙子簌簌下落的轻微声响，声音主要来自大胖挖出的沙坑，沙坑直径和深度正在自动扩大。

也许是感到沙面松软，两头的狼狗才没有发动攻击，只是围堵两头，似乎是在等待什么事情发生。

四人的注意力渐渐转移到沙坑，坑中仿佛有个黑洞，不断地把沙子吸下去，沙子滑落的声音越来越明显，引起沙体一阵阵轻微的颤动。

奇怪的是两头的狼狗不但没前进一步，反而慢慢地后退了。

四人算是明白了，那狼狗是要等着他们坠入无底深渊。它们也怕走廊塌方连累自己。

形势越来越不妙，眼看走廊正在下降，随时都有整体坠落的危险。

大胖惊慌失措：老胡，现在怎么办？怎么办？我们就要同年同月同日同时死啦。大家还有什么遗言没有？说出来，谁要是还能活着，就负责……

老胡打断大胖的话：闭上你的乌鸦嘴。赶紧用伞绳，大家互相捆在一起，背包都背上。下面有沙子垫底，不一定会死。

大胖拿出伞绳，绑住自己的腰带，又从两肋穿过，绕了两圈这才交给小君君，小君君如法炮制，在自己身上多点绑缚，如此四个人就成了一条绳上的蚂蚱。

地面逐渐出现了更多的沙坑，沙漏的声音越来越响，偶有沙中的大型物体坠落，许久后才听到落地发出的撞击声。四人感觉自己就像踩在云朵上，随时都可能垂直落下。

老胡道：就算死，也要拉几条狗子垫背。

老胡果断开枪，把一边的三只狼狗逐一击倒，子弹穿过狼狗身体，在岩壁上击出火花。然而，被击倒的狼狗并没有死，甩甩尾巴又站了起来。在它们身后的黑暗处，还有更多狼狗反光的双眼。

焦虑的等待中，沙体仍旧没有塌方。老胡又布置了一下四人的位置，尽量分开躺下，目的就是希望下降过程中能挂住什么。虽然下面不可能有枝繁叶茂的参天大树。

检查一切，老胡道：时间不早了，该上路了。

在最后的时间里，大胖突发奇想：是不是重的人先落地啊？这样的话，我就成了人肉垫子，你们落在我身上就不用死了。我也算因公牺牲吧。

小君君道：胖哥，你没学过课文《两个铁球同时落地》吗？你要是有这么高的觉悟，来，你先抱着我们，让我们重叠压在你的肥肉上，这样掉下去说不定还要反弹上来呢。

老胡道：下面也许是尖刺呢，掉下去不就成了怪兽的烤人肉串了？

大胖道：老胡啊，你可不能这样吓唬我们小孩子啊。这里哪来的怪兽，你当你是奥特曼打怪兽啊。

老胡道：大伙还有什么遗言没有？活着的人要负责转达给家属啊。

小君君道：可怜我大好青春，我才二十一啊，我还没玩够呢。

老胡道："我还没玩够"，你这遗言挺有新意的。大胖，你呢？

大胖道：我？我不想死，要我死也没那么容易。

小君君道：死亡面前人人平等。你要端正思想作风啊。要死一起死，才能同年同月同日生嘛。

大胖：你懂什么？我的意思是说我们要学习孙悟空。待会儿到了阎王殿，掀了阎王老爷爷的桌子，抢了生死簿，把自己的名字划掉，改成长生不老。想让我死，没那么容易。

老胡道：诸位想法都很乐观啊。我呢，有一张私房钱银行卡，密码你们帮我记着哈，有机会一定告诉我老婆，不然她去社区、公安跑好多地方开证明，盖一大堆公章才能去银行把我卡上剩下的两百块取出来。

说完密码，老胡又问高老师有什么想说的，高老师振作精神，迷迷糊糊道：老夫怎么还没死啊，你们怎么还活着？搞快点嘛，早死早投生，二十年后老夫又是一条好汉。

自私的大胖早已悄悄地把工兵铲放进衣服，护住心脏的位置。

沙体塌落的时候，腾起了黄色的烟雾，让周围能见度明显下降。随着一阵哗哗落沙声，伴随着大量不明木质结构的断裂声，在惊恐中等待许久的四人终于如愿以偿地开始自由落体之旅。虽然心里早有准备，但在失去重力的那一刻，四人还是发出了杀猪般的叫声。

第十三章：地下河道

自由落体之旅并不顺利，先是绳子被一块木桩挂住了，受重力影响，四人从四个角度碰撞在一起，痛得发出杀猪般的惨叫声。但木板怎么能够承受住四个成年人的瞬时冲击力？很快也断了，连同四个人继续下降，不知绳子又挂着什么东西，又停止了下落，四人经过反弹再降落，并再次发生碰撞。几个轮回大摆动之后，四人终于稳稳地悬停在空中。这时就听得沙子木板之类的混合物在耳边呼呼下坠。落下去的杂物不断地砸出水花四溅的声音。

经过漫长的等待，该落的全都落完了，周围也安静了不少，只有下方流水声哗哗作响。上面的金沙走廊想必已经空无一物了。

四个人因为互相碰撞，又被其他物体砸中，因此身上到处都隐隐作痛。好在装备都安在，没有掉下去。

手电的电池已经快耗干了，因此光线显得有气无力，忽明忽暗。借助微弱的灯光，身下面几十米深的地方却泛起了散碎的波光。定是一条地下暗河。但其声响较大，预感是因为河道倾斜度较大，因此水势奔腾汹涌。掉下的沙子、木板之类，大都被冲往下游去了。

费了九牛二虎之力，老胡成功在空中给手电换了电池。终于看清楚了下面暗河的情况：水虽然看起来汹涌，但是并不深，河道及其周围布满碳酸钙沉积的黄色的岩石。如果就这么跳下去，不死也残废。

反向上看去，原来还是金沙走廊的峭壁上每隔数米就有一个洞，内插粗壮的圆木，像是一种简易的栈道，又像是某种横梁，并在此基础上形成了一个空中的走廊。可惜原木早已腐朽，因此受到外力影响，也就整体坍塌了。四人原本被原木挡了一下，最后又被一块凸起的岩石挂住，这才死里逃生。不过，现在四人上不沾天下不着地，还得互相手拉手，才能维持平衡，因为大胖一人抵俩，容易失去平衡，手拉手才能结成一张稳定的人网。

现在最大的难题是上不能上，下不能下。老胡一直在观察暗河的情况，但是从他们悬吊的位置到水面，足有六层楼那么高。要是下面是个深潭倒好，跳下去基本无大碍，但水下即是坚硬的岩石，人掉下去，犹如鸡蛋撞石头。

下面虽有危险，但也有生机，四人早已缺水断粮多时，而下面奔腾的清水，正是他们渴求的生存资源。

困局很快就被打破了。这并没有难住久经沙场的老胡，他叫众人稳住，自己先爬上突出的岩石，再逐一把其他人也拉上去；然后利用伞绳准备做一个下降的绳索，这就能够较为安全地到达水面附近。

老胡把伞绳一头固定在凸起的岩石上，另一头则绑好背包，然后慢慢地放下去。背包的作用就是缓冲，万一下滑速度太快，手抓不稳，绳子末端的背包就能起到阻挡作用。

绳降如果没有手套，贸然滑下去就很危险。伞绳很细，只要速度一快，绳子会像刀一样割伤双手，手一吃痛，人就自然地松开，然后摔死。

老胡打头阵，因为没有手套，他就用衣服包住绳子，一只脚缠绕绳子一圈，这样手脚都可以增大下降的阻力，人就能慢慢滑下去。

但绳子不够长，背包距离水面还有近两米高的地方就到头了。最后只能抓住背包，放下双腿再跳入水中。河道由于常年的冲刷，显得非常光滑，老胡刚一落地就滑倒，顺着斜坡被水浪冲下去十几米远才刹住。由于到处都很滑，很难再爬上去。老胡只好招呼小君君接着下，小君君落水后也出现打滑，被水浪冲走，好在老胡抱住他，两人最后撞在一起滑行数米才停下来。

接着是高老师下，高老师体力不支，就让大胖把他的腰带缠在绳子上，让他握紧绳子慢慢松手，慢慢下滑。高老师根本抓不住绳子，下落的速度有点快，最后挂在绳子尽头的背包上，差点把绳子坠断。

这一幕吓得大胖额头直冒冷汗。大胖最后下，就是怕自己体重过大，拉断绳子。好在大胖小心翼翼地慢慢往下滑，又取下高老师，才一起落水冲浪，老胡和小君君半路阻拦，可惜大胖毕竟吨位太大，搞得四人撞在一起便接着往下滑，速度是越来越快，像是在游乐场的冲浪项目。随着一声巨大的水声，四个人滑入深水潭，总算是停下来了。

手电进水发生了短路，四周陷入一片黑暗。好在潭水不深，也就齐腰的位置，人人都能轻松站起来呼吸氧气。虽然看不见，但这不影响众人劫后余生的喜悦心情。

大胖道：我就说嘛，想死没那么容易。来，大家痛痛快快地先喝一壶。同在一个湖里，不用举杯了。

四人喝饱了，这才摸索着上了岸。衣服和背包全湿了。于是脱了衣服，从背包里寻找可以照明的东西。打火机也失灵了，打火棒倒是可以擦出火花，可以短暂地提供照明。可惜没有干燥的引火物，无法生火。

好在洞内温度不冷不热，四人几乎脱得赤条条地躺在平缓的岩石上。大胖又开始发挥自己大肚皮的优势，割了一块衣服放在肚皮上烘烤，以便做火绒。

小君君感叹道：大难不死，真是刺激。这比花钱去水上乐园还划算呢。

大胖道：再刺激，这里也看不到比基尼。

高老师叽里咕噜地说起了胡话，老胡一摸他额头，果然是发了高烧。老胡便将湿衣服盖在其额头降温。

不知不觉，黑暗中响起了呼噜声。这一路折腾，让众人身心疲惫不堪，难得落难到这个地方还可以躺平了睡觉。一觉醒来后，只感觉身体每块肌肉、每个关节都在阵痛，特别一动手脚就痛得更凶。

洞内的轮廓逐渐清晰，不是因为他们夜视能力增强，而是远处水面泛起了一点微光。刚才滑下来的水道在四人的左上方，右侧则是一个相对平静的潭水，潭水流速缓慢，尽头处有几缕微光从潭底折射而入。山洞逐渐淹没于潭水。

大胖有些兴奋：什么叫车到山前必有路啊？现在我是深有体会啊。沿着水洞游过去，就能看到今天的太阳了。要想学好语文，还得到户外多体验啊。

老胡并不乐观：机会虽在眼前，出口却在天边。目测水道三百米，潜行走至少十分钟，除非有氧气瓶。不然走到一半也就憋死了。

小君君抱怨道：太头疼了。明明出口就在眼前，却因为人类进化过程中失去了鱼鳃而功亏一篑，得不偿失啊。

大胖侃道：找条美人鱼结合，生下的后代就有鱼鳃了。

老胡又问高老师。高老师艰难地撑起身体，看了看远处的微弱光点，道：没有潜水工具，此路比登天还难。不过，没猜错的话，我们可能到了天师湖底了。据传大瓦山下有大小数十个小湖，其中最大者为大天师湖，湖底有一水道直通大瓦山内部。这里应该就是一个入口所在了。

老胡道：我们得从长计议，至少这里水源充足，只差一样东西了。胖儿，人类文明的火种准备好没有？

老胡指的是大胖肚皮上烘烤的布条。现在能点火的只有打火棒，但绝大多数纺织产品都不具备一点就燃的功能，所以需要剥茧抽丝的程序。把组成布条的纤维一丝一丝地抽出来，然后做成一团蓬松的火绒，这样再用打火棒刮两下就能引发明火了。火绒点燃，大胖接着点燃蜡烛，光明瞬间照耀四人。虽然只是一个小小烛光，不过在四人看来，犹如熊熊燃烧的火炬。

烛光照映下，潭水一片金黄，那是被冲下来的黄沙沉积所致，轻而浮的东西已经漂向了远处。水底还裸露着大量白花花的人骨，那长骨来自四肢，那圆球形的，便是人类头颅。人骨堆积，仿佛海里的珊瑚礁，其间竟然还有鱼群游走。

意志不坚强的人看到这情景，想起刚才猛喝的水，胃里必然如翻江倒海，几乎呕吐起来。

老胡赶紧安慰道：没事，别怕，都是好几百年的骨头，不是最近死的。再说，我们喝的是上面流下的活水、山泉水，不要做消极的联想。既然水里有活鱼，这不就是希望吗？

高老师高烧未退，脸色白得像是死人，自然无法参与捕鱼围猎活动。其余三人便捡了些石块，高高举起，像个雕塑一样一动不动，等待鱼群靠近便猛地砸去，将鱼儿震晕，然后水中捞鱼。

由于条件有限没法烹饪，众人只能生吃。俗话说饥饿是最好的调料。高老师勉强咬了一块鱼肉，咽下去又马上吐了出来，他的身体越来越不妙。

老胡从背包里拿出旧式军用饭盒，装了水和鱼，用两支蜡烛的热力给高老师耐心地熬了一点鱼汤。高老师喝下一点半生不熟的鱼汤，脸上总算恢复了一点血色。

也许为了表达感谢，高老师提醒大胖：水中的文物他们也用不着了。捞上来还能帮助我们了解历史。

之前在上面挖到的青铜剑、枪支弹药，在不断地下坠、反弹、碰撞过程中已不知所踪。此时听了高老师的鼓动，大胖有点小小的激动。小君君闲来无事，也想寻宝，于是两人结伴，互相壮胆，在死人枯骨里不停摸索。泥沙之下的东西果然没有让两人失望。先后十余把古剑被扔上岸，另有带孔的金属片、朽烂的头盔等。只是这些水中文物由于长期在水下，腐蚀严重，已经很难找到明显的字迹、符号，不管是考古价值，还是经济价值都大打折扣。

大胖有一种被高老师欺骗的感觉，于是失去耐心：一堆破铜烂铁，谁爱谁拿去。

小君君还在坚持摸索，果然，功夫不负有心人，他终于摸到一块令人眼前一亮的东西：一块玉牌。这个意外发现让小君君兴奋地从水里跳出来，引得其余人迅速围观。

高老道略通古文：此乃武将腰牌，上面四个古字，乃是"丞相督军"。这就是历史的见证，丞相，不外乎所指诸葛亮；监军，则是修建墓地士兵的监督者。足以说明，此地确有三国古物，也恰好印证了诸葛亮凿山修墓的传说。

小君君：你的意思是这里还有更多宝藏咯。胖哥，你也别灰心，要是我们能找到三国古墓，这块玉只能算个小芝麻饼，到时候我忍痛割爱送你算了。

大胖淡淡地说：不稀罕。宝贝要自己捡到的才值钱。

大胖不甘心，于是又下到深水区摸宝。过了一会儿，果然有所发现，他举起一段发黑的粗大铁链向岸上的人展示。

老胡问：有多长，通向哪里？

大胖道：很长，谁知道呢？

老胡：能拉动吗？往岸边拉。

大胖让小君君协助，两人一起拉，铁链尽头仿佛有个重物。铁链被缓缓地拉动，尾端的重物也被渐渐拉到岸边。老胡举烛一照，观者无不吓了一跳，连蜡烛也险些丢到水里。

原来铁链尽头拴着一具发白的尸体。尸体个子不高，十分瘦弱。仔细一看，也不像人类，倒像只无毛的猴子。其脸型可用尖嘴猴腮来形容，眼睛严重退化，鼻孔很小向下突出，嘴里满是让人生畏的尖牙利齿。其肩胛骨格外突兀，四肢细长但肌肉结实，屁股上还有一条短尾巴。两胯之间还有雄性特有的器官。猴子浑身雪白，胸前还绑着大石块，散发的腐臭气味表明已经死去多日。

老胡道：我有一种不祥的预感。这里恐怕还有什么凶猛的动物啊。

高老师并不赞同：不过是杀人沉尸的现场。此人长相奇丑，如同怪兽，可能因此被当地村民秘密杀害。

大胖道：当地村民？他们怎么进来的？这里连个烟头都没有，干活总得抽几支烟吧。

老胡道：事情可能没那么简单。这东西也许是一种大体形的灵长类动物，姑且称之为人猴。这类动物对擅闯领地的人类也会发起攻击，我们得十分小心。

高老师摇摇头：胡老弟，这肯定是畸形人。猴子多少得长毛，这是常识。出去后，问问当地人，附近有没有畸形儿。

老胡拿起无毛猴子的手臂，仔细观察，的确是没有一根毛发存在，不论是头顶，还是腋下。

老胡道：畸形儿算不上吧，只是长得像猴子。这种怪人，养着供人参观、供科学研究也是不错的选择。如果能找到第二只同类，真相也就大白天下了。

大胖道：你们就别做什么学术讨论了。还是赶紧弄几件干衣服穿。不然这样到处裸奔，我们跟这只猴子有什么区别。

老胡道：是该去附近转转。但这里首先应该是我们的大本营，得留下人看守。大胖你就留下多抓点鱼，顺便也照顾下高老师。我和小君君逆流而上，简单侦察一下，或许有什么秘密通道。

如果不能走水道出去，那这里便是一个死胡同。老胡和小君君只能逆流而上，但这显然非常困难，因为路很湿滑，一不小心就可能回到起点。不过事情很快有了改变，小君君在水道一侧发现了隐藏在水下的石梯，石梯小得只能踩上半只脚。

两人只携带了匕首、一支蜡烛、一根打火棒，踩着水下狭小的石梯，迎着水流的冲击，小心谨慎地往上攀登。跟随石梯的方向，终于找到新的入口，就在一处瀑布的后面。

第十四章：人猴巢穴

瀑布后的洞道蜿蜒曲折，走了数百米就远远地听见杂乱的声响，像是动物的低吼，又像土著人的歌舞。

老胡立即警觉起来，示意小君君灭了蜡烛，保持安静。他更担心的是狼狗追踪到此。

老胡道：后面的路得摸着石头前进，必要时再借用打火棒的闪光。你我一前一后，保持距离，我负责在前面侦听，你也要留心身后的响动。

小君君只能轻轻地嗯了一声，便放慢速度，与老胡保持一段距离。

老胡匍匐前进，靠着听觉接近声源。发出嘈杂声的地方有微弱的荧光透出。走到近前一看，一切似乎都明了了。洞道尽头是一个巨大的洞厅，老胡则在居高临下的位置。下面洞厅有无数无毛的人猴正在群魔乱舞，仿佛在进行某种仪式。八颗拳头大的夜明珠围成了一个小圆圈，提供了足够的照明。凭借微弱的荧光，老胡略微数了数，广场上有百余人猴正一丝不挂做着各种怪异的动作，身后粗短的尾巴也随之摇晃。也不知是人是妖。而八颗夜明珠围成的圆圈内，一个白发白胡子的老头正坐在一把椅子上，他穿着某种丝绸一样的大衣，身旁立着四个身着古代铠甲手持大刀的威严护卫，也就这几个看起来还有点人模人样。此外，洞厅连接着无数小洞，或高或低，四通八达。

老胡被这一幕吓得不轻。他也搞不清楚下面到底是什么鬼东西，只觉那些人和人猴充满诡异与邪恶。

老胡悄悄撤退。和小君君会合后，回到大本营。老胡将刚才的所见所闻向众人描述了一下。感叹道：看来找到怪物们的老巢了。他们可能有一支冷兵器的武装队伍。只能等他们都睡着了再说，肯定有出去的捷径。

大胖用极其不屑一顾的口气反问道：老胡，你就吹吧。你的话里有一个巨大的漏洞，难道你没发现啊？那头一丝光线都没有，你是怎么看到这些的？还说得有板有眼的，你说你听见人猴放了几个响屁，那还差不多。

大胖这么一说，老胡也觉察自己的话有矛盾之处。他起先坚持不说，一是怕激发大胖他们的好奇心，要是都争着去看夜明珠，人多嘴杂，容易暴露目标；二是可能会因夜明珠的归属问题发生内讧。此刻，为了证明自己所言非虚，不得不据实以告。

老胡解释道：是因为夜明珠。广场上有八颗发光球，估计这就是传说中的夜明珠了。我不告诉你们，是怕你们激动，将来为了发财产生矛盾，最后走向自相残杀……

大胖道：老胡啊，这就是你的不对啦。如此重大的敌情，你怎么不第一时间向组织汇报呢？你这是典型的以什么之心度什么之腹来着。我们都是高素质的人才，不是市井自私小民。夜明珠怎么啦？不就是一个照明工具嘛，等得了珠子才能弥补我们手电的损失嘛。

小君君道：胖哥，你理解错了。老胡是怕我们见财起意，那球肯定很重，带上就是累赘，说不定还有核辐射呢。

大胖没有认真听小君君的发言，他心里一直在盘算：君子爱财，取之有道。八颗啊，一人分两颗，正好平分，怎么可能为了一颗珠子发生低级的争吵；而且，如果真的很沉重，就滚着走。

高老师道：最好不要打夜明珠的主意。偷拿了夜明珠而惊扰了人猴，我们寡不敌众怎么办？依老夫之见，不如大家都去看看情况，以正视听。

听到三人不正经的发言，老胡是悔不当初，怎么不先打个草稿呢？人家吹牛都提倡先打草稿。既然阻拦不住人类天生的好奇心，他也就不再阻拦，只是叮嘱三人动作轻一点，要是被发现了，那就只有大难临头各自飞了。跑在最后的人要是被抓走成了人猴的晚餐，也不要怪别人见死不救。

四人在黑暗中悄悄爬行。到了老胡先前的位置一看，果然如老胡所说的都是真的。那人猴像是一群具有社会属性的智慧生物，广场上的确有八颗恐龙蛋那么大的发光球体。人猴在广场上或爬行，或跳跃，或龇牙咧嘴发出怪叫。中间坐着的白发老头似乎十分享受，其身后的盔甲卫士，与之前老胡和大胖在地下基地所遇见的古代士兵一模一样。不过大胖等人的目光并没在意人猴的表演，而是在八个荧光球上。

一个人看和一群人看奇景是不一样的。一个人看总没安全感，害怕背后突然来个什么东西袭击自己；而一群人看，胆子反而大了不少，也就忘了警惕。

正当众人看得出神之际，大胖突然放了一个声音尖锐而响亮的响屁，顿时把其他人吓得脸色惨白。大胖自己也吓了一跳。好在下面的声响大，这一个响屁也如石沉大海，没有砸出什么浪花。俗话说响屁不臭，臭屁不响，可是大胖的屁有点超凡脱俗，两种优点兼而有之，其屁是既响又臭。闻者无不心惊胆战，度日如年。特别是小君君，还是带着一点年轻人特有的洁癖，看戏的兴趣骤然消失，慌忙躲避之际，与正要撤退的高老师撞在一起，手里拿的一把工兵铲一失手就掉了下去，当的一声清脆的撞击声，如一声闷雷打破了众人猴的热闹仪式。整个洞厅立时安静下来。

在上面看热闹的四人被这突如其来的安静吓呆了。谁都知道闯了大祸，但一时间又都不知所措。只能愣在原地，一动不敢动。

可偏偏大胖的屁股不争气，在关键时候又放了一个屁，尽管他努力地憋着，可越是用力憋着，屁的气压越大，最终憋不住了，又爆出一个惊天地泣鬼神的响屁。下面人猴的听觉似乎异常敏锐，一听到这个声音立即就有十余人猴朝着四人飞檐走壁地爬上来。此时已没有时间向大胖兴师问罪，老胡急中生智，让大家捡石头扔向远处，企图靠石头声东击西，可惜人猴数量众多，完全可以兵分多路。黔驴技穷了，老胡只得大喊一声：跑啊！

四人便你挤我、我挤你地开始撤退。大胖不停地刮着打火棒，用短暂的火星照亮黑暗的通道。其实后来四人分析，如果当时他们原地不动，也许人猴就不会追击他们了。

四人疯狂逃命，其间不免碰到岩壁，头破血流。耳听人猴越来越近，行动极其敏捷，老胡只好做出一个艰难的决定：由他来断后。

大胖明白老胡这是要牺牲他一人，幸福千万家的壮举。这一别可能就是永别了。便有些不舍地回头道：老胡，那这头儿就交给你了。你一定要好好活着回来啊。我们出去，责任也不小，要找好庇护所，等着你回来。老胡……

大胖声音有些哽咽，便张开两臂去抱老胡。谁知急火攻心的老胡毫不领情，一把推开大胖：快爬你的吧，还啰唆什么。

大胖把一把锈迹斑斑的青铜剑留给老胡：能用则用，难受了还可以像古人那样慷慨自刎，免受敌人凌辱。

老胡气急败坏道：滚！

总算把大胖轰跑了，老胡这才专心地准备御敌。他把青铜剑横在洞道狭窄处，如此就能一夫当关，万夫莫开。刚做完准备，一只人猴就撞了上来，人猴虽被剑挡住，却伸出爪子一阵狂抓，动作极为迅猛。老胡一时难以做出反击的动作，条件反射般地用手臂去挡，手臂顿时传来一阵剧痛，惊得他赶紧躲避。

此时人猴半个身子跨过剑身，剑刃虽锋利不再，却也把人猴皮肉割开了好些口子，人猴吃痛，放缓了攻击。老胡躺在青铜剑和人猴的胯下，趁人猴犹豫之际，果断抽出刺刀朝人猴腹部刺去，然向上一划，一大团温热而腥臭的东西立马掉在老胡脸上。估计是人猴的肠子落了出来。人猴惨叫一声，那叫声音频极高，听得人一阵耳鸣目眩。随着人猴两腿一阵抽搐，其尖叫声也随之停息。

一只人猴阵亡，更多的人猴已经到达。由于人猴尸体挡在道路上，蜂拥而来的人猴在狭小的隧道里难以发挥以多欺少的优势，只能从缝隙伸出爪子，探出尖牙利嘴来攻击。老胡也分不清哪儿是哪儿，在黑暗中一阵乱刺，刺中柔软的东西，再顺势一划，以便造成更严重的创伤。人猴发出惨叫，更加愤怒地发动攻击，那种高频叫声比尖牙利爪还叫人难受。阵亡的人猴越来越多，以至于堵住了整个通道。其余人猴试图把前面同伴的尸体推倒，可毕竟洞道狭窄，即便推倒也能阻塞半个交通。人猴行动严重受阻，老胡自身也伤得不轻，本着见好就收的原则，他赶紧朝着有流水声的方向爬行。出了洞就是来时的水道，只听得水声哗哗作响，却看不见一点光线。老胡赶紧低声呼叫大胖，大胖及时做出回应，两支部队总算会师在一起了。

见老胡没死，大胖喜出望外。可是没等他们高兴，洞里的人猴就跟了出来。原来是人猴拖走了同伴的尸体，畅通了道路，这才如此快地追了上来。

数只人猴立在水中，耳听八方，可到处都是水响，因此一时没有做出进一步的追击。过了一会儿，人猴才鸣金收兵。

老胡怕人猴杀个回马枪，等了很久才开始说话：快弄点光。

大胖刮擦打火棒，一闪一闪的亮光下，老胡的两只前臂全是深深的抓痕，血流不止。大胖没见过这么多人血，脑袋立即嗡嗡作响，险些晕倒，只好叫小君君来处理。

老胡道：胖儿，别怕，可能也有部分是人猴的血。

小君君用流水给老胡冲洗伤口。小君君还算有些急救经验，赶紧从一堆脱下的外套上割了布条，给老胡包扎止血。

老胡把刚才的遭遇给众人说了一遍，叹道：我当初就是考虑洞道狭小，易堵难攻，结果还是不小心受了伤。

老胡问高老师哪儿去了，呼唤一阵没人回应，三人这才发现队伍少了一人，三缺一。

大胖道：刚才情况实在混乱，大家都拼命往外面拥挤，一时也分不清楚东南西北。估计高老师走错了方向，跟我们失散了。我们跑到这里时，只能各顾各地藏身水里，连屁都不敢放一个，直到你叫我们。

老胡想起刚才的遭遇，气愤地说道：你这个屁王，还想着放屁？悲剧都是你造成的，要不是你放了个响屁，我们也不至于如此狼狈。

大胖羞愧地低下了头：这、这也不能怪我。最近都没怎么进食，喝的都是西北风、东南风、空穴来风什么的，自然排气排得多了点。

老胡还是不解气：我警告你大胖，下不为例啊。下次你要排泄废气，包括打嗝，一律要事先打报告，经过组织批准才能释放。就你的屁股事儿多。真该给你买个屁塞。

大胖不以为耻：屁塞，买的我不要。要送，就送一块来自古墓的玉塞。我就欣然接受。

老胡一副恨铁不成钢的样子：巨婴！胖婴！

小君君问：现在怎么办？人猴说不定正在品尝高老师的真身呢，等它们吃人肉上了瘾，我们就是它们下一顿美餐。

大胖自知理亏，惹得老胡发火，讨好地说：我们敬爱的老胡哥哥也累了，不如在大本营休整一下，我去抓鱼，给大家熬点鱼汤，吃饱喝足才有解决问题的力气嘛。

于是大胖点燃了蜡烛，捕了几条小鱼。为了熬制鱼汤，他搜出背包里的塑料袋作为燃料，总算勉强地熬成了一壶鱼汤。

温饱问题基本得到解决，大胖开始大发感慨。为了庆祝自己还活着，大胖双手合十，道：感谢水潭里的水神，救我们于危难之中，还赐给我们水和食物。如果能顺利出去，一定给您多烧点纸钱……

小君君：说不定是水鬼呢。你应该用美酒来感谢他们。《聊斋》里不是有个渔夫和水鬼成为好友的故事吗？人家就用的是美酒。

老胡听到大胖胡言乱语的，心里很不舒服：明明是我老胡舍生忘死击退敌人，你这个胖娃怎么反倒对着一个死水潭大发感慨？没良心的家伙！

于是对大胖训斥道：你做事怎么像个外国人？不管谁帮了你，就知道感谢上帝，说什么一切都是上帝的恩赐，从来不想着去感谢帮助你的人呢。帮你的人，再怎么说人家也是上帝派来的特使嘛。

大胖道：听君一句话，胜读十天书。您这话醍醐灌顶啊！可惜我已经把水神派来的特使给吃了。我还嫌特使来的不够多呢，长得不够肥呢。要是再来点虾兵蟹将就更好了，我就可以给你做烧烤大龙虾大闸蟹了……

老胡听了，气得呼出的气都是烫的：你这木鱼脑袋！满脑肥肠的，还能有什么思想觉悟？

老胡转过身，不想再理会大胖。

小君君问：胖哥，你吃饱喝足了，下一步有什么打算？睡觉还是救人呢？

大胖道：酒足饭饱，接下来自然应该是饭后散步嘛。古人说，饭后百步走，活到九十九。至于救人，我是心有余而力不足啊。啥装备也没有，怎么救？敌众我寡，怎么斗？何况我身上肉多，怕成为人猴主要的捕猎对象。不如暂且待在这里，靠着水潭，也能多活几个月。这期间我们有足够的时间思考人生和未来。作为美食专家的我，适合当个炊事班班长，待在家里给你们捕鱼做饭。要是参加行动，恐怕会成为你们的累赘啦。

听了大胖这种不要脸的话，老胡终于忍不住大骂：你可真行啊，还没睡着，就做起了黄粱美梦啊？要不再给你找个母人猴，你俩在这里白头到老？繁衍后代？

大胖听出老胡有些生气，辩解道：哎呀，老胡，我这不是在自己给自己鼓舞士气嘛。既来之则安之，万一一时出不去，就要安慰自己适应环境，做好打持久战的准备嘛。

小君君这时来了一句提神醒脑的话：胖哥，夜明珠，你忘了？

大胖顿时来了精神，心想怎么把这种头等事给忘了呢。但又不好意思暴露自己的尴尬，便故意装傻：管他野猪、家猪还是饲料猪，我都敞开胸怀来者不拒。不过一想到高老师现在孤独一人，生死未卜，我就顿觉万分悲痛。那个，胡哥，我们还是抓紧时间制订营救计划吧。去晚了，我怕高老师身体都凉啦。

老胡不想理会大胖，但既然要救人就得趁早，只能不计前嫌秋后算账了。于是道：救人不难，但要趁它们熟睡之际再行动。现在敌众我寡，敌暗我明，那里的洞道又十分复杂。算了，你们没有侦察经验，还是我去吧。一个人目标小，不容易暴露。等摸清里面的情况，我们再一起行动。

大胖道：高明！革命就是要有分工。你在前方出生入死，我在后方为你弄鱼。

但问题是老胡也受了伤，特别是常用的上肢受了伤。他刚要站起来拿蜡烛，伤口的刺痛让他忍不住叫了一声。除此之外，要说经过专业训练的也只剩下小君君了。

小君君见此情况，忙让老胡坐下休息：我去吧。胡哥，你杀了它们的人，它们可能会严加防范。我就不深入虎穴了，浅尝辄止，以免打草惊蛇。等你的伤口好些，再做打算吧。

也只有小君君能挑起大梁了，老胡只能点头同意，并将一些侦察注意事项、技巧等倾囊相授。

一个人摸黑行动，着实让小君君感到忐忑不安。洞道入口已经被人猴用石块封堵了，石头缝隙竟然有一股股清风吹来，这让他有些欣喜，算是他第一个有价值的发现，因为凉爽的风意味着有通道与外界相连。

小君君将石块一块块地慢慢抽出，轻拿轻放。费了一番周折，终于到达上次居高临下的观察点，发现八颗夜明珠还在广场中心。人猴依旧是群魔乱舞，只是发出的声音与之前不大一样，更像是一种哭泣声。地上排列着五具人猴尸体，看来人猴正在为死去的同类表达哀思。

过了一会儿，坐轮椅的老头与盔甲护卫出现。老头嘴里念念有词，像是某种古文，听不太清楚。接着，护卫在中心区域打开一个圆盖，顿时从圆形的洞内射出五颜六色的光芒，像是突然打开了KTV的旋转彩灯。紧接着人猴陆续将死去的同伴尸体扶起来立正，继续某种神秘的仪式。

小君君此刻不由得对老胡心生敬仰之情：老胡果然是艺高人胆大啊。当初大家都被潮水般涌来的人猴吓得屁滚尿流，唯独老胡敢留下来，巧借地势以一当十。听说老胡还当过侦察兵，此言果然不虚。

仪式继续进行，白发老头朝每个人猴尸体吐了一口口水，随后尸体被简单粗暴地扔进了那个散发彩光的洞里，几个人猴跟着爬进了彩洞，盖上井盖，彩光消失。

但人猴没有散去，仍在扭动四肢和屁股。趁着人猴忙于做丧葬仪式，小君君想趁机寻找一下高老师，他用双手拢着嘴巴，低声轻唤高老师，可惜毫无回应。心想也许高老师已经被人猴生吞活剥了。

小君君正欲返回，忽然一只手搭在他的肩膀上，小君君心里猛然一颤，差点魂飞魄散。他已经忘了手里还拿着刀，忘了反击，只想着顺从对方，举手投降。这时，耳边却响起了一个熟悉的声音：别出声，是我。

原来是失踪的高老师。小君君又惊又气，低声责备：你、你，没事别冒出来吓人好不好？我都快被你吓出心脏病了。

高老师也不多说，直接把他往一个支洞拉去。这是个弯曲的死胡同，高老师先前由于慌忙，误打误撞跑到这里，不料成功地躲过一劫。高老师躲在这里虽然不敢动弹，但却听到一些有用的信息，人猴的主人可能还是人类，因为他们分明能说人话。

小君君：肯定是有人在装神弄鬼，搞不好是什么邪教组织。刚才我看见他们打开地下井盖，里面射出很多彩光。下面肯定是有现代化的电器，说不定是他们的歌舞厅。

高老师：也许是早年躲进神山的逃犯，我们得千万小心。

小君君：你也饿了吧，我们赶紧回大本营跟老胡他们会合，再说下一步。

高老师却拒绝了：不用了，你回去说明一下情况。我在这里继续监视他们，到时再一起行动。

小君君只好返回，到了大本营，发现大胖燃起了一堆柴火，老胡正在火边醋睡，空气中弥散着鱼汤的香味，便惊问是怎么回事。

　　大胖自豪地说：作为后勤部的部长，生火熬点鱼汤给战士们补补身体，不过是雕虫小技而已。

　　小君君：你啥时又给自己升官啦？一个烧柴做饭的炊事员，用得着那么大的头衔吗？

　　大胖：你懂个鸟。这不是自娱自乐，这是自珍自爱。头衔越大，表示自己的责任也越大。要不是我，你能想到烧堆篝火吗？

　　这正是大胖的小聪明之处。原来大胖从水里捞上来一些湿木材并成功做了篝火。木材外表虽是湿的，但里面却十分干燥；用刀将外面湿的部分砍掉，就得到了干柴。又因人猴尸体的原因，吸引了不少鱼儿前来觅食，那鱼有大有小，品种也增加了不少。因此大胖轻松地收获了好多鱼。而且，他也善于利用小鱼熬汤，大鱼烧烤，烤成鱼干还可以作为路餐携带。

　　小君君不得不佩服：果然是会吃的就会弄吃的。你将来出去，完全可以开个胖哥烧烤店。顾客一看你这种肥得流油的标准餐饮形象，立刻垂涎三尺，自然产生浓厚的食欲。

　　大胖道：贤弟过奖啦。这都是让生活给逼的嘛。俗话说，饥饿能激发人类的求生欲望。作为一群之主，我总不能让大家饿着肚皮去探险吧。来来来，先吃条烤鲫鱼。正所谓一切灵感都来自食物。饿着肚皮，只能想吃的；吃饱了，才能想别的。以上我的这几句原创名人名言，你可得记得抄录哦，终身质保终身受益哦。

　　小君君道：那就请老板来一瓶啤酒，还要多放点孜然粉和辣椒面。

　　大胖假装用手抓了一把粉末，做了个撒的动作，再递给小君君。

　　两人的谈话显然惊扰了老胡的美梦。老胡皱着眉头睁开眼睛，问小君君遇到啥情况。小君君俱说前事，叫老胡不必担忧。

　　老胡道：这里越来越有意思了。邪教？逃犯？半人半猴的新生物？很值得一探究竟。胖儿，你再接再厉，弄几个火把出来。我看这些人猴办事主要靠听觉，很可能畏光怕火。

　　大胖道：那好，不如给他来个火烧连营。放一把火烧了它的水帘洞，我们就坐观浓烟往哪里飘，跟着走肯定能找到出口。

　　老胡道：不可，地下通道空气本来流动就差，把氧气烧没了，反而把自己闷死了。下次探路行动，得有人留守营地。我看，这个光荣的任务只有交给我们炊事班班长了。

　　大胖一听有大行动却让他像个家庭主妇一样留在家里做饭，顿时就不高兴了。气冲冲地道：想得美！你们去捞好处，回来还有人做大餐吃。天底下有白吃的午餐吗？不行，我坚决不同意。

老胡和颜悦色道：胖儿，不让你去也是对你好嘛。有些山洞很狭小，你万一卡住了，怎么办？你留在这里，才可以发挥你的特长和爱好嘛。

大胖怒道：去你的，我不干！什么特长爱好，你拐弯抹角地说我贪吃是吧。

老胡以为是大胖惦记几颗不知真假的夜明珠，便说：有好处自然分配均匀。我们可以先拿一颗夜明珠给你当玩具。

大胖还是不干，老胡就给小君君递个眼神，让他去说说。

小君君道：胖哥，你要着眼大局啊，营地的火要是熄灭了，我们回来吃什么呢？我倒是想替换你，可是你这身子骨太精贵，万一被人猴当猪肉吃了怎么办？

大胖心想，正面较量肯定不行，搞不好还伤和气。于是心生一计，来个阳奉阴违。

于是大胖表面故作无可奈何地答应了下来。

三人开始做火把，从大衣上割了足够的布条烤干，浸了蜡液后做了数支火把。大胖又使出小聪明，他用蜡油浸泡干木，就可以当作松明用。松明是富含油脂的松树腐朽后形成的油脂块，用刀刮下一点木屑，再用打火棒的火星，一点就燃。如此，下次生火就变得更加容易了。然后将湿衣服彻底烤干，带上防毒面具、水和鱼干等，经过一番周密的准备，老胡便和小君君出发了。

第十五章：陷入重围

谨慎起见，老胡和小君君并没有手持火把大摇大摆地进洞。两人先是去找高老师，结果高老师已经不在之前的支洞，轻喊几声也无人回应。两人又摸到先前的观察点，居高临下观察下方的情况。不过此刻洞厅却是一片黑暗。

老胡拿出松明、打火棒，点燃了火把。下面已经人去洞空，夜明珠也不知去向。洞厅连接着大大小小十几个洞道，此时都被封住了。有用铁门锁住的，更多的则是用碎石堆砌。老胡决定不走寻常路，直接用攀岩的方式下到洞厅地面。但正当下去的时候，忽听身后发出一点响动，好像一只老鼠经过踩翻了一块石子。但静听许久，也没再次听到异响，这才开始行动。

老胡和小君君不知道的是，心有不甘的大胖就远远地跟在后面。

大胖心想：你们两个真傻，打着火把深入敌后，这不是此地无银三百两，自投罗网吗？等会儿等你们被众人猴团团围住群殴，胖爷再看心情来个英雄救狗熊。俗话说英雄救美，人家英雄都是去救美女，唯独我这个英雄总是无用武之地，居然会沦落到去救你们两个狗熊的悲哀境地。

下到洞厅广场，举火一照，两人无不吃惊，这广场地面不正是一个巨大的八卦图吗？而且八卦图是用石头埋入地下做成的图案。四周满是黄褐色的各种钟乳石，如石钟、石瀑之类。看来这里曾经常年渗水，因此形成了这种特殊地质表面。它们一部分延伸到地面，已经遮盖了八卦图的部分图案。

两人观察了一阵，便径直去找那个打开后放出彩光的入口。正是八卦图中两条阴阳鱼的眼睛所在位置。不过很快发现阴阳鱼的眼睛由两块笨重的圆石组成，且仅凭他们两个人很难将巨石撬起来。

小君君说：人猴很轻松地就打开了，为啥我们一点都动不了呢？会不会还有什么电动开关？

老胡：我不看好这里，不可能还有什么现代化的设备。

两人一筹莫展之际，老胡准备打开一些洞道的封堵，扩大探索范围。

两人小心翼翼，轻手拆除堵路的石块。要在平时，轻轻一脚就踢倒了。就在两人忙得不亦乐乎之际，忽然传来大胖的声音：老胡，小君君。

声音从头上传来，听起来有些怪怪的。

老胡非常生气：你这个死大胖，不在家里烧火做饭，跑这里来干什么？你这不添乱吗？

大胖道：我现在是想回去老实待着。可是，我已经先你们一步被活捉了。等下就轮到你们遭殃了。

老胡和小君君闻言大惊，忙举高火把一看，险些惊掉下巴：那些门洞果然有无数人猴闪动，看来两人中了人猴的奸计。人猴瞬间一起出动，快速打开通道，将老胡和小君君围困在了广场中心。两人是插翅也难逃了。在这种大空间的地方与数倍于自己的敌人进行贴身肉搏，自然是非常不理智的。看来他们低估了人猴的智慧。

大胖在上面的洞口露出了半个身子，两个穿着古代盔甲的护卫正将他两手反押着，估计是用力过大，大胖露出一脸痛苦的表情。

坐轮椅的老人也被推了出来，对着下面两人阴阳怪气地喊道：汝等擅入禁地，杀我士卒，罪当斩首。如果尔等束手就擒，我保证让你们死个痛快。

老胡临危不乱，反问：什么鬼话，你以为说几句之乎者也就是文化人了？今日我乃天兵天将下凡也，专门捉拿尔等妖人。还不速速送死？

小君君在旁悄悄提醒道：胡哥也，你怎么也学着他说话了？

老胡低声道：唉，入乡随俗，不能让这帮人猴小看了我们，说我们古文没学好。

老人见两人负隅顽抗，于是大手一挥，几十只手持棍棒的人猴便一拥而上，缩小包围圈。老胡和小君君挥动火把，一手拿军刺，一手举火把，背靠背与人猴对峙着。

人猴并不怕光，也不怕火，这让两人大为失望。人猴拿着木棒和石块步步紧逼。要是全都一起下手，老胡和小君君哪有招架之力？但人猴却围而不攻，似乎在等轮椅老头发出命令。

形势异常危急，上面的大胖对轮椅老头道：您这位大慈大悲的将军、大侠，切莫动手，让我劝降他们。他们手里有刺刀，好歹也会伤了几个士卒的性命。不如劝降，减少伤亡，皆大欢喜。

老头觉得大胖的话有道理，便点点头，示意手下兵卒不要急于动手。

大胖劝降道：老胡啊，你们斗不过的，不如投降吧，还能多活一会儿。我们好好跟他们赔礼道歉，文明沟通，也许还能捡回两条命呢。

老胡怒问：什么捡回两条命？我们至少是三人、三条命。少一条都不行！

大胖道：你就认罪吧，人是你杀的，事情都因你而起，与我们无关啊。牺牲你一人，换来千万人，这笔买卖，划算啊。

老胡道：我呸！你这个临阵投降毫无骨气的死大胖。一个人最多换两条命，哪里来的千万条？你小学数学怎么学的，难道是幼儿园老师临时代课？

大胖继续道：老胡啊，你这是典型的经验主义、书呆子想法啊。看问题得有前瞻性，我们两个活着出去，结婚生子，幸福美满，每个人多生几个，儿子生孙子，孙子继续生，人口呈指数级增长啊，百年后，不就生出千万人了吗？

小君君此时也听不下去了，道：我的胖哥，你是脑袋进水了还是进油了？这种不要脸的话也说得出呀。真要能活着出去，看我怎么收拾你。

轮椅老者见敌人内部产生巨大矛盾，不禁露出满意的微笑。便任由他们搞内讧，反正在这枯燥的地下世界，很久没看过热闹了。

大胖见劝降不成，反倒自己被骂，便对轮椅老者道：老将军，我看他们都是死硬分子，你不如喊出弓弩手，几箭射死他们得了。

轮椅老者问：你们是什么人？快快报上名姓，死后以便立碑。

大胖附和着老头道：听到没有？老将军让你们报上姓名，他可不杀无名之辈。等拿到你们名字再杀，到时候才好给你们立块墓碑。

老胡道：死胖子，这么快就叛国投敌了是吧。等下打败了他们，我要你好看。

大胖笑道：呵呵，你真傻。什么叛国，我们都是一个国家，叫蜀国，对不对，老将军？你才叛国呢，你们说不定就是曹操派来的奸细。

老头越听大胖的话，越是觉得满意。

老胡道：呸，你是病得不轻啊，什么蜀国、曹操的。你们别听他胡说，现在天下早就大统一了。木牛流马在公路上奔跑，人还可以在天上飞。你们真应该出去看看。

大胖道：老胡啊，你懂不懂什么叫入乡随俗，识时务者为俊杰？你要顺着老将军的意思来嘛。你还是赶快投降吧，他们不一定马上杀你，一般都流行秋后问斩，再怎么也要关你几个月，喂养一段时间，等到黄道吉日再说。这么长的时间，你完全有机会老实交代你的罪行嘛。这个你懂不懂？

老胡：别天真了，这鬼地方，他们哪有食物喂战俘？对他们来说，我们都是"蛋白质"啊。

轮椅老头问：何谓"蛋白质"？

大胖道：就是愚者的意思。

老头将信将疑，微笑点头道：我看你们身手不凡，我不忍杀之。眼下正是用人之际，如愿归顺于我，定当重用。

老胡道：呸！你当你是谁？还归顺于你？在你这暗无天日的，能干什么？美酒你有吗？美食你有吗？你就算把皇帝位置让给我，也不稀罕。

老头勃然大怒，大手一挥，示意攻击。

利用双方交谈这段时间，老胡已经想好了对策，他与小君君从一个方向杀出重围。人猴虽然多，但是武器相对落后；而自己一方被打几下、砸几下，还不至于立刻殒命。老胡认为，擒贼先擒王，如果抓住一个带头的，事情就有转机。

老胡没等人猴先出手，就挥舞军刺朝着一个左顾右盼的人猴冲了过去，小君君紧随其后，老胡并不恋战，推开人猴就往外跑，他计划只要跑进狭窄的洞道，人猴就难以发挥以多欺少的优势；人猴始料不及，被老胡推倒两个，包围圈立即出现了缺口。但冲出去的老胡却吃惊地发现，外面竟然还有一层包围圈，而且全是穿着盔甲、手握大刀的护卫。老胡不敢再冲撞了，毕竟对方武器明显占优势。犹豫之际，两人又被包围起来，这下他们面对的是真正的大刀队。

老胡立马改变策略：再冲回去。

老胡想回到原来的包围圈，可是人猴用长棒抵住两人，不但冲不进去，头上、肩膀还狠狠地挨了几棍子。

老胡大喊一声：跟敌人拼啦！

喊完却立即蹲下身体，试图从人猴的胯下突围。

谁知围住他们的人猴纷纷退后，很快散开，走掉了。广场上仅剩下老胡和小君君以五体投地的姿势趴在地上，刺刀火把也乱丢在一旁。

两人不知道发生了什么事，只以为是大胖在上面搞鬼。

这时，只听得上方人猴一阵骚乱，随之而来的是一阵阵的声嘶力竭的杀喊打斗声。老胡抬头一看，恍然明白了，原来黑暗中出现了绿眼狼。不知来了多少绿眼狼，它们咆哮着、吼叫着，与人猴、盔甲护卫们打成一片，场面甚是凌乱。

老胡也顾不得那么多，只叫小君君赶紧找个小洞躲起来，越小越好，狗洞都行。火把也不要了，免得暴露目标。两人迅速找个死胡同，用石块迅速把自己围堵起来，从缝隙静观外面的混战。

刚开始，人猴占据了上风，盔甲护卫手持大刀与绿眼狼对战，三两只人猴则像猎狗一样包围绿眼狼，或打一下屁股，或抓一下尾巴，让狼狗顾首不顾尾。趁绿眼狼前顾后盼犹豫之际，盔甲兵举刀就砍，正好砍在绿眼狼耳朵旁，只听当的一声金属响，绿眼狼只是微微震了一下，毫无受伤的意思。这一砍反而让绿眼狼认清了主要的敌人，于是不顾人猴的骚扰，径直向盔甲兵跃起，一下咬住盔甲兵的手腕处，盔甲兵痛得嘶声大喊，提起绿眼狼在空中甩动，可就是甩不掉，于是干脆放在地上，另一只手也不用上大刀，直接按住狼的脖颈，再用身体的重量压下去。人猴见机行事，趁机上来抓住绿眼狼的腿，很快绿眼狼的四肢和尾巴都被人猴提起仰面悬在空中，其腹部朝天，弱点尽数暴露给对手。绿眼狼大惊，不得不松开嘴巴去咬人猴，却什么也够不着。人猴用尽全力从不同方向拉扯着绿眼狼的四肢，似乎是要来个五马分尸。不过绿眼狼的身体似乎经过加强，一时也难以撕裂。盔甲兵见状再次高高举起大刀朝绿眼狼的腹部砍下去，哗啦一声，绿眼狼断成两截，肠肚一股脑儿地流了出来，却没流血，也没失去行动能力，两前肢仍然支撑着脑袋爬行试图咬住敌人。盔甲兵一个跳跃，腾空而起，重重地落下来正好踩中绿眼狼的上半身，只听嗤的一声，一股液体被踩了出来，喷中两三个人猴，人猴立即觉得疼痛难忍，在地上打滚，其雪白的皮肤瞬间变黑，随即燃起了大火。中招的人猴没呻吟几下便倒地不动，任由火势变大。

而喷出无名液体的狼头也因此渐渐不再动弹，两眼暗了下去。这一幕都被同样躲在一角的大胖看得清清楚楚。

绿眼狼眼看突袭的优势丧失，便改变策略：从口中不断喷出不明液体，引发燃烧，一时间洞厅火光通明。

战斗持续了一阵，人猴与绿眼狼均有损失，战损率不分上下。

打斗声逐渐变成了各种惨叫声、濒死时的呻吟声。不知过了多久，一切逐渐安静了下来。一只三条腿的绿眼狼来到广场，在老胡和小君君躲避的地方稍做停留后立即转身走开了。

等了好半天，外面确实再没有动静了，老胡和小君君才出来。周围还有零星的小火燃烧照明，洞厅内尸体残块落得到处都是，血腥味、焦煳味、化学气味等混杂在空气中，场面难以用语言形容。

老胡道：那可能是最后一只幸存的战狼，它回去报信，可能会引来更多的援兵。我们得抓住眼下的空隙，寻找突破。

小君君：不知道胖群主还在不？

老胡气道：别提他，死了最好。

然后老胡又大声呼叫：大胖、死大胖，还有气没有？要是活着，赶紧下来自首，我保证不打死你。

喊了半天，也没回应。小君君道：大胖哥是不是在混战中，变成烤乳猪了？

老胡：哪有他那么大的烤乳猪，烤熟了都没人愿意吃。

大胖没死，只是头部受了伤。他本来计划装傻，装成脑震荡后遗症的失忆症，等老胡找到他就装聋作哑，这样才好把之前的问题顺理成章地一笔勾销。脑袋上的血就是他最好的护身符。哪知小君君来这么一出，骂他是烤乳猪，这显然深深地刺痛了大胖的自尊心。迫不得已，他不得不为了自己的荣誉而发声。

老胡和小君君正在打扫战场，头上突然传出了一个声音：你才是烤乳猪呢。我又不是母的，哪来那东西！

小君君道：对呀。你应该是头烤肥猪。

老胡望见大胖探出个大脑袋，气冲冲地说道：你还敢公开露脸！好你个吃里扒外、见风使舵、墙头草两边倒的肥胖仔。还不速速下来接受人民的审判！

大胖却在上面叫苦道：老胡啊，你们冤枉我了。我怎么会是那种人？我的为人你还不了解吗？我这是曲线救国之策啊。我是在配合你们一黑一白唱双簧嘛。要是我们都强硬，双方就没有和谈的余地了。我这么做，就是为给你们多争取点时间，免得一上场就阵亡了，好歹也要说几句台词再去见上帝嘛。你可得认真理解我的良苦用心啊。

小君君道：大胖哥说得也有些道理，他的确是为我们争取了一点时间；当时要是硬扛下去，可能你我都等不到绿眼狼解围了。

老胡却不信，继续问大胖：你是怎么引来绿眼狼让它们自相残杀的？

大胖道：这个，这个，很难用语言描述。我可不想借花献佛，纯属巧合吧。

我原本想让人猴放松警惕，我趁机脱身，凭借我的一身蛮力，擒贼擒王，捉了那个老头当人质。没想到，绿眼狼来了，反倒帮了我们大忙。

老胡还是不相信大胖的话：口说无凭。你怎么证明自己说的话不是狡辩？

大胖道：这怎么能被证明？又不是数学证明题。非要证明，那只有我肚子里的肥虫能证明了。什么时候我把它拉出来，你自己去问吧。

大胖只觉难以取得老胡信任，于是心生一计，对下面喊道：你们等下我，我这就下来给你们开证明。

大胖消失了一会儿，磨叽了半天这才扛着一个人来到广场，他把肩上的人往老胡面前一丢，道：这算是我的投名状了。拿走，不谢。

地上的人忙求饶，一看原来正是之前坐在轮椅里不可一世的老头。

老胡忙问：有没有抓一个矮瘦的人和两个女人？

老头摇摇头，说：不曾抓过你们任何一人。我们历来与外人秋毫无犯，今日之势实在迫不得已啊。

大胖道：别看他人前威风，打群架那会儿，他吓得尿了裤子，躲进狗洞里不敢出来，手下无人指挥，才导致全军覆没。

老头求饶道：好汉爷饶命啊。你们要干吗就干吗，饶了我这个老头子吧，我的人都死得差不多了，没人会妨碍你们。

老胡反问：你把我们当成什么人了？你们又是什么组织？从实招来，免得皮肉受苦。

老头道：你们在这里搞了几十年，今天怎么又来了？这可是我们守墓人的地盘啊，你们擅自闯进来，还反倒责问主人家了。唉！

老胡似乎有点明白了，便道：我们可不是盗墓贼，只是误入山洞，到处寻找出口，不得已才到了这里。你要是守墓人，倒是给我们讲讲，守的是谁人的墓，出口在哪里？

老者道：别人都问入口，你们却问出口。看来诸位不是盗墓来的，我老汉自然以礼相待，知无不言，言无不尽。

我等都是守墓人的后代。至于多少代已经说不清楚了。历朝历代都不乏盗墓的，但能够进到这里来的，近百年来只有两批人。第一次，大概是明末清初年间，那次来了很多道士，他们似乎很懂阴阳八卦阵，破了很多阵法，但最终还是付出了重大代价，仅有两个人活着来到这里。我们的祖辈看他们是道士，便给他们疗伤，其中一个还是女道士。他们说要进去拜见诸葛前辈。对，我们正是诸葛亮的守墓人。我们祖辈断然拒绝，说百余年来从来没有外人到过此地，祖先陵墓更是不可能让外人进入。女道士说诸葛亮就是道家中人，是他们的祖师爷，也是道教先祖张道陵的弟子之一，还拿出了一个什么物证，我的祖先虽然表示认可，但还是力劝他们不要闯入，因为入口有警示文字：擅闯者死。女道士说此行就是要追随诸葛前辈修道，他们也是受祖师爷提示才找来的，为了寻找一个道家的什么状态。两个道士进去后就再也没见出来。这些故事都一代代传下来，自然有些情节失传。后来，又来了一批人，这批实在凶狠无比，他们用炸药直接炸开通道，用先进的武器把我们当猎物一样杀掉，让我的族人损失惨重。我为了保存一点实力，也为了事后能够继续维护祖宗留下的土地，只好让族人退避，任由盗墓贼肆虐。刚开始他们下来很多人，进去不少人，结果出来后这些人不再是正常的人了。此后他们改进方法，戴着和你们一样的面具进入。我们知道他们在外面建立了基地和医院，那医院里住着很多精神病人，都是他们的人呢。但他们还不死心，后来派来不死人、不死犬。最后他们似乎找到了坟墓，得到了他们想要的东西，那东西打开后反而引起了严重的事件，这个基地也就完全停摆了。几十年过去了，没想到又有人进入这里，那些绿眼睛的不死犬再次突袭了我们。唉！

老胡问老头为什么这里这么多人猴，它们在这里吃什么，怎么生存下来。老头也逐一回答。

据说这些人猴其实是守墓人与猿猴结合所产之物。因为猿猴善于攀爬，力大无穷，但是智力却远不如人类，如果两者结合繁衍的后代，可能兼有两者之长。事实也证明了这可能是正确的，人猴至少能懂得人的语言和指令，干起活来能顶两三个人。当然守墓人也会每隔五十年去外面抢一些年轻女子，一是为了继续繁衍，二是为了改良后代基因，避免近亲结婚出现的恶果。尽管如此，他们的人口越来越少，质量也在不断下降，长期待在这种阴暗环境，他们的视力严重退化，主要靠听觉和触觉来判断目标。那次战争，他们差点就被灭绝了。虽然他们过着与世隔绝的生活，但是被劫来的女子，也就是他们的妈妈，会给他们讲讲外面的世界。因此他们才能懂得现代人的语言，偶尔也会在夜里出去走走。至于他们吃什么，一切依靠下面的世界。他们一般三天进食一次，吃的东西也很特别，那东西被我们称为太岁，据说吃一次能管很久。

老胡又问：你们还能出去？怎么出去的？

老者道：有两个方式能出去，其一，就是走水道，潜水游泳十分钟就能到达天师湖底，再浮上去就能到达外面的世界。人猴水性强，一般人可能做不到，会被淹死在路上。第二个方法，这里的机关每隔二十年就会自我运作一次，如果出现问题它还会自我修复，极少需要我们去维护。它的运转有个规律，会定期打开和关闭一个特殊通道，这个通道直达山顶，因此就能出去了。我们都喜欢夜间活动，在夜里我们就如同在白天；白天则让我们非常害怕，阳光对我们来说就像烈火一样。

老胡又问：怎么下去？下面为什么会有彩光？你们也学会了使用电力电灯？

老头笑笑：这里一切的运作，一是靠水力，二是靠地热。你们的技术，我们无法掌握。下去的方法不妨也告诉你们，但你们也只能在这一层看看，千万不能再闯入墓地，否则凶多吉少。打开地门的方法就是找到中心的两个点，让一个重点的人或者两个人站在其中一个圆点，则另一个就被翘了起来，推开就露出入口了。

听了老头的回答，三人陷入短暂的沉思中。一切看似怪诞的现象，其实都有其自身的道理，尽管面对这些所谓守墓人的生存方式，三人还是难以想象和接受。谁能想象，在这暗无天日的地下世界，他们能生存繁衍千余年？眼前这老头，似乎应该得到一点起码的尊重。

老胡扶起老人，道：老人家请起。我们不过是误入此地，遭遇绿眼狼追击，九死一生逃难到此。这些面具都是路上捡的。如今诸葛亮已是全国家喻户晓的历史名人了。以前军阀内战的年代已经结束了，现在的中国已经实现了强国梦，世界排名第二呢。你们真应该出去多看看，干吗因循守旧。在条件这么艰苦的地方坚守千余年？这里的条件，但凡正常人都难以坚持三天。

老者苦笑着摇摇头：我们的生理机能都严重退化，出去只会被当成怪物，很难融入社会。今日之灭亡，我也早有预料，天意如此，也不需悲伤。

大胖接过话头道：不要紧，您得的就是老年白内障，如今这是个小病，在医院做个小手术，您老啥都能看清楚了。你要信得过我，出去吃穿住行我都包了。不过，你这里有没有什么不用的旧东西啊。比如，祖先传下来的锅碗瓢盆、铜镜、灯盏、小刀、小剑、破旧衣服，越是古老破旧，越是有利于学术研究啊。现代人都喜欢古典怀旧风格。我拿去帮你卖了，我们一起吃香的喝辣的。你看怎么样？

老头叹了一口气：唉！下辈子吧，外面世界纵使瑶池琼阁，也与我无缘了。平生遗愿就是在此圆寂，此外，别无他求。

说到这里，老人不由得悲伤起来：可怜我的儿孙与族人们，尸骨未寒啊。还请诸位帮我收拾一下。八卦图中的阴阳眼，黑的代表阴间，死了的人就从这里转世轮回，千百年来我们一直都是这样坚守传统。

大胖道：只怕时间来不及，那条逃走的绿眼狼说不定什么时候就会搬来救兵。要再来一战，我们都得玩儿完啊。

老胡一时也犹豫不决。老头听出来原因，便道：诸位且放宽心，短期内它们不会再来。这一来一回，少说也需两日。

三人于是根据老头的指示，果然很轻松地打开了通向地下的八卦图的阴阳眼，原来这两个大圆点采用的是一种跷跷板的原理，只要有人站在一个圆点，则另一个圆点就可轻松打开，否则就算用炸药炸也未必能奏效。

点燃了火把，三人配合着把洞厅上层的百余具尸体不分人畜都抬了下来。大胖大力，肩上扛一个，左右手还能再拖两个，一次能带三个下来。加上一些洞道是向下倾斜的，可以直接滑下去，因此这项工作很快就完成。尸体悉数进了阴阳眼的阴洞。料理完后事，才打开另一个入口，三人慢慢地扶着老者下去，并启动机关让洞口再次关闭。

第十六章：七彩世界

这是一个七彩的地下世界，说五光十色也不为过，且置身其中倍感温暖舒适。舒适是恰到好处的温度，还有湿度以及色彩。发光的却不是灯泡，而是一些奇异的植物，形态各异，高低有致。老头却说这些并非植物，而是介于植物与真菌之间的物种，称之为蘑菇树更为恰当。蘑菇树有些的确像大蘑菇，有些则像掉光叶子的小树，只剩枝干。它们各自聚集在不同的区域，散发着不同的荧光，让整个地下室呈现五颜六色。加之空中的水雾使荧光显得模糊，蘑菇树因此产生美丽的光晕，令人赞不绝口。

地下室的彩色世界大致呈环形，明显是人工开凿出的空间，其四周岩壁也呈现出彩色的荧光，有淡蓝色、金黄色、白色，并且互相交织。老头解释说这也是某种发光的真菌。岩壁有无数石龛，分两层上下排列，石龛内有荧光坐佛无数，皆因身上披发光真菌所致。其中心区则是一热气腾腾的喷泉。四周用石砖精心砌成，仿佛一口大水井。喷泉不急不慢地涌出，把这里变成了一个温室。池内还漂浮着一团团肉球，随着泉水的涌动而波动。

老者继续向三人介绍道：这就是我们的菜园子，是食物和药物的产地。池中的肉球在这里叫饭团，在你们那叫太岁。我们主要是靠吃太岁过活。这个东西从古墓建设之初就存在了，它靠吸收泉水和空气的养分生长，割了很快就能自我恢复，吃一次可以管很久。祖先说长期食用可以强身健体。如果不小心生病了，我们就会割些蘑菇树吃。你们看到的蘑菇树都是药材，有时也做食药两用。祖宗根据五行八卦设计了这个药园子。这八卦，就是阴阳、五行的发展，五行相生又相克，祖先将人体结构分属于五行，形成了以五脏：肝、心、脾、肺、肾为中心，配合六腑：胆、小肠、胃、大肠、膀胱、三焦，主持五体：筋、脉、肉、皮毛、骨，开窍于五官：目、舌、口、鼻、耳，外荣于体表：爪、面、唇、毛、发等系统。得了什么病，受了什么伤，都有对应的药材，采了药材生吃了就好。但它们并非包治百病的灵丹妙药，还需根据症状及用途，将药材合理配伍。可惜大量配伍技术已失传，留下来的只是一些常见病的方子。一般健康问题还可应付，但如果是先天性的缺陷、癌症，也就无能为力。而石龛里的坐佛卧佛，其实都是历代族人首领圆寂后的真身，他们在真菌的帮助下，肉身千年不腐，但也只有首领才能享受此等殊荣。

大胖和小君君像是进了百花园，满是好奇心，或东摸摸西碰碰，或掐一把闻闻是不是有灵芝的味道。大胖当时正在触摸一个坐佛的头脸，突然听到这是死人肉身，不由得吓了一跳，赶紧甩甩手，骂道：怎么不早说？我还以为是石雕，原来都是尸体，摆在这么漂亮的地方也太不合适了吧。

老胡看了看石龛里的坐佛，问道：看他们装束，更像是道士。一般为君王修建的不都是寺庙，住的不都是和尚吗？

老头解释道：非也。祖辈人讲，本来是要建寺庙的，让吃斋诵佛的和尚长期居住地下守墓，但是和尚清规戒律太多，百年之后都死光了，哪有人守墓？所以就改为道教，反正都是一家人。道士可以结婚生子，繁衍后代，如此就可以一代代地传承下去。所以祖先们都身着道袍，在此守墓兼修行。但是时间一长，这里缺少基本物质，做衣服的材料越来越少，道家的文化渐渐失传，仅保留了一些简单的习俗和仪式。

大胖道：这些发光蘑菇肯定能值大钱呢。既然你们都用不上了，小君君，我们就多装点回去。

小君君觉得很有道理，准备和大胖一起动手。

老头却劝阻道：不可不可，这些蘑菇一旦拔起也就失去生命不再发光。摘下后很快变色枯萎失去药效。要治病就需要现采现吃，或者尽快炮制成复方药。要是拿出去见了阳光，说不定还会转化成剧毒呢。

大胖仍不死心：放在这里是有点可惜了。那就让它们再长大一点，下次我们带点现代化的工具来，什么烘干机、防腐剂、抽真空密封机，然后用黑色包装一套，不就完事了吗？

小君君受此启发，也想出一个馊主意：胖哥，不如我们现在就尝尝鲜。俗话说得好，有病治病，没病强身。有个词说这叫治未病，就是说没病的时候也可以多买药吃，这样才能促进消费扩大内需嘛。

老头听了两人的话只是淡淡一笑，并不阻拦。

大胖和小君君各自摘了一点蘑菇放进嘴里，嚼了嚼便立马喷了出来。

大胖气急败坏地质问老头：这是什么玩意儿？比狗屎还难吃，吃了又苦又涩还有麻刺感，看我舌头都肿了。你们这里就没什么好东西拿出来招待远方的客人吗？

老头笑道：我们吃药都是用泉水吞服，从没见过把药放在嘴里当饭吃的。两位且用泉水漱口，立马就好。

老胡也笑道：活该，两个贪吃虫！

老头歉意地说：这里条件有限，没有山珍海味招待贵客，请多包涵。

老胡：酒肉穿肠过嘛。不过你的药物倒是很特别，可以多教教我，流传下去，还可帮助更多人，行善积德。

大胖两人不再抱怨，泉水漱完口后症状果然大大消失。大胖看水中的肉球，又打起了太岁的主意，于是切了一小块放进嘴巴，寡然无味，如吃橡胶轮胎一样。

大胖不禁感叹道：老人家，这里连个美味可口的食物都没有，你们是怎么过来的？这地方比十八层地狱也好不了多少。

老者笑笑说：习惯了哪里都是天堂。习惯就好。

但两人并不罢休，悄悄地把目光转向石龛，想看看这些古代死尸身上有没有什么值钱的陪葬品。

老胡则在一旁和老者热切地交流着药学知识，也没注意大胖和小君君他们。

大胖带着小君君假装对着石龛逐一膜拜，实际上另有所图，就是想趁机观察坐佛脖子、手腕上有什么佛珠之类。不过这些肉身佛除表面覆盖着彩色真菌，都两手空空也没戴什么金银珠宝，连一柄小剑也没有。两人非常失望。

这时，两人发现了一个奇特的石龛，其内的坐佛身材矮小不说，怎么还倒下了？那睡觉姿势怎么看也跟其他不一样。特别是他穿的衣服，也与众不同，再看其脸上覆盖的真菌粉，也比较淡，像是新死的。大胖伸手一摸，居然还有一点温度，他又探了探那佛的鼻孔，发现这东西居然还有呼吸。

大胖惊叫道：老人家，这个佛怎么还有呼吸？你说的肉身不腐，难道连呼吸也不会停止？

老者也吃了一惊，忙过来查看。

老头一看就惊讶道：这里怎么会有个人呢？这里一共七七四十九个石龛，这是最后一个，也是我圆寂的地方。祖宗曾留下话，石龛坐满，世界大变。如今，果然是到头了。不过这人绝对是个外来客。

老胡拍去那人身上的粉尘，而后失笑道：纵然寻他千百度，那人却在石龛住。这不是高老师嘛。我们一直在担心他，他却躲到这里睡大觉。

大胖道：好你个高老道，我们在外头担惊受怕，你却到这里享清闲。还不醒来？

小君君和大胖试图摇醒高老师，又打了其几个耳光，但还是不行。高老师像吃了什么迷药，怎么打都不醒。

老头道：别打了。他可能饿极了误吃了蘑菇，把自己麻醉了。给他喂点泉水，自然就苏醒了。这些蘑菇有些有毒，服用过多，就可能造成嗜睡症状。药不可乱吃啊。

大胖给高老师喂了点泉水，不久果然醒来。见着眼前几人，高老师无不吃惊，没想到自己一觉醒来就和大家会合了。

大胖问他是怎么回事，高老师自述自己暗中观察人猴开启地道的方法，并趁人猴离开进了这里。由于太饥饿，吃了些看起来像是蘑菇的东西，结果吃了就昏昏欲睡，便找了个石龛躺下。

高老师又问现在是什么情况，老胡把情况简单地说了一下，当听说眼前的老头就是人猴首领，便恭敬起身鞠躬拜了一拜。

高老师对老头道：请问尊者怎么称呼？

老头道：我复姓诸葛，名潭。你是哪位啊？

高老师再拜，道：我也复姓诸葛，名高。

说完从自己脖子上拉出一块玉佩让老者一看。老者将玉佩对着荧光一照，突然显得异常激动地说：想不到传说都是真的。

众人忙问是何故。高老师解释道：诸葛亮也是道家出身，他能呼风唤雨，学的皆是道术。为他守墓的兵卒一定是改姓诸葛了。道教里也有一个鲜为人知的分支，叫作诸葛教，凡是合格的弟子都被赐予这个复姓。出道前我姓高，几年修行后，师父才正式收我为徒，于是改叫诸葛高，并传授我这枚玉佩，说只要是诸葛教的人，一见这种玉佩就知道是同教中人，可授予任何机密事宜。

大胖不等高老师同意，强行取下他的玉佩观察起来，一边说：啊呀呀，我是说怎么这么眼熟，这个跟老和尚送我的一模一样呢？高老道，你从哪里偷来的？

高老师急了：胖兄弟，这个你可不能强要啊。你想要，等出去可以送你，现在我还有用呢。

高老师以为大胖是借故想占有他的东西。大胖自觉人格受到侮辱，道：谁要你的东西？老和尚送我都懒得戴呢。你跟守财奴是亲戚吧，一块破玉片，看把你紧张得。

说着便把玉佩还给高老师。老胡也给大胖作证，说青城山白云寺老和尚的确送给大胖一块类似的玉佩。

高老师对此将信将疑，因为这种玉佩可是传内不传外。大胖能得到类似玉佩，看来其来头不小啊。于是两人一盘道，竟然聊上了。只是大胖并非道士或和尚，他也根本不是宗教中人。

大胖问高老师：不都是女人喜欢穿金戴玉嘛？男的戴在脖子上，那不就成了古惑仔黑社会吗？你要拿玉佩做什么？吃也不能吃，换钱又没当铺。

高老师解释道：兄弟你是有所不知，这玉佩可能是把钥匙，起码也是张藏宝图。这是我大师兄的话，可惜他人失踪了。只是说这个大墓必有重开之日，里面存放着道家的法宝法器，只有道缘足够的人才能得到。若能得到一二，将极大提升修行效率。传说当年诸葛亮能呼风唤雨，全靠着张道陵传下的法宝呀。

大胖道：用现代的话说这叫气象武器。古人怎么知道控制天气变化呢？这个值得研究。既然有你这个假道士，还有钥匙，我们来都来了，不如进去参观拜谒一下历史名人。说不定真有什么法宝可以帮助我们平步青云呢。

老头没有劝阻，反而有些支持：如果这是天意，老朽自当鼎力相助。古墓里真有什么好东西，你们拿走了也就没人来打扰我们了。

老胡看看大胖，大胖看看小君君，小君君看看老胡，那意思也就算达成共识了。英雄不能白跑路，同时也是众人对这座古墓产生了浓厚的好奇心。要真有什么考古大发现，将来上报政府有关部门，也能立功受赏。

于是老胡点点头：那我们就权且代表当今政府接受这次光荣的任务了。

老头道：等你们出来，我会为你们指明出山捷径。古墓的情况都是祖上一代代族人领袖口口相传。要到达古墓还得经历天险，先要渡过天河，才能到天宫，它们到底什么样，没人见过。只听说天河银光闪闪，天宫五彩斑斓，仿佛世外桃源。古墓入口就在天宫之内。不过这些看似美丽的地方，实则凶险。以前进去的人或丢了性命，或丢了魂魄成为精神病人。现在能帮你们做的就只有三件事了：一是吃，二是药，三是火。吃，只要带上一两个太岁即可，给它点水就会自己复原，可谓取之不尽，用之不竭；药才是关键之所在，只要把这园子里的所有蘑菇树按比例混合在一起，与泉水做成十全解毒丸，有了这个你们才能安全出入；而火，即照明之用，你们把墙壁上的荧光粉尽量搜集一些，就可做成不灭灯，夜光球了。

大胖很关心吃饭的，听到要带上太岁做干粮，不满地说：算了吧，你那太岁也太难吃了，还不如吃我包里的鱼干呢。

老头道：不是不好吃，是吃法不对。得加点这种蘑菇，混在一起才能变成美味佳肴。这些蘑菇，其实也是调味品。酸甜苦辣麻，应有尽有。

老头配了药，先给四人治疗外伤，再引导他们准备各类物资。便携的食物、荧光灯。最耗时最复杂就是制作十全解毒丸，涉及药材多，还要切碎磨粉混合用手搓成手指粗的药丸，药丸做好了还需要用火烤干，这火不能大也不能小，得坚持烘烤七七四十九小时。做这些准备需要不少时间，因此几人在菜园子停留了数日。其间大胖自主创新研制了麻辣太岁脆脆片，他巧借不同的蘑菇的味道将太岁制成可口的食物。

一切似乎都准备妥当，老头却开始剧烈地咳嗽起来。

老头坐在石龛里，对众人说道：老夫大限之期就在眼前了，不能随诸位一起见证先祖秘密，实为遗憾。我也该上路了，祝你们一路顺风。

高老师急忙阻止道：且慢，您老还没告诉我们怎么进去呢。

老头咳嗽了几下：差点忘了。入口啊，就在井里。

众人不解其意。高老师赶紧又问：那我们到时又怎么出去？

老者伸出两根手指，欲努力说什么，张开嘴巴却没说出来，一口气没上来，举起的手轰然落下，老头就这样圆寂了。

众人无不哀叹惋惜。紧接着，高老师开始整理老头遗容，使其盘腿而坐保持一个比较正规的坐姿。这就算料理完后事了。

老头虽然走了，但走得匆忙，有些事情还没说清楚。于是留下一个难解的谜团：他说古墓入口在温泉井里，但是到底是在哪里，四人都摸不着头脑。是直接钻入温泉，还是将温泉搬开，还是温泉附近？四人上上下下、左左右右仔细检查好几遍，并没有发现任何入口的蛛丝马迹。

大胖道：明明说的是井里。我看他是老糊涂了，是叫我们投井自尽，给他陪葬啊。

小君君：胖哥，你这阴谋论的推断，小心气得他老人家死而复活哟。老爷爷的意思可能是指开关在井里呢，你会笨得乖乖听话跳井自杀呀？

大胖道：我这叫小心驶得万年船。分析问题滴水不漏。

大胖挽起袖子，伸长手臂往泉井里一通乱摸。但那泉水深不见底，跳下去岂不污染水源；要想挪开也是天方夜谭。四人围着喷泉转了一圈又一圈，想破脑袋，也没明白老头的意思。众人悔之晚矣，临终了才问，试问哪个人快完了还能保持头脑清醒？交代不清楚、不完全，也在情理之中。

老胡分析道：按理说这么简单的问题，他不太可能乱指一通。理论上讲下面有泉眼，泉眼也算是个洞，但这么小的泉眼，要当作进出大门，的确有违常理。

大胖突发奇想：对呀，泉眼说不定藏着什么钥匙呢。反正这温泉这么舒服，不如下去泡泡澡。我们一路摸爬滚打，身上不知道有多少汗垢和细菌。待我下去摸它一摸。

高老师反对道：这可是我们唯一的饮用水源啊，待你搓完澡，这水还怎么喝？

大胖狡辩道：温泉不就是拿来泡澡的吗？反正要喝的都储备不少了。来来来，都麻利地泡澡。

其余人还在犹豫。大胖也不管他人意见如何，穿着内裤就跳了进去。进去后，大胖哼着小曲，左搓搓右揉揉，还当真洗起了温泉浴。雪白、肥厚、浑圆的身体在水中漂浮，让人忍俊不禁。

大胖又勾引道：说不定老头的意思是让我们沐浴更衣，着装整洁，然后精诚所至，金石为开。待会儿大家三拜九叩，大门就自动打开了呢。

老胡道：胖儿，水有多深？别光顾着洗你的肉，用脚丫子摸摸看。

大胖像是得到官方下河洗澡的许可一样，举手向老胡敬了不标准的军礼，道：收到命令，马上执行。

说完就用双手抓住井边，脚往深处探，还是没触底，于是大胖干脆潜下去。

小君君道：我们胖哥真的是城府很深啊。我记得他曾说过自己不会游泳嘛，现在居然会潜水了。

大胖浮上来呼吸氧气，喘着气说：帮我找块石头，我要抱着沉下去看看，水底好像有块毛玻璃。

老胡道：胖儿，适可而止，还是我来，你不会游泳。

大胖不屑：看你把我小瞧的，游泳不会，但是潜水很简单嘛。

大胖坚持自己再下去看看，老胡只好给他找了一块大石头。大胖抱着石头快速地沉下去。泉水之外，众人焦急地等着，一分钟、两分钟，水里除了冒出来大串的水泡就再也没什么浮上来了。这已经超出很多运动员的憋气极限了。老胡发现事情不对，赶紧一头扎进水里去救大胖。老胡水性好，潜水自然也是不在话下。随着老胡的下潜，温泉池的水下结构一目了然，就是一口人造的大井，井底竟有微光透出，难怪大胖说是块毛玻璃。

老胡浮上水，吸了几口气，紧张地说：井底没人。刚才就该拿根绳子绑在他身上。井底有块玻璃，你们帮我找块石头，不负重难以沉到水底。

老胡也抱石头沉下去了，但是一分钟、两分钟，一直到了五分钟，老胡也没再浮上来，最多就是冒上来一大串气泡，就像大胖消失前的状况。

小君君和高老师这下彻底慌了，难道两人都变成气体了不成？

两人在水井外等了足有半个小时，越等越是心里发毛。小君君终于鼓足勇气，决定也抱着石头沉下去一探。

不过高老师有不同见解：你若也不能上来，我一个人如何是好？如果真有什么神奇入口，倒也罢了。可是我们多日准备的物资，如果不带下去，后面岂不寸步难行？

小君君想想也是个问题，于是想个办法：用绳子绑住自己，绳子另一头绑住高老师。一来高老师可以择机把小君君拉上来；二来如果下面真有什么入口，小君君就往下拉绳子，算是给高老师发信号。高老师则把粮食、药品、照明工具都装好并绑缚身上，以防万一。

两人商量已定，小君君便抱着大石头果断地跳入水中。须臾，一大串气泡再次冒了出来，高老师心里暗叫不好，此时就见绳子急速地往水里下降，他本能地想抓住什么，可是绳子下降的速度太快，他根本无力也来不及抓住什么。绳子一放完，一下子也把他给拖入水中，消失不见了。

第十七章：险渡天河

事后据大胖回忆，他在撞到底部的瞬间便开始了自由落体运动，最后被一张大网拦截，他在网上荡了一会儿，发现网下是深不见底的黑暗。他开始朝着上方呼喊，并没有任何回音。忽然他意识到待在网子中间可能非常危险，万一有人也这样稀里糊涂地落下来，岂不白白给人当人肉垫子？于是赶紧离开，爬到岸上等待。

果然，老胡也掉了下来，为了防止人砸人，大胖赶紧叫老胡上岸。

而据老胡推断，井底应该是一种弹性与压力结合的特种阀门。受到水压、气压及门自身有弹性装置的共同作用，在正常情况下，阀门上下压力均衡，而一旦平衡被打破，门便自动开启，然后迅速复原。那泉眼也并不在井底，而在井壁。

两人等待很久，才等到小君君和高老师掉下来。小君君和高老师就没那么幸运，两人重重地撞在一起，幸好这个网具有良好的弹性，两人虽有皮外伤，倒也不影响日常行动。

其实大胖和老胡最担心的就是装备，要是人人都这样赤裸身子掉下来，那么再继续前进等同送死。好在高老师歪打正着，把装备物资都带了下来。只是发光的粉末，因为没有做好密封，全散在水中没了。

但这里却不缺光线。岸边连着一个通道，通道尽头显然有一扇石门，微光正是从那门缝里泄漏出来的。四人以为是有人在房间里开着灯，便悄悄地接近，从门缝里看去，无不大吃一惊：哪有什么电灯火光，而是无数的闪电！闪电凭空发生，然后散开成为不规则的分支。无数的闪电周而复始不断释放，让石门后的通道保持明亮。

四人都没见过这种东西，老头也不曾告诉他们还有什么闪电密室。石门上也没有前人留下什么注意事项。到底对人畜有没有危害呢？而离开那张大网，这是目前唯一的出路。

众人开始商量对策，各抒己见。

老胡说：至少要等身上和衣服上的水分都干了再进去。水能导电。且不论这是什么电、哪来的电，我们要关心的是电压有多高。这可以逐步试探试验。

高老师说：还要避开金属，刀啊什么的最好别带了。

小君君说：物理书不是说嘛，人体的安全电压是十六伏，超过了就有危险。看样子电流不少呀，得穿件绝缘服才能进去。要不打道回府，准备好了再来。

老胡道：回头是不可能回头的了。掉下来容易，爬上去难。就算你能飞檐走壁，但那阀门是单向阀，可下不可上。

大胖在一旁冷嘲热讽道：一群书呆子。实践出真知，直接试一下不就知道了吗？

老胡道：哦？看来我们胖儿胆大心细呀。来来来，有请大胖为我们以身犯险。

大胖：试试就试试。别忘了我是群主，群龙之首。群主就要敢为天下先，先天下之忧而忧，后天下之乐而乐。小君君，不要用那么崇拜的眼神仰望我嘛。看得我都有些不好意思了。

小君君：胖哥，我是不想错过一秒，看你出丑闹笑话呢。快表演吧你。

说归说，笑归笑，安全最重要。大胖假装丢失了重要装备，躲过众人目光。

老胡先研究门，门表面有朱漆，画有持刀的黑脸门神。

见着这些古画，高老师有些欣慰：总算有点三国的味道了。这黑脸大汉，不就是张飞吗？那个年代就成了家喻户晓的门神了。

老胡道：这可能比古墓的规格还高啊。这些闪电不像是古人能做得出的。要说是现代技术防盗电网，也没出现的理由。我有个大胆的猜测，就是有人在古墓的基础上进行了现代化改造。电网还在，那就是说他们要保护的东西还在。

高老师：老胡兄弟所言极是，改造者有可能正是研究所。但现代防盗高压电网都是基于金属网，这种凭空产生的闪电，不过就像小孩玩的静电球。到底是何方妖术，还需动手试探一二。

门很轻易地就拉开了，但里面的闪电丝毫不受影响。大胖把手指伸进去接触闪电的末梢，也没有触电麻木感。于是更加大胆地开始试验，他把穿有湿衣服的手臂整个地伸进闪电区，再将刀具放入，都不见异常。于是大胖干脆直接走进去，置身闪电中，但结果是除了头发根根炸乍之外，别无不适症状。

老胡道：唉，我们是草木皆兵了，既然早有前人走过，我们还怕什么？正如高老师推测，不过就是静电区，对人体可能无害，最多也就是对电子设备产生干扰。

闪电区也就十来米就结束了，四人全都安全通过。四人有些喜出望外，总算是前进一大步，而没有遇到艰难险阻。

这时，就远远地听见有哗啦啦下大雨的声音，又像是一条小河奔腾。

老胡疑惑地对众人道：莫非就要到达所谓的天河？

高老师：这雨声有点不太正常。正常的雨，会让人感觉潮湿凉爽，但这空气中的味道像是进了冶炼车间，胡老弟不可不察呀。

大胖已经热得满头大汗了，他裸着上身，自从水里下来，他就没再穿衣服。

大胖道：这味儿，好像是谁在炼铁啊，一股烤金属的味道。

老胡道：只要有任何不适症状，我们就要尽快戴上口罩。

前路不明，多说无益，只得继续前进。虽然越走道路越暗，但总还是有些弱光散射。远远地看见雨声的源头，那是一种奇特的景象：黑暗中突然出现了一块银色，像地面躺着一面镜子，因为反射微弱的光线与周围黑暗环境截然不同。银色镜子之上，银白的雨点不停滴落，这应该就是雨声的来源。

在通道与镜面交界区域，左右石壁上各挂着一盏古朴的油灯，大胖点燃后，周围便渐渐清晰起来。

众人看清楚镜子的那一刻，不由得惊慌失措。

大胖惊讶道：这哪里是什么天河？分明是银河，水银的银！

不错，眼前的天河，就是一条水银做成的长湖！它并不流动，只是因为液体受热不停地蒸发，蒸气在洞顶遇冷又迅速凝结，形成新的液滴再掉下来，进而发出雨声。

老胡大惊失色，紧急地喊道：快戴防毒面具！水银有剧毒！

几个人开始手忙脚乱地佩戴防毒面具。高老师只能多戴两层口罩应付。

戴完防毒面具，老胡又让大家穿好衣服，尽量避免皮肤裸露，因为水银蒸气可以通过皮肤深入体内。

四人情绪稍微稳定之后，才仔细打量起周围的情况。他们所站的地方更像是一个渡口或码头，通道两侧靠墙堆放着大量的木箱子，箱子上都有研究所的文字。大胖随手打开了几个箱子，失望地发现里面都是石蜡做成的砖块。靠墙的地面上还隐藏着一根生锈的铁管，拧开水龙头便有自来水流出，只是没想到水压奇大，能喷出老远。

在一个画着十字架的急救箱里，总算找到了一个同型号的防毒面具，高老师的个人安全才有了保障。继续检查木箱，发现其中近大半都是空的，此外别无其他有用的发现。

水银湖呈扁长的椭圆形，布满这个巨大的洞厅。直径或有百余米，其中心是一个小岛，岛上有一个螺旋而上的阶梯，显然那就是离开水银湖的必经之地。

目标非常明确，可惜困难也显而易见：湖上没有渡船，更没有桥梁。要过去似乎也有很多方法，例如水银的浮力肯定远大于水，不会淹死人，再不会游泳的人也可以游过去，但是皮肤大量接触水银，只会加速中毒死亡。第二种方法更安全，就是把木箱子拆了，做成木筏，划过去。

但还没来得及动手造船，险情就出现了：人人都有头晕眼花的症状，高老师的症状更严重。一是这么热的环境中大家还要穿衣服，难免有点脱水中暑的症状；二是刚才四人暴露在水银蒸气中有一段时间，已经吸入了不少毒气。

危急时刻，高老师想起十全解毒丸，于是拿出来分服。

众人吞了药物，不知是心理安慰还是确有奇效，反正身体很快感觉舒服多了；但是这里毕竟不是久留之地，就算戴上防毒面具，久之也难免失效。

必须赶紧做木筏。但由于走道相对狭窄，只方便两个人一前一后施工。于是老胡和小君君一起干，他们取下木箱上的钉子重复使用，钉子结合绳子，便可让木筏更为结实。

高老师负责打杂，递东西。大胖则在一旁无所事事，他拿起一块石蜡扔进水银湖，石蜡很快就熔化了。此时，就见水银湖的湖面无缘无故地起了波澜，就在石蜡熔化的地方，先是微微波动，接着出现一阵漩涡，那漩涡随即变化，成为一个一个锥形的水纹，仿佛液面之下有一条大鱼在游弋。那大鱼并非漫无目的，而是朝着大胖所在的岸边冲了过来，锥形的水纹像箭一样飞驰。

大胖不知是何物，立时吓得大叫：湖里有怪物呀！

余人循声望去，果见液面之下有个不明物体疾速而来，快到岸边时又突然消失。

见此情景，老胡丢下手中的工具，失望地说：不用造船了，就算造好了，也会被这个东西顶翻的。

大胖惊魂未定：什么鬼东西，能在这么剧毒的环境里生存？

老胡道：绝对不是什么生物，而是机关。下面的机关不破，我们将寸步难行啊。大家找找附近石壁，看有没有前人留下的信息。

找了一圈，石壁上下并无任何提示信息。

高老师道：前人肯定早就成功地过了这里。我们应该好好研究他们留下的工具、设备，到底是什么用途。

老胡摇摇头道：石蜡与水管，风马牛不相及的东西。箱子上也不说明一下用途。

大胖道：这还不简单？石蜡就是做蜡烛用的，这里没有电线电灯，不做蜡烛怎么照明。水管子嘛就是拿来洗衣做饭用的。小君，你来放水，给我冲个凉，再这样热下去，我非得脱水不可。

老胡：你说话怎么也不经过一下大脑？照明用得着这么多石蜡吗？干吗不直接买蜡烛。石蜡石蜡，难道是润滑用的？

高老师道：石蜡遇水银，必然熔化。熔化后，石蜡必然浮于水表面。不知有何妙用。

另一边，小君君和大胖正配合着玩水。水压极大，只需拧开一点，便喷射老远。大胖一看这阵势，赶紧躲闪：我的天，这分明是把水刀，还好我反应快，不然可能就被开膛破腹了。

那水柱射程的确很远，几乎就要到达湖中小岛了。估计就是用来灭火降温的；而水一旦落入水银湖面，很快就变成白色蒸汽，湖中小岛于是变得模糊起来。

小君君便用一块布蒙住出水口，这样就有效地缓解了压力，让喷出的水柱变成温柔的淋浴。大胖直到浑身湿透，方才满意离开。小君君又撤掉出水口的阻碍，让水柱继续喷射，以便更好地降温。

老胡却突然让小君君赶紧关掉开关。

小君君不知何故，只是反问：还没有足够效果呢，得给环境降降温。

此时大胖也急着让小君君关掉，说：雾里好像有东西。

小君君起身观看，也被眼前的景况震惊住了：水雾里有人影！

雾气越浓，人影越是清晰，那身形众人就再熟悉不过了，就是身披盔甲的古代战士。他们从天河里慢慢地站起来，个个都是虎背熊腰，表情冷酷而恐怖。逐渐地，他们列好队列，皆手持长枪，向着码头这边怒目而视。只听带头的一声呐喊，这列士兵就朝着四人发起了冲刺。

眼看士兵就要冲上岸，长枪就要斜刺过来，形势危急，几人纷纷退避之际，老胡却没有继续后退。只见他昂首挺胸巍然屹立来袭之敌正面，他既不进攻也不后退，反然大笑道：哈哈哈，雕虫小技，何足惧哉。大家不用害怕，不过是幻影幻觉。

很快第一个士兵就上了岸，距离老胡仅仅数米远。该士兵并没有立即发动进攻，一时间也被老胡的大笑整蒙了。但犹豫了片刻便将枪刺来，那枪速度极快，枪头所到之处，风声骤起，杀气逼人。就在千钧一发之际，一个木箱子从老胡身后飞来，与枪头啪的一声猛烈相撞碎成数块，那枪头顺势收了回去，准备再次出击。

原来是大胖扔的木箱。大胖责怪道：老胡，你鬼迷心窍啦？

老胡此刻才猛然醒悟，原来这一切都不是幻觉。自觉刚才出了丑，额头也吓出了不少冷汗。支吾道：我、我，以为他们只攻击移动的目标。

那士兵一刺不成，接着再刺，老胡和大胖只能左右躲闪，进行战术规避。他们手里也就一把短剑，如何能跟这些古代长兵器抗衡？

纠缠中，古代士兵不慎刺中岩壁深处，枪一时不能拔出来，老胡见时机已到，拿起军刺向其正面砍去。军刺果然足够锋利，只听咔嚓一声，那士兵的左手和握住的枪柄一同断掉。但其手臂虽断，却并不流血。

老胡看得出奇，犹豫之际，那士兵改用右手拿起折断的枪向老胡打来。大胖又是一个空木箱子扔过来，砸中士兵脑袋，再次拯救了老胡。老胡回过神，及时抓住战机，准备用刺刀继续攻击，可是再次陷入犹豫之中：这士兵浑身都披着金属盔甲，那是货真价实的盔甲，刺刀可能刺不进去啊。就在这瞬间，那士兵又举起断枪向老胡刺来。

大胖看在眼里急在心里，不得已再次扔木箱阻挡攻势，嘴里还骂道：老胡，今天怎么回事，害瘟了还是发病了？再这样下去，神仙也帮不了你。

老胡无暇回答，但大胖的举动再次给老胡赢得了反击的时间。老胡总算找到了敌人的弱点，正是头部。那士兵正在清除脸上的碎木，老胡趁机一跃而起，刺向其眼睛，果然命中。大胖也来一个助攻，一个扫堂腿将其扫倒，两人趁势压住身材魁梧的士兵，夺了其兵器。

接着，老胡骑在士兵上半身，对着他的眼睛、鼻子、嘴巴连刺数刀，如果是正常敌人那就是刀刀致命。但士兵却像个木头人，并不流血，也不喊痛。另外，大胖坐在其下半身上，死死压住其双腿。

老胡立即改变策略：先砍了他的手，看他怎么动。

于是两人前后分工，连砍带割除去士兵的四肢。士兵虽不死，战斗力也因此丧失殆尽。

一波虽平，一波又起。第一个士兵栽倒后，后面的士兵也陆续上了岸。但是由于通道本身狭窄，两侧又堆放了大量木箱，打斗之中木箱散乱堵塞了通道，根本不方便大块头的士兵施展拳脚。于是后面的士兵只能排队参战，仍旧是手持长枪举枪来刺。

有了刚才的经验和热身运动，此时老胡的战斗意识已被彻底激活了。他见枪刺来，侧身一躲，双手牢牢抓住刺来的枪杆，那士兵见枪被人牢牢抓住，便要用力收回，这时大胖及时伸出大手牢牢抓住枪柄，双方开始了拔河拉锯赛。但没几个回合，那枪啪的一声断裂了。两头的人连退了几步，险些跌倒。

老胡和大胖不敢与敌正面较量，因为士兵力大无穷，搞消耗战岂不是太蠢？于是只能退到有利地形处，再想办法出奇制胜。两人一边退，一边弄散木箱阻止士兵跟进。

两人急需援手，而小君君却不知去向。

老胡喊了两下小君君，却无人回应，不由得怒道：老子们舍生忘死，你却贪生怕死，唇亡齿寒，生死攸关。这人去哪儿啦？！

只有高老师战战兢兢地躲在他们后面，什么忙也帮不了。

高老师哆哆嗦嗦地说：没，没看见。

老胡和大胖只好且战且退，后面的一队士兵也逐渐进来追杀，好在有路障，他们行进才没那么顺畅。

敌众我寡，三人不得不退到闪电区。古代士兵追击到闪电区外，忽然停了下来。看来这些静电就是为了阻止古代士兵越界。

古代士兵改变策略，虽然他们进不去，却没有放弃继续追杀。只见士兵们一个手举长枪，做投掷状。老胡心里大叫不好，这里可毫无防护，完全暴露给敌人。于是赶紧喊了一声：快趴下。

呼的一声，一支长枪从三人头上飞过。三人赶紧倒着往后爬。头上的长枪不断射来，奇怪的是长枪仅仅是在三人头上飞过，毫无准确率。这不得不让人怀疑，闪电还有迷惑敌人视线的奇效。

士兵的长枪很快就耗完了，正如老胡期待的那样，他们根本看不清闪电区内的目标。手上的长枪虽然投掷完毕，但他们并没撤退。

老胡问高老师：这都是什么鬼？水银里怎么可能还有活物？

高老师虽然没有参与刚才战斗，但却因为紧张害怕而气喘吁吁：惭愧，惭愧，贫道见识短，也是头一回见。

大胖道：不是中国的鬼，也不是外国的僵尸，那就是跟上面的阴兵一样，用的同样的技术。

三人议论间，一个古代士兵竟然伸手闯进了闪电区。三人大惊，难道他们只是不知道闪电是什么东西，暂时害怕而已？如今伸手进来，就是为了探索究竟。一旦他们知道闪电对他们无害，三人就没有退路了。

好在伸手进来的士兵很快出现了异常，闪电被其手臂吸引，随即其整个身体开始冒烟，迸出火花，没等他再前进一步，便轰然倒下了。那火苗迅速窜遍其全身，随后轰然起了大火。其余士兵便不敢再向前，正要撤退，忽见队伍后方起了火，那火越烧越旺，这队古代士兵被堵在两团大火中间，进退两难。

大胖道：我有一计，不如以其人之道还治其人之身。用敌人送来的武器，趁其不备，突然杀出，给他们来个团灭。

大胖便去捡枪，却空手而归，老胡问什么情况，大胖道：我倒是想拿，可一拿就粉碎，还怎么拿？单拿个生锈的枪头，也没啥用。看来我的奇谋妙计也是英雄无用武之地啊。

老胡惊讶道：难道这些闪电能加速物质的老化？

高老师道：是氧化了。听说很多古墓里的东西一拿出就氧化褪色，变成齑粉。这东西在水银里虽然可以千年不腐，而一旦脱离保护，接触氧气，腐朽变质也不足为奇了。

大胖问：那你说他们会不会也氧化腐烂掉？

高老师道：理论上会。长沙马王堆女尸刚被工人挖出来的时候像睡着一样，但很快就氧化变质，睡美人就变成了皱巴巴的老妇人了。

这时就听大胖兴奋道：快看，你的预言成真了。他们果然开始氧化了。

就见古代士兵全身上下都开始变黑，盔甲因为连接线的朽烂断裂而成片掉落。士兵也许已经意识到了危机，整齐的队列变得混乱，有几个想强行冲出火障，回到水银湖，结果引火烧身，变成个火人倒地挣扎。其余还没惹火上身的，身上的肉就开始大块大块掉落，逐渐变成一具白骨，倒地后碎为一地粉末。

一个声音从洞口那边传来：嗨，我在这儿。你们还好吗？

原来是小君君。

三人钻出闪电区，扑灭了火，回到洞口，发现了躲在木箱角落的小君君。原来小君君趁乱躲在木箱空隙，计划准备来个偷袭，前后夹攻。不想没有机会施展自己的计划。直到他发现这些士兵身上颜色开始急剧变化，服饰褪色，头发掉光，皮肤变黑，他才明白过来：消灭敌人的就是时间，所以也就放弃了反击。等待敌兵准备撤退，小君君不失时机地用墙上的油灯点燃了大火，阻断了敌人退路，全歼了敌人。

老胡也就不再追究小君君临阵退缩的罪责了。

大胖却要秋后问罪，质问老胡为什么刚开始表现得那么尻。老胡解释道：我以为是阴兵过境呢。有报道说在云南的某个古战场，一到下雨天就容易看见阴兵骑着高头大马过路。专家说那是特殊地磁环境下的回放功能。我便误以为这里这个也是一种幻觉，结果不是。所以一时头脑发蒙，没有找到战斗的感觉。

为了验证水银湖里没有阴兵，大胖便将水管打开，又扔了几块石蜡、石头，这回湖里果然再没任何异常了。四人总算松了一口气。

老胡分析道：现在我们可以继续造船了。经过此番打斗，我忽然有点明白了，这些石蜡可以用来造船。一是可以熔化掉，浸入模板之内，增加浮力；二是可以弥补模板之间的缝隙。

大胖道：如果水银没那么烫，这些石蜡砖也可以铺一条大道了不是？

老胡听了大胖的话，一拍脑袋，顿时来了灵感：对啊，我们怎么没想到呢？石蜡就是用来修路的。

众人疑惑地问：修路？怎么修？

老胡解释道：石蜡受热极易熔化成液体，而石蜡液体遇冷又会迅速凝结，这不就成路了吗？

三人一听茅塞顿开，终于明白这些设备的用途了：先将石蜡砖投在水银湖上，熔化之后再喷冷水迅速冷却，便可在湖面上短暂形成一条固体石蜡大道！

理解了前人的技术，四人欢欣鼓舞，于是迅速行动。先把大量的石蜡砖由远及近地投入湖中，石蜡很快熔化，并且通过流动逐渐将码头与湖心小岛相连。此时，再打开水管喷水冷凝，石蜡液遇冷再次凝固。一条稳定的石蜡大道就形成了。带上墙上仅剩的风灯及其他装备，四人赶在石蜡再次熔化之前快速地到达湖心岛。沿螺旋木梯而上，推开头顶的井盖，全新的通道就出现了。四人快速钻入新的隧道后赶紧盖上井盖。新的隧道凉爽了不少，四人脱下防毒面具，贪婪地呼吸着外面的新鲜空气。

灯油就快见底了。恰好四人的衣服也已经被体温烤干，老胡将多余的衣服撕成条块，缠绕在刺刀上做成简易火把。可惜走的时候实在匆忙，竟然忘了带一块石蜡，不然还可以动手做几根蜡烛。没办法，只能借助豆星大的火光慢慢前进。四人顺着矮小的通道半蹲着走了一段路，便来到一个大石门前，门上赫然刻有"水晶天宫"四个大字，见此四字四人喜不自禁，那就意味着他们终于到达了预期的终点站。

第十八章：水晶天宫

这是一个神奇的地方，什么都很巨大。但更神奇的是，这里只需要一点光就能看到黑暗中到处闪烁着亮光，仿佛满天繁星掉在地上。

四人被眼前的景象震惊得无以言表。

千言万语，大胖发出了简短的惊叹：我的妈呀！

小君君接着说：我的天呀！

大胖胡侃道：不要乱说，妈可以是自己的妈，天就不是你一个人的，而是我们大家共有的天。

小君君：我们的天呀。事先还怀疑地狱怎么会有天宫，没想到是这样的天宫。虽然不是蓝天白云，却也有如"危楼高百尺，手可摘星辰"的诗境。

大胖：我们的地呀。事先幻想过可爱的小水晶，进来一看却是参天大树一样的庞然大怪物。太大了，大得让人都颤抖了。

水晶天宫的水晶大得出奇。其底座直径都足有五六米，高度更是达到了百余米。水晶有长有短，有直立、斜插也有横卧，形态各异。高大者像是一把巨大的宝剑。虽然也有很小的，但也足有两三米长，几个人根本无法撼动。由于水晶的表面具有优良的通透性和折射反光的特点，因此才会出现一点亮光就能被折射成漫天星光。让人仿佛置身于一个巨大的万花筒，也许这就是天宫名字的由来。

四人惊叹之余，不由得对着水晶激动地抚摸起来。一时间，腿竟然不知往哪里迈，眼睛不知往哪里看。

老胡道：这分明是座水晶森林。胖儿，你们不是一心想发财吗？随便扛一根出去这辈子也就不用奋斗了。

大胖道：老胡啊，亏你还是个商人，这点商业头脑都没有。这么大的水晶，扛得动吗？还不如哥几个凑点钱，悄悄地把这儿当荒山买断了，然后开发成地质公园，坐等着收门票多舒服。

老胡道：等外界都知道了，政府收归国有，那个时候可以赏给你个售票员的高级职务，你摇身一变成了国企员工，岂不悠哉美哉？

大胖道：你心眼可真好啊。到时我一定为你老人家立块丰碑，上书：老胡与 Dog 不得入内。

水晶天宫很大，一眼望不到边。要深入其中，道路极为难走，大多是水晶柱之间的夹角形成的深浅不一的沟壑。好在已经有前人利用绳子在适当的地方建起了简易的吊桥，落差大的悬崖边还有防意外跌落的绳网。凭借这些前人大侠的基础，四人怀着好奇心向水晶天宫深处进发。

大胖有些失望地问高老师：还说跟着你去学习盗墓考古技术呢，这么多天过去了，啥也没有啊。这些自然界的结晶，吃又不能吃，拿又拿不动。唉，这日子还有啥盼头。

高老师道：盗墓可不是游山玩水。其中的艰辛和危险，外行有几人能知？但凡能过得如你这样滋润的人，谁还会去犯险盗墓？但事先声明，老夫可不是盗墓贼，顶多算是古墓游客。诸葛亮的墓肯定就在这一带了。第一次就能参观到这样高规格的古墓，胖兄弟的运气着实不差啊。

小君君道：高老师你这话对也不对。我们跟盗墓贼可有天壤之别呢，人家是为了有口饭吃，我们纯属出于人类本性的好奇心和求知欲。绝对不是为了单纯地发财。

大胖：贤弟所言极是。我嘛就是为了收藏几件古董，晋升成为正儿八经的收藏家。待会儿到了诸葛亮的墓，你可不要以下犯上，目无尊者啊，得听高老师的安排。

小君君：我懂。三拜九叩，表达我对一代伟人的敬仰之情。

大胖道：谁要你跪地磕头的？我是说遇到什么好东西，得先让高老师这样的专家过目。明白吗？

小君君这才恍然大悟：胖哥果然是大公无私啊。

老胡提着唯一的油灯，走在最前面，他不时地提醒后面的人注意路况，崴了脚可不好办。

老胡走着走着，忽然觉得身后安静不少，那话多的大胖怎么声音越来越小了呢，他回头一看，不由大惊，身后哪里还有什么人！

老胡大声地呼叫大胖、小君、老高，三个人大概也发现情况不对，都惊慌地做了回应。只是每个人的声音距离和方位明显不同。明明他走前面，其他三人跟在后面，怎么突然就走散了呢？

老胡大感不妙，突然有些慌了神，以前不论遇到什么危险，他都和大家在一起面对，现在只剩下他一个人面对突发事件。老胡赶紧让其他人停下脚步，看看周边环境，互相确定下方位距离。

大胖道：我一直跟着你的灯光走，你这么一喊，我才发现前面鬼影都没有一个，后面也没人。

其余二人的遭遇也是一样，四人都各自分散了。

原因很快就查明了，那是因为不同的水晶柱表面产生了万花筒般的折射效应，老胡的一盏灯被映照成无数盏，大家都在小心脚下，没有在意到底哪个灯影才是实物。于是后面的人跟着跟着就都走散了。

老胡道：大家不要慌，现在听我声音，根据声音方位向我靠拢。

为了持续发声，老胡便开始数数，从一开始数到一百，然后停下听听其他的声音，一直数到两百，也没有一个人聚集过来。老胡又让其余三人发声确定方位，奇怪的是三人的声音或更近，或更远了。其余三人也觉得不对劲，无论怎么走也走不到老胡那里。

四人都觉得其中肯定出了什么问题，便立马停止了行动。此时四人才发现身边水晶的晶面远远近近、高低不同地反射着不同的光影、人影，难辨真伪。影像固然可以误人，但是为什么用声音定位也行不通呢？

大胖道：老胡啊，那是因为有回音，扰乱了真正的声源。这里的环境错综复杂，你的声音被无数次反射，就变得含混不清了。

老胡道：你说对了一半，这里的水晶可能存在特殊的回声效应。据我推断，声音被不同的物体表面反射，经过多次反射，声源的声音可能被削弱了，反倒是反射出的声波因为特殊的反射而在另外的地方重新加强，让人误以为那是声源所在地。因此，我们才会越走越远。得另想办法。

大胖道：这肯定是个什么障眼法。也许这些水晶的位置是被人精心设计过，才会产生这种独特的效果。高，实在是高。

高老师听到大胖说了个高字，以为是在呼叫自己，便回应道：胖兄弟，我在这里，在这里。

每个人的声音都有回声，一时难以互相定位。

巨大的水晶柱像高墙一样把四人隔离开了。

小君君出了一个主意：谁能爬到高处，也许就能指挥我们再次聚首了。

可水晶柱表面光滑无比，又那么高，极难攀爬，就算爬上去，也会因为光线不足而根本看不到其他人。

过了一会儿，老胡又悟出一个道理：油灯的光亮是朝着四面八方散射的，因此可以被很多水晶表面同时反射和重复，形成了万花筒的光学现象。但如果灯光像激光一样射出去，不就可以正确指引方向了吗？

大胖反驳道：你做梦啊，哪来的激光呢？早知如此，下次我就买上几十根激光笔，老师上课用的那种，人手一支。可是现在，老胡啊，你别想些不切实际的东西嘛。我看不如你多点几个火把，周围更明亮了，也许就会有奇迹出现呢。

老胡笑道：等着，我马上给你整一道激光。

老胡把油灯放在两腿之间，用身体、衣服等遮住油灯，让光线只从一个小洞射出，这就成了一束激光了。这一招果然有效，乱七八糟的反射顿时少了很多，只剩下一束光，目标就清晰多了。其余三人开始跟着这束微弱的光线移动。但是走了半天，只有大胖和高老师歪打正着、稀里糊涂地撞在一起，算是小小的会师；但小君君和老胡仍旧落单，听声音就在附近，可就是走不到一起。这也难怪，毕竟一束光不等于真正的激光，其指向性存在严重的局限，距离一远，一束光还是分散了。

大胖抱怨道：完蛋啦。这肯定是一种杀人不见血的阵法。我们不能这么继续瞎走，我的脚都崴了。得想个更高明的办法破解，不然插翅难逃。特别是像我这种笨重的聪明鸟，插上翅膀恐怕也不行。

高老师道：老夫倒有一计，不知是否可行。我们不如反其道而行之，越是想聚，越是分散，白白耗尽体力。不如找一个大家都能看到的标志性物体，各自朝它靠拢，或许可以破解这种迷宫。

大胖道：这哪是天宫？分明是杀人迷宫。不过呢，就算我们再次聚在一起，可能还是走不出迷宫，最多算是兴师动众地死在一起。

老胡听罢批评道：大胖，你胡说八道什么？不要扰乱军心。越是困难，越要乐观向上。

大胖道：我又不是军人，哪来的军心？我这只有民心以及心灰意冷的灰心、寒心。反正我是走不动了，你们看着办。

高老师打圆场：车到山前必有路，虽然我们在山的肚子里，但既然别人走过，就肯定有方法出去。大家留意下周围有没有什么记号。

大胖道：这黑灯瞎火的，眼睛睁得像铜铃也不好使。

老胡道：高老师的主意或许是好的，我们可以找一个最高大的水晶柱作为地理标志，但是这里太黑，水晶又如此透明，选地标终归是徒劳的。我建议大家原地休息，该吃就吃，想睡就睡，休息一下再集思广益啊。

因为只有老胡掌握着光源，这让他感到责任重大，便独自一人承担了所有的压力。老胡提着灯到处查看，果然在水晶柱上发现了一些黑色记号，用烧过的木炭写成的。内容也比较奇怪，几乎都是姓氏加数字，例如李22、李23、邓102、邓103之类。之前只顾低头看路，忽略了周边的情况。

老胡很快明白了记号的意义，显然是一群人也遭遇了迷路，于是用各自姓氏加数字的方式标记路线，如此就容易互相发现。

除了这些炭笔记号，水晶表面还有一种隐藏的记号，那就是前人留下的掌纹。

老胡用这种方法果然找到了正在睡觉的小君君，然后又巧遇了大胖和高老师，也不知道是方法奏效还是运气好。无论如何，四人再次团聚，胜利虽小也足以鼓舞士气。

老胡向大家阐述了成功的方法，认为只要跟着前人留下的记号走，应该就能走出迷宫。众人再次看到了希望。

大胖道：就是嘛。我们就是应该充分利用前人的经验和资源，少走弯路嘛。前车之鉴，还是找根绳子，把大家连在一起，免得走丢了。

人虽重新聚首，但问题依旧在，迷宫一样的地方不知怎么才走得出去。

通过对迷宫记号的深入研究和探索，老胡又发现另外两个姓氏，因此初步推断进入迷宫的至少四个人。四人的记号在一起的地方，就是他们再次会合的地方，然后以此为新的起点，那四人继续出发探路，此后便只用箭头进行标记。只要沿着这种没有姓氏的箭头走，就一定能找到出路。

可最终，大胖四人并没有找到出口，而是找到了之前做记号的那四人：他们在一个死胡同里，已经化作白骨！人骨旁边还有一条疑似狗的骨架。奇特的是，这四个人似乎由一根麻绳把彼此绑成一串，所用的方法与老胡他们四人所想的一样，只是别人多了一条狗。

看到此情此景，四人顿时陷入悲伤和绝望之中：他们装备更为精良，还有狗狗带路，结果还是没能走出迷宫，全都死在这里了。

四人的精神几乎到了崩溃的边缘，一路披荆斩棘，历经千辛万苦，眼看就要成功了，不想再次走入绝境。老胡的压力更大，但此时他必须振作精神，稳定军心，于是强颜欢笑道：这也算是我们的重大发现嘛。至少知道此路不通，不用重复嘛。大家也别灰心，进来的人肯定不止这四个。肯定还有另外的人破解了迷宫，只是我们还没发现。

大胖道：我倒觉得他们死因可疑。他们可能找到了出口，可惜被绿眼狼狗追上，人狗大战，最后同归于尽。也可以理解为，他们一群人与一群狗发生了争执，最后发生了肢体碰撞，结果死了四个人和一条狗。这狗没有证据证明是人类驯养的宠物或猎犬。

老胡反驳道：人骨上并没有被咬的痕迹，这狗的脖子上也有一条绳子。那就只有一个合理的解释，这四个人当初想利用狗来走出迷宫，而狗却把他们带到了这里。他们的死因很可能是饥饿，或中毒，或精疲力竭，最后选在这个死胡同里等死。

小君君道：也许他们是在这里躲避什么恐怖的东西呢。

高老师道：狗比人类感觉灵敏，更容易发现出路。这狗或许已有重要发现，引四人到此。只是人狗的语言不通，人不能明白狗的意思，以致有此悲剧。我们不妨仔细查找一下，或许有什么地洞之类。

大胖道：省省吧，水晶生长的底盘都是坚硬岩石，怎么可能挖得出地洞。我看还是先看看他们包包里有什么值钱的东西。

小君君便自觉和大胖搜刮起遗物。从死者携带的帆布包、搪瓷水杯等可以断定，这些人来自新中国成立后。

老胡道：新中国成立后进来的人，数量多、装备精良，若单单让四个人进来探路，死后也不收尸，这就有些奇怪了。

高老师道：胡老弟所言极是。不过，老夫担心这迷宫并无出路，一旦进来就无法离开。与人们娱乐用的迷宫截然不同，通常迷宫总有一条出路，当然也会有没有出路的迷宫。要想找到出路，就得打破常规。

大胖道：说得轻松，我早就想打破了，但这些庞然大物，怎么打得倒？就算倒下也是一堵铜墙铁壁嘛。还是我的那句名言：要插上理想的翅膀才能出得去。

小君君道：等你归西了，随便怎么飞都可以。不要翅膀也行的。

老胡道：不要吵，人家高老师说得对。我们得打破游戏规则，不走寻常路。

油灯濒临枯竭，老胡点燃了一个布条火把，火焰硕大，周围瞬间为之一亮。他高举火把往头上看去，却惊讶地发现他们头顶上方不正好是钢丝绳吗？钢丝绳粗壮结实，从空中横跨迷宫。

四人不由得叹息一声，原来人家早就修建了索道，架设天桥，直接飞跃而过！因为之前四人一直使用微弱的油灯照明，才错过了。

大胖叹道：大意了啊。要是手里有只强光手电，也不至于迷路，瞎折腾半天不是。

事不宜迟，得尽快找到索道的起点。不管脚下如何峰回路转，但空中的索道不会变。按照索道指示的方向，结果四人一路前行又回到起点，就在他们刚进入水晶宫的地方就有一个人造高台、一架简易的绳梯连接着高台与地面。登上高台，钢索并不像在下面看起来那样细弱。钢索倾斜下伸向目力不及的地方。缆车之类的辅助用具并不在，只剩下光秃秃的索道。四人便决定用衣服拧成粗绳，配以皮带，套在钢丝绳上往下滑。

老胡为开路先锋，他咬着火把，抓住腰带两头，脚一蹬就慢慢加速地滑向黑暗深处。高台上的三人眼看着火把远去，渐渐变成一个芝麻点。

老胡向其余三人约定，安全到达那头，便在钢丝绳上猛敲三下作为信号。如果没有安全落地，也就没机会发出任何信号，三人只能好自为之了。

几分钟后，钢丝绳传来三下弹跳，那就是说老胡已经安全落地，第二人可以开始了。三人没有光源，只能靠触觉摸索着滑下去。为了防止绳索因为大胖超重而断裂，所以大胖依旧被安排在最后出场。

钢丝绳的尽头是一张阻拦网，起到良好的缓冲作用。就这样，四人逐一跨越水晶迷宫，平安降落在新的地方。

第十九章：诸葛疑冢

四人来到水晶天宫的中心区域。这里有一个大广场，中间乃是一个毛玻璃做成的大圆盘，四周被七根巨大的水晶柱合围，柱尖在其正上空围成了一个空心的七棱形，七棱形的中央则吊着一个黄色的工程吊篮，上面有大大的研究所的标志。

看场地及其造型，像是一项极其复杂的工程。建造者显然是将巨型水晶加工成为水晶地砖，进而铺成毛玻璃样的圆形平台；而上方的工程吊篮，应该是用于搬运物资。

但这还不是最惊人的。老胡举着火把去广场查看，结果大吃一惊，那毛玻璃平台上躺着七个人。七人早已没了呼吸和体温，但奇怪的是尸体并没有腐烂。从他们衣着上看，其中五人着中山装，像是技术工作人员，其余二人身着旧式军装，腰间别着精致的手枪。普通士兵一般都不配发手枪，因此两人可能是职位不低的军官。七个人中，年龄最小的二十几岁，最大的有五十来岁。都没有什么明显的外伤，死因不明。

老胡告诫三人道：大家千万别触碰尸体。注意警戒周边。

老胡取出手枪，枪和子弹都完好如初。他递给小君君一把要他密切警戒周边。

大胖质问老胡：不让我们碰，你怎么搜人家身啊？

老胡：他们死因不明，万一是感染病毒而死，自然要多防范。

大胖不满老胡的回答：哪有什么病毒？有的话，我们也早就完蛋了。这些人死而不腐，分明就是吸入了过量的汞蒸气，结果因祸得福免于变成一堆白骨。

老胡道：这两个军官，一枪未发，横死于此，因此死因蹊跷。你想想，水银中毒也是慢性中毒，不会死成这样。

高老师迈上大圆盘，他对尸体没有兴趣，只顾研究圆盘的纹理构造。一番检查后，他有了初步的分析：这是一个水晶拼成的八卦图。可能因为当时加工技术有限，水晶制品存在较多裂纹，也没有做抛光处理，才呈现出毛玻璃样的特点。

老胡道：难道说这也是个井盖，下面就是一个大型地道，诸葛亮的墓就在下面？现在我最关心的是他们怎么死的，如果不解开这个谜团，我们就可能重蹈覆辙。

高老师道：所见略同，老夫也正有这种担忧。死的几人像是研究所的领导，如果领导死了却无人善后，说明当时发生了什么重大事故，以致无人敢来善后。

这时，就听得大胖懒洋洋地说道：哎呀，真困啊。先做个黄粱美梦吧。

大胖说完就躺下开始打呼噜。

老胡以为是大胖在搞怪，没怎么在意，不料小君君也跟着直呼困倦，枕着大胖的大肚皮就睡着了。

老胡心里顿时产生一种不祥的预感，还没来得及发作，自己也觉得睡意袭来，眼看高老师像根面条一样倒了下去，他也控制不住自己倒了下去。

老胡觉得自己非常困倦，想睡，但刚一睡着又莫名其妙地醒来，醒来却又睡意袭来，如此三番五次，既难以睡着，又无法真正清醒。意识到这一点，老胡心里猛然一惊：这肯定是中毒了。

他努力地想坐起来，却发现自己浑身瘫软，费了很大的劲儿才勉强地坐起来。他想拍醒身旁的高老师，可打出去的掌力缠绵软弱，高老师毫无反应。想到这一切可能是中毒症状，老胡便从高老师身上艰难地摸出十全解毒丸。从找到药丸，到喂进嘴里，为了完成这一小小的过程，老胡竟然费了九牛二虎之力，累得大汗淋漓。药丸总算推入口中，入口瞬间，酸甜苦辣外加一种薄荷的清爽味道轮番轰炸味蕾，老胡顿觉清醒了很多，瘫软无力的症状也大大改善。

老胡的身体基本恢复，他赶紧给其余三人喂了解毒药丸，四人这才化险为夷。唯独大胖不领情，他抱怨道：老胡啊，你也太草木皆兵了嘛。明明是大家都困了累了需要休息，你硬是违背生理科学把我们弄醒，人家正在啃大鸡腿，才吃了一口，就被你搅黄了，你赔我的大鸡腿来。

逗得其他人哈哈笑起来。

老胡道：吃没吃完，都要赶紧撤离。

大胖道：急什么急？反正吃了解药，再多待一会儿，搜搜这些人的身，看看有什么值钱的，不，有什么危险物品、历史档案，能够帮助我们解开一些千古谜团的。

大胖说得在理，老胡便说：给你们两分钟，速战速决。

老胡从一个眼镜小哥的上衣兜里摸出一本日记本，不过所记载的不是私人琐事，而是有关磁场、音频、温度与湿度、电阻等数据，以及使用了哪些耗材，哪些人参加测试，每一天的数据似乎都有变化。在外行看来，不过就是一本流水账。对解释这里的情况并无实际作用。

除此之外，也搜出一些钢笔、粮票、手帕、水果糖、手电筒之类的杂物，都是平常杂物，似乎都还新鲜。此外别无有价值的发现。

没找到值钱的东西，大胖极为失望。

小君君对那只老旧的铝壳手电筒很满意，虽然电池早就漏液失效，但好在又找到一对未拆封的电池换上，手电果然亮了黄光，照明的问题暂时有了保障。

老胡道：这就有些奇怪了。干电池保质期一般也就两三年。过了几十年还有电力，那就是说这里有着一种神秘力量让电池和尸体都能保鲜，或者说是让时间暂停。

高老师道：这让老夫想起了金庸的小说，说小龙女住的古墓有一块千年寒冰玉，习武之人通过在上面睡觉就可以让自己功力大增。这块水晶大圆盘或有让人长生不老的神奇效果。

大胖道：睡什么觉？当心一觉不醒。这儿很适合你纠结一大群老年人跳广场舞，在这里跳舞，不扰民。

小君君道：我看这是块风水宝地，不仅适合养老，更适合终老。死在这里比死在外面好，这里还能留个全尸，保鲜千年。去外面死，终究要经过烈火的淬炼。

正欲撤离，高老师突然有了新发现：三位兄弟先别动，我们可能踩中机关了。你们看这七个人躺的地方，都很有讲究，全都躺在卦象之上。每个卦由一块方形水晶组成，七人的身体居然都没有超越卦的界线。要么是有人在他们死后故意摆放，要么他们自知八卦精要，事先主动躺上去而后死的。

记得《三国演义》里的徐庶，徐直元，当年他帮助刘备大破曹军布置的八门金锁阵，徐庶让赵云带领精兵数百，从东南门杀入再从正西门杀出，这样就破了阵。如果不出我所料，这八卦大圆盘也是一个阵法，我们进来已经踩乱很多卦，不知会引起什么不良后果。

大胖不以为然道：疑神疑鬼，说得像煞有介事似的。都进来这么久了，也没见它怎么害人。

大胖说完就往外走，刚走出一大步，脚下就猛烈地晃动起来，四人都站立不稳，纷纷跌落。随即，水晶大圆盘开始旋转抖动着上升，一直快顶到正上方黄色的大吊篮才停止。七根巨型水晶柱的尖端正好把大圆盘围住。

大胖不惊诧也不恼怒，他才不管到底发生了什么事，只要不死就寻宝不息。只见他直接站起来，翻入工程吊篮里寻宝去了。结果都是一些需要耗电的测试仪器。吊篮之上是一个大黑洞，距离吊篮足有十余米，要爬上去可不容易，于是大胖失望地倚靠在吊篮上，看下面的人做何反应。

老胡查看四周，圆盘四周虽有水晶柱相护，但更多地方并无护栏，要是失足掉下去，后果不可想象。圆盘所在位置已经距离地面有十层楼那么高，于是提醒众人尽量聚在圆盘中心或者翻入吊篮。

大胖道：搞不好这大圆盘就是通向宝藏的地宫大门呢。我们要想办法下去看看呀。

但下面一片漆黑。

老胡道：要下去也不难，从水晶柱表面滑下去即可。水晶柱有一定的倾斜度倒不是特别危险，危险主要在落地的地方，没有缓冲，跟直接跳下去没差别。

正在这时，突然下方出现一阵响动，只见一大团光芒从下方四散开来，像是有人打开了电灯。紧接着传来数人谈话的声音。

四人不敢发声，关掉手电，销声匿迹。因为在这样的地方突然出现人声，绝对不正常。

四人便小心地趴在圆盘边缘观察，一看不由得大吃一惊：正下方，有七个人正端着白色搪瓷杯有说有笑的，其中一个身体微胖的中年人被其他人热情围住。一个眼镜哥笑着道：恭喜所长，贺喜所长，这恐怕是本年度最轰动的考古发现了。

另一个人附和道：岂止本年度？至少是 21 世纪，本宇宙的重大发现了。

胖所长听着众人的恭维，笑逐颜开，不停地与众人把酒言欢。

大胖正欲呼喊，却听老胡嘘声道：千万别出声。你们看下面七个人，和上面七个人。

其余三人顿时明白了，下面七人和刚才圆盘上的七具尸体竟然一模一样。但当他们再次回头时，那七具尸体已经不见了。难道是他们复活了？还是，本来地上躺的就是鬼魂？想到这里，四人不由得胆战心惊。

下面的七人喝着小酒，吃着点心，一派喜悦。这时就听一个人说：首长来啦。

上面的四人看得分明：七人先后走出下面的圆盘，去迎接所谓的首长。七个鬼魂分别走进七根水晶柱里消失不见了。

真是说不出的诡异和恐怖；而原本明亮的灯光也突然熄灭，一切又恢复了黑暗和安静。

在黑暗中等了很久，没再出现异常的声音，四人这才悄悄地讨论起来。

大胖道：要不下去看看到底发生了什么事，指不定真的无意中打开了通向宝藏的地宫大门。

但是老胡并不想冒险，他更倾向于早点离开这是非之地，走为上计。于是劝阻道：诸葛亮一生为官清贫，绝对不可能携带金银珠宝陪葬。他老人家的随身物品，对普通人来说一文不值。

大胖一本正经道：高老师，你给老胡同志科普一下。我们探险的目的，本来就是为了有所发现。考古大发现，出去报告官府，立功受赏，接受各大媒体采访，都比一走了之的强。

高老师也道：诸葛亮不可能用金银珠宝陪葬，但诸葛亮失传的兵书、道家的法术？如能得到诸葛亮真传，揭开重大历史谜团，也是功德无量啊。

小君君也很想下去一探究竟，但又不想得罪老胡，便说：我无所谓，随大流。

老胡没办法，只好妥协，服从多数。不过他说：得找一块坡度稍缓的水晶柱，最好脱光衣裤，让皮肤与其表面充分接触，增大摩擦力，如此才能安全落地。

大胖拿着鸡毛当令箭道：好，我们都按照老胡哥的英明指示做。

大胖自告奋勇，勇当第一，他把衣服脱了垫在脚下，后背贴着水晶表面，随着一阵皮肤与水晶摩擦发出的刺耳的皮肉声，大胖那肥不隆咚的肉体开始缓缓下降。

不到一分钟，大胖便安全落地，摇着手电招呼其他人接着下。

有了大胖接应，三人从高处依次滑下，有惊无险，却也自得其乐。

下面并没有什么地道，还是和上面一样大的水晶圆形广场。上下有七根水晶柱子支撑，而其中间则竖立着一个巨大的长方形的透明水晶棺材。水晶棺非常透明，里面空无一物。

四人很是好奇，围着水晶棺材观察起来。一般情况下，棺材是横着放的，这样才好让死者安躺其中，入土为安；就算里面没有人，也不至于竖着放；而且，就这么一个雕塑一样的水晶摆件，啥也没有啥也不是。

大胖道：搞什么飞机？古墓不是古墓，水晶不像水晶。大水晶带不走，小水晶一个也没有。

小君君安慰道：胖哥啊，毕竟早就有人光顾了，没有陪葬品也是正常的。

我们只能寄希望于漏网之鱼了。

大胖听了略感宽慰：好兄弟，说得对。人家宝贝不可能主动向我们投怀送抱，得主动找。

老胡和高老师围着水晶棺材仔细观察。两人隔着水晶棺面对面的时候才发现了一个奇怪现象：本以为透过水晶棺会互相看见对方，但实际上却谁也看不见。就算换个角度也是如此。

老胡大为惊讶：难怪刚才那些人说什么本世界最大的考古发现。原来如此！我们以为只是普通的水晶石，却还有这样神奇的隐身功能。

高老师也啧啧称赞：奇！千古奇石！对盗墓贼来说，此乃是障眼法也。里面的东西极有可能还没有被盗。幸甚至哉！

老胡：怪不得他们举办庆功会。一定是揭开了水晶棺材的秘密。

大胖和小君君本来在一旁研究水晶地砖，寻找古墓入口，听到老胡的话，便立即闻讯赶来，以为有什么重大发现。

高老师道：这应该是诸葛亮的真正的墓了。与外界猜测的完全不同。只是这种隐身技术，放在今日，也只能用四面电子屏来实现，且要达到如此天衣无缝的完美效果，当今科技也难以实现。千年之前的古人，如何能造出如此神奇之物？

四个人呈两人一组，围着水晶棺对面而立，果然都互相不可见。既非镜子也不是玻璃。看似浑然一体的透明结晶体，却不是看上去那样简单。四人围着水晶棺上上下下打量起来，一时也没发现任何缝隙或者破绽。只是在靠下方的位置发现了几个掌印。

大胖道：费什么力，依我看，直接砸开。玻璃又不值钱，但里面肯定藏着惊天大秘密或者稀世珍宝。

老胡阻止道：胖儿，不可胡来。如果能暴力破解，前人早就试过了。万一触发机关，我们可承受不起任何惊吓了。

大胖道：那我摸摸总可以吧。

老胡：摸也不能乱摸，万一摸出事来，你担当得了吗？

大胖锲而不舍：别人摸过的地方我摸摸总可以吧。

大胖并不想温柔地摸，而是暗中发力向留有掌纹的地方拍去，他这一拍，水晶棺突然闪了一道光，吓得四人接连退了好几步。

但在一瞬间的闪光中，他们仿佛看到水晶棺材里有个人影一闪即逝。

老胡让大胖继续摸。

大胖有些胆怯，其余三人便站在大胖身后，等待奇观再现。

大胖在众人鼓动和催促下，胆怯地伸出大手掌。记得自己刚才拍的地方，好像有点弹性，他隐约感觉这里是个什么开关，于是他用力按了下去，随着他的大手将透明按钮按下去，水晶棺材一下子发出耀眼的白光，照亮了四周。由于光线太强，四人条件反射般地遮住自己的双眼。刚才喝庆功酒的七人，估计就是这样打开照明的。

由于四人长时间处于阴暗环境下，过了好大一会儿才逐渐适应了明亮的环境。再睁开眼睛时，果然发现水晶棺材里悬空坐着一个人，一个栩栩如生的古人！和很多古籍中描述的如出一辙：只见他身长八尺，面如冠玉，头戴纶巾，身披鹤氅，飘飘然有神仙之态。

同样描写诸葛亮的还有一个更家喻户晓的词：羽扇纶巾。自然羽毛扇是诸葛亮的标配，而水晶棺中呈坐姿者手中正好也有一把。

看这棺中之人去世时已是中年，两鬓斑白，面容略显憔悴，但仍显英姿勃发。只是他以坐姿的形态固定在水晶里，下面并没有椅子，整个人悬在空中。整个水晶棺就像一块包裹着人体的透明琥珀。

自然地，这里的"诸葛亮"和电视里的诸葛亮长相存在较大差异。

大胖突然感叹道：一代伟人诸葛孔明，如此清贫没有金银。要能拿到他的羽毛扇，胖哥此生也无憾。

小君君道：这不会是真人吧。说不定就是人家的艺术照呢。也说不定，就是研究所那帮人故意弄的什么投影仪、高档视频展柜呢。

高老师道：这种做工的产品，绝非20世纪60年代可为，就算放在当今，如此美轮美奂逼真的面质，恐怕也没有厂家能达到。

老胡道：我大胆猜测，既然不是古代技术，也非近现代技术，那么只有一个可能性：这些技术并不来自地球。包括研究所生产的那些仿生人和狗。

是一张画面还是立体图，去画像后面看看就知道了。

大胖人胖动作却不慢，已经率先绕到"诸葛亮"背后，结果像是见鬼一样被吓了一跳。就听大胖惨叫一声：妈呀，有鬼啊！有怪兽啊！

大胖很快跑回来躲在老胡身后，抱着老胡，手还不停地颤抖。

老胡安慰道：别怕，我们这么多人呢。死的还是活的？

大胖：你们快去看嘛。

四人慢慢移步水晶棺后，定眼一看，险些惊掉下巴："诸葛亮"的后面可不是他的背影，而是一个更为高大细长的怪人！只见此人一丝不挂，皮肤光滑，全身灰绿，眼大如乒乓球，四肢修长，两手下垂。这哪里是人类，分明是个外星人！

四人难以相信自己的眼睛，反反复复看了好几遍，确认水晶棺一前一后封着两个人：一面是"诸葛亮"，一面是外星人；而且都是立体的，或者说是三维的，并非二维平面图。

大胖惊骇道：难怪"诸葛亮"可以呼风唤雨，搞了半天，原来是个外星人啊；至少也是被外星人附了体，得到外星人的科学技术，才能无往不胜，料事如神。

高老师有些失望：没想到能呼风唤雨的大人物，用的并非道家的技术。

大胖道：话又说回来了，这未必就是千年前诸葛亮的尸体。万一是塑料做的玻璃制品呢。万一是某个艺术家闲着没事做的一件艺术品呢。

老胡道：胖儿，动动脑子。谁会为了没意义没价值的东西设置如此险恶的机关？在这种不见天日的地方摆放玻璃制品，没有观众，有意思吗？其实这样也很好，可以把很多谜团都解开了。诸葛亮神通广大，又建造如此匪夷所思的古墓和机关陷阱，所用都是外星人的技术。研究所所谓的重大发现，也许并不是发现这具水晶棺，而是里面外星人的DNA，这才是最有科学价值的东西。

高老师道：如果真如胡老弟所料，那么老夫斗胆猜测，用现代人的技术可能无法对它造成损伤。

大胖不服地说：那胖爷今天就要试试，现代人挑战古人的智慧。看看能不能一枪打烂了它。

大胖拿了小君君的手枪就想开干，小君君也非常配合。

但老胡连忙加以阻止：你还真胡来？万一枪声引发共振，山崩了怎么办？最多让你用石头试一下。

大胖也不气恼，欣然去找石头。其他三人则继续围着水晶棺材唏嘘感慨，进行学术探讨。

谁也没有注意到大胖行踪，直到许久之后才发现大胖竟然定格在圆盘广场的边缘，一动不动，像个雕塑。

老胡以为大胖在装神弄鬼恶作剧，于是大声呵斥道：大胖，你又在搞什么飞机？

大胖依旧没动，更无回应。

这才引起了三人的注意。

正要上前查看，却听大胖的声音从另外的方向传来：来啰，诸位看官久等了。要找块有硬度的小石头可不容易啊。

很快，三人惊愕地发现居然有两个大胖，一个在广场边界一动不动，另一个大胖则正从外面朝着广场走来。就在外面的大胖踏进广场的一瞬间，整个人就一下子消失了，而里面的大胖却又突然恢复了知觉。

三人很惊诧，大胖也是惊讶，他不知道自己身体怎么突然滑了一下，有一种凌空的感觉：搞什么鬼，什么风把胖爷吹了一下？你们三个围着我看干什么？我脸上有大花猫啊？

大胖推开惊讶不已的三人，径直朝水晶棺走去，欲用手上的石头打砸。

老胡惊问：胖儿，等一下。你知道刚才发生什么了吗？

大胖懒懒地道：奇怪，你明知故问干啥？不是你叫我捡石头砸水晶棺的吗？

大胖说着就举起石头狠狠地砸了过去，只听砰的一声，水晶棺霎时熄灭，周围一下子变得漆黑一片。四人赶紧摸手电，还没打开，不远处便亮起了两盏大红灯笼。灯笼挂在一道古色古香的红木大门左右，门的左右各有一根红木大柱，上有一副对联：水咽波声，一江天汉英雄泪；山无樵采，十里定军草木香。门上屋檐下有一块牌匾，代替了横批的位置，上有三个大字：武侯墓。

高老师惊道：汉中定军山的武侯墓，怎么出现在了这里？这不是谁在放电影吧？

大胖道：不用谢，请叫我雷锋同学。多亏刚才我神来一手啊。

小君君：搞了半天，这里原来是个放映厅啊。

老胡摇摇头：不是，不像。进去看看吧。

四人半信半疑走向朱红大门，摸了又摸，确信不是什么影像资料，而是真实的物体。

进了大门，里面有路灯照明，正面是武侯墓的正殿，上有"功盖三分"四个金色大字。左右各有一个小的偏殿。偏殿之中立有石碑，记载诸葛亮生平事迹。正殿之中，居中而坐的巨大的彩色雕像便是诸葛亮。其左右各有三个莲花坐台，左侧已有人物盘坐其上。唯独右侧仅有一年轻人，虽盘腿而坐，却身着现代服饰。

其他人还没反应过来，却见高老师已经跪在地上砰砰地磕起了脑袋。他拜了正中的武侯像，再拜左侧莲花台上道士模样的人物。其中一个为白衣女道，栩栩如生，面貌俊俏，风度不凡。

老胡问：高老师，你这是在做什么？

高老师逐一磕头完毕，这才回答道：左侧三个乃是老夫的祖师了。这女道士，正是传说中仙姑洞的仙姑也。右边这人正是老夫失踪的大师兄。四人都不是泥塑而是真身。难怪他们如此执着地寻找诸葛亮的坟冢，原来就是为了这个。

大胖道：千方百计给自己找个死了不腐败的地方，呀呀呀，难得一见哪。

老胡道：未必。去检查一下死因，看是他杀还是自杀，这也关系我们自身的安全。

大胖不敢去摸，老胡也只是近距离观察了一下道士的嘴巴、眼睛、鼻孔、耳道等是否有血迹，但一切正常，除了没呼吸，未发现任何中毒的迹象。

大胖惊奇地问高老师：你大师兄看起来是个年轻小伙啊，比你年龄小太多了。你怎么叫他大师兄？

高老师：当初我们也很质疑，直到看了他的身份证，才知道他是新中国成立前出生的人。他之所以不显老，是因为修炼了道家的辟谷大法。简言之就是无限接近不食人间烟火的境界。一般人根本忍受不了饥饿，因此极难练成。

说着，高老师终于忍不住抱住他大师兄的尸体痛哭起来：大师兄啊，你真不够义气。你说你出去转转就回来，害得我们等你好久啊，结果你却在这里圆寂了。我还有好多话要对你说啊。

突然他抱住的那具尸体开口说话道：谁说我死了？

高老师退后两步，喜极而泣：你又练成了什么大法？到底圆寂了没有？

众人见大师兄突然活了过来，而且立时红光满面，不由得暗暗惊奇。

大师兄道：有些对不住师弟了。我无意中发现了通向这里的捷径，本应通知你一道进来，可念你道行还不够，势必要经历一番艰苦才能到达这里，我便独自离开了。勿怪为兄。

高老师道：那你现在，是生是死？

大师兄道：无所谓生与死。在人间，众生只知有生死，殊不知生死之外还有其他的境界。这就是无量之境。古之佛家道教修行，不过是为了所谓修成正果。何谓正果？非死非生无量之境也。但想要达到此等境界，一味苦修还远不够，需要选择适当的地点，遇上恰当的时机才行。诸葛孔明在这里建立衣冠冢，正是看中了水晶天宫的神奇力量，可以让修行者事半功倍。

高老师转悲为喜，又问：若是俗人到此，也能修成正果？

大师兄道：心术不正者多成魔。如果成了魔，我们势必诛之。你看门外那七人，他们虽不是恶人，但却功利熏心，一心想拿这里的东西出去邀功请赏。虽有祖师劝其皈依，他们依旧执迷不悟，以致困于生死无限循环。

高老师道：大师兄，我将来也能修成正果？可是我心里还有心愿未了，家中尚有父母等我养老送终。请大师兄为我们指明一条出路，待我父母西去，再来皈依。

大师兄道：你忘了，你父母因你出家，早已先后离世。只是你心中有愧，不愿面对而已。你孝心已尽，不必纠结。

高老师道：那我这三位朋友怎么办？要不是他们一路相助，我哪能安全达到这里？

大师兄摇摇头道：你何苦又让他们为你舍生忘死呢？

高老师道：三位是不请自来，也是一种道缘。

大师兄道：时间不早了，你们走吧。

说着，大师兄突然摇身一变，成了一个身披道袍，手持拂尘，一副仙风道骨模样的道士。

大胖三人在一旁看得发呆，此时感觉到这位大师兄可能要开门送客了，但心里仍有无数疑问没有解开，于是大胖赶紧发问：大师兄，既然我们有缘来到这里，能不能请你帮我们解答一些心中的疑惑呢？

大师兄抬眼看大胖，忽然露出惊讶之色，然后道：难怪你们能安全达到这里，多亏有你。如有疑惑尽可快提出，时间已不多了。

大胖抓住时机道：请问大师兄，诸葛亮是人类还是外星人啊？水晶棺材，您有什么要说的呢？

大师兄道：人类本非单独的生命体，而是与多种生物共生的复杂生命形式。以现代的科学发现来看，有数亿计的细菌和微生物在人体之内，它们分工协作，与人类共荣共生。几乎人人都享有这样一套智能而复杂的生物系统。但如果还有更高级的生物加盟，那么此人则可谓超凡脱俗，必然是有丰功伟绩载入史册的奇人了。

大胖高兴地拍起手：我就说嘛，诸葛亮那么聪明，原来是有外星人相助。哎呀，这才是 21 世纪最重大的考古发现嘛。

小君君也按捺不住地问：大师兄，能不能给小弟算算命，看我能发财吗？什么时候发财？能活一百岁吗？

大师兄道：盛世无穷人。命运则是三分天注定，七分在修行。

大胖也趁机问：那我呢？我的命运如何？

大师兄道：不可限量，不可明言。

老胡责备道：俗不可耐！你们能不能问点有含金量的问题？比如说上面的仿生人、玻璃棺材泡的那么多尸体是干吗的？研究所又是怎么回事？

大师兄道：正如你们所见所思，大可肯定或者否定之。特殊年代的悲剧与闹剧，未来不会重演了。本不应该存在的东西，你们走后也会回归正统。

大胖道：老胡，你问的问题含金量就高了？一点也没有含金量嘛！不如问我们四川哪里藏着黄金，哪里埋着古代剥削阶级搜刮民脂民膏的金银珠宝。你看，这才含有金子嘛。

小君君赞道：还是胖哥高明。我也想知道这些答案呢。

老胡无可奈何地摇摇头：修行的人怎么会喜欢一身铜臭的家伙？还如此厚颜无耻问人家金银珠宝在什么地方，真是庸俗。

大胖争辩道：老胡啊，你不当家不知道柴米油盐贵啊。我们损失了那么好的一辆好车，你说下次我们拿什么出去探险。

大师兄笑道：宝藏人皆爱之，只是自古可遇不可求。一切自有定数，不必强求。时间到了，你们也该走了。

说完，不等其他人同意，大师兄拂尘一挥，周围光影瞬间变幻，四人又回到了原地。诸葛亮的水晶棺材已经再次沉入地下，他们又站在最初的毛玻璃圆盘广场上了。刚才发生的一切仿佛是一场梦。

老胡道：我们赶紧离开这里吧，这里的怪事太多了。

大胖道：我心有不甘啊。这一趟，让兄弟们白跑了。

老胡突然想起来什么，问高老师：你刚才怎么不问问你那两个妹子的下落？

高老师笑呵呵地说：大师兄虽没说，但有他老人家保佑，肯定没问题。

其余三人却不敢走，只有大胖冒冒失失地向毛玻璃广场外走去，就在他要跨出边界的一瞬间，三个人担心的事情还是发生：一个大胖被分裂出两个大胖，一个在边界一动不动，仿佛被冻住了一样；另一个大胖已经冲出了边界，还回过头来张着嘴巴嘟哝着什么，但里面的三个根本听不见，只能估计大胖在说寻宝的事。

老胡赶紧做了一个手势，示意大胖回来。

大胖不耐烦又走回来，两个大胖瞬间又合二为一，大胖没上次的好运，重心不稳，让他重重地摔了一跤。

大胖惊问：这是怎么回事，咋一下就失去重力了呢？你们傻站着干什么？等酒等菜啊？

老胡把之前发生的奇怪现象告诉大胖，大胖大惊道：当真？没骗我？

三人都严肃地点点头。

大胖道：你们的意思是说，我们就像那七个人一样？灵魂可以出去，肉身只能在这里永不腐烂？这不扯淡嘛！刚才大师兄还说放我们走呢。

老胡道：不要急。大家想想办法。既然高老师的大师兄让我们走，肯定不会有什么东西再为难我们。

小君君为了体验一下灵魂与肉身分离的感觉，同时也为了让大胖亲自见识一下奇迹，他也走出边界，接下来发生的情况和大胖如出一辙。这才让大胖感到后怕。

大胖道：我可不想在这里长生不死啊。我这么年轻，又这么帅气，我爸妈还等我结婚生子延续人类后代呢。高老师，你问问你大师兄，这到底是什么意思？

高老师道：诸位别急，贫道应该有办法。都怪我学艺不精，差点就忘了。

高老师要来手电，取下脖子上的玉佩，将电筒的光芒穿透玉佩，竟然透出了一个金色的长方形光影，高老师把这个长方形加以移动调整，赫然在圆形广场的边界上印出了一扇大门。外面就好像有一层透明玻璃罩罩住了广场。

高老师道：小君君，你从此门过，试试看。

小君君马上行动，从金色门框中通过，果然没有发生之前的一分为二的现象了。

高老师道：正是这种装置，才让这里千年来免受外人打扰和破坏啊。

于是四人把玉佩和手电筒固定在恰当的位置，一扇稳定的金色大门就形成了，四人果然顺利离开。然后借助皮肤的摩擦力，他们沿着外围宽敞的水晶柱表面爬上去，到达研究所的工程吊篮里。老胡是爬绳高手，他先顺着缆绳爬上去，再从上面丢下一根绳梯，其余三人便陆续上去了。

上去之后的地方，更像一个杂货间，除了工程机械设备，还有没来得及运走的几个银色箱子半开着，上面还有核生化的警示标志。大胖满怀希望地打开，里面却是用黄色厚纸包裹的球形物体，打开一看，竟然是水晶头颅，只是比起他之前找到的小巧不少。大胖颇为失望，但还是揣了两个走，权且当作纪念品。其余人觉得那不过是个玻璃球，网上类似能发出闪电的玩具球不少，带上也是个累赘。此外，就是一些过期的食品、医疗用品、实验试剂等，就是没有发现什么文玩古董。

四人沿着通道向上，逐渐发现了有新鲜气流的洞口，于是顺着新鲜气流的指引，终于到达一个宽敞而平坦的山洞内。这洞的尽头是大雨滂沱的响声，能够听到雨声，吹到湿润的冷风，说明的确出洞了，四人倍感欣慰。只是此时应是夜间了，因此一片黑暗。四人饥渴交加，身心万分疲惫，于是彼此依偎在一起睡觉，以待天明。

第二十章：平安出洞

天虽亮，洞内依旧昏暗，原来此洞的出口并不直接通向外界，而是拐了两次弯，出口方向与山体几乎平行；出口正处于悬崖峭壁之上。因为山外浓雾缠绕，无法判断出口与地表差几何。洞内虽不明亮，却也能勉强看清洞内基本情况：洞有十余米长，两米高又两米宽，看起来像是一段防空洞。洞内有石桌、石椅、石床、土瓦罐、石灶、柴火、破衣烂布鞋等生活杂物无数，另有凿山挖洞等工具若干，墙上还有油灯数盏。

高老师道：诸位且放宽心，这就是传说中的仙姑洞。仙姑就是诸位见过的女道士了。我师父曾讲起过这位仙姑的故事，大概说她带领一队弟子来到大瓦山寻找诸葛墓，为了取得当地百姓的帮助，他们在当地免费治病救人，颇得百姓爱戴。又收弟子又请民工无数，借口要闭关修行，他们便在半山腰开凿了一个山洞，后人称之为仙姑洞。可惜随仙姑进去的人没有几人能回，后人也曾寻找过仙姑洞，却一直不曾有发现。

大胖和小君君惊闻此消息便立马行动，积极地搜查洞内每个角落，在一处储存室内发现了谷物、衣服、书籍，不过多腐烂了。两人便将坛坛罐罐搜集起来，准备打包带走，可惜没有打包工具。

老胡点燃了火，让洞内变得温暖明亮。洞壁上的简笔画和文字，大概描述了当年洞中人生活情况。说仙姑带领众人打洞，最后仙姑带领众人深入后再也没有出来，洞中负责煮饭的数人等了半月之久未果，便用绳索离开这里。

高老师道：大瓦山在这个季节多雾，不过老夫推断，三五日后必然雾开日出。好在这里不缺柴草，洞口有雨水饮用，食物虽然缺乏，但老夫可以教诸位道家的静气功，此功也叫辟谷服气法，每日练上两三个小时，不但不觉饥饿，反而令人神清气爽，常练可延年益寿，提升功力。老夫还可给诸位讲讲我与大师兄的传奇经历，聊以解闷儿。

老胡道：我们现在缺的就是绳索，三五日之后，该怎么下去呢？

高老师道：车到山前必有路，不需担忧。

于是四人在洞中待了三日。三日后，洞外的雾气果然消散。不过出口远离地表，没有绳子辅助，很难安全下降。但仔细观察悬崖上竟然有不少可以抓手踩脚的梯坎，四人便用攀岩的方式下到地面。

时值清晨，红日呼之欲出。

老胡在前面寻路，待走上林中小道，就听高老师道：贫道就送诸位到此了。三位慢走，后会有期。

三人惊愕，忙问何故。

高老师笑道：诸位勿惊，其实贫道在金沙走廊，或是水银天河就已经圆寂了，只是自己不知。后来我发现自己不知疲倦，不知饥饿，心中便有了分寸。正如大师兄所言，生非生，死非死，在此地，我们可以超然生死。

大胖道：你发烧糊涂啦？你这不好好的嘛，快跟我们下山去，享受人间美食。

大胖欲去拉高老师的手，结果一抓却抓了个空。眼前的高老师只是一个影像。

老胡惊问：那你带来的两个妹子呢，怎么办？要我们报警搜救吗？

高老师笑道：路上胖兄弟颇嫌老夫没有法术，这两个妹子就是我的法术：是我临时在坟地捡来的两个纸人变的，也就是为了路上助我一臂之力。不料连累诸位，那人形风筝，正是因我而起。若不是风筝惹事，哪有你的道缘？善有善报，诸位做了莫大的善事，一定会有好报的。

高老师接着摇摇头：太阳就要出来了，我得马上回去了。

说完，高老师竟然凭空消失在众人面前。三人虽然很吃惊，却也无可奈何。再看刚才洞口，竟也消失不见了。

此时，太阳刺破云层，照亮山野，三人赶紧下山。在山下农家乐吃了一顿像样的中餐，却没法结账，三人便自称爬山迷路，在山里转了好几天，风餐露宿，老板娘见他们衣衫褴褛，胡子拉碴，蓬头垢面，一副难民的样子怪可怜，于是大方地免了单，还开车带三人下山去镇上客运站。不料胖子却在山下路边汽修店发现了他们的越野车。车子已经修理一新，大胖连忙从车上找出私藏的零花钱付了餐费，三人千恩万谢告别老板娘；然后惊问汽修店老板是怎么回事，老板说是两个年轻女士把车开到这里维修，都修好三个月了，今天总算有人来认领了。

大胖惊呼：什么？

老板笑道：哦，钱已经付了，不会多收你一分钱的。两个妹子交代，车主是个大胖子，你看，和驾照上的照片一样呢。

其实大胖惊讶的是怎么就过去三个月了。

大胖一番感谢后，便问：两个妹子留下电话号码没有，去了哪里？

老板是一问三不知，只是说听口音，有个妹子不是本地人，像是日本人、韩国人。

大难不死必有后福，看来古人说得没错。于是三人开心地上了车，返回成都，各回各家。大胖回到青城山老家后，父母没惊讶他这些日子长长的头发，只是告诉他：泰国妹子来找过你，听说你失踪了，便启动车辆定位设备发现你们在金口河一带，说你们肯定是进山了，山里没信号，叫我们两个老的不要担心，她们会去找你们的。我说胖儿，那姑娘人挺不错的，还是单身，你就不能好好把握下机会啊？

大胖最烦父母变着法子催他谈恋爱、结婚。长发一甩，就把自己关进小屋，离开家乡这么久，他最想念的就是上网了。不知道有多少网友给他留言，美剧又更新了多少。

后来泰妹再次出现，套出大胖的水晶头，但说这是外星科技，需要运到国外破解。念在大胖探险辛苦，泰妹故技重施，拿出重金表达感激。

面对泰妹的无理要求，大胖也只得忍气吞声。有了一笔巨款，大胖颇为忧心，暗想这下坏了，容易丧失男儿的斗志呀。于是他将钱的事情告知老胡，后来几人如何"分赃"，如何购买先进装备，又如何拿去投资，此处不表。

但说高老道在仙姑洞给三人所讲的故事，也颇为传神，大胖利用闲暇时间将其写下，作为留念。

第二十一章：上山学道

高老道当初是决心去当和尚的，虽然父母死活不准，说年纪轻轻，不好好结婚生子延续高家香火，跑去当和尚，就是大不孝。高老道清楚，没钱就买不了房，结不了婚，总不能一辈子啃老吧。

结果高老道被一块指路牌误导，上错了山。在岔路口遇到一个漂亮的道姑，道姑气质脱俗，一下子就把高老道吸引住了。

高老道此刻已经不在乎什么地方，只要能和美女道姑一起修行，说什么都愿意。于是临时改了主意，道姑就给他指明了道观的方向。但学道要交学费，每年三万，包吃包住。交钱时高老道一点也没犹豫。可是进了道观，一连几天也没见着美女道姑。

后来高老道才知道美女道姑是假的，骗了他的钱财。

高老道竹篮打水一场空，父母知道后气得旧疾复发。

高老道不得不下山，下山时遇到一个真道士。高老道赶紧抓住他，直呼还我钱来。道士自然不认识他，在听说了高老道的遭遇后才知道事情来龙去脉。

真道士就告诉他，你是被指路牌误导了，说最近有一伙骗子，专门在网上发布道士的高薪招聘信息，进而骗人钱财。真正的道观在隔壁的山上，骗子就是利用真道观做幌子行骗的。

真老道还拿出自己的道士证件，又有路过的数位村民做证，高老道这才明白自己误入歧途，道士没当成，还被骗了一笔巨款，害得父母也住进了医院，不禁号啕大哭。

真道士心生同情，说如你诚心修行，可随我去。

高老道说自己已经身无分文，更无脸回去见父母。

真道士说真道观从不压榨学徒财产，尽管放心上山学道。

高老道不禁感激涕零，总算有人收留自己了。于是当即跪下拜真道士为师，然后才找到半山的真道观。真道观古色古香，一看就有百年历史，学道的人也很多。但是师父并不教高老道任何知识，只让他每天负责下山挑水。

高老道非常困惑，道观虽然古旧，但不是有自来水嘛，干吗还要用人力去挑？

师父告诉他这是祖师爷立下的规矩，凡事要身体力行，才是修行根本。

师兄说那是为了让他通过挑水锻炼身体。

于是这一挑就挑了大半年。高老道刚来时，师兄们都叫他小胖，现在瘦了，肌肉也凸出来了，也就没人叫他小胖了。

虽然有些意外惊喜，但是自己可是来学道的，总不能老干体力活吧？于是高老道就去找师父理论，要他教自己道法，学个什么相面、测字、算命、看风水的技术，下山后也好自谋生路。

师父说，这些都是俗家子弟学的俗套东西。你命中注定与道有缘，学那些岂不误了前程？可惜这里只收些俗家子弟，你若想学真道，得去紫云阁，近日他们正在选拔弟子，你去了只需要说是我凌云真人推荐便可。

高老道辞别师父师兄，独自上山去了。紫云阁在同一座山海拔更高的地方，那里总是云雾缭绕。途中突然看到一头大黑熊出现在前面，高老道心头一惊，赶紧躲进草丛，想等黑熊走了之后再上山。但是左等右等黑熊就是不走，也没什么人上山与他结伴，只好自己想办法。他先是丢石头，声东击西，可扔了好几坨，那笨熊就是不为所动。高老道心想这下坏了，难道这熊瞎子还聋？

于是高老道改变策略，先自己藏好，再把石头直接砸向黑熊，看它动不动。奇怪的是，石头一砸到黑熊，那黑熊就消失不见了。

高老道心想，这山里肯定有高人，这是在考验我呢，于是勇气倍增。然后跨过雪线，来到高海拔的地方。山路尽头却是悬崖，当时云雾缭绕，只看见有一根钢索通向对面，云深不知多长。高老道心想这肯定也是一种考验了，于是脱下道袍，做了一个环，把自己和钢索套起来，两腿搭在钢索上，手脚配合，倒吊着爬过万丈深渊。到了那边，果然有大路，行不多远，就见一群道士正在林间练剑，见有生人来了，道士们也不过问。高老道便趁道士休息期间，主动上前询问。道兄反问他怎么上来的，听说高老道是爬过来的，道兄便发出一声惊叹：爬过来？你真行啊，千古第一人啊。明明有两根滑索，一根高，一根低，不管往来，我们都是从高的往低处滑，还有专用的吊篮呢。

高老道就这样顺利地住进紫云阁。这个地方教授的东西都跟别处不一样，道士们除了习武还要学文。所谓文就是指道家的各种心经口诀、伏魔降妖法术等，应有尽有，正是高老道所渴求的东西。不过他刚来，师父只让他先去伙房报到，伙房的师兄见新人来了，显得很高兴，说他终于可以晋升，不用再干这种低端活了。高老道的责任就是每天上山采冰，冰采不了，雪也可以，但一定要是最高处的。

高老道问师兄，明明有山泉经过，为什么还要去那么险峻的山峰取水？

师兄说，高山上的水才有上天的灵气，这里每天都要泡老鹰茶，必须用高山上的冰雪才行。

高老道不免有些郁闷，怎么又干起了老本行？学道的事不知还要等多久。无奈，他也只得照办。采集冰雪很有讲究，不能借助任何工具，得用双手，才显得虔诚。山顶有巨大的冰川，得用双掌发力击碎，才能取得冰块。刚开始他掌力不济，只能挑雪，雪化成水，体积只有原来的三分之一不到，于是他就得多跑两三趟。挑雪之余，高老道每日都在冰川上练习击掌，终于有一天他可以凭掌力劈冰取水，也算是练就了一种功夫。

但好景不长，一场突如其来的大雪崩冲垮了紫云阁，好在道士都在林间习武，无人伤亡，但老方丈却因此受惊过度而匆忙圆寂了。按照方丈的遗愿，要弟子们在冰川里打洞，他要在冰洞里保持真身不腐。

在大师兄的主持下，众道士花了几天时间总算料理完这些事情。接下来多数人只得下山自谋生路。剩下的道士想重修道观，可是也得等到来年冰雪融化才好动工。高老道啥也没学，自然不想走，便留下来和大师兄等人照看抢救出来的物资，住临时的木屋继续修行。高老道勤奋自学，加上师兄指点，总算略有小成。

一日，大师兄告诉留守的几人，该下山了。因为根据方丈的遗嘱，大师兄要在这一天去九老洞拿取《道陵上经》，然后斩断钢索，从此不让外人踏足。

九老洞在悬崖峭壁之间，必须先断一根钢索，顺着钢索而下，即可到达隐藏在陡峭悬崖处的入口。

大师兄说这叫遁形门，远了看不见，走近才能发现。他念了一个开门咒，洞内豁然敞开一个入口，里面是一个宽敞的洞厅，正中央立着张道陵的等身泥像，其旁各自盘坐着九尊历代掌门人，都已是干尸了。大师兄从张道陵泥像手里取下一个木盒，里面正是要找的经书。这本经书与其他经书不同，里面画着古代山川大河，记录着各种修行宝地神仙洞府、历代大型道观地址、矿脉宝藏等信息，包罗万象。

下了山之后，道士们各自投奔亲友。高老道回家后才知道父亲因为他上当受骗的事一病不起，已经去世数月。高老道长跪父亲遗像之前，悔恨不已，泪如雨下。他发誓一定要好好伺候老母，为她养老送终，从此不再远行……

第四篇　迷魂凼还魂洞

第一章：胖哥烧烤

开烧烤店单纯出于他好吃懒做的秉性。

作为一名还未丧失理想的无业青年，胖子在家待久了倍感山区生活的枯燥乏味。尽管不时有群友和驴友驱车造访，但主要是怀念他家的土猪肉土鸡蛋之类，所以大多数时间胖子还是很空虚。青城山虽然有个城字，但不是个城市，而是一个偏远的山旮旯儿，要想看热闹与繁华，还是要去大成都。

但是要想离开自由散漫的狗窝，又谈何容易？直到有一天胖子妈又催他相亲，说你人又胖又好吃懒做，还不赶快找个人嫁了，吊儿郎当地再过几年谁要你？

这句话终于刺痛了胖子的自尊心，反正那一百多只羊也被自己祸害得所剩无几，总得给父母留几只种羊，不然绝种了来年吃什么？于是一生气一跺脚就狠心离家出走了。

开车到了成都，不巧很多旧友忙于生计，没空接见他。只有他的小可爱：小胖，特别有闲情。一见面，两个胖子甜蜜蜜地拥抱在一起。旁人不解，有的以为是一对亲兄弟，有的以为是好基友。

小胖不在金融公司上班了，因为他觉得做个低层次的打工仔是没有前途的，于是狠下心考了个研究生，目前已重返母校继续深造，正在享受不紧不慢的大学生活呢。

大胖却不高兴，也不祝贺小胖金榜题名，反而质问道：你傻呀！这么大的事也不跟哥哥商量下。书有什么好读的？挣钱才是硬道理。再说你怎么搞的，人家老板娘不是罩着你嘛，你还说没前途？这么好的事，机会多难得，我要是像你这么小巧玲珑，哪有你的好事？

小胖一脸委屈：胖哥呢，我需要你的时候打你电话如何都打不通，你还赖我哦？再说吃软饭跟吃青春饭一样，长久不了。在女人的屋檐下讨生活可难受了。再怎么说，我也是一个抬头挺胸的男子汉嘛。

大胖笑道：我看你这胸怀是有点大，ABCD，快赶上 A 了。去医院检查没有？医生指不定说你是气胸，生气过多导致的。本胖这次大驾光临就是想在成都搞点事，拯救你们这帮身在福中不知福的失足少年。

小胖道：你可别搞事啊，我可不想才出母老虎穴，又要踏进你的猪窝。

大胖给了小胖一个脑崩儿：看你一身肥肉，我突然有了一个灵感。

小胖：不会是让我卖肉吧？

大胖：对就是卖肉。就像美女卖豆腐，胖子自然适合卖肉啰。我是想我们一起开个胖哥烧烤店，两个胖子往那一站，客户肯定对食材的营养很有信心，顿时食欲大增。到时你再找几个师弟师妹出来打工，挣点学费减轻家庭负担。读书辛苦又很费钱，我也是过来人嘛。原本我是想开个户外公司的，可是搞户外风险太大，又很累。还是餐饮业利润大，反正你我都是大肚之人，卖不出去自己吃也不浪费。

小胖：那你准备投资多少，开在哪里？市区铺面一个月的房租比我们一年学费还贵呢。

大胖想了想：你们学校附近肯定不行。现在的学生没钱的吃食堂，有钱的点外卖，出来吃烧烤喝啤酒的不多。我得做个市场调查。我就封你个人力资源管理部部长，负责招兵买马。其他的事儿你就别操心了，多余的时间要认真读你的书。顺便在你们宿舍给我弄张床，我可住不惯外面的酒店宾馆，乱七八糟的太脏了，胖哥我可是洁身自好的三好青年，好吃好喝好吹牛，走在校园里那回头率之高，简直远胜彩票中头等奖啊。

大胖就在大学周边瞎逛，一连几日也没有满意的发现。人口多地段好的，早已被人租用，竞争压力巨大；反之，地段不好的也没开店的必要。

最后，大胖发现酒吧一条街最有潜力。因为整条街全是酒吧，全是卖喝的，无人卖吃的。酒吧是干什么的？喝酒交友的地方。可是这里的酒吧经营理念都很西化，都光喝酒不吃菜，那不有伤肠胃嘛，不科学啊。作为中国人，没有下酒菜这酒怎么咽得下去？我泱泱大国的传统酒文化精神，那外国人岂能领悟？而且下酒菜也很有讲究，去他的果盘沙拉，得吃荤。最至高无上的当数卤牛肉、卤鸡爪，当然有品位的现代人一般都会首选烧烤。烧烤店就应该开在酒吧一条街！

但唯一的问题是，这里寸土寸金，哪有地方摆摊卖烧烤？

这让大小胖一时陷入困境，开店的计划遥遥无期。

一日，大胖正在酒吧街的邻街闲逛，忽见一小店门口警灯闪烁，路人云集，吵吵闹闹颇有节日的氛围。除了警察还有城管及无数吃瓜群众，闹哄哄地乱作一团。大胖刚要过去围观，就见两个戴手铐的人被警察押着拨开人群带走了。吃瓜群众一哄而散，独留下一个戴着金边鸭舌帽的矮瘦老头坐在门口发呆。

刚才的热闹大胖没有赶上，不知事情来龙去脉，见大爷如此垂头丧气想其定深知内幕。于是他好奇地上前询问：大爷，你没事吧。他们为什么随便抓人呢?

大爷抬头看胖子,胖子也看清了老头的面貌:老头鼻子上有颗黑痣,看起来既狡猾又搞笑。

老头见大胖面善,并无恶意,便淡淡地说:黑心老板,用地沟油被同行举报了。

大胖又问:看你这么难过,他们是你的亲戚?

大爷怒道:是个锤子!我是这个门面的房东,我们没得退休金,一家人吃喝拉撒就靠这点租金了。他们倒霉被抓了,我找谁要钱?你说我冤不冤?

大胖一听反而有些高兴,但表面上却顺从地说:冤,比六月下大雪穿棉袄还冤啊。可是,大爷,你赶紧再找一个下家嘛。

大爷看了看胖子,有些气愤:好找个球!开馆子哪有那么容易?开大馆子的嫌我房子小,开小店的嫌我房租高。

这正中大胖下怀,想这是个千载难逢的大好机会,趁机压压价租下来好做烧烤店。

于是附和老人的话道:是啊,这年头生意不好做啊。你这小店做餐饮的确小了,做其他的也不太合适,但其实只要价格公道,肯定有人接盘。

大爷认真地看了看胖子:要不我租给你?我看你这几天都在这一带转悠,是不是来找铺面的?你这个形象很适合搞餐饮业,人家一看你就觉得健康,就有食欲。

这话正中大胖下怀啊,心想踏破铁鞋无觅处,目标却在拐弯处。于是欲擒故纵:唉,心有余力不足啊。我资金少,这店铺风险又这么大。

大爷很干脆地说:便宜租给你啦,以后你生意要是有了起色,再给我涨涨就行。

大胖故作勉强地答应了。

大爷怕他反悔,当即取来纸笔,两人按了手印草草签了合同,各自心花怒放地回去了。大爷临别时还好心地提醒大胖:合法经营,不要弄虚作假,这条街都是做吃的,你要防火防盗防同行。尤其是记得每月准时把钱打过来,我们老两口就靠这个过日子了。

分别后,大爷心想:这个傻大个,说他几句恭维话就中了我的苦肉计了。

大胖后来才知道,他的这个初始租金其实不低。但大胖可不傻,因为铺面虽小,但是门前宽敞啊,占道经营,可以摆下十几张小方桌呢。

办好了工商营业执照,联系好了酒水原料供货商,烧烤设备一到位,胖哥烧烤店就正式开张。大胖既当老板又当伙计,小胖在学校招募了十几名男女同学轮班上岗，反正烧烤店主要是晚上营业，谁有空谁就来端茶倒水为人民服务。大学生年轻有知识有文化又老实巴交，又不必交五险一金，要比正式员工物美价廉。大胖非常满意。

营业伊始，大胖就推出了为期三天的试吃活动，每人都可以试吃两串，好吃就接着吃，不好吃您就拍屁股走。结果引来无数食客品尝，门庭若市，热闹非凡。可是热闹之后，大胖惊讶地发现，这里面大多数就吃两串，吃完真拍屁股走人了。

小胖道：这条街不管白天卖什么，到了晚上都统一卖起烧烤了，我们要谨防同行欺负啊。他们能雇人排队造势，也能雇人来砸我们场子啊。

大胖道：贤弟所言极是。不过开店主要还是靠实力说话，你我都是正规大学培养的金融高材生，还怕治不了这帮没文化的土包子？下一步我们既要改良口味，也要出奇制胜。

于是乎，大胖又使出新的营销策略：开业大酬宾，烧烤满一百，啤酒免费喝。

横幅一打出，果然吸引了过路食客纷纷前来品尝，很多人不为别的，就为在炎炎夏日体验无上限免费畅饮啤酒的快乐。这叫饮食自由，喝起来没有心理压力。

胖哥烧烤店生意一时异常火爆，来晚了只能排队等。其他烧烤店的生意骤然降温，门可罗雀的老板们都用带着嫉妒的眼神望着胖哥烧烤店方向，然后呸的一声吐出一口浓痰。

烧烤其实没有什么诀窍，关键在于孜然粉和辣椒粉的合理搭配，这些调料在干货店都是现成的。至于啤酒，内行的人都知道，那顶多算个啤水，免费喝的自然没什么质量可言，但总比请人家免费喝白开水好得多。

然好景不长，一日傍晚，胖哥烧烤正在准备食材，这时就见黑压压的一大群刚走下工地的农民工大驾光临，他们闹哄哄地三两下就把全部桌椅占满了。大胖顿觉不妙。果然农民工点得少，喝得多。几人凑满一百，然后开始畅饮。免费啤酒一箱箱地上，酒水供应商一晚上连拉了三次都还不够。大胖心疼不已，好不容易熬到晚上十点，这批人才陆续离开。地上满是他们故意扔下的垃圾、打碎的啤酒瓶，吓得正常食客无不避而远之。

如此一连几日，这批人一到傍晚就如期而至。依旧是吃得少，喝得多。大胖叫苦不迭啊，啤酒虽然便宜，可也遭不起膀大腰圆的这批人这样海喝呀，再这样下去，要血亏到底了。

小胖就提醒道：这些人肯定是有人故意喊来的，你想民工干活辛苦，酒量惊人，不要说喝酒，就算是喝自来水，那水厂老板也得亏损跑路啊。

大胖只好及时止损撤下活动横幅，推出了回头客打折送优惠券的活动。第一次不管吃多少，都发一张八折优惠券，下次抵用。如果是吃五次以上的老顾客，就发一张五折打折券。

然而顾客并未恢复如前。大胖心想肯定是竞争对手又在玩什么花招，便派小胖私下打探。一问之下不由得大惊失色，原来坊间传说胖哥烧烤店里有肝炎病人。吓得大胖连夜去九眼桥给每个人办了一个健康证，然后立马挂上新的横幅：本店人员全部持证上岗（健康证），大学生服务队为您亲情服务。

就冲着这个健康证和大学生的噱头，食客们就心动不已。其他餐饮店几乎多以年迈廉价的大妈大爷为主，哪有多少年轻人？胖哥烧烤于是又逐渐火爆，以至于桌椅板凳根本不够用，晚来食客只能取号排队。等不及的顾客干脆自己动手翻烤或者打包回去吃。于是乎大胖又添置了几台烧烤设备，多提供了几个勤工助学岗位。

其实胖哥烧烤相比别家，优势并不在产品本身，因为食材、酒水、口味的供应商或者渠道大同小异。但是胖哥的优势在于人才。这年头各行各业的竞争最根本的就是人才的竞争。别人家烧烤店老板为了节约人工成本，请的帮工都是父母亲戚舅子老表，属于近亲繁殖，而胖子这边都是书生意气的知识分子。再加上大胖性格热情大方，小胖憨态可掬，那真是名副其实的胖哥烧烤店。顾客最大的不满就是嫌服务员动作慢，吃饭还排队。因此大胖就增设外卖服务，白天也响应顾客号召坚持营业，生意好得简直不得了。

没多久，烧烤店就扭亏为盈了。刨去人工、水电房租，还大赚一笔。每当深夜关门数钱时，大胖总是会发出奇怪的咯咯声。后来他干脆在店里打了地铺，每日守着当天赚来的钞票，避免夜间存钱途中遭遇抢劫什么的。为安全起见，大胖还把钱一沓沓捆扎好，放在枕套里当枕头睡，心里才踏实。

眼看大胖的生意日渐红火，房东老头却急眼了，不失时机地提出租金要涨两三倍，不然他就收回去，自己开店。大胖不服，说你不能看我生意好就三天两头地涨价吧，我生意不好的时候你怎么不减免呢？我已经是整条街交得最多的老板了。

大胖既不退租，也不屈服老头敲诈，于是双方不欢而散。

某日，烧烤店来了七八个光头青年，一身流氓的气息，满口粗言秽语。喝完啤酒还故意把瓶子砸在地上，搞得一地的碎玻璃渣，不仅吓跑了客人，路人见了也绕道走。

小胖担心来者不善，大胖却淡定地说：等他们吃完再算账，胖爷自有妙计。

果然，光头青年是来吃霸王餐的，吃完就想擦嘴走人。小胖去要钱，光头青年竟围着他动起手来。其他年轻大学生都是老实巴交的文弱书生，没见过这场面，根本不敢上前劝，都躲得远远的，准备打报警电话。就在小胖欲哭无泪之际，众人却见大胖一副凶狠的面相大摇大摆地从后堂走来。

光头青年见老板像是大有来头，立马认怂，丢下几张票子就走了。

烧烤店于是风平浪静了数日。

可是好景不长，不久又来了城管队。这条美食街既有固定店铺的，也有推着三轮车游走四方卖各种民间小吃的。他们占道经营，自然引起了一些店铺老板的不满，于是就引来城管。城管来了好几车人，各个都身着制服好像一支杀气腾腾的军队，一见地摊和推车的就没收其"作案"工具，卖主见自己赖以生存的工具被没收，无不号哭，甚至跪地求饶。一时间美食街哀号声不断，引得食客纷纷围观，还以为发生了什么街头惨案。经过这么一番雷厉风行、铁面无私的街道整治，美食街从此交通顺畅不少；但好事也常有负面影响：顾客吃烧烤吃辣了，想像往常一样来碗物美价廉的红糖冰粉、水果刨冰，左顾右盼却不可得，美食街的热闹也就减了几分。

更让大胖没有料到，城管赶走了小摊小贩，接下来就开始对占道经营的行为下手了。

每到太阳西下，华灯初上，穿着制服的城管就会准时出现在美食街，俨然成了街上最靓的仔。他们挨家挨户执法检查，宣传政策。胖哥烧烤店在美食街的尾巴处，属于最后检查的那一批。于是他派出小胖侦察情况，小胖很快回来报告，说今天城管有点奇怪，有的交了罚款继续占道经营，有的抗拒从严，还被掀了桌子板凳，打翻了冰箱冰柜，你说怪不怪？

大胖道：占道经营是该罚款。还敢抗拒执法队，真是脑壳长乒乓。

小胖问：那你准备给多少？

大胖哼了一声：给钱？没门。给了钱岂不有损我们金融人才的面子？今天胖爷就要让大家看看什么叫合法避税。你得学着点儿。

同学好奇大胖这回又要搞什么名堂。等到城管来到近前，却见大胖故技重施，装作凶猛的人想吓住城管。

纸包不住火，大胖的事肯定早就被城管看破了。城管队气势汹汹地直奔胖哥烧烤店，直接掀桌子砸东西，在场食客趁机惊慌而逃，正好吃个霸王餐。

大胖赶紧制止：你们干什么？其他烧烤店不一样占道经营？

一城管说：人家交了管理费，依法占道有序经营，你这是屡教不改。今天我们就拿你树立典型给其他人做个警示教育。

大胖见势不妙，只好知难而退：各位大哥别激动，多少钱？我交就是。

那城管依旧怒气冲天：管理费是你想交就能交的？你当城管队是你家亲戚开的啊！

大胖顿时明白了，这些人可能是故意来找茬的。于是怒从心头起、恶向胆边生，直接出言不逊了。城管见碰到硬钉子，立即将大胖围了起来，双方先是推搡，继而操起板凳大战，桌椅纷纷遭殃。

大胖以一敌十，凭借身高和一身蛮力，先后打倒五六个城管队员，自己也被人背后偷袭了几次，后背鲜血直流，染红了他的白色 T 恤。不过大胖像是被激怒的猛兽，越战越勇，更多的城管被他打倒在地，痛苦地哀号着。小胖和同学们报了警，只能在一旁边观战边提醒大胖小心后侧偷袭。搞得路人以为这是在拍什么小电影，不由得驻足观看，以至于美食街交通大堵塞。

幸好警察及时赶到，维持了秩序。奇怪的是，好几个城管队员见警察来了，趁机钻入围观人群逃走了。警察便将剩下的城管队员和大胖一起抓走了。

烧烤店被砸了，大胖也被捕入狱了，小胖六神无主，只好通知老胡、老搞。

第二天，还没等老胡和小胖来救援，警察就把大胖放了。原来警察根据城管的皮卡通知了城管队，城管队很惊讶，说车像是我们的车，但是人不是。

经过警方审讯，假城管队员很快就坦白了，他们是受人之托假扮城管专门报复胖哥烧烤店的。至于幕后主使就是那个戴着金边鸭舌帽，鼻子有颗黑痣的老头。

大胖瞬间明白了是怎么回事，原本以为是同行眼红使阴招，没想到竟然是房东老头涨价不成打击报复。那好，你不仁，休怪我不义，烧烤店胖爷我也不开了，但今后你也别想租出去。

大胖随即请了花圈店的老板将烧烤店布置成灵堂，堂上摆着从网上下载的天蓬元帅的黑白照，花圈多得延伸到了大道上。哀乐从早到晚播放了整整一个星期，远远近近的人都知道了，街头巷尾人们纷纷议论，说烧烤店老板被城管打死了，如此云云。

从此，一个旺铺彻底成为远近闻名的凶宅，房东老头再也没把铺面租出去，他也因为涉嫌组织黑社会而受到了法律的制裁。

大胖厌倦了社会上这种尔虞我诈的生活，就跟小胖回到大学校园，享受着清静优雅的象牙塔生活。没事他就去足球场跑步，试图找找当年学生时代的感觉，他多么希望有一群胖胖的女生跟着他风风火火地减肥。回想往事大胖颇为感慨：可惜啊可惜，胖爷青年帅气的脸蛋依旧在，当初的胖师妹却不知何处去了，如今过得可还好？

可惜的不只是历史，如今这个学校的运动氛围实在太差，虽说操场上熙熙攘攘地挤了很多人，不过绝大多数都是年轻情侣出来饭后散步促进消化的，他们手牵手，肩靠头，饭后百步走，顺便恩爱秀。

大胖摇摇头，感觉非常失望。好在人群中还有几个年轻小伙坚持奔跑，他们左冲右突，左躲右闪，灵活地规避着龟速散步的人群。大胖仿佛在黑夜里看到了一点星光，赶忙上前套近乎，一来二去，也就成了熟人。原来他们是学校登山队的，虽还在注册中，但组织机构已经健全。队长拉罐，副队长文物，队员三名：馒头、石头、平头，都是大二的小伙子，而且都是同一个寝室的室友。

大胖问拉罐：你们肯定登过不少名山大川吧。

拉罐：那是。比如大家耳熟能详天下皆知的青城山、峨眉山我们都将其踩在了脚下。还有鲜为人知的鸡冠山、丹景山我们都曾征服过。

大胖恭维道：果然英雄出少年啊。这种驰名天下的大山都登过了，那喜马拉雅山更是小菜一碟了。佩服佩服。话说登山和爬山到底有什么差别啊？人们不是常说爬山吗？

拉罐道：区别可大了。爬山，顾名思义是四肢着地，像动物一样爬行。登山，只需要两条腿用力蹬。

大胖道：这么说爬山还难一些，登山更容易啰？

拉罐笑道：理解错误。显然是登山技术难度更高了，你看四川省登山协会、中国登山学会，用的都是"登山"一词，为什么？因为只有体力差的人才四脚着地爬呢，像我们这种专业人士，仍然可以保持人类直立行走的潇洒姿势上山。所以，我们才叫登山队。等哪一天我们将住有四个姑娘的山征服了，团委老师直接竖起大拇指，一高兴一跺脚就把公章给我们盖了，我们五人登山队也就正式且庄严隆重地成立啦。

大胖道：那叫四姑娘山吧，据说海拔有点高，平均达到五千米的水平了。

拉罐道：对对对，四姑娘山，这我当然知道，一共不过四个小山头嘛。最近本队长日理万机，千头万绪，不免有些焦头烂额啊。想约我们登山的人实在太多，排队差点儿排到月球上去了。不是随随便便什么山我们都会登的，我也常对他们说，海拔低于六千的小活动就不要来烦我啦。我们都是干大事的专业队伍。

大胖越听越是觉得拉罐此人非同寻常，年龄虽小但志向远大，地位卑微却有征服宇宙之志，于是打心底就喜欢上这样的小弟。这不正好是探险队未来的优秀苗子吗？

大胖又赞道：贤弟果有鸿鹄之志，将来必成一番大业。只是哥有一事不明，那么多同学都在谈恋爱，你们为什么却胸怀天下，而不是胸怀美女？

拉罐道：胖哥有所不知，男儿志在四方，岂可沉迷女色！现在的女生也太物质化了，谈个恋爱得花多少钱啊？她们进高档餐厅要花钱，还得送礼不断，就连中元节、万圣节都要买礼物，不买就跟你耍脾气。我有一室友，老爸是做生意的，家境还算不错了。可是自从谈了恋爱，就跟我们一起啃馒头吃泡菜的朴素生活啦。你说我们一介穷书生，哪来那么多钱谈恋爱？我们都是普通工农的后代，哪能跟他们富二代、官二代、拆二代相比。所以，我们几个家庭相似的小伙伴志同道合，不畏浮云遮望眼，只因兜中没有钱。不对，我不是这个意思，而是说人应该有更高尚的精神追求，是吧。

大胖听罢，眼睛竟然有些湿润，不禁对眼前这个学弟肃然起敬，没想到小小年纪竟有如此高的思想觉悟，实在是探险队未来接班人的不二人选。

于是大胖情不自禁地伸出大手掌，拍拍拉罐的肩膀：我与贤弟相见恨晚啊！真是天将你赐予我啊！恨不能与贤弟来个桃园三结义，可惜此地没有桃园，五个人也有些超编了。加上你小胖哥，勉强凑够七个葫芦娃的编制。说是七个小矮人吧，又不太合适，要是有个皮肤雪白的公主就好了。算了，咱们别高谈阔论啦。走，胖哥今天请你们登山队全体队员出去吃海鲜自助餐！敞开肚皮随便吃，吃到老板和老板娘吐血方休！

连海鲜长啥样都没见过的拉罐听罢非常感动，紧紧地抱住大胖那粗如自己大腿的膀子道：胖哥，我的好胖哥，您善解人意，真是我们的知心朋友……

当时，画面极是感人，难以用语言形容。

后来事实证明，自助餐的老板没有吐血，倒是几人因暴饮暴食吐了一地。

第二章：迷魂凼

时间一晃就到了 2013 年。这一年 8 月，一条不起眼的地方新闻引爆了整个成都户外圈：一支官方地质科考队在中国百慕大迷魂凼失踪。这只是当地小报的一条小新闻，在一个大国的浩如烟海的信息海洋里，它很难一石激起千层浪。但在户外圈，这里面的含金量足以让人寝食难安：不是忧虑失踪人员的生命，而是都不曾想到在本省居然还有这么一个名字骇人的"探险宝地"。

"迷魂凼"这个词，大多数驴友还是首次听说，虽然是第一次，却一见钟情，都被它的美名深深迷住无法自拔。天下无奇不有，难道大四川还真有这神奇的地方？不去亲眼一看，简直枉为川人。

消息在各大户外群里不断传开，大胖的户外群自然也不例外，群消息沸沸扬扬，大胖只好设为消息免打扰。

大胖无心他顾，此时正在忙着做生意呢。他和拉罐的登山队合作，在校园里做零售生意，小到方便面牙膏牙刷，大到历年考试真题、四六级内部包过资料等；外加各种跑腿代购、减肥增肌陪练、失恋挫折话疗等。几人频繁往返于男生楼和女生楼，送货上门或帮人跑腿。校园里的各种告示栏、信息栏少不了他们几人的狗皮膏药广告。由于没有社会人员的干扰和竞争，所以他们着实大赚了一笔。搞得全校唯一自发成立的登山队员们感叹登山无用，不如倒卖物品。生意正做得风生水起呢，哪有闲情管什么户外探险新兴宝地？

但群里的讨论依旧如火如荼，哪管群主生意兴衰成败。

第一个阶段的讨论就是迷魂凼的前世今生。

据资料显示，在成都市西南面两百余公里处的洪雅县，有一座神奇的平顶山，这座山曾被明清皇帝禁封六百多年，因为曾有大量百姓官兵上山后离奇失踪，尸骨无存，因此自古被世人称为"妖山"。

妖山的历史还可以追溯到东汉时期，相传鬼道创始人张道陵为了躲避官兵追捕，率领众弟子在此山顶建立了八卦阵，于是进入的人要么迷路走不出来，要么彻底失踪。

这神秘的妖山如今被人称为瓦屋山，因为远看起来这座山就像一个拔地而起的桌子。其山顶为平面，地质学上又称为桌山、平顶山。瓦屋山三面皆是垂直悬崖，而且落差数百米到上千米不等，仅南边有一道山脊可通山顶。其最神奇的地方就在这类似平面的山顶了，所谓的迷魂凼就是指山顶的那块弹丸之地。山顶其实并不大，最长处直径5.3公里，最短处约3公里。但是，自古以来，很多不可一世的挑战者就是在这弹丸之地损兵折将，抱憾终身的。

1970年9月，一名经验丰富的猎人信心满满地带着训练有素的猎狗进入山顶森林，结果连人带狗均失踪了；1972年春天，几名妇女上山采药，随后失踪，至今未归；1974年，当地政府组织专家进入调查，结果迷路，后来救援部队赶来才重见天日；1979年，省林业厅的专家带队闯进山顶区域，结果在里面原地打转走了三天，以致精神崩溃，最后队员用刀砍出一条路才得以脱险，当他们走到有人烟的地方时，却已穿越到了隔壁的县城；1990年夏，世界动物基金会专家安德鲁·劳里博士带领一队人马进入山顶区域考察，由于罗盘失灵在里面走了很久，发现队伍依然在原地；1999年12月，青年科学家郑明全在当地导游带领下上山观察熊猫，结果迷路，救援人员三天后找到时他发现他已成冰人，不幸牺牲；2010 年，来自两个市的官方专家组成了一支科考队进入该区域探险，当时有一队武警战士荷枪实弹保驾护航，但仍旧迷失方向，数日后方才意外走出来；2013 年，又有一支地级官方地质队进入考察，结果消失得无影无踪。

第二个阶段的讨论：迷魂凼迷魂的原因。

根据幸存者的描述：在这片区域，指南针摇摆不定，手机、GPS 也没有信号，就连机械手表也指示混乱，人们没法利用传统的或高科技的设备辨识方向，加上地形复杂，进入的人往往在里面不停地绕圈，原地打转，就是走不出去。

而且，还有瘴气。瘴气是古代植物腐败后发出的气体，迷魂有可能就是因为吸入了毒气，导致神志昏迷，甚至中毒而死。

对于一般公众，了解迷魂凼真相之后，已经胆寒。对于一般的户外驴友群来说，这只是一个风行一时的新闻，过去了也就没人再提。但对大胖的群来说，这是可以燎原的星星之火啊，因为这是胖哥探险群，无探险不兄弟嘛。

于是群友纷纷高喊要组织探险队、敢死队挑战迷魂凼。各有各的动机：有些是想看看迷魂凼长什么样；有些是想班门弄斧，自古高手在民间，就是想让官方队伍自惭形秽；有的则是想借助挑战不可能，扬名立万，名垂青史。

然而大多数人都是说话的巨人，行动的矮子。真到报名的时候，便鸦雀无声了。

但不久群里就出了一件怪事。某日，有个叫"我心你花"的女群友发了张性感的自拍照，然后说不好意思，发错了，现在也撤销不了，请群友多多谅解。

群友怎肯放过？纷纷表示理解，说没事，你大胆地发，我们绝对保密，不会用那么粗俗的语言来赞美你的漂亮，你的漂亮得摘抄唐诗宋词里的名句才行。于是一大群人围着人家追问芳名、芳龄、婚否及兴趣爱好。

"我心你花"盛情难却，说：小女子年方二八，至今单身，未有心上人。

这一下就炸了膛，群里再无什么探险的讨论。男群友也纷纷自我爆照，当然爆的都是自己在户外登山、攀冰时的帅照、肌肉照，纷纷争宠，说什么户外有你更美丽，我心不花钱给你花，云云。

"我心你花"忽转移话题：我入贵群，就是喜欢有探险精神的猛士，帅不帅的无所谓，敢于冒险才是真男儿，你们什么时候跟群主去迷魂凼啊，这么有名气的地方，不正好可以秀肌肉嘛？

美女这么一刺激，群友纷纷@群主，强烈要求群主组织探险队挑战迷魂凼，否则就退群，还骂群主软弱无能之类。

虽然群信息设置成了勿扰模式，但胖子也招架不住这么多人的@。于是只得应付一下，发了一句让人捉摸不透的诗句：羌笛何须怨杨柳，春风不度玉门关。

大胖本是想打个哑谜，但在群友看来，这恰好是群主在煽动大家搞事嘛！群主都准备好了，就差春风了。这春风，不是别人，正是我们广大精忠报国的群友啊。于是一呼百应，人人争先恐后地表示提着脑袋也要参加，只要群主一声令下，刀山火海也不怕。

大胖根本没有多余时间，还有好几个失恋女生等着话疗呢。只好将群务交给小君君全权处理。

看着群里如此多的报名者，大胖不禁暗喜，要是把他们变成一支军队，我胖哥就能当团长了。要是能带领千八百人去迷魂凼，大家手牵手，从一头走向另一头，也就踏平迷魂凼了。什么百慕大千慕大的，也就鸡蛋那么大。还用得着我瞎操心？

群友高呼：群主高明！群主千古！

但有人质疑：一千人去恐不现实，人多后勤保障怎么办？这么多人吃喝拉撒怎么办？不说粮食问题，就算每人在里头方便一下，那不就升级成迷魂厕了？远近闻臭了嘛。

有人就解释说：对你来说很脏的东西，对大自然的植物来说那可是琼浆玉液啊。我们一千号人在山顶集体一拉，说不定又给国家奉献了一座茂密的大森林呢。

有人问：说正经的，万一有毒气怎么办？

答：你不知道有个东西叫防毒面具吗？看你就是一只菜鸟。

有人问：听说有狗熊、云豹等猛兽，怎么办？

回答：来则是菜，还是荤菜。

群友提出了大量安全性的问题，不过大家似乎都能找到对应的解决方法或设备。

突然有"乌鸦嘴"提醒道：你们要不要写份遗书啊？万一哪个挂了，保险是要拒赔的。

这句话掷地有声，一瞬间群里鸦雀无声，这种危险的地方，啥事都有可能发生。说归说笑归笑，一旦面对生死，还不是人人自危？

沉默良久，有人说：退一万步，真迷路就放火烧山嘛，总会引来救援队。烧山虽违法，生命诚可贵，为了爱情故，一切皆可抛。

关键时刻，还是美女"我心你花"挺身而出：小女子倒是想去，巾帼不让须眉，不知群主肯收不？

大胖道：别逗了。你要是去了，岂不分散大家注意力？没被路迷死，先被你迷死了。我们怎么向父老乡亲交代？

"我心你花"道：也是啊。那好吧，但我很乐意跟闯迷魂凼的勇士做朋友。

美女的话也许起到一点激励作用，可是面对生死攸关的问题，很多人又会想：天涯何处无芳草，何必伤身又动脑。

后来统计人数，为了防止"水娃"，报名者预收 30 元占坑费。结果，一提到钱就不热闹了，群里一时鸦雀无声。

其实，大胖不知道这个故意误发自己美照的女人，正是小胖。小胖嫌大胖在他们寝室鸠占鹊巢，造成诸多不便，特别是他每晚鼾声如雷，常影响大家睡眠。于是小胖就假扮美女演了这一出戏，目的就是想支走大胖：快去玩你的户外吧，别影响我们小孩子读书。

胖子之所以能住小胖的宿舍，因为有位兄弟自己搬出去租房住了。

大胖最后还是搬出去了，因为宿舍的床实在伸展不开，于是他在学校附近租了一个豪华套房。临别时，他对室友道：你们还在长身体，我就不影响你们小朋友了，空了常过来坐啊，我给大家炖肉吃。

小胖积极地帮他打包收拾行李，恨不得快点送走他。送大胖到达目的地，大胖一看自己的行李多了几包，就惊问小胖怎么回事，小胖只说没问题，快走吧你。到了大胖租的房间，小胖就问：胖哥，你选哪一间？

大胖惊讶：什么哪一间？都是我的房间。你还想鸠占鹊巢啊。

小胖说：你鸠占鹊巢这么久，总得给我点补偿吧。我们胖字辈的不是一家人嘛。离开你我还真有些不适应呢。

就这样，两个胖子幸福地住在了一起。

但真正让大胖决心再次扬帆起航去探险的原因，还是因为他们的生意受到了重大打击。显然他们的校园生意模式早就被人模仿了，一时间各商业团队如雨后春笋般地涌现出来，导致他们的销售业绩一落千丈；而直接干倒他们的则是一个女生贩卖团伙，她们不但人长得美，而且恬不知耻，居然开辟奇葩业务，什么为男生手洗内裤！真是厚颜无耻至极。就这样，直接导致所有男团覆灭。

闲得无聊的大胖才将注意力放在探险活动策划上。这个时候，他的预备队就该上场了。

大胖问拉罐：去登瓦屋山不？

拉罐当即答应：那还用说？我们登山队，那是无山不欢，无山不兄弟。

大胖赞道：好！我果然没看错你。不过单纯爬上爬下的也不好玩，我们重点是计划去山顶的迷魂凼转转，据说那里经常让人迷路，听说有点危险，你们敢不敢去？

拉罐初生牛犊不怕虎，豪言壮语道：我们人生字典里就没有一个怕字。虽然我们年纪小，但是我们功夫高，专业登山二十年，攀岩、速降、探洞，上九天揽月，下五海捉鳖……无所不用其极，不对，是无所不能。我们跟超人是同门！

大胖欣慰地拍拍拉罐肩膀：甚慰平生啊！党国就需要你们这种不怕死的接班人！

拉罐不好意思地说：只是活动经费，我们可没多少零花钱啊。

大胖：金钱如粪土，好歹我也当过几天老板。这些组织会考虑的。

于是大胖就把老胡、老搞、小胖、小君君这些老队员和登山队新队员等召集起来，召开行前会。大会就在胖子的出租屋里举办，自然少不了点外卖来的大鱼大肉和啤酒。

几杯水酒下肚，众人才言归正传，七嘴八舌地讨论起装备问题，什么望远镜、对讲机、定位仪、卫星电话、运动 DV、火种、求生口哨等，可谓无奇不有，面面俱到。大胖让小胖都一一记下，以便择吉日下单采购。

说到行动方案时，大胖拿出一大张彩色卫星地图，向众人眉飞色舞地解释道：诸位看官，请朝这儿看。如图所示，瓦屋山三面皆为悬崖，落差最大者可达一千米，仅东南方向有道山脊可通山顶。其山顶东面部分被开发，其余则属于荒蛮状态。按照资料的说法，只要离开景区道路都是迷魂凼的范围。此次，我军行动路线是：先到索道上站，经尔山庄直达兰溪瀑布，从这里一路北上，经过迷魂凼的核心区到达鸳鸯池，穿越就算成功了。途中，会遇到我们的强大敌人：传说中的各种神秘现象，甚至迷路危险。为了给后人留下宝贵的历史资料，本司令决定将我们的丰功伟绩拍下来。

小胖道：大胖，你倒是很像我们四川的历史名人——哈儿司令，懂吗？

老胡：既然大胖已经提前运筹帷幄了，我看可行。只要能深入核心地带，验证一下神奇传说，也就不虚此行。

老搞道：你那叫啥不虚此行？总要找到点儿什么纪念品吧，比如遇难者的骨头、死者遗物、道观遗址什么的，这才是具有轰动价值的重大发现嘛。

老胡点头表示赞同：有时间我们可以在迷魂凼多住几天，深入品味，不要走马观花。如果真能找到古代遗迹，破解失踪人口的谜团，那自然是锦上添花。

拉罐代表登山队拍着胸脯保证道：有你们老鸟带队，我们新手绝不后退！

大胖借着酒劲，情绪激动道：挑战迷魂凼，四海美名扬。万一没回来，照片挂墙上。

小胖：乌鸦嘴！

第三章：上瓦屋山

因各种原因，次年五一节探险队才正式出发。五花八门的装备塞满了六十升的硕大登山包，按大胖的说法，要来一次豪华奢侈的重装探险活动。为此，他还给每个人量身定制了醒目的橙色冲锋衣，说万一失踪便于搜救。胸口还有"胖哥探险队"几个刺绣大字。不过，当初一起吃肉喝酒的十人只来了八个。

小君君和平头缺席，原因皆因女朋友。一个说女友意外怀孕，一个说女友以死威胁。胖子苦笑着摇摇头：在中国的探险史册里，有你们不多没你们不少。重色轻友的家伙，不配加入光荣的探险队。

到了瓦屋山景区门前，众人愣住了，景区大门紧闭，里面有一建筑工地，工人正在不慌不忙地建造着一栋大楼。

守门大爷一脸冷峻，隔着铁门质问：你们是干什么的？景区封闭施工，不对外开放。

大胖拿出一包烟，笑脸相迎：大爷，我们是探险队的。专门来挑战迷魂凼。来，请抽烟，您给行个方便，放我们进去吧。

大爷一看是好烟，却没伸手拿，摇摇头问：哪里的探险队？有政府公函、公司批文吗？

大胖见一包烟也不行，便拿出几张百元大钞：大爷，您看，这就是我们的公函。

大爷看了看胖子手里的钞票，说话的语气也温柔了不少：哎！不行啊。这是公司规定，我无权放任何人进来。还去迷魂凼？那更不可能，那是禁区，任何人都不能进，出了事谁承担得了？你们还是回去吧。

老胡也上前游说：大爷，我们是专业探险队的，经过专业的培训。你看，我们服装都是统一的。

大爷还是不同意，准备离开置之不理。

大胖赶紧问：大爷，给一个你们老板的电话，我们申请申请？这包烟就算孝敬您老啦。

大爷半推半就地接过烟：给你们也没用，这里根本没信号。

大胖道：不存在，我们开车出去打就是。

大爷把号码给了大胖，又叮嘱道：你就说在网上找到的。老板不认识你们的话，估计也白搭。这年头，走后门得有关系啊。

大胖与众人商议，计划分头行动。他跟小胖驾车出山打电话。备用计划由老胡负责完成，在周围侦察一下，找个可以翻墙而入的突破口。

大胖下山去打电话，自然吃了闭门羹。回到景区门口，老胡也完成了侦察任务，说情况不乐观，周围地势险要，负重攀爬恐有危险。

众人有些泄气，难道就这样无功而返？

就在众人焦头烂额之际，守门大爷却主动来问情况。

大胖摊摊手，一脸无奈：大爷，你是好人，坚持原则，刚正不阿。看来我们只有等景区正式开放了再来了。

大爷却放低声音对大胖说：你一个人进来，我有话说。

进了门卫室，大爷却松了口：也许可以让你们进去。

大胖忙问：难道还有旁门左道？这样您也不用担责任了，我们懂。

大爷摇摇头：我就可以让你们进去。很多慕名而来的驴友，我都没有放行。但你们不一样，有统一的队服，装备又很齐全，都是精神小伙。只是……

大爷欲言又止。大胖敏锐地觉察到什么，赶紧把钞票塞进大爷手里。

大爷没有拒绝，还是有些犹豫。

大胖隐约察觉大爷可能有什么难言之隐，于是问：你需要我们做什么，尽管说。只要力所能及，我们义不容辞，而且严格保密。

大爷道：其实也没啥。就是你们上山，帮我带点粮食上去。

大胖笑道：就这？我还以为是什么大难题呢。带什么粮食？带给谁？怎么带？

大爷慢慢地说：事情是这样的，本来守大门的是两个人，另外一个是李老头，三天前他说想吃笋子炒腊肉，上去后就没再回来了。我担心他迷路了。只要离开景区道路，钻入竹林就容易迷路。你们多带点粮食，顺便帮我找找他，找不到也没关系，挂一些食物在大树上就可以啦。这也算是互相帮助。不过你们不要太深入，差不多就出来。

大胖一下子就明白了，大爷原来是要他们免费去搜救啊。不过也好，皆大欢喜。

大胖就拍着胸脯跟大爷保证：我们既是专业探险队，也是专业的搜救队。

大爷说：现在人多眼杂。等到傍晚，工人们都下班了，我再送你们上山。

大胖带回好消息，众人转忧为喜。

傍晚天空下起了毛毛细雨，气温也随之骤降。八人背着大包鱼贯而入，大爷要他们帮忙携带的东西着实不少，三个大麻袋，分别是面条、卷心菜、油盐酱醋调料，分量不少都十分沉。

众人心惊，不是担心提不动，而是猜想：山上何许人也，饭量如此惊人？大胖有些后悔，太轻率了，这么多东西，怎么爬山啊？

大爷说：从这儿徒步没有六小时你们是上不去的。但是你们运气好，赶上了好机会。缆车刚刚检修完，偷偷用一下还是可以。坐缆车，四十分钟就到了。

众人千恩万谢，两人一组上了缆车，告别大爷。

临走大爷叮嘱道：切记，山顶的山庄都是公司的财产，贴了封条，你们不要乱动啊。

缆车启动了，摇摇晃晃，慢慢悠悠地上行。山风中只传来一个微弱的回声：大爷你放心吧，我们会好好使用的。

大爷只听见"好好"两个字，于是满意地点点头。

约过了半小时，缆车突然顿了一下，抛锚了，众人以为到站了，收拾背包准备下车。

排在一号车的是大胖和小胖，大胖打开车门，一股猛烈的山风就吹了进来，冷得他赶紧关上门。隔着车窗用手电照了照四周，黑压压的一片，看不到陆地，也不见站台建筑物啊。

大胖取出一根荧光棒，折亮了扔下去，荧光棒消失在黑暗中，看样子距离地面很高，大胖倒吸一口凉气，幸好刚才没有踏出去，不然就出师未捷先摔死了。他赶紧在对讲机里通知其他车：大家千万不要开门下车，还没到站，下面是万丈深渊！重复一遍，千万别下车！

八人都在空中，上天无门，落地无路。得知此消息，对讲机七嘴八舌一阵骚动。

胖子道：可能是守门大爷估计错了，以为我已经到站，就关了电源。不管怎样，大家不要慌张，我们的食物足够半月之需。

小胖道：然后呢？大家集体长眠于此？

老胡道：天无绝人之路。我们可以派人顺着缆绳滑下去，叫大爷通电。再不行，用拉罐的绳子垂直降下去，通常缆车距离地面不会太高。

正当商议时，缆车突然抖动一下，又开始移动了。

果然又过了十来分钟，在强光手电照射下，已经能隐约看见上索道站的建筑了，索道站一片漆黑，毫无生机。

突然，大胖发现上索道转盘处有一个黑色人影，一动不动地还打着一把黑伞。

小胖有些吃惊：什么鬼？守门大爷没说有人来迎接啊。

大胖道：没人那就是鬼啰。

大胖试着用手电照了照那人，那人依旧不动。

就在大小胖犹豫的时候，他们的一号缆车已经绕过转盘，准备折返下山去了。

这时打伞的人终于动了一下，随着他的一个动作，移动的缆车戛然而止。

后面三车没有觉察异常，只是纷纷扔下背包辎重，跳了下来。

所以大小胖最先到达，却是最后下车。

那人原来是个大姐，见有生人下来，戒备地质问：你们是干什么的？

老胡上前答道：我们是探险队的，守门大爷叫我们顺道给你送食品上来。

大姐这才放松警惕，换了一副笑脸：哦，哦，你们跟前天来的是一起的啊。我姓周，叫我周大姐就行。

知道是遇到人了，大胖这才过来问：周大姐，大爷没说上面还有女的，只说有个跟他一起守门的李大爷在上面采竹笋。你是这儿的工作人员，还是常住在山上的少数民族？

周大姐笑道：那老头子脑壳有问题，爱忘事，李大爷不是他自己嘛。公司雇我们一个守索道下站，一个守索道上站。山顶还有公司的酒店，平时都需要人巡守。看你们也累了，先去我值班室躲躲雨吧。

路上，大胖问周大姐为什么缆车中途停了一会儿。大姐告诉他，那是他们的暗号，表示有客人上来。

走了不到百米，就见到远处一栋两层小木屋。

周大姐说：你们直接去吧，我去抱捆干柴，好给你们下面。

周大姐随即隐入小道不见了。

大胖走在最前，快到木屋时，大胖突然发出尖叫：有鬼呀！

众人一看大为吃惊：二楼的窗户有一个人头，吓人的不是头影，而是那颗人头伸出足有一尺长的舌头，正上下舔着什么。

小胖、拉罐之流哪里见过这种现象，也叫一声有鬼呀，旋即丢掉背包辎重，掉头就往索道站跑。受此影响，众人皆跟着跑。但没跑几步，却撞着抱柴回来的周大姐。

周大姐见众人如此惊慌，便问什么情况。

答说：屋里有，长舌鬼呀。

周大姐不信：别怕，姐去看看。

众人提心吊胆地跟在周大姐后面，周大姐随手操起一根棍子往木屋方向走去。果然远远地看见窗户上有个奇怪的长舌人头。

周大姐低声道：你们就在这里等我，我上去看看。

老胡道：我跟你去，多一个帮手好办事。

大胖也自告奋勇，于是三人悄悄地摸到二楼，周大姐在前，她一手持棒，一手拉门。

门突然拉开，却没有连锁反应，却听周大姐骂道：你个砍脑壳的，你装啥子神呢？大半夜不睡觉，起来搞啥子？

大胖和老胡赶紧上前准备助攻，却见是一中年男人坐在窗边，嘴里叼着一个长长的汤匙正在吃蜂蜜。那人的头被灯光放大变形后，投影窗户，远看就像长舌鬼。

两人如释重负。原来是一场误会。周大姐说这是她男人，上山来陪她的。然后才下去招呼众人到厨房。

上索道的海拔接近2 600米，夜间非常寒冷。好心的周大姐给他们烧了一盆炭火，众人围着烤起来。周大姐很快做好一碗碗热气腾腾的熟油辣子面，众人狼吞虎咽地吃了起来。

也许是常住山顶太孤单了，周大姐显得特别热情好客。陪着年轻的小伙们兴高采烈，有说有笑。

周大姐笑道：李大爷有点老年痴呆症。前几天是来过人，但人家是电视台的，是老板请来拍风景的。等到景区开门营业，电视上宣传一下，游客就来了。其实我一个人晚上也害怕，更不敢随便往里头走。看你们带了这么多设备，是来协助他们拍摄的吧。

大胖也不好否定，只是岔开话题：大爷也不傻，说话很有条理，坚持原则，可能就是有点老年痴呆症吧。

周大姐解释道：你们不知道，他小时候跟他爸上山打猎，结果只有他一个人回来，说他爸被黑洞吞了，有个影子救了他，把他带到路边才走出来。他妈改嫁得早，没人管他，结果书也没读成，村里人可怜他轮着把他养大。但这个人有点鬼迷日眼的，他每年都要偷偷去迷魂凼几次，问他他说是挖竹笋，但每次他都带着纸钱香烛，明显是去给他爸烧纸钱的。我们本地人没几个人敢去那地方。像你们这种考察的来了，很多时候都推荐他当向导，只要是他肯帮忙，就没事。但也有例外，几年前来了一个动物专家，想进去观察熊猫。结果只有李老头一个人出来了，说专家走不动，喊他出来找救援。结果找到时，人都成了冰坨坨。当时我男人也参加了，那尸体就是他抬出来的。

大胖问：传说失踪很多人，连一根骨头都没找到吗？

周大姐道：都是听老辈子讲的，新中国成立后的确是很多人进去就没出来的。那些打猎的、挖笋的、采药的后来都不敢进去。我爷爷说里面有国民党的军队，是被军队抓了，出不来。后来政府组织考察队进去，还派了武警带枪保护，但是也迷路了好几天。失踪的、死了的多得很，只是没报道，外面的人根本不晓得。你们要去千万小心，都说里面闹鬼，是鬼在害人。景区一直禁止游客离开道路，违者罚款。

大胖道：大姐，都什么年代了，还信鬼神？我们就是要用科学的方法破除封建迷信，还迷魂凼一个清白，向世界证明，迷魂凼风景迷人，但不迷魂。

聊完天，周大姐就准备送客了：你们沿着这条路，走个几百米就到了象尔山庄，那地方大，你们搭百十来个帐篷都没问题。电视台的也在那儿。

夜已深，众人说了感谢的话，辞别周大姐，沿着石板路，淋着小雨迈向山庄。

第四章：山庄惊魂

象尔山庄是一栋彰显古典风格的三层木屋。每层十余间客房共享一个走廊。最壮观的是其面前的巨大院坝，由并不平整的石头铺成，很有岁月的沧桑感。

众人在二楼找到两个未上锁的房间。里面陈设简单而整洁，白色的床铺一尘不染，被子也叠得整整齐齐。

想起守门大爷的叮嘱，大胖就说：我们还是用自己的睡袋，尽量别给人家留下蛛丝马迹。

于是八个人入住两个标间。

半夜，大胖忽然惊醒。梦中他仿佛听见有人跑过木板的噔噔声。

小胖和老搞则沉浸在自己的鼾声中。老胡却已穿戴整齐，正欲出门的样子，见大胖醒来，便低声说：有情况。

两人没开灯，摸黑出了房门。屋外夜空晴朗，半轮明月透过云层散发着朦胧的白光。

大胖睡意未醒，抱怨道：大半夜的，搞什么飞机大炮？

老胡道：你没听到小孩跑吗？

大胖：又有小屁孩捣蛋？谁家的小孩子欠管教？

老胡：我们悄悄地，待会儿给他来个突然袭击，反吓他一跳！

大胖：我扮个猪八戒吓死他。

那小孩仿佛觉察到什么，放低了脚步声，朝三楼去了。

两人轻手轻脚上了三楼。但这种木制的地板，再怎么小心，也会踩得木板吱嘎作响。

到了三楼，却发现地面上有些反光的小纸片。胖子打开手电一看却是一张黑白照片，波浪形的花边说明这张照片很有历史。照片正中却是一个表情呆萌的小女孩。

老胡道：像我们小时候的照片。

大胖有些吃惊：莫非，这就是你说的那个小孩？

老胡：怎么可能？如果她还活着，也该有你我这么大了，也许是个侏儒。

小孩的足印把两人引导到走廊尽头的房间。但门从内锁着，窗户也有窗帘遮挡。

大胖道：恶作剧的小人，多半躲在里面。老胡，开锁可是你的看家本领啊。

老胡道：我什么时候成开锁匠了？

老胡嘴上虽然这么说着，眼睛却看向锁孔，随后他掏出一把小刀，插进去捣鼓一阵，门乖乖地被打开了。

在手电的照射下，这间小屋满是粉色的装饰风格，一张小床温馨而可爱，显然是女孩的房间。墙的一角有面梳妆镜，上面贴着更多小女孩和她父母的合照，全是泛黄的黑白照。

大胖翻遍每个角落，并无人影。老胡则仔细研究照片，发现这些照片都定格在某个时期，没有小女孩长大后的照片。其父母表情则略显呆板，是那个年代的知识分子常有的模样。

老胡计算道：如果这些属于七八十年代的照片，那么说这个山庄荒废了三十多年？胖儿你在看啥？

大胖道：我浑身都不自在，感觉怪怪的，总觉得有什么东西在周围，又看不见。

老胡：看不见，用紫外线。

老胡继续去翻梳妆桌的抽屉，里面尽是些小孩玩具、衣服、课本之类的，都很老旧，带着一点发霉的味道。

大胖把手电调成紫光加红外线的加强模式，四处照射。

老胡正翻得起劲，忽听大胖惊叫道：妈呀，果真有鬼，老胡，你快看床上是什么。

紫光加红外线的双重显影下，小床上隐约有一个小女孩蜷缩着的身影。小女孩发现自己暴露，连忙翻身而起，夺门而逃，消失了。

两人吓得不敢去追。

大胖问：像不像你窗户上看到的影子？

老胡：没错，是她。

大胖：现在怎么办？我们擅闯了她老人家的闺房？会不会遭到报复啊？

老胡：不怕，这是缘分。这年头，最难的事莫过于见鬼了。真见鬼。

大胖：那我们就别打扰人家了。

两人退出房间，窗外月光分外皎洁。

大胖缩着身子跟在老胡后面。走到楼梯时，大胖的手突然一颤扯了一下老胡，把老胡吓得一阵哆嗦。

老胡轻声责骂：你发什么神经？吓我一跳。

大胖用颤抖的声音说道：不是，你看下面院坝好多人啊。

老胡侧脸一看，顿时被吓得直冒冷汗。月光下，院坝上果然站着一大群人，他们一动不动，都静静地、神叨叨地望着三楼。

老胡赶紧收回目光，故作镇定道：好奇害死猫，赶紧回屋睡觉。

大胖：你还敢下去？万一他们冲上来怎么办？要不我们笑着打个招呼，抬手不打笑脸人嘛。

老胡：这么黑，你就算笑成一朵太阳花又能怎样？

就在两人犹豫之际，身后突然响起一中年男人的声音：你们在这干吗！

两人被突如其来的声音吓得身体一颤。大胖更倒霉，手一抖，手电掉在木板上发出巨响。

两人不敢回头。

老胡用胆怯的声音想故作友好地问：大、大哥，难道你是小女孩的爸爸？幸会幸会，久仰久仰。

大胖颤声道：我们无心冒犯您老人家，都是出于对未成年人的关心和爱护，看她一个人在外面跑，很危险的。

突然，两人就感觉身后有一只大手抓在肩头，用力将他们朝后扭转。两人顿时吓得惨叫一声，挣脱那手慌不择路地往小女孩房间跑去。

这时那个声音又响起：跑什么跑？我是问你们大半夜弄出噪声，我们还怎么睡觉？

两人这才停住，听声音好像是个正常人。打开手电，照照来人，那人忙用手挡住强光。怒道：别照眼睛。

大胖把光打在地板上，借助散光看清这个中年人衣着至少是现代的。

老胡突然想起了什么，说道：请问，你们就是传说的国家电视台的人吧？

中年男子道：什么传说，好像我们都作古了。我说，你们大半夜不睡，在找啥呢？

确定来人是人不是鬼，大胖立马嘘了一声，示意那人不要说话。

大胖上前几步解释道：小声点，这儿有鬼。不信你看下面。

那中年男子看了看，道：下面有什么？我晚上不戴眼镜的。

大胖和老胡壮着胆子用手电照了照院坝，却并不见人影。

老胡道：刚才下面的确站着很多人，鬼影重重的，突然被你这么一吓，还以为是鬼上楼了呢。

中年男子道：什么时代了还这么疑神疑鬼的？夜晚光线不足，人是容易产生幻觉的。我说，你们是干什么的？景区的工作人员？晚上巡山的？

老胡道：我们是探险队的，守门大爷让我们带了很多粮食上来，原来是给你们准备的。

中年男子道：哦，原来是一家人啊。我姓袁，电视台的制片人兼导演，你们叫我袁导就是了。我们几天前就来了，可是一直都是雾，没拍到漂亮的风景。就在这里住下等天晴。山庄设备齐全，就自己动手丰衣足食了。

大胖问：你们是不是带着一个小女孩？

袁导笑道：我们这是在工作。小孩子应该在学校待着。

老胡就把刚才发生的情况说了一遍，袁导却不信。至于院坝有人，他解释说那只不过是月光加上凹凸不平的岩石表面让人产生的幻视，加上这里海拔较高，刚来的人可能不太适应，出现一些耳鸣头晕也是正常的。

双方于是就地攀谈起来。袁导突然来了兴致：你说你们是探险队？那太好了。我们正愁这里没什么亮点可拍呢。迷魂凼我也听说过，但是我们四个人根本不敢进去，现在好了，有你们专业的探险队，我们就可以合作合作。你们带我们一起进去，看能不能拍到传说中的神奇现象，我可以让你们每人都露个脸。

老胡却不敢苟同道：迷魂凼据说很危险，我们也是第一次来，经验不足。要是带你们进去，万一你们体力不支，有个三长两短怎么办？

袁导道：我们不用背重东西，跟上你们的节奏没问题。我也不让你们白辛苦。到时候我们叫人给你们剪辑一期探险节目，在电视台播一播，你们不就一鸣惊人了嘛？怎么样？

老胡听罢忧喜参半，犹豫不决：我们还得跟其他队员商量下。具体事宜明天再议。现在时间也不早了，我们都早点回去休息吧。

袁导走后，老胡责备道：胖儿，这种环境你要稳重一点，不要一惊一乍的，胆都快被你吓掉了。

大胖却没在意，眼睛直勾勾地看着下面的院坝，不知什么时候，院坝又出现了大量的人影，只是他们不再仰望，而是围成了一个圈子，仿佛圈中有什么东西。

大胖憋着没出声，只拉了拉老胡的衣袖。

老胡倒吸一口凉气：至少没围观我们了。趁机赶快回房睡觉。

第二日，天气晴好。一大早，探险队就被外面的人声吵醒。原来是电视台的人搬了几张椅子坐在院坝里烤火。三男一女沐浴着朝阳带来的金光有说有笑，特别兴奋。

大胖凭栏而望，向袁导挥手致意。

拉罐从屋里探出头来，睡眼惺忪地问：胖哥，我这是错过了什么吗？

大胖大声道：嗯，错过了该错过的，又没错过不该错过的。大家赶紧收拾东西起床吧。今天还有大事要办呢。

大胖把还在沉睡的人全部哄起来，只说：电视台来人了，要拍我们探险呢。动作麻利点，好好表现，将来上电视当明星，成败在此一举了。

众人不明所以，只当大胖又在夸什么海口。

老胡习惯早起，已经下去跟袁导攀谈起来。

收拾完毕，女记者就要在院坝上以朝阳为背景采访几个颜值小伙，问一些诸如为什么来探险、对迷魂凼的感想等问题。此外，除了袁导，还有两个身强力壮的摄影师。

袁导很高兴：都是壮硕的小伙子，有你们在我们就很有安全感。

大胖又带着小胖亲自下厨，一会儿又跑出跟袁导套近乎，屋里屋外地忙着。吃过简单的早餐，这时周大姐带着一些食物到来。院坝顿时又热闹不少。拍摄计划已经初步拟定，探险队八人分为前队和后队，前队先行探路并做好标记；后队成员是拉罐、文物、馒头和石头，他们的责任是陪同和护送电视台人员。电视台要趁天气晴朗拍摄悬崖风景，然后再与先遣队会合。

周大姐听说电视台也要进去，面露担忧。但看到人多势众，也就象征性地叮嘱了几句。

大胖掏出一张小女孩的照片问周大姐，周大姐看了神情大变：你们怎么能随便进人家房间？那是小女孩的灵堂。

大胖和老胡一听大惊，说是走廊捡到的。就把昨晚的事情讲了一遍。

周大姐叹了一口气：很多事情我们是弄不明白的。20世纪90年代的时候有一支地质科考队，也曾捡到过这张照片，结果就出了事，他们只有几个人活着出来。唉，我劝你们还是别去了，这不是什么好兆头。

大胖道：大姐，我们可是武装到牙齿的现代化专业探险队。再说，越是神秘越是危险，越是容易激发人类的好奇心。你看，我有卫星电话、对讲机、GPS定位仪。我们这叫科学探险，不是冒险。再说我们大包小包的食物，生活个十天半月也不是问题啊。

大姐摇摇头：胖子，你倒是血气方刚，但愿你们的运气比他好点儿。总之，姐就一句话：安全第一。不行就回来，在姐这多耍几天，姐给你们弄好吃的。

大胖就追问小女孩照片一事，周大姐说她也是小的时候听老一辈讲的，说在20世纪70年代，这里来了一批考察队，他们在这里搭建了简易的屋子，准备长期做地质气候方面的研究。为什么要选择在这里？就是你们看到的古代院坝，因为这里是明朝一个道观的遗址，那些石头都是明朝修的。工作队里有对夫妻带着女儿。小女孩天生机灵活泼可爱，是工作队的开心果。但是后来小女孩突然失踪，他们以为小女孩意外掉下悬崖，就组织了大量村民在山脚下找，啥也没找到。他们就断定小女孩肯定是误入迷魂凼了，于是去组织了大量村民、猎人进去找，但还是一无所获。夫妻俩非常悲痛，后来他们在夜里常听见小女孩的笑声，可是出去什么也没有了。后来工作队离开了这里，但这对夫妻后来又回来了，建了一个小小的木屋，取名为想儿山庄，我们四川人叫着叫着就成了象尔山庄。他们给自己的女儿布置了一个温馨的屋子，盼着她能回来住，还烧了纸钱、玩具给她。后来这里曾发生了火灾，景区开发公司又重修了山庄，据说那对夫妻也是投资者之一。所以，才给他们保留了一间小房子，作为他们女儿的灵堂，一般都是不对外开放的，怕吓到游客。

周大姐最后说：如果你们真的在晚上看到小女孩的鬼魂，那只能说明传说都是真的。你们要是有缘，也许可以解开这些谜团。

大胖补充道：我们可不止看到一个。昨晚院坝上还有一大群人影，少说有一百多。特别是最后他们都围在一起看什么呢。大姐，这些影子又是什么鬼？

周大姐大惊：你们还记得他们围的是什么地方？

于是几人回到院坝寻找，果然发现院坝的中心有块石头与众不同，别的石头大体是方形的，唯独中心的石头是圆形。大胖指着圆石，昨晚他们应该就是围着这个在看什么。

老胡道：道观？遗址？胖儿，你去三楼看是不是八卦图。

大胖到三楼往下看了看，当即否定八卦阵的说法：就中间的石头有点圆而已。

众人围着圆石观察。大胖道：下面说不定有什么暗道？

袁导也来了兴趣：你们试试能不能打开。

众人忙拿起工兵铲，那圆石直径足有一米，三人同时用工兵铲撬，铲子的边缘都弯曲了，石头仍旧纹丝不动。

袁导对周大姐道：请给你们何总说一声，让建筑队准备些设备，想办法把这块石头吊起来看看。也许真是什么古代密道，那就能上大新闻了。但是切记，等我们回来再开，我要整个过程一秒不落都拍下来，这对提升你们景区的知名度也大有帮助。

带上周大姐带来的新鲜蔬菜，两队人马先后出发了。

第五章：竹海迷踪

瓦屋山搞开发，也不敢把道路修进迷魂凼。所以，景区道路大都沿着山边悬崖修建，蜿蜒着通向兰溪瀑布。2008 年 5·12 大地震后道路虽有大量损毁，但对探险队员来说，这都不是问题，要走就走没人走过的路，这才能彰显自己的格调。

一路上都有木牌警示：禁止离开景区道路。原因当然不能明说，你要明说就成了：游客朋友，你只要跨一步就抵达中国百慕大迷魂凼，里面可是死了很多人的。那不把人吓得屁滚尿流？

蜀道确实艰难，大胖一行小心翼翼走了一个多小时才听见瀑布的歌声。这便是瓦屋山首屈一指的兰溪瀑布。据说在丰水季节，瓦屋山顶有上百条瀑布飞流直下，甚为壮观。但目前雨季尚早，像这样四季常在的大型瀑布并不多。又据资料显示，山上被人发现的泉眼少说也有七十二处，都是瀑布的源头，这也暗示人们：欢迎来探险，我们免费为您提供丰富的水源。

每一条瀑布身后都淌着一条流量足够的溪流，兰溪瀑布身后淌着的自然就是兰溪了。而要进入迷魂凼核心区，可以沿着溪流北上，也可以直接跨过两米多宽的兰溪，直达核心区。先遣队急于求成，决定直接跨过滚滚溪流，直捣黄龙。

为了便于后队人马轻松通过，造桥势在必行。理论上建桥不难，在水面横放几根木材即可。恰好附近有尚未腐朽的枯木，取出两段，四人一起发力把树干立起来，再推倒使之横跨溪流，小桥流水就速成了。

这种体力活大胖自然成主力，他喘着气，双手叉腰，摆出很有成就感的样子：现在终于知道，为什么世人都说"说话的巨人，行动的矮子"。原来是稀缺我这样的巨人参加劳动啊。这样的世纪大工程舍我其谁。以后搞建设，就不要让你们这些矮子上，那多憋屈。我不是说你们不行，矮子也有聪明的嘛。伟大的牛顿女士不是说过嘛，谁要是能站在我的肩膀上，那就肯定能成为一代伟人。

小胖鄙夷道：你可真会吹，人家吹的是牛皮，你倒好，吹的是自己。牛顿他老人家说过这句话吗？什么时候牛顿变成女士了？

大胖道：说你见识短浅就是短浅。我们说的肯定不是同一个牛顿。你只认识男牛顿，却不听闻还有个美女也叫牛顿的。

小胖：你这是强词夺理，女牛顿算老几？全世界人民只知道男牛顿。

大胖道：你个小屁孩懂什么。牛顿再牛，也要拜倒在美女裙下。

老胡和老搞则坐在桥上商量行动计划。因为过了桥，迎接四人的是一人多高、密密麻麻的箭竹林。一旦进入，直接整体淹没在绿色之中。就连大胖这样的高个子，也难以露出半个脑袋。寸步难行，方向都是次要的。

老搞道：这是个大问题。视线完全被挡住了，这是侦察员的大忌，却是逃敌理想的藏身之所。

老胡道：如何标记路线是个大问题啊。传统的先进方法在这儿毫无用武之地，得一直留下明显的记号才行。我在想如果用刀来砍出一条路，就怕人家说我们破坏绿化。电视台播出去也恐被同行耻笑。

老搞：所以最好是无损穿越。但这就两难了。不砍掉一些，怎么做记号？

老胡：要是这里有手机信号，那都不是我们该担心的事情。关键我怕待会儿进去了，指南针、GPS都失灵，就连他们的拍摄设备也遭殃，那就不妙了。

老搞：那就在这里等他们，一起进去至少队伍不会失散。

老胡：这样虽好，但电视台的怎么返回？又没计划他们的帐篷和睡袋，拍完了得先把他们送出来。这些人长得细皮嫩肉的，哪能跟我们一起吃苦？要是不把他们送出去，岂不平白无故增加四个拖油瓶吗？

老胡老搞正在焦头烂额地忧国忧民，旁边的大胖却笑了：看你们两个，平时都是一副江湖老大的派头，今天竟然为这点小事愁眉不展，我跟小胖再怎么也是在讨论牛顿物理定律这样高端大气上档次的学术话题嘛。

老搞怒道：犯上作乱了你，大傻个，你还笑。这可是摆在人人面前的头等大事，必须引起高度重视。你行，你来说说看，这怎么就是小事了？你长了翅膀啊？

大胖道：说出来吓你一跳，本山人自有妙计。小胖，打开那个蛇皮口袋。

当小胖打开袋子，拿出来里面东西的时候，老胡、老搞连呼两声好，表扬大胖果然小算盘打得好。

大胖得意地谦虚道：哪里哪里，过奖过奖。这也是受到大家启发的嘛。前次你们说要定制探险队专用的路标，一路走一路贴。后来我就想了一个懒人绝招，也别定制什么路标了，干脆换成警察用的警戒带算了。管他什么迷魂凼，我们牵着警戒带走，就算找不到出路，至少可以原路返回。要是别有用心的人想跟踪我们，看到这个警戒带也会吓得连连后退。

老胡称赞道：外界传闻我们群主是个满脑肥肠的大胖子，今天看来还是能别出心裁嘛，屈才了。

大胖道：这叫脑容量大，聪明拒绝秃顶。这一麻袋足有十公里长。肆无忌惮地畅游迷魂凼根本就不是梦。

路标的问题解决了，但其他问题还没有解决：竹林过于密集，只走人吧，问题也不大。但都是大包小包的，竹林一路牵拉扯绊，让人寸步难行。

所以，四个人没进去几步，又退了出来，继续开动脑筋。

大胖道：砍又不让砍，那就给每棵竹子脑袋上吊块石头，让它们向我们低头认罪，我们就好大摇大摆地进出。

老胡道：胖儿虽然说的是玩笑话，不过也有道理。试试把竹子捆绑起来，看看效果。

大小胖就动手操办，左一堆右一堆地把十几根竹子绑在一起，中间果然腾出不少空间。堆与堆之间再用两股警戒带左右拦阻一下，一条幽径就诞生了。

效果不错，四人当即决定用此法打造一条通向迷魂凼的高速公路。

但随着四人的深入，光线逐渐暗淡，更奇怪的是气温骤降，原来密林之下还保鲜着大量积雪。

过了中午十二点，四人才勉强打通一条短道，出现一块空地。之所以出现空旷地带，是因为这里有棵半截碳化的雷击木，想必这里曾经经过天火洗礼。

四人决定在此等待后队。经对讲机联系知晓，电视台正在进行最后一个航拍项目。

简单地吃点干粮，老胡、老搞便登上不远处的小山包远眺。山包后面还有无数的小山包，仿佛绿色海洋微波起伏，一眼望不到边。

老胡道：这些小山包不简单啊，传说中这里暗藏八卦阵，此言不假。人一旦进入其中，四周参照物都一样，极容易迷路。从军十几年，我还真没见识过这种古代军事设施。

老搞道：乍一看就像是千万座坟包。不过古人再聪明，这些东西也早就过了有效期吧。进去走走又何妨，我们是科学现代人。

老胡道：事不宜迟，把 GPS 都拿出来试试，这里要是有问题，那就不用带他们进去瞎折腾了。及早打发他们为好。

老胡拿出老式指北针、手表 GPS 轨迹逐一检验，目的是等电视台一来就让他们赶紧拍完送客。果然，GPS 轨迹是乱的，就算原地不动，轨迹也自动绘制。电子手表更夸张了，时针转得比分针还快，仿佛时间在飞逝。

大胖却有些失望：这算哪门子神奇现象，就是一些常见设备故障嘛。还不如拍公鸡下蛋、母猪上树呢。

老胡道：那你下个蛋、上个树试试呢。那得有啊。等他们拍了，赶紧送客，免生枝节。

修路十年功，穿越一分钟。得益于先遣队建立的竹林高速路，后队很快到达会合。

老胡对袁导说：这里就可以拍到神奇现象了，拍完你们赶紧回吧。

袁导看看四周，摇摇头：这里不行，背景太普通，一点神秘感都没有。要找个看起来既神奇又危险的地方，能一下就把观众的眼球抓住。

老胡只好带众人翻过小山包，进入传说中的疑似八卦迷魂阵。反正是不是八卦阵没人知道，但是用来忽悠电视台正好。这里地势起伏不平，加上山雾萦绕，树木张牙舞爪，颇具神秘征兆。

袁导看后很满意，便安排摄影师和记者各自准备。

大胖、老胡、老搞不愿上镜，毕竟他们多少跟倒卖国家文物有说不清的关系，公开抛头露脸，终究是要给人家电视台抹黑的，所以婉言谢绝，只剩下小胖和他的四个校友喜形于色地配合拍摄。但拍摄也很有讲究，谁走在前面开路，谁又发现 GPS 失灵迷路，谁负责拿出指南针辨识方向，谁的表情要显得恐惧，这些都一一做了分工，而且编导和记者现场指导，现学现用。好心的记者又给每个参演人员设计了符合各自角色的台词。

可是小青年在镜头面前总有些放不开，表情语气不够自然，所以一连拍了十几遍，袁导才基本满意。

拍完了，袁导意犹未尽，还想跟着队伍深入，说他们也想体验一把野外露营的生活。

老胡因为他们拍摄耽误时间已经很恼火了，现在导演说还要体验荒野生活，肚子里更是来气。但又不好发作，只是脸色不好看。

大胖看出了老胡的不满，便对袁导说：您高抬贵手了，来日方长，以后合作机会还多。这次实在是没有准备你们的睡袋，林子里还有积雪，晚上肯定冷得不行。安全起见，我们还是护送你们回象尔山庄吧。至于接下来的情况，我们自己也会用专业 DV 全程拍摄，到时打包发你过目，任你选用，如何？

袁导这才恋恋不舍地收拾东西打道回府，仍由拉罐等四人护送。

送走电视台的四位，天色不早了，于是大家就近整理了一块平地作为营地。

老胡和老搞负责搭建帐篷、改造营地及加强安全措施。两人又砍下大量竹子搭建了一个三角形的窝棚，用以存放不太重要的物资。如果有人想体验荒野求生，又或者帐篷里有人鼾声如雷、随意放屁污染空气，这窝棚就是个清净之地。

大胖、小胖则准备在三个帐篷围起来的中心地带生火准备晚餐。但这里既寒冷又潮湿，几乎找不到干柴，生火自然是一件难事。这难不倒大胖，他早就准备了足够的固体酒精，固体酒精如果没用，他还有从油箱抽取的几瓶汽油。这些如果也不行，那还有足够的炉头和气罐。这波操作可谓前无古人，后有来者，仿效者肯定不少。如此周全的准备，要是再发生失温悲剧，那就天理不容了。

靠着固体酒精的烘烤，伴随着催人泪下的浓烟，小小篝火总算蹿出了火舌。浓烟是因为木柴潮湿，而之所以还能燃烧，是因为底火将燃料逐层烤干，缓慢燃烧。有了篝火，再拿出户外吊锅化雪为水，过滤后再烧开倒入火锅料。大胖为此早就准备了充足的蔬菜、冻肉、鱼丸、毛肚、牛肉等，这就是一场蓄谋已久的户外火锅盛宴。美中不足就是忘了带酒。然后他拿出音响放起摇滚，自己哼着曲儿，扭着屁股操弄一堆食材。

万事俱备，就是不见拉罐他们回来，对讲机也没回应。

大胖已经垂涎三尺，不住地擦着自己嘴角滚滚流淌的口水，感慨道：此生唯有火锅能让地狱变成天堂。下地狱的人带上几包火锅料，蠢猪也要受表扬。

小胖：那要是上天堂呢？

大胖：神仙不食人间烟火，你不知道？

四人饿得不行，于是决定先吃为快。吃饱了好干活。可是等他们吃得仰面朝天，还是不见人回来。

老胡颇为忧虑：我有不好的预感啊。胖儿，你带上对讲机沿着警戒带往回找找，不要走得太远。

两个胖子吃得有些撑，于是欣然领命，当是饭后散步促进消化。两人拿起对讲机，戴上运动 DV，打着电筒离开了营地。

但是过了一个小时，两人才慌里慌张地返回营地，十万火急般地汇报情况：不好啦！警戒带不见了。

老胡猛地站起来：不要慌张，慢慢说。

大胖道：我们沿着警戒带走，走着走着就发现警戒带没啦。就像被人扯掉一样。我们四下找过，也没发现蛛丝马迹，我感到事情不对，就立马回来报告。

老胡神色凝重：难怪他们没有回来。他们什么都没带，大晚上的要出大事啊！

老搞安慰道：先别急。他们都是大学生，发现警戒带丢失，可能知难而退，回山庄去了。不过话又说回来，谁会把警戒带扯掉呢？

老胡道：这只能说明一个问题，他们八人里面有内鬼。我们四个一直在一起，互相监督，没人有单独行动的机会。拉罐他们的装备都在营地，没有理由自断退路。那么嫌疑人只能是电视台里的人了。而最有机会作案的，往往是走在最后的那个人。

大胖道：妈呀，有坏人，好吓人啊。但是你的分析有个漏洞，就算最后那个人有机会动手，可是要想完整地扯走一根警戒带，不留痕迹，还要不被人发现，难度不小。关键人家是国家电视台的人，怎么可能干这种事情？没理由啊。

老胡踱着步：如果既不是他们，也不是我们，那就是说这里还有别的人！

老胡话一出口，众人不由得吓出一身冷汗。在野外，最危险的往往不是野生动物，而是不怀好意的陌生人。

小胖道：会不会是什么动物啊？也许它觉得警戒带很好看，扯回去装饰自己的狗窝呢。

老胡道：如果是动物干的，那么这个动物站起来也有小胖那么高了。如果是动物，那么现场应该留下它们的足印。

老搞道：事不宜迟，我们再去检查一下。大胖你俩负责照看营地篝火，动物原则上怕火。

老胡、老搞没走出多久，就来到了警戒带缺失的地方。四处查看一番随即回到营地。

这一趟并非毫无发现，只见老胡用纸巾包着两坨绿色的东西示予众人，说道：跑得了和尚跑不了它拉的粪。你们看这是什么？

大胖接过，拿在手里，仔细瞧了瞧，又闻了闻，略有所悟：如此翠绿，还散发着青草的清香，莫非就是传说中宝拉的屎？

老胡：答对了！

小胖道：国宝拉出的东西，肯定也不是寻常之物。大胖，你快珍藏起来。以后常放枕边，肯定有安神镇静、促进睡眠的效果呢。

既然是可爱的熊猫宝宝所为，四人也就松了一口气。

至于拉罐他们，四人一致认为他们受不了野外的苦，回山庄吃住了，等到明天再来，理论上也不远。不过对讲机还是要开着，以防万一。

就在众人放松警惕之际，老胡突然大叫一声：不对！大大的不对啊！

三人被老胡吓得不轻：哪里不对？什么不对？

老胡道：时间不对！我跟老搞去查看，前后不足十分钟，而你们居然耗时近一个小时了，这么长的时间，你们在干什么？

大胖吃惊道：不会吧？我们也就一会儿啊。

小胖也点点头：对呀。

老胡和老搞立马如临大敌：你俩到底在搞什么鬼？这种玩笑能乱开？你们考虑过拉罐他们的安危吗？

面对两个老哥的质疑，大胖却笑了起来：好在我们带了 DV，不然跳进黄河长江也洗不清了。

于是四个脑袋挤成一团回放视频。随着播放，大胖、小胖的行动逐渐清晰：五分四十七秒处，大小胖突然停下脚步，当时警戒带并未出现异常，奇怪的是镜头画面至少静止半个小时之久，也就是说当时两胖不知何故一直保持原地不动的姿态。然后画面中出现两只大手臂，开始扯断警戒带，卷成一团，然后蹲下身将其藏于积雪之下。

真相似乎大白于天下。

大胖惊恐道：我们是冤枉的，我们怎么可能干这种蠢事？小胖，这下完了，跳进太平洋也洗不清了。

小胖也吓得一身冷汗：会不会是外星人在施展魔法？

老胡继续查看回放，在四十七分十九秒处，他按下了暂停。

在老胡的提示下，三人惊恐地发现，在竹林之上，竟然有一双人腿！

大胖吓得失声道：妈呀，什么鬼啊？能飘在竹林上，只能是鬼，我们肯定是鬼迷心窍了。

老胡严肃地说：能在竹尖站立的，要么是武林高手，轻功了得，要么就是鬼。越来越接近真相了，但是问题可能才刚刚开始。

大胖却如释重负：嘿嘿，好在有视频做证，不然我的一世英名就此毁啦。

看到小胖一脸恐惧，大胖安慰道：不用怕，要是有坏人，有老胡、老搞在，他们也算是武林高手。

小胖道：可人家是竹林高手啊。

大胖道：高手又怎样？我们就待在低处，让他手长莫及。

老胡道：今晚不可大意，要警觉起来、敏锐起来，草木皆兵也不过分。

老搞道：预防为主，反击为辅。防火防盗防野兽，多烧火，营地务必多撒草木灰。

大胖：还有我的高科技预警系统，保证今晚万无一失，大吉大利。

原来胖子说的预警系统就是红外报警器，商店常用于"欢迎光临"的那种，只是它也有报警模式。有效距离长达五十米，只需三四个就能在营地周围执行警戒任务。

各自忙碌一番，正欲商量守夜顺序，四周的竹林里突然有了动静，像是有什么动物在其间走动，弄得竹叶沙沙作响。

老胡道，通常来说动物们既怕火又怕烟，这样都还敢靠近，只有一种可能：被我们的火锅味引来了。

大胖道：那不正好？我们再加个荤菜，品尝一下山中野味儿。

老胡道：真要是野兽就好了。我担心的是，那东西不是不能吃而是没法吃。我们还是不要招惹，能吓走就吓走。初来乍到的，井水不犯河水。

大胖道：卧榻之侧岂容他人酣睡？都欺负到我们家门口了，看我给他来个炸山震虎。

只见大胖从背包里摸出一罐茶叶，里面却装着大个头的鞭炮。他取出一个，一点燃就赶紧扔出，那鞭炮在夜空中留下一道光弧，随即如流星般陨落竹林。看这么大的家伙被点燃，众人赶紧捂住耳朵。

可是过了许久，也没炸响。

大胖继续操作，可一连扔出五个，都是哑炮。

小胖抱怨道：会不会是积雪把引信弄湿了？

大胖道：这东西防水，可以当鱼雷炸鱼呢。我在人民公园试过，当时一条三斤重的大鲤鱼都被炸得翻了肚皮。那场景真让人难以忘怀啊。

小胖仿佛抓了大胖的把柄：好哇，你个缺德的肥仔，你连公园的鱼都不放过，你吃的时候可想过我的感受？

大胖道：你不用担心鱼儿，我是快刀斩乱麻，保证鱼儿没什么痛苦。

小胖责怪道：你个吃独食的家伙。我是在问鱼的痛觉吗？

一条鱼儿让两人多年的感情瞬间破裂。

老胡打断道：好啦，你们两个好基友。胖儿，下次别扔太远。哑炮火药也可以再利用。赶紧弄响几个，如果拉罐他们听到了，也是好事。

大胖又点燃一个，扔在营地不远处的空地上。众人以为还是哑炮，没来得及捂耳朵，那炮砰的一声发出了惊天巨响，众人只觉得耳朵一阵轰鸣，听觉顿失，好半天才逐渐恢复。

然炮响之后，竹林忽然阴风乍起，卷起无数的竹叶在空中乱舞。

大胖道：好大一股妖风，让人耳朵嗡嗡作响。

小胖道：就像你放的响屁，响完了，还得再吹一会儿。

老搞道：你们小声点，竹林真有动静。

大胖低声道：你看到什么山珍野味啦？

老搞：两头天蓬元帅。

正说间，一阵唢呐声让众人顿时安静下来，那声音诡异而凄凉。四人抬头望去，见林子深处亮起了很多光点，像是很多人打着灯笼走夜路。

大胖道：谁呀，大晚上出来办丧事？以前农村死了人才吹唢呐。

小胖道：胖哥，那不是灯笼，是鬼火。这荒无人烟的，哪儿来的人。

老胡道：别说话，我有极为不好的预感。兄弟们，快拿上包，撒！

意识到这个可能真是鬼火，四人手忙脚乱地拿起背包，离开营地，躲进白天搭建的窝棚，各自用背包挡在胸前，隐蔽起来。

外面狂风大作，呼呼作响，无数竹叶在空中乱舞，而后又逐渐形成一条空中走廊的形状。走廊刚一形成，嘈杂的人声，刺耳的唢呐，由远而近更加响亮。

四人看得心惊肉跳：那突然出现一群人在空中的竹叶走廊飘行！打头的是一队衣着鲜艳的红衣少女，她们脸色惨白、表情阴森，人人一手提灯笼，一手撒下纸屑。那纸屑正是民间老百姓烧给死人用的纸钱！

之后则出现一顶朱红大轿，由八个扎着小辫子的白衣小孩抬着走。轿子之后跟着无数红衣道士，他们头上有发髻，背上有宝剑，一脸威严。在夜空中红色看起来极是恐怖。红衣道士押送着一大群披头散发的鬼影，正是他们不停地哀号着、啼哭着，有男有女、有老有少。整个队伍正浩浩荡荡地从四人头顶缓慢经过。吓得他们一动不敢动，大气小气都不敢出。

突然，营地里对讲机响了一下，像是接收到了什么信号。

小胖低声道：不好意思，我忘关了。

老胡赶紧嘘了一声：还好你没拿，不然全暴露了。

四人担心的事情还在继续发生，对讲机里持续传来熟悉的人声，正是拉罐他们的声音：前队前队，后队呼叫前队，我们已经进来了，我们迷路了，找不到你们。你们在哪里，在哪里？收到请回答……

四人一听，心里顿时凉了大截：没想到他们还是进来了，而且还迷路了。只是不知道为什么，这么晚才收到信号。但是四人现在哪敢去应答。

过了一会儿，对讲机又传来声音，只是声音突然变得愤怒哀怨：你们没良心，故意丢下我们！知道我们现在多么冷、多么饿吗？你们倒好，吃火锅也不等我们！

对讲机又传来几个人诡异的哭声，那声音尖声尖气，似男似女，令人极度不适。哭过之后，对讲机又传来刺耳的奸笑声，说不出的诡异，直听得人头皮发麻。

小胖道：完蛋啦，他们多半遇害了，现在变成孤魂野鬼了。

老胡：闭嘴！这可能是引蛇出洞之计。

对讲机的声音显然暴露了营地，两个红衣道士从空中飘落，查找声音源头，一道士捡起对讲机仔细查看，见对讲机没有出声，便朝着其吼了一声，那吼声极为诡异，像个着急的哑巴以吼代替了所有语言。另一道士抽出长剑，逐一劈开帐篷，看了看，然后对着帐篷也来一声吼。空中行进的队伍突然安静起来，原来是他们停止了移动。更多的红衣道士飘下营地，开始在周围搜索。

四人大感不妙，但也只能原地不动。

大胖却有所行动，他慢慢地打开手机，以至余光乍泄。随即又将圆筒音箱放在地上令其顺着斜坡滚向营地。

老胡轻声责备：你要干吗？声东击西，然后趁乱逃走？跑不掉的，不要瞎搞。

大胖低声道：我要放音乐。

说完，也不与大家商量，大胖直接按下手机播放键，滚到帐篷旁边的音箱突然炸响，以震耳欲聋的超大音量放起了和尚诵经声。

红衣道士没来得及反应，就被巨大的声响震飞了出去；而在空中走廊的众多鬼魅立时方寸大乱，四下逃散，悬空的枯枝败叶纷纷落下；但红衣道士并没有消失，他们只是在远处集结观望。

既然已经暴露，藏着也没意思，四人走出来活动一下筋骨。

老胡批评道：大胖啊，你这下可是捅了马蜂窝啦。这是在向他们宣战啊！音箱效果虽好，但能维持到天亮鸡叫吗？

小胖道：要不来个半夜鸡叫？我会学母鸡下蛋咯咯嗒的叫声。

大胖道：你傻啊，这能跟公牛顿怕母牛顿相提并论吗？打鸣的那必然只能是公鸡。不过，大家放心，还有充电宝呢。

老搞道：好是好，我们也别想睡觉了。

小胖此刻却在哆嗦，大胖心疼地抚其背安慰：别怕，哥刚才话是重了些，待会儿音箱没电了，你就学母鸡咯咯嗒叫，说不定效果比公鸡好。

小胖：我，我不是怕，刚才屁股坐在一坨雪上，现在屁股都湿了，冷得我发抖。

老胡、老搞张罗着营地，又把篝火烧旺了一些。嘱咐大胖烧点开水泡点红茶以备守夜之用。

但觉还是要睡的，只是要堵住耳朵。正当众人准备休息放松之际，负责第一班警戒的老胡却有了惊人的发现：他用手电扫描竹林，意外发现周围竹子都变黑了。他大叫不好，其余三人应声而起。

四人用强光手电仔细检查竹子变黑的原因：原来那是一大群黑色的虫子爬上了竹子，因此看起来是黑竹林！密密麻麻的昆虫大军已从四面八方将营地包围，好在刚才撒了草木灰，它们才没有直接闯入营地。

老胡镇定道：不必怕。蜈蚣、推屎爬、蚂蚁、天牛……哈哈，一支杂牌军。虽然不是什么山珍美味，但是也算有治疗风湿关节炎的良药啊。

大胖道：老胡啊，不要轻敌，它们数量有优势啊。是你吃它，还是它吃你，还是未知数呢。

老胡道：原来以为会是什么猛兽，原来不过是几只小虫，何足忧虑。工兵铲一拍，它们一个连就团灭了。你去多烧点草木灰，我们用化学武器对付它们，还不受国际公约约束。

大胖又在营地撒了一遍草木灰。小胖烤干屁股开始玩虫，不时拿起一些燃烧的枝条丢进虫堆，或者叉起几条大虫拿到火中烧烤。不过烤出来的都是些恶臭。

大胖为了不让熊熊大火浪费，不停地烧开雪水，然后再往虫堆里泼去，烫死一大片。按照老胡的说法，一次至少灭掉敌人一个团。

小胖则继续在火边准备茶水和糕点，老胡老搞负责警戒四周。两人用工兵铲拍打着虫群，或拍扁或斩首，又挑选体形巨大的蜈蚣以备泡酒之用，忙得不亦乐乎。

但是两人显然忽略了虫子的集体智慧。在付出重大伤亡后，虫子们也改变了策略，一部分虫子爬上了竹子顶尖，然后从高处一跃而下，径直朝着老胡头上扑来。悲剧就此发生了，数条蜈蚣从老胡脖颈处进入，那虫有大毒，碰着人肉就开始咬，丝毫不给老胡反应的时间，老胡被咬得接连发出惨叫声，两手不停地抓身上。老搞见状，正欲去帮忙，老胡一个没站稳，摔倒在地，上半身正好超出了草木灰的保护范围，一头栽进虫群里。直看得老搞万念俱灰。

虫群哪肯放过这天赐良机，迅速爬满老胡的上半身，无孔不入地钻进老胡的衣服内，大肆啃咬起来，痛得老胡在地上打滚，这一滚，身上的虫子就更多，痛得他纵有千手也不够用。

大小胖闻声赶来，只看到悲惨一幕：老胡浑身包裹着厚厚的黑虫。

大胖想用刚烧开的水往老胡身上泼去，却被老搞阻止：你想烫死他呀。

大胖忽然想起包里还有几瓶杀虫剂，但已经来不及了，老胡已停止了挣扎和惨叫。

三人也管不了那么多了，情急之下直接把滚烫的炭火倒上去。但虫群也只是稍微躲闪一下，随即又恢复队形。

三个人急得团团转，一时不知所措。虫子密密麻麻实在太多了，根本赶不走。想用铲子拍打，又恐伤了老胡。就在三人犹豫不决时，虫子竟然慢慢地离开了老胡的身体，但三人看得分明，那是因为虫子吃完了，连老胡的衣服也没放过，只留下一具白花花的骨头。

晴天霹雳，只片刻工夫，一代枭雄就变成了一具白骨。三人悲痛欲绝，不敢相信这是真的。但三人来不及过多悲伤，人体白骨已经吓得他们魂魄乱颤，只得退到篝火旁才略感安全。

大胖冷静了片刻，终于止不住泪水号哭起来：胡哥啊胡哥，你怎么走得这么匆忙？连句遗言都没有留下，你的银行卡密码、你的私房钱藏在哪儿？哎呀呀，飞来横祸啊。你可是我们的主心骨啊，你这一走，就像家里没了顶梁柱，汽车没了防撞梁，叫我们孤儿寡母以后怎么过啊……

小胖道：你胡说八道啥？什么孤儿寡母，你要振作起来，大敌当前，还不是伤心的时候。

老搞强忍泪水道：是我们太轻敌了。这不是普通虫子，它们能吃人，肯定是红衣道士在背后作怪。我们要继承老胡的遗志，继续生产草木灰，主动出击，为老胡报仇！

大胖带着哭腔道：老胡，你安息吧。生得伟大，死得光荣。你的死重于泰山，你将永远活在我们心间。

小胖道：大胖，你不是珍藏了几瓶汽油吗？是时候拿出给它们来个火烧连营。

大胖抹掉眼泪，决心化悲痛为力量。矿泉水瓶子装的五瓶汽油，很快尽数倒在营地周围，随着小火一点，营地周围顿时燃起了大火圈，无数虫子在大火中变成灰烬。可是汽油虽然极易燃烧，却有个致命缺点：不耐烧，大火之后很快就熄灭了。外围又有新的虫子不断聚集，仍旧把营地围得水泄不通。

三人一时也没有更好的办法，黔驴技穷，垂头丧气地瘫坐地上。

大胖道：我一直在反思，是什么引来了毒虫。刚开始我很自责，以为是自己乱扔鞭炮造成的。现在我终于明白了，有可能是我们的火锅香味把它们引来了，这些虫子来这里不过是为了一口吃的。我倒是有个想法，把我们吃剩下的火锅料倒在草地上、竹子上，让它们误以为是香喷喷的美味，吃饱了说不定就撤了。吃掉竹林，也帮我们扫清了障碍。

老搞道：别废话，烧开了倒，烫死它！光天化日之下竟敢生吃活人！

三人同仇敌忾，伺机报仇。火锅料很快烧开了，泼出去烫死一大群虫子，果如三人所料，其他虫子将沾有火锅料的死虫子当成了美味，啃食起来，其啃食速度之快，令人咋舌。

受此启发，大胖又拿出新的火锅料包，烧开了泼出去。结果只要沾染了火锅料的虫子不论死活，一律被同类当成美味吃掉；而吃掉同伴的虫子不免也沾染了香料，于是又被其他虫子当成美味，如此双方发生激烈的内战，虫子之间开始疯狂地自相残杀。

虫子围攻的压力大大减轻，但三人仍不解恨。大胖一面故意把音箱音量减小，想来个诱敌深入，一面将紫外线手电分给老搞和小胖。音箱的诵经声一减弱，守在远处的红衣道士便趁机靠近，逐渐朝营地包围过来。见敌人进了有效攻击范围，三人便打开紫外线手电来个突然袭击。红衣道士措手不及，中了招，但却似乎并不致命，他们仅仅是受惊而逃，消失得无影无踪。

此时，黑暗的天空略微变白，估计快天亮了。

三人准备给老胡收尸，却惊恐地发现他的骨头上布满了黑色的小孔，一只只不明生物的黑色幼虫正从里面爬出来。那虫身体像旱蚂蟥，极具延展性，脑袋长着一对小眼睛，见有人来，立即张大嘴巴，露出几排白色小牙齿。难怪老胡昨晚发出撕心裂肺的惨叫，被它咬了肯定痛不欲生。

老搞欲用工兵铲砍杀虫子，又怕弄坏老胡仅剩的遗骸。只好撒上草木灰驱赶幼虫。

大胖叹道：老胡同志亲自用生命的代价破解了一个千古谜团啊。

老搞：大胖，你胡说八道什么？老胡尸骨未寒，他是为保护人民生命财产牺牲的，不是什么谜团。

大胖：寒了，没了，只剩下渣渣了。难怪自古失踪者尸骨无存。原来是大虫产卵在骨头里，幼虫凭借骨髓的滋养很快孵化，从中钻出。呜呼哀哉。

小胖道：这可能是某种未知新生物。我们捉几条回去让科学家研究，看怎么才能高效地杀死它们。下次我们一定要带上专用的杀虫剂来，给老胡报仇。

大胖道：谁都不能白给。这可是我们冒着生命危险换来的。他们得重金收购，还要赡养老胡家小呢。

可惜没有合适的封装工具。三人只能望而兴叹。

随着几声鸟叫，林子渐渐明亮起来。眼下老胡可谓尸骨无存，三人于是眼含热泪，将老胡生前用过的东西埋作一个衣冠冢，用石头堆成一个小坟包，再将老胡生前用过的两根登山杖插在坟前，算是他的墓碑了。

痛失良师良友，三人泪流不止，深深鞠躬，依依惜别。

三人收拾好可用的物资，踏进白雾包裹的竹林。尽管昨晚不曾休息，但新的一天里，他们必须尽快走出迷雾。

第六章：神秘猎人

三人行进途中依旧使用警戒带做记号，只可惜剩下的几卷很快就用完了。

老搞很生气道：大胖，不是十公里吗？这才走到哪里，就结束了。

大胖责备小胖道：小胖，你怎么搞的，你怎么不省着点用？

小胖一脸委屈：这能怪我吗？一卷不到一百米，哪来的十公里？我还怀疑你买到歪货了呢。

大胖怒道：奸商无处不在，这种事关人民群众生命安全的物质也敢缺斤少两，回去我一定要用最恶毒的脏话骂他。

老搞道：算啦。早点突围吧。看不到方向时就让小胖骑在你脖子上，登高望远。

三人靠着记忆和感觉寻找兰溪瀑布。但奇怪的是，三人早上八点多出发，绕了一大圈，十点多又回到了营地，老胡的新坟赫然在眼前。

大胖悲哀地看着老胡的坟墓，双手合十道：老胡啊，你别生气，我们也想带着你走，可是你连渣都不剩了，这不能怨兄弟们无情地抛弃你啊。你要有在天之灵，保佑我们早点出去吧。你要是舍不得我们，也得先让我们出去，好给你买来足够的香烟、好酒、瓜子、花生、矿泉水。你要是觉得寂寞，我们出去后再买几栋别墅豪车烧给你。

老搞的精神也不好，虽然他是无神论者，但现在他多么希望老胡还有在天之灵。于是也对着老胡的坟头说道：你需要什么就告诉我们，梦里梦外都可以，不要不好意思。

小胖道：老胡哥，人生自古谁无死，你就安心地走吧。保佑我们战胜迷魂凼，早日脱离苦海，我们一定会照顾好你的家小的。

做完这些与灵魂沟通的活动，三人自觉安慰不少，又怀着希望重新出发。

这次果然没回到营地了，但却到了悬崖边。悬崖极为陡峭，又因浓雾阻挡根本看不清下面有多深。但根据事先查阅的资料，就算从悬崖最低点掉下去也别想活命。

老搞道：这也算是个好兆头，至少我们离开了迷魂凼核心区，到了边界。我们可以走边界线，绕一圈，总能找到索道的位置。

但边界并不好走，太靠边，容易失足坠崖；太靠里，又看不到边界。于是三人又转回核心区，再次回到令人恐怖的营地。恐怖不是因为营地有个坟头，而是绝望。

惊魂未定之际，突然，远处传来一声清脆的枪响，声音在竹林回荡，很久才消失。

大胖道：妈呀，搞什么飞机大炮。现在能见度这么低，我们会不会被当成猎物被误杀啊？

老搞道：慌什么？这是好事，说明还有其他人在。把音乐放起，表明有游客在此。听枪声，应该是本地猎人的土枪，要能与他会合，我们就有救了。

小胖突然叫道：看，白雾变黑啦。是不是猎人在生火烤野味啊？

老搞、大胖抬头望去，不由大惊，那可不是什么炊烟袅袅，而是六层楼高的弥天黑雾，仿佛一只恶魔的大手掌朝他们扑来。

老搞大喊：不好！是瘴气！有毒。

老搞开路，三人仓皇逃跑。可是，不论三人怎么跑，黑雾就是紧追不舍。眼看体力就要耗完，老搞终于想到了什么，停下来道：我们是集体变傻了吧？跑什么跑？不是有防毒面具嘛！

大胖喘着气：昨晚一夜没睡，精神紧绷，脑袋是有点透支了。

三人戴好防毒面具等待黑雾吹过。谁料，那黑雾却落在四周竹林里消失了。三人随即明白了什么，那肯定不是什么黑雾，而是黑色的飞虫！果然，周围的竹林慢慢变黑，三人竟然再次被毒虫包围，且那虫与昨晚不同，它们能发出吱吱的高频声，让听者极度心烦意乱。黑飞虫逐步收紧包围圈，情况万分紧急！

随着飞虫步步逼近，三人终于看清楚了，那是一种从未见过的长着一对黑翅的蚂蟥。它们伸长身子不停地从一根竹子快速移向另一根竹子，来势汹汹。

老搞有些发慌：烧火，撒盐！杀虫剂还有没有？

大胖：烧火哪来得及？调味盐可以有，但是我舍不得啊。在户外探险，盐巴比葡萄糖还要金贵呢。

老搞：你个死胖子，这个时候了，你抠什么门！

大胖：嘿嘿，不过我有盐巴的亲戚。对付这种旱蚂蟥应该有效。

小胖：大胖，你搞什么飞机，盐巴怎么还有亲戚？

大胖：是食用小苏打。我是准备做一顿野外版馒头大餐的。

　　三人慌忙抓起小苏打粉朝四周抛撒。那旱蚂蟥果然惧怕，一旦沾染小苏打就掉在地上翻滚，发出更响的吱吱声，随即渗出大量墨绿色的体液，虫身萎缩而死。

　　老搞提醒两人千万别接触虫子渗出的毒液。然而，虫子数量太多，小苏打粉很快就用完了。

　　老搞急问：大胖，你还私藏有什么粉末？拿出来救命要紧啊。此时不用，你要带给阎王老爷啊？

　　大胖道：倒是有，还有几包药。

　　老搞：什么药？后悔药？印度神药？

　　大胖：足光粉，我爱慕其成分有好几味知名的剧毒药材，所以悄悄带了几包。就是想着给有脚臭的队员使用，免得污染帐篷里的空气。

　　老搞一把抢过足光粉，恶狠狠地训道：啰哩吧嗦的，小心我揍你。

　　足光粉的杀伤效果比小苏打强了几十倍，那些旱蚂蟥稍微粘上一点，就失去了行动能力。加之足光粉更容易随风飘散，因此杀伤范围更广。尽管如此，有限的足光粉也不足以杀死全部旱蚂蟥。

　　于是老搞改变策略，决定找一个方向重点突破，集中足光粉撒出一条生路。此法果然奏效，包围圈很快被突破，三人顾不得形象狼狈，落荒而逃。

　　见飞虫并未飞来追击，三人才躲进一个凹地大口喘气。待心跳和呼吸都平稳后，却听到小胖正在发出低沉的呻吟。原来在与旱蚂蟥的战斗中他的手指不慎碰到了毒虫的液体。此时他的整个右手已经瘀黑肿胀，那黑色还在朝手臂上端蔓延。

　　大胖责备道：你怎么搞的，这么不小心！万一你有个三长两短，我们哪里去找医院？

　　老搞斥道：什么三长两短，闭上你的猪冲嘴！

　　老搞忙拿出伞绳，割断一截赶紧捆扎小胖上臂，防止毒血进一步扩散。

　　老搞道：得按毒蛇咬伤来处理。我们需要给伤口放血，用碱性的液体中和毒素。小苏打还有没有？

　　大胖道：刚才我可是大公无私毫无保留地都拿出来用了。不过我还私藏着一块小肥皂，早听说山顶有温泉，就想上来洗个澡。

　　老搞：你婆婆妈妈啥，赶紧交出来化成水，清洗伤口。

　　肥皂水清洗后，小胖的疼痛暂时得到减轻。两人便扶着小胖继续逃命。

　　不知过了多久，老搞发现前方有个橙色东西，那正是他们遗弃的帐篷。三人不知何故，又回到营地了。

大胖一脸惊恐：妈呀，营地有个鬼影子，是不是老胡阴魂不散啊！

老搞定睛一看，顿觉不妙：哪是什么人影，是一头大熊，正在慢条斯理地盯着老胡的坟墓。吓得三人赶紧隐藏起来。

大胖庆幸地说：妈呀，这家伙比老胡的鬼魂还危险啊！我还以为是老胡鬼魂出来游荡，正想上前慰问一下下面日子过得好不好。结果是头熊，唉，幸好没开口问候，果然言多必死啊。

小胖脸色和精神都不太好，听到大胖对死者不敬，忍着痛道：你怎么知道人家下地狱了？老胡哥可是个好人，他肯定是上天了。

大胖道：你想得美。都上天当神仙了，怎么不下来拯救兄弟伙？他肯定做了什么亏心事，正在阎王大宝殿写检讨书呢。

小胖挣扎着说：大胖，你满口喷狗血。我，不跟你一般见识。

大胖道：哥今天只好委屈你了。听说遇到狗熊，只要不是跑最后一名，就能继续活蹦乱跳。待会儿你要是见到老胡，代我向他问好。

小胖浑身难受，哼了一声以示抗议。

老搞观察了一会儿道：那熊有问题。怎么长着人的脸？络腮胡子又像是西方人。

大胖揉了揉眼睛，嘀咕道：妈呀，我们是不是遇到熊妖了？还是那种差一点修炼成人形的熊妖。不知道他学会汉语没有，不然小胖跑不了，还可以求饶说：熊大哥，口下留情，别吃我，我包里有巧克力呢。

小胖：大胖，等我好了，我保证不打死你。

就在这时，那熊突然转身看向三人的方向，显然三人翘起身体看稀奇时已经暴露了。

老搞道：大家不要乱动，遇到熊要冷静，谁也跑不过熊的。

却见熊没有进攻，且用左手不停地往下挥，好像在示意什么，而它的右手则藏在背后。

大胖以为那熊有所暗示，便小心谨慎地开口道：熊大，不，熊大哥，你好啊！我们都是好人，我们还有美味的巧克力饼干，这东西比人肉甜，你听懂了吗？

谁知那熊突然从后背伸出右手，手里拿着一个黑洞洞的东西。三人定睛一看，妈呀，是一支双管猎枪，枪口正对着他们！但那熊随即做了一个更清晰的手势，它的左手不停地向下拍。如果是人的手势，那就再清楚不过了，就是叫他们立即趴下。

老搞似乎意识到了什么，他赶紧一面左手拉大胖，右手拉小胖，一面喊：

快趴下。

三人刚趴下，枪声就响了，子弹呼啸着从头顶飞过，只听身后嘭的一声闷响，子弹显然打中了什么。回头一看，三人差点吓尿，身后是无数散落一地的黑色旱蚂蟥；而不远处竟然还有一个黑人正在奔来，众人看得真切，那黑人表面全部爬满了旱蚂蟥！不知是个什么鬼怪。就在黑人快到三人跟前时，又听得一声枪响，黑人瞬间被打散。三人这才明白，那不是人类，而是旱蚂蟥组合成的人形怪物！

这时就听那人脸熊发出了人声：快到这边来！

三人顾不了那么多，连滚带爬地进了营地。人脸熊继续举着枪，警戒着旱蚂蟥出现的方向。

大胖道：熊大哥，谢谢你的救命之恩啊！小弟日后定当报答，请你吃蜂蜜。

人脸熊转过身，对着三人，面无表情地说：我不姓熊。它们害怕草木灰，这里暂时安全。

大胖继续问：您在这修炼多少年了？怎么还没成功变成人形？不过你刚才救了我们，俗话说救人一命胜造七级浮屠，您这一下就救了三人，应该很快就能位列仙班了吧。

人脸熊没听懂大胖的话，他看看自己的衣着，算是明白了：我是猎人。这件熊皮是祖传的狩猎宝贝。遇到野兽，野兽会以为是它们的同类。遇到巡山的，他们也会远远地躲开。我们就可以放心打猎。

大胖道：原来你也是人类啊。你这件熊皮大衣足可以假乱真，我们差点以为遇到妖精了呢。

老搞敏锐地从猎人话里觉察到了问题：你说你们？你还有同伴？

猎人道：都死啦。只剩我。

老搞问：死啦？怎么死的？

猎人：旱蚂蟥。本地人叫尸蝶。这东西极是厉害，不仅全身都是剧毒，还能产卵于动物的骨头，其幼虫能将骨头啃食殆尽。

大胖：这东西成精啦，居然能组合成人形。古往今来，不知有多少英雄豪杰栽倒在其手上。

猎人道：坊间相传，尸蝶，能恢复成人形，是因为吸收了人的灵魂，有鬼魅的聪明。

老搞吁了一口气：你见多识广，空了一定好好请教。不过眼下情况紧急，这位小兄弟不慎中了那虫的毒，能不能请你尽快带我们出去？

猎人看了看小胖，面无表情地摇摇头：要是七八月份，还能找到解毒药材，现在地上雪都没有化。

老胡道：解不解药的无所谓，只要能快点下山，及时就医就好。

猎人摇摇头：进来了就休想走了。

三人一听，心头一凉，既惊恐又失望。

大胖问：你什么意思？这么小一块地方，怎么就出不去呢？

猎人冷冷道：地方虽小，空间却无量。我何尝不想出去，可自古多少英雄好汉，进来了就再也出不去了。所以，这才叫迷魂凼。

老搞问：那晚上怎么办？这里到了晚上就太可怕了。

猎人道：平时我睡道观。不过今天回不去了，要想晚上安宁，早点挖个坑，睡地坑里就没事。

大胖问：为什么要睡地坑，睡树上不是更安全吗？

猎人道：地面就是分界线，一阳一阴。睡地面容易被发现。

于是老搞和大胖对猎人言听计从。坑挖好了，猎人又说烧火，把坑烤干烤热。猎人又在坑内挖了一个灶，斜掏了三个烟道，准备夜晚烧火取暖。大胖用防潮垫铺满地坑，坑上用竹枝覆盖伪装。

深夜，竹林里各种诡异的声音陆续登场，一会儿是婴儿的啼哭，一会儿是女人的惨叫，一会儿又有男人干活的吆喝声。但猎人却面不改色，好像见惯不惊。其余人则是惊恐、烦躁兼而有之。

三人对猎人既感恩戴德，又对其身世充满好奇。于是吃过简单的晚饭，就围着猎人问东问西。

猎人独居已久，忽遇良友，于是毫不避讳：姓甚名谁已经忘了，只记得我是村里的猎人。那天带着两个老板打猎。老板们给钱，想吃野味。我们从龙苍沟追踪猎物，追到这里，猎物消失了，我们却进了迷魂凼。那晚我们靠着一棵大树扎营，半夜那树竟然活了，抓起一个老板吊在树上，我们大惊，对着树就开枪，老板掉下来摔得满嘴是血。树枝又缠住另一个老板，树枝扎进他的身体，那惨叫声至今让我感到不舒服。长这么大，从未遇到这种怪事，我被吓得到处乱跑。后来摔进一个地坑，脑袋撞石头上昏了过去，这才躲过一劫。也许就是这么一撞，我失去很多记忆。天亮后，我悄悄回去找他们，他们已经变成了干尸，正被虫子抬着慢慢移动。我心惊胆战地悄悄跟着，最后在悬崖边我看见他们站了起来，背对着我。我以为他们没死，喊了一声，他们转过身，满脸都是旱蚂蟥，吓了我一跳。我慌忙开枪，把它们一起打下悬崖。从此我一个人在这里转悠，也试过很多方法，但无论如何都走不出去。砍竹子，顺着溪流走，沿着悬崖边走，你们能想到的我都试过。其实还有一种方法没试过，就是跳崖。

不知道跳下去是什么情况。至于红衣道士，听说是张道陵的弟子，他们曾在这创办道家文化，后来不知为何被官兵追杀，死后变成了红衣道士，说是他们造反掌管了阴间。所以外界有传闻，说迷魂凼里有黄泉路。一次红衣道士也来抓我，我躲进道观，他被地上的八卦图所困，我盖住那个图救了他，道士还是要抓我，我恳求他放我一马。道士不能说话，但我却很快明白了他的意思，大概是说我在迷魂凼长期游荡不一定是好事，去见了张阎王，也许可以帮我说情，给我谋个好出路。我告诉他我还没死，就算游荡也比去地府好，他就放了我。但他走前对我吼了一下，以后我仿佛失去了七情六欲一样，不悲不喜也不知饥饿。慢慢地，我发现自己有了一些特殊的能力，比如我不想听见夜里的鬼叫，就知道用竹叶塞住耳朵。这就好像迷魂凼里飘着很多别人的思想、经验，被我抓住一样。

三人听得出奇，且还收获一条极为实用的信息：耳朵塞竹叶可绝鬼声。于是立马纷纷扯了两片塞住耳朵。说来也奇怪，只轻轻放入耳窝，周围就安静不少。

猎人忽问：也不知道在这多久了。你们知道现在是几月几号啊？

大胖：没记错的话应该是 2014 年五一节啊。

猎人有些吃惊：不可能。你们难道是未来人？

老搞问：没错，2014 年。猎人大哥是什么时候进来的？

猎人道：1997 年，我脑子还记得要早点回家看香港回归的直播呢。怎么可能一下子就 2014 年了？你们，没开玩笑？

大胖和老搞也颇为吃惊，忙拿出手机、DV 等照片及视频上系统自带的日期为证。

猎人却好奇地问：那香港顺利回归了吗？澳门也早该回归了吧。如果你们真是来自未来，那请告诉我这期间都发生了什么大事。

大胖道：看来大哥很有爱国情怀啊。其实我们并非来自未来，而是你在这里待久了，忘了时间了。

老搞问：你带人打猎时多少岁？

猎人：二十七。

老搞：那你现在应该有四十四岁了。不过你除了胡子有些茂密，一点也不显老。

老搞用手机拍了一张照片给猎人看，猎人看完，叹气道：真是山中一日，人间百年啊。这里的时间过得慢，外界的时间也许在飞转。

大胖道：那不是很好？同龄人头像都上了墙，你还容颜不改。

小胖挣扎起来道：不好，我，我还要回去完成学业呢。将来中国，不，全球金融界少了我这样的人才如何是好？

大胖给他嘴里塞了一颗糖，安慰道：要是我们出去发现美国早就衰败，中国早就实现共产主义，人们都在按需分配，岂不更好？你就不用寒窗苦读，直接迈入新时代。

小胖开心道：那发女朋友不？学校的女孩太物质了，我这种人高攀不起。

大胖心疼地安慰道：发，肯定发，一次发两个，都是温柔体贴、美丽大方、任劳任怨的机器女友。好好睡吧，等到天亮我们就能回家啦。

然而半夜，小胖的情况急转直下，他不住呻吟，呼吸困难，也无法回答问话，撩开衣服一看，小胖已经全身肿胀，皮肤发黑，像是得了黑死病，又像是非洲黑人。

两人恳求猎人帮助，但猎人只是摇头叹息，表示华佗再世也无力回天，尸蝶奇毒无比，只有到了七八月，溪里小鲩上了树，取其苦胆方可解毒。

大胖抱着小胖泪流满面，一味自责不该让小胖来冒险。

小胖的呻吟声也渐渐变得微弱，最终变得安静无声，仿佛睡着一般。

大胖抱着小胖哭得像个小孩子，不停地自责，说白天不该那样数落小胖。但终究人死不能复生，小胖的体温也渐渐消失，变成一具冰冷的尸体。

天亮后，三人利用睡坑安葬了小胖。大胖悲伤过度，目光呆滞，已经一个字也说不出口了。

老搞也极为悲伤：好兄弟，多保重！好在有老胡陪着你，也不孤独。你要是有什么未了心愿，在下面需要些什么生活用品，一定要托梦告诉我们，我们一定帮你办到。

猎人淡定道：此地不可久留。两位随我去道观暂住吧。

见大胖一动不动，不舍离开，老搞安慰道：走吧，活人还有活人的事儿，只有活着出去，才能告慰兄弟们的在天之灵。去了道观，也许就能找到下山的路了。现在不是悲伤的时候，还有任务要完成呢。

大胖默默地点点头，跟着猎人出发了。

路上，老搞问猎人：这里竹林如此密集，你每次离开道观又是怎么回去的？

猎人道：靠感觉。不能光靠眼睛去找方向，得靠感觉。感觉是什么？是听觉、味觉、视觉的复合体。如果你只靠眼睛，不迷路才怪。这里每个地方竹子都有差别，风吹竹林的声音、每条溪水的声音，包括它们的气味、风向都是不同的。很多时候，一阵风吹过，我就知道往哪里走了。风里包含很多信息，例如说湿度、味道，甚至风的温度也不一样。我这么说很难说清楚，但就是凭借综合的感觉找到方向的。反正做起来很简单，你要我讲明其中道理却很难。

但是到了中午，也没找到道观，只遇到一条小溪。老搞问猎人什么情况，猎人说今天的风向有点不稳，有什么东西把气味也打乱了，不太正常。

老搞环顾四周，四面八方都是风吹竹叶的沙沙声。

老搞问：顺溪流走如何？

猎人摇头：走到底不过就是瀑布和悬崖。等风停下来就好了。等待也是一种方向。你们在这里等着，我去上游看看。

说完，猎人竟然趴在地上，四肢着地，像狗熊一样摇摇摆摆地朝上游奔去。

大胖和老搞看得吃惊，没想到猎人模仿狗熊如此出神入化。

猎人走后没多久，空气中突然飘来一股臭鸡蛋的味道，老搞抬头一看，大叫：不好，黄雾来啦，是硫化氢的味道。

两人赶紧戴上防毒面具。黄雾果然朝两人袭来，包围了他们，不过很快又被山风吹走。

两人正在担心猎人的安全，想喊几声，让猎人注意毒烟。却远远地听见一阵枪声，像是有很多人在持枪对射。绝非猎人狩猎。

两人靠着溪边石头坐下，竹林里渐渐有了喊杀声、冲锋声，感觉有很多人在竹林作战；且那动静越来越大，越来越近，竟然有几发子弹嗖嗖地从两人头顶飞过。

大胖问：不会是有人在拍战争电影吧？

老搞也猜不透：怎么可能在这种地方拍电影？你说放电影还差不多。也许是在搞什么军事演习，打的都是空包弹。

老搞说完起身跳上一块大石，欲远眺一下情况，果然发现周围竹林在骚动，竹林顶部因此被摇曳得如同绿浪起伏。

大胖道：快下来，枪打出头鸟，子弹可不长眼。

老搞不以为然：真奇怪，还有冲锋号的声音。我还以为是景区组织的搜救行动呢。

老搞话还没说完，突然嗖嗖两声，他便应声而倒，一头扎进冰冷的溪水里，溪水顿时被染红一大片。大胖被这突如其来的一幕吓得六神无主，好一会儿才反应过来，他将老搞从水里拉上岸，发现老搞胸口有两个血窟窿，正在不断地冒着血泡。大胖一下慌了，只是傻傻地问：老搞你怎么啦？怎么啦？

老搞想说什么，但是子弹似乎打穿了肺部，出现了卡血，大量的鲜血从其口腔鼻腔喷出，他嘴巴张了几下，终究什么也没说出口。老搞的眼皮渐渐地盖上了他显得惊恐的眼睛。

大胖不敢相信老搞真的中弹身亡。他抱着老搞欲哭无泪，他的眼泪都为小胖流光了，此时他只能发出声嘶力竭的抽噎。

老胡、小胖相继遭遇不测，老搞也莫名其妙地中枪倒地，永远地离开自己了。八个人先走散了一半，四人小队如今仅剩他一个人了。以前探险探洞虽然也遭遇了不少危险，可从未出现如此重大伤亡。想及此，大胖终于哇的一声大哭起来，哭得天旋地转。

恍惚之间，一群人将他包围了起来。他慢慢抬头一看，竟然是一群穿着灰军装的士兵正拿着上了刺刀的步枪对着他。

要在平时，管对方是谁，大胖早就起来反抗了。可是现在他心如刀绞，悲痛得浑身无力。他只能用愤怒和责备的目光看着对方。

士兵们端着枪，好奇地看着大胖和他怀里的尸体。一个士兵问道：你是这儿的老乡，还是国民党遗弃的家属？

大胖一言不发。就有士兵说道：看他这身衣服这么奇怪，肯定是美国给发的特殊军装。

一个老士兵走过来，检查了大胖的背包，他越看越是奇怪，对其他士兵说道：我从未见过国民党有这样的美式装备。你这个胖头兵，你倒是说说你们什么来头，我们对待俘虏一向都是宽宏大量的。

大胖无精打采摇摇头说：你看我们像你们那个时代的人吗？你们打死的这位是解放军战士。你手里拿的一个叫对讲机，一个叫手机，都不是你们那个年代会有的。对你们来说，我们来自未来世界。你们是几十年前的，我们是几十年后的，明白吧，你们这群无知的古人！

士兵们放下枪，面面相觑，不明所以。这时一阵黄风夹杂着臭鸡蛋味道吹来，黄风过后，士兵们烟消云散，只有喊杀声还在竹林里回荡。

等猎人提着两只大松鼠回来的时候，老搞的身体已经凉透了。猎人见状却并没有安慰大胖，依旧面无表情道：走吧，去道观。现在路已经有了。

大胖却怒从心中起：你真是个冷血动物！我的好兄弟死了，你怎么问都不问一声？还是不是人类？

猎人若有所思：请原谅，我已经没有七情六欲了。好吧，你随我来，给你看一样东西你可能就想通了。

此时大胖眼里那些贵重的户外神器，都如粪土一般毫无意义；老搞的遗体成了他恋恋不舍的精神寄托。但是经睡袋、地席、挖坑的工兵铲他还是要带上的。

大胖失魂落魄地抱着老搞的遗体，跟着猎人沿着小溪往下游走，一直走到尽头的瀑布，猎人道：你仔细看看对面。

猎人的手指向瀑布对面，大胖望过去只见浓云密布，如大浪翻滚，别无他物。

大胖怒道：你神秘兮兮地到底要我看什么？

猎人道：你先平复心情，做几个深呼吸，心静自然亮，就能看到对岸了。

大胖深呼吸几次，强压着自己的愤怒和悲伤，再次定睛看去，却见云雾渐渐飘散，在对面竟然也出现了一模一样的悬崖和瀑布，就好像中间有一面巨大的镜子。

大胖倍感吃惊，却不明所以。

猎人道：传说山顶有八卦阵，这才是八卦阵真正的样子，这两个瀑布对应的就是八卦图中的阴阳眼，只是我们在阴的这一边，而阴主亡，对面是阳，主生。这边聚集阴魂而不散，对面却可得道成仙。在这边你只能看到跟死亡有关的东西，而要走出迷魂凼，就要想办法去对面。只是两山间隔较远，既无桥梁也无天梯。我曾在此常住，希望等来看风景的游客，结果也只发现了这个现象。

大胖呆呆地看着雾中影像，若有所思，恍然间也不再悲伤。

猎人带着大胖到了道观，大胖大为吃惊，因为道观前面的大院坝，跟象尔山庄的院坝一模一样，只是这里没有大山庄，只是一个残破的小道观，道观屋顶用铁瓦覆盖，因此名叫铁瓦殿。

大胖在铁瓦殿附近选了一块好地方，开始给老搞挖坑。挖好了，铺上防水地席，再用老搞的睡袋当裹尸袋，睡袋之上再覆盖一层防潮垫。然后才翻土埋葬。接着倒插工兵铲作为老搞的墓碑。大胖一边埋一边哭：老搞哥，你就先将就着用吧，道观附近也算是风水宝地。等我安顿下来，适应了环境，再和猎人大哥选一块好地，给你们风光大葬，到时我们还能天天在一起。你们都走了，我心里空荡荡的，好难受啊。

猎人来叫大胖吃完饭，看到大胖如此情深义重，便劝道：哭有意思吗？再哭，你的眼睛肿得就像红眼熊猫了，别人不但不会同情你，看你这熊样还想笑呢。

大胖止住哭泣，忙碌半天，肚子早就饿了。饭还是要吃的，胖子啥都能忍受，就是不能忍受饥饿。

殿内神像表情狰狞恐怖，大胖无心欣赏。在一个铺满枯草枯叶的角落，便是猎人的卧榻之处了。

大胖吃着猎人烤好的松鼠，问：你早料到老搞的事了吧，所以才打两只松鼠？

猎人摇头不语，吃完径直睡觉去了。大胖不想跟猎人睡狗窝一样的地方，只好蜷缩在角落昏昏沉沉地睡去了。

夜里，大胖被冷醒，听见外面有小女孩银铃般的笑声。他赶紧出去，却看见一个穿着十分漂亮的小女孩正在和三个大人一起玩耍，那三个大人正是老胡、小胖和老搞。三人不时蹲下逗小女孩，又不时提着小女孩双手将她在空中旋转。

大胖喜极而泣，忙上前问：你们不是都已经……

三人见大胖来了，便牵着小女孩过来：醒啦？我们正要来找你呢。

大胖问：难道我这是在做梦吗？你们明明都去见上帝了嘛。

老胡道：我们既非死，也非生。世界上真有超脱生与死的境界呢。

小胖道：胖哥，你不必为我们悲伤。我们一点也不痛苦。

老搞也安慰道：看着你为我哭得那么伤心，我也很安慰。胖儿，好好地活着，活着才有希望。

大胖看着小女孩问：这难道是象尔山庄的那个传说？

小女孩道：是的，大胖哥哥，见到你本人我真的好开心，你比传说中可爱多了。

大胖听了小女孩的赞美，不禁心花怒放，又关切地问：那你父母怎么办？他们一直都在找你呢？

小女孩笑着说：我一直在等有缘人啊，现在终于等到了。瞧，就是你的兄弟们，天就快亮了，我们也马上要出发了。

老胡道：是的。我们答应她去成都找她的父母，圆她小时候的心愿。

大胖忽然着急起来：你们走了，我怎么办？你们以后怎么办？

老胡笑道：一切天注定，随缘就好。随遇而安吧。

说完，三人一左一右，一前一后，拉着小女孩的手飞向山下。

大胖惊叫：等一下，带我一起走吧，我也不想活啦。

大胖醒来，一身冷汗，天也快亮了，原来刚才是个梦。可是梦境却那么真实。大胖不禁号啕大哭起来。

猎人走过来，拍了拍大胖的大脑袋，面无表情地道：快跟我走，也许你还有机会。

大胖擦了擦眼泪问：什么机会？让我下山吗？不，都这样了，我还怎么有脸回去？我怎么向他们的家人交代？不行，我不能回去，老死也不想回去了。

猎人道：我可没有本事让你回去。我要有那本事我自己早就回家了，你跟我来就行了。

大胖跟着猎人，沿着悬崖边的小道前进，到达兰溪瀑布的位置，再拐进西北方向。猎人带着大胖爬上一个小山坡，便叫他趴在灌木丛中等待。

林中多雾，也没看到什么，大胖以为是猎人在教他打猎本领，以为长久之计。

突然，雾中传来好几个人的声音。大胖仔细一听，怎么那么熟悉？下面浓雾中，好像是袁导正在指挥拉罐他们拍摄节目呢。

大胖惊讶地问猎人：熊大哥，这是什么情况？你带我看什么幻觉？现在看这些有用吗？

猎人低声道：这是你的机会。下面还有一个和你一样的胖子，你取而代之，或可改写命运。

大胖道：怎么取而代之？

猎人做了一个杀头的动作。

大胖连忙摇头：你叫我杀自己？这不扯淡嘛。万万不可！

猎人想了想：我来吧。放心，我让他跟着我生活就是，我虽是猎人，杀生无数，但从不伤害他人性命。待会儿我把他引来，你如此这般照办即可。

大胖还是有所怀疑，认为雾中不过是一些幻觉和幻听。但当山风吹散浓雾，下面的人赫然跃于眼前，那正是当日他们十二人会合，袁导叫队员们配合拍视频的场景。十二个人，一个都不少，不，还多了一个自己。大胖心里很矛盾，如果这是真的，那么自己也许还可以拯救他们的性命，只是多了一个自己，会不会引发不良反应呢？

猎人见大胖犹豫，便道：不要犹豫，放手去干。这是重来一次的好机会，能不能拯救你的朋友，就看你的了。

大胖：你怎么知道我们还有机会重来？

猎人：我也不知道，看到你伤心，我就无师自通知道这些。

大胖：万一我成功了，我们都回家了，多余的那个我，怎么办？

猎人：也许林子里会多一个猎人。

大胖还是不敢相信猎人的话。但也没其他办法，只得照办。当多出的那个大胖独自躲在林子里上厕所之际，猎人则趁机学小胖的声音将大胖引到坡顶，躲在后面的大胖按猎人的计划要给他自己来一大棒，打晕但不能打死。可是当看到衣服还十分干净、崭新的自己就在眼前时，他心软了，手里的大棒一下子掉在地上，被骗来的大胖转身一看，发现另一个衣衫不整的自己不禁吓了一跳，猎人趁机从后面把他打晕。

大胖愣在原地，猎人催道：赶紧回到你的队伍里去。他们问你怎么这么脏，你就说滑倒了。下面的路靠你自己了，好好珍惜吧。

大胖忽然有些不舍：熊大哥，我们还能再见吗？

猎人已经扛起了被打晕的大胖，回头说：我突然想起我叫什么名字了。我叫高守，高高兴兴的高，守护祖国边疆的守。我好像还当过兵。

猎人说完就快速移动，消失在雾中。只有尚未反应过来的大胖站在原地自言自语：什么？你也叫高守？

他回想起当初遇到高守的情况，突然意识到，如果猎人剃掉自己的胡子，还真的很像。

这时，小胖见大胖久未回营，便大声呼叫，大胖这才回过神，赶紧跑下去与大队人马会合。众人皆惊讶大胖衣服怎么弄得那么陈旧，大胖只说自己滑倒了。

看到十二个人一个不少，个个都生龙活虎，大胖一时激动不已。他先是抱住老胡，半带哭腔道：胡哥，你还好吧，我以后一定要多听你的话，不再自作主张了。

大胖又去抱住小胖，小胖见他身上那么脏，想躲却躲不开，大胖抱住小胖激动地说：小胖，我以后再也不骂你了，只要你健康，只要你高兴，哥为你做什么都行。

抱完小胖，大胖又想去抱老搞，老搞有了前车之鉴，闪身躲过，说：大胖，你矜持点，别这样，男女有别。

但大胖还是抓住了老搞的手，激动地说：老搞哥，以前言语不周，小弟以下犯上，多有冒犯，请你原谅，我以后一定痛改前非。

袁导正在安排登山队的出场秩序，看到大胖怪异的举动，就悄悄问老胡：你们胖群主，他这是怎么啦？

老胡想了一下：是有点反常。这家伙多半是做了什么亏心事，觉得对不起大家，才这么客气。不过他本质不坏。

袁导哦了一声，似有所悟，然后继续安排拍摄。

大胖又去看望拉罐、文物、石头、馒头，都一个一个地检查，看是不是少根汗毛，看得四个年轻人心里发毛：大胖哥哥眼神不对啊，色眯眯的。

大胖做完这一切，忽然想起自己的使命，不能再让队伍重蹈覆辙了。但眼下还是得让袁导早点结束拍摄。于是大胖回忆起当初袁导的安排，果断出面安排登山队的出场顺序，交代好各自的台词、站立的方位等，然后记者、摄影师也一一对号入座。

在一旁的袁导看得出奇，知我者大胖也，这个胖子怎么想得和我一样？

拍摄进展顺利，等拍摄完毕，袁导握住大胖的手说：你很有导演的天赋。

在这里带人探险有些屈才了。也不是屈才，下次你搞点重大探险活动，可以给我当副手了。

大胖道：不用客气，来日方长。你们还是早点回山庄休息吧，明天也许可以拍到山顶日出呢。

临走，大胖改了主意，他不想那么多人一起去探险，鸡蛋不能放在一个篮子里，但是想要取消探险活动，也不可能，无缘无故地取消，势必引起众怒。于是就说要选两个人护送电视台的同志回去，但是回去后就不必再回来了，这两个人要一直留在大本营，若队伍三天还没出来，就要负责组织搜救。

可惜大家都想去探险，也就没人报名留守大本营。大胖只好亲自点名，首先点了小胖，他不想再看到小胖受苦受难，他清楚地记得小胖临终愿望就是回去完成学业，拯救世界金融危机。登山队那边，拉罐也只能点名让馒头回去，馒头不怎么受得了户外的苦。

可是被点名的人都不愿意走。说都是来探险的，怎么可以半途而废？就算要安排人守大本营，也得抽签决定。

老搞发扬风格，决定自己留守大本营：算了，我去吧。这竹林钻来钻去也没什么意思，不如我留下，搜救找人，我更擅长。

但除了老搞自愿，就没第二人了。

大胖突然急中生智，想出了一个两全其美的好主意。

他清清嗓子对众人说道：大家都不愿留守，那就不留守了。我们兵分两路，一路由我带队，我们沿兰溪一路北上寻找鸳鸯池，另一路由拉罐带领，送电视台的老师回山庄休息后，再沿着景区东边道路北上，我们就争取在鸳鸯池会合。你们的路虽然比较好走，但是比较漫长，可以趁机欣赏一下风景。等我们会合后，再向无人区挺进。

老胡道：这主要是考虑你们要及时返校，如果我们迷路了，也就是多花点时间的事，如果你们没有等到我们，也不用担心，找热心的周大姐，她会提供帮助的。

众人都没有太多意见。唯独小胖甩不掉，坚持要跟大胖一起。

老搞就说：好鸡蛋也不能放在同一个篮子里。我跟拉罐他们去吧，老兵带着新兵走，毕竟他们还是读书娃，万一要跟景区协调沟通，有我这个老鸟在就好办多了。

拉罐却不干了，说要跟着小胖哥去。

一时间议论纷纷，众口难调。

最后老胡快刀斩乱麻一锤定音：服从命令是天职，令必行，禁必止，自觉凝聚成战斗集体。纪律纪律，纪律中有我，纪律中有你，纪律中有无穷的战斗力……

第七章：道观风云

分道扬镳后，老胡这边沿着兰溪北上。因为不用穿竹林也就不用警戒带绑竹子。不过大胖不想浪费自己的奇思妙想，于是就把警戒带绑在石头上，扔进冰冷刺骨的溪水里，任由警戒带随波逐流。这样就算有人想下河打捞搞破坏，也得先吃苦头。虽然多此一举，但也能为枯燥的道路增添一点人类文明的色彩。

溪水的尽头则是一片沼泽地，其间果然有数个大小不等的泉眼，可惜泉水并不温热，不然早就能看见热气腾腾的画面。泉水滋养了无数杂草，草丛中却隐约可见一条小道通往北面。

老胡警觉地提醒道：搞不好是条兽径，我们不要贸然闯入，先观察再通行。另外，大家看看设备是否正常。

四人便找个干燥的地方坐下休息。拉罐和小胖表现积极，又把 GPS、电子表等拿出来检验。果如众人所愿，照常失灵。具体说来，机械手表的时针、分针、秒针都在争先恐后地跑圈，差点转成了电风扇。拉罐的电子表，就像没有信号的黑白电视机，一片雪花。GPS 记录的轨迹，很像分子在做布朗运动。

大胖戏谑道：是哪个糊涂倒霉蛋专家说的，用指针和太阳就能在野外辨别方向？这一要有太阳，二要有一只行为正常的手表嘛。退一万步说，要是我们处在一个没有太阳的星球上，你还迷信老祖宗的方法吗？再退一万步说，夜间迷路，但我们要赶紧送伤员去医院，这个时候，你要等太阳从东边出来，伤员同志恐怕早就去了西天了。

小胖问：专家都笨，就你聪明。你说该怎么办？

大胖道：红烧不凉拌，装神不装蒜。

老胡打开对讲机，尝试呼叫老搞，但是对讲机却插播了一条来自中央人民广播电台的消息。于是感叹道：早知如此，就不带这些无用的现代化设备，这么近都呼叫不到，却收到了来自首都北京的消息。大胖，下回你要吸取教训啊。

大胖就提前给众人打预防针：常言道，靠人不如靠自己，不要老依赖什么先进设备，既烧钱，关键时刻还掉链子。这里的情况与别处大为不同，时间差异也比较大，大家要做好心理准备，不要犯经验主义错误。既来之则安之，随遇而安，随机应变，啊。

答非所问，老胡就懒得理他。收拾背包准备出发。

随着对疑似兽径进行观察，众人发现这并非兽径，而是一条石头路，有人故意铺了石头是为了防止雨天打滑。旁边草丛还有两只旧木桶，看来这应该是人们挑水吃的小路，只是久不使用，长满杂草。小路笔直延伸进入高大的冷杉林中，林中雾气蒸腾，阴冷晦暗。四人一进入，就觉得寒气袭人。步行数百米，石板路越发宽敞，路的尽头却是一大块位于密林中的开阔地带，上有道观一座，其上有三个醒目的大字：老君阁。道观前的空地颇为宽敞，上百名灰袍道士正在有组织有纪律地慢舞长剑。

老胡觉得有些怪异，以为是老年人聚众练习太极拳，可仔细一看都是年轻小伙子，没几个老大爷。

只有大胖略知一二，但说先行一步去问个路。走出树林，便向看似监工的老道士作揖，口诵一声：阿弥陀佛，道长好。

那道士用非常好奇的目光打量着眼前突然冒出的大胖子，半晌才回过神来回道：施主慈悲！贫道有礼了。敢问施主可是从西域而来？

大胖将计就计：道长好眼力，正是正是。请问道长是何门何派？你们这是练的什么神仙剑法？

老道笑道：我等师从张道陵祖师，自然都是他的弟子，眼下所练正是驰名海内之太极剑也。

大胖忽然担忧起来：道长啊，你们就要大祸临头了，怎么还练这种毫无实用的东西？传说朝廷要派兵清剿你们，你们这老头乐的剑法，怎么抵抗？

道士大惊：施主真会说笑，你可知官兵为何要清剿我们？

大胖道：敢问，现在是何年何月啊？

老道士捋捋胡须：算来应还在我大明朝永历年间。

大胖道：我也是道听途说，你们要被朝廷剿灭，有人说你们聚众练兵，意图谋反。

老道士笑道：我等一向与民秋毫无犯，与世无争，更谈不上得罪朝廷。道听途说的不可信也。且问施主此来何干呀？

大胖谎称信口道：当然是烧香请神，拜佛求财了。听说鸳鸯池旁有一座庙，非常灵验，道长可知该往哪个方向走啊？

老道皱皱眉头：不曾听说此地有鸳鸯池。施主确信没走错山头？

大胖有些失望，返回林中对众人马马虎虎地解释道：还记得我之前给大家说的吗？这里的时间跟外面不一样。那老道说现在还是明朝年间。我去他大爷的，什么世道啊。大家有什么想法看法，出去后我们要观点一致，步调一致。

拉罐喜出望外：这是真的吗？穿越到古代啦？难道这就是传说中的户外穿越啊？真有趣。

大胖道：对，这才是真正的户外穿越。你小子运气好，算是赶上了。

大胖又问小胖、老胡的意见。

小胖道：来之前我就看过资料了，有这种怪事也不奇怪。正好，我们从源头捞几件文物古董回去，发大财啊。

老胡道：我刚才暗中观察，这些道士面露凶相，我们不可不防。

大胖道：那好。待会儿大家出去，尽量少说话，言多必失，统一口径就说我们是西域的商客，来此拜佛求神，了解情况后再见机行事。

四人一出现，随即引起众道士的围观。道士议论纷纷，说又来些奇装异服的西域人士。

老道士一面喝令众道士继续练剑，一面邀四人到殿内叙谈。

老道自然是想细问官兵一事，大胖出于同情，说也只是听江湖上的人说的，朝廷说你们私自铸剑，聚众习武，属于邪门歪道。

老道连忙摇头：此乃恶人诬陷。其实贫道也早有耳闻，实则是祖师除妖未尽，定是有妖孽化身人形混进朝廷，借助权势欲加报复。

大胖便支着道儿：你们不是会修八卦阵吗？一座一座的土堆，让敌人进来就找不到北。

老道惊喜：施主好计谋，相传三国诸葛亮祖师也用此法抵挡过数万之敌。此计甚好，我当联合各观联合修建。

大胖问：山顶还有别的道观？

老道：足有八八六十四座，数千人。要建此阵不难。

大胖又问：听说很多山民上山就失踪了，可有此事？

老道怒道：无有此事。皆是谣传，定是歹人挑拨离间，欲使百姓与道家起冲突，进而坐收渔翁之利。

老胡则趁机打量道观，道观不大，却摆放着大大小小百余尊神像。有的慈颜悦目，有的狰狞可怖。只是他奇怪的是独独一个小道观，却养了这么多道士，他们吃住都在哪里呢？心中虽有疑惑，却隐忍不发。

小胖和拉罐在商量：这不会真的在古代吧？如果是，这里有些东西岂不很值钱？欲挑选几个小物件，神不知鬼不觉地顺手牵羊。

待几人出了道观，外面的道士已经散去，只剩几人在扫地。

人走空了，四人才发现，道观外的广场竟然和象尔山庄的极为相似。

老胡问：道长，你的道士怎么一下全走完了？

老道笑答：各自回去食宿了。小道观没有多余财资，不能多修庙宇，亦不能留诸位食宿，还望见谅。诸位应趁早离开此地，夜晚恐有野兽出没伤人啊。

大胖道：那还得请道长推荐一个可以食宿的地方，我们刚来，人生地不熟。

老道：从此往南行，有一大殿，名曰铁瓦殿。施主可往投之。

大胖不乐意：路太难走啦。我们就在您这道观里将就一晚，吃喝我们自己带的有。一晚上也就几个小时，天亮就走如何？

老道坚持摇头：施主还是走吧。竹林里倒是有一捷径，可直达铁瓦殿。

大胖想回去看看猎人还在不在。老胡也想找老搞聊聊，于是就听从了老道的建议。

老道引四人进了竹林，果然竹林别有洞天，道士们将中间的竹子砍掉一些，再将两边竹子对弯着绑在一起，这样就形成了一条拱形的绿色走廊，看起来有曲径通幽之妙。

告别老道，步行数百米，料想外面的道士听不见了，大胖这才停下，对众人道：诸位有何感想？

老胡道：他们说在我们之前还有西域人，这点就不简单。那些道士又有点鬼鬼祟祟，我们务必提高警惕。

拉罐道：老道让我们走，肯定是怕我们偷里面的青铜器。随便拿一件，也够交几年学费的。

小胖道：没出息，那至少够我们享受几辈子了。不过，师出无名，偷东西也得有讲究，偷坏人的偷敌人的就不犯法。

大胖道：你们说的都很有道理。我们要反其道而行之，杀个回马枪，暗中观察他们到底在搞什么飞机。我猜他们可能是邪教组织，许就是假扮道士贩运毒品。先找个地方把包藏起来，轻装上阵。

四人纷纷寻找藏宝之处，不料半道忽遇大量枯叶覆盖道路。这迅速引起了老胡的警觉，他叫停队伍，捡起一块石头扔过去，只听一声轰然垮塌声，道路出现一个巨大的陷阱，陷阱内满是倒插的木刺，一失足就变成人肉串了。

四人看得直冒冷汗：果然是个黑店！

老胡道：我们先别回去算账，找个地方躲起来。不出所料的话，一会儿肯定有人来检查成果。大胖与我配合，一个人解决一个。

大胖道：要是来的是四个呢？我可不敢手刃仇敌啊，杀鸡我都不敢看。

拉罐毛遂自荐：胡哥，我可以试试，就是打闷棍嘛，电影里看得多了，今天正好可以实践一下。

老胡道：很好。我们不必杀人，就是背后一闷棍。大胖，你杀猪都敢看，只有猴子害怕看杀鸡，你又不是属猴的，说你天蓬元帅下凡，那是抬举你了。

老胡的激将法产生了积极效应，大胖不服：我只是许久没吃肉了，有点低血糖。再说，我宁愿当牛魔王下凡也不当孙猴子。牛魔王老婆多，打架都不用自己上，随便点个老婆去打就行了。

小胖道：大胖，待会儿见坏人一跌倒，我们就压上去，叫他无法动弹。

四人计议已定，各自用绿叶枯草伪装起来，在陷阱旁边等待。果然，不多时来了两个红衣道士，手握青铜剑，小心翼翼地朝陷阱走来。看到红衣道士，大胖分外紧张，因为他此前的恐怖遭遇。结果思想开了小差，行动时竟然忘记了配合集体行动。

红衣道士见陷阱塌陷，露出笑容，伸长脖子去看，老胡忽然跃起，一铲子搭在那红衣道士后脑勺，道士站立不稳栽进陷阱瞬间变成了人肉串。另一道士见状慌张欲逃，被拉罐拦住，一棍子打到其小腿，道士应声倒下，老胡顺势按住，小胖也不失时机地加上自己的体重压住道士。老胡顺利反拧了那人双手，红衣道士痛得只顾求饶：好汉饶命啊！

老胡威胁道：从实招来，不然要了你的狗命。

那道士满口答应着，却趁人不备，纵身一跃跳进陷阱里，随即也成了人肉串。

众人无不为道士的刚烈所震撼。老胡遗憾地摇头，因为没有问到有用的情报。

蜷缩在一旁的大胖终于战战兢兢地出来，向大家解释道：不好意思，刚才蹲久了，两腿像是得了小儿麻痹症，直不起来了。好在各位身手非凡，武功盖世，力挽狂澜，救大厦于将倾，立下汗马功劳，我胖子羡慕不已。等活动结束，我保证立即马上开始减肥，啊。

三人不屑于理睬胖子。眼下毕竟误杀了人家的人，就是捅了天大的马蜂窝。

老胡道：看来这些道士很不简单，既要置我们于死地，又肯以死保守秘密。事不宜迟，我们去杀个回马枪，揭开这些妖道的阴谋诡计。

为了避免伤及无辜，也为了毁灭痕迹，四人一起砍了大量竹子覆盖在陷阱之上。确定可以站立其上而不坠落，这才放心地离开。

大胖却提出了相反的意见：我看不如将计就计。铁瓦殿肯定也是他们的窝点。现在杀回去，他们见自己人迟迟未归，肯定有所防范。去铁瓦殿才能出其不意。

老胡道：大胖这是粗中有细啊。那好，先去铁瓦殿，再杀回老君阁。

四人轻装前往铁瓦殿。一路畅通无阻。但是还没到达，就闻到空气中有烧焦味，当时天色已暗，抬头一看，只见铁瓦殿已是一片火海。

四人躲在暗处观察，铁瓦殿却是人声鼎沸，愤怒声、哀号声兼而有之。原来是殿前聚集了一百多村民，他们衣着古旧，手持镰刀、锄头、棍棒。一群道士则被绑缚在树上，正被村民用竹条抽打逼问，所问之事不过是失踪村民的去向。因近来不断有上山采药的人离奇失踪，于是村民怀疑是道士作祟，一怒之下烧了铁瓦殿。但是道士极为嘴硬，被竹条打得血肉模糊，也不肯认罪，只求速死。

大胖略感放心，至少被绑住的没有熟人。

老胡道：这群道士果然不简单，他们守口如瓶，至死不渝，信仰如此坚定，已经超出了我们的理解范围。

村民继续逼问，直到有道士咬舌自尽，村民才罢手。于是留下了部分人看守，其余大众便举着火把去烧老君阁。

老胡道：遭啦，歪打正着啊。老君阁见道士失踪未归，肯定已经有所防范了，我担心这些村民吃亏就在眼前了，锄头怎么拼得过人家正规兵器？

四人便抄近道回到老君阁竹林，只见老君阁广场也是灯火通明，殿前聚集了一大群红衣道士，他们抬出十座大香炉，在里面倒入黄色粉末，香炉下面则支起柴火，点燃后香炉腾起滚滚黄烟，借助风势正吹向星光点点的地方，那正是一大群村民举着火把赶路。

大胖道：这些鸟道士，岂不知我们有防毒面具吗？

老胡：可怜这些村民恐要惨遭毒手了。

但四人也无力逆转局面，毕竟双方人多势众，械斗一触即发。除了坐山观虎斗，别无他法。

但是时间慢慢过去，却没等来杀声震天的大场面，更无一个村民冲进老君阁，林子渐渐安静下来。红衣道士根据火把的位置，把林中的村民一一抬到殿前，一排排地摆满了广场。原来黄烟是一种迷魂剂，而道士不曾中毒，盖因有解药。

村民并未被毒死，不多时慢慢苏醒，只是无法站立。红衣道士逐个给村民喂药，村民服药后恢复体力，但却呆如木鸡，毫无反抗意识，如同行尸走肉一般。

四人如释重负，本以为道士要痛下杀手，最后不过是喂了迷魂汤。

大胖道：杀又不杀，留着活口有啥用？还要浪费粮食呢。

小胖：迷晕了，好给他们当苦力。

老胡：道士拥有控制村民思想的毒药，肯定不会用来干好事。我们走着瞧吧。

被迷魂的村民竟然被道士换上了道袍，改变了发型。这波鬼操作让人百思不得其解。

大胖猜测道：人家是在招兵买马，我们瞎操心了。只是一般人招兵买马用的是真金白银，道士没钱，只好用迷药了。

老胡道：资料说朝廷剿灭道教，如今看来，果然事出有因。

小胖道：造朝廷的反，未必就是坏人。书上说那叫起义军。

拉罐道：等他们互相杀光了。我们正好去打扫战场，捡点破铜烂铁也是好的。

道士将村民同化之后，逐一走进小道观，而后消失不见。小道观再次陷入黑暗和寂静之中。

无疑，道观里肯定有暗道。四人潜入道观，里面空无一人。四处查找，却未发现暗道入口的蛛丝马迹。

小胖和拉罐早就垂涎道观里的青铜制品，没人在更好下手。可惜小的似乎并不太值钱，大的也不方便携带。搜索一番，也没找到一件称心如意的东西。

东边不亮西边亮，四人担心铁瓦殿的情况，于是又折返。

铁瓦殿的火势已经减弱，但这里依旧热闹不减，红衣道士持剑，村民用锄头和棍棒，双方乒乒乓乓打得不可开交，互有死伤。但村民终究寡不敌众，丢下几具尸体准备逃走。好在有人带了几条猎犬，在猎狗的掩护下，剩下的村民成功逃脱。红衣道士打扫战场，将场地的尸体不分敌我统统丢进火中焚烧。

不多时，这头也空无一人，只剩下火堆燃烧的噼啪声。

为了迅速突破，老胡决定兵分两路，大胖带着小胖和拉罐去藏包处，自己则独自去跟踪红衣道士，试图找到密道入口。但这个跟踪任务极其容易暴露，必须靠经验丰富的侦察兵才能胜任。人多反而是侦察的大忌。于是人分两组，相约在藏包处会合。

夜已深，折腾了一夜，只是跑来跑去看个热闹，啥也没有，大胖这组没什么任务，人困马乏只想睡觉。原本三人想在铁瓦殿附近睡，靠近大火，借点余热。可是计划不如变化，如今要想睡在大火旁，则要忍受烤人肉的味道，细思极恐。所以，只好回到藏包处等候。竹林里根本没法搭帐篷，好在没有下雨，三人便草草铺上防水地席裹着睡袋睡去了。一觉醒来，天已大亮，老胡却还没回来。大胖感到不妙，忙叫醒小胖和拉罐。

大胖不安地说：不妙啊！老胡多半被道士抓啦。现在不知是死是活。

拉罐道：他们现在正是用人之际，不会乱杀无辜的。

小胖道：那未必。老胡也算失手杀了对方的人，不无辜。

大胖：不管怎样，绝对不会有好事。

多说无益，三人赶紧拿上家伙去找人。但是到了老君阁，三人顿时傻眼了：老君阁已经变成了一堆残砖断瓦，还长满了杂草，好像已经荒废了几百年。

大胖一屁股坐在地上，口里直喊：完啦，完啦，老胡淹没在历史的洪流里了。说不定已经和我们阴阳两隔了。

两个小弟不解地问：什么意思？什么洪水？哪来的？

大胖道：给你们一个眼神慢慢体会。我给你们说过，这里的时间错乱，要不然我们的电子表、GPS 怎么都乱套了？假如说，老胡还在明朝，而我们却在新中国，你想老胡如果没死也该老死了，我们跟他的距离也许就是一个世纪，懂吗？

小胖道：那也不赖啊，老胡如果活在古代，那岂不是可以三妻四妾？

拉罐道：凭胡哥的本领，说不定当了将军驰骋疆场，屡立战功。虽然古代没有手机、电脑和辣条，不过只要有钱，也能快活似神仙。

小胖接着说：所以，也不用为老胡难过。

大胖道：两位贤弟言之有理。既然如此，那我们就试着找找老胡的墓碑。他总得给我们留下点什么吧。

三人开始寻找，留心各种石头石碑，因为只有石头能将信息保存上百年。果然在道观遗址后的杂草丛中发现了一块倒下的石碑，上有几个醒目而一见心惊的简体大字：胡建军之墓。却只有石碑没有坟堆。

大胖立刻悲痛起来：老胡啊，你终归还是死啦。青山埋白骨啊，你一个人在历史里没人陪伴，一定很孤独吧。

小胖、拉罐见大胖哭声大泪点小，便安慰道：人死不能复生，你就节哀顺变吧，这可能是个衣冠冢。说不定老胡下山去了，还生了无数的小胡。我们只需找找姓胡的就行了。

拉罐道：是啊。我看老胡哥赶上了好时代，一夫多妻啊，想不生一大把后代都不行啊。

大胖叹了一口气：你们想法是美丽的，但是别忘了一个大前提：老胡身在迷魂凼，他能下山去享乐吗？多半，还是孤独终老啊。

小胖眼尖，发现石碑上面有一串模糊的英文字符：Letter under the stone.

大胖转忧为喜：果然是老胡的风格，他用英文做暗语，想那个年代都是万国来朝学汉语，谁会没事学英语呢？赶紧地，挖，说不定他还有什么值钱的陪葬品给我们留着呢。

然后大胖双手合十作揖，口中念叨：老胡你在天之灵保佑我们，一定要给我们留点金银珠宝啊。往后的日子才有盼头，你好我也好呀。

石碑挪开后，下面却是一个深不见底的枯井。谁也不想冒险下去。但这也不是大问题，大胖用绳子绑上强磁铁，果然从井下钓上来一个生锈的铁盒。

打开铁盒子，里面的确是一封书信，而且看样子主人为了长期保存，还浸了蜡油，似乎还有一点防腐杀虫的中药成分。

大胖有些失望：好你个吝啬鬼老胡，一点值钱的也不给我们留。害我白白为你伤心难过。你说你这样抠门对得起我吗？

小胖催促道：快读信，说不定有藏宝信息呢。

展开老胡的遗书，上面满是蝇头小楷：

大胖、小胖及拉罐，见信好。我甚是想念你们，当你们看到这封信时我可能已经不在人间了。不必担心，我过得还好，只是没有手机和网络，倍感生活之枯燥。简单地说，当日我尾随红衣道士发现了隐藏的密道，我点燃他们剩下的迷魂药吹进密道，试图等他们都昏迷了再乘虚而入，结果他们另有逃跑通道。不过我也发现了他们不可告人的秘密。他们利用天然溶洞修了地下密室，拐去的人都在这里被强迫修炼一种奇特的辟谷大法，这些人每日只喝少量清水，三月后大部分都会饿死，这时妖道会将他们焚烧从而得到舍利子。但不是人人都能烧出舍利子，所以他们需要大量的人来当速成道士，目的是得到舍利子，制作七彩宝莲灯，这就需要七颗不同颜色的舍利子。此物据说可以帮他们找到通向仙境的捷径，从而快速打入神仙内部。后来我通知了村民，引来官兵围剿。但地道复杂，很多人迷路其中，有去无回，你们千万不可进入。为了找到他们逃跑的方向，我想了一个办法，就是往地道里吹烟，看烟从什么地方出来。果然在一公里外找到一个出口，不过那更像是通风口。但这不是要紧的事情，要紧的是我们找不到出路。两百多官兵、几十号村民，都困在迷魂凼。刚开始我们拥挤在道观，后来官兵集体出走，就再也没回来。村民也不甘心空等，也尝试寻找出路，结果留下来的人越来越少。为了解决温饱问题，我和剩下的村民留下开荒种地，在鸳鸯池养鱼，加上狩猎所得，也还勉强能过。后来没事我们准备了干粮去地道探索，果然发现了一个深不见底的竖井，我们做了绳梯下去，发现竖井中间有个通道，我们一路跟踪，果然发现了他们在地下的秘密场所，这里有很多药材，还有焚尸炉、炼丹炉、无数兵器。

这里的日子与世隔绝，只有无尽的思念。但我没有放弃寻找出路。二十年后，住在道观的人也没几个了，我也老得差不多了。这时我再次进入地道，找到了一面铜镜，上有七七四十九颗色彩不同的宝石，想必就是舍利子了。我的余生一直在研究如何应用铜镜，无意中发现它在月光下会反射特殊的金光，但金光又有什么妙用，我可能到死也破解不了。只好想办法留给你们，把东西放在密道入口上方，用我的墓碑盖住。特意刻下别人看不懂的英文，我语法不好，你们将就着看吧。希望你们破解谜团，我们能再次团聚，阿弥陀佛！对了，为了把宝镜藏在一个更安全的地方，我左思右想，还是把它扔进鸳鸯池算了。因为池水终年寒冷刺骨，就算游泳高手也挨不了几分钟。你们肯定能用现代化的手段找到它。对了，假如时光可以倒流，一定要提醒我注意预防老年痴呆症，这段时间我老忘事，记忆错乱，整天发呆。好啦，不说了，我该吃药啦。有缘我们百年之后再见吧。

读罢，大胖笑道：这老胡，真是可怜巴巴，我们还好心好意地以为他下山享受妻妾成群的好日子了呢。没想到他像和尚一样老死山顶。不过也好，属于自然死亡，寿终正寝。

突然，那封信冒起白烟，接着轰的一声燃烧起来，大胖赶紧扔掉，眼巴巴地看着那信化为灰烬。

小胖道：胡哥果然是留了宝贝给我们。可是鸳鸯池怎么打捞？你那强磁铁对金属铜也不感兴趣啊。

拉罐道：我忽然有一种看破红尘的豪壮感。你想，就算找到金山银山，不能下山，还是终生遗憾。而且，也不知道现在是哪年哪月。万一下山正赶上兵荒马乱，小鬼子搞侵略，我们也无福享受啊。

小胖道：那正好，我们也去打鬼子，当英雄。可惜我语文学得不好，不然可以造几颗原子弹送给它尝尝，顺便改写历史，那颗叫胖子的原子弹正是小胖我发明的。

大胖斥道：学好语文就能造原子弹啦？你小学语文是一个叫原子弹的人教的？管他三七二十几，先去鸳鸯池，说不定正好遇到天下大旱，池水早就蒸发完了。

第八章：地宫探险

鸳鸯池不远，正好在老君阁附近。只是这不是普通小池子，而是足可酝酿庞然大物的山顶湖泊。大胖用强磁铁在水底打捞着，像是在路边钓鱼。三人轮番上阵，才扫荡完池塘的一个小小角落，磁铁就被不明物体死死卡住，大胖不得不放弃。大胖很失望：老胡说他得了老年痴呆症，他的信还可信吗？我们不要被一个痴呆老头给耍了。

祸不单行，忽闻远处枪声，枪响之后，一群人的谈笑声由远及近。大胖心知不妙，这枪声他记忆犹新，老搞出事前就是这种枪声。他赶紧收拾东西，叫上小胖和拉罐躲进丛林。

不多时，果见一大群人来到鸳鸯池边，原来是打了野山羊。看衣服，这群人穿着灰色军装，扛着旧式步枪。大部队后面还跟着几个橙色衣服的人，那正是探险队的队服。

小胖惊喜万分：是自己人啊。

说着就要出去迎接，却被大胖拦住：别冲动，看清楚再说。万一他们成了人家的战俘呢。

随着距离越来越近，三人总算看清楚了，穿着橙色衣服的人一个也不认识。但不管穿的是军装还是队服，这批人都有个共同点，头上有道士样的发髻！

三人倒吸一口凉气，幸好没一时激动冲出去酿成大祸。

等那群人陆续走远，大胖道：糟了，老搞他们连衣服都被他们扒了，多半是当了俘虏了。

小胖道：也许是被打死后才扒的。

拉罐道：打死后衣服有洞洞。

大胖道：不出意外的话，他们肯定是被迷晕了，现在正关在地洞里。我们要做的就是跟踪道士，找到入口，趁他们睡着了，如此这般操作即可。

小胖问：万一他们被害死了呢？

拉罐道：这还用说，血债血偿。

大胖道：杀人放火，杀人不敢，但是可以放火。最好是以牙还牙，偷了他们的迷药，迷晕他们。再一个个绑起来，然后想怎么就怎么。

对方有枪，三人只能远远地跟踪。那群人最后都消失在半棵巨树下。

原来这是棵雷击木，残存的部分早已碳化。粗大的树干上有道门，打开之后是一个树洞，沿着阶梯往下，又是一个大洞，但又很快被一面大墙阻挡。墙面上有八个圆形的石门，门上刻着不同的八卦符号。显然那群人是经过其中一扇圆门走的。可惜无论大胖如何巧用蛮力，石门也很难推开。

大胖擦了擦汗水道：我还担心洞里有陷阱。结果吃了闭门羹。

拉罐道：不如我们就守在这里，这个石门这么小，每次只容一人进出，我们就来个"一夫当关，万夫莫开"。出来一个，咔嚓一个。

小胖道：这是个死胡同，万一人家还有别的出口，我们擅自钻进来，敌人来个瓮中捉鳖，那就弄巧成拙了。你们仔细观察，这都用不上什么风水八卦。凡是常用的东西，都显得光亮。这里一左一右，正好有两个石门因为经常被人使用，所以表面显得光滑。我猜，要同时推这两扇门才能打开。

果然，只需两人配合同时推动两扇石门，即可轻松打开两个入口。其中一个有明显的出入痕迹，自然就是正解。但三人并没有贸然进入，既然要探洞，就得有所准备，大胖便回去取了包，有备无患。

三人戴上头灯，手握工兵铲就钻进了漆黑的洞道。洞口初始极狭小，步行数十步，则豁然开朗。洞道粗糙，但不乏人工开凿的痕迹。洞内道士的嬉笑怒骂声此起彼伏。三人耐住性子，等到道士鼾声四起，才敢继续前进。走了百余米，便遇到一个岔路口，一个斜左，一个斜右，虽然有道士鼾声，但因回声干扰，也不知哪个方向有人。

犹豫之际，大胖道：虽然胖爷不怎么喜欢探洞，但也颇有探洞经验。现在大家只需屏息静气闻味道。瞧，右边洞有酒肉臭味，左边洞有厕所味。所以，自然走右边。

小胖质疑道：我们是来救人的。谁会把俘虏放在自己卧榻之侧？厕所附近最适合关押犯人了。

大胖道：小胖虽小，可也学会了老谋深算啊。

三人选择了左道，洞道弯弯曲曲，约莫过了百余米却听见哗哗的水响声。原来是道士将厕所建在一条地下暗河之上，如此就成了自动抽水马桶了；而洞的尽头正摆放着几个铁笼子，里面赫然关着几个一丝不挂的白皮肤人。灯光一照，正是失踪的老搞、文物、石头、馒头。四人正在昏睡，被叫醒后一脸茫然，仿佛根本不认识大胖他们。三人赶紧打开铁笼，把四人拉了出来，四人既不配合也不反抗，如行尸走肉一般。小胖和拉罐本以为是个大团圆，没想到对方成了木头人。

拉罐悲伤地问：你们怎么啦？你们倒是说话啊？

大胖镇静地说：别急。多半是中了迷魂之毒。不过你们不用担心，胖哥我自有神机妙药。

大胖拿出红色急救包，取出四支藿香正气口服液分别给四人服下。

大胖道：来前我就查过有关医学文献了。中药往往具有解毒功效，此药正好包含了几味重要的解毒成分。试试看吧。

果然四人服药后神志渐渐恢复，双方这才完成会师。只是四人久未进食，身体极其消瘦乏力。

老搞问：怎么不见老胡？这么重要的行动他不可能当个望风的角色。

大胖转移话题道：一言难尽。现在大家别说长道短啦，赶紧撤退要紧。

老搞道：等他们发现我们逃走了，反而更麻烦。不如，趁他们熟睡之际，主动出击，全歼了这帮土匪道士。

大胖道：你们现在等同老弱病残，哪还有精神杀敌？留座青山在，不怕没树砍。

大胖又拿出葡萄糖粉和运动饮料泡腾片一起兑了水让四人先补充一下能量，四人体力很快有所恢复，但也仅够逃命之用。

回到岔路口，大胖叫小胖当向导护送四人出洞，他要和拉罐趁敌不备，龙潭虎穴走一遭，就此分道扬镳。

为了悄悄接近敌人，大胖教拉罐把袜子脱了反套在鞋子上，这样走路就悄无声息了。

大胖道：好歹跟老胡混了那么久，我也算半个顶尖侦察兵了。

拉罐奉承道：胖哥威武不屈，小弟佩服得五体投地！

道士睡觉的地方是一个较大洞厅，这里酒气熏天，虽有石床石桌，不过道士们袒胸露乳，睡姿乱七八糟。加上多种类的口臭、脚臭、汗臭，闻起来简直像个猪圈。

还好枪支比较整齐地靠在墙角，方便不速之客偷盗。

拉罐想盗走所有的枪，这样道士没了枪，就如同被拔掉爪牙的老虎。可惜枪太重，一个人根本拿不了几支；而且，拿多了难免失手掉落，万一弄出点动静惊醒了众道士，那就不是虎口拔牙，而是虎嘴送肉了。最终，为了便于行动，拉罐忍痛割爱只挑了一支。

敌众我寡，只能智取。大胖的计谋是不战而屈人之兵，就是要偷得道士的迷魂药，以毒攻毒，以眼还眼。

两人蹑手蹑脚穿过人群，到达洞厅另一侧。这里暗藏不少石窟，是道士存放物资的地方。有的乱放着衣服，有些装满粮草和兵器。大胖凭借自己的嗅觉很快找到了药房。

当大胖找到黄色迷魂药时，却突然高兴不起来：糟啦，真是百密一疏，我怎么就忘了防毒面具啊？虽然是以少胜多，可以跟敌人同归于尽，可惜敌人的命不值钱啊，到头来还是赔本。

当时拉罐正在玩弄步枪，他在游戏里早已见识过各个国家的先进枪械，熟悉各种枪支的参数与使用技巧。但在现实生活中却连这古董玩意儿都玩不转。拉罐正聚精会神地研究枪支，忽然被大胖的叹息惊了一下，手指一颤竟然扣动了扳机，嘭的一声，枪声在狭小密闭的空间里异常地尖锐刺耳。

两人被枪声吓了一跳。大胖心想完了，道士肯定被惊醒了。但他来不及兴师问罪，就必须马上想办法寻找逃生路线。

拉罐像个犯了错的小学生傻愣在当场，一言不发。

逃跑的路只有一条，朝着洞道未知的深处走。

洞厅的道士自然被惊醒，安静的洞厅又变得嘈杂，不少人已经拿起枪准备循声过来检查。

为了争取逃跑时间，大胖没忘记设置路障。他点燃一大堆衣服，再将黄色迷药撒上去。见滚滚黄烟四处扩散，这才朝着洞道深处逃跑。

道士畏惧黄烟自然不敢马上追击。

大胖和拉罐靠着头灯一路狂奔。倒不是害怕道士追击，而是黄烟滚滚来势汹汹，远超出预期，两人不得不狼狈逃窜。乱跑了足有数百米，就被岔路口给拦住了。这岔路口非比寻常，它有九个分洞，分上中下排列。不要说让人选择困难，就是密集恐惧症也恐被诱发出来。

大胖见状大惊失色。这对他来说既熟悉又心有余悸，这与他们在大瓦山的遭遇何其相似！

不知道是洞内氧气不足还是心情紧张，两人都累得气喘如牛。好在黄烟没有及时跟来，两人才得以平复喘息。但面对九洞的艰难抉择，两人又陷入了沉思。对拉罐来说这种路口闻所未闻，但对大胖来说，却更像是噩梦再现。

愣了一会儿，大胖道：贤弟不用担心，这东西，胖哥我经历过。鉴别方法也简单，把脑袋凑到洞口，看哪一个有新鲜的空气，有就说明通向外面。

拉罐道：胖哥果然见多识广啊！

大胖很是享受：也没啥。经验，啊，经验。

可是两人每个洞都检查了一遍，也没感觉什么香的臭的空气吹来，九个洞口根本就没有风，如同死胡同。

大胖自我解嘲道：看来经验不是万能的，随机应变才是真理。冷静分析，我们要居高临下的好，抢先占领战略高地。你想，如果我们躲进下面的洞，敌人来了，随便滚一坨石头下来，我们都要吃不了兜着走。

拉罐赞道：还是胖哥英明。跟着胖哥走，免得摔跟斗！

说话间，黄烟已到了眼前。事不宜迟，两人赶忙爬进一个朝上的洞口，爬了一段才用背包堵住，减缓毒烟速度。

两人留下背包，继续沿着斜道向上爬。没多久洞就到底了。洞道原本有出口，现在却被一个可能是石球的东西堵住了。大胖使出蛮力顶了几下，那球纹丝不动。好在拉罐偷的步枪有刺刀，报废了刀尖才把石头撬动，石球缓缓地滚走了，出口也露了出来。

大胖探出脑袋看了看，外面是更大的走廊。确切地说更像是墓道。而这一幕让大胖有些似曾相识的感觉。

两人先后出了洞，大胖警觉道：这里多半有机关陷阱，站起来大摇大摆地走肯定要中招。经验告诉我们，只能匍匐前进。听说"二战"时一个逃兵，就是靠匍匐爬了两百多公里，爬出战场，捡回一条命。所以，破解这种老古董机关的秘诀就是放低身姿，爬。

拉罐道：跟着胖哥爬，去哪都不怕。

石球卡在洞道狭窄处，两人只能朝反方向爬行。

大胖小心谨慎地爬行，边爬边用拳头砸地面，却没发现有松动的地砖，也没有听见地下有异响。一直爬到前方出现宽大的洞厅，也没发生意外。

不过两人的注意力很快被洞厅的格局所吸引。其四周靠洞壁而立着十二尊高大泥像，中间向下凹，呈圆形广场，正中摆放着一具红色棺材，棺材前立有一个汉白玉墓碑，上有几个古体大字：张真人之墓。那十二尊泥像也不简单，身高足有三米，皆为兽头人身，细看正好对应十二生肖动物。这些兽头像皆身着道袍，手持长剑直指中心的红棺，且无不面目狰狞，造型栩栩如生。

虽然是首次见识这种场面，但拉罐却面无惧色，反而有些小激动：壮哉，好一派古朴的恐怖之美，安详的表面之下，一定有稀世珍宝按捺不住重见天日的激动。想不到我拉罐年纪轻轻，就距百万富翁仅一步之遥啦。

说着拉罐就想下去，大胖赶紧阻拦：你这个冒失鬼，鬼迷心窍不要命啦。盗墓，得一步一步试探着来，越是接近棺材越是危险。很多人就是疏忽大意栽倒在这一步之遥上。不对，我们又不是盗墓贼，最多叫顺手牵羊，路边拾遗而已。

拉罐：对对对，路不拾遗那是错的，不捡拿什么捐献国家呢。我们不捡，让坏人捡了，岂不让国家蒙受巨大损失吗？

大胖：千万别头脑发热想着发财的事情。传说盗墓界有个不成文的规律，谁发财心切谁就先死。真能拿走，那些道士早就下手了。你看这里的布局处处都透着诡异，十二生肖怎么都拿剑指着张真人的棺材？张真人那应该是大好人，道家鼻祖。拿剑指着好人的只能是坏人。搞不好就有机关陷阱等着你呢。

拉罐：要不我们帮一帮张真人，把这些泥塑推倒、砸烂，然后开棺验尸，让真人重见天日，与民同乐，共享太平盛世？

大胖：要得个球。尸体见了太阳，那还了得？诈尸你听说过没有？太阳一晒，尸体就如同一颗炸弹，要爆炸的。不过呢，这十二生肖看起来也不像好人，它们根本就不是人，是犯上作乱的妖怪。

拉罐：如果真人在天有灵，知道有两个青年助人为乐，帮他完成了未了的心愿，一定会拿出点金银玉器犒赏我们的？

大胖：贤弟，这就是你的肤浅了。张真人可是得道高人，肉身深埋地下，但灵魂早已升天。要是能得到一本道家法术秘籍，拥有活佛济公那般的本领，也就不虚此行了。我们也算是真人福佑的后代，理应为老祖宗分忧解难，拨乱反正。

拉罐已迫不及待地抱来石头，对大胖道：胖哥，多说无用，直接给它来个投石问路。

大胖道：丢石头固然是个方法，不过属于下策，一不小心就容易砸坏棺材，冒犯祖先。

拉罐面对大胖的高谈阔论充耳不闻。石头扔下，一下子就消失了，没一点声音；而棺材仿佛半淹没在一种透明介质中，石头一旦没入这种介质瞬间消失，无声无息，更无波浪与水花。

两人大眼瞪小眼，都没见过这种自然现象。于是一扔再扔，结果一样。

大胖：有意思。挑战难题是我的强项，找根棍子来捅一捅，看看下面到底藏着什么东西。

身边只有一支步枪。拉罐把刺刀展开，用刺刀去试探，那刀尖一入界面当即消失，待拿起再看时，刺刀像被削铁如泥的神秘东西切去了一截，变成了短刀。

两人大吃一惊。幸好没贸然下去，不然整条腿，甚至整个人都报废了。

大胖道：我明白了。这是张真人生前设置的防盗墓手段，难怪这些兽头人只敢怒视而不敢下去。奇迹，可谓古今中外防盗技术第一名啊。要是弄明白其中原理，你我也能享用终身。

拉罐却用颤抖的声音说道：胖哥，你有没有发现十二生肖正看着我们呢。

大胖用头灯扫射，果然十二生肖不知什么时候扭转脑袋，齐刷刷地看着他们。大胖心里顿时发毛，问：我们刚来的时候，它们是朝这边看的吗？

拉罐：不是。糟啦，它们的剑也在移动！

大胖一惊：我的天，难道真是成精的妖怪？

拉罐又颤抖地说：胖，胖哥，它们还在动！

大胖道：贤弟莫怕，绝对不是它们成精了，而是我们丢石头触发了机关。三十六计，躲为上计，赶紧跑路。

两人拔腿就跑。到了地洞入口，大胖却后悔道：唉，你说我们慌什么慌？泥像那么大，还能钻得进来？就像人类不能钻老鼠洞去捉老鼠一样。我们有些杞人忧天了。

拉罐点点头，紧绷的精神立即放松了不少。他看着地洞入口，突发感慨道：这地洞，让我想起很多往事。小学写作文想表达一个人当众遭遇尴尬事的心情时，很多同学就会写"恨不得在地上找个地缝钻进去"。这种金句我自然也屡试不爽，如今果然梦想成真了，地上果然有洞可以钻。不对，这句经典名句不对呀，地缝怎么能钻进去呢？应该改成地洞。

大胖道：别构思作文了。等你毕业了，可以立志当个小学语文老师，好好给下一代上上具有科学精神的语文课。别再闹钻地缝的笑话了。

拉罐道：我才不去教小学生呢。你劝我娶个小学女教师还差不多。

两人正在闲谈，这时洞厅方向却传来杂乱的脚步声。大胖用灯一探，顿时吓了一跳：那十二座泥像竟然缩小了，正手持长剑排队而入，朝着两人追来。

大胖故作镇定，以展示自己临危不乱的优秀品质。只见他抓起步枪就是一个点射，一发子弹以迅雷不及掩耳之势射出，将排成长串的十二生肖全部穿透，兽头怪身体瞬间被打出一个窟窿，能透光，果然都是空心泥塑。但这丝毫不影响它们继续行动。

大胖看得吃惊，犹豫之际，走在最前头的兔头怪已经到了眼前，此时再上膛已经来不及，大胖只能端起枪，欲用刺刀御敌。他想得很美好，地道狭窄，一次只能上来一个敌人，不至于被围殴。正想着，刺刀已经和兔头怪的青铜剑碰撞出了串串火花。那怪竟然也力大无穷，这一碰，直让大胖感觉虎口发麻。他大感不妙，忙喊拉罐躲进洞里，看看毒气散了没有。

拉罐本来也想帮忙，但洞道狭窄不便施展腿脚，他拿着工兵铲却毫无用武之地，这时大胖发话，他心领神会，这是叫他下去落实退路。

大胖与兔头怪大战几个回合，双方刀剑相拼，火花四溅，蔚为壮观。但大胖毕竟是人类，已经有些体力不支。刺刀虽然锋利，但只善于刺，不长于拼，加之此前刀尖损毁，这时再与青铜剑相拼，必然会失去优势，刀口缺了好几处。兔头怪动作敏捷，所用皆是古代正宗剑法，大胖根本不是其对手。忽然青铜剑剑锋一转，砍向步枪中段，那枪竟然断成了两截。大胖慌乱没招，继续用断枪抵挡，结果手臂接连被划伤，鲜血直流。大胖大声问拉罐下面情况如何，还有毒气没有。

拉罐的回答让他很失望，毒气还没散完，洞里不怎么通风。

大胖也管不了那么多了，想赶紧钻进洞里躲一躲。索性将断枪砸向兔头怪，那怪侧身一躲，砸到后面的牛头怪，却未伤得分毫。

大胖想扔枪之后赶紧钻洞，哪知兔头怪攻势紧逼，容不得大胖有钻洞的机会，千钧一发之际，他急中生智，嘴里吐出一口浓痰，不想正中兔头怪面部，那兔头怪顿时冒起了青烟，发出痛苦的怪叫。

找到对方弱点，大胖暗喜，连吐了几口口水。由于口水比较分散，不像浓痰那样聚集性强，因此口水就像霰弹枪一样让兔头怪无处躲藏，接连被口水命中。那怪瞬间浑身都冒起了青烟，身体烂出无数空洞。可惜口水很快就枯竭了，好在兔头怪心生恐惧，不敢继续攻击。

大胖虽不知是何原理，但想起自己还是童子之身，正是血气方刚的年龄，口水乃人体之精气，自然具有驱邪之奇效，看来远离女色好处多多啊。想到此，大胖得意地笑了，刚才的紧张和恐惧一扫而光。

口水虽然枯竭，但手臂仍旧流血不止，大胖挥臂将鲜血甩向泥怪们，泥怪们溅了一身的人血，立即发出惊恐的尖叫。排在前面的兔头怪、牛头怪身体忽然如玻璃一样裂成数块，彻底成为一堆烂泥，但其身后紧跟的马头、羊头怪则手握青铜剑继续攻击。大胖则继续挥洒热血，马头怪也很快中招，身体发生龟裂，摇摇欲碎。

关键时刻，大胖手臂的血却停止了渗出，原来是伤口已结痂止血了。

危急关头，大胖赶紧对下面的拉罐吼道：快，整点液体来，怪物们怕水！

拉罐心领神会，可惜瓶子里的饮用水早没了。他急中生智，赶紧往水壶里撒尿，然后爬到洞口递给大胖，说：你要省着点用啊，这可是我身体里仅剩的精华了。

大胖大惊：什么精华液体？你小子自我放血了吗？

拉罐：是尿、尿液、新鲜尿液。关键时刻可以当作饮料的。

大胖大喜，赶紧用尿液泼向泥怪们，泥怪们无法躲避大量分散液体的密集攻击，不论前后纷纷中招。可奇怪的是，尿液并无明显效果，泥怪们也毫发未损。

大胖忙问：你小子怎么不是处男了？

拉罐道：啥年代了，哪里还有我这么大的处男。你要处男干什么？

大胖道：唉，差点误我大事，只有童子尿才可以驱邪。

没办法，大胖只得做出应激反应，他不顾个人荣辱，当着泥怪们掏出排水工具开始释放尿液，可是由于紧张和害羞，就是尿不出来。泥怪们一时搞不懂大胖的动作，犹豫之际，大胖趁机将水壶砸向怪们，然后转身跳入地洞溜之大吉。

到了背包堵洞处，大胖赶紧摸索起来。

拉罐看到胖哥身上满是鲜血，心疼不已：胖哥，急救包在这里。

大胖道：急救包急救不了我们，找音箱。

音箱很快找到，但一只尖嘴利齿的鼠头怪也出现在斜洞上方，而音箱却迟迟没有发出呐喊。这也不能怪大胖，刚才他用力过猛，手臂发麻，此时操作音箱按钮，手指不住颤抖，根本不听使唤了。

拉罐万分着急，催促道：胖哥快呀。被这家伙咬一口，我们上哪儿打狂犬疫苗啊？

鼠头怪很快接近，带来一股恶臭的风。

大胖只好改用嘴巴、舌头来操作按钮。千钧一发之际，音箱终于响了，鼠头怪先是一愣，又接着前进。原来前面的都是流行音乐。拉罐挡在大胖前面，他用工兵铲打击鼠头怪的脑袋，为大胖争取时间。奈何洞道狭小，拉罐根本使不出力气。只听见金属铲面拍得鼠头乒乓作响。

大胖飞速地按着按键，终于响起了一段驱魔咒音乐。

那鼠头怪顿觉不妙，痛苦难当，想后退，却被后面的羊头怪堵住了，无法动弹。驱魔咒痛得它用脑袋左右冲撞，直到脑袋像瓷瓶一样碎裂。其后的羊头怪也遭了殃，脑袋应声崩裂。后面的怪也听到了不祥之音，纷纷倒退逃跑。

这时拉罐再拍击那鼠头怪剩下的部分，却像是拍到泥罐一样立时将其拍得粉碎。

大胖见状喜上眉梢，拿着音箱道：贤弟，快乘胜追击！

拉罐道：胖哥，不可。兵法有云：穷寇莫追。我们还是趁机撤吧。

大胖道：我晕！它们可不穷，青铜宝剑价值连城，穷人可用不起！发财在此一举！

拉罐道：听哥一句话，茅塞顿开呀。

两人随即追击，追至洞厅，剩下的六只怪已纷纷现出原形。一条大蟒蛇正在寻找洞穴逃跑。一只大公鸡则飞到洞顶抓住岩壁。猴子也善于攀岩，抓住岩壁不松手。虎在咆哮，狗在乱叫，好不热闹。可惜洞厅是个死胡同，皆无处躲藏。一头黑毛大肥猪站立不稳率先滚了下去，消失不见。龙却化身成为身穿黄袍的皇帝，嘴里大喊好汉饶命，我等无意冒犯。

大胖见是个老者，精通汉语，便耐住性子欲与黄袍老者聊聊，问问对方来头再说。同时跟拉罐耳语几句，叫他遇到情况，如此这般准备。然后把音箱音量调小置于身前，好与怪们保持安全距离。

大胖问：你们是什么鬼？对张真人的棺材剑拔弩张的，是何用意？

黄袍人道：壮士误会了。我们既非鬼也非仙，而是得道的神兽。我们早已改邪归正，受张真人委托在此守护地宫入口呢。我等之剑并非指着真人棺材，而是谨防这阴阳池出现邪祟。阴阳池，上为阳，下为阴。阴者，阴间也。我等在此守护，谨防阴间恶鬼过界，防止人间陷入灾难。

大胖问：你的意思是我们误伤好人啰？明明知道我们是人类，你们为什么要追杀？

黄袍人道：误会，误会。此为禁地，谢绝凡人观瞻。千余年来不曾有外人闯入。你们擅闯禁地，我们自然要问个明白。

大胖点点头：哦，原来如此。既然是禁地，怎么岔路口有九个洞，通向你们所谓的禁地？禁地入口怎么可以随便对外公开？

黄袍人道：那是九死还魂洞。这也是张真人留下的道家法宝。只有按照一定顺序进洞，才可找到贯穿九洞的秘诀，或能得到永生。九死，虚数也，意指九洞极其危险，即便万死也难参透其中奥妙。

大胖趁机又问：你可知迷魂凼又是什么阵法？

黄袍人笑道：也是张真人设下的八卦阵中的一个阵法，它既非幻觉，也非真实世界，按今天的话说，就是多维的时空阵。

大胖接着问：那应该如何破解，如何走出迷魂凼？

那黄袍老者突然露出狰狞的奸笑：哼，既然进来了，谁也别想活着出去！

大胖被老者突如其来的变化惊得愣了一下。就在这时，通道黑暗处蹿出一条大黑蛇，张开嘴直接咬住大胖身前的音箱随即消失在黑暗中。那音箱被它一咬，顿时成了哑巴。

此时黄袍人竟然大笑起来：好个不知天高地厚的凡夫俗子！竟敢与我等神仙作对。今天就生吃了你们两个。

音箱被毁，原本躲起来的虎头怪、蛇怪、公鸡、猴子、狗等纷纷出来，站在黄袍人之后，面露奸笑。

大胖却也大笑起来。六怪惊问：死到临头，你还敢笑？

大胖道：哼！我早知你们会耍阴招，故而留了一手。贤弟，该你上场啦。

拉罐上前一步：左右手各持一部手机，他用拇指轻轻一点，驱魔咒的声音顿时爆炸般地响起。

六怪顿觉不妙，抱头鼠窜。虎怪、狗子惊慌中跌入池中，当即殒命。其余怪不论逃至哪里，都堵不住咒语入耳，纷纷发生爆裂，灰飞烟灭了。只有黄袍老者道行较高，赶紧跪地求饶。大胖哪里还肯相信，捡起一块石头砸了过去，黄袍老者竟如玻璃一样应声而碎。

两人如释重负。但拉罐却高兴不起来，因为那些青铜剑也是泥做的，也随着主人的消亡而破碎。

大胖道：虽然美中不足，但是还有这口棺材在。贤弟且放宽心，经历这么多挫折，吃了这么多苦头，不主动拿点精神补偿，那真是天理不容，天打雷劈的。

拉罐抓抓脑袋道：其实，我主要是想学习知识，听说名人棺材里常有武功秘籍，要是能练就一身盖世武功，那真的可以视金钱如粪土了。

大胖道：你小子武侠片看多了吧。真练成了狗屁神功，还能算人类吗？

为了解开棺材的秘密，两人又来个投石问路，结果一如此前。

古棺就在眼前，却只能望而兴叹。两人虽满腹遗憾，心里却极为不甘。

拉罐道：胖哥，算了吧。还是想办法出去跟大部队会合，以后再集思广益破解这些历史遗留下来的难题。

大胖道：其实不难破解。只需要在空中搭建一个天梯，这样就可以学习猴子水中捞月的技术，直接从空中打开棺材。只是没有老胡，难度有点大呀。

两人正要转身离开，忽听身后传来汩汩的冒泡声。回头一看，阴阳池竟有好几处开始冒泡，泡泡裂后则腾起团团白雾。

拉罐担心地说：那黄袍老头说的是不是真的啊？我们把他们杀了，下面阴间的鬼魂就要出来害人了。

大胖道：也许是池底有洞，正在漏水呢。漏完了，也省得找水管抽水了。

不料，那冒泡之处竟然缓缓冒出一个个披头散发的人头。

两人吓了一跳，赶紧关了光源，接连后退好几步。灯虽关了，但是洞厅并不昏暗，原来是池水本身就泛着幽蓝的荧光，池中情景依旧清晰可见。随着那人头的上升，下面的身体也渐渐浮现出来，正是穿着红袍的道士！

大胖大惊失色，他见识过红袍道士的厉害。来者不善，看来黄袍老者的话也不全是废话。

大胖来不及解释，只道：这鬼比兽头怪还难对付啊，我们得牺牲一部手机来阻止。

拉罐心领神会，问：用谁的手机？

大胖道：当然是你这个学生娃的啰。又不贵，回头我给你买个最贵的补偿。

拉罐欣然应允。于是两人留下一只手机播放佛教音乐。然后钻进地洞逃跑。

拿掉背包，下面的毒气味少了不少，但异味还是很明显。正犹豫要不要下去，这时却听上方洞口传来一个恐怖的声音慢悠悠地说道：你们哪里逃！

吓得两人心头一颤，也顾不得少许毒气的存在，拿上背包赶紧逃了出去。

沿着来时的路返回洞厅，却远远地听见洞厅内的嘈杂人声。原来那些道士没有被自己的毒气毒死。这也难怪，他们肯定是有解药。

这下两人为难了，前有土匪道士，后有红衣道士追杀，两人如同钻进风箱的老鼠，两头为难。

大胖欲退回九洞，另选一洞躲藏，但已来不及了，红衣道士的脚步声已经近在耳边。

关键时刻，大胖再次急中生智，准备给双方来个挑拨离间，让他们狗咬狗。于是大胖捡起一块石头，朝洞厅里的道士砸去，然后拉着拉罐躲进石窟的杂物间，等红衣道士赶到，即可上演一场恶斗。

果然，双方发生冲突，土匪开了枪，但是几声稀疏的枪声后，一切都安静了下来。并没有如大胖料想的那样爆发激烈冲突，一方被另一方团灭或者两败俱伤。

大胖一面让拉罐在石窟储物间搜刮点可用之物，自己则偷窥洞厅情况。结果吓了他一跳，土匪道士竟然全部被同化，变成了红衣道士。这从阴阳池里冒出来的鬼东西果然不好惹。

忽然，大胖身后传来一阵锅碗瓢盆的声响。洞厅的红衣道士立即循声而来，吓得大胖赶紧缩回自己的大脑袋，怒斥道：你偷人家锅碗干什么？快跑。

拉罐听到洞厅突然骚动起来，知道情况不妙，慌忙扛起装满杂物的麻袋就跑。两个人快步来到岔路口的九死还魂洞，却犹豫不知该选哪个洞。后面追兵将至，容不得两人思考。本着朝上走的思想，两人选择左上角的洞口。临走之际拉罐取出一个铝盆堵在右下角的洞口，借以故意误导敌人，来个声东击西。

不过出乎两人意料的是，九死还魂洞仿佛禁地，红衣道士并没跟进。

第九章：洞中奇遇

两人躲进洞里，却不敢继续深入。洞外很快传来柴火噼啪的燃烧声。显然道士搞不清楚两人去向，干脆架起大火将九洞全部烟熏火燎之。烈焰紧逼，两人不得不顺着洞道往上钻，洞口果然又被石球堵住，但有了上次经验，石球被成功移开。出洞的头等大事就是将洞口及时堵住。

上面的与之前无二，只是略显潮湿。大胖不敢乱走动，头灯一扫，后有石球挡道，只能往前走，料想洞道尽头也是一个洞厅。大胖却不急着爬行，因为地表实在潮湿。

大胖为了缓和紧张狼狈的氛围开玩笑道：真是一个躲原子弹的好地方。假如外面正在爆发世界大战，那我们就成了仅存的人类，未来世界的新主宰。

拉罐道：我宁愿在和平年代当个普通的小虾米，打打电脑，点点外卖，多么愉快。外面铺天盖地都是核辐射，人类像老鼠一样活在地洞，又退回到山顶洞人时代，那多没意思。

大胖：洞里冬暖夏凉有啥不好？很多外星文明都建在地下呢。

突然，一股凉风吹来，两人不约而同打了一个寒战。

大胖道：难怪古人说空穴来风，看来确有其事啊。

拉罐道：不是，好像浓烟从别的地方进来啦。

果然，通道尽头已是浓烟滚滚，来势汹汹。

大胖纠正道：你看清楚，这不是烟，是雾。烟是热的，有烟焦味。不过，管他是什么东西，一律用防毒面具招待。你说这些道士傻不傻，不知道我们有防毒面具吗？还三番五次玩老套损招。

拉罐：胖哥，可不能大意。据说有些毒气可以通过皮肤吸收呢。

大胖道：你说的那叫沙林，这种高级玩意儿古人还没发明出来。

两人静坐地上，不敢乱动，白雾很快吞没了两人。雾气既冷又湿，像是正对着空调吹冷气。

隐约中，两人好像听见远处有人说话的声音，好像是几人正在谈论天气之类，有说有笑。

大胖暗大喜：这洞多半破了，与外面相连呢。

两人拿掉防毒面具试着呼吸，空气果然有山中草木的清香。然雾气虽浓，却仍有数米的能见度，而且也不暗，好像天亮了一般。雾中除了有人的谈笑声，偶有几声鸟鸣，更印证了两人已经稀里糊涂地出了地洞。

大胖道：不知这些人是敌是友，是人是鬼。我们需悄悄接近，见机行事。

再看地上的路，哪里是什么洞道，分明是一条绿草掩映的幽径。两人便悄悄循声而去。

随着距离的接近，让人感到诡异的是那说话的音色似曾相识。不用仔细分别，也听得出说话的有四人，嗓门最高者不正是大胖自己吗？其余三个，都像极了老胡、小胖、拉罐。

就在快看清四人模样的一瞬间，人声突然消失，摆在两人眼前是却是四座并排的坟墓。坟头长满杂草，历史悠久。再看墓碑，两人不由得吓了一跳，那墓碑上赫然写着他们及老胡和小胖的真实姓名与雅号。没有死亡原因描述，也没有死亡时间。

大胖见状悲从心来，却唯独抱着老胡的墓碑悲伤起来：老胡啊，对不起，我还是来晚了。你还是英年早逝了。

拉罐却毫无伤感，好奇地问：胖哥，你干吗只哭老胡不哭自己呢？我看肯定是有人在恶作剧，不能当真。

大胖抹了抹眼睛，却没有泪，训道：你懂什么？哪有自己给自己哭丧的道理。在我的记忆里，老胡已经死过一两回了。身边没个老谋深算的家伙，有时还真让人六神无主哪。

两人正在惊叹墓碑上的文字刻得完美无瑕，突然，身后一个声音大笑道：你俩没事在这荒郊野外多愁善感什么？

两人惊讶地回头一看，身后却是一个白发老人。想必刚才高声言语者就有此人，只是见有生人便躲了起来。

老人和颜悦色，不像是危险分子。于是大胖起身问道：老大爷，你是神仙还是鬼魂？没事不要神出鬼没好不好？怪吓人的

老人道：我既非神仙也非鬼怪也非人。来，来，来，两位一路辛苦，且坐下喝杯山茶。

老人指着几步之遥的地方，那里正有几张石椅围着一石桌，三个白发的老人围坐一起正在品茶。想必刚才就是他们四人在此高声喧哗吧。不过这些白发老者个个皆气度不凡，颇有仙风道骨，想必也不是凡夫俗子。

大胖给拉罐使个眼色，两人上前鞠躬行礼恭维道：各位神仙好！晚辈路过此地多有打扰。还望各位神仙爷爷发发慈悲，给晚辈指明一条出路。

话刚一说完，怎料四个白发老人竟然扑哧一笑。

大胖和拉罐面面相觑，不知何故。

一个胖老头叫他们坐下。两人乖乖坐下，眼见白瓷杯中的山茶绿意盎然，芳香扑鼻，都是极品。

两人再抬头仔细观察四个老人，见他们面慈心善，不像妖怪，便放心地端起茶杯尝了一口，香茶入口，顿觉沁人心脾，精神也为之一振。

大胖问：四位大爷不用瞒我了，以我走南闯北的经验，你们绝非凡人。肯定是山上住着的神仙。晚辈不慎误入迷魂凼，还请诸位神仙爷爷指点迷津。下山后晚辈一定给你们多烧高香。

那四个老人又是一阵哄堂大笑。

这时胖老头道：你且看我们都是谁呢？头发白了，你们就不认识了？

大胖疑惑地打量起四个老人，他们除了头发胡子全白，再就是脸上皱纹比较醒目。掏空记忆，也没想起曾在哪里见过这四位老人啊。

大胖摇摇头：抱歉，像你们这样满头白云的老爷爷我还真是头回见呢。

拉罐也没看出名堂，自言自语道：不看脑袋，只看身材的话，四位老爷爷两个胖、两个瘦、倒有点像我们四人组合啊。

大胖恍然大悟：难怪我总觉得你们有点似曾相识。难道你们就是我们？

四个老人微笑着点点头：正是。我们就是你们老年的样子。

大胖指着四座坟，惊讶地问：这四座坟，又是怎么回事？

白发的老胡道：我也不知道是生还是死，其实生死之外，还有另外的形式。就如同在一张纸上写上生和死两个字，再用直线将其相连。直线中间可谓生死之间；直线之上，则高于生死；直线之下，则逊于生死。我们或在这条直线之上。

大胖道：说得这么玄虚，其实这很好理解，生死之间，就是要死不活。运气好可以被医生救活，救不活就死呗。直线之上就是天堂，之下就是地狱。那老胡爷爷，你的意思是你们都当了神仙咯？

白发老胡摇摇头：非也，生死之事可不能按你这样简单理解。这是一个复杂且变化不定的概念，犹如一个混沌初期的形态，可硬可柔，可阴可阳，变化不定，不可描述。人活百岁也难以领悟其全貌。

拉罐看着白发的自己，道：至少我们又重逢了，和自己重逢，至少我知道自己老了是什么样子。老了的我，你有什么话对我说吗？

白发的拉罐摇摇头：未必这就是你最终的样子。你先得活到我们这个岁数。不然头发还没白就死于衰老。能白头到死的，自古就很稀少。

大胖问：这么说，你们都死了一百多年了？

白发老胡道：掐指一算，足有一百八十余年了。平时就躺在棺材里，遇有地震或奇特天象，我们才出来相聚一下。生死只在一念之间，妙不可言。

白发的大胖道：不是神仙却胜似神仙。没事出来还可以弄点香茶，做点手工，这些石桌石椅就是我们的杰作。

大胖问：你们肯定是有了一定道行。怎么就不想出去呢？

白发大胖道：此间乐，不思蜀。

白发老胡解释道：这里就像岁月的冰箱，可以保鲜，延缓衰老。出去恐怕就等不到你们啰。

大胖若有所思地点点头，又问：你们当初到底遭遇了什么？怎么就被复制了一份？

于是白发老胡一边饮茶，一边讲起当初的故事。

时间回到四人沿着兰溪北上尽头的时候。当时四人发现一条小路，休息时却发生了奇怪的一幕：白雾中出现了四个和他们一模一样的人，众人虽大声叫喊，雾中人也充耳不闻，直至消失在雾中。四人以为是海市蜃楼，但海市蜃楼不都在海上吗？山林的有几人见过？最后大家一致认为这是不祥之兆，于是放弃北上，决定返回去追老搞一行四人。但到了象尔山庄，却发现这里根本就没有山庄，只有长满杂草的石头坝。四人又沿着小道北上鸳鸯池，也没见老搞身影，却赶上两派不明身份的人隔湖交火。原来是解放军正在和胡宗南的残余部队在交战。正当双方激战正酣，林子里突然腾起了黄色烟雾，将鸳鸯池附近尽数笼罩。枪声也随即停止。这显然是某种毒气，好在大家都有防毒面具。待黄雾散去，不知从哪里钻出来许多道士，他们把双方人马一个个地抬走。那些毒气显然就是妖道所放。老胡趁乱救回一个战士。双方在山顶这样打仗已经持续了数十年，双方人员越来越少，可就是无法取得完全胜利。

得知真相后，四人才开始相信这不是错觉或影视基地，而是时空出现了差错。这迷魂凼果然不是迷路那么简单。

大胖便以实相告，劝他们化干戈为玉帛，齐心协力破解迷魂凼才是硬道理。但当务之急是要救出双方人员，再从长计议。老胡擅长追踪，发现道士的足迹消失在一棵参天大树下。原来大树下有个伪装起来的树洞，树洞直通地宫。但我方人少，武器不足，必须智取。天黑后，老胡趁道士熟睡之际潜入地宫，偷走了道士用的迷魂药，准备以牙还牙。他们不等天亮，就将毒药熏进洞中。计划等道士都昏迷了，再进入将其一网打尽，哪知事与愿违，道士并不惧怕毒气，反被惊动惹出麻烦。老胡等人撒腿就跑，趁着夜色逃入林中，逃过一劫。天亮后道士果然出来搜捕，不过老胡他们已经早就巧妙地躲了起来。

接连数日，搜山的道士不减反增。被救的战士惊讶地发现增加的道士竟然全是被迷晕的双方士兵，都搞不清楚他们怎么就心甘情愿地出家当了道士。老胡便抓了一个道士来问话。那人却死活不说，老胡不得不动用酷刑，那道士终究是肉身，怕痛，张开嘴巴哇啦哇啦乱说一气，众人这才看清，他嘴里没有舌头，是个哑巴。叫他用树枝写地上，道士摆手，大意是自己斗大的字也不认识一个。

问不出情报来，道士竟成了烫手山芋。放了吧，会暴露目标；不放，谁都没有亲手杀过活人。虽然被救的战士用枪杀过人，但是手刃俘虏他还真没干过。

老胡便将计就计，准备来个声东击西，调虎离山。他对道士说要请他们管事的头目到这里和平谈判，化干戈为玉帛。那道士走后果然引来众道士围捕。不过，这时老胡他们已经悄悄摸到树洞处，乘虚而入潜入地宫。冒死进入地宫的目的不为别的，就是去偷取粮食以及必要的生产生活物品而已。

地宫四通八达，稍不注意就可能迷路。老胡一边探索一边留下记号。几人很快找到道士起居饮食的洞厅，但却没找到几颗粮食，倒是发现大量腊肉，那腊肉却像是人肉做的，在场的人看了就恶心呕吐。果然是一群妖道，还吃上了人肉。

大胖说这也不奇怪，人乃天地之灵物，《西游记》里那么多妖怪争着吃人肉，目的就是为了提高法力早上天庭。

老胡和那战士当即起了杀心，誓要替天行道剿灭妖道，为无辜百姓报仇。可惜敌众我寡，又无足够武器弹药，只能先把地宫摸清楚了再说。地宫内，有些地方像屠杀场，人骨堆积如山，有些地方像是采矿场，竟然有煤矿、铁矿、铜矿等冶炼设备。最终他们在比较深的地道内发现了一个叫御丹房的地方，里面满是炼丹的材料，例如朱砂、水银、硫黄，还有碳化的各种人体组织。

一切都似乎真相大白，所谓几百年皇帝下令封闭的妖山，可能不过是钦差道士专为皇帝炼制长生不老丹药的秘密基地。相传邪教善于用人体组织炼丹，以此达到增进功力、长生不老等效果。但是看到水银和朱砂这两种剧毒物质，懂得科学的现代人也就一笑了之，不用因果报应，这些歹人也会自食恶果。

不过仔细分析，真正懂得道术的只是少数人，其余都是被妖道洗脑控制的工具人而已，为了保守机密，他们优先选择大字不识者，割了舌头，留下奴役。

老胡略通中医，想只要能找到几味中药，就能配制万能解药，让中毒者清醒过来，妖道也就独木难支了。

几人继续寻找，果然在一处中药房找到人参、三七、甘草、黄芪等药材。看来这些道士不光懂得用毒，还善于使用名贵补药。老胡抓了几味药用纱布包好，悄悄用石头压在道士厨房的水缸里。

几人躲在洞里，可是三天过去了，也没等来他们想要的结果。要想吃好睡好，还得出去。不得已，他们又假装成道士混出去。

众人欲早日攻破地宫，但地洞四通八达，且有通风系统，加上妖道有解药，熏毒烟的方法几乎无效。妖道加紧搜山，其手下爪牙多有枪支，老胡他们不敢正面交锋。但他们之所以能躲过道士搜山，全是因为他们在适当的位置挖了战壕，上面用竹枝巧妙伪装，极难发现。

如何对付道士，他们也想了不少方法，例如开凿沟渠水淹地宫。但却难以在敌人眼皮子底下明目张胆地施工。最后大胖提出了终极火攻之计，因为这里有一大片高大的冷杉林，把整座山点燃了，管他地宫有几个出气孔，统统变成进烟孔。

老胡表示反对：放火烧山可是大罪，待会儿引来森林公安怎么办？万一把自己烧着怎么办？

大胖笑说：老胡啊，你也不看看我们身处哪个年代。真要是引来公安，那更好，我们得救了。坏人也得到了惩办。大火来了也不怕，去兰溪瀑布躲一躲就行了。俗话说春风吹又生，林子没了还会长，人没啦那就万事皆空了。

最后，老胡决定只身再下去一次，搞点老本行。所谓老本行就是炸弹陷阱。从内部爆炸燃烧，总比毁掉整座山林性价比高。潜入地宫后，老胡直接来到御丹房，利用硫黄、硝石、木炭等制作黑火药，再辅以水银、朱砂、草乌等剧毒物质推波助澜。将这些放入丹炉之内，等妖道点火一烧，定要掀起一场血雨腥风。安排妥当，老胡便钻了出来。

等了数日，果然等来了一次轻微的地震，正是老胡的爆炸装置发出的吼声。但却并没有见有道士跑出来，等来的却是一股股喷发的火舌，且散发着刺鼻的二氧化硫的味道。老胡明白了，多半是引燃了下面的煤层，导致地宫出入口和通风口都变成了火山口。

地火烧了三天三夜，地表被烤得焦黄，鸳鸯池也快沸腾了。森林大火随即爆发，不管是高大的冷杉林还是低矮的竹林，悉数葬身火海之中。几人不得不逃至兰溪瀑布，躲过一劫。森林大火烧了七天七夜，才被一场大雨扑灭。再看山顶时已是一片光秃秃的焦土。

大胖见没有竹林阻挡视线，提议早点下山求救。但几人围着山顶几乎转了一圈，除了骇人的悬崖绝壁，根本就没有下山的路。不得已，又回到地宫，此时地宫早已冷却，里面已经面目全非，黑得吓人。奇怪的是并没有发现任何遇难者的遗骸。起初他们还以为死者都被烧成了渣渣，但随着探索的深入，众人发现了这里还有他人脚印，自然是大火熄灭后来的。顺着足迹跟踪，果然发现一条斜向上的地道，此洞在大火中居然毫发未损，依旧保留着岩土的本色。显然这才是众道士的逃生通道。

顺藤摸瓜，众人钻出了地洞到达了地面，一看皆为吃惊，这完全是另外一个世界，小草青翠，大树挺拔，鸟语花香。唯独不见人影。不过这难不倒老胡，一番侦察，发现了一条上山的小路。正欲上山，忽然从草丛中蹿出一只白毛大虎，直扑众人，慌忙中老胡开枪射击，那老虎却应声消失，原来是个障眼法。

上了山，果然发现青山密林之间有前中后三间道观，门牌有四个金色大字：金钟大殿。青砖琉璃瓦修得极为气派。其中道士无数，井然有序。仔细观察，却未发现有似曾相识者。

几人在道观上方的林间搭了窝棚，便于白天暗中观察。到了晚上，几人只好偷偷潜入道观厨房偷吃的。厨房只有馒头蔬菜，并无荤菜，看来这些道士严守清规戒律，与此前的不同。一连几日，老胡等人也未发现这群道士有什么出格的行为。反倒是他们夜里偷东西引起了道士的注意，为了防止小偷，道士们开始加强夜间巡逻。

这是要断我粮道啊，老胡决定速战速决。一天夜里，几人集体行动，计划打晕两个巡夜的道士抓回去问话。正当他们偷袭道士得逞之际，忽听一阵虎啸，几人吓得赶紧躲藏起来。却见一只如牛大的白斑老虎从暗处蹿出，将两个晕倒的道士视为美味啃食起来，场面令人极度不适，啃食完毕，那虎纵身一跃就逃离了道观。

几人看得胆战心惊，而地上只剩下两具血淋淋的人骨。几人心知不妙，正要离去，却被赶来的众道士团团围住。道士举剑怒视几人，面对尸骨几人有口难辩。虽然他们没有直接杀死道士，道士却因他们而死。

老胡极力解释，说他们显然是被老虎吃的。道士不依不饶：就算是老虎吃的，你们也未必是什么好人。

关键时刻，道观方丈出现。

方丈查验了尸骨，已经明白了一切。便叫众道士放下武器，收好尸骨，有事天亮再议。

方丈道：想必你们就是那梁上君子，每夜来此偷取食物吧。

老胡道：我们也是走投无路。道长慈悲为怀，一定看得出我们不是坏人。

方丈引众人至茶书房一叙。此时老胡也觉察出这些道士和此前妖道截然不同，妖道有枪，多穿红衣，而这里的道士只用剑，还严守清规戒律。

老胡便向方丈解释此前遭遇毒药迷魂，妖道的事情。

方丈道：此山名为子虚山，我观有祖师传下来的金钟一口，故名金钟大殿。真金打造，法力无边。离此西北五公里有一山峰，名曰乌有峰，上有一洞，名曰金冠洞，因洞内有金矿，张真人曾打造真金公鸡鸡冠一顶，因而得名。据说此鸡冠遇妖邪能发出震耳啼鸣，令妖邪肝胆俱裂，实属稀世法宝。施主所说的妖道正是住在此洞。说起来我们与其同源，只是他们走了歪门邪道，而我们谨守祖训，坚持走光明大道。

老胡道：妖道不知使了什么障眼法，把无数村民、士兵都变成了唯命是从的帮凶。方丈能否出手相助，救救这些被迷魂的人？

大胖附和道：对呀，你一次救这么多人，那还不立即得道升天啊？

方丈苦笑着摇摇头：唉。千百年来我们两家秋毫无犯，老死不相往来。可如今，他们却吃起我们的人来，我也一时不知如何是好。先禀明祖师爷，求他指点一二，明日还要与众人商议之后方可定夺。

老胡问：既然你们是同门，为什么数百年也不往来？

方丈道：虽师出同门却不同种，他们都是十二生肖修炼成精的妖怪。当年被祖师张真人感化入了道家。但祖师圆寂后，它们便无人约束，以致复走邪道，四处祸害人间，如今竟然欺负到我的门下。

老胡道：既然如此，不如我们两家联手铲除他们，也算替天行道。

方丈道：贫道心有余而力不足啊。它们以人为食，道行数倍于我。我只能求个情，让它们看在祖师分上，不要坏了规矩。

老胡道：道长你这是姑息养奸，有违天理啊，这样也是要遭天谴的。

方丈摇摇头：道法自然，不可强求。

方丈不想多谈，便分给他们一间客房，暂留几人居住。

几人入住在道观后，野兽吃人的事件却一再发生。遇害的几乎都是巡夜的道士。方丈气急，索性取消巡夜，严令众弟子夜间不可出门。

虽亡羊补牢，但众弟子得知实情后皆怒不可言，主张去金冠洞讨说法。

方丈顶不住压力，最终还是同意两家一起剿灭金冠洞。但是敌强我弱，必须经过长期准备，择良机乘虚而入方可事半功倍。

老胡善于制作爆炸装置，负责指导道士生产火药。所需成分道观竟然一应俱全，原来正派道士也需要学习炼丹。老胡告诫道：你们炼丹切不可使用水银、朱砂，这些都是毒药，吃了不但不能长生，反而可能害死人。

道士听了却不以为然：我等当然知道哪些有毒哪些无毒了。如果连基本药理都不知道，哪还敢炼丹？施主只知其一不知其二。单论药性，水银、朱砂自然危害不小。但炼丹不止用此毒物，还会使用人参、天麻、贝母等上百味药材，经过七七四十九道工序，毒药与解毒药等互相冲抵，产生新的药效，就能得到神药。只是自古剂量难于掌握，炼制极为复杂，稍有不慎确实可能变成害人的毒药。

老胡手把手教众道士配置改良型黑火药，制作了数百具冲天炮。此炮可以在远处发射，冲入洞中后再爆炸。就算对方人多势众，也受不了这种冲天炮万发齐射的饱和打击。

万事俱备，就差方丈点头。然方丈一直在犹豫，畏首畏尾，担心出现不利结果。直到一日夜间，有道士发现乌有峰金光闪烁，不知是何征兆。报告方丈，方丈看后大惊。说这十二生肖会修炼一种邪术，时机一到将会发生十二合一的怪象，十二合为一体，就能超脱三界之外，到时人间、地狱、仙界恐将遭遇一场浩劫。

方丈终于下定决心，众人连夜前往金冠洞。老胡一行人先行侦察，却发现金冠洞洞口火光明亮，看来妖道早就有所准备，妖道在洞外排成长龙，洞口则用巨石阻挡，如此冲天炮就毫无用武之地了。

老胡回报方丈。

方丈沉思片刻道：贫道有一法，只是仅凭我一人之力难以奏效。

老胡就问什么妙法，方丈道：他有迷魂药，我有迷魂咒可破。只是会念此咒者仅我一人，我已如风中残烛，声音微弱，故而难以奏效。

老胡道：这不难。我们有扩音器，只需将你的声音录下来，便可放大重复播放。保证让洞里洞外的人听得清清楚楚。

方丈大喜。于是用手机录制，再使用蓝牙音箱循环播放。此法果然奏效，守在洞口的道士听闻此咒皆痛苦不已，且当疼痛解除，他们便恢复了自我意识，却并不记得自己是谁，茫然地站在洞口，既不攻击也不防御。

待石门推倒后，众人先放了一排冲天炮，随着爆炸不断，洞内浓烟滚滚，接着洞口喷出烈焰。此时，天也大亮。众道士在洞口附近严防死守，直到大火熄灭，也未放走一个妖道。

但方丈却高兴不起来，说：这不正常。凭他们的道行，完全可以杀出一条死路。

正在众人放松警惕之际，洞内忽然冲出一股黑风，那黑风在人群里乱撞，触者当即倒地。方丈令众弟子赶紧口诵驱魔咒，那黑风才飞到半空中化成一个穿着黑袍的老者。

黑袍人在空中怒道：好你个多管闲事的老道儿，我本可以修成正果位列仙班，关键时刻你却横插一手，让我正果修不成却修成了恶果。以后我若祸害三界，都是拜你所赐，都要记在你的头上。哈哈哈……

说完一声奸笑，黑袍人化作一阵风远去。

方丈有些后悔，若早日出手，也不致酿成大错。

众弟子颇为紧张，问方丈如何是好。方丈安慰众人道：暂且无忧，他的道行也减了五百年。五百年后再说吧。

倒地的弟子只是中毒昏迷，服了解毒药后也都苏醒。

苏醒的村民、士兵也都得到妥善安置。只是众人无法下山，原来这山一直飘浮于云端，于是只好选平缓之地开荒种田，形成新的村落。

老胡等人想方设法要回去。方丈无可奈何，只是引众人回到金钟大殿。

金钟并非金子，而是黄铜打造。金钟八面各有一个乌木做成的钟杵，上有龙凤浮雕若干。

方丈解释道：这是祖师爷留下的法宝，可以保护这块清修宝地不受外界打扰。每当道观受到袭扰，就可让八名弟子同时撞钟，方可化险为夷。这钟撞时并不发出声响，而是发出一种波，周围一草一木皆如水波起伏。每次一撞，外来之物或消失，或衰老腐朽，而道观却一切如常。撞击越是猛烈，此种效果越是明显。我且为诸位试撞一回。

方丈叫来八名子弟，轻撞金钟，众人果见周围物体如波浪一般颤动。

方丈道：此金钟已立数千年，到底有何广大神通，其中奥妙早已失传。不过，在贫道看来，金钟即时钟，时间之钟，时空之钟，每撞一次，时间与空间皆会发生变化。

最后方丈劝他们皈依道家，几人婉言谢绝，另选了一块风水宝地，开始躬耕山野。

百余年后，老胡、大胖、小胖和拉罐皆慢慢变老。最后四人各自修建了自己的坟墓，皆活了两百余岁才寿终正寝。在这漫长的岁月里，四人其实也干了不少事，有着不少故事，例如探险金冠洞、寻找狗头金等。此地与世隔绝，金钱还不如粪土有价值。

四人活到头发胡子全白才相继离世，然虽死犹生，因为肉身一直不腐，灵魂还可以出来到处走动。一开始四人都以为是自己得道成仙了。

四个白发老人你一句我一嘴地讲完历史故事，大胖和拉罐却听得云里雾里，只能明白其中五六分。

然后白发老胡道：你们尚未脱离危险。所以，我们四个老爷爷要送你们两件宝物。一个是发现于金冠洞的照妖镜，一个是斩妖除魔的青铜宝剑。

大胖眼疾手快，拿了金子做的照妖镜；拉罐则接过一把其貌不扬的青铜剑。两人皆大为欢喜。

老胡道：时间不早了，你们也该回去了。

忽然一阵寒风吹来，四个白发老人随即消失。

大胖赶紧大喊：你们去哪里？等等我！

大胖一下惊醒，发现自己还躺在洞口附近，根本就没离开过半步。大胖自言自语道：原来是南柯一梦啊。

拉罐也醒了，却惊奇地问：胖哥，你做了什么梦没有？好神奇，我梦到你变成糟老头子的样子。

两人一对梦中情景，居然都做了同样的梦，颇感不可思议。

大胖道：有可能是老胡他们托梦给我们呢。说不定他们就葬身在附近。

两人沿着通道往前走，果然出现大的洞厅，中间赫然并排着四座旧坟，简陋的墓碑上依次刻着老胡、大胖、小胖、拉罐的本名。坟是用洞里的碎石块堆积而成的，显得极为简陋。

两人见状不免悲伤，原来四人被困在这里，老死洞中。梦里的什么仙境，都是一场黄粱美梦。

大胖点燃所剩不多的香烟，逐一放在每个人的墓碑上。悲痛地说道：搞了半天，你们都死在这里啊。你们生前要面子，吹牛成性，死后也不安分，还给我们说什么到了什么仙境，捡到了什么宝贝。真是死不悔改啊。抽完烟，啊，保佑我们早点脱离苦海，重见天日。否则，别怪我心一狠，来个考古活动，扒了你们的坟，看看你们棺材里面都藏着啥宝贝。

拉罐奇怪道：胖哥，这里有个漏洞啊。你说最后一个死的，是谁给他堆的坟？难道还有第五个人在场？

一语点醒胖子：果然是个重大发现。为了解开这个历史谜团，我们今天还真要搞一个隆重的考古活动，挖坟掘墓，反正挖的都是自己人的坟墓，不犯法。赶紧地把这些石块拿开，看看里面到底有啥。

两人说干就干，先从老胡的坟墓开始，拿掉石块，结果啥也没有，只有一件几乎烂成渣渣的冲锋衣。又去刨小胖的坟，也是一样，拉罐又去刨自己的坟，结果还是一样。

这让两人有些失望。难道四人真去了西方极乐世界，连肉身都没留下？

最后只剩下大胖自己的坟了。拉罐坚持要挖开看看，不然不公平。大胖却婉言拒绝，算了吧，都是些衣冠冢。挖开还不是几片碎布，浪费体力？

于是拉罐那把石头都放回去，复原坟墓。

大胖道：既然没有尸体，那就是有什么人在和我们开玩笑。

大胖突然想到了什么，改变了主意：好吧，为了公平起见，把我的坟刨了吧。这世间哪有自己挖自己坟的道理，就委托你啦。

拉罐也不客气，几下刨开大胖的坟，却刨出来一个登山包。包虽然腐朽破败，却能看出装有两样东西，一个是长的，一个圆的。取出一看，长的是青铜剑，圆的是铜镜。

大胖嘿嘿笑道：果然不出我所料。你想啊，我们之中谁最喜欢搜刮宝贝啊？显然是胖哥啊。当家才知油盐贵，有了宝贝才能卖钱，有了钱我们才能组织各种探险活动。看来梦里的事情不可不信啊。

拉罐道：剑太重了，你力气大如牛，你负责拿。这块铜镜如果真是金子做的，那我们受点罪，也值得了。

大胖道：金子做的叫金镜。不过这名字太拗口，还是叫铜镜吧，免得心怀不轨的人听了想偷。

拉罐道：可是光线这么暗，遇到妖怪也照不出来啊。

大胖道：别急嘛，胖哥自有妙计。

大胖把手电的光打在镜面上，经过镜面的散射，洞厅瞬间变得更加明亮。

大胖得意道：瞧，照妖镜，得这么用。

说罢，大胖把照妖镜对着自己，突然他惊叫道：妈呀，怎么有只猪八戒？

这话把拉罐吓了一跳：别吓我，莫非，你也是妖怪？猪妖？

大胖嘿嘿笑着，又把镜子对准拉罐，又惊呼道：妈呀，原来你是猴子变的啊。

拉罐吃惊地夺过镜子一看，镜中哪有什么猪头和猴子，全是大胖寻开心骗人的。

就在两人打闹期间，石壁上一闪而过的箭头让两人停止了嬉戏。那箭头在照妖镜的反光中呈荧光效应，非常醒目，且所有的箭头都指向石球堵住的方向。

大胖判定这是老胡他们出逃的路线。石球只是被石壁上一处凸起的地方轻微卡住。大胖用青铜剑去撬，结果剑断成了两截，好在石球也趁机挣脱束缚，慢慢滚动起来，且速度越来越快，原来石球后面是一条向下的陡坡，随着一声巨响，石球终于有了新的归宿。

两人站在坡上观察，坡很陡，看起来很危险。关键是坡下洞道漆黑一片，不是没有光的漆黑，而是被大火烧过的漆黑。强光手电照上去也不反光，黑得吓人。

两人犹豫起来，不知如何是好。忽然想起梦里老胡讲的事，说地宫曾发生过大火，估计就是老胡那厮放的火。照妖镜反光处，依旧可见箭头朝下继续延伸。

大胖道：那就只有下去了。虽然下面有点恐怖，不过我们手里有法宝，啥都不用怕。

两人滑下斜坡，到了下面发现支洞不少，好在照妖镜可以发现石壁上留下的箭头，不至迷路。果然，箭头指向一条与众不同的洞道，别的都是黑洞，唯独这个依旧保持着岩土的本色。此洞斜朝上，两人赶紧往上爬，远远看见洞口闪烁着红光，不知是何物。大胖悄悄地爬上洞口，一看原来是天已黑，洞口燃烧着一堆篝火，旁边坐着一个熟悉的人影，那人正是老胡。

老胡也不吃惊，听到大胖爬行的声音，头也不抬地说：快出来吧。两只松鼠正好烤熟。

两人这才放心地出洞。大胖惊问老胡为何出现在这里。老胡道：我料想你们会从此洞出来，恰好天已黑，于是就烧了一堆火，方便你们找。

大胖问：其他人呢？那些妖道呢？

老胡道：都已经安顿好了。道士逃走了，我是特地来接你们的。

大胖非常开心，把铜镜交给老胡，说：完璧归赵。探洞真不是人干的活。以前有你在，我还没觉得多恐怖，走哪里还是有你在更安心啊。

闲聊了一会儿，大胖睡意袭来，伸伸懒腰，躺在火边睡着了。半夜，大胖被冻醒，发现天还是黑的，篝火早熄灭了。打开头灯、手电又都不亮，急得他赶紧叫老胡、拉罐起来。

老胡想用打火机，结果打火机也打不燃。老胡就说：挤在一起将就着睡吧，其他的天亮了再说。

又是一觉醒来，天还是没亮，四周一片漆黑。

大胖觉得有些奇怪：我们是不是还在洞里啊？感觉睡了十多个小时了，太

426

阳还没出来。

拉罐：胖哥你在做梦吗？你没闻到草木的清香？山风吹过人哆嗦。虽然冷，但是比洞里的味道好多了。

老胡道：你们都没错。打火机是烫的，我们却看不见。只有一个解释，我们失明了。

老胡把打火机递给大胖。大胖试了试，果然不见光亮，却能感觉火焰烫手。

大胖惊恐道：完了，老胡，我们肯定是中了什么毒了，得了色盲症了，五颜六色，就只能看见黑色了。

拉罐道：完了，胖哥你都开始说胡话了，我们大限之期不久矣。

老胡恍然大悟道：原来如此，但这不能怪我。早听说山上有漆树，我可能是烧了一点漆树，吸入毒烟了。

大胖得理不饶人：好呀，老胡，又是你在搞破坏啊。你得做牛做马，赔偿我们精神损失。

老胡：多大的事情？毒性过了就好。

大胖：我现在担心的不是看不见，而是林子里的食肉动物会不会闻着肉味跑来啊。

老胡笑道：反正瘦子不好吃。谁肉多，先吃谁。吃饱了，野兽就回去睡觉了。

大胖道：老胡，你怎么这么不负责任呢？一点集体责任感和荣誉感都没有。真要有野兽光临，我们一起钻进洞里不就都保全了吗？

四周风平浪静，于是三人继续睡觉。

迷迷糊糊中，大胖觉得有什么东西在舔自己的脸，他一下惊醒，耳朵边全是未知野兽沉重的喘息声。他心里大惊，一动不敢动继续装死，哪知那野兽用嘴巴撩开他的衣服，舔起他的大肚皮来。

大胖吓得冷汗直冒，他伸手想摸到什么防身工具，给那野兽来一下。不料什么也没摸到，只是一手的杂草。那野兽舔完，张开大口咬了下去，大胖顿时感觉自己的肚皮被撕开了一个大口子，那野兽接着开始扯出他的肠子，像吃面条一样往嘴巴里吮吸。不过奇怪的是并不怎么痛。大胖心想，完了，这肯定中毒太深，全身麻醉了，肚子被咬开都不痛。想到此，他大为惊恐，忙大声喊：老胡，救命！老胡，救命！

恍惚间，有人在摇他的脑袋，大胖一下子惊醒过来，原来刚才做了一个噩梦。打开手电，他和拉罐还躺在原来的地洞出口附近。

大胖觉得自己浑身乏力，神志不清。问拉罐，也是同样的症状。方知这次是真的中毒了，之前遇到的一切，可能都是梦境。

拉罐有气无力地说：胖哥，又怎么判断我们现在就不是在做梦呢？

大胖：只有糟糕的东西才是真实的。现状与梦境往往都是相反的。不过别怕，我包里还有药呢。什么小檗碱、藿香正气水、萘普生，管他什么药，统统吃下去，总有一种能缓解我们的症状，乱吃药总比没药吃好。

吃了药，头晕的症状减轻了一些，但是身体还是软弱乏力，根本就站不起来。

大胖道：逼得胖爷使出绝招才行。

拉罐道：你还敢留有一手。到底有什么绝招？快往我身上使，有气无力太难受了。

大胖使出全身力气，又摸出两片药，道：瞧，进口的运动泡腾片，内含牛磺酸、五十毫克的咖啡因。喝了这个东西，多少能刺激我们小脑里的运动神经，通俗点说，就是提神醒脑。

果然，服用以后两人的情况逐渐好转，已能直立行走了。但是石球太重，并不像梦里那样可以轻松撬动，两人只得朝反方向走。没多久，果然出现一个较大的洞厅，只是这里根本就没有坟墓，有的不过是因地震导致的局部塌方，到处都是落石与尘土。大胖颇为失望，原来青铜剑和金子做的铜镜都是虚幻。

两人一番检查，果然发现了一些蛛丝马迹，洞厅的墙壁上出现了多个向上的箭头，箭头处隐约刻着几个字：老胡、大胖、小胖及拉罐到此一游。顺着箭头指向，果然在洞厅正中央有一个洞。不言而喻，老胡他们肯定是从此洞离开。可是洞口距离地面足有三四米高，怎么上得去呢？

拉罐就说：我们挑方一点的石头，堆高一点就能上去啦。

踩着石头而上，那洞果然是个斜上的通道。两人收拾好行囊，丢掉一些无用的东西，攀爬而上，开始了新的征程。

第十章：逃出地宫

然而上去后两人有些失望，因为又是一个大通道，和之前几乎一模一样，感觉不是故地重游的欣喜，而是原地打转的无奈。往前走，果然又是洞厅，也和之前相似，只是洞内的内容不一样，这依旧是塌方现场，沙石齐下，犹如遭到了爆破。洞厅对面连接一些小洞。除此之外，也没有前人留下的什么痕迹。

两人几经折腾，身心俱疲，只想找个地方补充睡眠。长期待在地下，也不用管什么日升日落，困了就睡，随意为之。两人选定洞厅一个半遮半掩的角落，移去石块，整理出一小块平地，然后搭帐篷。搭完帐篷大胖还不放心，两人又挑选些平整的石块，垒起一堵石墙，将帐篷完全挡住，这才安心躺下。

不知睡了多久，迷迷糊糊中似有雷声，又像是地震，洞中不断有石头掉落。大胖听得清楚，却又懒得理睬，也许是梦，也许是幻听，干脆一不做二不休继续睡。但噪声并没有停止，反而愈来愈烈，半梦半醒之中也能明显感觉帐篷外有群人在奔跑。这可把两人立即吓醒了。自然界的声音，再凶猛也是自然现象，但是在这个地下洞穴里，怎么突然多出这么多人来？必然事出有因。

两人提心吊胆，穿好衣服，拿好自卫的家伙，准备反击任何不速之客。但外面的人似乎只顾奔逃，没人光临帐篷。大胖好奇，悄悄拉开帐篷，通过石头缝隙往外观察，果然见着形形色色的人三五成群打着火把慌张奔逃，好像后面有野兽追赶。

这让大胖松了一口气：反正不是冲我们来的。静观其变吧。

拉罐也看了看，这些奔跑的人不是鬼，衣着土里土气，也不像现代人。

大胖道：幸好我们用石头围了起来。现在完全可以事不关己，继续睡起。

拉罐有些担忧：万一真有什么危险来了呢，我们是不是也应该收拾一下跑路啊？

大胖怡然自得：跑什么跑？都不知道现在是真实的还是我们在集体做梦呢。以不变应万变，看它还有什么怪事发生。

突然，外面有人从石墙上跳下，落地之后却没出声，似乎正在悄悄观察帐篷，伺机而动。

两人心里不免有些发毛，更不敢出声，只能静听外面的响动。那人举着火把，火光把他的手掌影子打在帐篷上，似乎要伸手掀开帐篷。大胖和拉罐的紧张程度猛然增加。大胖握紧了登山杖，拉罐也握紧了拳头，只待那人一进来，二话不说先来一拳，是好人就道歉，是坏人就接着揍。不过外面的人关键时刻又把手缩了回去。

然后一个熟悉的声音吼道：死胖子，还不出来！大家都在逃命。

原来是老胡，两人转忧为喜，出帐迎接。见果然是老胡，忙问：什么来了？逃什么命？

老胡道：洪水来了。你没听见轰隆隆的巨响吗？

大胖道：我们还以为是天空打雷，或者地球颤抖呢。地洞里，怎么会有洪水？没搞错吧。

老胡却催促道：没时间解释了，帐篷那些统统不要了，赶紧走，大家都在外面等你们呢。

老胡一脚端开石墙，老搞、小胖和登山队的小伙伴悉数在场。大胖喜出望外，没想到突然间队伍再次欢聚一堂。不过大胖立即又谨慎起来，对拉罐小声说道：不管是真是假，似梦是幻，我们权且陪着他们玩玩。

外面人见大胖如此漫不经心，也不想多废话，直接连拖带拽地逃命去。

刚才跑过的人或占据高处洞口处，或钻进小洞之中，只是小洞也是死胡同，一时也走不通。众人你推我挤，终于一起躲进高处的洞口。

刚进去，就听见山洪如猛兽一样咆哮而来，偌大的洞厅瞬间就变得浊浪滔天。不管躲在什么地方，都难免被浊浪打湿衣衫。或许是因为死胡同的空气压力，洪水很快平静下来，形成一个洞中湖泊。众人看着下面浑浊的洪水，却有几分劫后余生的喜悦。特别是大胖，他不禁开怀大笑，直呼：好玩，这梦越来越有创意了，下次不如把我们放在月球上，或者火星上，那更能让人心惶惶。

不过更多的幸存者此时却在哭泣，原本是几个人在哭，很快又感染其他人，于是洞内哭声震天。大胖反而笑得更开心了，拉罐也心领神会，于是两人一起大笑。

老胡怒从心中起，狠狠地给大胖一巴掌：你是不是吃错药了？这些山民刚刚失去了亲朋好友，你们还敢笑。

大胖揉揉自己的脸蛋：想不到做梦被打也是很痛的啊。

说完又开始笑。老胡无计可施：脸皮真厚。

小胖就说：胖哥肯定还没睡醒，以为自己在梦游呢。

大胖道：你们不在这段时间，我们两个经历的梦境可多了。我们还梦到你们上了山，当了神仙，给了降妖除魔的神器。又梦到老胡在洞口烧篝火，烤松鼠肉呢。现在，我们也分不清是真是假。搞不好一觉醒来，我们还在原地躺着呢。

老胡道：分辨梦境还不简单？你问问我们共同知道的事，我们要是回答无误，不就是真实的吗？

大胖笑道：这种方法太笨了。你们答对了也很正常，都是我脑子里事先知道的，要是答的是我不知道的内容，我也无法核实啊。

小胖道：听说有个方法可以鉴别，就是照镜子，做梦的人是看不见自己的。

大胖摸出自己的手机照。手机虽然没电了，但是屏幕还可以当半个镜子用。结果屏幕里的确有一张大胖脸。

大胖道：道听途说的方法，毫无科学道理。反正我会找到破绽的，一切违背科学原理、自然规律的，那就多半是在做梦。

小胖道：还有一种方法，你的运动 DV 呢？通过回放也可以检验真伪嘛。

大胖道：电子设备进入迷魂凼不久就失灵了嘛。电子的东西最假，不足为信，还是眼见为实，耳听为辅。

此时的老搞身体还在恢复期，看到大胖如此荒谬的言行，也忍不住说道：胖儿，管他是真是假，做好你自己就是了。别再疑神疑鬼，就算是打游戏，也要努力不让自己输了。

小胖附和道：对，就算做梦，也要做个美梦。

这个道理大胖颇为赞同，于是停止了嬉笑，问老胡：那你说说这些山民是怎么回事？你们又怎么跑下来了？突然间怎么多了这么多人？不管怎么样，能梦到我们八个人再次团圆，也算是美梦的开始。

为了让大胖和拉罐能醒悟，众人就七嘴八舌地告诉两人他们缺失的信息。

事情回到地宫营救老搞的那一天，话说小胖带着老搞几人撤离地宫后，地宫不久就冒出滚滚浓烟，大家知道是大胖在里面有所行动。久等不见大胖回来，几人只有老搞有斗争经验，但老搞身体还没完全恢复。关键时刻老胡出现了，原来老胡与大胖失散后一直在想方设法寻找，结果找到刚逃出魔窟的老搞等人。老胡得知大胖在地宫中，可能凶多吉少，于是发挥侦察兵的本领，潜入地宫，偷了道士的迷魂药，打算以牙还牙，哪知道士天然不惧这种毒素。

老胡一计不成，便又心生一计：与其毒上加毒，不如帮道士解毒吧。于是他拼凑了一些具有清热解毒的中药材，或投于水中，或熏出香气。不几日，解毒之法果然产生奇效，那些被洗脑的假道士逐渐恢复自我意识，纷纷离开地宫。始作俑者的妖道头目却逃之夭夭。

这些清醒的人成分复杂，除了士兵，还有各朝各代的山民、村民、盗墓贼。据他们交代，这些上山的人，多是为了寻找长生不老药。传说道家创始人张道陵发明了一种神奇的不老术，在其圆寂后还留下大量神秘法器，道家从不外传的秘籍等陪葬品，都是无价之宝。于是江湖上的盗墓贼慕名前来，结果地宫内机关重重，他们损失惨重。于是就在附近村民中造谣，说山中有金元宝，继而吸引了大量山民上山为他们免费探路蹚地雷。后来大量村民有去无回，盗墓贼就造谣说山中有妖道造反，于是惊动官兵，想让官兵下地宫帮他们破解重重机关。结果引来了邪门歪道，妖道施法让这些杂七杂八的人都做了其爪牙。不过历经无数年代，机关陷阱虽然破坏不少，但始终没有找到张真人的棺材和宝藏所在。

这些人恢复意识后，仍然死性不改，又团结起来寻找古墓。倒也不是为了发财和秘籍，而是寻找回到自己年代的方法。老胡等人欣然与其合作。在最近的一次闯关中，有人不慎又触动机关，导致地下泉水如洪水涌出，很多人还没来得及反应就被淹死了，逃出来的只是小部分。

当时，老胡等六人已经进洞寻找大胖和拉罐，遇到突发情况，只好跟随众人一路逃命，不想半路遇到大胖和拉罐在洞中搭帐篷睡大觉，真是踏破铁鞋无觅处啊。

大胖仍旧半信半疑：这个故事编得好，不过故事里明显有破绽，你们说这些人都是历朝历代失踪的人，且不说他们上山有何贵干，就是他们这寿命，也太长久了吧，这显然有违科学原理啊。这只能进一步说明我们都在梦里，或者只有我在梦里，你们不过是我的潜意识而已。

苦口婆心说了这么多，大胖全当儿戏，老胡有些生气：你爱信不信。别忘了还有金钟殿的时钟，这才是张真人防盗墓的绝世手段。

大胖忽然严肃起来：老胡，你怎么知道金钟殿的时钟？知道这个事情的那个老胡早就老死啦。你看，这足以说明这就是个梦境嘛。

老胡无言以对。

拉罐悄悄对大胖耳语：胖哥，这种梦要是这样无限循环下去，什么时候才是尽头啊？

大胖道：没办法。但不管遇到什么情况，我们都要努力地活着，精彩纷呈地活着，总不能在自己的梦里死掉吧。

拉罐点点头：只可惜，他们理解不了，没共同语言。

大胖道：也好，众人皆醉我独醒。现实中的小胖老爱听我的话，但是梦里这个却有些青春期的叛逆思想，已经不是我心爱的那个小胖了。

忽然有人惊呼水里有鱼。火光灯光齐照之下，水面果然波光粼粼，似有无数鱼儿在游动。有一个骨瘦嶙峋的山民站在水边密切注视着鱼群，打算弄几条鱼来充饥，不想水中突然冒出一个黑影，一下子将他拖入水中，顿时水下一阵骚动，鲜红的人血从水底汩汩冒出，染红了一大片。

众人顿时吓得面无血色，赶紧后退。此时，就有山民大呼道：那不是鱼，那是剧毒的尸蝶！快跑呀！尸蝶来啦！

大胖见过这个东西，一听是尸蝶，不由得惊出一身冷汗。他亲自经历过尸蝶吃人连骨头都不放过的悲惨现场，慌忙地让众人进入洞内深处，远离水边。山民们不得不抓紧时间疏通因塌方堵塞的洞道。而水中的尸蝶已经联合成一条巨蟒正往各个洞里钻。有些洞内不断传出惨叫声。

山民拼命疏通堵塞的通道，老胡也加入其中，众人轮流发力，掘进工作十分顺利。大胖虽然害怕，却丝毫也不着急，在他和拉罐看来，这些都是噩梦，除了能吓出一身冷汗，也别无实质性的伤害。

千钧一发之际，众人终于疏通了洞道。出了洞众人赶紧用石块把出口堵上。此时众人已经来到另一个大通道，大通道一如既往地连着洞厅。大洞又连着无数小洞，山民们早已逃得无影无踪，而老胡等人因为大胖行动迟缓跑在最后。

大胖一屁股坐下不走了。拉罐也附和着说：对头，不走了。吓死算了，早死早苏醒。

面对老搞、老胡等的指责和催逼，大胖才漫不经心地解释道：你们知道这里是什么地方吗？这叫九死还魂洞，每个洞都长得差不多，数来我们都游览过四五个了。九死还魂洞，本身就是一个死循环，时间和空间如梦般地无限循环。等着吧，等着怪物把我们咬死，一觉醒来我们两个都还在原处呢。

老胡无奈地摇摇头：大胖傻了，一路都在胡言乱语，看来是受到了什么精神刺激，出现了应激综合征。你还是自己走吧，你一身肥肉，谁抬得动啊？

小胖反劝道：管他的，他肉多，喂饱了野兽我们就安全了。反正队伍多两个不多，少两个不少，就等他们在这里等死，我们出去吃香的喝辣的。

这话刺激了大胖，大胖一反常态严肃起来：小胖，没大没小的，你把话说清楚，什么吃香的喝辣的？这里哪儿来的吃喝？你这种拿美食骗人的小把戏只适合三四岁的小孩。

小胖见大胖上钩便道：你们失踪这么久，对外面的事情自然有所不知。这些山民在这里种田养殖酿酒，我们差不多都快跟他们打成一片了。吃新鲜的，总比你那些袋装的食物好得多。

老胡道：胖儿，你在洞里待得太久了，很多事情你都不知道。你所谓的九死还魂洞就是地宫的九层，如果用我们的定式思维来理解，这九层得分个上下，对吧。其实不然，它没有上下之分，而是互相循环往复。九层地宫不仅首尾相连，而且还有自身循环的特点。你们肯定是总想着朝上走就能到达地面，其实朝上的通道看似朝上，实则是弯曲的。而且这地宫可以移动，从而成为一个能置人于死地的迷宫。三言两语说不清楚。反正没有本地人向导，你们根本就走不出去。

大胖略感吃惊，因为老胡说的好像有点道理，但又保持怀疑：你是怎么知道的？要像你这么说，再过几站就能见到张真人的棺材。我们可真见过啊，汉白玉的墓碑、红木的棺材板，还有十二生肖的怪物。

老胡道：先出去再说吧。就算做梦，也得找个山清水秀的地方嘛。

出了洞，果然能感觉到草木的清香、大自然的习习微风，只是已是深夜，看不清楚一草一木。但不远处山民的火把却如指路明灯，只是那火把明显是朝天上延伸，说明他们在爬山。

大胖有些吃惊地问：这里怎么会有山呢？

老胡说：这就是山民说的无量山。

大胖更为吃惊：难道还有乌有峰、涂鸦观、白云寺？

老胡淡淡地道：差不多都有吧。

上山的路上，小胖主动给大胖介绍最新的情况。说山上有一处平原，那些失踪的人在此开荒种地，逐渐聚集成了数百人的村落。但自从战士上去后，统一了各个村子，合为一个村子，更名为新中村。不过山民一直没有忘记进洞探索，倒不是为了寻宝，而是希望彻底破解九层地宫的秘密，然后各回各家。无量山是个好地方，几乎可以长生不死，村里最长者已近五百岁了。这一次，他们夜观天象，以为时机已到，组团下洞，结果不慎触发隐秘机关，正如你们所见，引发了地下洪水，牺牲了大量人员。

进了山上的村子，村主任早已命人准备好了饭菜，本来是庆功宴，不料却成了丧葬宴。人们因刚刚失去亲友，毫无胃口，都沉浸在悲伤之中。村主任是个老兵，他一面安慰众人，一面让人倒上酒鼓励大家借酒消愁。

大胖在新中村住了数日，也没闲着，被安排参与各种生产活动，如耕地、除草、挑粪、施肥、放牛等。新中村俨然一个世外桃源，这里物产陡然丰富起来。

一日大胖携拉罐闲庭散步，忽然发现这村子的风水极好，背靠大山，左右皆有小山挡风聚气，村子前面有一条山泉流过，地形完全符合"左青龙右白虎，前朱雀后玄武"的描述。如果这里没有一座惊世骇俗的古墓，就实在太浪费了。

大胖将此发现告知老胡、老搞，说原则上应该有一座惊世骇俗的大墓。只要找到，说不定就能找到无数历史文献，破解地宫之谜。

老胡报告村主任，村主任大喜，找来村中最年长者，老者摇摇头说：我们以前也认为有大墓，可是几百年了，也没发现。倒是山腰有一道观的遗址，那地面有一八卦图案，我们也怀疑道观下面有什么古墓，终究无功而返。

大胖笑道：你们的方法已经落后了，要用上我们现代人的思维模式，也许会有新的发现呢。

于是老者带众人上山。道观被埋在残砖断瓦和杂草之下，清理之后，果然发现地面有一直径五六米的圆形八卦图。

大胖见状笑道：好熟悉的味道。这不就是通向地下的大门吗？老胡，这跟我们在大瓦山遇到的一模一样嘛，只是大了不少。

老胡问老者：老人家，你们怎么就没想过打开这个井盖呢？

老者道：想是想过，无奈井盖实在太重，周围岩石太硬，以我们当时的技术和工具根本动它不得。

老胡道：此井盖可用巧力打开，只需提起它的两个阴阳眼，往上拔就能打开机关了。

大胖撸起袖子想大显身手，结果却发现那阴阳鱼、阴阳眼都是厚厚的纯铁打造，巨大无比，根本没法用手握住，就算握住，估计十几个人也提不上来。

大胖有些尴尬，自我嘲解道：好几天不曾吃肉了，干起活来居然还冒虚汗。

要是酒足肉饱，这算什么事啊。

众人开始围着井盖仔细观察。忽然小胖惊叫道：快看，这里刻着一行小字，还是英文的。那英文读作 Open it on the night of the full moon，意思是在月圆之夜打开。

众人惊讶，是谁用英语刻下开启秘诀？那至少是个现代人。但无论如何至少说明那人已经捷足先登了。

大胖回忆了一下，上次也有人用英语给他提示，那人正是老胡。

等待月圆之夜，全村人几乎都举着火把来到道观八卦井。随着月亮慢慢升起，八卦图中的阴阳眼竟然缓缓地冒出。几个力大的村民用力拔起两根粗大的铁棒，此时就听到嗤的泄气声，八卦井盖竟然缓缓地翘起一端。村民合力将井盖掀翻，丢在一旁。井下深不见底，犹如一个黑洞。通过丢石头听落地声来计算，洞深足有百米，但村里根本没有这么长的绳子。不过经过仔细观察，发现这井另有蹊跷。这是用古代青砖垒砌而成的竖井，青砖之间缝隙较大，似乎已被人开凿过，只要手抓脚踩这些大缝隙，就能慢慢下去。

村主任成立临时探险队，希望村民们自愿报名下去，村民们都在观望，不敢以身犯险。老胡敢为人先，说：我们八个下去吧。正好是一个探险团队，发挥我们的探险优势。

于是八人先后下到井底，井底还有一扇小门，门也早被破坏了。其后是一个斜向下的石梯。通道墙壁上留有箭头，顺着箭头指引，八人一路向下，经过很多曲折的弯道，终于来到一个巨型洞厅。

大胖一看，倍感吃惊：这洞正是存放张真人棺材的地方，那周围十二生肖泥像依旧健在，仍旧手握长剑指向棺材。

大胖赶紧嘘声，示意众人慢慢撤退。到安全的地方，大胖才将此前的遭遇告知众人。说千万别发出声音，否则惊动它们那就大祸临头了。尽管驱魔咒有效，但是如今大家都没有音箱和电源。

此时，村主任也带着一干人马赶到。年龄最长的老人说：这是九层地宫最后一关，其有个似水非水的面儿，任何东西进去都有去无回，铁棒没入也会瞬间断掉。十二生肖虽可破坏，时间循环，一切都能复归原貌。祖祖辈辈绞尽脑汁也无法破解，很多人却丧命其中。

老者看了看大胖，道：如今能破解此阵者，非你莫属啦。

大胖忙问：为什么非得是我，难道因为我是童子之身，还是因为我心地善良？

老者道：非也。你只需按我说的做，就能破解。破解之法原本刻在入口的石碑之上，但石碑年久已不知去向。上面说只有张真人的弟子才能通过此关，逃出八卦阵，也就是你们说的迷魂凼。你只需对着张真人的墓碑三拜九叩，道一声"祖师爷，弟子请安了"就可以了。

大胖半信半疑，众人却不约而同催他照办。大胖不得已对着墓碑三拜九叩，说一声：祖师爷，弟子请安了。

果然，十二生肖雕像收起长剑，转过身面壁思过去了。而那棺材和界面，也突然消失，地面只露出一个散发幽幽蓝光的洞口。

大胖很开心，虽然他还是以为这是梦境，但事情总算有了新的进展。

安全起见，大胖步步为营，他先将衣服脱下放入蓝色洞内，提起来衣服完好无损。他又试着将手放进拿出，手也完好无损。最后他大胆地将自己的脑袋伸进去，却见蓝洞的那头是一个倒立的青砖通道。

大胖回头一看，众人都站在边缘，竟无人下来。他不觉感到奇怪，对众人道：没危险了。这肯定是个出路，你们都下来看嘛。

但众人却无动于衷，这让大胖忽感后背发凉，因为就连拉罐也傻呆呆地站着不动。

大胖忙问：你们这是在搞什么恶作剧？你们再不下来几个人，我就上去啦。

这时老者道：只有你能下，只有你能进出此洞。

大胖笑道：开什么宇宙玩笑？难道又是因为我是大龄未婚青年，还是说我蛮力惊人适合冲锋陷阵？

老胡表情严肃地说：都不是。胖儿，我们能不能出去，其实都看你了。你出去之后，一定要多留心路上的记号。切记，只有你成功了，我们才有希望。

大胖笑道：你们这样挺吓人的。难道我又开始做奇怪的噩梦了？

老胡道：都不是。还记得那口八人才能撞的大金钟吗？那其实就是一口时钟，时间之钟，时空之钟。

大胖道：记得啊。你也在场，那又怎样？不过是梦中的虚幻情节。

老胡道：胖儿，告诉你真相吧，此洞非比寻常，他们称之为往生洞。只有活人能进入，你明白吗？

大胖略有所悟，环顾众人，众人皆表情严肃地看着他。

大胖又分别喊小胖、老搞、拉罐等人的名字，把探险队员一一喊了一次。却无人响应。

小胖道：胖哥，都是真的，在第一次进迷魂凼时，我们就被分成了两组，拉罐那一组与我们失去了联系，在林中迷路，其实他们四人都遭遇了不测；而其余三人的死，你都亲眼所见。是的，除了你，我们都死过了。

老胡道：胖儿，我们再次出现，一是想陪伴你，不让你难过；二是想引导你找到破解迷魂凼的关键所在。眼下你已历经千辛万苦，胜利就在眼前了。去吧，快去吧，不然情况有变，后悔莫及啊。

此时，大胖突然发现人群里多了一个穿熊皮大衣的猎人，他正微笑着朝着大胖点头。

岸上众人齐刷刷地向他挥手告别。

大胖突然间感到这一切可能都不是梦。他眼含热泪地对众人说：谢谢大家的帮助，要是没有你们的陪伴，我一个人真没勇气走下去。

此时老者大惊道：快走吧，那洞在缩小。不要浪费这百年难遇的良机。

大胖一看，蓝洞果然在缩小，他心头一慌张，脚没站稳一下子跌入蓝洞中。他只感觉自己飘浮起来，然后又重重地落在地上。刚才的蓝洞和一大圈围观群众都消失了，眼下只剩下他一个人了，以后路可怎么走啊？大胖不禁潸然泪下。

忽然他看见通道尽头有白色的光，隐约还能听见水流哗哗的声音。他走到洞口才发现原来洞外是一个瀑布，而洞正好藏在瀑布之后。洞口的一条小路将他引至瀑布下面的潭水边，潭水清澈，他俯身喝了几口，觉得甘甜无比。转身一看，大胖不由得大惊失色，原来与瀑布隔空相望的对面也有一个一模一样的瀑布，只是对面的瀑布笼罩在薄雾之中，而这边的瀑布则是沐浴朝阳。他清楚地记得熊皮猎人曾带他在对面的瀑布遥望这头，说这边是阳，如仙境，是生的希望，可惜猎人一直没有找到通向这里的桥梁。

第十一章：山中奇遇

大胖上了瀑布顶，沿着兰溪徒步，没走多久，就见一条铺满鹅卵石的小径，又沿着小径步行数百米，来到一处桃花盛开、蝴蝶翩翩、蜜蜂嗡嗡的地方，好一个世外桃源。桃花林中掩映着一座铜瓦道观，大门之上有一金光闪烁的牌匾，名曰：铜瓦殿。殿前有两个小道童正在清扫庭院。

道童见大胖来到，并不惊讶，笑脸迎道：胖施主果然如约而至，我家师父已在殿内等候，请随我来。

大胖故作谦虚地问：请问仙童，你师父可是传说中的张真人？

道童听有人叫他仙童，不禁咯咯一笑：非也。我师父姓王。同道中人皆尊称其为王真人。至于你嘛，叫他个神仙爷爷也未尝不可。

道童遂引大胖进入道观，只见观内金碧辉煌，宛如皇宫一般。

进了会客厅，果见一颇有仙风道骨的白发长须老者正在打坐，老者神情怡然，似睡非睡。

大胖早被这里的豪华装饰所震慑，赶紧虔诚地跪下，恳求道：神仙爷爷，你既能料到我来，想必也知道我的遭遇。请神仙爷爷给晚辈指一条明路，不胜感激。

老者微微睁开眼，打量了一下胖子。慢悠悠地说道：念你千辛万苦来到这里实属不易，老夫就为你指引一条明路吧。离此西南五百米有一断崖，名曰舍身崖。你只需跳下去，即可以己之命换同伴重生，如何？

大胖心想，虽然换了七个人，可是少了自己，还是没法让八人大团圆啊。

于是大胖问：不好。虽然以一换七，看似划算，实则美中不足。我们都是生死兄弟，生要一起生，死要一起死。神仙爷爷，还有什么两全其美的办法吗？您法力无边，请不吝赐教啊。

老者道：自然还有别的办法，可以让你八人团圆。

大胖忙叩拜：请老神仙指点，我就选这个两全其美的办法。

老者笑道：此法虽能两全其美，不过道路艰辛。你需先拜我为师，有朝一日学有所成，也可凭一己之力达成所愿。只是学道之路艰辛且漫长，一般人吃不了这种苦，你可要三思啊。

大胖心想这比自己跳崖自杀好太多，于是不假思索地答应：我可不是普通人，心甘情愿拜老神仙为师，请神仙收我为徒，再苦再累，任劳任怨，万死不辞。

老者见大胖十分虔诚，于是点头答应。

但一切都要从头学起。大胖得到的第一个差事就是挑水。这挑水可有学问了，一般道观寺庙学徒挑水，都是下山去挑，但这里却与众不同，要上山去挑"上善之水"。取水方法也极为讲究，只能取向上流的水，不能取下行的水。这让大胖非常为难，自然界水不都是朝下走吗，哪有往上流的水？难道这仙界都是反科学的存在？

但到了山上取水处才知道自己大错特错，原来这里有一个喷泉，喷泉刚出口时的确朝上流，但很快就因地心引力掉头往下走了。要将这短暂的上善之水装入桶里，简直比登天还难。要说用自己的嘴巴汲取刚涌出的泉水那还差不多。但要用嘴巴接水再吐进桶里，师父师兄要是知道了，肯定要挨打。大胖试着用嘴喝了几口喷泉，顿觉心旷神怡，忽然想出一个好方法：何不用山里的竹子将喷泉直接在空中导入桶里？此法果然获得师兄认可。

可是这一挑就是大半年，师父什么也没教他。虽说力气是大了不少，但一身蛮力又有何用？不如学点真正的道术。于是大胖找师父诉苦，央求师父教他点真本领。师父便让七师兄负责教大胖练剑。大胖一听要学剑，便心花怒放，心想学点真正的武术将来回到社会，也不失为一门谋生的特长啊。

　　到了剑房，七师兄就给他展示了一遍基本剑术套路动作，称为七砍、七劈、七刺、七点、七挑、七变、七转。动作极为简单，大胖很快就领会了。大胖对七师兄道：这也太简单了吧，能不能教我点复杂的？至少可以登台表演的那种动作。

　　七师兄却笑道：心有浮躁，难成大器。这剑房有宝剑一百八十把，你需从最小者练起，什么时候能拿起第一百八十把剑练完整套动作，你的剑术就算水到渠成了。

　　大胖见剑房整齐排列的上百把宝剑，一把比一把大，一把比一把重，那排在最后的大宝剑，足有三米长，重有万余斤，非神人不可举。大胖当即吓晕，心想我一个凡人要练到猴年马月啊。但他转念一想，总比成天挑水的好，就算练不完一百八十，练到一百也算力大无穷了。将来回到社会，看谁还敢小瞧自己。说不定参加奥运会举重比赛，都能轻松拿个金牌呢。

　　于是大胖开始日日苦练剑法，力气也与日俱增。但又过了大半年，他也才练到第九十九把剑，那已经是重达千斤的巨物了。再往后就越发艰难了。大胖心生怯意，于是去找师父诉苦。师父只对他说了一句话，让其回去慢慢参详。师父说的是：心中有宝剑，手上万剑空。

　　大胖自然不明其理，去问七师兄。七师兄自然拒绝，因为这里任何的修行都要独立完成，靠别人指点等同作弊。大胖没办法只好日思夜想，终于他想通了：难道这是一句练剑的口诀？

　　于是大胖便一边舞剑，一边默念口诀，果然手里的剑越来越轻，甚至看起来也没有想象的那么巨大。不多久，大胖终于能轻松举起第一百八十把宝剑挥洒自如了。

　　但大胖并不满意，因为力气大、剑术高，都是打架才用得上的东西，打赢了坐牢，打输了进医院，都跟救人没有直接关系。于是他又去求师父，让师父教他点道家法术。师父见他已经领悟剑术，便让六师兄带他去书房学习道家理论。

　　大胖很开心，因为只有读书才能接触道家的核心技术。可到了书房，一看不免吓了一跳，书房虽不大，但是每本书上都是奇怪的文字，根本看不懂。六师兄告诉他这是梵文，要想看懂这些书得先学梵文。愚者学梵文少说要八年，智者也需三年。大胖暗自吓了一跳：光学外语也要好几年啊，如此何年何月才能把这些理论书籍看完？看着大胖的傻样，六师兄扑哧一笑：骗你的。我们都不会梵文。不过学会师父的译语术，你再看梵文时就看得懂了。

　　六师兄于是默念了一段道家术语，大胖再翻开看时，却见上面都是中文繁体字。虽然是繁字体，大部分也认得出来。偶有几个生僻字，也只需猜猜即可领悟其义。六师兄走后，大胖再翻开书籍，却无法阅读，原来上面的繁字体竟然都像活了一样，不停地在书页上游走跳动，顺序全乱，毫无章法。那文字仿佛顽童，跟他东躲西藏。这书还怎么看呢？就算看一万年也看不完一页啊。

大胖非常苦恼，又去求师父指点。师父听他一描述，不禁点头微笑道：非文字跳动，乃是你心有杂念，难以静心而已。

大胖瞬间领会，于是谢过师父离去。因为他心里挂念七个朋友，想到自己学道已经一年有余，也不知什么时候才能学有所成，更不知什么时候才能去拯救七人，于是大胖心里苦闷，难以静心学习。可是这也没法解决啊，想忘也忘不掉，除非喝一口孟婆汤。

六师兄见大胖苦闷多日，无心看书，但又不能直言相告，便旁敲侧击地说了一句：五行八卦，缺啥补啥。

大胖知道这句话是说给自己听的，却一时也参透不了。冥思苦想数日，大胖自言自语道：要是老胡或者小胖在就好了。有一个陪着也能让我心安理得，不致如此孤独了。

忽然大胖灵机一动：我何不幻想他们就在我身边陪我一起读书呢？于是大胖靠幻想终于稳定了自己的内心，书中的文字再也不乱跳乱跑了。

一晃竟然三年过去了，大胖靠着这种精神战胜法读完了书房中大半的书籍。都是道家独门独派或者从不外传的有关天文地理、阴阳八卦之类的奇书。

一日六师兄叫大胖去见师父，师父对大胖说：我道家的精髓你已学有大半，再看下去也不能帮你拯救同伴，为师念你救人心切，特地为你指引一条捷径。书房最后一本书乃是祖师爷留下的无字天书，至今无人参透其中奥妙。你可潜心钻研，若能从中悟出一二，便是方外高人了。届时要回头去拯救同伴，也是易如反掌。

大胖大喜，不想还有这等捷径，虽然无人看得懂，但他就是喜欢挑战高难度。无字天书极为奇特，与普通书籍不同，它用汉白玉片制作，上面空无一物。大胖聚精会神数日，无论是近看远看、斜看正看，还是单眼看、斗鸡眼看，各种方法各种姿势都尝试完毕，头都看大了也毫无端倪。

钻研天书毫无进展之际，却见很多师兄都在收拾包袱准备远行。大胖一问才知，原来是九峰山冰雪融化，五百年一次的屠龙行动就要开始了。不过此龙非真龙，而是蟒蛇所变的妖龙。大胖问：为什么要去屠龙，它们都是坏的吗？答曰：不知。只知龙身上全是宝贝，龙鳞、龙甲、龙皮、龙骨、龙肉，或作为神兵神器，或作为增进功力的仙药，不一而足。这也是我们修行的一部分，师父要考核的。

大胖也很想参加狩猎活动，长期待在一个地方实在太无聊了。但师兄却给他泼了一盆冷水：你一介凡夫俗子怎么敌得过妖龙？我等都是苦心修行上百年才有此良机。

大胖去恳求师父，师父自然拒绝了。

队伍月初出发，计划月底而归，但还没到月底，屠龙的九支小队都带着伤痛回来了。师父大惊，忙问缘故。原来距离道观西北一百公里处有座九峰山，九峰之间又有九条沟谷，即为九龙沟也，九条龙各自栖息一条沟。以往弟子组成九个分队分而围之，各个击破；不想这次九条龙竟然事先聚在一起，气势汹汹，众弟子根本不是众妖龙的对手，因此大败而归。

师父大叫不好，说真是天数有变，假如九条妖龙九九归一，化成一条真龙，则天地之间必有一场浩劫啊。必须尽快屠灭，否则妖龙找上门来，我等也只能作鸟兽散了。

可是剩下可用的弟子已经不多，受伤的中毒的都需要长时间调养。大胖此时毛遂自荐，师父竟然答应了，说：你的思维异于常人，或有奇思妙想有助破敌。

第二次行动由九师兄带队，仅十余人参加。众人乘跟脚云直达九峰山下，暂居一破旧荒屋。这跟脚云乃是很基础的法术，其最高境界便是孙悟空的跟斗云。此处距离九尾湖不远，九尾湖便是九龙沟九条沟汇聚而成的大湖，因连着九条沟像是九条尾巴，因而得名。那九条龙便聚首此湖中，等待完成九九归一的重大仪式。

为了能参加行动，大胖谎称自己当过侦察兵，善于隐蔽和追踪。其实不过是跟老胡学了一点皮毛而已。九师兄虽半信半疑，但想到师父说过此人思维异于常人，恐有奇思妙想，便让他一起去九尾湖侦察。来到湖边密林，九龙正浮在水面睡觉。妖龙果然不是真龙，而是九条长出了爪子的黑色大蟒。

九师兄道：知道妖龙靠什么伤人吗？一是毒气。其口气剧毒，凡人一闻即死，瞬间化为枯骨。二是其眼睛里的黑光，凡人看了立时六神无主成为妖龙的口粮。上次那么多颇有修为的师兄都败下阵来，看来九龙聚首法力非同寻常。我们与之斗法，必然是以卵击石。只可暗中观察找出破绽，再以智取胜。

大胖有些担忧：那我怎么办呢？

九师兄道：你虽学道尚浅，但也强于凡人。我们会罩着你的。

大胖道：妖龙的眼睛既然不能看，那我怎么办呢？

九师兄道：好办。

九师兄便从携行袋中取出墨镜让众人戴上。

大胖笑道：原来是个太阳镜啊。我还以为是什么稀罕法宝呢。

九师兄：不可胡言。这乃是千年冰山上的黑曜石打磨而成。戴上可以逢凶化吉，也可如火眼金睛识破妖魔。

大胖道：既然不能跟它斗法，我倒有一计，不如我们在水里放毒，毒死它们。速战速决。

九师兄道：不可。我们是名门正派，岂能用歪门邪道的手段？

大胖抱怨道：对敌人还这么仁慈。不如买几头牛，我看它们肚皮也不大，一头牛足以撑死它们。撑不死，也走不动路，那时再出击，必然一击奏效。

九师兄听完道：妙！此法甚妙，不如撑死它们。不过没有牛，我们就用自己吧，所谓舍生取义，是浩然天地之大举也。

大胖一听，吓了一跳：你对敌人真够客气啊。要去你们去，我可不敢拿自己去喂蛇。蛇吃了你们法力高涨，很快就得道成仙。你们舍身喂蛇，说不定死后也能位列仙班。

师兄道：非你去不可。你身材高大肉又多，比我们谁都强。

大胖大惊：可不能这样开玩笑啊。我会死不瞑目的，到时变成鬼可不会放过你们。

师兄们笑道：当然不能赤裸裸地去喂蛇了。得穿上我们道家秘制的金钟罩铁布衫。蟒蛇素来喜欢浑吞进食，等它们把我们吞下肚子，再按动机关，铁布衫就会立即弹出十余利剑，必然割得它肠穿肚破，一命呜呼。

大胖还是有些畏惧：听说大蟒的胃液极具腐蚀性啊，万一沾到脸上，不就毁容了吗？我的脸蛋，还要留着娶媳妇呢。

九师兄道：这也不难，我们抹上猪油。待其肠穿肚破，再钻出来用湖水清洗。

计议已定，九师兄令人回去禀报师父，搬运物资。一切准备妥当，选出的九人便暗藏金钟罩铁布衫于道袍之内，让人难以发现。九人敲锣打鼓走到湖边，很快引起九条妖龙的注意，妖龙腾空于水上，见有人来送死竟然发出人一样的奸笑。岸上九人拿出长剑，准备与妖龙决斗。那妖龙不知是计，也许是因为之前大获全胜有所轻敌，于是一口一个，瞬间就有七人被吞下蛇腹。唯独有两条妖龙略有迟疑。此时被吞进去的道士也不知外面情况，各自按动机关，十余把长剑瞬间刺破妖龙肚皮，随着他们不断转动利剑，七条妖龙哀鸣惨叫当即毙命。

那两条迟疑的妖龙见势不好，赶紧潜入水中顺着山沟逃跑了。

初战告捷，九师兄忙飞鸽传书，师父见信大喜，又派了一些弟子来收拾妖龙的尸体，都是制作神药和神奇兵器的好材料。不过其肉有毒，需要经过炮制才能使用。大胖私下问师兄龙的牙齿有什么作用，原来是他悄悄私藏了一颗，想问清楚用途。师兄早知他的小心思，只笑说将此神物粘在额头上，阎王见了也要退避三舍。

大胖反问：这么大的龙牙放在额头上，那不成怪兽了吗？

师兄们听罢大笑。

然除恶务尽，剩余的两条妖龙还得抓紧追击，可是九条山沟地域宽广实在难找。九师兄口念"急急如律令"作法以鸟雀为耳目，但一连数日也未有发现；又作法以猎犬为耳目寻遍九条沟，仍旧一无所获。

九师兄认为，两龙道行颇高，是故神犬也难嗅出其踪迹。想必妖龙如惊弓之鸟，躲进山洞不敢出来了。但九峰山地域宽广，山洞无数，要逐一查找，恐误大事。

大胖道：它们刚死了小伙伴，肯定害怕得要把洞口堵起来。我们就看哪个洞口有新印子。再说，既然它们害怕肯定会离九尾湖远远的。

九师兄道：胖师弟分析得极有道理。两龙肯定要各自分开，以免被我们一锅端。

结果九师兄又以鸟兽为耳目，果然在九峰山东西两处发现了妖龙藏身之地。

众人商议着如何引蛇出洞，再与之正大光明斗法，降服妖龙。

大胖却主张用火攻，直接熏死得了。

但师兄不肯，认为这有失名门正派的作风，还是引蛇出洞再做打算的好。

大胖道：你们这叫墨守成规，总之出奇制胜才是硬道理。

师兄们道：出奇制胜自然好，只是如此无法体现我们的本领。

大胖道：我听过王道长铲除蛇妖的故事。说蛇妖变成美女寄居在书生家，王道长就在书生家门前安插刀片无数，等那蛇妖现出原形，经过时必然划破肚皮而死。有时候智取也是道家的本领嘛。

众师兄听罢却默不作声了。良久，九师兄道：师弟所言极是。你可知这王道长，如今正是我们的师父。

大胖又惊又喜：既然如此，我们就用师父的方法好了。

师兄道：只是我们尚无引蛇出洞之法。

大胖道：那就制造响动，把它吓出来。

九师兄道：此法也不错。我们就用爆竹让它以为是天空打雷，劫数到了。

于是在洞外安插锋利刀片，那妖龙受惊果然出洞惊慌逃跑，浑身被划破，流血而死。

然而顾首不顾尾，另一边的妖龙听到风声趁机逃走了。偌大的群山要寻找一条大蛇，犹如大海捞针。

九师兄便飞鸽传书，请师父出山相助。

待师父到达之日，却有一身披蓑衣、头戴斗笠的山翁赶来，一见师父就立即下跪拜倒，磕头如捣蒜。

众人大惊，忙问何故。

山翁揭开斗笠，诉苦道：我辈与你们素无冤仇，自古井水不犯河水，我们自在山中修行，也不曾骚扰人间。前次你们围攻我们，我们也是手下留情，没有害死你们一人。出家人以慈悲为怀，你们为什么要把我们斩尽杀绝呢？

众人立即明白，此人正是那最后一条妖龙所化。见走投无路，特来求情。

师父道：你们若九九归一，日后必然祸害三界。是故，每五百年要铲除一次。

山翁道：如今就剩我一人了。求仙人念我修行不易，饶我一命吧。

师父沉思片刻，道：饶你一命不难，你需割下龙角。日后再潜心修行，广积善缘，方成正果，如若不然我定取你小命。

山翁不舍：割了龙角，我五百年修行便白费，求神仙网开一面。

师父分毫不让，山翁只好露出龙角，请人帮忙割掉。那山翁被割掉龙角，很快变成一个三岁孩童，嘻嘻哈哈，天真烂漫，口说：谢谢师父饶命之恩。

师父给他取名为龙九儿，叫他认大胖为父。

那三岁孩童立即拉着大胖的衣袍叫道：爸爸、爸爸，我饿了。

大胖心里极不乐意，心想自己未婚，连个像样的女朋友都没谈过，现在居然要为人父了，这事传出去影响多不好。

师父、众师兄与大胖告别。因为九龙既除，他们也该上路去西方神山寻找云霄宝殿。只是大胖修行远不够，无法登上神山。传说那神山高达万尺，空气稀薄，凡人根本无法存活。

师父令大胖带龙九儿回去好生抚养，也算大功一件。

忽然大胖想起自己拯救同伴的初衷，于是赶紧问师父：我的同伴怎么办？该怎么救？求师父赐我法宝，让我拯救同伴。

师父沉思片刻道：你有两条路。其一，你随我们去，我们在云霄之上，你在山下继续修行，日久必成正果，位列仙班。其二，你回去等待时机，时机一到你跳下舍身崖，心愿必成。

大胖心惊：师父，你这不是骗我吗？刚来时你说可以勤学苦练，将来不用跳舍身崖也能救我同伴。结果你还是要我跳崖自杀，你于心何忍。

师父笑道：以前你跳是舍命。学了道法再跳，只是舍去一身道术修行而已。

大胖忽然犹豫起来，到底是跟师父当神仙好，还是回去救同伴好？

犹豫之际，龙九儿低声说：师父是在考验你。

大胖瞬间明白，于是干脆地答道：当然是回去救人好。救人一命胜造七级浮屠，七条命，七七四十九，也算是曲线修行吧。

回到桃园，却不见豪华宫殿，只有一座简陋木屋。但桃园桃子正值成熟，那是师父特意留给他的食物，每日只需要吃上一两个，也就不觉饥饿了。大胖就在桃园带着龙九儿一起生活，那小孩天资聪颖，什么东西都是一学即会。

时光如梭，转眼龙九儿就长大成人。一日大胖洗脸，看见水中的自己已经老态龙钟，不禁抱头痛哭。

龙九儿扶起大胖，问：父亲为何突然痛苦？有何伤心事不妨说给孩儿听。

大胖说：师父骗我，我都快老死了，还是一事无成。既没有娶妻生子，也没能救回同伴。回首人生，缥缈虚无。如今师父他们当了神仙，也不回来看我们。

龙九儿道：父亲莫伤心。你胸前不是有颗龙牙嘛。此物本不该你所有，你只需默念：师父，弟子愿交出龙牙。师父自然会来找你的。

大胖于是照做，却仍不见师父师兄来。

是夜，大胖做了一个梦，梦到自己来到云霄宝殿，师父师兄正在殿内参禅打坐。他拜见了师父师兄，逐一问好。完毕，说自己有错，愿交出当年私藏的龙牙，请师父指点迷津。

师父道：这不难。你只需把龙牙放在九儿头上，九儿走后，你需时刻注意舍身崖，何时能看清崖下景物，择机而跳，便可回到人间。

大胖又问：我又舍不得师父和师兄的情谊。要是我思念你们，该如何是好？

师父道：跳下舍身崖，你就什么也不记得了。免了思念之苦。

大胖道：可是，我不愿意忘记你们啊。

师父有些感动，沉思片刻道：我送你一本无字天书，你不曾参透的那本。无字天书本名无字，凡夫俗子总想从中识别文字，又岂能如愿？书中自有黄金屋，书中自有颜如玉，又何必一定是文字。

随即大胖醒来，原来做了一个梦，但却惊讶地发现自己的枕头正好是当年他没有参透的那本无字天书。他按师父暗示，将天书放于朝阳下，果然见书页有无数流动的美景，看一看便让人心旷神怡。

龙九儿就说，这些都是仙境。凡人看了延年益寿，返老还童。

果然，大胖再照镜子，已然是那个年轻时的自己。

大胖大喜，心知时机已到，于是取下龙牙放在九儿头上，那龙牙瞬间就变成一对龙角。

九儿跪下给大胖磕了九个响头：感谢父亲再造之恩。该是父子离别的时候了，龙角长出，我法力如初，该去云霄宝殿找师父了。

说完，龙九儿跳上一朵彩云，挥泪告别了大胖。

大胖眼含热泪，更是依依不舍。此刻他只想着一件事：跳舍身崖。

第十二章：九转还魂

大胖来到舍身崖，却见崖下云遮雾绕，什么也看不见。他回想师父梦中教诲便耐心等待。可等了数日，舍身崖也未见浓雾消散。此时他忽然想起道家的定睛法。于是全神贯注于崖下风云，心里默念口诀。果然崖下云雾渐渐散开，崖下影像逐渐清晰。距离似近非远，若即若离。他刚想跳下，却见崖下影像不停变换，或为山水，或为公园，或为大海之上，或为国外某地，或为战场进行时，或为某对新人蜜月情景。看得大胖云里，雾里不知所措。

很快，大胖就发现，原来这些画面都可被自己控制，只要自己想看什么就会出现什么。选定场景跳下去，自己就能回到以前的年代。那就未必要回到大瓦山迷魂凼了，可以回到更早的年代改写历史。

发现这个窍门，大胖反而更犹豫了。他想回到大学初恋时，以现在的自己的经验和阅历，一定能挽回女友的芳心，从此改变命运过上幸福生活。可突然他又觉得万分痛心，因为他想起女友无情抛弃自己跟外国人在校园里勾肩搭背的情景。

大胖叹息道：回不去了。根本不值得为这样的女子放弃精彩的探险人生。对，不值得。

思来想去，还是应该回到迷魂凼，悲剧发生之初。可是矛盾又来了，师父说跳下去之后，这段记忆就消失了，那么自己又如何阻止悲剧发生呢？

大胖一时难以抉择，便决定用神游之法再去问问师父。

神游云霄宝殿，师父却不在。就去请教大师兄。

大师兄说：你既然已经参透无字天书，为何还为这点浮云遮望眼？

大胖心里焦急，便恳请大师兄明示。

大师兄道：念你对以前兄弟一片深情，我就指点一二。你若重色轻友，谁也不愿帮你。

大胖千恩万谢，洗耳恭听。心想幸好没有选择回大学时代。

大师兄道：师父早料到你会回来，叫我择机帮你。师父说几千年来，你是唯一的一个逃兵。历朝历代，无数虔诚的信徒挤破脑袋要来此修行，一个人历经万苦来到仙界，哪还舍得离开？但他不怪你，说你尘缘未了，是个有情有义之人。师徒缘分虽浅，但也乐见你未来一帆风顺。

随后大师兄掏出一个桃核挂在大胖的脖子上，上面精雕细刻着一幅山水画，还有道观和几个小人。

大师兄道：桃符桃符，顾名思义是能帮你逃出危难的符。下去后，但凡遇危机，只需拿出桃符摸一摸，心有所想，就能逢凶化吉。只是桃符在人间极易腐朽，要在它腐朽之前，解决好你的问题。

大师兄走后，龙九儿便来拜见，依依不舍道：听说父亲执意返回人间，同门师兄皆为惋惜。九儿为感谢父亲养育之恩，特来助你一臂之力。舍身崖变化多端，父亲就算跳下去也未必称心如意，所以特来献上我刚刚学会的九转还魂术。简言之，父亲可反悔八次，每次只限半个时辰，最后再一跳定乾坤。

大胖非常感动：我的好九儿。你虽非我亲生，但我却视如己出，我最舍不得的就是你了。你天赋异禀，前途无量，一定要好好学习，天天向上，将来做一个对人民有用的高级人才。

龙九儿交给大胖九炷香，告诉他每次跳崖前点上一炷香，香灭即回，可往复八次。

既然有八次良机，这下大胖的胆儿彻底肥了。他第一个想回的自然是大学时代，他要回去阻止自己的初恋与老外交往，就算不能挽回芳心，也算做了一件救死扶伤的好事。

大胖纵身一跳，回到大学时期，他正在给徐丹丹讲笑话，逗徐丹丹笑得前仰后合。见时机已到，大胖忽然严肃起来，说道：我想给你算个命，绝对能算出你的未来。

徐丹丹好奇地问：那你算呗。算不好打你哦。

大胖道：算之前我想问你一个问题。假如一个黑人和我一起竞争追求你，你怎么选？

徐丹丹一笑：谁会喜欢黑人呢？要选也要选个像你这样细皮嫩肉的，吹弹可破的大胖小子。

大胖听了很满意，却又忧愁道：你说的是真的？可是我算出来的结果却恰恰相反哦。

眼见一个小时就要到了，大胖也不想绕圈子了，直接告诉徐丹丹：将来不论你跟谁在一起，请一定要注意防范艾滋病。

徐丹丹听罢，脸上的笑容顿时僵硬，她原本以为大胖只是在逗自己开心。

大胖见徐丹丹表情剧变，又补充了一句：真的，你一定要注意。

徐丹丹面有愠怒地说：你怎么知道我有这个病的？谁向你打的小报告？流氓！说完就愤怒地离开。

大胖见状不妙，赶紧拿出胸前的桃符，擦了擦，心中有所思考。

徐丹丹立即返回，态度一下子软了下来，对着大胖就哭了起来。

大胖也蒙了，事发突然，怎么徐丹丹早已有了艾滋病？

但他怜香惜玉，安慰道：我、我只是随便猜的。你怎么会有这种病呢？

徐丹丹哭了一会儿冷静地说：我，小时候被欺负过。我知道你对我好，我也很喜欢你。你迟早会向我表白，那时我肯定会毫不犹像地拒绝，因为我不想伤害自己喜欢的人。只是，我多么希望能够尽可能推迟你的表白，我多么享受你我现在的纯真友谊。

大胖听完，只觉一阵眩晕，瘫倒在地。醒来，发现原来是一炷香的时间到了。他没有惋惜，原来初恋徐丹丹拒绝自己的背后竟然藏着这么大的委屈。还以为是她见异思迁、崇洋媚外呢。于是初恋失败的心结也就彻底解开了。

大胖点燃第二炷香，这回他还是要回到大学校园，去找当初采访他的社团记者莹莹。莹莹其实很漂亮，只是当时他心里只有徐丹丹，那时他还没有走出失恋的阴影。他清楚地记得，当时莹莹想和他亲嘴，他却拒绝了。多好的一段校园初恋良机啊，这次大胖要直接回到那个关键节点，不顾一切地和莹莹相拥亲嘴儿。于是他哼着欢快的曲儿跳下悬崖。

时光回到大胖和莹莹手牵手在校园散步的场景，当两人走到僻静处，莹莹便一下抱住大胖的脖子，给他创造了一个众多男生梦寐以求的犯错良机。大胖自然不能错过，他一把搂住莹莹，张开大嘴巴亲了起来。但很快，他就轻轻地推开了莹莹。大胖心里一阵恶心：真臭啊！莹莹这么漂亮的女生，怎么口臭如此严重！

不仅如此，大胖同时也闻到了来自莹莹腋下浓烈的狐臭！两臭相加形成了一加一大于二的效果，大胖当即索然无味，头痛欲裂。

莹莹忙安抚：胖哥，对不起，我忘了吃口香糖了，你等我一下啊。

说着就伸手抓住大胖，紧紧抱住大胖。

大胖心里一急，想挣扎却使不出力气，求饶道：不，不要，我不要……

此刻莹莹反而大怒：亲了我的嘴，就想跑！没门，老娘还没过瘾呢！

大胖此时求死的心都有了，他只有忍着莹莹的臭味，努力摸出胸口的桃符。醒来发现第二炷香已经到底了。大胖忙往地上狠狠地吐口水，仿佛刚才的口臭犹在嘴里，余臭不绝。大胖很失望，原来跟女生打啵是这种感觉啊。女生也会出汗，也会有各种各样的臭味。亲起来，那嘴巴也没什么特殊感觉嘛。真没意思，白白浪费我两炷香。

大胖并不知道，这些都是龙九儿暗中操作，目的就是要了却大胖心里的遗憾。

第三炷香，大胖去了以前的公司，在老板跑路前将消息利用朋友圈散布给同事。不想有好事者直接给老板打小报告。老板立马报警，说大胖造谣诽谤，出卖公司商业机密以及扰乱金融市场。于是几个腰圆膀大的保安和警察手持各种反恐武器气势汹汹地来抓大胖。大胖被堵在办公室一角,眼见一顿暴揍就在眼前,自己插翅难逃了。慌乱中,他拿起办公桌上的茶杯、订书机、文件袋反击,直到警察掏出手枪下了最后的通牒。大胖这时忽然想到自己还有桃符保命,于是再次拿出来擦了擦。

第四炷香,大胖回到第二次青城山探险的时候,他想搞明白高守这个人到底怎么回事。回到当初,为了防止高守受伤下山打破伤风针,大胖提前拿出手套给高守戴上。高守速度太快,还是把三人甩在后面。不想高守还是在前面等待,等四人再次会合时,高守却说自己要去小树林上大号。大胖心存怀疑,悄悄地跟了过去,却见高守从背包里掏出一件熊皮大衣。大胖顿时明白了,这人是想假扮狗熊吓他们啊。但是为什么要吓他们,难道真有什么神秘组织在行动?正看着,忽然肩膀被人拍了一下,大胖回头一看,吓了一大跳,原来身后是一头直立起来的大狗熊脑袋。他赶紧缩身躲过,在林间一边乱跑一边大喊救命,但人类奔跑的速度哪里是熊的对手,何况在林子里。大胖很快被两头大熊前后围住,他也不知道到底是熊变成了高守,还是高守变成了熊。就在熊下嘴咬向大胖肥脸的时候,他果断拿出了胸前的桃符。

第五炷香,大胖心想,既然以我的造诣能知未来过去,为什么不回去帮小胖买一注能中五百万的彩票呢。这样小胖也就不用被富婆包养了,他读研究生期间也就不用紧巴巴地过日子,也就不用厚着脸皮去申请什么贫困生奖学金。女生知道他是贫困生,谁愿意当他女朋友啊。大胖想到小胖牺牲前的情景,顿时心疼不已:唉,我可怜的小胖儿。于是大胖纵身一跳回到小胖最迷茫的时候,深情地劝慰小胖:你现在还小,将来前途无量,一时缺钱没什么大不了,男子汉大丈夫绝不能吃软饭。然后送了他一张能中一等奖的彩票。虽然大胖等不到开奖的那一刻,但记忆里却多了小胖中彩票的内容。原来小胖得知自己中了五百万,一时兴奋过度,引发脑出血,从此过上了安稳的轮椅生活。他中大奖的钱,大都交给了医院。大胖心里一阵叹息,自忖道:小胖儿,今生如能再见,哥一定要尽全力确保你余生过得开心。

到了第六炷香,大胖想去帮助老胡。于是他回到当年汽配城的火灾前夕,这样老胡的店铺也就能幸免于难了,可是汽配城那么大,自己根本没去过。于是,他就去老胡家里。当时是夜间,老胡正欲就寝,不想被大胖十万火急的敲门声打断。老胡很愤怒,想这么晚了,是谁火烧屁股似的来敲门啊。打开一看原来是大胖,惊问何故。大胖道:千真万确是十万火急,火烧屁股了!今晚汽配城有火灾,几十间铺面都会化为灰烬,其中就包括你的,咱们没法阻止火灾,只能把你店铺里值钱的东西尽可能搬出来,因为后期索赔极为困难和漫长。

老胡问：可是，你怎么知道的？

大胖道：没时间了，麻溜的，赶紧走。

老胡深知大胖的为人，虽然不知道大胖哪来的情报，但也只能跟着去了。两人很快把值钱的装车运走，极大地避免了损失。但火灾依旧发生了，因为大胖不知道源头在哪里。

临别之际，老胡追问大胖情报来源。大胖道：我现在上知天文下知地理，颇有神通本领。能帮你挽回巨大损失，我也就心安理得了。多保重，后会有期。

时间一到，大胖又回到舍身崖，此刻他心里却极度难受。很多历史内容又都又涌上心头。原来汽配城火灾后，消防火警开始调查事故原因，发现唯独老胡的店铺损失不大，警方调取监控发现原来是老胡提前搬走了贵重物资。于是认为老胡有重大嫌疑，将其抓捕审问。老胡一时说不清楚，他也想为朋友守口如瓶，但是事关重大，最后还是在政策引导下出卖了大胖。可警方去青城山逮捕大胖时，大胖是一脸蒙，说自己事发当晚在青城山家中睡大觉呢。警方调取两地监控，发现当晚跟老胡出去的确另有他人，只是那人穿着长袍，头脸被帽兜盖住，看不清楚。另一头，大胖则有农家乐游客和自己家的监控做证。老胡也觉得奇怪，一口咬定大胖为幕后主使，是大胖害了自己。消防最后找到火灾原因，是电线老化短路起火所致。但老胡为什么能提前知道火灾，一直是个谜团。最后老胡被认定为有精神问题，虽免于刑罚，但却被送进精神病院。

大胖再次回到舍身崖，知道后续后，不免一声叹息，自我安慰道：我也是出于好心啊，老胡你就先委屈着吧，等我回来多给你点补偿。

第七炷香，大胖决定回去帮助老搞。既然帮了老胡，却不帮老搞，这有点不够义气，要一碗水端平嘛。于是大胖回到老搞和物管打群架的那天，他想以自己的身手，完全可以保护老搞不受丁点儿伤害，还能让老搞成为小区业主心中的英雄。但为了制造不在场的证据，他先乔装打扮戴上口罩假装旁观者围观看热闹。现场果然热闹非凡，老搞也布阵有方，先是老年梯队出击，然后是年轻梯队狙击。等到光头党到来，老搞率领的"特战队"不失时机地发动奇袭。大胖清楚地看见光头党手握有匕首，于是果断出击，时时护在老搞身边，把围攻老搞的光头逐一打倒，料想剩下的不足为患这才悄然离开。大胖满心欢喜，想这一次总算做对了。

回到舍身崖，大胖脑海里却突然出现老搞骂人的声音：真倒霉，当初是哪个死胖子害我，怎么就偏偏挡在自己身前？眼见队友纷纷受伤倒下，自己却一点伤都没有。

原来那日警方赶来平息事件，调查发现光头党有黑社会性质，当时正在严打涉黑组织。后来物管老板为了取得业主谅解减轻刑罚，主动赔偿了一大笔钱，受伤的业主都分得了好几万补偿金，唯独老搞没受任何伤，只象征性地给了两百五十二块钱。这事让老搞极为恼火，说下次再遇到那个死胖子，一定要打得他屁滚尿流。

大胖摇头叹息道：算了，本想助人为乐，不想弄巧成拙了。还是帮自己一把吧。

可想来想去，自己家庭也还不错，没什么可忧虑的。他忽然又想起自己的初恋，虽然此刻他已经完全解开心结，但是徐丹丹却迟早一死。想及此，大胖于心不忍，再怎么说她也是一个可怜人，救人一命我佛慈悲。记忆里，徐丹丹最终还是和黑人留学生成了一对，只是自己入戏太深，在即将毕业各奔东西时，她看不到任何希望。大胖便回到和徐丹丹最后见面的那一天。两人坐在砂锅馆，菜已经上齐，徐丹丹兀自伏案痛哭。

大胖看着眼前的女人，一点也不烦恼，反而满怀欣喜地说：丹丹姐，你别伤心了。我有办法让你以后都健康快乐，真的。

徐丹丹破涕为笑：傻弟弟，你又不是华佗再世，怎么能治我的病？肉体的病我已经无所谓了，只是我这颗破碎的心，无论如何再也好不起来了。来世吧，来世你一定要早点出现，好好地保护我，我们一辈子也不分离，好吗？

大胖取下脖子上的桃符，这可是大师兄亲赐的神物。他把桃符递给徐丹丹道：傻姐姐，你要相信这世界就是会有奇迹出现。你戴上它，擦一擦桃核，许个愿，它就能帮你实现治病的愿望。

徐丹丹以为是大胖故意为了安慰自己，但盛情难却，于是配合傻弟弟煞有介事地双手合十，假装许愿道：我只希望，病魔离我远去，一切不好的东西都离我远去。还有我傻乎乎的胖弟，以后能找个好老婆。

说完徐丹丹就流着眼泪笑了。笑着笑着，徐丹丹竟然不笑，而是露出一副惊讶的表情：胖弟弟，好神奇啊，我突然间就感觉神清气爽了，也不悲伤了。这到底是怎么回事啊？

大胖道：医生肯定是误诊了。你再去检查一下，要相信奇迹。以后的路，可能就没有我了，你要好好照顾自己，珍惜来之不易的机会。

隔日，徐丹丹抱着试一试的态度去检查，果然并没有检查出艾滋病。她开心极了，但此后她却再也忘不了胖弟，大胖治好了她的绝症，胖弟肯定是她的真命天子。于是四处寻找大胖的下落，以致终身未嫁。

第八炷香已经用完，大胖这时才后悔不已！他埋怨自己不务正业，为什么自己不回迷魂凼，那样可以至少尝试八次突围啊。现在好了，只剩下最后的机会了。

也只有龙九儿能帮他了，他轻唤九儿名字，而九儿一直在桃园木屋等待。九儿听到大胖呼唤，立即出现。也到了他与大胖最后告别的时候了。

大胖说：九儿啊，我不小心浪费了八次机会。可是迷魂凼怎么破，我的同伴怎么救，还是毫无头绪呢。

九儿道：父亲没有浪费机会，你做的都是对的，只要初心是好的就行。至于迷魂凼，孩儿目前道法尚浅，也找不到破解之法。

大胖笑着央求九儿：好孩子，你天资聪颖过人，再想想办法嘛。

九儿冥思苦想片刻，道：办法倒是有一个。那就是时间，时间可以让一切消失或者失灵。只是自古很多事并不能两全其美。

大胖听到有办法，便道：只要能和我的同伴重逢，有点牺牲也是值得的。

九儿对着大胖耳语一阵，要大胖下去后如此这般行事。

临别，两人皆眼含热泪，依依不舍。

九儿最后挽留道：父亲，你真的愿意为了几个凡人放弃一切？你辛苦付出这么多，熬过这么多岁月，就忍心抛弃吗？

大胖明白自古难有两全其美的好事，于是安慰道：人间也有人间的好，可以大口吃烧烤，大杯喝啤酒。咱们天府之国，也是个有千年历史的美食之城呢。你们要是有机会，欢迎来成都做客啊。

时间已到，舍身崖的浓雾又开始聚集。大胖看着九儿，仰身落下舍身崖，从此天各一方。

回到瓦屋山第二日，作为先遣队他们四人率先进入迷魂凼，穿过秘密的竹林，在一块开阔地等待电视台一行人的到来。此时，大胖坐躺背包上闭目养神，旁边的小胖则在用炉头气罐烧水泡茶。

学道的经历大胖已完全忘记，只是九儿施法给他耳语的叮嘱他还记得。等到电视台的人来到，众队员也配合袁导拍完了探险节目。到了分别之际，大胖却不再让人护送袁导返回，只说还有更紧要的任务。

袁导虽有不悦，但也无可奈何，他还等着大胖拍点更刺激更惊险的东西呢。

看着八人再次重逢，大胖内心满是欢喜。但要说服大家配合自己的行动却有点难，因为大家都还没见过迷魂凼的厉害。于是大胖依旧带队沿着兰溪逆流而上，到了尽头的泉眼等待时机。果然在众人停下休息时，林中起了大雾，随即，有队员看到白雾中有一模一样的自己，就好像八个人的影像被复制了一般，雾中的八人背包向北走，无论众人如何大喊都没有回应。

除了大胖，其他七人觉得既好奇又兴奋，以为看到了森林里的海市蜃楼。

只有大胖波澜不惊，默不作声，暗自笑道：这帮没见过世面的家伙，待会儿还有好戏看呢。

　　等浓雾消失，八人这才沿着小道北上。不久就看见隐藏在密林里的道观，众人不敢暴露，因为道观前的空地上，一群道士正在抽打八个人，对，正是之前浓雾中先走的八个人。八人被扒光了衣服，身上全是一道道血口子，随着皮鞭的抽打，无不发出声声惨叫。

　　七人大惊，有的问：要不要出去救他们？不，是救我们自己。

　　老胡道：救什么救，我们自己不在这里嘛，搞不好是什么幻觉。

　　又有人说：不管怎么样，都应该路见不平一声吼，拔刀相助，替天行道啊。

　　众人意见不一。却见大胖无动于衷，一副事不关己高高挂起的样子。

　　老胡就质问：胖儿，想什么呢？你是啥意见？

　　大胖这才开口道：这就是迷魂凼，可能有无数个时空，无数个我们，无数种命运。救了也白救，说不定连自己也搭进去了。

　　老胡质问：你怎么知道？

　　大胖漫不经心地说：我要说这些场景你们之前都经历过，你们信吗？现在你们亲眼看见怪事就发生在眼前。迷路，那只是开胃菜。不可思议的现象，才是迷魂凼的本色。

　　众人半信半疑：那你说，我们该怎么办？

　　大胖道：等吧，等到月亮升起，等到寺庙钟声敲响，我们就可以离开这个鬼地方了。

　　八人只好在林子里等着，半夜皎洁的月亮升起来，不久一声钟声远远地响起，忽然一阵大风吹过，道观内外的灯火瞬间熄灭。被绑在柱子上的八人和道士也全都不见了。

　　大胖道：可以开始行动了。

　　月光明亮，人群里有人惊叫：登山包全烂了。各种装备也都生锈腐蚀了。就连他们身上的衣服也仿佛被氧化了一般，一摸就掉渣。

　　大胖冷静地说：老胡，这下看你的了。你是特种兵，钻木取火应该是基本功吧。我们要做几个火把，待会儿下地洞用。

　　老胡道：钻你个头，有打火棒呢。

　　火把做好，八人举着火把进入道观里隐藏的地宫。地宫的洞道四通八达，极为复杂。但其中一个通道与众不同，在火光照耀下洞壁满是小孩的手掌印。

　　大胖道：就是这条路了，跟我走。

　　众人跟着小孩手掌印前进，忽左忽右，忽上忽下，走了两个多小时，终于走到底了。在尽头的角落里终于发现了手掌印的主人：一个已成干尸的小孩尸体。

大胖看着小孩尸体，沉痛地告诉众人：这就是几十年前失踪的那个小女孩。如果她还活着，都可以当我们大姐姐了。

老胡也颇有伤感：难怪动用了那么多人力物力都没找到，原来是小女孩掉进洞里了。

大胖对着小孩尸体深鞠了三躬，道：小姐姐，我们终于找到你了。你一个人在这里受委屈了。等我们出去后，马上叫警察叔叔来救你，让你和父母团圆。

其余人也对着小女孩尸体鞠了三躬。出口正好在众人上方，只是有大石阻挡，巨大的石头一个小女孩怎么推得动？大胖使出蛮力，往上一顶一推，那石头便挪开了。洞口打开的一瞬间，一道强烈的阳光就直射了进来。

大胖提醒众人小心强光伤眼，略微适应了一阵这才逐一爬上去。到了地面，八人都傻眼了，这不正是象尔山庄院坝的中心吗？更奇怪的是四周熙熙攘攘全是年轻的游客，游客们对突然钻出洞来的八个人也大为吃惊，见他们衣衫褴褛，蓬头垢面，不知是人是鬼。于是有些游客吓得尖叫不止，有的则拿出手机兴致勃勃地拍照。

八人不知道什么情况。你看看我，我看看你，原来都是一副衣不蔽体的样子，或袒胸露乳，或屁股和大腿都露在外面。更要命的是他们的头发很长，胡子拉碴，一看不是疯子就是野人，难怪周围很多漂亮小姐姐都发出了尖叫。

此时，一个穿工服的大姐闻声赶来，怯生生地看着众人，小心地问：你们，是什么人？

大胖认出来了，正是当初上索道煮面条给他们吃的周大姐。他忙热情地叫了一声：周大姐！是我们，是我们啊！

看着一个个蓬头垢面的怪人，周大姐根本认不出来，只是按下对讲机呼叫后援。

大胖继续解释道：周大姐，是我们啊，我们是探险队的，还有电视台，那晚你还给我们煮过面的。

周大姐努力回忆着，忽然想起了什么，惊问：你是那个胖子？

大胖道：对对对，我们两个胖子呢。

周大姐更为吃惊：你们怎么从地洞里钻出来了？这几年，你们一直住在洞里？

大胖道：一言难尽啊。你快给我们找个屋子，别让我们在这里丢人现眼啦。

大胖叫众人撩起自己的长发，周大姐终于认出来了：哎呀！果然是你们！总算找到你们啦！当年你们失踪后，公司派了好多人来找啊！没想到，真没想到，你们还活着。快快，跟我进屋去。

大胖问周大姐，现在是哪一年？

周大姐道：2019 年 4 月啊。也不知道你们在地下怎么活过来的。等下领导来了，你们再说说啥情况。

周大姐把他们引到一楼厨房后堆干柴的地方，说：这里没人。你们就在这里等着，不要再乱跑了。我去给你们拿点吃的喝的穿的。

周大姐走后，大胖告诉众人：一会儿肯定有很多人来。大家不要乱说，言多必失，能装傻就装傻。要说就说被外星人绑架了，过程啥的不记得了。

小胖道：说说又如何？我们实事求是就行了。

大胖赶忙纠正道：要这么说，我们非得被关进第四人民医院不可。

小胖道：为什么是第四，而不是第一？我们的确需要做个全面体检嘛。

大胖弹了一下小胖脑袋：第四人民医院，就是精神病院，疯人院，懂吗？

拉罐等四个登山队的同学却哭了起来：怎么一下子就过了这么多年？我们的家人肯定以为我们早就死啦。我们的学校，我们的学业，我们的前途，都没啦。同学们肯定早就毕业了，说不定连娃儿都有了。

大胖安慰道：只要我们还活着，一切就有希望。等着吧，我们肯定会成为各大报刊的头条，等我们成了传奇人物、网络红人，还怕没前途？

几人这才转忧为喜。

老胡、老搞则担心自己的老婆是不是早就改嫁，或者早就在外面开始鬼混。

大胖就安慰道：旧的不去新的不来。俗话说得好，兄弟如手足。只要我们几个铁杆好兄弟在一起，还有什么困难不能克服？

周大姐很快拿来矿水泉和面包，众人狼吞虎咽，一分钟不到就扫光了。周大姐又拿来旧工作服让众人穿上，让众人赶紧洗漱，把蓬乱的长头发都扎起来。八人忙乎一阵总算有了人样，周大姐这才叫他们去会客厅等着。

不久，公司高层、保安、当地派出所警察，加上好奇的游客，熙熙攘攘来了一大群人围观。

领导见八人扎着辫子，留着长须，简直不敢相信这就是几年前失踪的探险队员。于是试探着问：看几位气质，是艺术家？来我们这儿，计划搞什么行为艺术吗？

面对众人众多的问题，众人皆摇头不语，生怕言多必失，祸从口出。

景区开发公司高层当即决定一定要把八人的故事大炒特炒，择黄道吉日召开新闻发布会，大意就说经过景区数年的不懈努力，终于找到了全部失踪的探险队员。还要把地洞打造成新的探险旅游项目。发布会一定要搞得轰轰烈烈，要在全社会乃至全球引起轰动效应……

（故事未完，续集更精彩。）

后记

首先，我们衷心感谢每一位选择《西蜀迷踪》的读者朋友！您的支持与厚爱是我们前行的最大动力。

《西蜀迷踪》这本书，从初稿到出版，经历了多次的修改和优化。在出版过程中，为了更加适应读者的阅读习惯和市场需求，我们不得不做出一些必要的删减和调整。但请放心，这些改动都是为了更好地呈现故事本身，让读者能够更加流畅地体验这场惊险刺激的探险之旅。

值得一提的是，完全版本的演播剧《山洞之恫》已由喜马拉雅出品，主播为霏凡鱼。这一版本将为您带来更加生动、立体的听觉享受，让您仿佛身临其境置身于故事之中。同时，书中的部分情节也已被改编成小小说及长篇节选等形式，在知名报刊上发表，与更多的读者分享这份探险的魅力。

本书的故事灵感来源于作者丰富的科学考察和探险经历。虽然书中涉及的地点和背景都是真实的，但故事情节纯属虚构。我们恳请读者朋友们不要将书中的情节与现实混淆，更不要根据书中的线索去探险寻宝。户外活动应遵循科学、安全、环保、文明的基本原则，并在专业人士的指导下进行。

在本书的编辑和出版过程中，我们始终秉持着对读者负责的态度，力求将最好的作品呈现给大家。然而，由于时间仓促和其他客观因素，书中难免存在一些谬误和不足之处。在此，我们诚挚地邀请广大读者朋友批评指正，提出宝贵的意见和建议。您可以通过邮件方式联系我们（邮箱：604760047@qq.com），我们将认真倾听您的声音，不断改进和提高。

最后，再次感谢各位读者对《西蜀迷踪》的关注和支持！希望这本书能够成为您探险之旅中的一盏明灯，照亮您前行的道路。同时，也期待与您在未来的日子里，继续携手共探更多未知的领域。

2024 年 2 月